浮羅人文

高嘉謙｜主編

野豬渡河

Wild Boars Cross the River

張貴興

【經典蛻變版】

「浮羅人文書系」編輯前言

高嘉謙

島嶼，相對於大陸是邊緣或邊陲，這是地理學視野下的認知。但從人文地理和地緣政治而言，島嶼自然可以是中心，一個帶有意義的「地方」（place），或現象學意義上的「場所」（site），展示其存在位置及主體性。從島嶼往外跨足，由近海到遠洋，面向淺灘、海灣、海峽，或礁島、群島、半島，點與點的鏈接，帶我們跨入廣袤和不同的海陸區域、季風地帶。但回看島嶼方位，我們探問的是一種攸關存在、感知、生活的立足點和視點，一種從島嶼外延的追尋。

台灣孤懸中國大陸南方海角一隅，北邊有琉球、日本，南方則是菲律賓群島。台灣有漢人與漢文化的播遷、繼承與新創，然而同時作為南島文化圈的一環，台灣可辨識存在過的南島語就有二十八種之多，在語言學和人類學家眼中，台灣甚至是南島語族的原鄉。這說明自古早時期，台灣島的外延意義，不始於大航海時代荷蘭和西班牙的短暫占領，以及明鄭時期接軌日本、中國和東南亞的海上貿易圈，而有更早南島語族的跨海遷徙。這是一種移動的世界觀，在模糊的疆界和邊域裡遷徙、游移。透過歷史的縱深，自我觀照，探索外邊的文化與知識創造，形塑了值得我們重新省思的島嶼精神。

在南島語系裡，馬來—玻里尼西亞語族（Proto-Malayo-Polynesian）稱呼島嶼有一組相近的名稱。馬來語稱pulau，印尼爪哇的巽他族（Sundanese）稱pulo，菲律賓呂宋島使用的他加祿語（Tagalog）也稱pulo，菲律賓的伊洛卡諾語（Ilocano）則稱puro。這些詞彙都可以音譯為中文的「浮羅」一詞。換言之，浮羅人文，等同於島嶼人文，補上了一個南島視點。

以浮羅人文為書系命名，其實另有島鏈，或島線的涵義。在冷戰期間的島鏈（island chain）有其戰略意義，目的在於圍堵或防衛，封鎖社會主義政治和思潮的擴張。諸如屬於第一島鏈的台灣，就在冷戰氛圍裡接受了美援文化。但從文化意義而言，島鏈作為一種跨海域的島嶼連結，也啟動了地緣知識、區域研究、地方風土的知識體系的建構。在這層意義上，浮羅人文的積極意義，正是從島嶼走向他方，展開知識的連結與播遷。

本書系強調的是海洋視角，從陸地往離岸的遠海，在海洋之間尋找支點，接連另一片陸地，重新扎根再遷徙，走出一個文化與文明世界。這類似早期南島文化的播遷，從島嶼出發，沿航路移動，文化循線交融與生根，視野超越陸地疆界，跨海和越境締造知識的新視野。

高嘉謙，國立臺灣大學中國文學系副教授，著有《遺民、疆界與現代性：漢詩的南方離散與抒情（一八九五—一九四五）》、《國族與歷史的隱喻：近現代武俠傳奇的精神史考察（一八九五—一九四九）》、《馬華文學批評大系：高嘉謙》等。

編者序

野豬渡河，鹿躍鱷背，象捲猴杯——在我萬能的熱帶雨林王國

胡金倫

「在我萬能的……王國」這七個字，源自大馬知名詩人呂育陶於一九九三年的花踪文學獎得獎詩作。二〇〇〇年呂育陶以〈只是穿了一雙黃襪子〉榮獲第二十三屆時報文學獎新詩甄選獎佳作。當年他親自來台領獎，一群大馬文友陪他越洋參與其盛，在台下為他鼓掌。

在這一年的頒獎典禮上，發生一件最神祕最意外最不可思議的事，也讓我們這群年輕馬來幫震撼的，就是看見傳說中，那位以《群象》入圍一九九八年第二屆時報百萬小說獎，轟動馬華圈和台灣文壇，與李永平齊名，同樣都是來自婆羅洲砂拉越的小說家張貴興（兩人出生時，砂拉越還是大英帝國的殖民地）。他很安靜的出現在會場後面，不多話，牽著兒子的手，我們拉著他一起合照留影，那一幕叫我終生難忘（有照為證）。

二〇〇一年張貴興以《猴杯》榮獲第二十四屆時報文學獎推薦獎，我坐在台下，沒想到張貴興的小說會成為我日後生命中最重要的一部分，無論是閱讀或工作，甚至也是好朋友之一。二〇〇二年我進入麥田出版公司擔任菜鳥編輯，負責編輯的第一本書竟然就是張貴興的重要小說《賽蓮之歌》新版。套一個老詞，緣分！原來冥冥中自有注定。

左起：胡金倫、楊嘉仁．張貴興、張先羚、呂育陶、林健文、劉育龍（楊嘉仁提供）

回顧上個世紀一九九〇年代，那些年，南洋、馬共、砂共、膠園深處、熱帶雨林、甘榜漁村、蕉風椰雨、檳榔豔麗、榴槤飄飄、紗籠峇迪、峇峇娘惹、馬來人、印度人、達雅克人、伊班人、拉子婦、吉陵春秋、種族宗教、馬來半島、婆羅洲島、坤甸蘭芳共和國，在赤道線上，處處燭火搖晃，後殖民國度的魑魅魍魎，鄉野傳奇，珍禽異獸，悶熱潮濕，成為「馬來西亞」作家的詩、散文、小說、評論書寫，有的甚至得獎、出版，蔚為文壇的一大奇景。這群說故事者，書寫（西、東）馬華人（砂拉越與北婆羅洲〔今稱沙巴〕的『加入』，又是另一個曲折歷史）的作者，累積幾十年的文字成果，後來被譽為「馬華文學奇兵，逐鹿中原（台灣）」，個人覺得一點也不為過，恰好形容當時「馬華文學在台灣書寫、出版、得獎」的景象。

一九七七年作家商晚筠（本名黃綠綠，她出生時馬來亞也還沒獨立！）先在台灣種樹，到如今後疫情、後五一三、後馬哈迪抒情時代，政黨輪替人事幾番新，新人舊人上台又下台謝幕，但是「馬華」作家與華文文學書寫，在台灣，始終絡繹不絕，如一脈香火傳承，堅持擺渡，如今早就開花結果了。歷史又是翻過新的一頁。來到二十一世紀。

迄今為止，張貴興的長篇小說計有《賽蓮之歌》（一九九二、二〇〇二）、《薛理陽大夫》（一九九四）、《頑皮家族》（一九九六）、《群象》（一九九八、二〇〇六）、《猴杯》（二〇〇〇、二〇二〇〔這個新版本有別於舊版本，作者寫了一個全新的結局〕）、《我思念的長眠中的南國公主》（二〇〇一）、《野豬渡河》（二〇一八、二〇二四）、《鱷眼晨曦》（二〇二三），短篇小說集《伏虎》（一九八〇、二〇〇三），中短篇小說集《柯珊的兒女》（一九八八）、《沙龍祖母》（二〇一三）。他向來有自己的鮮明文字風格和獨特敘事方式，模仿不來也學不來。

張貴興在處女作《伏虎》裡，已顯露日後的寫作道路，小說裡訴說著婆羅洲島的人、事、物之生活記憶，草原上的大四腳蛇、狼人、神祕的雛妓、隱居俠客、兵士與敵人、狂人等，其中有一篇〈草原王子〉，一些寫作朋友常常笑稱張貴興為「草原王子」。《賽蓮之歌》可視為張貴興長篇小說創作的原點（也是他非常重視的一部作品），半自傳性的虛構，呈現一名生活在婆羅洲的文藝少年，從出生到青春期的吉光片羽，以及他與三段若有似無的戀情擦身而過的故事，可視為《群象》、《猴杯》、《野豬渡河》、《鱷眼晨曦》的前傳。從賽蓮、大象、犀牛、猢猻、野豬、鱷魚等，張貴興用大量的意象和隱喻建立他思念的、想像中的南方動植物大觀園。

這裡特別要提的是，我認為已絕版多時的《頑皮家族》可以視作前述四部作品的外傳，因為它是另一種華人海外遷徙南洋的版本。小說主角姓夔。「夔」字原本就富含中國的意象。夔，被稱為是孽龍。張貴興為小說人物取名為夔頑龍，他的五名子女分別是夔頑虎、夔頑豹、夔頑猿、夔頑麟、夔頑鶴，練就五行形意拳。這些中國圖騰聚集在南洋的弔詭，二戰時日軍占領婆羅洲島，華人移民深入叢林，認同腳下的土地，這種交織家族史神話，流動性身分的敘事，「婆羅洲五部曲」（？）的企圖昭然若揭。有心人若要研究張貴興小說，應該要從這幾部作品著手。航向婆羅洲島的黑暗之心，莫不以此為起點。

我和高嘉謙教授認識在先，超過二十年。二〇〇二年我進入麥田出版工作，前後編輯了張貴興的《賽蓮之歌》、《群象》、《伏虎》。二〇〇八年高嘉謙獲得政大中國文學博士學位，後至台大中文系任教迄今。也在這同一年，我如獲至寶編輯出版了李永平的《大河盡頭（上）：溯流》（我曾在拙作〈我在峨嵋街看見李永平〉〔二〇〇九〕詳述這段奇緣）。李永平開刀動手術後，我和嘉謙曾去淡水拜訪他。再後來，李有成教授也加入這個馬來幫（李老師只小李永平一歲），再後來張貴興也來了（最妙的是，這兩位同鄉此前竟然不曾見過面），我們五個常常聚在一起吃飯喝咖啡聊天！二〇一七年九月二十二日李永平因病逝世，五個馬來幫變成現在的馬來四友，持續吃飯喝咖啡打屁聊天東南西北話長短。從電腦的照片檔案紀錄來看，我們的合影超過十年。

二〇〇一年張貴興出版《我思念的長眠中的南國公主》後，似乎再無新作。或許他停筆，或許有寫，斷斷續續的寫，我們不知道，因為他的習慣是不透露任何訊息，神神祕祕的。二〇一六年張貴興退休，表示有更多的時間讀書寫作。我們就催他趕快寫。但他真的有在寫嗎？到底寫什麼？馬來四友聚會時，大家會互相關心詢問。張貴興總是沉默不語，一笑置之，慢條斯理是他一貫的回應。我自己認為《猴杯》已經是我閱讀張貴興小說中的一座巔峰，喜馬拉雅山上的聖母峰。論題材論故事論文字，我想已是極致了，婆羅洲島可以寫的都被他寫完了，還有什麼大戲可唱嗎？張貴興能夠跨過自己堆出來的山嶺嗎？這是作為一個讀者、編輯、朋友的私下憂心和顧慮。

二〇一八年四月三十日，毫無預警和暗示，我突然收到張貴興寄來《野豬渡河》的初稿，距離他上一本書整整十八年了，望穿秋水的盼來一封電郵，馬上開始讀稿。我從來沒有問過張貴興，這個時間點交稿是巧合嗎？是要向同鄉故友李永平致敬嗎？我讀完初排一校稿後，內心倒抽一口冷氣，顫慄和發抖，驚呼天啊！出版前我曾私下問張貴興，覺得自己寫得如何？有超越過去的自己嗎？他的回答是肯定詞。我馬上證實了自己的編輯直覺。二〇一八年九月三日《野豬渡河》出版，馬來四友帶著剛印好的新書去李永平在淡水的故居憑弔他逝世一週年，向他致敬。從窗戶看出去的淡水河西側的觀音山，見山是山，也是山，是李永平和張貴興原鄉婆羅洲島上的京那巴魯山，中國寡婦山，或神山。

《野豬渡河》出版上市前夕，我曾向自己發誓許願，也預見這本大作的未來。果然後來的口碑與叫好叫座一如我所料，完成一個忠實讀者和編輯的志願，也是自己編輯生涯的一座高山。開心的是，這趟登山之路，有馬來幫——李永平、李有成、張貴興、高嘉謙，一路扶持。雖然後來剩下馬來四友，我還是要非常謝謝李有成、張貴興、高嘉謙一直包容我的情緒、幼稚、偏執脾氣和固執個性，也陪伴我走過人生最黑暗不堪的低潮幽谷。這是我第一次，唯一一次，也是僅止一次為自己的作者的書寫序。原因無他，編輯是幕後的，編輯為作者做嫁衣，編輯為作者鋪上紅地毯，讓他們風風光光踏上舞台。而這份「文字因緣」（源自我為李永平編輯的小說自選集的題目）編織出馬來幫的深厚友情網，彌足珍貴。是為序。

時報出版第一編輯部總編輯

胡金倫

二〇二四年八月三十一日

作者序

鬼、花和血的記憶

張貴興

太平洋戰爭爆發後，因為石油，美里（Miri）和生產石油的汶萊詩里亞（Seria）、加里曼丹峇里巴板（Balikpapan）成為日本侵略婆羅洲的灘頭堡。當時美里唯一的一座機場在美里衛星鎮、我的出生地羅東（Lutong）。日本戰敗後，大部分「蝗軍」（當地華人對日軍除鬼子之外另一種通稱）被遣返日本，少數日本戰俘被滯留羅東，重建被澳洲空軍轟炸的機場。重建工程完成後，戰俘沒有被遣返（或不想被遣返）祖國，終生遊蕩羅東，病死、餓死異國。這批數目不詳、沒有留下名字的戰俘被淺埋的地點叫作骨頭村（Kampung Tulang; Village of Bones）。骨頭村有點像亂葬崗，有的墳頭有石碑或木碑，有的沒有；有的石碑或木碑有死者的名字，有的沒有。沒有名字的石碑或木碑，或者連墓碑也沒有的墳頭，大概大部分是沒有返鄉的日本士兵長眠地。一部分骨頭村十多年後被居民鏟除，變成活人居住的村莊。羅東有一條馬路，就叫骨頭路（Jalan Tulang）。偶爾會聽到長輩提起日本幽靈漫遊鎮上的故事，不過，我從來沒看過。

美里開埠時遍地洋紅風鈴木（Tecoma Tree）。這是一種紫葳科常綠喬木，高二十到二十五公尺，樹冠宏偉，每年一月和二月，枝端叢生花苞，樹葉落盡後綻放，這時滿樹像掛著緋紅或粉嫩的風鈴，非常好看，東北風吹拂下，落花飄零，二戰時讓日本軍人想起家鄉的櫻花季，衍生濃濃的鄉愁。一九九六年，日本國際協力機構（Japan International Corporation Agency）派遣專家美化和綠化美里，園藝家佐藤正明啟動一項植樹計劃，在美里種植了一批會開花的樹種，包括印度紫檀（*Pterocarpus indicus*）、黃金雨（Golden Shower Tree）、黃焰木（*Peltophorum pterocarpum*）、洋紫薇（*Lagerstroemia speciosa*）、森林之焰（*Butea monosperma*）、花椰子（*Cyrtostachys renda*）、藍花楹（*Jacaranda mimosifolia*）。在極端溫度影響下，這批花季不太一致的樹種被移植二十年後，都在每年二月到四月大規模開花，不讓原生種洋紅風鈴木獨領風騷。這批樹種也許和引起「蝗軍」鄉愁的洋紅風鈴木沒有什麼關係，但是好像又有一點關係。

《野豬渡河》背景豬芭村（Krokop）是美里衛星鎮，二戰時百分之九十八人口是華人。Krokop是誤用，實際寫法是Kerekop或Kerukup，也是一種會開出白色和綠色花朵的落葉灌木或小喬木。二戰時豬芭村長滿這種高度五到十公尺的樹種，也是馬來名稱的由來。二十世紀初期，華人在豬芭村大量屠豬和飼豬，變成遠近馳名的「養豬的山芭」（山芭，未經開發的荒地），簡稱豬芭村，戰後改成較文雅的珠巴。Krokop和珠巴的意涵南轅北轍，但是沒有衝突，你用你的，我用我的。就像加里曼丹首都，印尼人叫龐蒂雅娜（Pontianak，女吸血鬼），華人在蘭芳共和國時期以客家話音譯成坤甸（Khuntien），和女吸血鬼沒有什麼關係，你用你的，我用我的。

美里、豬芭和羅東戰前是蠻荒、原始而美麗的地方，戰後半蠻荒和半原始，依舊美麗，但是多了一些鬼、花和血的記憶、想像、傳說和歷史。歷史不會因為時間的流逝而改變，但是記憶、想像和傳說則不一定。如果今天動筆，會是一部不一樣的小說。譬如日本攻克馬來半島和新加坡時立了大功的「銀輪部隊」，是日本軍方和新聞界通稱，但我不想美化侵略者，小說裡用的是普普通通的「自行車部隊」或「腳踏車部隊」。如果今天動筆，想法可能會不一樣。

新版《野豬渡河》訂正了一些人名和時間的謬誤。有一些是自己的大意鑄成，譬如把「澤鷟」寫成「澤鷺」。人物眾多，關係複雜，加了一張人物表。

謝謝金倫和秉修等人的美意。謝謝時報願意重新出版這本小書。

目次

人物表

（依登場順序排列）

豬芭村大人

關亞鳳　葉小娥的兒子

鍾老怪　本名**鍾保佑**，獵手，一眼失明，滿臉鬚鬢

鱉王秦　本名**秦冬祥**，蛇鱉店老闆，六尺五寸，長髮披肩，有荷蘭人血統

黃萬福　果農，有榴槤王之稱

蕭先生　華文老師

紅臉關　本名**關耕雲**，漁夫

小　金　豬芭村獵手，擅獵鱷

愛蜜莉　鄒神父收養的孤兒，雞販

朱大帝　牛油記咖啡館老闆，年約五十，「籌賑祖國難民委員會」發起人之一

砍屐南　本名嚴煥南，木屐製造商，嚴恩庭父親

牛油媽　本名蔡銀花，朱大帝妻子，牛油記咖啡館老闆娘

扁鼻周　和興號雜貨店老闆，有潛水絕技

高　梨　木匠

林惠晴　關亞鳳妻子，林桂良女兒

葉小娥　紅臉關妻子，關亞鳳母親

懶鬼焦　雞農，飼有一隻無頭雞

陳煙平　鬥雞高手

吳啟民　菜農

吳醒民　菜農

何　芸　石油公司職員何仁健女兒，弟弟白孩、紅毛輝，戰時慰安婦

鄒神父　天主教神父

沈瘦子　吉祥號雜貨店老闆，「籌賑祖國難民委員會」發起人之一，白臉書生

林萬青　豬芭村首富，長青板廠老闆，「籌賑祖國難民委員會」發起人之一

陳家篪　豬芭中學和小學董事長，「籌賑祖國難民委員會」發起人之一

周巧巧　黃萬福妻子，打金牛大女兒

周妙妙　高梨妻子，打金牛小女兒

打金牛　金銀匠，寶生金鋪老闆，擅於鍛造玲瓏纖細的小金牛

馬婆婆　豬芭村華人公墓守墓人

林家煥　豬芭中學教師

李大肚　豬販

周春樹　三輪車伕

邱茂興　船販

邱妍玲　邱茂興女兒

豬芭村孩童

關柏洋　關亞鳳和愛蜜莉的兒子

曹大志　豬芭村孩子王，伐木工曹俊材獨生子

紅毛輝　石油公司職員何仁健兒子，姊姊何芸，哥哥白孩

高腳強　本名高漢強，高連發兒子

錢寶財　號稱彈弓王

嚴恩庭　砍屐南女兒

梁永安　擁有一隻蟋蟀王

賴正中　游泳好手

林曉婷　華文教師林家煥女兒

林立武　華文教師林家煥兒子

白　孩　石油公司職員何仁健兒子，弟弟紅毛輝，姊姊何芸

求　求　關亞鳳和林惠晴兒子

秦雨峰　鰲王秦兒子

趙家豪　沈瘦子乾兒子

吳添興　吳偉良的兒子

潘雅沁　保元中藥店老闆女兒

蔡永福　豬芭小學教員蔡良的兒子

許軒儀　裁縫師女兒

余雲志　三輪車伕兒子

范青蓮　雜貨店老闆女兒

錢桂安　菜農兒子
馬玉錚　文具鐘錶行老闆女兒
黃光霖　石油技工兒子
房招財　菜販兒子
劉菁菁　攤販女兒
劉兆國　劉菁菁弟弟
阿　彩　小金初戀情人

豬芭村日人

小林二郎　本名伊藤雄，戰前豬芭村日本流動攤販
龜田久野　戰前豬芭村藥草店老闆
鈴　木　戰前豬芭村攝影師
花畑奈美　戰前豬芭村南洋姐
大　鱷　豬芭村南洋姐兼慰安婦藝名

日軍

前田利為　婆羅洲第一任守備軍司令官
吉野真木　婆羅洲守備軍參謀長
山崎顯吉　豬芭村憲兵隊曹長

英國人

占姆士・布洛克　砂拉越布洛克王朝第一任統治者（一八四一—一八六八）
查爾斯・布洛克　砂拉越布洛克王朝第二任統治者（一八六八—一九一七）
梵　納・布洛克　砂拉越布洛克王朝第三任統治者（一九一七—一九四六）

其他

劉善邦　砂拉越石隆門十二公司（一八三〇—一八五七）創始人之一
范鮑爾　荷蘭退伍軍人
烏雅瑪　達雅克美少女
裘　德　達雅克青年

父親的腳

　　關亞鳳自縊波羅蜜樹下的那個黃昏，茅草叢盤旋著一股燎原野火，痰狀的霧霾散亂野地，淹沒了半個豬芭村。夕陽被熱氣和煙霾切割，紅粼粼地浮游著，好似一群金黃色的鯉魚。被聳天的火焰照耀得羽毛宛若紅燼的蒼鷹低空掠旋，追擊從火海裡竄逃的獵物。灌木叢響起數十種野鳥的哭啼，其中大番鵲的哭啼最宏亮和沉痛，牠們佇立枝梢或盤繞野地上，看著已經孵化或正欲學飛的孩子灼燬。

　　豬芭人穿梭菜田、果園和雞棚鴨寮，不屑一顧鬼哭狼嗥的野火，但襲向豬芭村的西南風使煙靄不時網住了莊稼和數百棟高腳屋，讓他們倉皇逃竄，豬牛雞鴨變色，連晚膳也染上燻氣燎味。豬芭村的小孩最高興了，他們一手捏著裝著石彈的彈丸兜，一手抄著抹上鳥血的彈弓架，拉開橡皮條，對著煙燄裡逃竄的野鳥、傲慢地低空掠過的果蝠和蒼鷹射擊。被孩子射穿翼膜的果蝠在孩子腳下簇著毛髮遍披的猩紅狐狸臉和一對大耳朵，對著孩子窮凶極惡地咆哮。

　　孩子的一部分石彈落在高腳屋鋅鐵皮屋頂上，發出清脆又刺耳的刮削聲。豬芭人深信這種從天而降的砸屋之彈不啻天譴，將會招來厄運，但他們的叱責撼動不了孩子的玩興和殺氣。

籠罩關亞鳳家園的一團煙靄逐漸散去時，孩子透過籬笆眼看見了波羅蜜樹下的亞鳳屍體。

「柏洋，」一個脖子掛著翠鳥和喜鵲屍體的孩子說。「你爸爸上吊了！」

柏洋跨坐一棵紅毛丹杈枝上，遙望茅草叢像野馬奔騰的火焰，煙靄屢屢朝他襲來，他閉上眼睛捏住鼻子，即使嗆得眼淚直流也不肯下樹。從大番鵲銜草築巢到叼蟲哺雛，他已經在樹上觀望了十多天。大番鵲巢穴隱藏在草坡地上一簇矮木叢中，草坡地上長了一棵鶴立雞群的山欖，大番鵲叼住獵物返巢前，必然棲泊山欖故作悠閒地彳亍。父親說，大番鵲生性多疑，一旦發覺有人覬覦巢穴，即使已經下蛋布雛，也一定設法遷巢。野火已經蔓延到草坡地上，柏洋看見大番鵲迂迴奔波山欖和矮木叢之間，發出淒厲的啼聲。

這時他看見脖子掛著翠鳥和喜鵲屍體的孩子對他揮手。翠鳥羽毛斑斕，喜鵲黑白分明。沒有噈氣的翠鳥奮力地鼓動翅膀，發出和大番鵲一樣淒厲的啼聲。

柏洋和一群孩子來到波羅蜜樹下時，父親已被村人從樹上卸下，平躺地上，鬅鬆的頭髮盤紆著煙霾，脖子有一道火燎似的縊溝。懸掛波羅蜜樹幹上的麻繩被灼熱的西南風吹拂著，尾端繫著一個帆索結。麻繩是一年多前柏洋懸掛樹上的，拴著一個輪胎鞦韆。輪胎鋼圈已卸除，胎面花紋模糊，柏洋的小屁股墊在胎唇上，兩手揪著胎肩擺盪時，父親偶會伸出一隻腳，用力地將輪胎踹到半空，因為父親沒有手。少了柏洋親手掛上的輪胎鞦韆，父親也許不會自縊波羅蜜樹下。父親脖子上的縊溝像絞殺榕在寄生樹留下的不再回復原狀的勒痕，從脖子延伸到耳後，像一道壕溝護衛著臉龐上嶙峋崎嶇的五官城垛。

沒有人懷疑父親的死因，即使他沒有手。關亞鳳攀上波羅蜜樹，跨騎杈枝上，用腳趾拆除輪胎、打了一個帆索結，再把脖子伸入帆索結內，這一切，靠的全是一雙腳。

父親關亞鳳二十一歲失去手臂時，柏洋尚在襁褓。柏洋蹣跚習走時，父親腳技已遊刃恢恢。柏洋的第一支彈弓，就是父親的傑作。父親蹲踞野地上，右腳大拇趾和二趾搦住一支小帕朗刀，剁下矮木叢一根V型杈枝，削出一支短柄的雙叉戟。父親從廢棄的腳踏車內胎剪下兩片橡皮條，從一只破皮鞋割下一塊彈丸兜，從柏洋手裡接過四根橡皮筋，迅疾完成一支有絕佳殺傷力的彈弓。父親將一顆石彈放在彈丸兜中，用右腳大拇趾和二趾攥住彈弓架，用左腳大拇趾和二趾攥住彈丸兜，拉開橡皮條，咻的射出一彈，打得野地飛砂揭石。柏洋的第一只風箏也是父親的傑作。父親點燃一根洋煙，從掃帚柄削下兩根細竹條、用細線縛紮出菱形骨架、將骨架糊在鳶形玻璃紙上、繫上提線、指揮柏洋操作風箏時，才伸腳磕掉第一截煙灰。柏洋七歲時，父親坐在陽台階梯上，左腳大拇趾和二趾架住雙管霰彈槍護板，槍托抵著胯下，右腳中趾扣下扳機，兩顆霰彈將兩隻光天化日下在樹薯園裡刨食、侵門踏戶的野豬打得肚破腸流。柏洋倚在窗口上，看見豬血像日落前的流霞，殷紅了半座樹薯園。

柏洋喜歡坐在腳踏車貨架上，體驗父親行雲流水的駕馭技巧。天剛破曉，父親跨騎鞍座上，腳掌踩著腳蹬，脊椎豎得像旗桿，兩眼直視前方，迂迴竄過各種障礙，間或用腳調整一下車把，直奔豬芭村耕雲雜貨鋪。柏洋兩手抓著鞍座的彈簧，看著父親如碑的背影和風中獵獵作響的袖子，一種快樂又哀傷的情緒灌溉著幼小的心靈。從豬芭河畔到豬芭村木板店鋪的黃泥路上，腳踏車疾馳如風，輻絲盤旋著像銀鬚的蒼老光芒，輪圈沾滿沉重的草露，鏈條雜沓地轉動著好像釄痰橫流的老人喉管。父親只有在靠近耕雲雜貨鋪時，才凌空伸出一隻大腳板，踹一下剎車把手。

父親的英國蘭苓牌腳踏車磨電機廢了，車燈瞎了，車架佝僂了，腳架瘸了，輻絲斷了一根，鏈蓋和擋泥板千瘡百孔，龜裂的鞍座露出彈簧，但父親一有空就用這輛老邁的腳踏車載著柏洋穿梭豬芭街坊、雜草叢生的野地、豬芭河畔、茅草叢的夾脊小徑。

關亞鳳第一次和柏洋登上草嶺時，柏洋五歲。草嶺長滿黃色和白色的小花，四周散亂著矮木叢、湖潭、水窪、彈坑、常青喬木和一望無垠的茅草叢，掩埋著人骸獸骨，白天蒼茫寥落，夜晚磷火疾飄。父親和柏洋駐足嶺巔，噘著嘴唇，用下巴指著草嶺背面被羊齒植物、藤蔓和一批防禦性杈椏覆蓋的豬窟，說，十一年前，他在這裡和柏洋的母親屠殺過一頭母豬和六隻小豬；六年前，他也曾經在這裡擊殺橫行豬芭村惡名昭彰的日寇魔頭。父親要柏洋閉上眼睛，聆聽草木蟲獸、萬物天地的呼喚。柏洋順從而嘻皮笑臉地閉上眼睛，迎著夏季的西南風或雨季的東北風，在草嶺上駐立了五分鐘。睜開眼睛後，父親說：「你看到了什麼？」柏洋搖搖頭。父親要他再度閉上眼睛。五分鐘後，父親說：「你聽見了什麼？」柏洋聽見遠方豬芭村的狗吠雞鳴、鑽油技工的吆喝、蒼鷹和野鳥的啼叫、茅草叢像海濤一樣規律的呼嘯、莽林爆響的槍聲、父親放屁的聲音。父親噘著嘴唇，用下巴指著一座簇擁著蘆葦和野胡姬的水塘，說，有一個小孩蹲在蘆葦叢中，以蚱蜢為餌，用樹枝削下的釣竿釣刺殼魚[1]，他屁股後面的藤簍盛著一尾猶在掙扎的刺殼魚。父親凝視一株非洲楝，說，樹梢棲泊著一隻澤鵟，監視著遠方水蜥蜴出沒的沼澤。父親用右腳指著一小片矮木叢，說，矮木叢後方有一個二次大戰聯軍留下的彈坑，蟄眠著一隻公豪豬。父親環視一遍野地，說，草嶺四周有三隻大番鵲銜草築巢，兩隻長鬚豬[2]在即將乾涸的溪灘刨食蚯蚓蟲蛹。柏洋蹙著眉頭，昂起下巴，看著父親高大堅挺像堡壘的雄偉五官，扯了扯父親腰上的帕朗刀刀鞘，好像那是父親的手，說：「你怎麼知道呢？」

父親用膝蓋拍了拍柏洋肩膀，好像那是他的手，說，柏洋，你還小，有一天你也會知道的。

一九五二年六月，榴槤熟了，豬芭村飄散著榴槤香味，引來野豬刨食。柏洋和一群小孩爬上樹梢或各種制高點用彈弓襲擊野豬，流彈和野豬咆哮驚動了在關亞鳳高腳屋隔熱層築巢下蛋的斑鳩和野鴿，數百隻斑鳩和野鴿飛出了隔熱層，消失在灌木叢和常青喬木中。柏洋和孩子們吃了幾顆榴槤後，掀開隔熱層入口，看見一個用麻繩綑綁的牛肚大木箱子，打開箱蓋後，箱子內散亂著妖怪面具和玩具。孩子在波羅蜜樹下烤食乳鴿，每個人臉上戴著一個妖怪面具，鳥嘴豬鼻，單眼長舌，獠牙赤髮，紅臉翹鼻，狐眼櫻唇，嫵媚讒笑，凶殘醜怪；戲耍著空氣炮、掌中怪、泥叫叫、孔明鎖、接吻豬；地上嘰嘰呱呱地蹦跳著或趔趄著上了發條的呱呱蟬、跳跳雞、兔子打鼓、西班牙掃雪人、老猴出差、大象玩球……

孩子從中午玩到黃昏，不知時間之驟逝。燎原野火蔽空，熱氣奔騰，煙霧籠罩著整個夏日天穹，讓天地萬物都變了樣。夕陽燒酥了，像一截將盡的紅蠟燭癱在地平線上。雲彩抹上了各種顏色，獨缺白色。數十隻蒼鷹像長了羽毛和翅膀的蟒蛇盤旋天穹，吐信如火焰。聳天的常青喬木倒懸空中，根荄龜裂了乾燥焦黑的天穹。數百棟高腳屋像趨光的螃蟹向逐漸熄滅的夕陽匯集，好

---

1 刺殼魚（*Tenualosa*），砂拉越國寶魚。第一年為雄性（Empirit），次年雌雄不分，爾後終生雌性（Terubok）。醃製後的魚卵，價格昂貴。因經濟價值高，濫捕後已趨絕種。

2 長鬚豬，婆羅洲野豬，或稱婆羅洲鬚野豬（Bornean bearded pig），嘴部有大量鬍鬚，分布於蘇門答臘、婆羅洲、馬來半島和蘇祿群島。

像要給她添柴釀火呢。成億上兆的螢火蟲點亮了黑色的豬芭河，形成一條博大壯闊的螢囊。

孩子收集乾柴、餵大波羅蜜樹下的篝火時，關亞鳳踹開籬笆門，無聲無息地走到波羅蜜樹下。孩子一向畏懼這個失去雙手的雜貨店老闆，他們被恐懼的流沙吞沒，不敢妄動。在篝火照耀下，關亞鳳的臉龐間或緊繃如鼓皮，間或幽森如一座烽燹飄搖的城堡，間或骷白得像灰燼。關亞鳳的視線一一駐留孩子身上時，一個手上拿著發條跳鹿的小女孩哇的一聲哭了出來。關亞鳳突然走向一個戴著妖怪面具的小孩，用盡全身力氣咆哮：

「拿下你的面具！滾！滾！給我滾！」

孩子扯下面具，倉皇逃竄。在關亞鳳往後半年多的餘生中，柏洋的童年夥伴再也沒有踏入關家。在關亞鳳半年多的餘生中，父親在柏洋眼裡好像成了一個陌生人。父親早上騎著腳踏車直驅耕雲雜貨鋪，像一個鮮少移動的衛戍坐在櫃檯前直到打烊。豬芭人說他兩眼鑲著兩刃寒光，像一股輟戰之後收斂不住的殺氣。天黑後，他坐在高腳屋陽台上，抽了一百多根洋煙，凝睇著闃靜的莽叢直至子夜，甚至破曉。十天後，他在波羅蜜樹下蘊了一股烈火，吩咐柏洋將箱子裡的面具和玩具付之一炬。關亞鳳過世後，柏洋和孩子回到波羅蜜樹下，在殘薪灰燼中尋找西班牙鐵皮玩具餘骸，令他們喜出望外的是，半數以上的鐵皮玩具上了發條後，依舊嘰嘰呱呱地蹦跳爬竄，好像一群小鬼的幽靈。

焚毀來歷不明的玩具和面具後，父親深夜多次喚醒柏洋，打開高腳屋每個窗戶，用手電筒巡弋四面八方。爸爸，你看見什麼呢？柏洋說。關亞鳳頓了許久，說，他看見一個無頭男子繞著波羅蜜樹用一管焦黑的口琴吹奏一首日本童謠。一個白髮老太婆揮舞著一支大鐮刀，追殺一個沒有身軀的飛天人頭。一群日本軍人騎著自行車輾過一批小孩屍首，輻絲和輪輞盤纏著腸子和四肢。柏洋用手電筒一次又一次照亮黝黯的高腳屋四周，惹得夜遊的犬群狂吠。

父親自縊波羅蜜樹下三天前，最後一次和柏洋登上了草嶺。他環視四野，突然用腳趾踹了一下柏洋，說，一個手握武士刀、蓬頭垢面的東洋浪人，穿過蘆葦叢，一步一步地逼近了草嶺。非洲楝枝椏上蹲踞著一個蒼白無垢的男子，腰掛帕朗刀和毒箭筒，揹著一支如戟的吹箭槍，吹箭槍上的刺刀寒氣逼人，的的噠噠，的的噠噠，捏著一個模擬蟋蟀叫聲的鐵製發聲器。一個手臂掛著藤環的女人，手持帕朗刀跳入彈坑刺殺一頭懷孕的母豬，她的身後盤桓著一隻四肢如煙霾的黑狗、一隻無頭公雞和一隻長尾猴。

柏洋安靜地凝視四周，只看見遍地煙霾野火，大番鵲和蒼鷹翺翔，常青喬木露出被野火焚蝕的縱橫枝椏，蔥蘢的茅草叢柔順而哀怨地等待野火舔食。

柏洋看了一眼父親陰鬱如城壘的五官，低頭看著他的大腳。

父親腳掌盤亙著短而粗糙的黑毛，筋脈暴突，腳跟肥厚，腳心深凹容龜，左腳拇趾長了一顆像死魚眼的雞眼，半截十趾突出夾腳拖外，比正常人的腳趾詭譎修長。

柏洋難忘父親晚上以趾代指，透過煤油燈光芒，在龜裂黯黃的木板牆上表演腳影戲。

父親抬起兩腳，十趾像十尾靈蛇出洞，曼舞飛旋，在木板牆上模擬出數十種飛禽走獸。柏洋睡意漸濃、朦朧進入夢鄉時，看見父親被鮮血殷紅的身軀長出兩隻骷髏手，在牆上描繪著一個硝煙瀰漫、刀光劍影、白骨露野的叢林戰役。

面具

西元一九四一年、民國三十年十二月十六日，歲次辛巳十月二十八日，昭和十六年，鴉片戰爭一百年後，白人獨裁者占姆士．布洛克王朝[3]統治砂拉越一百年後，日本突擊珍珠港九天後，一萬日軍搭乘戰艦，在三艘驅逐艦、四艘巡洋艦、一艘驅潛艦艇、兩艘掃雷艦和兩架偵察機護送下，從南中國海登陸婆羅洲西北部日產原油一萬五千桶的小漁港豬芭村。凌晨四點，東北季候風挾帶豪雨和閃電，照亮了蒼穹古老的縫罅。

閃電烤焦了繩梯上兩名二等兵，巨浪吞吃了三艘平底登陸艇，暴風將一艘滿載鬼子的橡皮艇吹颳到海盜橫行的蘇祿海，岩石絞碎兩箱九二式機槍和十多門迫擊砲。指揮官川口清健將軍一雙鼠眼瞪了帶路的二等兵伊藤雄兩秒鐘，一巴掌將伊藤雄打倒在濕冷的沙灘上，右手打眼罩遙望

3 布洛克王朝（Brooke Dynasty, 1841-1946）。英國人占姆士．布洛克（James Brooke）因協助汶萊蘇丹敉平原住民抗爭，獲贈婆羅洲西北部三千平方英里土地，於一九四一年建立砂拉越王國（Kingdom of Sarawak）。占姆士不斷以武力脅迫蘇丹，使砂國土地急速擴張，達四萬八千平方英里。除二戰期間被日本人短暫占領外，布洛克家族統治砂國逾百年。

被晨曦染紅豬芭村的貧天瘠地。一支鈴木十六孔布魯斯複音口琴從伊藤雄九九式背囊摔下，炭黑色蓋板咬了一口伊藤雄的分趾靴，布滿煙垢的琴孔哇哇哭號。伊藤雄站直時手掌順勢摀住口琴，將口琴塞到俗稱章魚包的九九背囊中，背囊的章魚觸手飛揚，透過防水帆布摩挲口琴，讓口琴含笑入眠。強勁的東北季候風像鋼絲鑽入章魚包，觸動口琴的金屬簧片，發出牛犢的哼叫。

天晴後鬼子曝曬巖石上的屍體被近千隻栗鳶、黑鳶、澤鵟、遊隼、烏鴉和海鷗覆蓋，鷹群銜著鬼子內臟和屍塊飛回叢林時，一塊巴掌大屍肉落在鍾老怪陽台上，吸完一塊鴉片膏的鍾老怪看見掛在室內牆上的強生獵槍槍口漫出了黑色煙硝，槍管閃爍著一個狹長的星光燦爛的銀河系，飛竄著十顆毛瑟尖頭流星子彈。鍾老怪走到陽台上對著屍肉嗅舔一陣，測不出屍肉來源，一拳打在屍肉上，揍出一個囫圇小人，喊了兩句鬼子話，竄入茅草叢。三年八個月後鍾老怪入林追剿鬼子，掛在肩膀上的強生獵槍猛烈地抖索著，槍口再度漫出黑色煙硝，釋出只有鍾老怪可以感受到的亡靈頻率，鍾老怪知道前面有鬼子流竄。鬼子放屁打嗝有煙硝味，沿途撒的尿屙的屎放的屁有鬼子愛啃的奶糖羊羹味和愛抽的三炮台捲煙味，逃不過鍾老怪強生獵槍的嗅覺味蕾。十多具鬼子屍體漂散到豬芭河口，灣鱷的死亡翻滾讓豬芭人驚悚不安，一隻吃撐的灣鱷暴死在鱉王秦高腳屋下，鱉王秦從灣鱷肚子取出一頂蟹青色九〇式鋼盔，用河水洗淨，想用它向朱大帝換幾包鴉片膏，他已經兩天沒有吸食鴉片了。九歲的兒子拿了一隻老虎鉗去撬鱷魚的槽生齒，抬頭看了鱉王秦一眼，拿起父親手中的鋼盔戴在頭上。鱉王秦看見鋼盔在兒子頭上鈣化成頭蓋骨，聽見兒子說著自己聽不懂的鬼子話。

惡劣的登陸地點，讓指引鬼子登陸路線、流浪婆羅洲十八年的伊藤雄差點被指揮官槍斃。

十二天後，伊藤雄和三十多個鬼子騎自行車搜緝「籌賑祖國難民委員會」成員，亞鳳和孩子王曹大志正在榴槤王黃萬福的果園裡刈草，鬼子啃著黃萬福奉獻的紅毛丹，伊藤雄坐在一棵椰子樹下吹奏口琴，奏了一首〈軍艦進行曲〉，又奏了一首〈拔刀進行曲〉，又奏了〈月夜的沙漠〉、〈滿天晚霞〉、〈赤蜻蜓〉，奏完，亞鳳驚覺吹奏口琴者就是鬼子登陸前在村子裡叫賣雜貨的攤販小林二郎。二等兵伊藤雄戴著草黃色戰鬥帽，穿著土黃色戰鬥服，肩擔有坂九九式步槍，腰挎南部十四式手槍槍套和馬皮彈藥盒；攤販小林二郎穿著油漬斑駁的背心短褲，趿木屐，平頭布滿鍘痕，鬍茬長短不一，肩扛一管腕粗竹竿，長十八英尺，竹竿上鑿十八個凹槽，縛十八根麻索，吊掛一百多種雜貨：衣服、手鍊耳環髮夾項鍊、藤帽藤籃毛巾手帕布料、鍋鏟、糖果、玩具、妖怪面具，右手掐一支十六孔複音口琴，吹奏歡樂或哀怨的日本童謠和歌謠，最受小孩和南洋姐歡迎。小林二郎腦靈手巧，用藤蔓編織昆蟲走獸，分送小孩；小林二郎童心爛熳，戴上千變萬化的塑膠面具，鳥嘴凹腦的河童，單眼長舌的傘鬼，紅臉翹鼻的天狗，齙頭齜臉的狸妖，嫵媚讒笑的九尾狐，追嚇小孩；小林二郎佛面善心，知道自己賣的是便宜貨，歡迎村民以物易物，來時一竹竿雜貨，去時一竹竿苦瓜、山竹、活魚和野豬肉。十幾個小孩，你攀著我的肩，我摟著你的腰，二十幾隻小腳貼地狗竄，越竄越快，竄出一條馬陸和一條蜈蚣，長短快慢，蜷曲拉直，尾隨小林二郎走遍街頭巷尾，好似印度人耍蛇、吹笛手誘鼠。傍晚時分，小林二郎進入豬芭河畔木板店鋪紅燈區，步伐變緩像子彈入水，心情浪漫像蜜蜂飛入花圃，一首召告南洋姐的必奏曲〈雨夜花〉吹得花俏淒慘。數十個坐在板凳上的南洋姐撩起和服衣襬，像拉網向小林二郎和竹竿圍上去前，鞠躬向客人道歉：對不起，小林君來了，請稍等。小林二郎一一呼叫南洋姐花名，桃子香子貴子菜穗子加奈子，口紅香皂墜子，髮夾耳環梳子，壺杯碗盤筷子杓子，大小凹凸，陰晴圓缺，應有盡有。交易完，吹奏日本歌謠，結束小林二郎最終站。

亞鳳年少時用野榴槤向小林交易過三顆彈珠和兩個塑膠妖怪面具，他數次和椰子樹下的小林二郎對視。二等兵伊藤雄，或攤販小林二郎，和亞鳳四目交接，反手從九九背囊抽出一張紅臉翹鼻天狗面具，往臉上摀，面具灰飛煙滅，往伊藤雄臉上聚合，伊藤雄血脈賁張，雙眼暴睜，瞪著亞鳳，咬住口琴，吹奏〈籠中鳥〉。亞鳳暗笑：小林，別裝了，燒成灰也認得你那支蓋板焦黑的口琴，你那雙鷹爪手，你吹奏口琴的龜樣。伊藤雄，或小林二郎，繼續吹奏口琴，眼神閃爍，反手往九九背囊探，往臉上抹，出現一個單眼長舌傘怪，吹奏〈請通過〉。亞鳳暗罵：小林，別躲了，燒成灰也認得你那一口骰子牙，你那一雙紅鶴腿，你吹奏口琴的蠢樣。一首〈請通過〉奏到一半，鬼子整隊離去，伊藤雄混在隊伍中，從背囊抽出河童面具，罩住後腦勺，他可能發覺，認出他的不只亞鳳，孩子王曹大志、果農黃萬福也對他訕笑指點了。亞鳳對曹大志和黃萬福說：小林，別來無恙，燒成灰也認得你那隻被猴子啃去了半殼的耳朵，你像老椰子樹一樣佝僂的脊梁，你走路的熊樣。小林二郎不告而別前兩個月，一個年輕華人礦工用一隻長尾猴交易鍋子和背心，小林用一根麻繩繫住猴脖子，放在不挑擔的肩膀上，猴子施展不開，竹竿尾竹竿頭遊走，孩子樂，竹竿一下抬頭一下翹屁股，衣服玩具鍋鏟掉滿地，小林摑了猴子一巴掌，猴子生氣了，咬住小林左耳，費了半天功夫，叼走了半隻耳。小林無奈，放生猴子，送牠一顆軟糖。猴子重獲新生後企圖加入豬芭村的長尾猴群，但不被接納，偷走了竹竿上一個女妖面具。

「籌賑祖國難民委員會」發起人之一，在英美澳紐組成的高原抗日游擊隊中立過豐功偉績的沈瘦子，兩天後探聽出小林二郎改名伊藤雄，是鬼子登陸婆羅洲前，一批在婆羅洲營生突然失蹤的日本人之一。小林消失後那幾天，豬王朱大帝、寶生金鋪老闆打金牛、木匠高梨、榴槤王黃萬福、鱷王小金、槍王鍾老怪、蛇王鱉王秦和亞鳳在公家開設的鴉片館或者在家裡燒食扁鼻周走私充滿尿騷味的鴉片膏時，從窗外看見那根十八英尺竹竿騰空飛躍，牽拖一群狸妖、傘怪、天狗、河童、九尾狐，一批南洋姐在後方裸身追逐。小林二郎後來命喪毒箭，頭顱不知去向，無頭屍具出沒豬芭村，那支複音口琴在他脖子上飛旋，間或發出悠悠的琴聲呢。曹大志肩扛十英尺花梨木木棍，領一群孩子到龜田久野開設的藥草店找小林，藥草店門窗緊閉，杳無一人。曹大志搔耳抓腮，在地上蹴了蹴三磅重花梨木金箍棒，率孩子到加拿大山[4]山腳下找蕭先生。鬼子十二月七日突擊珍珠港後，豬芭村已接獲風聲，早則七天，晚則十五天，鬼子大軍隨時南下婆羅洲攫油，當時，蕭先生講解到《封神榜》第八十七回〈土行孫夫妻陣亡〉、《西遊記》第五十九回〈唐三藏路阻火焰山　孫行者一調芭蕉扇〉，孩子聽得耳朵滲油，蕭先生卻突然不授課了，說鬼子到，讀書人遭殃，叮嚀孩子不可叫他蕭先生，叫蕭爺爺、蕭伯伯、蕭叔叔、蕭老頭。蕭爺爺大字識幾個，書沒讀過，墓碑也看不懂。蕭爺爺命苦，種幾壟菜、抓幾尾魚過活，鬼子摸蕭爺爺手掌，蕭爺爺手掌又軟又標緻像花瓣，輕則槍斃剁頭，重則酷刑，蕭爺爺現在要刈草劈柴，讓手掌長繭結痂。鬼子淫邪，必有姜太公替天行道，必有齊天大聖顯威掃蕩，滅了鬼子，再細說西遊封神。

曹大志帶領三十多個孩子邁向加拿大山，半途看見蕭先生站在一塊無主野地上，手拿一柄

4　日軍入侵後，六名加拿大籍工程師避難山上，故名加拿大山（Canada Hill）。

小帕朗刀薅草，鬍子隨風飄曳，孩子擔心小帕朗刀薅了鬍子。草叢湮沒了蕭先生腿肚子，蕭先生仙風道骨，好似仙人駕雲彩。孩子沒看過蕭先生做粗活，覺得他額頭淌的不是汗，是珍貴淵博的腦汁。蕭先生知道孫大聖大鬧天空，知道姜太公討伐紂王，也一定知道賣雜貨的小林、賣木柴的大信田、開藥草店的龜田、牙醫渡邊、攝影師鈴木去向。蕭先生看了看起水泡的手掌和被荊棘割傷的血指，揮揮小帕朗刀，要孩子回家。蕭先生不說，孩子不敢多問，自命哪吒再世年紀最小的紅毛輝不忍，要幫蕭先生割草。和曹大志搶當孩子王的高腳強，額頭用蠟筆畫了一隻狗屄一樣的仙眼，自命楊二郎，建議蕭先生拿鋤頭釘耙，因為鋤頭釘耙重，容易長鋤頭繭結釘耙痂。

一九〇九年，一小撮東洋人移民砂州拓墾橡膠園。一九一一年，清朝覆亡，企業家嶋本石井向砂州布洛克王朝租賃一千七百英畝土地種植橡膠，嶋本企業在砂州三馬拉漢[5]扎根，自設行政區、商店、小學、藥局、醫療所。一九二九年，日本儲植國力軍備，祕設海外部，攝取海外天然資源，吃苦耐勞的沖繩人移民婆羅洲，開鋪擺攤。亞鳳小時候腰挎小帕朗刀，和腰挎大帕朗刀揹藤簍的父親閒逛村子時，愛看父親和村民駐足東洋人店鋪，比手畫腳談論鞋子、布料、自行車和縫紉機價錢，學了幾句拗口的鬼子話。父親紅臉關第一次逛日人雜貨鋪，愛上一輛富士牌自行車，摸著把手、車頭燈、鈴蓋和座墊說悄悄話。熱戀富士牌自行車的不只父親，原住民、礦工、爪哇苦力也對那輛自行車一往情深，伸出油膩的和長滿厚繭的雙手拍一下鞍座或捏一下把手，不讓父親一個人獨享，一身腥味的豬肉販李大肚玩弄前輪的磨電機時，好像褻瀆了私處，父親氣得咬牙，向長青板廠老闆林萬青貸款，用一種贖身的神聖心情，買下了自行車。剛買下自行車時，父親不捨得騎，讓亞鳳坐在貨架上，推著自行車，吹著口哨回家，像迎娶媳婦。針灸家和草藥家龜田久野看見父親騎自行車載亞鳳上門治感冒，鞠躬道謝，分文不收。自營攝影館的鈴木半路攔下父子，支開像手風琴的機器盒子，噗哧噗哧留影，讓亞鳳和父親受寵若驚，據說，鬼子登陸豬芭村的自行車銀輪部隊，領頭羊就是自行車准尉鈴木。牙醫渡邊借騎，繞行豬芭村一圈。牽拉四輪平板車販賣木柴的大信田，臂如巨蟒，一跺腳可以壓沉舢舨，不愛說話，卻會說客家話，指著富士牌自行車說，有錢，也買一輛賣柴。小林二郎看到自行車，好像看到蒸汽火車，吭哧吭哧吭哧哧叫兩遍，吹奏〈火車阿兵哥〉。

紅臉關載著亞鳳騎遍豬芭村，經過豬芭河畔紅燈區東洋娼妓館，南洋姐挨肩並臀坐在矮凳上、癱在藤椅上，瞇眼噘嘴，好像曬太陽的鱷魚，男人靠近，集體騷動，每個南洋姐都想把男人叼進去。亞鳳感覺父親騎經紅燈區鱷魚河時，自行車比平常顛簸。曹大志告訴他，晚上看見富士牌自行車停靠在娼妓館非洲楝下。曹大志滿臉豔羨，沒有輕蔑嘲笑，即使高大英挺的英國白人也會把吉普車或越野車停在娼館外，醉醺醺地唱著〈天佑吾王〉，讓南洋姐把他們叼走，在鱷魚河裡快樂翻滾。孩子把娼館比喻成鱷魚河，把南洋姐比喻成鱷魚，是鱷王小金教化。鱷王小金嗜吃鱷肉，殺過三十七頭灣鱷，家裡有三十七張鱷魚皮和三十七片鱷魚頭蓋骨，兩年前早上，小金漫步豬芭河畔，一隻灣鱷咬住一位東洋洗衣婦左手，小金正要抽出帕朗刀，一位正在洗頭髮的南洋姐比他早一步跳入河裡，手握金屬髮釵戳瞎了鱷眼，救了洗衣婦一命。一個半月後，小金巧遇那頭灣鱷，髮釵依舊鑲在牠的眼眶裡，小金對著鱷魚頭轟了兩槍，剝皮烹煮分享豬芭人，用一塊破

5 三馬拉漢（Samarahan），砂拉越一個省分，面積約兩千平方英里。

布包好髮釵，睡了那位身材高大奮勇殺鱷的南洋姐，事後親自把髮釵插回她油膩膩的烏髮上。小金和朱大帝、鱉王秦、高梨、黃萬福、鍾老怪、扁鼻周等人記性不如小林二郎，和服濃妝梳高髻的南洋姐只有高矮胖瘦，分不出川野小泉香田菊池，小金模仿洋人分類鱷魚，用體積大小分類南洋姐。小鱷，鱷齡一年，體長六十到一百二十公分，南洋姐三位，身高不滿一百五十。少鱷，體長一百二十公分到一百八十公分，南洋姐十三位，身高一百五十幾公分。大鱷，體長一百八十公分以上，南洋姐八位，身高一百六十幾公分。巨鱷，體長難以估計，南洋姐一位，身高一百七十幾公分。剛孵化不滿六十公分的乳鱷[6]，二十年前有一位，一百三十幾公分。小鱷、少鱷和大鱷增增減減，最多時三十幾隻，體型接近，蹙眉、微笑和脾氣鑄自一個模子，穿上和服、濃妝豔抹後難以分辨，脫了一個精光後就像高梨刨製的矮凳，不少一個瘢，不多一個蒂。巨鱷和乳鱷自始至終只有一位，分別和小金、小林二郎譜過一段戀曲。

小金親自把髮釵插到巨鱷的烏髮上，看見巨鱷臉上墮下兩行熱淚後，他像嬰兒吮乳，舔乾了那兩行熱淚。巨鱷突然撲向小金胸口，充沛的淚水沿著小金胸毛落下，洇濕了小金胯下。從此小金光顧娼館時，總是捎兩塊醃豬肉、幾個水果罐頭、幾個生雞蛋、幾串水果、一碗四神湯或一碗蛇肉湯，默默放在巨鱷床頭上，溫存完後默默離開，直到鬼子占領豬芭村。巨鱷和客人溫存時一聲不吭，但對小金例外。語言不通，彼此不知道對方名字，小金的呻吟和巨鱷的浪聲淫叫，像一個畸形胎孕育著他們的精神和肉體。

二十年前乳鱷初抵豬芭村後，小林二郎的〈雨夜花〉吹奏得更花俏憂傷。乳鱷芳名花畑奈美，瘦小標緻，像個十歲小學生，來自南洋姐大本營山打根，倔強傲慢，只招待洋人和華人，不做馬來人、爪哇人和原住民生意。小林二郎把最好的布料、首飾和化妝品留給花畑，將那根十八英尺竹竿掛在娼館走廊，坐在矮凳上，兩手捧著口琴，吹奏一首又一首令南洋姐魂牽夢縈的日本歌謠，〈東京夜曲〉、〈夜霧的馬車〉、〈支那之夜〉，聽得南洋姐肝腸寸斷。破曉時分，南洋姐聚集豬芭河畔散心聊天洗衣淨身，小林二郎坐在豬芭河畔兩棵椰子樹下，面對嘰嘰喳喳的南洋姐，看著悠悠流向西北方的豬芭河，兩手捧著口琴，像召喚故鄉的白雲山巒和草原流域，吹奏一首又一首令南洋姐沉思低吟的日本歌謠，〈春風雷雨〉、〈太湖船之夢〉、〈荒城之月〉……花畑奈美坐在小林身邊，間或看著小林，間或凝視豬芭河，撫額歎息，隨著口琴哼唱，吸引划舢舨和長舟經過的豬芭人揭槳聆聽，都說小林吹得好，花畑唱得更好。那天中午，花畑和兩個南洋姐路過沈瘦子的吉祥雜貨店，被兩個手臂有薔薇刺青的爪哇青年捏了兩下屁股，小林二郎回到龜田久野的藥草店後，卸下竹竿雜貨，拿起一根青綠色也是十八英尺長的竹竿，走到沈瘦子雜貨店，像一隻蛤蟆蹲在門口，拄著竹竿，搔著布滿鏟痕的平頭像西南風颳著野草凋零的墳塋，一雙驚惶不安的小黑眼瞪住過往行人，半小時後，小林揹著竹竿走到幾家人聲鼎沸的咖啡館，在牛油媽露天咖啡座看見兩個手臂有薔薇刺青的爪哇人，拿起竹竿朝爪哇人頭上擂去。爪哇青年被打得暈頭轉向，抄起木製的矮凳和鐵椅還擊，小林扔了竹竿，拔腿飛奔，穿過幾條人潮稀落的小衢，消遁豬芭街頭。第二天天未破曉，小林帶著花畑離開豬芭村，從此不見蹤影，一說兩人私奔，一說小林幫花畑贖了身。一年半後，豬芭村霍亂大流行，死了兩百多人，小林用一根竹竿挑回花畑屍體，葬在

6 小鱷（yearling）；少鱷（subadult）；大鱷（adult）；巨鱷（eyes only）；乳鱷（hatchling）。

加拿大山山腰上。小林在那根挑回花畑的竹竿上鑿了十八個凹槽，吊掛一百多種雜貨，再度吹著口琴走遍豬芭村。

一八八〇年，南洋姐散布東南亞，皮肉錢對日俄戰爭有偉大貢獻；一九一一年，豬芭村產油，南洋姐姍姍來到。小金和朱大帝等嫖客耗費在小鱷大鱷身上的殖民地紙幣，亞鳳父親的富士牌自行車貸款，曹大志等孩子買妖怪面具和玩具的零碎錢，讓日軍入侵東南亞的炮火強大。針灸專家龜田和牙醫渡邊愛到碼頭垂釣，和豬芭釣客漁夫討論漁獲，測量港口水深，供日軍艦艇泊靠；攝影家鈴木上山下海，捕捉鳥獸英姿和女人倩影，將精心拍攝的黑白照片張貼在照相館玻璃櫥窗內供豬芭人觀賞，也把豬芭村地形外貌寄回東京總部；攤販大信田和小林二郎走遍陋巷鄉野，比郵差熟記戶口門號，比蟒蛇了解每家每戶豬羊雞鴨大小。一九四一年十二月十六日日軍登陸前，日本人和南洋姐急撤海外，蕭先生三年八個月後最後一次在箭毒樹[7]下授課，講到紂王敲骨剖孕婦，講到八戒變鮎魚戲耍蜘蛛精，想起鬼子淫穢殘暴，想起龜田渡邊假慈悲、大信田小林二郎假謙卑，想起學生慘死一半，噗哧吐一口血，讓孩子驚愕萬分，兩小時後溘然長逝。

鬼子登陸三個月後小林二郎和一群鬼子到鍾老怪家裡追討六塊錢人頭稅，鍾老怪聞風竄逃，鬼子坐在陽台上吸食搜括到的英國三砲台捲煙，小林蹲在一穗穗大紅花和蔦蘿花下吹奏口琴，吹完兩首，噗咚倒下，兩腳朝天，四肢僵硬，脖子搜著一支毒箭，維持吹口琴的姿勢。鬼子用九二式機槍胡亂掃射，匆匆離去，回來時小林頭顱已被削去，口琴不知去向。

玩具

珍珠港癱瘓九天後，鬼子只消耗兩顆子彈，打死海岸導航燈管理員，攻陷豬芭村，占領砂州。砂州統治者，第三任白人拉者梵納．布洛克[8]，乍見鬼子君臨，丟棄子民帶領英歐官員和妻小竄逃澳洲。砂州招募義勇軍，湊合野戰部隊、海岸防衛隊、警察部隊、消防隊、喊口令像小女生的童軍隊，徵收了來福槍毛瑟槍土槍、長矛木盾帕朗刀，準備抵禦外侮，日軍登陸後，扔制服丟軍械，逃向莽林，軍火落入黑幫、軍火收藏家、砂拉越共產黨[9]、朱大帝等人的抗日游擊隊。一九四五年澳洲、紐西蘭、英國、美國聯軍和游擊隊擊退鬼子大軍後，梵納放棄砂州統轄權，像漫遊海外的尤里西斯返鄉，每晚坐在倫敦公寓爐火旁，臉頰眨閃猿臀胼胝的健康紅潮，追憶荷屬

---

7 箭毒樹（upas tree），俗稱見血封喉樹。桑科屬，常綠喬木植物，分布於熱帶非洲、婆羅洲、印度、馬來半島。婆羅洲原住民萃取箭毒樹樹汁經烘烤成膏狀後塗抹箭矢，將箭矢從吹箭槍噴出射向獵物。烘烤後的樹汁含有多種有毒物質，引發肌肉鬆弛、血液凝固、心臟停止跳動。

8 拉者（rajah），統治者、王子、酋長或軍閥。梵納．布洛克（Vyner Brooke），英國人，布洛克王朝第三任統治者。

東印度群島和馬來群島流氓事跡，看見自己變成榴槤樹，樹上猴群雜交，樹下豬群刨土，豬猴喧譁，好夢連連。梵納的冒險家血統遺傳自第二代拉者，父親查爾斯．布洛克；查爾斯的冒險家血統遺傳自第一代拉者，舅舅占姆士．布洛克。

占姆士一八〇三年出生印度，父親是東印度公司高等法院法官，童年浪跡印度，十二歲隨父返回英國，殺狐獵鯨，騎馬喝酒寫詩，熱愛東方，厭惡上學，嚮往航海，十六歲從軍，十八歲晉升海軍中尉，一八二四年緬甸入侵阿薩姆，占姆士帶領孟加拉軍隊禦敵，彈入左肺，返英療傷。憂鬱的戰爭英雄臥榻養傷一年多，想起自己中彈後躺在獨木舟上，漂浮雅魯藏布江三天，抵達加爾各答前，士兵讓他吸了八塊鴉片膏止痛，兩岸林木像泥漿淌過，一群小蟲子犟勁大發繞著獨木舟嗡嗡嚶嚶飛翔，巨大得像一群繞著他跳竄的野牛；遺落的軍帽在水上漂流，滑向他，化成兩隻草龜，匍匐兩隻手掌上，手指濕潤像龜腳，手掌硬得像龜殼，中指伸縮像龜頭；他十指交叉胯下，兩隻草龜交配。魚狗棲息胸膛，叼走肺部子彈，咻咻飛來另一顆子彈，嵌入肺部，魚狗低頭啄食胸膛；魚狗走了，飛來一隻孔雀，叼走肺部子彈，又咻咻飛來一顆子彈，孔雀低頭啄食胸膛；孔雀走了，涉水渡來一隻大象，長鼻子刨走肺部子彈，又飛來一顆子彈，肺部被長鼻子刨掘；大象走了，樹上躍下一隻孟加拉虎，嚼碎肋骨，舔去子彈，又咻咻飛來一顆子彈，老虎啃食胸肌，嚼爛子彈；傷口流淌出血色霧靄，染紅兩岸叢林，被魚狗孔雀大象老虎叼走的子彈，在氤氳迷濛的急流漩渦中咻咻飛竄。他的母親，蘇格蘭女人，塌鼻藍眼，骨骼纖細，將子彈放在雞蛋大玻璃龕中，串上金鍊，掛在占姆士胸毛豐足的脖子下。他的姊姊，四位珍．奧斯汀小說裡的女子，聽說弟弟在獨木舟上譫妄失智，夢囈不斷，吸了八塊鴉片膏，自慰兩次，稍解激痛，敬畏不已。占姆士每天清晨醒來，肺如刀割，吸食鴉片成癮。他的大姊不讓弟弟再到熱帶冒險，指著玻璃龕裡的子彈開玩笑說，此彈取自你射殺的狐狸腦袋，你肺部裡的子彈，醫生不敢取出，恐怕大量出血。占姆士胸部絞痛時，吸完一塊鴉片膏後，看見一隻嵌著子彈頭的螞蟥，飽食血液膨脹十倍，熟睡在一小片焦黑的肺葉上，一隻滿臉怨恨的狐狸趴在胸前，額頭有一個鮮血淋漓的彈孔。大姊的話困擾他一輩子，子彈折磨他一輩子，讓他在熱帶高燒不斷，染上天花、瘧疾，死而復活。療傷時，占姆士嗜讀托馬斯·斯坦福·萊佛士爵士和德·昆西著作，視兩人為偶像。萊佛士一八二三年占領新加坡，從印度進口鴉片，加工儲存，傾銷東南亞和中國，引發鴉片戰爭；德·昆西在《一個英國鴉片癮君子告白》中，將中國鴉片鬼描寫得猥褻頹壞，讓占姆士對同好者的愛恨情結，根深柢固，終生難以抹滅。那顆子彈讓他再度點燃征服東方的野心，也點燃他和華人礦工的一場小型鴉片戰爭。

一八三五年，父親過世，占姆士以巨額遺產，購買一艘雙桅帆船，一百四十二噸，六門六磅炮彈大炮，四門迴旋炮，各式軍械，船員十九，一八三八年航向馬來群島，以英國海峽殖民地海軍優勢，協助汶萊蘇丹敉平內亂，一八四一年，御封砂拉越第一代拉者，統治婆羅洲西北部一

9 砂拉越共產黨，簡稱砂共，泛指砂拉越以馬列主義與毛澤東思想為理論基礎的政治和軍事組織，萌芽於一九三七年伍禪等人南來砂拉越傳播共產主義。從一九五三年成立第一個共產組織（砂拉越解放同盟）至一九九〇年，砂共和殖民政府及獨立後的馬來西亞展開三十七年的政治和武裝鬥爭。砂共組織繁雜、嚴謹而神祕，包括砂拉越解放同盟、砂拉越先進青年會、北加里曼丹共產黨、砂拉越人民游擊隊、北加里曼丹人民軍、火焰山部隊、東北突擊隊、北加人民游擊隊和婆羅洲共產黨等。除婆羅洲共產黨，其餘皆屬砂拉越解放同盟的衍生組織。

塊蕞爾小國。占姆士稱王後，高舉反海盜大纛，剿殺各部落自由鬥士，仿效偶像萊佛士，將娼妓、博奕、鴉片合法，土地急速擴張，開啟統治砂州百年的布洛克王朝，直到一九四一年鬼子登陸。

一八三〇年，一批華裔礦工從加里曼丹越境砂州，在一個荒野小鎮石隆門[10]探勘到金脈，向占姆士政府繳納租金開採。華裔礦工八方湧來，公推青年才俊劉善邦為領袖，成立「十二公司」，統籌採礦。劉善邦，廣東陸豐客家人，膽識過人，精通螳螂拳和迷蹤羅漢拳，二十歲渡海南下加里曼丹坤甸採礦，遭荷蘭東印度公司驅逐，率領華工北上石隆門。「十二公司」每年向占姆士政府繳納人頭稅和租金，自定法制貨幣，操練軍隊，全民皆兵，華人人口四千，形成一個自給自足、不受占姆士政府治理的小國。占姆士征伐叛亂部落和海盜時，劉善邦派遣一支三十人華人部隊參戰，紀律嚴明，人強馬壯，屢次立下奇功，占姆士又羨又忌，對這個逍遙法外的小國戒慎恐懼。一八五七年一月，占姆士在宮邸召見劉善邦和他的手下。劉善邦笑臉迎人，帶來一堆見面禮：印度蘇拉特出產的華麗絲綢、拷花天鵝絨、猩紅色的布料、中國珠茶、糕餅糖果、棗子、果漿、糖漿、醃薑、三十六瓶蘇格蘭威士忌酒、兩大箱中國和西洋玩具。占姆士披著皇家艦艇中隊制服：白襯衫、英國海軍少尉短夾克，長褲緊繃，領結流暢，站得挺直，左膝微彎，典型傲慢的征服者姿態。

「劉先生，一八四八年，貴公司人口多少？」他透過翻譯，問了劉善邦第一個問題。

「約六百人，」劉善邦透過翻譯回答。「精確數字，待我回去查證。」

「當年你繳多少鴉片稅？」

「六十兩黃金，」劉善邦說。「我向您買了六十球生鴉片，每一球一點六公斤，共九十六公斤。」

「現在貴公司人口多少？」

「四千一百零一十三人。」

「人口增多了，但你去年才買三十球生鴉片，只繳三十兩黃金鴉片稅，不增反減，怎麼回事？」

「哎呀，錢都拿去買洋煙洋酒、賭博和玩女人去了。」劉善邦兩手一攤。「他們不抽，我有什麼辦法？」

「我懷疑你從新加坡走私鴉片。」占姆士看著宮邸外的棕櫚樹和木麻黃，天穹上一隻掠食的栗鳶吸引了他的注意，牠優雅從容地趴在熱氣流上好像睡著了。他記得不久前，法蘭絲．葛蘭特爵士在倫敦幫他畫像時，他這種嘴角含著淡淡的微笑、兩眼凝視縹緲未知遠方的神態，讓他渾身瀰漫迷人和浪漫的英雄氣質。他十分滿意那張畫像。占姆士過世後，那張畫像懸掛在倫敦國家肖像美術館內，永世供人瞻仰。「我還懷疑你從新加坡走私軍火和煙酒。」

「陛下，您別聽信流言——」

「我會增加你的租金、人頭稅和鴉片稅，」占姆士說完，挺直彎曲的膝蓋，背對著劉善邦。「正確的額度，過幾天通知你。你回去吧。」

10 石隆門（Bau），位於婆羅洲西北部，十九世紀以盛產金礦、銻礦聞名。

「陛下，公司的人一直反應，我們交的稅不少了——」

「你回去吧。」

第二天占姆士派人通知劉善邦：租金和人頭稅不變，鴉片稅每年維持黃金六十兩，嚴禁十二公司出口黃金；走私鴉片部分，罰款一百五十英鎊。二月十七日，劉善邦率領六百華工武裝部隊，乘戰船，以毛瑟槍、獵槍、長矛、大刀，夜擊占姆士宮邸，殺死數名英國官員，短暫占領砂州首府古晉三天，占姆士率領以馬來人和獵頭族組成的萬人軍隊反撲，劉善邦陣亡，華工潰逃，血洗十二公司，屠殺兩千六百華裔老弱婦孺。敉平叛亂一個月後，占姆士才有空清點劉善邦見面禮。洋酒自用，其餘分送下屬，兩大箱玩具，大小像兩具棺木，用銅片和麻索密實箍紮，費了一番手腳撬開，其中一箱盡是中國和西洋玩具，另外一箱只有黃金和鴉片膏：黃金一百兩、鴉片膏一百公斤。

「德・昆西說得沒錯，中國人，鬼鬼祟祟，拐彎抹角，走後門，講大話，奸詐自私，下流淫穢，」占姆士大罵。「劉善邦，你這個長著小豬眼、拖著大豬尾的流氓，你這個一日三餐吃老鼠、貓狗、蝸牛和蚰蜒的野蠻人，你這個口吐致癌濁氣的妖怪，把話說清楚，不就沒事了！」

帕朗刀

帕朗刀（parang），馬來群島原住民慣用的彎月型大刀，或稱番刀，類似印第安人的大砍刀（machete）、菲律賓人的砍刀（golok）、印尼人的大刀（bolo）、蘇祿海盜的長刀（kamilan）、台灣原住民的高山刀。長度不一，短則一英尺，長則三英尺或以上。刀身分三部分：尖端刃薄，適於剝皮；中端刃厚，呈斧狀，適於砍柴剁骨；底端精細，適於雕刻。刀身似弓，刀背凹陷，尖端比底端闊厚，揮砍時力量集中尖端，使刀刃有效鍥入肢體或木頭，也易於抽回。刀柄、刀莖、刀身一體，木製刀鞘，角質或硬木握把。

帕朗刀是婆羅洲原住民生活基本工具，也是對付白人殖民者和日寇的戰鬥神器。

他十六歲，握著大帕朗刀，腰抺兩支茄紫色小帕朗刀，準備報名參加朱大帝獵豬大隊。一隻黑鴉像斷線紙鳶墜向天陲，他聞到黑鴉喙爪裡的屍氣。

亞鳳剛剛殺戮了生平第一頭長鬚豬。那是一個濕熱的下午，豬群頓蹄聲響遍荒地，踐踏出瓜瓜瓢瓢的水聲。父親說，滿十八歲，送他一把大帕朗刀和一支單管霰彈槍，伏擊野豬渡河。父親是豬芭村一流釣手，帶著村民用古老的牽罟法拉網捕魚，護網的父親被闖網的大魚捶肚皮、被飛越魚網的大魚搧耳光，嘴唇瘀青，兩頰像抹了胭紅，綽號紅臉關，有人叫父親關公、關雲長。父親擅長捕魚，卻不擅獵豬，亞鳳對他的話半信半疑。他等不及了。朱大帝召募獵豬大隊隊員，已召足九人，年齡二十上下，說話短小精悍，打鼾像炮彈呼嘯，身上有一個以上野獸或刀槍留下的明疤暗傷。去年此時，打金牛鑄了一條六兩重金鍊子，要大帝帶他十五歲兒子入林獵豬，大帝和隊員抬回一具被野豬刨空胸腔的屍體，不再召募十八歲以下隊員。亞鳳知道，要大帝青睞，真本事比金鍊子重要。

他腰挎一支大帕朗刀和兩支小帕朗刀，在黃萬福果園外埋伏了三天。七月，悍夏似豺狼，正在凶猛叫嗥。黃萬福果園菜畦幅地廣大，切成八塊，匝籬圈地，每一塊種植不同蔬果，由黃萬福和八隻陰險懶散的土狗監控。亞鳳蹲在下風矮木叢裡，守在一個籬笆豁口外，豁口內外爛泥地上殘留著野豬蹄印。父親說野豬多疑狡猾，嗅覺勝過土狗，可以嗅出一星期前接觸過人類肌膚的草梢枝葉，從不同體味分辨甲乙丙丁、男女老少、生人熟人。

父親說，野豬在豬窩裡吸啜地氣，在山嶺採擷日月精華，在爛泥潭打滾，啃食豬菰、野蕨、野蕈、野橄欖、野榴槤和甲殼蟲蛹等，早已經和荒山大林、綠丘汪澤合為一體，野地的廣大荒蕪提供了最好的掩護和堡壘。單靠獵槍和帕朗刀是無法和野豬對抗的。人類必須心靈感應草木蟲獸，對著野地釋放每一根筋脈，讓自己的血肉流濬天地，讓自己和野豬合為一體，野豬就無所遁形了。父親說得很玄，也很神祕，亞鳳想，再怎麼神祕，怎麼玄，也不過把自己想像成一隻豬吧。

父親帶著九歲的亞鳳走向茅草叢時，指著一片散亂著水窪、小溪、灌木叢和果樹的野地，嚅了嚅嘴唇，好像說，聽見鳥的啁啾，就知道那裡有鳥的飛旋，知道了還不夠呢，還要揣摩動態，是在捕食、築巢或求偶。聞到熟果的暴香或強腐，就知道哪一棵果樹的果子熟了，樹上有幾隻撒野的猴子。感覺到大地顫慄，就要細數出有幾隻野豬豨突，還要估計野豬的數量、大小和體重。舔到了空氣中的尿騷味或血腥味，就要知道哪一巢鱷蛋、哪一窩大番鵲孵化了。父親笑得很神祕，說，磨練久了，經驗多了，這種本事只能算是雕蟲小技。父親再一次指著那片野地，大聲說，猜猜看，小溪和灌木叢裡發生了什麼事？亞鳳均衡呼吸，閉上眼睛，聽見大番鵲和蒼鷹的叫嘯，西南風走過茅草叢的跫音，遠方豬芭村的狗吠雞啼，荷蘭石油公司滿載鑽油技工的卡車咆哮聲，除此之外，野地悄無聲息。他又努力聽了一陣，睜開眼睛，對父親搖搖頭。父親和亞鳳走向那片野地，邊走邊說，灌木叢中有一對豪豬正在交媾，已經半乾涸的小溪上，兩個小孩挖坑捉蛇頭魚[11]。爸，你怎麼知道呢？亞鳳說。公豪豬上母豪豬前，會在她身上撒一泡尿，我聞到了那股奇特的尿騷味。兩個小孩高亢的尖叫，你怎麼沒聽到？亞鳳趨近灌木叢，果然看見一對腹背密合的豪豬在灌木叢振動著黑白環紋的棘刺，發出忽忽喇喇的巨大聲響。兩個穿著背心短褲的小孩伸手到淤泥中盲撈，掐住一尾又一尾蛇頭魚扔到屁股後面豬肚大的竹簍。灌木叢突然躍出一個中年人，對著豪豬撒出一張魚網。豪豬在亞鳳父子出現時已交配完畢，中年人剛撒下魚網，兩隻豪豬已消遁。中年人狠狠瞪了父子一眼，抽出腰上的帕朗刀，剖開草叢追逐豪豬。

11 蛇頭魚（Baram snakehead），活躍於婆羅洲巴南河（Baram River）的魚種，或稱生魚、黑魚、烏魚。

「爸，」亞鳳說。「你沒有看到這個人？」

野豬從一棵非洲楝樹蔭下竄過，秀美的枝椏突然猙獰起來。

亞鳳掖了一下重得像一甕水的大帕朗刀，又拍了拍兩支小帕朗刀。他握住刀柄，刀一出鞘就不高興地用刀刃眨著凶光。刀身像一尾魚，處在一種急流的游弋中。茅草叢竄伏著五頭野豬，獠牙閃爍著釉彩的飽滿色澤，形狀非常模糊。牠們的奔跑像一股流淌的液體，攪拌著爛泥的臭水八方激射，銼懵了亞鳳視覺。五隻野豬消遁矮木叢後，茅草叢突然躥出第六頭野豬，乍見亞鳳，煞住了蹄，但慣性未消，豬鼻子戳入一窪爛泥坑中，但馬上展開防禦姿態，想把亞鳳拱到天涯海角。牠的眼球像鵪鶉蛋，獠牙像拉滿的弓，豬頭扁得像自行車座墊，邪得磷火斑斕。

「一頭剛褪下棕栗條紋保護色的小豬。」亞鳳拍了拍帕朗刀刀背，好像徵求它的同意。「活捉嗎？」

小豬嘗試奔跑，但很笨拙。牠的後腿有一道傷口，披著一片血幔。亞鳳大帕朗刀入鞘，跪倒，十指富足，撲向小豬，小豬四肢窮困，豬蹄子蹬開亞鳳十指，亞鳳指骨痛得像要炸裂。亞鳳拔出大帕朗刀，跨兩步就追上小豬，小豬轉頭攻擊亞鳳，亞鳳刀背砸豬背，小豬哀嚎，死得一身傲骨。帕朗刀露出荒唐神色。亞鳳發覺第一次殺戮，就和帕朗刀互動崎嶇。他惋惜地拎著那隻垂死的小豬後蹄，把小豬整個身子挪近臉前，往上顛一顛，又往下蹾一蹾，好像要把活蹦亂跳的元氣擠回來。

小豬確鑿地死了。

蚱蜢向天空撒出金黃色的拋物線。亞鳳看見剛才那五隻野豬在一塊泥渚上聚首，對著一汪髒水鐽蹄鋤鼻，牠們一甩開泥渚，泥渚就化成一個水窪，茅草叢星布這種水窪，像小豬鼻子星布的肉瘤子。

愛蜜莉拎著滴血的帕朗刀從茅草叢走出來。

「亞鳳，小豬死了？」

「死了。」亞鳳把小豬舉到胸前。

愛蜜莉的帕朗刀舔了舔水窪，洗去刃口上的血跡。她穿一件下襬抽鬚的寬管牛仔褲和駱駝色短袖襯衫，戴一頂四面八方翻簷的草帽，圈邊的竹篾已脫落，經緯紛亂，帽簷上立著一隻黃褐色的小蚱蜢。琉璃珠頸鍊，串著兩顆野豬獠牙。檀木刀鞘，槳那麼闊大，袢扣在藤條腰帶上；檜木刀柄，攥在她手上，一片榴槤花花瓣從黃萬福果園飄向她手中的帕朗刀，在刃口上頓了一下，裂成兩片。手臂和手腕圈著十多個墨色的藤鐲，當她揮舞雙手行走茅草叢時，像極了在枯黃色的草叢中擬態的老虎尾巴上的黑環。這是亞鳳第三次看見這兩尾黑環了。

第一次看見這兩尾黑環時，一九三九年，一月，亞鳳蹲在矮木叢下一個多小時，那條經常勾襠的短褲在壓迫下門戶洞開，因熱氣膨脹的陰囊醜陋地兜著兩粒睪丸，吊垂褲襠外，被東北風搧動，被火舌舔過野地上的芒草稜刺刮得又癢又舒服。他數次把陰囊塞回，弄得五指充滿尿騷味，弄得褲襠內陰陽顛倒，生殖器探出頭來，乾脆置之不理。據說大番鵲聰明，知道人類覬覦雛鳥，築巢時故弄玄虛不讓人類尋獲巢穴。亞鳳搔了搔逍遙禮儀外的陰囊，兩眼不眨，緊盯大番鵲。他懷疑大番鵲也在監視自己。

在煙霾繚繞、窣窣轟響的茅草叢中，遊走著兩條黑環虎尾。他看見愛蜜莉站在矮木叢前舉目四望，突然蹲下，扒下白色帆布短褲，對著一汪瀦水撒尿，尿液落到水窪裡嗞嗞響。亞鳳看見水窪上的水光像鴨蹼浮游愛蜜莉臉上，自己未成年的生殖器伸長了脖子，龜頭觸到了腳踝下一簇虱母草。東北風凶猛地吹颳著，茅草叢安恬柔順。尿液聲一陣稀一陣稠，一下近一下遠，激起的小水花幾乎濺濕了龜頭。尿滴聲停止了，他聽見愛蜜莉扣上帆布短褲，站直，又舉目四望，邁向原來的方向。

亞鳳站直了，朝黑環消失的方位覷了半天，繞過矮木叢，走到雞窩大的小水窪前，尿水濺起的泡沫正在爆破，水光溢彩，明朗曖昧，花容月貌，似水年華。他蹲在水窪前，食指蘸水，放到鼻子前嗅，伸舌去舔，尿迫感像小刀剃著生殖器，鬆開褲頭，對著小水窪撒了一泡熱尿。

更早之前，他在茅草叢一個水塘前垂釣。茅草叢星散著這種不大不小的水塘，有天然的，有人工開鑿的，也有後來被日寇和聯軍炮火炸裂的。豬芭村飼豬，家家挖一口水塘，放養浮萍、睡蓮、野生魚種，借助水運帶來強運。旱季時，野草易燃，水塘可以減緩火勢也可以滅火。亞鳳的魚餌是一隻青蚱蜢，釣竿是一根樹枝，蚱蜢不曾沾水，一尾三保公魚[12]已躍出水面吃餌。亞鳳忘了鰭刺極毒，空手抓魚，聽見身後有人大喊：「小心！」一隻大蜥蜴竄過他胯下，咬了一口亞鳳左腳拇趾後潛入潭中。亞鳳一陣激痛，鬆開了三保公魚。

愛蜜莉從茅草叢牽著一隻黑狗走出來，戴一頂沒有圈邊的藤帽，藤絲翻捲，像螃蟹的腳。穿客家人的黑色寬筒長褲和被剪成短袖的對襟長衫，手臂纏著藤鐲，琉璃珠環頸，腰拤大帕朗刀，刀鞘盤了一隻丹紅色的大蚱蜢。黑狗四肢輕盈，走路無聲，像一隻大黑蜂盤旋愛蜜莉屁股後。

「亞鳳，你讓牠跑了？那隻蜥蜴叼走了我一隻小公雞！」

亞鳳丟下釣竿，蹲下身體檢查手掌心和腳趾頭。三保公魚已躍回潭中。

「你受傷了？」愛蜜莉也蹲下。

「我讓三保公魚刺了一下，又讓蜥蜴咬了一口。」

愛蜜莉握住亞鳳手掌，掰開亞鳳腳趾頭。「有毒！沒事，死不了的。」

亞鳳賭氣坐下。「如果不是蜥蜴，那隻三保公魚再凶，我也不會鬆手。」

愛蜜莉拍了拍狗頭。「亞鳳，蜥蜴唾液消肌生毒，狗的唾液消毒生肌，讓牠舔一舔。」

狗繞過愛蜜莉，嗅了嗅亞鳳腳趾頭。

「爸爸說，撒一泡尿淋一淋就好了。」亞鳳腳趾痠麻，手掌痛得難受，走入茅草叢，背對愛蜜莉剝開褲管，在手掌上泚一泡尿，用另一隻手掬一泡尿澆腳趾頭。

愛蜜莉用亞鳳的釣竿釣上一尾更肥大的三保公魚，用帕朗刀削去鰭刺，草稈穿腮，遞給亞鳳。亞鳳想起浮游她臉上的鴨蹼。

「一泡尿，撒得天長地久！」

亞鳳不答話。走路不沾地的黑狗像煙霾，趴在愛蜜莉腳下時像廢鐵。強大的西南風把岸邊的綠水吹颳得一瓢瓢潑向茅草叢，水塘中心的水卻沉穩如石壁，遠近有許多凹下去的漩渦，忽大

---

12 三保公魚，婆羅洲水域常見魚種。背部有五條黑紋，據說是三保太監捉放後的手指印。「三保公魚」是當地華人俗稱，學名不詳。

忽小，忽有忽無，發出長吁短歎的怪聲。

「賠你一尾魚。」

亞鳳用沾上尿液的手接住。

愛蜜莉用帕朗刀刀尖摁了摁小豬。「死了。可惜。剛脫奶。」

「豬是妳砍傷的，我剁死的。」亞鳳搦豬的手垂下。身上拤著大小帕朗刀，完全感受不到小豬重量。又用力蹴了蹴小豬。「歸誰呢？」

「你要，給你。」愛蜜莉扠腰看著亞鳳。「你揮得動大帕朗刀。幾歲了？」

「十六。」亞鳳身上抹了稀釋人類味道的豬糞，愛蜜莉剛現身，他就聞到黃萬福果園隨西南風飄來的各種水果芬芳和雞糞味。一年後他才知道，雞糞味來自愛蜜莉。「我拿這隻豬去見朱大帝，參加獵豬大隊。」

「爸爸說要等我滿十八歲。」

「就憑這隻小豬？」愛蜜莉伸出中指撣了撣豬背。「朱老頭算什麼？叫紅臉關帶你去。」

「這隻小豬，朱老頭不會看在眼裡。獵一頭大豬。要我幫你嗎？」

「來不及了。」亞鳳拎著小豬往村子裡走。「大帝過兩天就出發了。」

茅草叢橫亙著豬舍，像方舟航行茫茫大海。亞鳳將小豬擲入背後的藤簍，走過蛇徑、龜徑、豬徑、鱷徑、雉徑、蜥蜴徑，越過一條即將枯竭的小溪，繞過幾簇矮木叢，站在一棵野橄欖樹下眺望茅草叢。

炎陽強大，野橄欖樹壓低了樹篷，護佑著樹下弱小的涼爽。樹下散布十多顆黑幽幽的橄欖果，好似一群精靈眼。亞鳳想起十多天前經過砍屐南的木屐店，聽見朱大帝向砍屐南抱怨自從穿上砍屐南的木屐，腳趾頭就長雞眼。砍屐南是豬芭村唯一製作木屐的工匠，戰後日本拖鞋流行，改行修鞋匠。亞鳳聽見脾氣暴躁的砍屐南用小斧捶打一塊長方形的日羅冬[13]，破口大罵：「全豬芭村只有你穿了我的木屐長雞眼！又不是卵交，你擔心什麼？」兩人嬉笑怒罵，卵交長卵交短。亞鳳十歲時，父親的腳趾頭也長雞眼，吃了一個多月橄欖果後，雞眼神奇地消失了。這個治療雞眼的妙方，全豬芭人都知道。亞鳳撿起橄欖果塞滿褲兜，繼續走向豬芭村，經過豬芭河，看見鱷王小金揹獵槍帕朗刀，划長舟經過豬肉販李大肚老家，李大肚老婆正在棧橋上洗衣。傍河的豬芭村住戶在河岸上搭棧橋，直通後門，橋頭拴舢舨和長舟。棧橋上的鋪板凹凸不平，素常擬態著做日光浴的小鱷魚和大蜥蜴。棧橋上用木板和鋅鐵皮搭一座簡陋的茅房，面河的牆面用紅漆塗一個阿拉伯數字，權充門牌號碼。

李太太聒噪得像一隻剛下蛋的母雞：「小金，祝你今天走桃花運，給老母鱷招贅去！」

小金獰笑：「李大嫂，愛在河邊洗衣，公鱷看了，先姦後喫！」

李太太邊罵邊從棧橋扯下一塊朽木扔向小金。

孩子王曹大志領著高腳強楊二郎、紅毛輝哪吒、托塔天王錢寶財等小孩在一座廢棄的豬舍上演孫悟空大鬧天宮戲碼。孩子見佛祖降伏孫大聖，出怪招讓孫大聖脫困，繼續棒打哪吒智鬥

13 日羅冬（jelutong），夾竹桃亞科樹種，生長於馬來半島、婆羅洲、蘇門答臘和泰國的雨林低窪地。紋理細緻，適於雕刻。

楊二郎掃蕩天兵神將，西天取經遙遙無期。紅毛輝哥哥白孩，十四歲，擎一支吹箭槍，向河面投石，在水上劃出詭異炫目的線條，像和河裡神祕的水怪搏鬥。亞鳳走進豬芭村最熱鬧的十排木板店鋪，看見蕭先生坐在寶生中藥店前擺攤代書，正在給一個三輪車伕代寫唐山家信，朱大帝的牛油記咖啡店就在中藥店對面，朱太太牛油媽在櫃檯前叼一根黑貓牌香煙，看見亞鳳，兩眼火花飛迸像通電的鎢絲。

牛油記是豬芭村唯一非海南人經營的咖啡店，瀰漫汗酸味和山芭氣息的豬芭男人從早到晚坐在四十多張雕花波蘭椅上，圍住八張海南島進口的大理石圓桌，喝著澆煉乳的咖啡或不澆煉乳的黑咖啡，一杯五分錢，中國陶瓷咖啡杯保溫，即便半小時後，咖啡仍保持溫度。牛油記除了咖啡，兼賣紅茶、阿華田和啤酒，叉燒包、蛋糕、麵包和甜點全由朱太太巧手製作。朱太太煎炒咖啡豆到八分熟時，攪拌新加坡進口金桶牌牛油，咖啡香濃，讓人舌頭酥麻，牛油麵包風味獨特，綽號牛油媽。朱大帝年過六十，七年前娶了十三歲的牛油媽，生下兩個大耳塌鼻鼠眼牛唇的豬兒子，大兒子和一群小孩在溝渠裡捉孔雀魚和鬥魚，小兒子站在一張板凳上傍著母親吸奶，從他嘴裡溢出的奶水在牛油媽客家對襟短衫形成兩灣拳頭大的奶漬。牛油媽餵完奶後，讓豬兒子坐在櫃檯上吃蛋糕，翹著像兩個倒扣大碗公的屁股，支頤覷著亞鳳，手握一塊貼肉蘸汗的小手絹。咖啡館裡的豬芭男人好像《封神榜》裡眼睛長出手掌的楊任，目光都黏著牛油媽。

朱大帝和鍾老怪、鱉王秦、扁鼻周等獵友圍坐在一張圓桌前，議論著一個多月前在豬芭河上游剿殺的一隻大野豬，只有大帝注意到亞鳳走進了咖啡館，擇了一張靠牆的波蘭椅坐下，把藤簍放到腳下，叫了一杯加煉乳的咖啡和兩個叉燒包。

牛油媽把手絹塞入衣襟，運動巨大的髖骨，看兩眼亞鳳，秋水朦朧，模糊賣弄，眼角溢著一朵小小的淚花，走出櫃檯，進入廚房。

豬芭河畔兩英里上游一個多月前出現一隻大野豬，搗毀十多座雞棚鴨寮，咬傷兩個老菜農，朱大帝等人圍剿時，牠已戳死兩隻土狗，咬斷其中一隻狗脖子，將狗頭銜在嘴上。牠的豬頭覆滿巢狀鬃毛，露出兩顆齊耳的獠牙和猩紅色的鼻吻，對著堵擊牠的十多隻土狗咆哮。土狗已啃遍牠全身，牠卻毫髮未傷，間或用嘴裡的狗頭攻擊土狗，把土狗捶打得哀呼不迭。鍾老怪的強生獵槍和扁鼻周的雙管霰彈槍已上膛，朱大帝卻興起了活捉的念頭。他們錯開土狗，想把野豬驅入水塘。牠的前蹄剛入水，突然轉了一個身，把鱉王秦撞得四仰八叉，放開狗頭，咬住一隻活狗的頭，在一群土狗圍剿和眾目睽睽下，撕裂了狗脖子，銜著新的狗頭，仰天長嘯。鱉王秦奪走扁鼻周的霰彈槍，對著豬頭轟了兩顆霰彈。野豬撞倒鱉王秦時，獠牙插入褲襠，戳爛了他的荷蘭人和中國人的雜種卵交，療癒後狀若苦瓜。鱉王秦太太已過世，只有南洋姐了解箇中滋味了。

朱大帝等人正在對他的男器開玩笑。

牛油媽捧了一杯熱氣裊娜的黑咖啡放在亞鳳桌子上，澆上煉乳，親自用湯匙攪了攪，回到櫃檯前。

「亞鳳。」朱大帝吸著黑貓牌香煙，吐出一環獰笑的煙圈，偏過頭來看著亞鳳。「你的藤簍裝的是死豬吧？你一走進來，我就聞到了豬血和豬騷味。」

咖啡館的男人把視線從牛油媽身上挪開，看著亞鳳。不知為何，亞鳳突然瞄了一眼牛油媽。牛油媽臉上掠過一道興奮光斑，捏了一下兒子油光燦亮的肥臉。

鱉王秦用一根牙籤刮著牙齒上的鴉片煙垢，將一隻長滿老繭的大手伸入亞鳳的藤簍。亞鳳抓住鱉王秦的手腕，瞄了一眼他的胯下。「小豬也許還沒斷氣呢，小心你的褲襠！」

鱉王秦縮回了手，故作惶恐地拍了一下藤簍。兩粒橄欖果從亞鳳褲兜掉到地上，其中一粒停留在朱大帝的豬兒子腳下。豬兒子撿起橄欖果就啃，啃了半天啃不動，被大帝搧了一下腦袋，哭啼著找牛油媽。

「亞鳳，你爸爸的雞眼還沒治好？」朱大帝吐出像竹竿那麼直挺的煙柱。大帝指著左腳大拇趾外側的痰狀雞眼。「你看，我也長了雞眼！」

亞鳳的滿腔熱血被那隻銜著狗頭的大豬澆熄了。他草草地喝了咖啡，趁著牛油媽在廚房裡燒煮咖啡，揹著藤簍，一手各拿著一粒叉燒包走出牛油記咖啡館，邊走邊啃。牛油媽走入廚房時，眼角下的淚花暈散了。亞鳳經過打金牛寶生金鋪，停在沈瘦子吉祥號和扁鼻周和興號雜貨店前，兩家雜貨店並肩，販賣出口的樹膠、胡椒、碩莪、日羅冬等土產，也販賣進口的白米、煙酒、食油、罐頭和麵粉等，不同的是，吉祥號合法非法販賣獵槍子彈，和興號合法非法兜售鴉片膏。和興號櫃檯前掛了一個大鐵籠，養了一隻盔犀鳥，叫聲像非洲土狼。亞鳳幫懶鬼焦向和興號賒了兩包走私鴉片膏，離開木板店鋪。

亞鳳走向豬芭河畔，看見高梨咬一根煙斗，汗如雨下，用磨砂紙和刨子削滑十多張小板凳。小林二郎肩扛竹竿，吹奏口琴，身後跟著一群小孩。果農林桂良女兒惠晴在豬芭河畔印茄木[14]下和幾個女孩玩跳房子，笑聲神祕遙遠，好似小蛇從瓜壟竄過，亞鳳的心像地瓜葉滋滋顫抖。大信田的四輛平板車繃緊肌腱，越過一個小山坡。一群長尾猴在廢棄的瓜棚上捉蝨，棚上幾瓤紅屁股，棚下一串尾巴蔓。稻草人迎風競跑，袖子獵獵轟響。荷蘭石油公司放養的霍爾斯坦乳牛挨肩並臀吃草，黑白斑紋交錯，數不清幾頭。

亞鳳推開一道籬笆門，看見懶鬼焦的無頭雞站在長滿鳥巢蕨和過溝菜蕨的木樁上，撅起屁股上的大小鐮羽「看」了亞鳳一眼，木樁下的老黃狗繼續打著友好的瞌盹。懶鬼焦不在家，亞鳳將鴉片膏放在木板屋窗台上，繞過一座水塘，跨過一道矮圍籬，回到老家。

天色漸晚，一輪月斧剖開無邊無際的莽蒼，在加拿大山上露臉，天穹冷峻。

亞鳳卸下大小帕朗刀和藤簍，在井畔沖澡後穿上短褲背心，坐在一疊乾柴上。老井黑土，慵水懶草，雞窩頹塌，記憶荒老，一個白衣黑褲女子，肩扛五把大小帕朗刀，步伐蕪漫，向亞鳳和紅臉關走來。

14 印茄木（*Intsia bijuga*），或稱太平洋鐵木，熱帶雨林的優質樹種。

江雷

婆羅洲河窄岸峭，石多水急，河畔林木蔥鬱，河面枝椏交錯，不見天光，日久，巨樹殞崩，被狹岸或巖石壓抑，長困水域，刷深河床，影響河域生態；或隨波放逐，被瀑布留滯，枯藤、破竹、斷梁和漂流木無處溢流，淤壅不去，拱成天然堤壩，大雨後，屯積驚人水量和強大水壓，終於潰堤，洪水直奔下游，挾帶巨木頑藤，或嗡隆轟響，像雷鳴炮擊、萬豬奔騰；或無聲無息淹沒河畔，水位暴漲，肆虐數十英里。

江雷（river thunder）是婆羅洲河流生態系統和大自然殺手，每年奪走數十條人命和難以估計的畜命。

關亞鳳母親葉小娥初遇紅臉關，身上帶著大小五支帕朗刀，最大的兩支，一支給丈夫紅臉關，一支掛在關家牆上，十多年未出鞘。

紅臉關三十歲生日時以山蛭為餌，乘舢舨在豬芭河上游垂釣，釣上一尾二十斤黃羌魚[15]。波上煙縷裊裊，籠罩江面掙扎的魚首魚尾，訴說著水世界的縹緲凶險。紅臉關吃了十多天野味，加上一對昨天射殺的鷗合雉雞[16]，身體燥熱，晚上和著溫水吞下一膏鴉片，一早醒來，一隻澤鷲擄了一尾活魚上岸，化作一個白髮紅顏仙翁，扛著釣竿活魚消失竹林裡。紅臉關繼續垂釣，釣上一尾黃羌魚，又釣上第二尾黃羌魚，抬頭看見野榴槤樹下兩隻長鬚豬戲耍，一對水蜥蜴在岸上交配，一雙白鷺鷥在茅草叢裡摩頸，心想：怪了。

脊巒被淌血絲的日頭啃了一個缺口，蝌蚪雲游向日頭，好像游向未受精的卵。野鳥從上游飛過他頭上，長鬚豬和水蜥蜴傻躐，白鷺鷥不知去向，兩尾黃羌魚死而復活撲向船舨，躍回河中。紅臉關看見一道階梯狀波浪，好似發狂的象群從上游撲向自己。紅臉關心想：江雷！拿起船槳划向岸邊，攥緊一根扠向岸邊的望天樹樹幹。一堵又一堵水牆前仆後繼坍向他，水流在褲襠內順時針逆時針迴旋。洪水來得快去得快，紅臉關在水裡撐了數分鐘後，水位逐漸下降，棲身的樹幹露出水面時，一隻馬來熊屍體和他並肩曲臥樹幹上，熊爪像小釘耙在他眼前揮擺，在他額頭留下了三條雞爪疤。紅臉關繼續盤在樹幹上，看著各種曲捲的死獸和難以名狀的物體從胯下流逝，半小時後，河岸現身，他躍下地表，繞過望天樹，看見樹下擱著一艘竹筏，竹筏上躺著一個白衣黑褲兩眼闔攏的女子，手裡摟著一個長形包袱。女子胸膛起伏，紅臉關知道女子活著。

紅臉關活到三十歲，不曾和女人獨處。他蹲在女子身前，好似獵人觀察鮮蹄新糞，找尋未來過去。這個被河水沖泡過的女子，高高聳著的胸脯幾乎埋沒了鎖骨，一條齊臀的辮子垂到胸前，看得紅臉關兩眼布滿漩渦急流。他伸出手，在肩膀上游移一下，又縮回去，不知是要叫醒女子，還是等她醒來。她的臉上星布著粉刺，嘴唇出奇紅潤蓬鬆，左臉頰有一顆頭大腹圓的螞蟻痣，一年多後女子過世，紅臉關依舊記不住那顆痣的正確位置。紅臉關後來對亞鳳說，那一刻，他已經愛上這個沒有開眼的女子。

紅臉關站起來，蹲下去，蹲下去，站起來；看看起伏的胸部，聽聽規律的呼吸，環顧四野，仰視天穹，女子突然睜眼，噘出一串綠色筋絡，看著紅臉關，小聲說：「大哥，有吃的嗎？」紅臉關說：「山果可以嗎？」女子點點頭。紅臉關脫下襯衫，不到十分鐘就兜了一袋臭豆[17]、樹頭酸[18]、山番薯[19]、板督[20]樹芯和幾種不知名藤果，女子背靠板根坐著，抓了就啃，嚼聲清脆，食量驚人，紅臉關對她的愛意和憐惜又昇華了一級。女子看著剩下的七、八顆藤果，說：「大哥，你吃。」紅臉關說：「我不餓。妳吃完吧。我到下游，看看能不能找到舢舨，一小時後回來。」紅臉關回到原地後，看見女子下半身泡在河水裡，長形包袱放在河灘上。女子洗完上岸，長形包袱挾在腋下，走向竹筏。女子已放下辮子，一頭烏絲遮住了半邊臉。「我要去河口的村

15 黃羌魚，婆羅洲水域掠食型巨無霸，成雙成對，學名不詳。

16 鷗合，婆羅洲雉雞，體積比山雞稍大，羽毛斑斕，叫聲如「鷗——合——鷗——合——」，成雙成對，性情忠烈，一隻遇難，另一隻仰頸待宰。求偶時像孔雀開屏，有森林孔雀之雅號。

17 臭豆，或稱柏帶果（petai），味道辛辣，猴豬愛吃。

18 樹頭酸，喬木植物，果子結在樹頭，很酸，煮魚和蒸魚最佳佐料。

19 山番薯，野生植物果子，狀似馬鈴薯，正式名稱不詳。

20 板督（pantu），棕櫚科植物，開花吐蕊在樹頂上，像一串串吊燈。幼嫩的板督樹芯（upak）可以生吃或炒煮。板督樹幹或根莖可以製造大量澱粉，提供人畜熱量。伊班英雄林達（Rentap）、阿順（Asun）和砂拉越共產黨從事長期的反殖民戰爭時，此樹助益甚鉅，有「森林中的糧倉」、「林中之寶」、「戰鬥之樹」、「自由之樹」雅號。

子。大哥，你呢？」「真巧。我就住在河口的村子。」紅臉關指的是豬芭村。豬芭村當時野豬橫行，處於半開墾狀態。「大哥，你舢舨沒了，用我的竹筏回村子吧，順便一路找舢舨。」

紅臉關壓抑著喜悅，和女子上了竹筏，航向下游。老天開始下起小雨，啐了一個早上的唾沫，中午過後，雨停了，蒼鷹出沒，好似在天穹的洞罅裡築巢。日頭黯淡，像一個不癒的鐧傷。流水忽急忽慢，竹筏停停走走，天色漸晚，離豬芭村還有一半路程。紅臉關將竹筏攏岸，和女子採藤果充飢，掏出褲兜一塊黏糊的鴉片膏，囫圇吞下，用樹枝在岸邊搭一個簡單棚架，鋪上枯葉乾草。女子一躺下就入睡。鬼的話語和獸的嘶吼喧譁了一個夜晚，紅臉關早已習慣，卻不習慣一個年輕女子的鼾聲體溫，四肢疲憊，意識奔騰，天色微明，兩人醒來後又吃了一批藤果，乘筏順流而下，入夜前抵達村子。

豬芭村當時是個無名村莊。開芭時，煙瘴瀰漫，蟲蛇巨大，盜寇流竄，但地肥柴廣，獵物和漁獲唾手可得，吸引一批華人礦工和加里曼丹淘金客耕墾落戶。

奮鬥數月後，村人發現豬窩遍野，豬屎滿地，豬蹄印浩瀚，豬啼聲不絕於耳，有鬃毛賁張的老豬，有獠牙突兀的青壯豬，有大肚子的母豬，有棕色條紋未褪的小豬，有安居樂業的在地豬，也有放蕩不羈的流寓之豬。村人鵲巢鳩占後，豬群開始反擊，有時候成群巡弋，有時候三五隻打游擊戰，蹂躪農地，摧毀畜舍菜棚，攻擊村人。一九一一年豬芭村發現石油後，大批華人技工和移民湧入，木板店鋪林立，野豬棲息地被大量侵蝕，豬群騷動不安，由一頭體形如牛的豬王帶領，開始頻繁和有計劃地驅逐人類，半年內敉平農地無數，奪走三個小孩、兩個女人和一個老嫗性命，死者不是被踐踏成肉醬，就是被囫圇啃食。村民組織了狩獵隊伍，但成效不彰，直到朱大帝、鍾老怪、小金、鰲王秦等獵手定居豬芭村。

朱大帝煙不離嘴，留一綹仁丹髫子，有二十多年獵豬經驗，伏擊過二十多次野豬渡河，靠著販賣犀鳥頭盔、豪豬棗和雲豹皮，在豬芭村開設牛油記咖啡館，二十多歲獵豬時被一隻大豬公叼走半塊頭皮，戴一頂壓低帽簷的草帽掩飾頭頂上的疙瘩肉瘤，右手臂有一個野豬刺青，左手臂有一個雙刃波浪形馬來短劍刺青。鍾老怪瞎了一眼，滿臉鬚鬢，略駝，嗜獵成癮，視槍如命。小金黝黑矮壯，獵鱷高手。鰲王秦六尺五寸，長髮披肩，有荷蘭人血統，販賣蛇肉蛇湯蛇膽蛇血。朱大帝年約五十，其餘三人三十多歲。招募青壯三十人，全村集資購買子彈獵槍，自備帕朗刀，分成四隊，鍾老怪和小金率領隊伍埋伏豬芭河兩岸，朱大帝和鰲王秦帶隊搜索茅草叢和矮木叢。人豬戰役進行十多天，每天翦滅或活捉大小長鬚豬近一百隻，豬血染紅了池塘和水井，連茅草叢的晨露也淌著豬血。村人用牛車或人力車分送獵物，活豬圈養，死豬烹宰，烤乾熏熟或敷鹽醃漬，南洋姐也每人每天收到一碟熟肉，削瘦的臉頰有了福態，這一段啃啖豬肉的腥膻記憶，豬芭人永生難忘。

野豬被豬芭人無情撲殺後，揮淚棄巢，遷徙內陸和上游，青壯的浪遊結社，老邁的遯跡山林，但牠們念念不忘豬芭村的果園菜畦，耐不住誘惑時就會小規模進村覓食。朱大帝解散獵豬大隊，將隊伍編成十多個三人小組，每天按時分區巡視，豬王沒有現身，戰鬥還未結束。每一股野豬群必有一隻肩負重擔的領袖，曉暢兵機，能攻擅守，帶領手下拓疆護土，是莽林難以抵擋的無敵軍團。朱大帝和村人殺戮十多天，豬王按兵不動，不知道懷了什麼鬼胎。

紅臉關入林二十多天，錯過人豬第一回戰役。他帶著女子回豬芭村時，朱大帝正等待豬王揭竿起義。竹筏抵達關家棧橋時，女子揹著長形包袱上橋，站在棧橋上問紅臉關：「大哥，我姓葉，葉小娥。你呢？」

紅臉關將竹筏拴在纜樁上。「我叫關耕雲，大家叫我紅臉關。」

「關大哥，方便的話，暫住你家幾天。」

紅臉關再一次壓抑喜悅。抵達關家的高腳屋後，懶鬼焦捧了一盤醃豬肉上門。「老關，你再不回來，這些豬肉要餵狗了！」紅臉關和葉小娥這兩天以藤果充飢，腸胃不踏實，抓了醃豬肉就啃，邊吃邊釋放藤果發酵後釀成的臭屁，懶鬼焦又扛來一桶白飯配肉。吃飽盥洗後，小娥穿上懶鬼焦借來的一套客家對襟短衫和黑褲，攤開長形包袱，取出兩支大帕朗刀、三支小帕朗刀和一個長滿鐵鏽像蜂窩的鐵盒子。小娥掀開鐵盒子，露出一肚子殖民政府發行的一元、五元、十元紙鈔和一分、五分、十分錢硬幣。「大哥，請您代我保管這筆小錢。昨天我們睡在河邊，你抱了我，又摸了我。我是你的人了。」

油鬼子

油鬼子（orang minyak），馬來黑巫術，盛行南洋，修習後半人半靈，白天如常人，入夜後全身漆黑，覆蓋油垢泥漿，便於藏遁。飛簷走壁，穿牆鑿壁，如鬼魅。

油鬼子分成兩類。一種是竊賊，天黑後潛入民宅盜取財物；一種是採花賊，性喜姦污處女，被姦污的處女達到一定數目後，金剛不壞，刀槍不入。

朱大帝傍晚巡視莽叢，看到一大坨豬屎，氣象萬千，遺臭萬年，非一般野豬所能醞釀，恐怕就是豬王下戰帖追討地盤。第二天破曉前，大帝扛獵槍帕朗刀走向茅草叢，經過榴槤王黃萬福老家。圍繞果園的籬笆門敞開著，紅冠大公雞門神似的堵在門口，樹上的紅毛丹核大囊紅，玉米園裡的玉米籽發出民豐物阜的鼾聲。大帝走向野地時，回頭看見起了一個大早的葉小娥從一座老井掬了兩桶冷水，沿著一道木梯消遁浴室中。她彎腰打水時，月色灑在她翹得很高的屁股和頎長的雙腿上。天地昏朦，大帝脫下草帽，搔著毛髮稀疏被野豬啃去半塊頭皮的頭顱，坐在一截枯木上等待破曉，天邊溢出了虛弱的晨曦。朱大帝起床後吸了一塊鴉片，咳個嗽也充滿性靈，放個屁也仙氣四溢。四十多年前，他因為少抽了一塊鴉片，血液像灌了鉛，腦漿像滲了水，被一隻大豬公咬去了半塊頭皮，如果不是獵友救駕，老命也保不住。大帝就著微薄的晨曦穿梭夾脊小徑，研究新舊蹄屎。他估計約三十頭青壯豬這兩天在村子外圍徘徊逡巡，既不是覓食，也不是尋偶。大便清楚顯示牠們這幾天吃的是森林裡的藤果野豆、蕈菇蟲蛹，不是村子裡的蔬果，而且蹄印井然有序，已經沒有十多天前豬群被村人追殺時的亂象。大帝越深入莽林，新鮮蹄印更密更嚴整，林木幽曠處更是樹塌泥陷，踐踏出七、八頭豬並肩齊進的大道。

午後下起細雨，大帝嘴叼一根洋煙，頭戴一頂全新寬邊藤帽，穿一件袖子肥大的長衫和一條束線帶像魷魚觸腕的黑褲，和小金、鱉王秦、鍾老怪等人站在黃萬福的牛車上，面對菜市場前數百個豬芭人。「豬群已在樹林裡集結多日，數量驚人，少則七、八百，多則兩、三千，甚至近萬，隨時會向我們村子發動攻擊。各位，近萬隻野豬同心合力圍剿一個目標時，軍隊也可能抵擋不住，更何況三十多支獵槍！小金、鱉王秦、鍾老怪和我已經有對策。沈瘦子剛進口一批獵槍子彈，已經無私貢獻出來，壯大狩獵隊伍。家裡有年輕男人，即使沒摸過槍，只要拿得動槍，歡迎加入，有神槍手鍾老怪指導，一天之內，把你調教成百發百中！估計狩獵隊伍可以增加到六十人。各位，野豬發難，如洪水暴發，沒有防禦，六百支槍也沒用。我們要在村子和樹林之間，築起一道柵欄，減緩衝擊，分散豬群，破壞隊形，豬群一旦自亂陣腳，群龍無首，自相踐踏孤立無援，我們這六十支槍就可以發揮最大的殺傷力了。長青板廠林萬青大老闆，捐出兩百多根原木，這些原木，外銷日本歐美，直徑大如牛肚象腹，小如豬頭，用來築柵欄擋野豬，萬無一失，大材小用。林大老闆有材出材，有人出人，同時撥出板廠一百多位伐木工，帶領我們儘早完成防禦工事。大家拿起鋤頭鐘子，時間緊迫，就從現在開始吧。」

三天內，野地豎起一道高八碼長兩千五百英尺的柵欄，橫亙豬芭河，分離村子叢林，欄距五指，方便射擊，隔一百英尺留一個豁口，只容一豬進出，引豬入村個別獵殺，照朱大帝的說法，「宜疏不宜堵」。木匠高梨造了四座高台，置於兩岸，遠眺莽林，兼作指揮總部，日夜派人戍守。時近年關，扁鼻周的雜貨店剛開張，捐獻了十箱新加坡進口的鞭炮和沖天炮。「鞭炮和沖天炮雖然對野豬毫髮無傷，但可以聲東擊西、擾亂軍心，也可以放屁添風，壯膽兼激勵士氣。」據說百年前石隆門華人礦工和白人政府對抗時，鞭炮和沖天炮就發揮了奇擊效果。孩子換上全新的彈弓橡皮帶，每人撿一大桶石頭彈丸，準備痛擊豬群。

接連十多天市井安閒、農作豐收，野地依舊布滿豬蹄豬屎，不見豬影，居民穩睡，大帝等人也鬆懈下來。紅臉關用葉小娥積蓄買下一爿木板店鋪販售土產，舊曆年後營業。小娥在寶生中藥店打雜，閒時看店鋪外擺字攤的蕭先生潤筆，認識幾個小字。西元一九二〇年二月十九日，歲次已未十二月三十日，除夕前夜，碧天無翳星斗闌干，紅臉關喝了小酒，食了鴉片，和葉小娥席地坐在後陽台上，看著豬芭河悠悠流向西北，一去不回，帶走兩岸驍雄幽魂，人心波瀾世路屈曲，看著小娥說：「過完年後，我們選一個日子結婚，管他塌下九重天，來一百萬頭野豬！」拿著釣竿，拉著小娥走向棧橋，跳上舢舨，短棹分波航向河心，釣上兩尾鯽魚，正要甩竿，聽見塔台發出野豬入侵警報：兩聲槍響。槍響過後，萬籟寂靜，沒有豬蹄奔騰，也沒有豬嚎，紅臉關以為聽錯了，接著又是兩下槍響，村子開始騷動，小娥指著上游：「大哥，你看！」

月色黯淡，使得成億上兆的螢火蟲在兩岸莽叢形成的兩條漫長的螢囊十分顯眼。在兩條火紅色的螢囊照耀下，紅臉關看見河面漂浮著似瓢非瓢、似鱉非鱉的大物，像首尾相連的竹筏，像支離破碎的漂流木，像揚起梭鱗和尾鬣的鱷群，攪動兩岸山嵐瘴氣，驚醒水域裡所有濕生卵化的妖魔鬼怪。豬群從豬芭河上游泅水順流而下，越過柵欄後，兵分兩路上岸，抖擻豬毛擲掉泥水，發出恐怖咆哮，湧向豬芭村。紅臉關上了岸，來不及拴舢舨，牽著小娥回屋，拿起獵槍和帕朗刀，吩咐小娥閉上門戶，闖向塔台和朱大帝等人會合。

紅臉關的高腳屋分上下兩層，下層無牆，八根鹽木木樁堅如磐石，不怕野豬衝撞。屋內唯一一盞手電筒被紅臉關拿走了，葉小娥點燃煤油燈，扭轉旋鈕，調高棉繩燈芯，無限增加亮度，她有點怕。燈芯燒得有氣無力但很堅持，細細的黑煙絲直衝天花板，好像準備衝上雲霄，燒出天穹一個洞。玻璃罩子的上緣已被燻出滿頭黑髮，裝滿煤油的燈肚子像葫蘆，燈頭像仰頸張口的蛤蟆，蛤蟆嘴裡含著燈芯，吐出一縷紅彤彤的火舌，像煉丹。高腳屋被槍聲、豬嚎聲、豬蹄聲、大人小孩吶喊、家畜聲圍困，難以辨別形勢，其中有一種炮聲，扁鼻周的沖天炮，爆破前發出咻咻咻的前奏，這幾天已陸續出現豬芭村天空，有如天降隕石。

她忍不住好奇，打開一扇窗戶往外張望，唯一看見的是忽長忽短的手電筒光柱，在黑暗中捅出一道巨大劍鋩。劍鋩伸伸縮縮，有頭有腳，有脖子有肚子，好似一個尋食的活物。一道劍鋩在遠方瞇了她一下，搖搖頭，瞄向別處。她關上窗戶，回頭看見桌上煤油燈的煙絲盤旋天花板，蜿蜒落下，吐出一個形體不全的男子，閉眼坐在桌前，讓煙絲繼續貫串身體，形象逐漸充實。葉小娥驚呼一聲，男子魂飛魄散，不知去向。一隻壁虎在屋簷上發出一串守護地盤的叫聲，空洞得嚇人。小娥走向煤油燈，將燈芯調得更高，將自己的黑影更龐大地疊在牆上，又將掛在牆上父親遺留的其中一支大帕朗刀取下，置於桌上。刀柄已被父親攥瘦，殘留父親的體溫汗漬，像一潭秋水；刀鞘已被寒露風霜摩挲得斑斕嶙峋，像一片凌空飛霞；未出鞘的刀身更是被父親血洗過千百次，像一輪皓月。

她坐在桌前，手撫刀鞘，將刀柄放在一個可以快速出鞘的角度。父親過世後，她一人撐筏北上，航行二十英里，攏岸休息，一隻馬來熊剖開莽叢上了竹筏，用爪子在竹竿上捋出許多鬚毛，咬斷一根拴綁竹竿的老藤，久久不肯離去。她握著帕朗刀刀柄，並不害怕。熊玩得盡興後，躍到河灘，走向下游，她上了竹筏，繼續北上，洪水來襲，遇上紅臉關。天賜馬來熊，耽擱了一下旅程；天降洪水，讓她認識了紅臉關。父親一輩子在上游販賣五金，賺取微薄利潤，死前留給她五支大小帕朗刀和一筆錢。兩支大帕朗刀，一支給未來夫婿，一支給未來兒子，那天晚上，紅臉關兩手像螃蟹在她身上橫行，她沒有閃拒，幸福熨熱了她全身，她知道，那支帕朗刀是他的。

一股燥熱從高腳屋下層衝到她胯下，屋內瀰漫豬騷味，鋅鐵皮屋頂吱吱叫著像掀了一層皮，隔熱層迴盪著越來越接近的槍響，一隻壁虎從天花板掉下，自斷尾巴。她感覺下層疊成小山的炊柴哀號，鋤耙呼嘯，鐵桶畚箕哭泣，一群野豬對著鹽木木樁蹭癢、噴尿、宣示地盤，窗框的鉚榫吱吱咿咿如雞吟，通往前後陽台的階梯傳來沓雜的跫音。她忍不住好奇心，握著刀鞘走向門口，抽出插銷，在陽台上張望，遠方的手電筒劍鋩依舊銳利，但並無一盞照明近處，四野黑漫漫，一陣寒風襲來，她全身抽搐了一下，回到屋內，扣上插銷，看見桌上煤油燈葫蘆肚子晶亮，蛤蟆嘴大開，火苗閃灼，煙絲如髯，搖曳飛升，凝聚成一個男子身影，背對她站在桌前。

小娥緊攥刀柄，男子噗的一聲吹熄煤油燈，龐大的身軀如弩箭離弦貼近小娥，拽住刀鞘，將小娥撲倒，同時將帕朗刀扔向牆角，剝下她的長褲。小娥的恐懼大過後腦撞擊地板時的疼痛，她的呼叫被豬嚎槍聲淹沒，她聞到男子身上的汗臭血腥味，她聽見一批又一批豬群朝木樁蹭癢噴尿，她看見馬來熊的屍體叉在枝椏上，沖天炮發出漫長犀利的咻咻聲，直達雲霄，終於發出一聲驚爆，炸裂她的肝腸。

豬群直搗豬芭村，撒起莽性，凶頑如鷹來雞柵，被狩獵隊伍六十多支獵槍一陣掃蕩，又讓扁鼻周的鞭炮和沖天炮迷惑，數千頭長鬚豬潰散成數十個小團體，小團體分裂成個體，失去雲從風助的氣勢，反而虎落平陽，被土狗欺凌，被從睡夢中驚醒的孩子拽彈弓伏擊，被怒火攻心的村人持鋤耙和帕朗刀圍剿。聽見兩聲槍響時，朱大帝等人正在扁鼻周的雜貨店玩四色牌，旋即持槍衝向塔台或制高點，此時午夜時分，除了塔台戍守人員，無人逗留戶外，豬群敉平農田畜舍和咬死家畜外，只有蔡家木板屋被刨倒，蔡氏夫婦成豬蹄亡魂，留下一個三歲小女兒。豬群凌晨三點渡河撤軍，村人殺得眼紅，划舢舨和長舟追擊，也不管子彈是否誤傷他人，一直追擊到上游六百碼，豬群上岸逃匿後才折返。

大帝只在塔台上待了半小時，見豬群陷入困境，即下台尋找豬王。他知道這次夜襲必是豬王傑作，也只有一豬之魁可以號令龐大豬群，統一進攻路線和時間。他逡巡了半個村子，凌晨兩點返回塔台，繼續潛向村子另一個方向。兩隻土狗咬住一頭青壯豬的耳朵和鼻子，三獸擰擰扭扭，互不相讓，大帝抽出帕朗刀刺向豬脖子，豬倒地掙扎，兩狗塗了一層豬血。兩名狩獵隊員被一小群野豬圍堵在一個坂坡上，大帝舉起雙管霰彈槍爆了兩顆豬頭，打開膛室退殼裝彈，又爆了兩顆豬頭，豬群哀呼連連，一哄而散。鴨子浮游池塘中央，兩頭豬正在啃食池畔的鵝鴨屍體，大帝扣下扳機，打得豬屁股開花綻蕊。幾個手持斧頭和帕朗刀的伐木工把一隻豬攏在不比井大的水窪裡，用鐵絲窩了個圈，套在豬脖子上。懶鬼焦的無頭雞在鋅鐵皮屋頂上來回走動，伸長了脖子「聆聽」四野，等待日出。大帝穿過兩棟高腳屋下層，看見蔡家木板屋已成廢墟，豬群正在刨食蔡氏夫婦屍體，另有幾隻野豬圍繞井畔，發出大河嗚咽的咆哮，兩批豬群中間，豎立著一個黑魆魆的活物，像一座野草滋蔓的巨塚，打開手電筒，看見豬王貌如石碑，額頭高挑著一撮白色鬣毛，彷彿鸚鵡頭上的翎羽，下頷一排垂地鬚髯，頗有幾分大師氣質。大帝喜悅多於驚訝，扔了手電筒，舉槍正要扣扳機，豬王知道厲害，揚蹄逃竄，漫天磷火，遍地骷髏，大帝開了兩槍，來不及開膛裝彈，豬群尾隨豬王狂奔，大帝追了十幾步，被一隻死豬絆倒，尋了半天，不見豬王蹤影，回到蔡家，聽見小孩哭聲，撿起手電筒，看見一座枯井，泉底無津，一個小女孩蹲在井底抽啜。

豬群撤退時，大帝沒有隨村人乘船追擊，他和鱉王秦蹲在河畔吸了兩支洋煙，洗去身上的豬血後登上塔台，鍾老怪扛著強生獵槍站在塔台上，小腿上有一支入肉兩吋的野豬獠牙。小金在塔台上瞌盹。兩人身上滴落的豬血，讓塔台豬血斑斑。大帝遙望村子莽林，直至破曉。舊曆年後村人就讓村子恢復原貌，野豬從此絕跡，村人開始大量飼養活擄的野豬，成了遠近馳名的養豬山芭，久而久之，村子有了一個統一的名字：豬芭村。大帝頻繁出入莽林，尋找豬王蹤影。豬群擊襲豬芭村時，村人目睹豬王來去自如，鏟倒無數農舍畜寮，狩獵隊伍灑下槍林彈雨，竟無可奈何，據說豬王奔走時撩起一股使人皮膚長燎泡的熱火旋風，蔓延身軀的磷火點燃衰草枯木，蹬開一條生人無法踰越的骷髏末路。

朱大帝將蔡氏夫妻的慘死攬在自己身上，收養了藏匿井底的三歲小女兒蔡銀花。蔡銀花十三歲時，朱大帝上了她的床，村人都叫她牛油媽，忘了她的本名。一九四一年，日軍占領豬芭村，分隔村子和莽林的兩百多根柵欄原木被鬼子掘取，和其他夙夜匪懈砍伐的原木運往日本，四座塔台移往豬芭村南方派遣軍總司令部和憲兵隊，掛上膏藥旗，日夜派兵駐守，監視抗日游擊隊和聯軍。一九四五年聯軍光復豬芭村，三座塔台被轟炸得屍骨無存，僅存的一座戰後被居民肢解，丟入灶膛，燒得吱吱響，彷彿豬嚎。

豬群最後一次入侵村子那晚，紅臉關打完六十發子彈，估計擊斃二十多頭野豬，傷了十多頭，下了塔台，抽出帕朗刀，和五個用罄子彈的隊員夾擊落單的野豬。隊員年輕且缺乏狩獵經驗，野豬身中數十刀，傷口琳瑯滿目，依舊蹦跑頑抗，死狀淒慘。紅臉關回到高腳屋時已是凌晨四點多，見小娥酣睡，也倒下入睡，中午睡來，小娥已去了中藥店。舊曆年後，他和小娥結婚第二天，山產店開張。年底小娥在產床上看見一群野豬圍繞著屋下的鹽木木樁蹭癢噴尿，一隻額頭高挑著一撮白色鬣毛、下頷纍著一排垂地鬚髯的雄豬登上陽台，和徘徊陽台上的馬來熊激鬥。小娥激痛一天一夜生下亞鳳後，血崩過世。

妖刀

岡崎五郎入道正宗，日本鎌倉後期名刀匠，五十二歲退隱時，從眾多弟子中，選出村正、正近、貞宗為可能繼承人，並吩咐三位弟子，二十一日內各自鍛造一把戰刀。三把刀完成後，正宗仔細查看，指定貞宗繼位。村正不服，請求師傅試刀。正宗帶著三位弟子到河邊，將三把刀刀刃面向上游，平行插在水中，自上游放入稻草。稻草流至貞宗和正近的刀，鬆軟捲住刀刃，但村正的刀卻散發一股魔力，吸引稻草趨近，稻草剛觸及刀刃即斷成兩截。正宗運氣大喝一聲，捲在正近刀刃上的稻草隨波而去，貞宗的刀卻斬斷了稻草。

「理想中的名刀，並非只講求鋒利。短刃護身，長刀護國，這才是刀劍真正的使命，」正宗說。「充滿殺氣且失去美感的刀，只能稱之為惡劍妖刀，不是名刀。」

正近的刀，懾於正宗的喝聲，讓「敵方」趁勢逃逸，修行顯然不足。村正的刀，在「敵方」還未出手，便已斬斷對方，是謂妖刀。只有貞宗刀，沒必要時不露鋒芒，必要時則鐵石也能斬斷，才是真正的名刀。

——《講談全集》第六卷：〈受難村正〉

伊藤雄的無頭屍體被抬放到黃萬福的牛車上，由鬼子吆喝著往南方派遣軍總司令部前進。司令部設在豬芭中華中學。牛車是黃萬福販賣蔬果、運送六個孩子上學的工具。駕轅的黃牛高大強壯，鬐甲幾乎和鬼子肩膀齊平，牛蹄把飄散著竹葉雞爪痕和楓葉鴨蹼印的黃泥地踩得噗嘰噗嘰響。牠牽拉慣蔬果小孩，喜歡聞榴槤波羅蜜香味，也喜歡黃萬福最小的孩子坐在轅桿上拔牠的尾梢毛。那具無頭屍體流淌出墨黑的血水，淅淅瀝瀝滴到黃泥地上。無頭屍體讓黃牛想起了懶鬼焦的無頭公雞。

鬼子登陸前，懶鬼焦一早起來，攥著一支帕朗刀走下高腳木屋。一隻棗紅色大公雞飛到一垛乾柴上，啼得懶鬼焦氣沖肝腑，覆尾羽像火焰燃燒著。懶鬼焦打了個呵欠，將兩根乾柴攤在柴砧上，掄緊刀柄，手起刀落，將其中一根乾柴一分為二。柴屑四面爆飛，躍出一隻小蜥蜴，懶鬼焦舉起帕朗刀砍向第二根乾柴時，公雞打開翅膀撲向蜥蜴，金黃色的尖喙絞住了墨綠色的蜥蜴，懶鬼焦手裡的帕朗刀冷笑一聲，削斷了公雞頭顱。

三十分鐘後懶鬼焦坐在柴垛上喝椰子汁時，看見那隻斷頭公雞站在爬滿藤蔓的樹樁上，脖子豁口環抱著一層血痂。蜥蜴早已負傷逃竄，將雞頭拽入了茅草叢。無頭公雞跳下樹樁，溫存了兩隻小母雞，發出泥濘低沉的「啼叫」，轟動豬芭村。無頭雞上樹下塒，耙螬蠐蚯蚓，驅鷹逐蛇，堅強威武，感動懶鬼焦，早晚兩次將水和玉蜀黍注入脖子豁口。村民聚集焦家看雞，無頭雞在村民引頸企盼下恩愛完母雞後，呼的飛上一根七英尺高的木樁，「環視」四野的茅草叢。木樁的窟竇星布著鳥巢蕨和過溝菜蕨，樁頭長了幾簇根鬚茂盛的野胡姬，像一個不修邊幅的野人。除了溫存母雞和讓懶鬼焦餵食，無頭雞大部分時間站在野人頭上「遙望」茅草叢，守護著懶鬼焦的芭園，像一個斷了頭的雞形木製風標，間或發出泥濘低沉的「啼叫」。

飼養鬥雞的陳煙平，籠了兩隻鬥雞，從內陸划了一天槳到豬芭村，蹲在木樁前看了半天無頭雞，問了懶鬼焦一個問題：「牠的頭被削斷時，什麼反應？」

懶鬼焦想了想，說：「老子抽完鴉片後，帕朗刀輕得像一根火柴棒，一刀可以削斷高腳屋的鹽木柱腳，根本不知道什麼時候砍了牠的頭，你問我的帕朗刀吧。」

陳煙平也才抽完一包鴉片，看見無頭雞頭上聳著一顆隱形的完美的鬥雞菱形小頭：長坡臉，瘤狀冠，深眼窩，豆綠彩虹眼，長喙小耳，肉髯如少女舌乳頭，身軀挺拔，棗紅鐮羽，頸羽柔滑如黑緞，距爪強大，生存意志旺盛，鬥志高昂！陳煙平說：「焦大哥，我用我的一隻鬥雞，和你的無頭雞打一架。」

懶鬼焦說：「我的雞無喙，只能蹬不能叼，不好。」

陳煙平說：「不論輸贏，給你五元，你可以買七、八隻有頭有臉的公雞。」消息傳出，村民外圍下注，圍堵焦家。陳煙平的鬥雞花冠繡頸、爪硬距長，懶鬼焦的公雞無頭，二雞爪框柳葉金屬小彎刀，被主人拽在手上，上下蹴了五下，縱入人肉圈子圍成的鬥雞場，展開搏殺。無頭雞沒有頭顱，鬥雞迷惑，但受過主人嚴格調教，緊記「叼十下不如蹬一下」，抬腿飛撲，使出鬥雞慣用的四路拳打：鬥腿、腦後腿、斜腿、頷下腿，柳葉小彎刀招招對準對方頭顱，氣勢驚人。無頭雞感受到殺氣，有點怯戰，也抬腿擋架，柳葉刀竟像切蔥一樣，割斷了對方喉管。

懶鬼焦淨賺了五元，像神明奉養著無頭雞。蕭先生說天降異象必有妖孽，鬼子占領豬芭村後，一個月內宰光懶鬼焦的雞鴨鵝，只有一頭懷孕的母豬和無頭雞倖免。

牛車停在中華中學校門前，站崗的鬼子嘰哩咕嚕兩句，牛車走向另一條泥濘路。下午三點，豬芭河被太陽烤得像銀箔，黃泥地兩旁的荒地遺留著茅草稜刺，茅草梢頭上簇擁稀薄或濃密的粉紅色煙霾，燒萎了的雲朵像風乾的狗屎。遙遠的茅草叢肆虐著一股野火，嗶嗶剝剝地爆響，火舌小而零星，煙霾厚實。草坡地上鑲嵌著枯竭的水塘和廢棄的田壟，像長了黑斑的香蕉皮。麻雀群翱翔茅草叢上，像黑色的毛毯。黃牛停在一株望天樹前，牛尾巴周圍突然出現一群蠅虻子，黃牛奮力地踩碎幾個野豬偶蹄印，犄角憤怒地撕裂黏稠的空氣，哞嗤哞嗤從鼻孔裡吐出鋼絲一樣堅韌的抗議。

望天樹下，婆羅洲第一任守備軍司令官前田利為中將、參謀長吉野真木少將，手裡各拿一柄木桿，將一顆又一顆小白球揮擊到茅草叢中。曹大志、高腳強、紅毛輝等十多個小孩圍繞一個黑帽紅衣白褲稻草人兜圈子，追逐小白球。稻草人離望天樹約百英尺，鬼子技巧拙劣，小白球忽高忽低，忽遠忽近，東飛西竄，孩子疲於奔命。望天樹是開球區，稻草人是旗竿，茅草叢有天然的深草區、沙坑、水塘，但無有球道、果嶺和球洞。司令官前田利為興致高昂，每擊一球即吆喝一聲，小白球像從他八字鬍下豐唇裡吐出，滾向狗屎青蔥的藍天。樹蔭深廣，天氣炎熱，他依舊一身戎裝，頭戴田皂角木髓遮陽帽，穿軍靴，腰配軍刀手槍。中將世襲侯爵，頗有武將遺風，祖先是日本戰國名將豐臣秀吉五大老之一，因出身公卿華族，十分蔑視陸軍士官同期同學東條英機，日本占領南洋後，被東條分配到婆羅洲出任守備軍司令官，表面升遷，實際貶謫。中將年輕時自費留學德法，擔任過英國大使館附武官，熱愛舞會、蘇格蘭威士忌和高爾夫，有一次指著腰帶上的武士刀，半開玩笑對參謀長吉野真木說：「你如果給我弄來高爾夫球具和喝不完的蘇格蘭威士忌，這把正宗刀就送給你！」

吉野真木深陷肉坑的小眼球光芒璀璨，激動地凝視著中將腰帶上包紮著蟒皮的花梨木刀鞘：鮫魚皮刀柄、鎏金錦紋鞘口、鏤空夔紋護環、福祿壽型鞘鏢。中將不止一次告訴他，此刀是鎌倉時代大刀匠五郎入道正宗親自鑄造的戰刀。正宗名氣大，所鑄之刀皆無刀銘，但此刀經過名家本阿彌家族鑑定，鑑定結果以朱墨寫在刀莖上，刀莖因為包紮著厚實的鮫魚皮，吉野雖然沒有親眼目睹，但他相信中將不會說謊。吉野真木出身農家，陸軍士官學校畢業，一九四一年擔任「馬來亞之虎」山下奉文第二十五軍參謀長，發動自行車奇擊戰，以寡擊眾，攻下馬來半島和新加坡，高升婆羅洲守備軍參謀長。日軍占領婆羅洲三年八個月，撤換過三任司令官，只有吉野真木堅守崗位到戰敗，是婆羅洲的實際統治者。吉野透過山下奉文向東條英機上書，三個月後，兩套高爾夫球具和五十箱蘇格蘭威士忌送到了豬芭村南方派遣軍總司令部。前田利為緊握正宗刀刀柄，君子無戲言，雖然懊惱不捨，也只有雙手對吉野真木奉上傳家寶。

「提醒你一件怪事，」前田利為看著吉野真木畢恭畢敬接過正宗刀，用一種低沉悒怏的口吻說。「自從到了南洋，此刀即無法出鞘。你如果和此刀有緣，也許能夠拔出刀來。」

吉野兩眼潤濕，左手握刀鞘，右手握刀柄，吸了一口氣。他每次觀望中將腰帶上的正宗刀時，覺得刀身在刀鞘內如鶴棲松柏、鳳集梧桐，優雅從容；實際握住刀柄和刀鞘時，卻覺得刀身如龍歸大海、虎入深山，一去無回，深不可測。他還未使力拔刀，心裡暗歎，猶豫了一下，右手慢慢放開刀柄。

「為何不拔刀？」中將厲聲斥喝。

「此刀在我手裡，有如一截枯木，讓我無處使力。」吉野小聲說。

「你握住刀柄時，」中將放緩語氣。「有何感覺？」

「好像已經上鉤的大鰲，突然脫鉤而去。」

中將點點頭。「這刀是你的了。」

吉野鞠躬離去時，中將又提醒他：「這是正宗刀，不是普通刀，拔刀時，心無罣礙，如揮毫寫字，不可用蠻力。切記！」

吉野卸下軍刀，佩上正宗刀，每晚夢見刀身化成一尾白蛇，吐舌如菊，尾如櫻花嫩蕊，蛻皮如殘英墮落，滿屋遊走。第五日晚上，看見屋內長滿野花閒蔓、荊棘丫叉，一尾黑蛇從屋簷蜿蜒而出，盤住鮫皮刀柄，鑽入鞘內，和白蛇合疊。第二天一早醒來，屬下來報，請參謀長到豬芭河口一趟。吉野抖擻精神，佩上正宗刀，步行到豬芭港口，見棧橋上站著一群一等兵機槍手，手拿九九式輕機槍，一字排開如臨大敵。棧橋拴著一艘漁船，船頭站著一個長髮披肩、滿臉鬍鬚的男子，腰上佩著一支太刀、一支短刃和一支脅差。吉野眼瞼躍動，看見河岸竄出一尾黑蛇，潛入河裡，消失在波光瀲灩中。漁船上的男子，魁梧削瘦、衣衫襤褸，有如海盜匪寇，卻佩著一支鏤空龍紋鞘口、馬皮包紮檀木刀鞘、牡丹紋護環、魚鱗鞘鏢的太刀，吉野心頭一慄，大聲問：「你是山崎顯吉？」

男子點點頭。

「你身上配的是村正刀？」

男子點點頭。

「請拔刀讓我看看。」

男子右手握刀柄，輕輕抽出刀身。吉野聚精會神看了兩眼，右手不自覺握著正宗刀刀柄，竟像撧斷一根秀枝，拔出刀身。

「認得這刀嗎？」

「這是正宗刀！」男子兩眼暴睜，放射出奇異的光彩。

「山崎。」吉野臉帶微笑。「我等你很久了！」

山崎顯吉，四十二歲，日本共產黨員，熱愛武藝兵法，嫻熟弓馬。二戰前日本共產黨主張廢除天皇制和反對軍國主義，被大日本帝國解散，山崎顯吉等重要成員被捕入獄，出獄後山崎宣誓效忠天皇，自願加入南方派遣軍，胸懷一紙介紹信，獨自駕漁船，餐風宿露，歷經兩個多月，抵達婆羅洲豬芭村南方派遣軍總司令部。吉野真木兩個多月前即接獲電報，電報中對山崎介紹簡陋，「身懷村正刀，頗有武士國風」，見山崎雖然邋遢，但氣宇軒昂，挺拔沉穩，一見如故，不顧前田利為中將反對，立即委任為憲兵隊曹長。豬芭村憲兵隊設在華人機械研究所，和司令部只有一街之隔，憲兵隊除了維持軍紀、鞏固統治，主要任務就是剿捕抗日分子和「籌賑祖國難民委員會」成員，擅用酷刑，在豬芭村如狼虎橫行。山崎穿上左手手臂繡著紅字「憲兵」白袖箍的草黃色戎裝，腰配南部十三式手槍和村正刀後，第二天晚上就捕獲兩個違抗皇令的華人青年。

鬼子占領豬芭村後，徵召全豬芭村青壯築路造船、建機場鋪軌道，農事荒廢，米糧匱乏，市場上竟無蔬菜，吉野真木大為不滿，喝問菜農黃萬福等人：「你們豬芭村是婆羅洲最富裕的地方之一，生產石油木材，魚肉蔬果豐盛，為什麼市場上沒有販賣蔬菜？」

黃萬福想起幾天前拿著手電筒巡視菜園，見壟田和棚架上大小蝸牛星散，咻咻啃吃葉鞘花芽，忍不住破口大罵，狠狠踩死數十隻蝸牛。「大人，我們很努力的，但種的菜都被蝸牛吃掉了！」

吉野下令，不論大人小孩，每人每天捕捉蝸牛十隻，交由司令部驗收，未達規定者嚴懲。山崎抵達豬芭村時，村民已捕捉蝸牛十二天，蝸牛依舊生生不息，頗有越捉越昌榮的趨勢。那天晚上，月明星稀，淡雲撩亂，吳家兄弟啟民、醒民提著煤氣燈，盤桓菜圃二十多分鐘，撿了五十多隻蝸牛，收攏在一個鐵桶裡。兄弟就著煤氣燈研究蝸牛，大蝸牛大如拳頭，殼塔有的鈍有的尖，豐厚的腹足運動出波紋，觸角伸伸縮縮；小蝸牛的殼晶瑩剔透，像蓮葉上的露珠。吳家兄弟近三十歲，鬼子登陸前，為防範被鬼子抓去當軍妓，豬芭村女孩出嫁了，豬芭村男子都娶媳婦了，只有吳家兄弟是單身漢。哥哥啟民肥矮，黑得像被澆了一層瀝青，十歲時蹲在河邊洗蚊帳，蚊帳上的蚊子血吸引了鱷魚，咬斷啟民一隻手；弟弟智能不足，說不出一句完整的話，只會黏在哥哥屁股後面傻笑，好像哥哥身上一塊有生命的贅肉。二十年前，父親在咖啡攤和幾個爪哇苦力械鬥，被帕朗刀砍死，母親和一個販賣土產的華人商販私奔，兄弟像豬狗被村人飼大，在豬芭村尋了一塊荒地，火耨刀耕，販賣蔬果為生，豬芭村淪陷後，兄弟白天為鬼子修路造船，利用清晨一線曙光護田。那天晚上，哥哥啟民看著鐵桶裡屈蠕的大小蝸牛，用一支小帕朗刀剁碎幾隻大蝸牛，將死蝸牛盛在小鐵桶裡，拎著大小鐵桶，拿了兩支釣竿，以蝸牛肉為餌，划船到豬芭河垂釣，旋即釣上幾尾不知名的大魚，忽然聽見一陣噗隆聲，啟民繃緊了神經。根據經驗，若出現噗隆噗隆的入水聲，是鱷魚；若是急速竄爬上岸的聲音，是大蜥蜴。

「弟弟小心！」哥哥話剛說完，河面泛起一股浪潮，舢舨急晃如波光上的燭影，醒民噗咚墜入河裡，啟民丟下釣竿，抓緊船舷，將弟弟拽回船上，岸上傳來叱喝：「什麼人？」兄弟看見棧橋上站著兩個人，一高一矮，當中一人手上的手電筒光束像一個沸騰的熱鑊罩著他們。啟民急速划向棧橋，認出高大者是憲兵隊的山崎大人，矮小者是戴著藍帽子的翻譯員。

「大人問你們為什麼沒有去撿蝸牛？」

啟民說：「撿了！撿了！」

往船艉看去時，一大一小鐵桶已隨醒民墜河，沉入河底。

第二天清早，啟民醒民兄弟被憲兵隊押到菜市場。啟民眉頭深蹙，臉色青白；醒民不敢嘻笑，努力模仿哥哥，露出古怪的愁苦相。參謀長吉野真木和憲兵隊曹長山崎顯吉並肩站立，山崎比吉野高出半顆頭，髭鬍更茂盛，顴骨更崚嶒，面貌更凶惡，兩人下顎高聳像嚼食枝頭嫩葉的山羊。啟民醒民跪在菜市場前一塊人獸蹄印湊集的泥地上，泥地旁邊長了一棵不會結果的波羅蜜老樹，一隻白鷺鷥毫不畏懼地在一叢不比山崎頭顱高多少的樣椏上下蛋布雛，陰暗的枝葉下倒吊著一群熟睡的蝙蝠。

啟民醒民兄弟被村人圍堵在一個大小像被手榴彈氣浪炸開的人肉圈子，圈子內圍站著荷槍實彈的憲兵，外圍站著更多荷槍實彈的二等兵。兄弟倆身前放了十多個鐵桶，鐵桶裡裝滿村民一早繳送的蝸牛，觸角伸伸縮縮，腹足運動出活潑的波紋，一批蝸牛已爬出桶外，向村民的腳前進。吉野嘰哩咕嚕訓了一段話，三位翻譯員用客家話、廣東話、華語和馬來語複述一遍，最後翻譯員說：「違背皇軍命令，死罪一條，這兩個支那男人如果把這些蝸牛吃下去，就給他們一個改過自新的機會。」

啟民醒民兄弟一陣猶豫，憲兵隊的機槍槍柄已狂風暴雨落在他們頭上。兄弟開始啃第一隻蝸牛時，上半身已披上一層血幔。哥哥啃一隻，弟弟也啃一隻。哥哥啃得嘰哩嘎啦響，弟弟也啃得嘰哩嘎啦響。哥哥嘔吐，弟弟也跟著嘔吐。透過嘔吐物，村民看見了蝸牛類似肝臟腸胃、雌雄同體不分男女的器官。兄弟一停下來，機槍槍柄就砸在頭上，好像榔頭鑿石、豬嚙爛果。兄弟各吞下十多隻蝸牛後，蝸殼開始變得硬如鐵丸，蝸肉磣牙如銅渣，再也沒有力氣咀嚼，開始活吞蝸牛。吞了兩隻，趴在地上，面如死色，一隻蝸牛從弟弟咽喉裡爬了出來。吉野看了山崎一眼。

「村正耗費一生心力，希望自己鑄造的刀能超越師傅，」吉野說。「你覺得正宗的刀好，還是村正的刀強？」

「何妨拿這兩人試刀？」山崎說。「這兩人身高一般，把他們扶正，我們同時出刀，人頭先落地者獲勝。」

兄弟各被兩位憲兵隊員扶正時，意識模糊，頭殼虛垂如炊煙，頸椎裸露如弱柳。鬼子拔刀，刀刃朝上，刀背舔了一下頸椎骨，有如刺鳳描鸞，瞄準落刀處；刀身高舉過頭，刀刃朝下，刀光輕墜如一行腮淚，兩顆腦袋不約而同落在蝸牛屈蠕的鐵桶上，血漿從脖子噴出時絲絲之聲不絕，比一隻肺活量驚人的公雞司晨漫長，像秋風輕拂的松濤綿延不斷。吉野和山崎的笑聲驚醒了幾隻蝙蝠，牠們搧動薄翅，衝入了瀰漫樹下的血霧，盲竄到熾烈的陽光中。

鬼子效力驚人，占領豬芭村後三十天內就架起一座橫亙豬芭河的拱橋，護欄上豎起六根竹竿，像粽子懸掛數十顆頭顱，有偷竊石油的頭顱、怠工的頭顱、私藏槍械的頭顱、抗日分子的頭顱、欠繳人頭稅的頭顱、捐款支助祖國抗日的頭顱、忘了對皇軍大人鞠躬行禮的頭顱、吳氏兄弟的頭顱，白天烏鴉、隼鷹、喜鵲和不知名的野鳥繚繞叫喧，晚上大批貓頭鷹麇集，黑暗中頭顱和貓頭鷹一般大小，不知是夜梟盤旋，還是人頭追逐，有如鬼域。

黃牛將伊藤雄的無頭屍具送到望天樹下時，中將和少將剛打完一百多顆高爾夫球，孩子先後從茅草叢走出來，把鐵罐和竹籃裡的小白球放在望天樹下，中將從球袋中掏出五包糖果盒，交給孩子均分。糖果盒比香煙盒稍大，盒子前後有一面太陽旗和一個拿著刺刀機槍的鬼子飄浮在一片藍天白雲中，一隻大鷹展翅飛翔，衝向「皇軍大勝」四個紅色小楷。每個糖果盒裝著十顆狗眼大小的糖果，有紅有白，有酸有甜，鬼子零嘴，孩子最愛。曹大志等人拿了糖果盒正要離去，看見黃牛車上的無頭屍體後，啃著糖果，站在一棵瘦小的鐮葉拎樹藤下遠望。少了頭顱，讓他們沒有認出屍體主人就是昔日熟識的小林二郎。吉野對高爾夫興致不大，看見黃牛車上的屍具後，扔下球桿，和護送屍具的鬼子交談。

黃牛車和伊藤雄屍體出現菜市場時，已近傍晚，天穹像灑滿了朱槿花。蝙蝠飛出波羅蜜樹覓食，收工哨聲幽幽響起，做苦役的豬芭人拎著曬得皸裂的四肢向菜市場集合，波羅蜜樹下的落葉和樹皮渣好像他們脫落的皮囊。樹下，荷槍實彈的鬼子一字排開，前面站著參謀長吉野少將、憲兵隊山崎曹長和兩位翻譯員，更前面是黃牛、黃牛車和無頭屍具。黃牛牽拉屍具走了一個下午，不情願地蹬了一下牛軛，轉頭瞪著自己發達的菱形肌和突出的肩峰。菜市場旁有一條骯髒狹小的溝渠，從早到晚滯伏著腐臭朦朧的穢物，隨著豬芭河汐漲，穢物蔓延兩岸，吸引野狗覓食。溝渠兩旁有十多個鬼子或聯軍留下的彈坑，形成水窪，水草稀疏，蚊蚋孳生。菜市場的鋅鐵皮屋頂上，蹲著咬掉小林二郎半隻耳朵、揹著女妖面具的長尾猴。

小林二郎或伊藤雄的死訊驚動了豬芭村，菜市場前比肩疊踵，爭看無頭屍體。曹大志和高腳強一夥孩子站在最靠近黃牛車的地方，仔細檢視小林二郎的草黃色戰鬥服、腰帶上的馬皮彈藥袋、槍袋水壺、綁腿軍靴、脖子蒙上血痂的豁口、手裡的十六孔複音口琴。孩子看見脖子模糊溢出一個人頭形狀的血跡，平頭鬚茬，佛面善心，穿著油漬斑駁的背心短褲，趿木屐，肩扛一管腕粗竹竿，吊掛十八種雜貨，右手掐一支十六孔複音口琴，吹奏歡樂或哀怨的日本童謠和歌謠。那根鑿了十八個凹槽的竹竿豎立在豬芭河拱橋上，最上端的十個凹槽掛了十顆殘存著肉屑毛髮的骷髏頭。亞鳳看見伊藤雄坐在椰子樹下露出骰子牙，伸出鷹爪手，縮著紅鶴腿吹奏那首詭異飄逸的〈籠中鳥〉。朱大帝和小金看見小林二郎的無頭屍體扛著竹竿走過紅燈區，口琴騰空飛舞，一根紅色的大舌頭舔著琴格，響起〈雨夜花〉旋律，竹竿上睡過南洋姐的骷髏發出嗚嗚咽咽的笑聲，像一群禿鷹盤旋南洋姐赤裸蒼白的肢體上。

翻譯員說，皇軍大人知道豬芭村無人使用毒箭，二等兵伊藤雄的暴死，必然是內陸番族的傑作，番族不受教化，獵人頭，活吃生人肝臟，愚蠢怠懶，淫亂迷信，豬芭人如果提供線索，皇軍有重賞。尋獲頭顱者，免交人頭稅半年；協助皇軍逮捕凶手者，免交人頭稅一年。知情不報或窩藏凶犯，死罪一條。

波羅蜜樹上的白鷺鷥屙下一坨黏稠的熱屎，不偏不倚地滴在伊藤雄臂章部隊番號上。山崎大怒，拔出村正刀，跳上牛車，往樹上揮斬，白鷺鷥飛出樹叢，消遁在一片卵白的雲彩中。四個鬼子和四個村人繼續護送牛車，前往南方軍婆羅洲燃料工廠日本墳場。墳場在加拿大山山腰上，牛車抵達時，星斗滿天，月亮面容潔白，飄著一縷雲髯，山腰上三十多個鬼子墓碑隱約可見。村人開始用鐽子鋤頭挖坑時，在各種蟲鳴和夜梟叫囂中聽見了一陣微弱的口琴聲，回頭看牛車時，空無一物。鬼子和村人看見無頭的伊藤雄一手掐住口琴，跳下牛車，消遁黑夜中。

第二天中午山崎回到菜市場，繞著波羅蜜樹走了十多圈。昨天在圍觀伊藤雄屍體的人群中，他盯住了幾個喜食鴉片的可疑人物，這一夥人，隔一陣子眼神就像巫師扎小人的針扎在他和參謀長身上。揹面具的猴子又出現了，三十分鐘後，牠從菜市場屋頂躍上一棵椰子樹，又躍上另一棵椰子樹，越過兩輛三輪車和一輛卡車，上了木板商鋪的鋅鐵皮屋頂，縱入商鋪後那一片矮木叢。猴子如履平地，但灌木叢減緩了山崎速度。幾個脖子上掛著彈弓的孩子，趿木屐或夾腳拖，揹竹簍摘野菜，竹簍裡的過溝菜蕨和空心菜已經冒尖，孩子渾然不覺，也沒有看見山崎，邊撿邊掉。其中一個孩子脖子上掛著一個妖怪面具。一個打赤膊的孩子撿拾的是枯枝，歪七扭八的枝椏被綰成捆，拎在手上，看見山崎鞠了一個躬。孩子的動作不純淨，山崎忍不住搧了他一巴掌。矮木叢裡竄跳著一隻火焰似的小松鼠，所到之處，噗的引爆另一個小火球。

一架美國解放者長程轟炸機掠過天穹，進行例行轟炸任務。一顆炸彈墜入茅草叢，氣爆讓矮木叢冒起大火，小松鼠不見了，一只小火焰畏怯地靠攏他的軍靴，山崎感覺到小火焰就是那隻小松鼠。小火焰被西南風呼搧，像一條火蛇朝茅草叢蜿蜒燒去，燒到一個小水窪前，停住了。他又看到小松鼠越過小水窪，竄入一片草叢，小水窪倒映著小松鼠火炬般的火尾巴，久久不熄。嗶剝剝的燃燒聲靜止了，響起一股更乾燥和爆裂的聲音，讓他想起伊藤雄的口琴。他聽過伊藤雄演奏口琴，哀怨悠揚，瀰漫士兵的汗臭口臭。豬芭人謠傳，伊藤雄已變成無頭殭屍。一隻黑色的小蛇跳入水窪，吐信銜住水面的松鼠火尾巴，上岸後噗的噴出火尾巴，燒焦了幾稈草鞘，一隻彤紅色的大蚱蜢飛越了茅草叢，水窪倒映出一個長髮飄逸的女子模糊身影。

惠晴

放映機吐出一道巨大明亮的光柱，剪破黑夜的幕簾，投射在一塊白布上，將放大數十倍的燈蛾、蝙蝠和夜梟的黑影塗在銀幕上，宛若飛天遁地的魑魅魍魎。放映機架在一輛吉普車屁股上，放映師傅小心地伺候一個發亮冒煙的機器盒子，一卷硝酸底片在兩個輪子上滴滴——答答——滴滴——答答——運轉。播放英美煙草公司廣告片時，惠晴把一張闊腰圍的木板凳蹾在草地上，總是蹾在同一個地方，草地被四根凳子腿蹾久了，出現四個密實的凹洞，讓那張木板凳像打下基樁，任她怎麼扭臀擺腰也紋風不動。煙草公司的廣告是一部擬人化卡通片，一頭固執的毛驢煽著耳朵，不想挪蹄，中國主人點燃一支香煙，煙霧飄蕩空中，拼湊出香煙牌子，毛驢像看見紅蘿蔔，睜大了蕃茄眼伸長脖子嗅著煙霧前進。從惠晴板凳發出的吱吱嘎嘎的聲音，透露著她的喜悅和焦慮。

放映露天電影的地點在豬芭菜市場外，雖然是豬芭村腹地，但路燈昏朦，吉普車引擎蓋上放著一盞煤氣燈，玻璃罩中的石棉紗罩照耀得草稈像刀刃、波羅蜜葉子像鍬片、惠晴的眼珠子像夜河上的猩紅鱷眼。煤氣燈用一個石棉網做燈泡，下面安了一個幫浦打氣的氣筒，氣沖到石棉網裡，可以把石棉網膨脹得又圓又亮，好像惠晴飽滿火燙的胸脯。亞鳳和兩位放映師傅熟識，隔一陣子走到吉普車前，勤快地抽動幫浦，照亮惠晴豐腴的女體。豬芭女孩的胸部和屁股，有的像波羅蜜果子一天一天一個月一個月增大，有的像麵團發酵突然膨脹，有的像一座湖潭剛冒尖就溢了出去，唯獨惠晴例外。八年前，她和家人遷徙內陸，那時她又瘦又乾，回豬芭村後，胸部和屁股又大又圓，在亞鳳印象中，她沒有經歷過青春期，直接從一個小孩熟成一個女人。亞鳳剖開人群回到自己的板凳時，特意做出誇大的動作，銀幕上快速掠過他的剪影，凸顯他山蟒般想要絞住惠晴的身段。

牛油記咖啡館老闆娘牛油媽坐在一張小草蓆上，一歲小兒子睡在她懷裡，豬兒子和一群小孩在人群裡像老鼠暴竄，孩子偶爾伸手掐住光柱，銀幕上就出現一串鳥爪。牛油媽的世界只有牛油記咖啡館；到了菜市場，她的世界進一步縮小，只有亞鳳的矮凳和自己的草蓆。她總是早亞鳳一步把草蓆攤在亞鳳後方，緊靠著亞鳳板凳。她是向陽的樹果，有充分日照，熟得快，已經從朱大帝身上嚐盡雲雨，沒有太多男人挑得動她的胃口。朱大帝強摘了十三歲的她，只是讓她心靈更乾旱，肉體更快速抽長，她等著一個像亞鳳的男人。懷著老三時，她乳旺得厲害，隨時等著解開客家對襟短衫餵奶。她的對襟短衫永遠缺一個釦、洇著間或左大右小、間或左小右大的奶漬，清楚顯示一對乳頭互背的「東西奶」，好像一對鬧彆扭的情侶。

那個夏夜，天穹窟黑，圓月搖曳生姿地掛在天簷上，豬芭河兩岸的野火稀少，但仍有一簇又一簇猖獗的煙霾浮游茅草叢上方，西南風吹不散。電影放映到一半，牛油媽把小兒子塞到亞鳳懷裡，一個人走到豬芭河畔撒完尿後，蹲在河畔，看著一灣充滿遠古智慧的星光沉入河底。兒子吃奶時間快到了，他會哭鬧得亞鳳受不了。不久，一個影子背著煤氣燈走來。她打開襟衫鈕釦，露出一隻乳房，從亞鳳手裡接過孩子，把乳頭塞到孩子嘴裡。亞鳳也對著河水撒了一泡尿。看電影的豬芭人傳來一陣哄笑，人語喧嚷。亞鳳看著牛油媽比惠晴更豐腴的女體。他看過小時候的牛油媽，弱小而蒼白，野豬襲擊豬芭村時像小雞一樣被她的父母扔到井底，又像小雞一樣被朱老頭拽上來。他是看著牛油媽的胸部和屁股一天天變圓變大的，生了孩子後更圓更大。他記得牛油媽十歲時身體已經發育成大人，在牛油記咖啡館已經像大人一樣被客人調侃摸扣。牛油媽用手指扯一下他的汗衫，要他抱一下孩子。他抱過孩子，看著牛油媽慢慢扣上鈕釦。牛油媽從他手裡接過孩子時，眼噙淚光，手指重重地壓著他的肋骨，好像要掏出他的心肺。

他掉入戒食鴉片的痛苦深淵中，已經三天沒有吸食了。那天晚上他的腦殼雖然像裝了一袋水泥，但意識清楚，牛油媽把自己和孩子貼在他身上時，他輕輕推開了她，走向菜市場。他本來想折回家裡吸一塊鴉片膏，但口乾舌燥，喉頭像銜著一塊熱炭，兩腳沉重像兩根鹽木柱子，走了兩步，回頭看了牛油媽一眼。

一艘裝了馬達的長舟迅疾地劃過河面，水中之月碎成金黃色的鵝蹼，螢火蟲聚集椰子樹下形成一個圓形的飄蕩的紅色螢囊，天穹散亂著晶亮的星星像牛油媽的淚珠，河岸散亂著腐朽的長凳，河水散亂著猩紅的鱷眼，莽叢散亂著將熄未熄的火苗，牛油媽把吸飽了奶水和熟睡的孩子放在長凳上，眼球散亂著金黃色的玉米鬚的火花，像一捆乾柴被亞鳳架到椰子樹下。茅草叢無垠，野火無限，星空淤積著灰灰稠稠的薄雲好像牛油媽興奮的淚水。豬頭粗的椰子樹幹更聳天了，螢火蟲的紅色螢囊增多了，像椰果纍垂著。

回到菜市場後，亞鳳有點心虛地走到吉普車前給煤氣燈打氣，惠晴偏頭看著他，眼神燎灼，像夜晚河面的猩紅鱷眼。不行了，不能再等下去了，亞鳳想。他不懼怕惠晴的眼神，但他懼怕牛油媽眼眶裡氾濫的淚花、她的缺釦的襟衫、胸前的奶漬、一雙「東西奶」。第二天他騎著父親的英國蘭苓牌自行車，讓惠晴跨騎座墊後的貨架，漫遊豬芭河畔。

惠晴拽緊貨架後端，兩腳有時懸空，有時一隻腳架在鏈蓋上，一隻腳蹬住花鼓，坐穩後，放開兩手，雙臂平伸作飛翔狀，兩根小辮子猶豫地搧著像幼鳥學飛。惠晴從小幫父親芟草挑糞，骨骼肌腱不輸男人。自行車上坡時她跳下車子，十指絞緊貨架，把自行車像紙鳶推上青天；自行車下坡時，她兩腳盤住貨架，雙手環著亞鳳腰部，胸部像陷入網罟的大魚撞擊著亞鳳的脊椎，重力加速度，自行車奔跑得像被老鷹追逐的野兔。

她喜歡用一根細枝去撥輻條，發出清脆的鳴叫，叮，叮叮，叮叮叮，叮叮叮叮叮，從鳴叫的頻率和音量聽得出速度。輻條快轉像看不見的蜜蜂翅膀，只看見騰空的花鼓、銀色的輪輞和黑色的輪胎，胎痕在泥路上輾出雙蛇交配的輪轍。第二天亞鳳下了車，攙著手把和貨架，讓她坐上座墊，不到半小時，自行車就讓她駕馭得像順水操舟、蛇行青竹。她越騎越快，一隻野狗從茅草叢岔出來，惠晴閃避不及，連人帶車墜入一坑深草。亞鳳跳入草坑時，她已挺胸豎腰站著，一對勻稱飽滿的乳房，形狀宛若兩顆巨大的水滴，好像就要從衣襬下溢流出來。

三天後他們結婚了。婚禮辦得倉促，像一九四一年結婚的其他豬芭男女。鬼子來了。

何芸

亞鳳記得第一次看到何芸豬肝狀胎疤的那個太陽高懸的午後，何芸揭一杆好像可以撩動青雲的細竿，漫步在兩頭霍爾斯坦乳牛後。她坐在草地上，摘掉帆布帽，撥開左臉頰的烏絲，抬起下顎仰向太陽，曝曬豬芭村年輕女子少見的美麗五官，豐盛的頭髮宛若乳牛身上的黑色斑狀花紋。她哼著一首印尼情歌，歌詞像在歌頌一條小河，小河美麗如畫，河上有風帆綠浪，河畔有長堤椰樹情侶……

何芸和父親住在荷蘭石油公司管理員宿舍，協助父親照顧十頭霍爾斯坦乳牛和每天早上擠牛乳，間或早上和父親運送牛奶，左臉頰長了一個大胎疤，色澤形狀像豬肝。少了胎疤，她就是豬芭村的甘榜花。亞鳳目睹她開車輾過一道木橋，木橋腰身和吉普車車身一般窄，何芸把車子停在橋頭前，吹著口哨來回整理橋面，又吹著口哨回到吉普車前，伸手在引擎蓋上拍了拍，跳上駕駛座，像駕馭一頭銬著腳鐐的巨獸，一口氣衝到了對岸。車子在橋面滾得像骰子，就是滾不到河裡去。

一九四一年一月的雨季清晨，亞鳳前往豬芭河畔垂釣途中，看見黃泥路上何芸駕著滿載牛奶瓶的吉普車急馳而來，出現在結著一層霧氣的擋風玻璃上的何芸五官朦朧，豬肝疤不見了，像一具髑屍，像金童玉女的紙紮祭品。車子經過亞鳳身邊時，引擎突然熄滅。何芸發動了十多次引擎，車子從排氣管噴出一股黑煙。

亞鳳停下車子。

何芸戴著寬邊的白色帆布帽，鬆緊帶扣著下顎，長髮遮去了胎疤。乾燥的臉面被一個抗旱小酒窩滋潤著。何芸又發動了幾次引擎。車子咳得像垂危的病人。她打開車門，走到後座，看著十多個木箱子，箱子裝滿或半裝滿盛著鮮奶的玻璃瓶。她捋起衣袖，將一箱裝著六瓶兩加侖鮮乳的木箱蹾到地上，看了亞鳳一眼，像在自言自語。「車子壞了，可是牛奶還是要送……」

「用我的腳踏車吧。」

「我不會騎腳踏車。」

「我幫妳送。」

「你不知道送到哪裡。」

「我載妳。」亞鳳把釣竿扔到茅草叢。「我這貨架夠寬長，箱子擺前面，妳坐後面。」

亞鳳把木箱放在貨架上，用鬆緊帶固定木箱，讓何芸摟著箱子跨騎貨架。亞鳳踩住腳蹬，屁股往鞍座蹾了蹾。一路上牛奶瓶、生鏽的鏈條和缺油的花鼓喧鬧，兩人卻非常沉默。偶爾他斜瞄一眼身後的她，只看見大膽地微笑著的膝蓋。送完一箱牛奶，又回到吉普車送第二箱，如此來來回回，最後一趟亞鳳抄捷徑，騎上獨木橋。橋墩是兩根腿粗的鹽木樁子，堅定地站在溪水中。溪水暴漲，淹沒橋面。自行車輾過橋面時，半個輪圈陷在溪水中，長出兩雙殘破的水翼。腳蹬出水入水，濺起無數落寞的水花。輻絲經過溪水沖擊，散發疑慮的光芒。潮濕的鏈條在潮濕的齒盤上轉動，發出吞嚥困難的聲音。何芸的腳趾頭蘸在溪水中，在水面劃出充滿刺梗的線條，抒發著小女生的綺思和神祕。一群母蜻蜓點水產卵，臨摹出一朵又一朵整齊渾圓的小漣漪。一棵被連根拔起的小樹從上游漂向獨木橋，根荄砸入自行車前輪輻絲，車頭在橋面頓了一下，自行車嘩啦一聲落入溪水中。

……溪底很淺，只淹到亞鳳胸部。兩個路過的莊稼漢跳到溪裡，把亞鳳和何芸攙上岸，把漂流的牛奶瓶、木箱、溪底的自行車拽上岸。

那天晚上，亞鳳夢見自己裸著身體在溪水上踩自行車，輪圈掀起兩股水翼像天鵝翅膀。溪水裡悠游著蝌蚪、孔雀魚和兩點馬甲，水面翱翔著成千上萬的蜻蜓。獨木橋下沒有橋墩，何芸裸著身體站在橋下，好像她就是唯一的橋墩。自行車越過了獨木橋，亞鳳回頭看見何芸跨騎貨架上，冰冷的乳房貼住了他的脊椎骨。

何芸沒有甘榜女人的圓胸和大屁股，薄薄的，像一只風箏，像隨時被強風吹倒的玉米稈。

亞鳳最後一次和她見面，是鬼子占領豬芭村前三個月。何芸穩住兩頭乳牛後，繞過水塘，走向水塘前垂釣的亞鳳。

「關亞鳳，」她突然說。「你覺得我醜嗎？」

亞鳳嚅了嚅嘴唇，一時無語。

何芸撫了撫臉上的胎疤。一陣強烈的西南風吹來，她伸手壓住帽子。「日本人要來了，爸爸帶我相親，除了吳啟民，沒有一個男人要我。」

亞鳳依舊無語。

「我不想嫁吳啟民……」她小聲說。

水塘中心的魚餌開始躁動了，亞鳳忘了拉竿。

何芸嘴角露出了抗旱小酒窩。「日本人一來，我們全家就要躲到內陸，爸爸可能要我嫁給番人。」

何芸繞過水塘，和兩頭乳牛消失草叢中。亞鳳看著她瘦弱的身軀像斷線的風箏、像枯竭的河流岔入了茅草叢。

他揹著一簍魚獲回程時，看見何芸揭著一杆好像可以撩動青雲的細竿，站在一簇矮木叢前凝視兩頭霍爾斯坦乳牛吃草。九月了，燎原野火未熄，細長的黑色煙柱散亂茅草叢上，灰色的雲朵被綁在陰鬱的蒼穹上，曠野傳來陣陣犬吠雞鳴，青黃色的茅草叢綿亙著星散的菜棚，接近乾涸的小溪滯水慢流，尖銳的蒼鷹掠食聲響遍野地，太陽的強大光芒把雲彩照耀得像肥皂沫子。大地乾燥，渴望甘霖，像何芸臉上的豬肝胎疤。亞鳳經過何芸身邊時，何芸伸手拉住亞鳳褲管，像擡牛將他擡入矮木叢。

「忘了我的胎疤吧。我不想把第一次給了番人。」亞鳳不及阻擋，何芸已褪下他的褲子。她的小酒窩不見了，嘴角執拗地抿著，淚水打濕了豬肝胎疤。

一頭乳牛跨過裹著蟲屍和葉渣的牛糞，帶著尾巴後的蠅虻子停在他們身前，啃食他們腳下的嫩草。何芸的豬肝胎疤貼在亞鳳的臉上時，亞鳳看見乳牛一分為二，一隻翹著淫邪的獨角，一隻眨閃著濕漉漉的獨眼。

黑環

豬芭村華人天主教鄒神父五十多歲，一雙薄耳像蝙蝠翼膜，瀰漫著神采飛揚的紅絲綠暈，代步工具是一輛英國三槍牌自行車。自行車在神父保養下，三十多年了，車鈴聲依舊洪亮，鍍鎳的燈罩像一朵猴頭菇，輻絲和輪輞閃閃發亮像神的靈運漫行水面。愛蜜莉，鄒神父在內陸傳教時收養的孤兒，十六歲和鄒神父遷居豬芭村，十八歲獨居加拿大山山腳下，飼養雞鴨，透過鄒神父牽線，定期販售荷蘭石油公司肉雞雞蛋，熟識豬芭村白人官員和石油公司雇員。愛蜜莉的自行車運送了兩年多的母雞和雞蛋，有一個沈瘦子用廢鐵焊接的大貨架，座墊龜裂，輪輞和鏈蓋滿布褐鏽，鏈條運轉時像痰涎充沛的咳嗽。盧溝橋事變後豬芭人排日，紅臉關用帕朗刀削斷了富士牌自行車車頭燈，象徵性地砍了頭，沉屍豬芭河，買了一輛英國蘭苓牌自行車。沈瘦子瞞著紅臉關請擅泅的扁鼻周潛入豬芭河打撈，磨滅了豎杆上的富士商標，換成英國三槍牌，裝上英國製中古車頭燈、半罩式鏈蓋、發電機、腳架和車鈴，寄放雜貨店販賣。

變裝後的富士牌自行車被愛蜜莉用又臭又破的自行車和兩隻母雞換走了。

一九四一年六月，亞鳳肩扛獵槍和帕朗刀，騎自行車沿著加拿大山山腳下疾行。愛蜜莉的高腳木屋在加拿大山山腳下，上下兩層，下層無牆，四周果樹蓊鬱，鐵籬外叢生著矮幹低椏的灌木和茅草叢。愛蜜莉養雞隨性，五百多隻雞放養五畝果園中，果園星布十多個雞棚，雞群漫遊果園，覓食蠐螬、昆蟲、蚯蚓和草籽。果園以高腳屋為核心，栽種數十棵波羅蜜、紅毛丹、榴槤樹、柑橘、椰色果和龍眼，雞糞養肥了地力，果實甜美碩大，吸引野豬、猴子和野鳥。

下了一場午後雷陣雨。旱季初頭，草黃色的雲彩從蒼穹罅縫溢出，滴下草渣一樣綠色的雨。亞鳳站在籬笆門外淋了一陣雨，看見愛蜜莉和黑狗走來。雨絲忽密忽疏，傾斜壁直，逆飄上天。廊簷的滴水斷斷續續，像攝護腺肥大的老人堅苦地撒著天長地久的尿液。小雨持續落下，凹地清成了水窪。黑狗蹲在一樓的柴垛上盤望，偶爾凝眸木板隙縫中的亞鳳和愛蜜莉。愛蜜莉燒了一壺水，泡了一壺黑咖啡，和亞鳳坐在陽台上，將兩個瓷杯放在地板上。她拿起瓷杯啜咖啡時，露出手腕後一道六英寸的老疤。

兩年多前，豬芭村出現開埠史上最嚴重大旱，豬芭河水位驟降，草苗曬蔫了，草鞘烤糊了，田畓地空，野火不分晝夜施虐，人畜髮毛隨著植物枯萎，五官肌肉也萎縮了，好像血液也蒸發了。大番鵲搧著火焰飛翔，穿山甲啣著火球暴竄，母鱷尋不到陰涼的挖窩地點。黃萬福的黃牛和石油公司的霍爾斯坦乳牛衝垮了牛欄，在揚沙揭石的黃泥路上奔跑。荷蘭石油公司從中南半島進口的兩匹溫血母馬，一白一栗，躍出馬欄，打著嬌嫩的響鼻，撅著沒有被公馬跨過的豐滿屁股，揚著火燎的鬃毛，在茅草叢踏火尋釁。懶鬼焦的無頭雞下了木樁，飛上蔽蔭的波羅蜜樹幹，數十隻後宮佳麗也攀上枝頭爭寵。南洋姐株守藤椅上，粉唇微啟，叉開了大腿。

那天，愛蜜莉將雞蛋和肉雞送到荷蘭員工餐廳後，下午四點多，推著自行車，走過豬芭村最熱鬧的木板商號，一個中年大胖子艱辛地鑽進一輛三輪車，涼篷下露出兩隻蒼白多毛的肥腿。年輕的三輪車伕跨上座墊，吃力地用兩隻瘦腿蹬著腳踏，胖子的重量讓三輪車跑得緩慢顛簸，好似一隻大寄居蟹。車伕戴草帽，叼一根煙，汗衫短褲浸洇著汗水，臉上的鬍鬚像苔蘚。愛蜜莉在扁鼻周雜貨店買了油米麵粉罐頭，經過牛油記咖啡店，店內高朋滿座，牛油媽在店外搭了一棚露天咖啡攤，擺了十多張圓桌，坐了八成客人。牛油媽胸前掖了三件小手絹，有空就掏出來捻汗呼搧。愛蜜莉找了一張空桌子，將藤簍放在地上，喝了半杯不加煉乳的黑咖啡，叫了一盤乾炒粿條。

近六點了，日光依舊毒辣。客人清一色是男人，分三大類：荷蘭勘油井技工、林萬青板廠伐木工、朱大帝等獵豬隊友，夾雜幾位三輪車伕。勘油井技工有華人和來自爪哇的印尼單身漢，工作服和皮膚沾滿油垢，好像傳說中的油鬼子，被他們睡過的南洋姐，好像被油炸過。伐木工體味複雜，伐木時脖子盤一條毛巾，散發著汗酸、髮油、木屑、尿屎和魚蝦腥味。伐木工收工後，冒著被鱷魚獵食的危險，在豬芭河泡澡，豬芭河散布魚蝦腥味和尿屎味，鬼子占領豬芭村後，被砍頭的豬芭人，無頭屍體沉屍豬芭河，他們不敢到豬芭河泡澡了，但他們依舊愛吃豬芭河被豬芭人糞便餵大的螃蟹和河鱉，口氣有一股屎臭和腥味。伐木工愛漂亮，髮油抹得像一坨牛屎，打赤膊茇草、闢路、砍樹、運木，白天對著划舢舨和長舟經過豬芭河的婦女斬草除根，晚上躺在南洋姐身上春風吹又生。三輪車車伕脖子上也盤毛巾，但多了一頂插著櫨子花或七里香的藤帽，毛巾灑了明星花露水，身上噴了進口香水，最怕睡剛被油炸過的南洋姐。這幾種人湊在一起，就像農場裡的雞鴨鵝，除了下的蛋需要分辨，外表一目瞭然。

愛蜜莉吃完乾炒粿條，桌旁突然多了三個年輕爪哇技工，嘴叼香煙，叫了四瓶黑狗牌和老虎牌啤酒，斟滿四個大耳玻璃杯，將其中一杯琥珀色冒著氣泡的破璃杯放在愛蜜莉桌前，指著玻璃杯吐出一串印尼土話。愛蜜莉聽不懂印尼土話，啜完剩下的半杯咖啡，揹起藤簍準備離去。爪哇技工突然伸手勾住愛蜜莉手腕上的藤環。

「放開蜜絲胡的手！」坐在愛蜜莉後方，一位認識愛蜜莉的華人伐木工說。「你想幹什麼？」技工嘴裡咕嘰咕嘰吐出一串印尼土話。

「蜜絲胡，他要妳喝完啤酒再走。」華人伐木工說。

爪哇技工指甲縫貯了鐵一樣堅硬的污泥，手掌塗了蠟一般的油垢，掌心瀰漫沼氣，五指依舊勾住愛蜜莉手腕上的藤環，勾得愛蜜莉腕骨一陣刺痛。

「大哥，請你叫他放手。」愛蜜莉對華人伐木工說。伐木工嘰哩咕嘰兩句，爪哇技工不鬆手，也嘰哩咕嘰兩句，另一隻手伸向愛蜜莉手掌。

愛蜜莉盯了技工一眼，抽出小帕朗刀，用刀背敲了兩下技工勾住藤環的五指，技工縮回兩手，哼了一聲，用拳頭搥桌面，發出一聲巨響。一群爪哇技工圍在他們身後，一群華人技工、伐木工和三輪車伕圍在愛蜜莉身後，語言複雜，有客家話、廣東話、閩南話、海南話、潮州話、華語、英語、馬來語、印尼語、淡米爾語。愛蜜莉用小帕朗刀輕輕一撥，將那杯冒著氣泡的啤酒推倒，琥珀色的啤酒溢滿桌面。

朱大帝剖開人群，站在愛蜜莉身前。一個魁梧的三角臉爪哇技工站在朱大帝對面，和朱大帝怒目而視。

「蜜絲胡，把刀收起來吧。」大帝對愛蜜莉說。

愛蜜莉下顎高聳，冷漠地環視圍成半個人肉圈子的爪哇技工，手裡依舊攥著小帕朗刀。

「這位蜜絲胡，從小是孤兒，一個人開了一家養雞場，性情剛烈。我們豬芭村鬧瘟疫時，她和豬芭人一樣，捐了錢蓋福德正神大伯公廟，誰欺負她，我們豬芭人不會袖手旁觀。」朱大帝剛從莽林歸來，戴一頂草綠色鴨舌軍帽，穿一件綴著蛤蟆肚大小口袋的毛色獵裝，嘴上的洋煙已經燒到濾嘴，露出一個木頭笑。「你們這些爪哇苦力，不止一次對我太太毛手毛腳，我忍你們很久了，看你們離鄉背井到我們這裡謀生不容易，別在我的咖啡攤鬧事，走吧，走吧！」

朱大帝說客家話，華人技工口譯成印尼話。被愛蜜莉用刀背咯了兩下的技工沒有完全清醒，指著桌上一杯啤酒，咕嘰咕嘰了兩句。

「他要蜜絲胡喝完這杯啤酒。」華人伐木工說。

「冚家鏟[21]——」朱大帝話剛出口，愛蜜莉抽出小帕朗刀，用力一揮，斷了兩瓶老虎牌啤酒瓶，碎了一杯大耳玻璃杯。

雨水讓母雞像一群被驚動的蟑螂，但沒有入棚躲雨，雨中繼續覓食。雲散雨收後，亞鳳的黑咖啡依舊冒著煙。果園散亂一批小水窪，吸收著樹上滴落的水珠。一隻青蛙後腿被母雞叼住，母雞為逃躲分享而快速奔跑，好像青蛙施展神力牽引母雞。鐵額銅頭似的榴槤果高掛樹幹。愛蜜莉喝完兩杯咖啡，滾了一壺水，又泡了一壺咖啡。她告訴亞鳳，茅草叢裡有兩窩野豬，一窩是一

21 冚家鏟，廣東話或客家話，咒人全家死。

頭母豬和八頭剛褪下條紋的小豬，另一窩是三頭青壯豬，夜晚聞榴槤果落地，即刨開籬笆入園搶食，並刨掘一小塊栽種胡蘿蔔的田畦。胡蘿蔔是愛蜜莉孝敬鄒神父的貢品。鄒神父和英國大官一樣深信胡蘿蔔可以強化人類夜視力，愛吃愛蜜莉純粹用雞屎催生的胡蘿蔔，便於晚上外出布道。野豬食不飽足，踏破雞棚啃食母雞，每晚必來，叼走了三十多隻雞。愛蜜莉觀察多日，鎖住了巢穴，請亞鳳協助圍剿。又說，三隻青壯豬是她多年前屠殺一頭母豬時，一時不忍，野放了三隻小豬，沒想到長成食肉成性的大豬。

下午三點，愛蜜莉肩扛單管獵槍、腰抃大小帕朗刀各一把、挎一個藤簍，亞鳳肩扛雙管霰彈獵槍、腰抃大帕朗刀、挎一個藤簍，推開籬笆門，兩人一狗走向茅草叢。黑狗走在前頭，愛蜜莉居中，亞鳳壓後，故作輕鬆狀吹口哨。愛蜜莉回頭做了一個噤聲的手勢。遠方飄散幾朵零星野火，火舌嬌小，吐出的白色煙霾蔽野籠地，讓野地缺了一角。黑狗像披著一團墨囊，狗腳踩在野地上像蟹腳行走在沼澤地上沒有聲息，間或停下狗腳觀望四野。

愛蜜莉越走越快，突然舉起手掌擋在亞鳳胸前。兩個肩扛獵槍的豬芭人越過一塊齊頭的圓形草嶺，消失草叢中。愛蜜莉收回擱在亞鳳胸前的手，看了亞鳳一眼，抽出腰上的小帕朗刀。

嚄嚄。喳喳。齁齁。吭吭。亞鳳聽見草嶺傳來野豬低沉的啼叫。

斷裂的啤酒瓶長滿透明的玻璃釘鈀，完好的大耳玻璃杯倒臥在破碎的大耳玻璃杯屍塊上。小金、鍾老怪、鱉王秦、扁鼻周和沈瘦子等獵豬隊友聞風趕來，圍在朱大帝身邊，把愛蜜莉擠到伐木工圈子中。小金帶了一把大帕朗刀，被沈瘦子奪走，交給牛油媽，牛油媽扔到櫃檯下。沈瘦子是豬芭村開埠元老，敉平不少禍亂，知道拳頭傷人，大事化小；利器殺人，小事釀大。

被愛蜜莉用刀背敲痛了五指的爪哇技工突然揑住一截玻璃釘鈀，在愛蜜莉手腕劃出一道六英寸的傷口。朱大帝一腳踹在技工肚子上，技工哀呼一聲，四仰八叉跌倒。三角臉爪哇技工踢翻一張椅子，舉起另一張椅子，砸向朱大帝。朱大帝頭一歪，椅子砸在圓桌上，斷了兩條腿。椅子腳削掉了朱大帝的草綠色軍帽，露出被母豬啃去頭皮的醜陋疙瘩。朱大帝的頭皮布滿青脆的褶皺，泚出十多簇像毛毯的髮芽，兩眼怯光，好似枯木逢春，散發出忸怩的青春色彩。大帝一手攥住一張椅子，砸向三角臉爪哇技工，一手撈了圓桌上的軍帽往頭上罩去。五十多個爪哇苦力和一百多個華人技工、伐木工、三輪車伕在牛油記的露天咖啡攤鬥毆時，愛蜜莉將小帕朗刀入鞘，接過牛油媽遞給她的白毛巾包紮傷口，揹著藤簍，將咖啡錢放在櫃檯上，捏了一下牛油媽大兒子的肥臉，跨上自行車離去。

警署出動警員解圍時，五十多位爪哇技工已被朱大帝等人追打得四處逃竄，大部分逃回員工宿舍。走了一小撮華人，來了更多不相干的華人，簇擁著朱大帝等人在宿舍外叫囂。朱大帝和三角臉扭打時，軍帽再度被扯下，他發出像嬰兒的激啼，打斷三角臉兩顆門牙。荷蘭石油公司高級主管向豬芭警政署長抗議，逮捕了朱大帝等十多人和十多個爪哇技工，引爆雙方第二波衝突，爪哇人和華人集聚警署前，二十個穿著迷彩服的邊防部隊隊員，頭戴傾斜右方的貝雷軍帽，手拿卡賓槍，一字排開站在警署大門前。

紅日西沉，南中國海肥碩的波浪像吸飽了血的螞蟥，英國官員的遊艇也卸帆返港，一群海鷗軋軋叫著，繞著旗杆上的米字國旗飛翔。遙遠的穹窿紅了，像一個哭泣的小姑娘臉龐。豬芭華人僑長、豬芭首富長青板廠老闆林萬青，夥同荷蘭石油公司華工工會總工頭，備了一個大紅包，親自壓禮，駕著一輛載滿煙酒土產的吉普車，像一頭被馴服的野犀牛，停在荷蘭石油公司總經理官邸前。石油公司派遣主管安撫爪哇技工，總經理面會警政署長，建議釋放朱大帝等人。警政署長是個馬來人，矮胖禿頭，手拿擴音器站在邊防部隊身後訓話，殖民警察帽簷上的英國國徽像一口黏稠的熱痰，從擴音器飄送出來的聲音也夾雜一股熱痰。天氣太熱了，他極力緩和形勢的笑聲像涕泣。人群飛出一塊石頭，砸中署長額頭，署長怪叫一聲，撫住額頭，血絲從手指縫溢出。人群開始暴動，衝向邊防部隊或揮拳互毆。邊防部隊起初對空鳴槍，隨後槍口對準人群。槍聲和哀嚎短暫，但濃濃的煙硝味被海風吹襲，撲向豬芭村，瀰漫茅草叢，久久不散。邊防部隊擊斃了五個華人和六個爪哇技工，打傷了二十多人。

愛蜜莉指了指圓形草嶺後方。她做了個手勢，示意亞鳳前進草嶺。黑狗踮著四肢，爪不沾地狗耳密合尾巴垂直，卸去所有抗風的毛爪，爬上草嶺。二人一狗上了嶺巔，往下觀望，看見了草嶺背面野豬的窩穴。窩口橢圓形，窩外布滿防禦性的開叉枯枝，四周的土壤也布滿豬蹄印。蹄印明朗，有大有小，從洞口通向一條草徑。愛蜜莉小聲說：「保羅進洞誘敵，先出來的一定是母豬，瞄準了就扣扳機，小心別打到狗。小豬出洞時，能活捉就活捉，捉不到就打死，一隻也不能少。」

亞鳳和愛蜜莉蹲在草叢中，舉起獵槍瞄準洞口。黃色小花散亂草嶺上，草嶺上方飄過巨大的雲彩，露出幾片小藍天。向洞外箕張的杈枝容易戳傷掠食者眼睛，黑狗保羅嗅著蹄印走向洞口時，杈枝好像活的，箕張得更厲害。黑狗齜開狗牙，躥入洞內，但很快又退到洞口，草擬了一下戰略，再度躥入洞內。洞內響起犬豬哭號和狗牙豬牙咯咯嗒嗒摩擦的聲音。黑狗又退到洞外，搖了搖頭，沉潛一年半載，躥入洞內。狗的殺氣和豬的怒氣震散了幾根杈枝，狗爪豬蹄交錯，厚實的沙塵封住了洞口。漸漸地，狗吠充滿銳氣，豬啼多了晦氣。

黑狗和母豬出洞時，全身蔽著灰色的埃塵，好似兩隻一大一小黑白斑駁的刺蝟。母豬鼻吻上的鬚毛遮去了半張臉，沒有獠牙，但牙齒發達，腹下掛著八雙縱向排列的乳頭。黑狗興奮地嗯哼一聲，拔腿奔向草叢，停在一片荊棘叢生的矮木叢前。愛蜜莉在母豬躥向黑狗時扣下扳機，中槍後的母豬憑著慣性和憤懣之元氣像一顆滾石滾了一段路，倒臥矮木叢前。黑狗舔了一遍被豬牙戳傷的狗爪，安靜而冷漠地看著母豬。牠不像一般獵犬，見到被制伏的獵物後就咬一下耳朵，啃一下鼻吻，狂吠不迭。洞口先後出現八隻小豬，嗅著媽媽的蹄印，列成縱隊走向矮木叢。愛蜜莉和亞鳳將兩只藤簍垂直堵住洞口，簍嘴朝外。黑狗咬住了一隻小豬後腿，小豬叫聲淒厲。兩隻小豬躥向洞口，落入簍嘴，愛蜜莉順手拔起洞外幾根杈枝堵住簍嘴。剩下的五隻小豬兜了幾個小圈，躥向母親慣走的草徑。愛蜜莉揹著獵槍，拔出小帕朗刀，對亞鳳說：

「要捉要殺，你看著辦。小心開槍，這裡有獵人出沒。」

愛蜜莉用刀背打懵兩隻小豬，削了一條藤蔓將兩隻小豬捆成一個疙瘩，挽了一個結，拎著小豬奔跑。三隻小豬迅速分裂成一個爪字逃躥，愛蜜莉追上居中的小豬，削斷牠的喉管，將藤蔓綰結掛在一棵小樹上，追剿左邊的小豬。兩隻小豬高掛樹枝，藤蔓陷入柔軟的肚皮和脖子，讓牠們呼吸困難，突然安靜下來。透過簍眼，牠們看見被愛蜜莉割破喉管的小豬倒臥血泊中，兩隻小眼猶在眨閃，搧動生存的意志，像用幾根鬃毛護衛狂風中的燭火，像凌晨即將熄滅的星光。亞鳳踩斷了一截枯枝，斷裂的枯枝打在他臉上，打得他像被掀開了頭蓋骨，躥了幾個盲步才剎住，小豬已不知去向。小豬可能正在奔逃，也可能發揮求生絕活，停歇在某一個潛伏點，就像一線鏽鐵藏在一把鏽跡斑駁的老刀中。

亞鳳看了看四野。遙遠的茅草叢仍有幾股零星野火，更遙遠的莽林像漂島浮游熱氣中。野草有高有低，有蓊鬱的有枯槁的，有被西南風吹得貼地喘氣的，有站得壁直等人薅的，有沾滿麻雀像稻穗低垂的，有迎接蚱蜢彈跳的，有被草食動物嚼爛的，有被銳器削斷的，有茂密稀疏的，有剛抽芽的，有被獵人踩出夾脊徑的，亞鳳掃視到一半，站穩腳步，均衡呼吸，閉上眼睛。他好像把茅草叢觀察得更深入了。野草有的肥短有的瘦長，蓊鬱的野草吸吮著沃土，枯槁的野草被瘠地吸吮，貼地野草長得稀疏，站得壁直的野草長得茂密，沾滿麻雀的野草有強韌的莖稈，迎接蚱蜢彈跳的野草有柔軟的筋骨，被草食動物嚼爛的又嫩又多汁，被銳器削斷的結了痂疤，剛抽芽的很青翠，被獵人踩出夾脊徑的掛著獵人藤帽脫落的藤絲。

左手側有一塊凹陷的草地，長滿白色的和紫色的小花，白色的比紫色的多一倍，愛蜜莉像趴窩的母雞蹲在草地上。左後側矮木叢裡有一窩大番鵲巢穴，曲蜷著兩隻未開眼的雛鳥，圓滾滾的紅紫色身體長著稀落的白色毳毛。黑狗蹲在後側圓形草嶺上，守著藤簍中的兩隻活豬和草嶺下的死豬，舔著被母豬獠牙戳傷的前爪，隔一陣子躍下草嶺，嗅一嗅斷氣的母豬和小豬。右後側一隻白腹秧雞帶著五隻雛雞穿過一簇灌木叢，一條即將乾涸的河灘上跳躍著攀木魚和蛇頭魚。前方一個小水潭升起了一隻白鷺鷥。

他深吸一口氣，凝視著左手邊那塊凹陷的草地，白色的和紫色的小花消失了，飛舞著一大群白色的和紫色的蝴蝶，愛蜜莉拎著一隻淌血的小豬，嘴角下的肌肉像琴弦抖動著，奏出一道像口琴的快樂音符。大番鵲的巢穴其實有三隻雛鳥，黑狗已經叼回被愛蜜莉切斷喉管的小豬，白腹秧雞家族正在逃躲蟒蛇的緝獵，跳躍著的攀木魚和蛇頭魚被大蜥蜴無情地啃食著，白鷺鷥向他迎面衝來。

他張開眼睛，看見一隻鬃毛賁張、獠牙暴突的野豬，嘴裡叼著一隻白鷺鷥。白鷺鷥發出一聲尖嘯，瓜蔓一樣柔軟的脖子慢慢垂下，再也不動。野豬扔下死鷺鷥，摩了兩下獠牙，發出嗑嘣咯喳的怪聲，長吻上的圓盤狀軟骨噴出一團霧氣，揚起蹄角衝向亞鳳。亞鳳拔出大帕朗刀，刀尖戳入野豬胸肌時，野豬已咬住他的大腿。一聲槍響，野豬肚子爆開一朵血花。又一聲槍響，爆開第二朵血花。野豬鬆開吻嘴，倒在亞鳳腳下。

亞鳳的刀尖滴著血，愛蜜莉的槍口冒著硝煙。

野豬在亞鳳大腿上造成小範圍撕裂傷，鮮血漫濕了半截小腿。獵豬行動不算完美，但也成功了一半，草草結束後，兩人回到愛蜜莉住處。愛蜜莉打開荷蘭石油公司的急救箱，用食鹽水清洗傷口，抹上優碘和消炎藥膏，捆上紗布。

「野豬牙齒沒毒，」她說。「你不必撒尿了。」

愛蜜莉家園充滿祥和的母雞哼叫。

愛蜜莉又滾了一壺水，泡了一壺咖啡。「豬要好幾天不露臉了。剩下的這幾隻，我一個人可以應付。」

休息完後，愛蜜莉和亞鳳各把一只藤簍掛在自行車手把上，將自行車推到草嶺，用繩索將死豬捆在貨架和手把上，夥同黑狗邁向豬芭村。

「這兩隻大豬和幾隻小豬，請焦叔叔到菜市場義賣，」愛蜜莉說。「兩隻活的小豬，也賣不了多少錢，你不想養的話，送給焦叔叔，餵大了再賣。」

「愛蜜莉，」亞鳳說。「鬼子快來了，豬芭村的女孩都出嫁了。妳呢？」

懷特·史朵克

懷特·史朵克（white stork），白鸛，候鳥，又名東方白鸛、老鸛，鸛科鸛屬，大型涉禽。長嘴黑壯突顯，白羽赤腿。眼周朱紅，裸露無毛。翅膀寬大，頸部下方有披針形長羽，求偶時豎直起來。休憩時單腿或雙腿站立於水畔、沙灘或草地上，頸部縮成S形，如幽靈漂沒。受驚時彈嘴，噠噠聲不絕，如鬼魅舔舌剉牙。起飛時奮力搧動兩翅，需要助跑一段距離。飛翔時脖子雙腿成一直線，利用熱氣流在空中滑翔盤旋，如徘徊幽途。地面覓食時，拱頸墜頭，大步而緩慢行走，發現食物後速竄啄食，詭譎突然；水中覓食時喙嘴半張，頻頻插入水中，一分鐘達十七次以上，如上了發條。喜食異種或同種鳥類幼雛。分布於歐洲、非洲、中亞、印度、日本和中國，冬季遷徙到非洲和印度熱帶地區。在台灣和東南亞屬迷鳥。

二戰時期，太平洋聯軍以懷特·史朵克戲稱日本戰機或偵察機。

曹大志坐在高梨刨製的太師椅上，穿一件紅色長袖襯衫和褐色百褶裙，臉上塗脂抹粉，畫成毛臉雷公嘴，手搭涼棚觀望豬芭中學禮堂。他的後側掛了一張長方形布幔，畫了青松翠柏、瑤草奇花、岩石葛藤，中間一個瀑布，兩旁立了兩個石碣，鐫著「花果山福地　水簾洞洞天」十個楷字大書。他的前方，十幾個豬芭小學學生，臉上也是擦脂抹粉，畫成尖嘴猴腮，手揭「齊天大聖」旗旛，擎著竹槍木刀，咆哮搏鬥，發出吱吱呱呱的聲音。他的上方，掛了一條繡著「豬芭中小學生籌賑會義演義賣募款活動」橫幅紅幔。曹大志搔了搔耳垂，朝拇食二指吹了個唿哨，從太師椅後方拔出一根閃光紙包紮的九英尺印茄木金箍棒，走下太師椅，支開猴群，裝模作樣演練金箍棒。一個穿著豬芭小學制服的小女生，甩著兩條小辮子和一列瀏海，走到舞台前方，打開手上一本小冊子，用清朗高亢的聲音唸道：

「海外有一國土，名曰傲來國，國近大海，海中有一座名山，喚為花果山，山上有一塊仙石，產一個石卵，化作一個石猴，五官俱備，四肢健全，在那裡弄神通，聚眾猴攪亂世界，玉皇大帝降招安旨，封為弼馬溫，他嫌官小，反了天宮，玉帝於是差李天王和哪吒太子擒拿。那日，李天王和哪吒點起三軍，率眾頭目，出了南天門，來到花果山——」

響起掌聲和歡呼。飾演托塔李天王的彈弓王錢寶財，身穿紙糊的鎧甲，頭戴紙糊的金翅烏寶冠，手托紙糊的玲瓏寶塔，從舞台左側出場。飾演哪吒的紅毛輝，打赤腳，手拿木製的火尖槍，脖子掛紙紮的乾坤圈，小腿各縛一個紙繪的風火輪，跟在父親身後。

「吾乃托塔李天王三太子，三歲下海，踏倒水晶宮，捉住蛟龍抽筋刮鱗，父王怕吾再闖大禍，想殺吾以絕後患，吾一刀在手，割肉還母，剔骨還父，一縷幽魂，飛上西天，如來取荷藕做吾骨骼，荷葉做吾肌肉，讓吾起死回生。吾想殺父王報那剔骨之恨，如來賜父王寶塔一座，讓吾以佛為父，才消釋吾和父王的冤讎。吾足蹬風火輪，手使一柄金槍，神通廣大，可以化作三頭六臂，乃父王先鋒大將，先後降伏九十六個妖魔，今日奉玉帝旨意，到此收伏猴妖。」紅毛輝耗盡丹田擠出的娃娃嗓音，帶點哭喪，像午夜貓嚎。「那業畜！快去報與弼馬溫知道，教他早早出來受降！」

眾猴膽小的，丟了刀槍，左蹦右躥；膽大的，奔奔波波，在台上轉了幾個圈，傳報猴王曹大志。

「禍事了！禍事了！」一個拿著木刀的小猴跪倒太師椅前。

「什麼事？」猴王問。

「門外有一員天將，奉玉帝聖旨來此收伏我等，還說早早出去受降，免傷我等性命。」

好猴王，下了太師椅，翻了一個支離破碎的跟斗，出了洞門，迎進哪吒：「你是誰家小哥？闖近吾門，有何事幹？」

「潑妖猴！你不認得我？我乃托塔天王三太子哪吒是也。今奉玉帝欽差，至此捉你。」

「小太子，你嬭牙未退，胎毛未脫，乳臭未乾，怎敢說這般大話？」猴王笑道：「你看我這旌旗上是什麼字號，拜上玉帝；是這般官銜，我自皈依；若是不遂我心，定要打上靈霄寶殿。」

哪吒抬頭，看見旌旗上「齊天大聖」四字。

「這妖猴能有多大神通，就敢稱此名號！不要怕！吃我一劍！」

「我只站著不動，任你砍幾劍罷。」

哪吒大喝一聲：「變！」兩個豬芭小學學生從舞台躥出來，緊貼紅毛輝身後，將紅毛輝化作三頭六臂，手持六種兵器：木製的斬妖劍、砍妖刀、降妖杵，紙糊的繡球兒、火輪兒，牽牛的縛妖索。曹大志見了，大叫：「這小哥倒也會弄些手段！莫無禮，看我神通！」大喝一聲：「變！」從舞台躥出兩個小猴，緊貼猴王身後，將曹大志變作三頭六臂，金箍棒一晃，也變作三條，六隻手拿著三根金箍棒架住紅毛輝的六種兵器。捧著小冊子的小女生又出現了。「孫悟空和三太子各騁神通，鬥了個三十回合。太子六般兵器，變作千千萬萬；孫悟空金箍棒，變作萬萬千千。半空中似雨點流星，不分勝負。好猴王，拔下一根毫毛，叫聲變，變作本相，身子一縱，趕到哪吒腦後，朝左臂一棒打去。」舞台躥出英國小孩杜瑪斯飾演的美猴王分身，穿得和美猴王一個模樣，也掄起一根閃光紙包紮的木製金箍棒，砸向哪吒手臂。「哪吒聽得棒頭風響，不及躲閃，被悟空著了一下，負傷逃走，收了法，取回六件兵器，敗陣而回——謝謝大家捧場，休息十五分鐘，豬芭中小學學生籌賑會義賣募款活動現在開始，請大家慷慨解囊，支助水深火熱的祖國同胞抗日！第二幕二郎神大戰美猴王，義賣完後馬上開始——」

曹大志、杜瑪斯、眾猴子和敗逃的紅毛輝向觀眾鞠了個躬，退下舞台。四個穿著豬芭中學校服、臂纏黑紗的小學生走入群眾，邊走邊喊：「金錢餅一粒五十元，認購一粒，捐賑祖國一枚炸彈殺敵！認購兩粒，捐賑祖國兩枚炸彈殺敵！」六個捧著紙花和塑膠花的小女生也走入群眾，將假花別在群眾胸前，紅著臉、嬌聲細氣地說：「節省些煙草費，買枝花兒救國家——」六個捧著孫中山總理玉照的中學生齊聲吶喊：「義賣孫總理玉照！一元不少，百元不多！」六個手揮青天白日滿地紅小國旗的小學生大叫：「義賣國旗！義賣國旗！一元不少，十元不多，百元更好！」豬芭中學教師高舉手中的木雕藝品，用比學生字正腔圓的華語說：「義賣學生木雕藝品！鼠、牛、虎、兔、龍、蛇、馬、羊、猴、雞、狗、豬，十二生肖造型，琳瑯滿目，栩栩如生，一件十元，學生的愛心，溫暖祖國的心……」更多學生臂纏黑紗、胸前掛一個募捐箱，穿梭走道和禮堂內外，像吟詩呼喊著各種口號：「支援前線戰士，完成持久消耗戰略，使倭寇日陷泥淖而不能自拔……祖國已屆嚴冬，彤雲密布，旭日無光，似劍北風，裂膚刺骨……月黑星高，雪重霜濃，大氣襲人，身僵如鐵……捐一錢，救一命……一毛不嫌少……」綁兩根小辮子的小女生再次出現舞台，手捧一個紅色小冊子：「籌賑會報告！籌賑會報告！永發中藥店老闆余振新，捐贈一千粒金雞納霜，協助祖國戰士抵抗瘧疾——南國釀酒廠老闆王朝陽先生，認購三十粒金錢餅，捐賑三十枚炸彈殺敵——本校陳家箎校長，兩百大元認購學生一件木雕老虎——」

一九三七年，豬芭村首富長青板廠老闆林萬青、祥和號雜貨店老闆沈瘦子、南國釀酒廠負責人王朝陽、吉利當鋪老闆錢慶凡、洋貨批發商張金火、豬芭中學和小學董事長陳家箎、豬芭日報創辦人劉仲英、牛油記咖啡館老闆朱大帝，籌組「籌賑祖國難民委員會」，募款救災，每天每人捐獻一分，支援祖國抗日。鬼子入侵豬芭村前三天，蕭先生撰寫兒童話劇《齊天大聖》，週六下午在豬芭中學禮堂義演。義演當天，全豬芭村的富商名人、販夫走卒幾乎到齊了。禮堂外，由豬芭中小學組成的兒童籌賑遊藝會，搭了十幾個遮陽帳棚，義賣賀年卡、新年對聯、手工藝品、盆栽、鮮花、文具、字畫，豬芭中學的舞獅團和西樂隊也賣力助陣。禮堂內，豬芭中學和豬芭小學合唱團獻唱了十多首抗戰歌曲，又演了一齣醜化小日本的鬧劇，最後登場的是壓軸大戲《齊天大聖》。正逢雨季，太陽依舊高掛，校園內無所不在的朱槿花和九重葛盛開得像活力無限的青春少女，使整個校園散發出赭紅色的浪漫氛圍。創校時即已存在的幾棵野波羅蜜也結出水滋滋的青果，像校內的男學生飄肥蒂壯，像即將自由落體的航空炸彈。幾次暴雨使栽滿荷花的池塘急速膨脹，淹沒了足球場和籃球場，池水漫溢到走廊上，蛙聲消弱了老師的布教，佇立窗台上的魚狗分散了學生的注意力。荷蘭石油公司的天然草皮機場在學校後側，隔著一片茅草叢和灌木叢，珍珠港事件後，鬼子即將入侵豬芭村的噩耗喧囂塵上，間或荷蘭杜尼爾水陸兩棲偵察機和格連馬丁型飛機在機場上起降，引擎聲響徹豬芭村。禮堂矗立在草坡地上，左右種了六棵相思樹，像蜥蜴乾的相思豆莢和紅色的相思豆散亂禮堂兩側，舞獅團步伐遝亂沉重，踩得相思豆莢擠出紅色的相思淚。木槌停擊大鼓時，西樂隊即時演奏抗戰歌曲，夾雜著學生的叫賣。熱汗泅濕了學生的制服和頭髮，舞龍打鼓的學生脫了上衣，露出精瘦的上半身，隨興演練幾套拳腳功夫。禮堂內熱得像蒸籠，坐在前排「籌賑祖國難民委員會」的八個創辦人搧著學生義賣的紙扇，拭著學生義賣的手帕，喝著學生義賣的義茶，口袋裡插著學生義賣的小國旗，胸口別著學生義賣的塑膠花或紙花，嘴裡啃著學生義賣的金錢餅，翻著學生義賣的自製賀年卡，嗅著瀰漫禮堂的汗酸味和髮油味，露出八個如來微笑。舞台後方，蕭老師額頭淌著蝌蚪大的汗珠，佝僂著脊椎骨，捋著白鬍鬚，好像壓得透不過氣的瓜棚豆架，提醒孩子要注意的舞台動作和台詞。第一幕表演得太完美了，讓蕭老師有點忐忑，擔心第二幕出紕漏。愛蜜莉牽來了黑狗，關亞鳳籠來了大番鵲，林惠晴拉來了黃牛，懶鬼焦抱來了無頭雞。黃牛搧著尾梢毛來回走動想獨占一個更大的漫步空間，無頭雞站在太師椅的靠背上，出籠的大番鵲怯生，黑狗只聽愛蜜莉差遣。四禽不易駕馭，難度比第一幕高出許多。全豬芭村家丁最旺盛的黃萬福和高梨，共十四個孩子參與演出，最小的兩歲，最大的十三歲，飾演花果山猴群，在後台追逐奔跑，猴性十足。蕭老師咳了一聲：「同學注意，第二幕開始了！」

砍屐南女兒、綁兩條小辮子的十二歲小女生嚴恩庭走到台前，打開手中的小冊子，晃動著腦袋，搖曳著身體，聲如鳥囀：「話說傲來國花果山石卵化生的美猴王，降龍伏虎，自削死籍，玉帝宣他上界，封為御馬監弼馬溫官，猴王嫌官小反去，玉帝遣李天王和哪吒擒拿未獲，於是降詔撫安，封他做個齊天大聖，有官無祿。大聖沒事管理，東遊西蕩，玉帝怕他惹是生非，命他代管蟠桃園，他卻偷吃桃子，攪亂瑤池大會，竊取老君仙丹。玉帝調遣十萬天兵，布下一十八架天羅地網，也不能收伏。觀世音於是推薦二郎真君赴花果山助力剿除。這真君喚來梅山六兄弟，點本部神兵，駕鷹牽犬，搭弩張弓，縱狂風，過了東洋大海，來到花果山，請托塔天王在天上使個照妖鏡，防妖猴逃竄。真君來到水簾洞外叫陣——」

伐木工高連發的兒子高腳強頭戴紙紮的扇雲冠，穿一件七拼八湊的黃袍，手拿木製的三尖兩刃刀，額頭用蠟筆畫了一隻仙眼，肩上立著關亞鳳的大番鵲神鷹，手裡牽了愛蜜莉的黑狗哮天犬，大搖大擺走到舞台中央。高腳強比曹大志小三個月，沒有當上豬芭村孩子王，讓他很不服氣，要趁這個時候挫一挫曹大志銳氣。他看見水簾洞外黃萬福和高梨的孩子正在翻滾跳躍，大喝一聲，這一喝音量大了些，嚇得肩上那隻關亞鳳養得像兔子一樣溫馴的大番鵲撬著翅膀，飛出舞台，在觀眾頭上繞了兩圈，停在一根桁梁上。觀眾的笑聲讓高腳強感到尷尬，蹾一蹾三尖兩刃刀，對著猴群叫道：「潑猴！叫你們的大王出來！」孩子看見大番鵲飛走了，神情有點不正經，但被後台的蕭老師和關亞鳳等人使眼神鎮住，沒有亂了套，黃萬福大兒子扛著齊天大聖旗旛，急報猴王。好猴王，出了水簾洞，見了二郎神，將金箍棒掣起，叫道：「你是何方小將，膽敢在此挑戰？」二郎神喝道：「你這妖猴有眼無珠，認不得我！吾乃玉帝外甥，今蒙上命，到此擒拿你這造反天宮的猢猻，你還不知死活！」大聖道：「老孫記得當年玉帝妹妹思凡下界，許配了豬芭村的楊君，生了一個男孩，我要打你一棒，看在豬芭村長輩親友分上，饒你一條小命，還不急急回去，喚你四大天王出來！」二郎神聞言，大怒：「正要擒拿你，替我們豬芭人揚名立萬！潑猴！休得無禮！喫我一刀！」大聖疾舉金箍棒，架住三尖兩刃刀，兩人左擋右攻，兩件木製兵器發出呼呼嘣嘣的撞擊聲。高腳強不使套招，一刀砍在曹大志頭上，曹大志忍著痛，金箍棒狠狠砸向三尖兩刃刀，砸得三尖去了一尖。嚴恩庭唸道：「真君和大聖鬥了三百餘合，不知勝負——」

「史朵克！史朵克！」

一位男學生手指蒼天衝入禮堂。鑼鼓聲和演奏停止了，舞台上的演員僵在原地，學生來賓直奔禮堂和鄰近教室，戶外轉眼空無一人。史朵克的引擎聲從禮堂上空掠過，漸去漸遠。大番鵲下了桁梁，沿著牆角疾飛，兩爪落在孫中山先生玉照的框架上，扇形的黑色尾巴遮去先生半張臉。沈瘦子和朱大帝走出禮堂，抬頭觀天，旋即回到禮堂。「大家不要驚慌，」沈瘦子說。「沒事，沒事，鬼子的偵察機，呸！呸！」朱大帝舉雙手做了一個安撫的動作，兩眼瞟著舞台。「看戲！看戲！」禮堂再度響起嚴恩庭清亮如鳥囀的嗓子：「真君和大聖鬥了三百餘合，不知勝負，真君抖擻神威，搖身一變，變得身高萬丈，大聖也使神通，變得與二郎身軀一樣，二人舉刀掄棒，殺得日月無光——」曹大志和高腳強兩手扠腰，扭了兩下身體，表示身高萬丈。「嚇得花果山猴群，搖不動旌旗，使不得刀槍。梅山六兄弟和眾天神，衝向水簾洞外，一陣掩殺，眾猴拋戈棄甲，撇劍丟槍，跑的跑喊的喊，上山的上山歸洞的歸洞。」蟋蟀王梁永安、游泳好手賴正中、彈弓王錢寶財和一批孩子，扮作梅山六兄弟和神將，把眾猴子趕下台。大聖見猴群驚散無心戀戰，收了法象抽身就走。「老孫去也！鬼子偵察機來了，各位保重！」觀眾大笑。「大聖，快駕筋斗雲，一棒打翻鬼子飛機！」有人起鬨，觀眾又大笑。真君大步趕上：「哪裡走！等我降伏了你這猴妖，再去殺鬼子！趁早投降，饒你性命！」大聖嘻皮笑臉：「大敵當前，不宜內訌，你率領天兵神將，我驅喚猴孩兒，咱們聯手，一定打得鬼子落花流水！」大聖見梅山六兄弟和眾天神堵在洞口，慌了手腳，搖身一變，變作一隻麻雀。一個小孩拿了一張畫了麻雀的紙片，擋在大聖面前。二郎睜開鳳目，見大聖變作麻雀，也搖身一變，變作一隻無頭雞。懶鬼焦的無頭雞呼呼搧開翅膀，從舞台左側飛出，落在舞台中央。沒有看過無頭雞的觀眾，屁股離了座。大聖又搖身一變，變作一頭大黃牛。惠晴牽出黃牛，讓黃牛站在無頭雞對面。黃牛不高興地蹴著蹄板，叫了一聲哞，轉身要走。二郎搖身一變，變作一隻紙糊老虎，追咬黃牛。

「史朵克！史朵克！」

演完八戒大戰流沙河、悟淨加入取經行列，師徒四人和一隻紙紮的龍馬向觀眾揮手告別，直奔西天後，鬼子偵察機正好第三度飛越豬芭中學，撒下數千張被紅色土壤覆蓋的大東亞版圖宣傳單。觀眾離開禮堂前，校長陳家箎站上舞台，一手揭著小國旗，一手拿著擴音器。「謝謝同學的義演義賣，祖國有難，同學患難與共，同學的愛心熱血，讓民族抗戰的神聖火炬，更進一步地發光發熱！今天籌賑會活動成果豐碩，圓滿結束！明天是星期日，籌賑會有更盛大的活動，豬芭菜市場、和興號雜貨店、吉祥號雜貨店、振康咖啡店、牛油媽咖啡店、好年代冰果店、麒麟洋貨店義賣一天，良朋理髮店義剪一天，豬芭全體三輪車伕義踩一天，此外，長青板廠舉辦腳踏車義踏一天，全程參與者，長青板廠義捐每人三十元！祖國戰士，忠勇禦敵，我們安居海外，不能置身事外，請大家踴躍捐獻，慨解義囊，籌濟國難，使前線數十百萬捍衛祖國的健兒，得到精神上和實質上的最大支援和鼓舞！」

豬芭村的閨女忙著尋覓夫婿，莽叢裡的大番鵲也忙著尋找隱密的窩穴，鬼子撒下的數千張宣傳單，半數被東北風颳向茅草叢，被大番鵲叼回築巢，在想像中的大東亞共榮圈護衛下下蛋布雛。曹大志和高腳強等孩子積極搜羅大番鵲幼雛。雛鳥出殼後，他們折斷雛鳥小腳，讓母或公番鵲銜回有治療藥效的神奇野草，敷在斷腳上，治癒後，他們再折斷小腳，如此重複數次，野草藥效進入雛鳥的氣血骨髓，這種雛鳥被浸泡在白蘭地等洋酒一段時日後，釀成專治百病宿疾的靈藥。被大番鵲治療過的雛鳥，售價翻倍，曹大志等人半年來已拗斷兩百多隻雛鳥小腳。十二月十四日，曹大志扛著金箍棒、高腳強揭著三尖兩刃刀，帶領孩子在莽叢裡搜索巢穴，經過一條爛泥道時，和腳踏車義踏隊伍錯身而過。由沈瘦子發起的腳踏車義踏隊伍早上九點從吉祥號雜貨店出發，行經豬芭村百多爿木板商鋪，邁向豬芭河畔。沈瘦子和扁鼻周捐出剛從英國進口的二十多輛全新自行車，讓沒有自行車的豬芭人參加義踏，隊伍集結了全豬芭村一百多輛英國製鐵馬，車把上插著青天白日滿地紅小國旗，邊騎邊呼喊口號。

「大志，別折斷小鳥的腳，太缺德了！」義踏隊伍和大志等人碰面時，一個荷蘭石油公司的青年技工怪聲怪氣說。「聽朱大帝說，沒有斷腳的小鳥，不能壯陽，但藥效一樣好！」

一個伐木工青年用鴨子一樣的聲音說：「南洋姐逃光了，壯什麼陽！」

沈瘦子大罵：「死仔包，再胡說八道，滾出義踏隊伍！」

高腳強對著隊伍中的女人喊：「鬼子來了，豬芭姑娘出嫁了，豬芭男人小鳥累壞了！」

沈瘦子大罵：「死仔包！」

義踏隊伍排成一個縱隊，沿著豬芭河畔遊行。豬芭河河水暴漲，水舌舔咂著高腳屋支柱，漫到隊伍經過的泥路，腳踏車鏇起四片水翼，發出狗舌舔水的聲音。輪胎搧動著水翼，水翼像長在輪輞上。鏈罩、車蹬、車架、前後花鼓、前後擋泥板瀰漫水漬，在陽光下閃爍著魚鱗光輝。鋼絲被河水洗滌得晶亮，淌下無數水珠和水簾，好像腳踏車敞露出來的筋膜。水翼忽大忽小，忽有忽無，像魚鰭。魚鱗光輝閃糊了車體。鋼絲像呼吸中的鰓巴。一百多輛腳踏車接駁成一條蜿蜒的脊椎骨，像一尾肌肉透明的巨大水禽在水面滑行。亞鳳騎著父親的蘭苓牌自行車疾馳在隊伍中央，他的前方是騎著全新自行車的惠晴，後方是散發出雞屎味的愛蜜莉英國皮東洋魂富士牌自行車。東北風間或從前方颳來，他聞到惠晴身上飄來的水果香味。他已和惠晴結婚十多天，新床始終隱藏著林桂良果園的廣袤陰暗，惠晴臉上始終維持著新婚夜僵硬多刺的榴槤殼微笑，胸部漂浮著波羅蜜的飽滿青澀，她挪動兩腳踏踩車蹬時，讓亞鳳想起紅毛丹的白色肉瓤和青黃色的茸毛。東北風間或從後方颳來，愛蜜莉的汗酸味、腳踏車上的雞屎味、帕朗刀上的血腥味和保羅的狗騷味，形成另一種難以名狀的香味，讓他想起被保羅激怒晃盪著乳池現身豬窩口的充滿孟母風範的母豬。惠晴間或回頭對他微笑，笑出林桂良果園裡更多芬芳樹種，笑出新床上更深邃的幽暗。愛蜜莉的前輪間或擠壓到他的後輪，他回頭看她，她側歪著臉看向別處。義踏隊伍行經一個大水窪，大家下了車座，涉水推車。惠晴不想弄髒沈瘦子的腳踏車，將車杆扛在肩上，抬起整輛車子踱過水窪。大水窪是二十年前野豬從豬芭河上岸集體衝向豬芭村前，刨掘跺踩，整合隊形，鼓舞壯膽的輝煌遺跡。隊伍經過一塊草坡地，亞鳳看見朱大帝扛著獵槍和帕朗刀站在一艘廢棄的舢舨龍骨上，打著眼罩，向他們揮了揮手。

大帝綁了一塊紅色頭巾，隱約裸露出頭皮上的疙瘩，一手叉腰，叼著煙，噴出一圈和他頭皮一樣醜陋的疙瘩煙霧。自從和爪哇人械鬥後，大帝豁然開竅，不再隱藏頭頂上的瘡疤，整個人也頗有脫胎換骨、返老還童的跡象。大帝近來忙著壯大籌賑會，已有一年時間沒有入林狩獵。他半夜醒來，全身灼熱，手掌起了燎泡，聞到牛油媽身上一股豬騷味，聽到牛油媽嘴裡發出嘎嘎齁齁的粗獷鼾聲，看見牛油媽額頭長出一撮彷彿鸚鵡翎羽的白色鬣毛。「花！——花！——」大帝搖了搖牛油媽身體，牛油媽翻一個身，壓在大帝身上。大帝看見自己躺在一個巨大墳塚裡，一群野豬磨牙刨土，用冰冷潮濕的泥土將自己淹沒。他看見牛油媽肚子裡懷著三月身孕，一個小豬胚胎像他頭皮上的暴戾疙瘩漂浮在混沌鮮紅的羊水裡。他攥著帕朗刀，砍癟了牛油媽肚子，流出一灘血水，五指探入子宮揪出小豬胚胎，削斷了豬脖子。胚胎發出人類嬰兒哭啼，一個像自己又像牛油媽的小頭顱滾落地上。大帝咕嚕一聲，吞下一塊嬰兒胎糞，看見牛油媽躺在床上瞪著自己。「花，妳懷了孩子了？」牛油媽裝著沒聽見，翻了一個身呼呼睡去。大帝這幾天傍晚抽空漫遊莽叢，發覺豬屎和蹄印趨繁，雖然不及二十年前十分之一二，但已零星躍出復燃火種。他太久沒有沾到野豬冒著硝煙味的燙手的鮮血，太久沒有讓豬心在手掌上奔突，舌頭幾乎忘了生嚼豬肝的滋味，野豬的亂蹄驚嚎，再一次把他攬入莽林懷抱。

「老朱，殺一頭年輕的豬公，給我們義踏隊伍進補！」沈瘦子放開嗓子大叫。大帝又揮揮手，走下舢舨龍骨，追蹤一串新鮮的豬蹄印。

義踏隊伍在沈瘦子領頭下，轉眼奔馳了五英里。每經過一戶人家，就會躥出幾隻護土家犬，對著隊伍傻吠。荷蘭石油公司外國官員已撤出豬芭村，被野放的霍爾斯坦乳牛和兩匹溫血母馬散亂在茅草叢和矮木叢中，慢條斯理啃嚼野草，牛頭馬面在綠濤洶湧的草梢中漂浮，好像有幾百隻，好像只有三兩隻。英國人撤退前果斷地炸毀煉油廠，幾度舉槍想槍斃乳牛和母馬，不想留給鬼子糟蹋，但下不了手。一隻乳牛衝出草叢，擋在沈瘦子前面，用一雙冷漠的牛眼瞪著義踏隊伍。沈瘦子下了車座，撿起幾根草稈，嘴裡咩咩叫著，揮手驅趕。乳牛尾梢毛搧了搧，搧出巨大的牛虻謎團，蹠蹄蹴了蹴，蹴出一串流亡蹄印，躥入了草叢，牠的後面陸續躥出幾隻乳牛，晃著飽滿沉重的乳房，裂開眼眶，牛瞪一下沈瘦子。乳牛消失後，一層凝重的氣氛綳緊了腳踏車鏈條，齒盤旋轉的速度變慢了，踏板不再流暢。義踏隊伍依舊喧囂，但少了歡樂氣氛。尾隨的大番鵲越聚越多，啄食被他們驚擾的蚱蜢。一個耳尖的少年人第一個發現天空傳來嗡嗡隆隆的聲音。他單手握著把手，打眼罩打量天空。

「史朵克！」沈瘦子抬頭看天，認出是一艘俯衝轟炸機。「大家小心！不是偵察機！」

飛機快速從他們頭上掠過，鐵灰色的瓶狀物落入義踏隊伍中。

曹大志等人離開義踏隊伍後，看見一隻黑色大鳥停在長滿水草的湖塘前，挪動著傘骨似的長腳，張開黯紅色的大鋼剪巨喙，啄食湖塘裡的兩點馬甲和攀木魚。大鳥臉上簇著金黃色絨毛和紅色肉瘤，頂著鬏髻似的黑毛。孩子沒看過這種怪鳥，想起豬芭村華人公墓的守墓人馬婆婆。錢寶財掏出剛換上新橡皮條的彈弓，隨手撿了一塊石頭放在彈丸兜上，一手握著塗滿鳥血的彈弓架，一手捏著彈丸兜，拉開橡皮條，咻的射出一彈。石彈正中鳥喙，大鳥甩了甩頭，撐開翅膀。第二彈打中大鳥的大覆羽，石彈反彈到水中。大鳥搧動翅膀，湖水漾出鬚鬚髫髫的波紋。大鳥收攏長腳沿著湖面滑翔一段距離後，飛越茅草叢衝向天穹。

孩子熱得難受，脫光衣服跳到湖裡打水仗，上岸後，高腳強建議兵分兩路，中午前在豬芭村菜市場集合，曹大志反對。為杜絕孩子獨吞雛鳥，大志堅持集體行動。贊成和反對分成兩個陣營，吵得不可開交時，菜販李明的三個兒子正從湖塘對面經過。「李青，你又偷我們的鳥巢了！」高腳強對著三人喊。李青是李明大兒子，穿短褲打赤膊，他身後兩個弟弟骨瘦如柴，穿著露出乳頭和肚臍的破爛背心。「放屁！這塊地是你的？」李青腰上拚了帕朗刀，左臉頰有一條被野豬獠牙刨出來的疤痕。「見者有分！是我偷你的，還是你偷我的？」紅毛輝說：「李青，把你找到的鳥巢捐給籌賑會吧！校長會發獎狀表揚！」「吃都吃不飽了，義賣個屁！」李青噘嘴長噓一聲，朝湖塘吐了一口唾沫，和兩個弟弟走入沒頂的茅草叢，湖面漾著他的嘲笑。「校長的獎狀，你們當寶貝，我拿來擦屁眼！」高腳強對曹大志說：「再不兵分兩路，鳥巢要被他們搜括光了。」曹大志不語，高腳強又說：「我們分成兩隊，中午前集合，看誰的鳥巢多。」曹大志依舊不語，高腳強又說：「輸的那一隊，鳥巢全歸對方。」曹大志推了一下高腳強肩膀：「你這麼想當孩子王，我讓給你好了！」「誰稀罕什麼孩子王！敢不敢打賭？」「賭就賭！」曹大志笑著說：「孩子們，不用擔心，跟著我，我有一雙八卦爐裡鍛鍊出來的火眼金睛，這野地裡有什麼鳥巢豬窩，我一清二楚。」高腳強說：「孩子們，不要怕，我有一隻仙眼，天上飛的，地上爬的，水裡游的，都逃不出我的監控。」曹大志領著紅毛輝等七人走向西南方，高腳強領著錢寶財等六人走向東北方，一群麻雀從他們頭上掠過，一道烏雲在他們分手的草地上投下獅群狂奔的黑影。曹大志戲水上岸後看見西南方一簇矮木叢下，一隻大番鵲並不飛翔，而是利用跳躍攀爬，在地上行走十多碼，不露痕跡地回到巢穴。大志帶領孩子朝矮木叢走去，走了一分多鐘，聽見紅毛輝驚叫：「史朵克！」一輛飛機低空掠過茅草叢，朝高腳強消失的方向丟下兩粒鐵灰色瓶狀物。

鮮蹄深邃巨大，引著大帝來到一條小溪前。溪水暴漲，漫向茅草叢和矮木叢，大帝兩腳浸泡水中，看著兩點馬甲和攀木魚四處盲躥，蜻蜓點水交媾，色澤鮮豔的魚狗站在腐木上。小溪對岸荊棘簇擁，幾乎密不透風，散亂黃黃白白的小野花，吊掛著幾株豬籠草捕蟲瓶，參差著麻瘋樹的青色果子，孤立著幾株鳥巢蕨。溪岸瘋長著羊齒和爬藤植物，溪面戟立著芋頭和空心菜，經過雨季洗禮，蔥蘢肥大。野豬被荊棘擋下，不可能躥到對岸。大帝仔細觀察溪面。下游一脈祥和，上游的空心菜、芋頭和羊齒植物糾葛，幾株芋頭葉柄已被折斷。上游是上風處，正合大帝心意。野地漫水，每蹚一步，水舌聒噪，大帝不得不放緩步驟。走了五分鐘，河水略見混濁，大帝抬頭遙望，看見不遠處有一簇野樹薯。凡有樹薯，必有豬跡。蹚了十多步，聽見野豬嚄嚄摳摳的啃食聲。大帝揣著獵槍，屈身前進。一隻鋼黑色長鬚豬，屈蹲前腳，屁股朝天，刨拱泥土下的樹薯，不見頭顱，背脊上的鬃毛水光燦爛，腹下縱向排列八雙乳包。大帝舉槍，瞄準心臟。母豬突然站直身體，露出一顆濕淋淋的豬頭，嘴裡咬住一塊樹薯。大帝看見母豬肚子裡有一顆粉紅色肉瘤，整齊排列著八隻小豬胚胎，像榴槤皮囊裡黏糊糊的金黃色果肉。大帝犯了獵人大忌，一時心軟，遲遲扣不下扳機。母豬充滿暗示地瞟一眼朱大帝，轉過身子，朝上游奔跑。牠的蹠蹄被芋頭葉和羊齒植物羈絆，肚皮在水面滑翔，鼻子上的盤狀軟骨吐出的水氣像膏一樣黏稠。大帝挪動步伐，輕鬆地和母豬維持一段距離。他隨時可以扣下扳機，終結母豬笨拙的奔跑。阻擾母豬瘋躥的不是溪水，而是那八隻小豬胚胎。天空傳來嗡嗡隆隆的引擎聲。一架戰機從大帝頭上越過，機體印著一粒紅色巨丸。戰機擲下一顆鐵灰色瓶狀物。大帝立即撲倒，聽見一聲爆炸，一股水花淹沒了他。大帝爬向一簇矮木叢，屈蹲身體，屁股和腳踝浸泡水中。河水逐漸混濁，從上游漂下木屑草葉，幾顆麻瘋青果，一株破爛的豬籠草瓶子，一個粉紅色的小豬胚胎。大帝看見母豬肚破腸流，四肢朝天，小豬胚胎散亂。母豬上半身和下半身幾乎分開，豬頭殘缺，但沒有生命的小豬胚胎卻四肢健全，彷彿還穩睡母親子宮裡。飛機又一次從大帝頭上掠過，大帝舉槍，對著機身盲射。

「母豬如果繼續刨食樹薯，」大帝看著小豬，心頭湧上一股對獵物從未有過的憐憫和疼惜。「就不會遭鬼子毒手了。」

炸彈爆炸後，大志和紅毛輝等人掩護茅草叢中。爆炸聲熄滅了，戰機引擎聲徹底沉寂了，一聲慘叫像水壩決堤淹沒茅草叢。炸彈在高腳強前方爆炸，長出一棵樹狀水柱，根鬚草梢射向四方，衝擊波壓直了四周野草，一個帶著杈椏的大番鵲巢穴散落在孩子面前，攀木魚和兩點馬甲屍體星布。高腳強腳長，錢寶財矮壯，急行軍一樣走在前頭，和四個孩子拉開了一段距離，孩子毫髮未傷，高腳強和錢寶財像被撧斷的青蔥倒下。高腳強斷了一條手臂，昏死矮木叢裡。錢寶財臉上蒙上一層血幔，頭蓋骨像被掀開，一顆眼球掛在眼眶外。「寶財！寶財！」大志輕輕地搖擺著寶財的肩膀，將那顆眼球塞回眼眶裡。「你是托塔天王，你不能死啊！」鮮血像蚯蚓從寶財眼窩、鼻孔和嘴巴裡淌出來。寶財胸腔被氣爆捧出一個洞，肋骨下有一個拳頭肉瘤砰砰敲打，敲打得胸腔漫出更多血水。大志下意識用手掌擋住那個洞，血水繼續從手指縫迸出來。拳頭越敲越輕，最後無聲無息。大志知道寶財完了。矮木叢裡傳來高腳強呻吟。「高腳強！高腳強！」大志跪在高腳強身前。「你是二郎神，你不能死啊。」高腳強睜開雙眼，笑得高傲頑強。四個小孩圍在高腳強身旁哭啼。其中一個最大的孩子從茅草叢裡拽出高腳強的手臂，畢恭畢敬地放在高腳強身邊。

「高腳強，你為什麼一定要兵分兩路？」大志泣不成聲。「跟著我走就沒事了。」

炸彈落在義踏隊伍後方，炸裂隊伍尾巴，掀起一股大番鵲和麻雀逃亡浪潮。隊員下了車座，人車一體臥倒地上，輪輞和鋼絲閃爍著火焰光芒。一個稻草人的脊椎骨筆直衝向天穹又筆直落下，衝擊波搧了十幾個隊員一巴掌，抹了十幾個隊員一臉泥漿，男隊員的頭髮直豎像豬鬣；掀開了兩輛腳踏車的橡皮座墊，驚起了遠方馬鳴，迅速閃過野豬的嚄嚄啼叫和豨豨的蹄奔，在池塘一般澄清的藍天長出一株侵略者的水仙狀自戀煙硝。兩輛腳踏車被炸成一團疙瘩，傷了三人，亡了兩人。驚魂未定中，大志和紅毛輝抬著失去意識的高腳強，四個孩子抬著錢寶財的屍體，加入義踏隊伍的哭號和呻吟。沈瘦子一聲令下，義踏隊伍載著傷患和屍體返回豬芭村。

遙遠的蒼穹響起一串像放屁的聲音。一架史朵克屁股冒出一條像青筋的黑煙，斜斜地、神經錯亂地衝向大地，機翼三百六十度交錯，像望天樹長了翅膀的種子盤旋墜地，消失莽叢中。距離太遠了，史朵克又癟又乾，像一隻小蒼蠅。鬼子的威嚇式轟炸避開了繁華的豬芭村，落在茅草叢和農田中，引起野草糞便日夜燔燒，好像替兩天後的萬人先鋒部隊點燃登陸的烽燧。

墜落的戰機驚動了豬芭村，朱大帝和扁鼻周組成兩個搜索隊伍，尋找戰機殘骸和可能生還的飛行員。

神技

扁鼻周二十歲在內陸豬芭河畔開了一爿雜貨店，販賣醬米油鹽、洋酒洋煙罐頭、獵槍子彈和走私的鴉片膏。雜貨店寬長約兩輛大卡車，前面一道長形走廊，擺幾張長凳矮桌，屋簷下的鐵籠子圈養著一隻雄性盔犀鳥，叫聲如非洲土狼。盔犀鳥，婆羅洲原住民達雅克人的聖鳥和戰神，巨盔和巨喙組成的頭蓋骨紅豔雄偉，古代東南亞藩屬國進貢中國的高級貢品。中國的大官沒有見過盔犀鳥，以為是仙鶴，於是把牠的頭骨叫作鶴頂紅。籠子裡的盔犀鳥頻頻對著籠子外莽林裡的母犀鳥眨眼調情，吸引母犀鳥徘徊，但鐵籠子裡的雄犀鳥飛不出去，只能看著籠子外的母鳥卸下全身羽毛，脫得光溜溜，和野生雄鳥在樹窟裡育雛。

雜貨店鄰著兩棟長屋，四代同堂，住了五百多個達雅克人。達雅克人，世代農耕漁獵，自己釀製煙酒，不抽鴉片，只對獵槍子彈有興趣，雜貨店裡的食物和鴉片膏大部分祭了扁鼻周五臟廟。扁鼻周在雜貨店外圈養盔犀鳥，目的就是想利用盔犀鳥在達雅克人的崇高地位，保住達雅克人對他的信賴和敬意，但顯然不怎麼有用。開市不到三個月，一個以飼養鬥雞出名的達雅克人被竊了五隻鬥雞，竊賊將一隻失竊的鬥雞拴在雜貨店走廊上，讓扁鼻周百口莫辯。這是此地竊賊慣用的手法。甲偷了乙五隻鴨子，必然將其中一隻鴨放養到丙的鴨棚，讓丙含冤莫白。長老和全體族人同意舉行一場傳統潛水競試。達雅克人在豬芭河中央豎立兩根竹竿，由扁鼻周和鬥雞主人摸著竹竿潛入水中，最晚出水者即是勝方，勝方獲得山神族靈庇護，證明清白無辜，可以馬上卸下任何罪行的指控。

扁鼻周在雜貨店內抽了兩膏鴉片後，唸了一聲觀世音菩薩，吸了一口仙氣，讓肺葉擴大到整個胸腔，膨脹成一個日月運行的無垠天地，貼著竹竿潛入冰冷的河水中，闔上雙眼，盤緊竹竿不動，放了一個氣勢驚人的屁，十多個大小氣泡冉冉上升，在他鼻孔下爆破，瀰漫芋頭和樹薯香味。一個十三歲達雅克少女，用藤簍中的芋頭樹薯和扁鼻周換了六顆子彈，臨走時對扁鼻周回眸一笑，像一隻母犀鳥飛入一個幽黯的樹窟。他的肺部萎縮成兩個雞卵時，少女浮現水中，臉龐像面具罩在他臉上，一股氣體從他嘴裡注入，重新擴張他的肺部，像一股清流從囟門吹入六腑，過丹田，穿九竅，有如重生。

扁鼻周睜開雙眼後，盤在對面竹竿上的對手已上岸。他低調又高標地贏了比賽。

兩個月後，扁鼻周被指控睡了一個十四歲達雅克少女。少女的未婚夫帶領族人圍堵雜貨店，手拿祖先獵過人頭的帕朗刀，對著扁鼻周咆哮羞辱一番後，和扁鼻周舉行潛水競賽。扁鼻周吸了兩塊鴉片膏，下水後，再度盤緊竹竿，閉上眼睛。少女多次在莽林奇遇扁鼻周，嘴如犀鳥巨喙，在他胸腔鑿出一個巨窟。他受不了了。他握著少女的手，走向莽林的黝黑深邃，走了十多步，少女反握他的手，開始引導他。扁鼻周張開眼睛，河水清澈，少女的未婚夫對他怒目相視，吐出一口充滿恚恨長長扁扁的氣泡。扁鼻周再度閉上眼睛。望天樹板根高聳如城牆，樹篷雄偉如宮殿，少女在陰暗的板根旯旮裡鋪了一層野草樹皮，灑了十幾朵黃色小野花，嘴裡銜一朵手掌大的朱槿花，像一隻卸了羽毛的母犀鳥蜷曲野草樹皮中。野草像波浪，樹皮像滑嫩的泥鰍。扁鼻周張開兩眼，對手也恰好睜開雙眼，對他揮了揮拳頭，嘴裡蔓延出一塊魚脬胞樣的忿怒水泡。少女身上也隱藏著千窟，封閉得像蚌殼。他把自己和少女埋在野草樹皮裡，伸展男子漢的放肆和體貼，也施展一套面對春心蕩漾的女人時挺而韌的久戰之道。當他水涸山頹，肺部萎縮成雞卵時，少女再度浮現水中，臉龐像面具罩在他臉上，一股像鴉片煙的氣體從他嘴裡注入，他的肺部受到罌粟鹼和嗎啡灌溉，像鮮花綻放。他不知道自己撐了多久，只知道入水時夕陽把河水染成一片血色，上岸時已星斗亙天，枝椏上棲息著一群鬼魅般的夜梟。

達雅克人懷疑扁鼻周作弊，以兩隻放養的長鬚豬當賭注，和扁鼻周舉行第三次潛水競試，十多個青年輪流潛入水中監視扁鼻周。扁鼻周贏了第三次賭賽後，達雅克人相信，傳說中引領死者走過冥界和宣達上天聖諭的使徒犀鳥，正棲息雜貨店中，庇護著扁鼻周。

扁鼻周靠著牧放兩頭長鬚豬漫遊野地河畔，睡了十一個女孩和五個婦人，其中兩個女孩大著肚皮找他時，他帶著盔犀鳥、獵槍子彈、洋酒和鴉片膏，在一個大雨滂沱的深夜，划船遁逃，流轉婆羅洲，依棲過十多個甘榜，在近百個人妻、寡婦、處女胯洞留下無數蟲子，最後落戶豬芭村。

扁鼻周和朱大帝帶著兩個隊伍在莽叢裡胡亂搜索一無所獲後，菜販李明大兒子李青將他們帶到一座湖塘前。

「我看見一隻史朵克，掉進湖裡！」李青說。朱大帝和扁鼻周搖搖頭，歎一口氣。搜索隊伍和豬芭人，包括亞鳳、愛蜜莉、曹大志、小金和紅臉關等人慢慢向湖畔靠攏。

「老周。」湖面煙波浩渺，朱大帝噴了一口直直的煙柱，好像釣竿伸向湖面。「你看呢？」

扁鼻周撿起一塊鵝掌大石頭，扔向湖水。石頭飛了一半，好像失去重量，枯葉似的飄著，沉入水中，沒有激起一絲漣漪。扁鼻周跟朱大帝要了一根煙，蹲在湖邊，手指像鴨蹼撥著湖水。

「鬼子運氣不好，」朱大帝對著大夥說。「掉到這座湖裡，神仙也活不了。」

所有活躍野地的植物幾乎都在湖畔找到立身之處，也把湖畔簇擁得密不透風。半個湖面被煙霧籠罩，看不到對岸。這座湖的原始名字是鷹巢湖。三十多年前，湖畔長了十多棵聳天的喬木，樹杈上鷹巢散亂，鷹群齊飛時，天穹暗成一個山窟。喬木被英國人放倒，做成鐵軌枕木和鑽油台支架，各種破銅爛鐵被英國人和豬芭人扔進湖裡，三十多年來猶不見湖底，英國人叫它「鐵湖」。在豬芭村，湖的名字很多，鐵殼湖、鐵塔湖、鐵桶湖、鐵甲湖，沒有統一的慣稱。但叫久了，豬芭人又恢復了原始名稱：鷹巢湖。長青板廠十多個伐木工，每人交出一日工錢當賭金，看誰有本事潛入湖底撿起英國人或豬芭人丟棄的破銅爛鐵，試了幾次，終於放棄。湖底好像有一個巨洞，直通地心，像磁鐵把所有鐵器吸了進去。

「機體那麼大，不見得墜入湖底，也許卡在某個地方，」兩個當年潛入湖水的伐木青年說。「我們下去看看！」

兩人跳入湖中。陽光穿透湖面，照耀著四塊像石瓦沉入湖心的腳板。一隻白腹秧雞貼著湖面飛翔，像在水上奔跑，留下米雕的小腳印。湖面倒影著一群蒼鷹，各自駕著一個小漩渦，盤旋鐵灰色的天穹中掠食。蒼鷹發現獵物後，馭風九十度俯衝而下，間或伴著一聲尖嘯。不遠的灌木叢傳來嚄嚄喳喳的豬啼，朱大帝打手罩看著豬啼的來源處，頭皮有點發癢。

伐木工先後露出水面，吸了幾口氣，再度潛入湖裡。第二次出水時，罵了幾句髒話，回到岸上。

扁鼻周在湖邊巡了一下，找到一管生鏽和沾滿泥垢的半截卡車底盤支架。他將抽完的煙蒂彈到草叢，卸下獵槍和帕朗刀，脫了上衣鞋子，伸伸懶腰，吐一口唾液，剖開湖邊的藤蔓荊棘，拖著沉重的底盤支架，蹚入水中。湖水有一股可怕又詭異的力量，有時候將他的腳板緊緊鑲在泥灘裡，有時候又讓他腳不著地。

「老周，可以嗎？」朱大帝說。「不要逞強。」

扁鼻周定居豬芭村一年多，很少炫耀過憋氣絕技。湖水漫過頭顱時，扁鼻周兩腳突然踩空，和底盤支架一起沉入湖底。扁鼻周抬頭看天，布滿蒼鷹掠食漩渦的天穹逐漸縮小，朱大帝等人被陽光和波紋腐蝕，湖面飄散著眾人的四肢和頭顱，耳邊迴響著食猴鷹最後一聲尖嘯。他兩手攥緊支架，頭下腳上，用最節省力氣的方式讓底盤將自己帶到湖底。鐵製的底盤支架嗅到了湖底破銅爛鐵的腐敗氣味，越往下墜，速度越快，像回到了老巢。根據多次憋氣經驗，水中生理時鐘緩慢，陸上一分鐘，水下十分鐘。扁鼻周睜大雙眼，魚群聚集四周形成一個圓椎體，迴避著他和底盤支架，畚箕一樣大的湖鱉從湖底竄出，胸盾狠狠撞擊著他的臉。魚群逐漸稀少，視線半盲，一尾鰭鱗發光、肌肉透明的大魚從眼前掠過，牽著一朵狹長的光囊消遁黑暗中。支架繼續下沉，伴隨他沉入湖水的最後一聲鷹嘯不可思議地迴盪著，好像那聲尖嘯從來沒有停止過。

朱大帝抬頭看天。天穹原來盤旋著十多隻蒼鷹，大部分已擄獲獵物，飛回巢穴餵雛或自己享用，只剩下兩隻猶在巡視戰場，而扁鼻周還未出水。一隻食猴鷹又俯衝而下，抓走矮木叢裡一隻小蛇，小蛇在鷹爪下吐信反撲。大帝吩咐擅泳者下水救人。兩個伐木工、一個技工和一個農夫，噗咚入水，隨後陸陸續續有人加入。小金無聊得發狂，舉起獵槍對著最後一隻蒼鷹開了一槍。子彈從翅膀下滑過，蒼鷹好像在彈頭上墊了一下，彈高了一個鷹身。越來越多人聚集湖邊加入搜救，鱉王秦、鍾老怪和小金潛入湖水，亞鳳、愛蜜莉和曹大志等人站在水深齊胸處，用竹竿或枯枝往水裡戳戳探探。

朱大帝紋風不動。他知道扁鼻周見多識廣，不至於鬧出人命。但時間一久，也有點焦慮了。鬼子的隨興轟炸已經帶走三條人命。灌木叢不再傳來豬啼聲。一群蒼鷹再度馭風盤旋。朱大帝看得出來，這是原來那一批鷹群。這已是牠們第二趟覓食了。大家開始往湖畔聚攏時，扁鼻周突然從湖心冒出頭來，手裡拖拉著一個大便顏色衣服的人體。

驚歎聲中，大夥協助扁鼻周把人體拉上岸。

戰機被湖底的泥漿淹埋了七七八八，但暴露著駕駛艙、艙內的鬼子飛行員和小部分機翼機尾。扁鼻周打開駕駛艙，將飛行員揪出湖面。他出水時吐出一口水柱，吸了幾口大氣，眨了眨眼，擠出一個吃飽睡足的微笑。

「老周，你沒死！」鍾老怪揉了揉失去眼球的眼窩，眨著一顆像彈頭的小眼睛。「我差點叫老高幫你訂製一口棺材了。」

大家好奇地圍觀飛行員屍體。飛行員穿著大便顏色的飛行服，頭戴飛行盔和護目鏡，脖子繫了一條白巾，胸前背後掛著鼓鼓的浮力背心，裝飾著一些不知道什麼名堂的扣帶、兜襠布和口袋。左臂有一個圓形的軍銜徽章，繡著一朵櫻花和兩架交叉翱翔的戰機，綁著一個巨大的飛行員腕錶。小金拔掉了護目鏡和飛行盔。二十多歲小夥子，五官英挺，眉梢尖得像鷹爪。大家猜飛行鞋和手套上的四個漢字「和輝蒼空」是他的名字。

「把他的衣服剝掉！」朱大帝說。

大家七手八腳把飛行員剝得一絲不掛，議論著飛行員的男器。

「把他扔進湖裡餵魚！」

屍體緩緩消失湖心時，朱大帝說：「能夠找到鬼子屍體，全是老周功勞，鬼子身上的東西，全部交給老周。大家記得，鬼子如果來了，今天的事，絕口不提。」

山崎的名單

十五歲生日，鍾保佑隨父母到叢林狩獵。鍾保佑手拿帕朗刀，兩腳呼吸著新鮮蹄印，天生的獨眼盯緊老媽單管霰彈槍的櫸木槍托。四月，榴槤果纍纍。凡有榴槤樹，必有猴群搶食，也必有豬群在樹下刨食猴群丟棄的榴槤果。保佑和老爸老媽很快來到一棵二十年老榴槤樹前。保佑記得這棵老榴槤樹，也記得老爸老媽射殺過樹上和樹下難以估計的猴子和長鬚豬。保佑抬頭看著樹幹上殘留的模糊彈痕、陰森森的榴槤果、鬼氣淋漓的猴群和遮蔽著豬群的荊棘叢。猴子的尖叫和豬啼顯得低調邪祟，豬群刨掘榴槤殼的聲音像十個豬肉販李大肚在剁骨分肉。老爸拍了拍保佑肩膀，老媽接過保佑的帕朗刀，將霰彈槍和彈盒遞給保佑。保佑看著像幽靈退下的老爸老媽。老爸牙齒撩亂，齜出兩根捲曲的小獠牙。老媽頭髮蓬鬆，呼呼吐氣的鼻子盤踞著半張臉。獵槍的櫸木槍托散發著老媽體味，櫸木握把漫著老媽手掌上的汗漬，槍管閃爍著老媽的凌厲眼神，準星像土穴裡探頭探腦的黑蟋蟀。荊棘叢茂盛，野豬不會靠近，保佑也無法穿透，但保佑身處下風，機會大好。他緩慢挪動，避開荊棘叢，看見背對著他的野豬屁股。他左手舉起握把，右手食指伸進扳機護圈，槍托陷入腋窩，槍管貼著荊棘叢。不巧的是，樹上突然冒出另一股猴群，兩股猴群開始亂鬥，一截榴槤殼在保佑扣下扳機時砸在槍管上，子彈打得樹下爛泥飛濺。

保佑急了，打開槍膛卸彈裝彈後，樹上樹下已無猴子和野豬蹤影。他繞過荊棘叢，在榴槤樹下轉了一圈，追蹤著一列亂糟糟的蹄印，停在長滿鳥巢蕨和藤蔓葛蘿的灌木叢前。萬物凝固，無風，葉尖墮下水珠，陽光像蚱蜢跳躍，照亮一簇姑婆芋。姑婆芋葉子像畚箕一樣闊大，豬芭攤販用來包紮豆腐、糕點、炒麵和豬肉。綠葉迴盪著野豬嚎叫，蹄印消失在姑婆芋蔭影下。保佑舉起獵槍，看見母親的頭顱好像一坨豬肉包紮在姑婆芋的綠葉中，來不及了，他已經扣下扳機。

狩獵嚮導鍾老怪，十九歲定居豬芭村，緊傍著木匠高梨老家蓋了一棟高腳木屋，底層無牆，八根鹽木柱腳長著鳥巢蕨和藤蔓，四周雜草齊胸，矮木叢散亂。他獨居慣了，脾氣古怪。不做嚮導時，一個人揹著獵槍入林狩獵，將多餘的獵物分送鄰居高梨和黃萬福，讓高黃的十多個孩子長得肥嘟嘟的，比豬芭村的孩子高出一個頭。

木匠高梨和果王黃萬福同時落戶豬芭村，毗鄰而居十八年，同時愛上打金牛兩個女兒。寶生金鋪老闆打金牛，精通冶金術的金銀匠，擅於鍛造玲瓏纖細的小金牛，育有兩女一男，長男隨朱大帝獵豬時被野豬戳死，兩女相差一歲，同時嫁給高梨和黃萬福。婚前，高梨愛上姊姊周巧巧，黃萬福愛上妹妹周妙妙，但姊姊愛的是黃萬福，而妹妹愛的是高梨。木匠高梨心靈手巧，豬芭村一半以上的桌椅櫥櫃和全部棺材由他包辦；榴槤王黃萬福勤奮務實，豬芭村的水果一半以上由他供應。周巧巧是蕭先生高足，十歲就會背誦五百多首合轍押韻的中國古典詩詞；周妙妙深獲父親真傳，可以隨心所欲將金銀捶磨成戒指簪子項鍊手鐲，刻上別致美麗的花紋。高梨和黃萬福是老鄰居和鴉片友，一膏鴉片入肺，可以掏出心肝給對方加菜；巧巧和妙妙美貌賢淑兼具，在豬芭人眼裡，娶巧或妙，都是一箭雙鵰，不會漏失另一人的內涵外表。蹉跎兩年，沈瘦子獻策，交給姊妹兩包鴉片膏。姊妹瞞著父親，在一個中秋節晚上造訪高梨和黃萬福。高梨看見心愛的巧巧、黃萬福看見朝思夜想的妙妙送上鴉片膏，二人當場吸食，吸得骨頭酥軟，靈魂聳天遁地。姊妹趁兩人不省人事，互換陣地，上了心上人的床。

鍾保佑十五歲誤殺老媽後，老爸將老媽的單管霰彈槍掩埋在那棵老榴槤樹下，死前將自己的雙管霰彈槍交給鍾老怪。鍾老怪二十一歲帶著荷蘭人范鮑爾入林狩獵。范鮑爾年輕時隨著荷蘭軍隊駐守東印度群島，殺過海盜、獵頭族、苦力、走私客、殺人犯和無辜平民，五十歲退休後扛著軍用強生半自動步槍和一支七倍率的雙筒望遠鏡到婆羅洲狩獵尋歡。

鍾老怪仔細研究過那支可以連續擊發十顆子彈的強生步槍。槍管和槍托幾乎成一直線，旋轉式彈匣隱藏在機箱下方，可以填上十顆毛瑟七公釐子彈，裝上這種巨大彈匣，步槍依舊苗條，讓鍾老怪想起穿梭婆羅洲天穹、全身黑乎乎的史丹姆黑鸛[22]的優雅姿態。槍管可以卸下，槍身可以拆成兩截，很受傘兵和特種兵喜愛。最令鍾老怪著迷的是彈匣。一支步槍餵飽後可以連續擊發十顆子彈，老爸的雙管霰彈槍頓時變成了石器時代產物。范鮑爾削瘦高大，下巴有一綹潮濕的金黃色山羊鬚，頭髮稀疏，兩眼一大一小，在鍾老怪帶領下殺了幾隻野豬猴子吠鹿後，第五天不聽鍾老怪勸告，貪圖爽快赤腳走在河灘上，被一種怪魚的毒刺扎中腳跟，右腳腫得像象腿。鍾老怪削下一根樹枝讓范鮑爾當拐杖，揹著他的步槍和行李折返，晚上用樹枝搭建棚架，鋪上雜草樹葉

22 史丹姆黑鸛（Storm's stork），中型稀有鸛屬。棲息於泰國南部、馬來半島、蘇門答臘和婆羅洲雨林低窪地。

過夜。鍾老怪半夜醒來，在棚架外漫步。獵戶座掛在頭頂上，獵人腰帶上的三顆寶石閃耀，獵人一手攫一隻死獅子，一手攥一支強生半自動步槍。鍾老怪回到棚架躺下。范鮑爾的步槍槍管閃爍著一個狹長的星光燦爛的銀河系，飛竄著十顆毛瑟子彈流星，槍口一次又一次吐出范鮑爾的夢囈和痛苦呻吟。第二天范鮑爾已經站不起來，腳板和小腿開始腐爛，流出像魚胞的膿水。鍾老怪表面掙扎，心裡不太焦慮。范鮑爾受傷時，附近有一棟達雅克人的長屋，達雅克人對叢林裡的任何毒液都有一帖解毒祖傳妙方。鍾老怪帶著范鮑爾走向下游，遠離長屋。他告訴范鮑爾，他準備砍幾根竹子，紮一艘竹筏，送范鮑爾到下游治療。他將強生步槍放在范鮑爾胸前，揹著雙管霰彈槍，攥著帕朗刀，進入莽叢。他在叢林裡浪蕩了半天，削了幾根竹子，中午過後回到范鮑爾身邊。

「你回來了……你去了一個早上，才砍回來幾根竹子……」范鮑爾右腿黑得像一塊炭，兩眼已經睜不大開，右手軟趴趴的握著槍柄，那支射殺過無數人畜的步槍看起來也是軟趴趴的，說話更是有氣無力。「從我獵殺第一隻野豬開始……你的眼睛就沒有離開過這支槍……你喜歡這支槍吧……」

鍾老怪不語。他看得出來，范鮑爾已經虛弱得舉不起步槍，即使舉得起，也絕對射不中他，但他還是從肩上卸下霰彈槍，握在手裡。

「小雜種，你不要怕，我不想要你的命。」范鮑爾放下強生步槍。「過來……我有話跟你說……」

鍾老怪轉身離去。「沒時間了，我去砍竹子。」

「小雜種，別走……」

鍾老怪聽見身後響起槍聲，一顆子彈從他頭上削過，泚出染上魚刺毒液的黑色硝煙。鍾老怪回頭看著范鮑爾。范鮑爾又扣了兩次扳機，兩顆子彈從他肩膀上飛去。鍾老怪的獨眼看得非常清楚，當范鮑爾食指扣動扳機時，擊鎚咬了一口撞針，撞針狠螫子彈底火，底火燃燒，點燃發射藥，彈殼內空氣迅速膨脹，產生的高膛壓將子彈推離彈殼及槍膛，毛瑟子彈的尖型彈頭哭嚎著飛出槍口，當彈頭飛越他頭上時，泅在彈頭上的范鮑爾的黑色血液淅瀝灑下，血液滴在他的頭髮和袖口上，升起幾朵惡臭的黑色硝煙。彈頭飛行的軌跡完美呈現在視覺中，鍾老怪感覺即使子彈擊向心臟，也可以優雅地閃過子彈，甚至伸手安撫彈頭，像安撫一隻彌留的野獸。范鮑爾奮力舉起步槍，朝天空開了兩槍，那兩槍原本瞄準鍾老怪，但他已完全控制不住準頭。范鮑爾好像瘋了，又朝天空擊發兩槍。鍾老怪擔心頻繁的槍聲招來變數，舉起霰彈槍扣下扳機，槍口吐出十顆彈珠像蜂群撲向范鮑爾胸口。

鍾老怪斃了范鮑爾後，草草埋葬，帶著強生步槍和望遠鏡在婆羅洲內陸流浪一年多回到豬芭村，豬芭人已不記得他何時離開，更沒有人記得范鮑爾，范鮑爾的強生步槍和望遠鏡。豬群夜襲豬芭村時，鍾老怪站在塔台上，一支強生步槍在手，擊發八匣子彈。豬芭人事後開腸剖腹，在七十八隻野豬的豬頭和豬心找到七十八顆毛瑟尖頭子彈，證明鍾老怪彈無虛發。消失的兩顆子彈，流傳著兩種說法：一是鍾老怪衝向塔台時對空鳴槍示警，虛耗了兩顆子彈；一是鍾老怪對著狂奔中的豬王放了兩槍，彈頭撲向豬王掀起的熱火旋風時像隕石墜毀大氣層。

鍾老怪堅稱自己擊殺了八十頭野豬。他每開一槍，必瞄準豬頭或豬心，確保彈頭留在野豬身上。那天晚上，鍾老怪在塔台不止一次聽見豬芭人喝叫豬王的名字。豬群渡河逃竄前，天穹流竄著血色銀河，墜下幾顆紅色隕石，鍾老怪下了塔台，憑著雲彩鋪張的朦朧赤焰，穿梭陰暗吵雜的豬芭村。獵豬大隊隊友一個個和他擦身而過，每個人臉上都渲染著興奮色彩。扁鼻周腰拌帕朗刀，手攥獵槍，臉上灑了一層豬血，像一個忙碌的劊子手。紅臉關的槍口冒著一圈又一圈結實的牛蹄硝煙，獵槍的準星黏著兩條增加準度的恥毛。沈瘦子吹著口哨，一腳踩著一隻小豬，兩手迅速開膛卸彈裝彈，對著小豬腦袋轟了一彈。鱉王秦每擊斃一豬，就往胯下狠狠抓撓一下。懶鬼焦像無頭雞蹲在兩根木樁上，守護著被豬群刨開的籬笆豁口。高梨、黃萬福和一群莊稼漢撲倒一隻大豬公，四肢拴上麻繩，用獵槍槍托捶打巨大的睪丸。打金牛跟在一群伐木工身後，脖子掛著兒子的冥照，看見垂死掙扎的豬就補一刀。砍屐南叼一支煙，用沾著豬血的手遞給鍾老怪一支煙，擦亮火柴，點燃香煙。屍橫遍村的豬群，痛苦地翻騰著身軀，搖晃著暴露肚子外的肝臟腸子，拐著斷裂的或完整的四肢，奔向一條生人無法踰越的骷髏末路。牠們的嚎叫逐漸沙啞，肉身被火焰燃燒殆盡，骨骼沿途潰散。朱大帝兩眼直視前方，喃喃自語。

那是鍾老怪感覺最接近豬王的一刻。鬼子剿殺第一批「籌賑祖國難民委員會」成員時，鍾老怪和朱大帝跨坐鍾家附近的常青喬木上，朱大帝透過七倍率雙筒望遠鏡搜索莽叢，鍾老怪手拿強生步槍，好像當年站在塔台上，打完一匣毛瑟尖頭彈。豬芭河像火山熔漿流向西北方，灌木叢響起大番鵲驚恐的鳴叫。莽叢升起染上屍毒症的腐爛月亮，點點滴滴露出十多個稜角，好似插在泥灘裡一大群死透的蚌殼。八月，野火肆虐，西南風漫捲，颳起一股又一股燥灼的熱火旋風，草叢裡散亂著的人類和動物屍骨吐出鬼語啾啾的甲骨文磷火，人獸被集體屠宰產生的恐怖、怨恨和悲痛毒素瀰漫茅草叢，匯成一條哭聲淒厲的骷髏末路。

高梨和黃萬福的十四個孩子，最大的十三歲，最小的兩歲，排成兩列站在野地一塊空曠地上。夕照將他們的身影無限地蔓延到遙遠的灌木叢，蒼鷹盤旋天穹尋找最後的晚餐，十四朵黃色的榴槤花乘著西南風吻別了淌著淚水鼻涕的十四張金黃色小臉蛋，野火焚燒野地的煙霾像浪潮一波又一波漫過草叢。西南風靜止時，煙霾掩沒了孩子左後方的甘蔗林和玉米園。

高梨和黃萬福跪在野地上，背對孩子，面對參謀長吉野真木、憲兵隊曹長山崎顯吉、兩個翻譯官、兩條狼狗、十個配著南部十三式手槍的憲兵隊員和二十個拿著九六式輕機槍的一等兵機槍手，一等兵身後圍繞著臉色凝重的豬芭人。孩子右後方田疇莽蒼，戳著兩個稻草人，從衣著上看，刻意打扮成一雌一雄。雌的胸前用枯草疊成兩個大胸脯，麻雀在奶子上築巢。雄的嘴裡銜一根像煙斗的竹筒，褲襠纏著丁字形枯藤，小孩在雄偉的胯下戳一根歪歪扭扭的樹枝表示男人的性器。野狗在甘蔗林跳嚷，傳來破爛的吠聲。猴群在玉米園裡肆虐，折斷無數玉米秸稈。吉野左手五指握著腰上的正宗刀的鮫魚皮刀柄，眉毛像燒焦的草稈，眼角下的褶皺好像深透到眼球的鞏膜裡。山崎手撫馬皮包紮的檀木刀鞘，晚霞橫亙臉上，在他挺拔的五官稜角上溢出疲老的鬚光。憲兵隊員的軍靴散亂著脫毛的荊棘刮痕，機槍手的綁腿散亂著蒺藜草的刺殼，黃色戰鬥帽壓得額頭爆裂著一褶一褶老鼠磨牙的線條。豬芭人站在未經燒墾的野地上，草梢葉鞘淹沒了腰際，天穹瀰漫叼食家畜的蒼鷹疑雲，地上瀰漫野豬的鬣牙陰影，肩膀裡鋤鐮餵養的筋肉垮了下來，硬頸精神徹底潰散。

伊藤雄失去頭顱的第二天，山崎從一份「籌賑祖國難民委員會」名單中，逮捕了戰前參與和發起豬芭中學義演的豬芭人，從小孩到大人，共三十二位，囚禁在華人機械公會憲兵總部，兩天後，十六位演員和演員家屬被憲兵隊押到野地，進行一場公開的審判和懲罰。

高梨凝視泥地上的大帕朗刀。木製刀柄長了一層綠色黴菌和塵垢，上面模糊留下他的手掌印。刀身斂伏著幾隻守宮形狀的紅色鏽跡，從刀莖延伸到刀尖，刀刃和刀背盤著有肉墊的小趾，長著疣鱗和褶襞的皮膚像樹皮，因為這個鏽跡，高梨剛才從老家牆壁卸下帕朗刀時，以為有一群守宮在刀身上擬態。押解他的鬼子用指頭抹了一下刀刃，高梨聽見守宮尖銳嘲諷的咯咯聲，陰暗的簷篷閃爍著冷漠的垂直型眼眸。高梨記得上次使用這把帕朗刀已是兩年前。他刨壞了一張有靠背和扶手的木椅，看見妻子周妙妙正在燒一鍋水，攥著帕朗刀和椅子走到灶膛前，砍斷椅子一條腿。他把那隻斷腿扔向灶膛，又一刀砍向椅背。椅子的殘軀在灶膛裡吱吱嘶嘶叫著，他覺得椅子是活的。

高梨瞄了一眼旁邊黃萬福的帕朗刀。黃萬福早晚揹著帕朗刀守護果園，帕朗刀彷彿剛剛鍛鍊出爐，揮砍時總是冒出錘打的火花和淬水的白煙，削枝剁骨如截芻草。刃口的光華皎潔如新月，刀身深藍如無翳的碧天，刀尖亦動亦靜，像潛伏的豹眼和奔跑中的豹尾。萬福的刀是一股活水，自己的刀是一座無津的死井。十多年前野豬夜襲豬芭村，萬福一刀在手，見豬就砍，自己只會躲在一群莊稼漢身後搖刀吶喊，身上和刀上沾的全是死豬的血。他和黃萬福同時落戶豬芭村，那年中秋節晚上，吸了一塊鴉片膏，睡了彼此心儀的對象，婚後雙方各生下七個孩子，兩家十六口被憲兵隊帶走時，周妙妙肚子裡正懷著八月胎兒。蒼鷹發出一聲尖嘯，兩條狼狗充滿火藥味地嗯哼一聲，露出整齊排列像毛瑟尖頭彈的狗牙。高梨和黃萬福看了對方一眼，滿眼淚花將對方漶漫成陌生人。

他和黃萬福當了十八年鄰居，只為一隻紅面番鴨爭吵過一次。高梨飼養的紅面公番鴨，飛行能力不下大番鵲，每天飛到黃萬福老家池塘裡和母鴨洗鴛鴦浴，過足三妻四妾風流癮後，又飛入黃萬福果園刨食幼苗種籽，被一隻入園尋食的長鬚豬叼走。「我家母貓被你家公貓上過，我家井水有你家餿水味，」高梨說。「你那幾隻母鴨，天天翹著屁股勾引我的公鴨，牠怎麼受得了？」「你的鴨子吃掉了我不少果苗，但我從來沒動過牠，」黃萬福說。「牠不見了，母鴨看不到牠長著紅色肉瘤的鴨頭，難過死了。」「牠是在果園裡被野豬叼走的。你那幾隻土狗，只會屌駭[23]，看到野豬就沒了核卵[24]。」「老高，等母鴨下蛋孵出小鴨，我送幾隻小鴨給你吧，就怕母鴨看不到你家的公鴨，傷心得連蛋也不會下了。」「你看好你的果園。野豬把這裡當老窩了。豬來窮，狗來富，貓來戴麻布。」高梨突然攥著生鏽的帕朗刀，站在黃萬福對面。黃萬福遲疑了一下，也攥著帕朗刀，站在高梨對面。二十個機槍手握著二十支九六式輕機槍，槍身嵌了容納三十顆子彈的巨大槍匣和豬鼻子似的望遠瞄準鏡，槍管上的刺刀反射著斑斑鬚鬚的金黃色夕照，好像有幾千隻搧著金黃色尾羽的小鳥繞著刺刀飛翔，刺刀在小鳥簇擁下，二十化為兩百，兩百化為兩千，兩千化為兩萬，萬仞開屏，形成一道堅固無隙的戟峰。機槍槍身比孩子修長，槍柄蹾在地上，刺刀刀尖和鬼子下巴平行。高梨的七個孩子簇擁成一批，黃萬福的七個孩子簇擁成另一批，兩個十三歲的

23 屌駭：屌屄、性交。客家話或廣東話。

24 核卵：睪丸。客家話。

老大抱著兩個兩歲的老么，眼光集中在自己父親身上。在兒童話劇《齊天大聖》中，他們飾演李天王的天兵神將、楊戩的梅山兄弟和花果山猴群，演技自然，沒有台詞，替祖國籌措到大批殺敵和救難基金。他們雖然在豬芭村見過伊藤雄等鬼子，但鄒神父告訴豬芭人，真正的鬼子「沒有腰，兩條腿長在胸部上」，在醜化倭寇的街頭行動劇中，他們也是飾演鬼子的最佳人選，台詞是模仿畜牲叫聲的「嘰哩呱啦咕哇嗚嚕嚄嚄喳喳齁齁」。翻譯官的嘴唇慢慢地開開闔闔，一字一句卻是連珠炮噴出來，年紀較大的孩子朦朧聽懂了，較小的孩子沒有概念，好像又在演一場戲。

「支那已經被我忠勇義烈之皇軍占領，成為大日本國土……諸君應該秉持刻苦耐勞之東洋精神，協助皇軍完成聖戰，確保大東亞之興隆安定……違反皇軍者，乃東亞萬眾之公敵，無論國籍人種，一概以軍律處治……」兩位翻譯官像木偶遙望天穹，輪流以華語和廣東話翻譯吉野真木的鬼子話。「高梨和黃萬福兩位先生，籌錢支助支那抵抗皇軍，犯了皇軍大忌……但看在兩人已知錯悔悟，皇軍大人現在命令，兩人以帕朗刀決鬥，勝方全家獲得釋放，敗方全家斬首……」

西南風乍起，掀翻機槍手戰鬥帽後方的遮陽布，煙霾短暫地淹沒了鬼子，憲兵隊和機槍手佇立不動，吉野和山崎忍不住皺了皺眉頭，揉了揉被燻盲的眼睛，猛烈咳了一聲。兩隻狼狗吐出粉紅色舌頭，耙了一下狗爪。

「兩位如果不動手，」翻譯官說。「兩家一起斬首……」

黃萬福每生一個孩子，就在老家門前種一棵榴槤樹，左三棵，右四棵，老大到老四的榴槤樹已栽滿七年，每年三月開花結果，夜晚果熟蒂落，黃萬福可以從墜地聲分辨哪一棵榴槤樹「生孩子」。黃萬福的視線越過憲兵隊員和機槍手，看見老大、老二、老三和老四上半截粗大結實的樹影像山巒斂伏，老幹結滿人頭似的榴槤果，再過一個月，他就可以聽見熟悉的熟果墜地聲。周巧巧婚前在黃萬福老家撒下的相思種籽，被黃萬福灌溉施肥後，長出了七棵雄偉高大的榴槤樹。巧巧一年前生了一場怪病，臨走前懷著三月身孕，澆熄黃萬福想在老家門前栽滿十棵榴槤樹的心願。越老的榴槤樹越俏，結出的榴槤果也越多，他誓死護衛這七棵榴槤樹。黃萬福看了一眼自己的七個孩子，緊緊攥著帕朗刀。他用帕朗刀砍殺過野豬蟒蛇蜥蜴猴子，但沒有傷過半個人類。初抵豬芭村時，他收養過一條小黃狗，小黃狗三歲大時攻擊豬芭村一個農婦和她背上的嬰兒，從農婦屁股和嬰兒腿上卸下一塊肉。豬芭人對付攻擊人類的畜生不手軟，不是亂棒打死就是亂刀砍死。黃萬福攥了帕朗刀，將黃狗驅趕到陽台死角，踢了狗頭一腳。黃狗看見主人目露凶光，早已預感大難臨頭。黃萬福更用力地踢了一下狗下巴，等待黃狗的反擊。他在果園裡飼養了八隻土狗，只有這隻黃狗離不開主人，日夜蹲臥老家陽台上，忠心耿耿的當一隻看門狗。那天主人不在家，婦人揹著嬰兒在籬笆外叫了黃萬福半天，自己踹開籬笆門闖入黃家，黃狗齜開滿嘴尖牙，盡忠職守地躍下陽台。黃狗帶著恐懼的眼神和乞憐的叫聲突然竄過黃萬福胯下，奔向陽台時被階梯上的鐵皮桶絆了一下，黃萬福看準狗脖子砍了三刀。十多年了，黃狗的哀呼依舊清晰，那是他一輩子唯一懷抱愧疚的殺生。

一股忽熄忽滅的小野火沿著灌木叢燒向玉米園，著火的玉米秸稈被西南風吹出玉米園，飄過甘蔗林和菜畦，落在雌稻草人胸膛，迅速地將稻草人燒得剩下一個焦黑的十字型木架子。著火的枯藤又被吹向茅草叢，引發一股狂妄野火，蚱蜢螳螂四方飛竄，野鳥啄食。

高梨看著黃萬福比自己高大強壯的身影，回憶自己摧毀的老邁櫥櫃。櫥櫃比自己高出一個頭，四根腳柱比自己結實，櫥門、擱板、螺帽和鉸鏈也比自己堅固，但是他用帕朗刀削斷兩根腳柱後，櫥櫃就躺在地上任他宰殺，好像掉入插滿尖樁的坑洞任人宰殺的野豬。萬福不說話，眼神卻重複著一句話：「老高，對不起……」高梨知道自己的眼神也重複著這句話。他打算出其不意衝向萬福，蹲下身子，削他的腳。萬福一定會舉起帕朗刀向他橫劈過去，他的屈蹲可以避開這一刀。他的眼神像鉚釘鉚在萬福的膝蓋上，把它想像成一塊需要鑿打含咬的歪曲凹凸的原木。孩子的哭聲、蒼鷹的呼嘯和狗吠讓他煩躁，間或飄來的煙霾讓他失去了耐心。他把視線移向天穹，不去接觸萬福的眼神。

被押到憲兵總部後，他就沒有看見妙妙。妙妙懷著八月身孕，這一戰可以保十條命，比萬福多了兩條。他從牆上卸下帕朗刀時不知道鬼子用意，如果知道了，他也許會用磨刀石拭去刀身上的守宮鏽跡，磨平刀刃上有肉墊和吸盤的小趾。他突然低下頭，躥向黃萬福，同時屈蹲身體，舉起帕朗刀揮向萬福膝蓋。他沒有想到黃萬福也屈蹲身體，同時揮出帕朗刀。高梨砍中萬福脖子，泚出一片像芭蕉葉的血幔；萬福的刀卡死在高梨天靈蓋上，淌下幾行纖細的血痕。兩人同時放開刀柄，同時倒下。孩子號啕大哭，往前走了兩步，但不敢靠近。吉野和山崎低頭交談了幾句。

「皇軍大人說，這場比賽，沒有輸家，也沒有贏家，」翻譯官說。「孩子，皇軍大人給你們十秒鐘，逃吧！」

孩子的哭聲撕裂了豬芭人的心。山崎越過萬福和高梨屍體，拔出村正刀，削掉萬福一個十歲孩子的頭顱。頭顱像長了腳，咕咚咕咚滾過一個小水窪，滾過一株含羞草，壓垮一朵野生紫羅蘭，消失灌木叢中。孩子無頭的身體對著山崎跨了兩步，被山崎一腳踹到小水窪中。年紀較大的孩子似乎了解情勢了，最大的孩子抱著最小的孩子，帶頭衝向身後的茅草叢。吉野拔出正宗刀，站在山崎身邊。山崎用鬼子話快速地數了十下，兩人大步走向茅草叢。高梨一個七歲的女兒很快被吉野追上，黃萬福抱著兩歲弟弟的大兒子也很快被山崎追上。

野地傳來十下尖銳的槍響，隨後寂靜無聲。吉野和山崎劈了三個孩子後，分別在玉米園、甘蔗林、菜畦和茅草叢裡找到其餘十個孩子屍體，頭顱或胸前各嵌著一個新鮮彈孔。

孩子奔向野地時，右前方豎立著鍾老怪和朱大帝藏匿的常青喬木，左前方兩百英尺外的茅草叢盤旋著一股燎原野火，痰狀的霧靄散亂野地，網住了孩子逃竄的方向和身影，也讓鍾老怪在十個孩子被鬼子發現前，打完一匣十顆尖頭彈。朱大帝和鍾老怪棲身的龍腦香孤立在一片荒煙蔓草中，樹篷高聳入雲，煙杪縹緲，霧靄漫過樹腰，削去了下半身，讓枝葉蔥蘢的大樹像浮動的島嶼。朱大帝看見吉野的正宗刀砍斷了女孩雙腳，女孩細瘦的身子倒臥茅草叢時，吉野揮出第二、第三和第四刀，染紅的草梢像血海浸泡著他挺拔的軍服。山崎踹倒萬福大兒子，用村正刀刀尖挑起小兒子，拋向空中，劈成兩截；大兒子掐住一根枯木向山崎砸去，山崎冷笑，削斷大兒子左手，攔腰揮斬。大帝看見大兒子上半身撲倒在山崎腳前，死前張開大嘴咬了一口山崎的軍靴，像一隻斷頭的蛇對敵人做出最後的反擊。大帝聽不見孩子的呼叫，血色的霧氣模糊了望遠鏡的視野，白色的霧靄在空中凝結出黑色的煙黗。「老鍾，發揮你的神射吧。」朱大帝看見十個憲兵隊員、二十個機槍手和兩隻狼狗徐徐走向吉野和山崎，知道孩子逃不過這一劫。「讓孩子早點超生，別讓他們受苦。」鍾老怪第一彈擊中玉米園一個長得清秀削瘦的男孩，男孩綽號老鼠仔，胸前掛著一個大鼻紅臉的天狗面具。第二彈擊中甘蔗園一個綁著兩條小辮子的女孩。女孩倒下時，鍾老怪的心肌抽搐了一下。女孩十一歲，有一個美麗的名字，黃含煙，萬福次女，在鍾老怪高腳屋前栽了一批朱槿、鳳仙花和雞冠花，種了一棵紅毛丹和柑橘，每天早上唱著兒歌，扛著一個裝滿井水的灑水壺澆水。鍾老怪只記得這兩個孩子的名字。煙霾遮住了鬼子搜尋獵物的視線，也阻礙了他們搜尋槍聲來源，卻沒有對鍾老怪和強生步槍造成太大影響。鍾老怪幾乎不需要瞄準，強生充血的準星就自動舔住了目標。他每擊發一彈就感受到毛瑟子彈點燃發射藥，褪下彈殼，哭嚎著飛出槍膛，淅淅瀝瀝灑下范鮑爾的黑色血漿。打完一匣十顆子彈後，樹梢颳起一股熱火旋風，他的手臂長出灼熱的燎泡。子彈徹底燒毀了孩子，引導孩子走向一條鬼子無法踰越的骷髏末路。野火依舊生生不熄，痰狀的煙霾亦斷不斷，掩護他們從樹上縱下，逃向莽叢。

龐蒂雅娜

龐蒂雅娜（Pontianak），馬來女吸血鬼，孕婦死後變成。

現身時，伴隨指甲花香和嬰啼，狗兒狂吠。

以美女形象誘惑男人，殺害後食之。進食時，露出醜臉利牙，徒手撕裂男人肚皮，啃食內臟；擰爛性器官，隨手丟棄。

間或攻擊孕婦，吃掉胚胎。

間或化成一顆頭顱，懸空飄浮，內臟垂掛脖子下。

間或化成巨鴞，頭部酷似人臉。

懼怕鏡子和尖銳的器物。以釘子、小刀、獸牙、竹籤或尖椿等刺其後頸，則嚶嚶哭泣，變成美女，香消玉殞。

一

傍晚時分，小林二郎卸下一竹竿雜貨後，揣著鈴木十六孔複音口琴，坐在一根被野火燒毀的樹腰上，掏出口琴，拭了拭琴蓋，舔了舔琴孔，噘起嘴唇，含住琴孔，吹奏日本童謠〈籠中鳥〉，曹大志等孩子戴著小林二郎的塑膠面具圍攏過來，玩捉鬼遊戲。當「鬼」的孩子蒙著眼睛蹲在中間，其他孩子手拉手圍成圓圈，一邊轉著圈子一邊聽小林二雄吹奏〈籠中鳥〉，音樂停止時，當「鬼」的孩子就要說出身後孩子的妖怪面具，被猜中的孩子接替「鬼」。玩久了，孩子熟悉旋律，隨著口琴嘰哩呱啦哼叫。吹得疲乏了，小林二郎也會用鬼子話哼唱。聽久了，孩子甚至不需口琴伴奏和小林二郎帶唱，也可以用鬼子話哼唱。被捉出來當「鬼」的十個孩子，必須接受懲罰，執行一項驚險任務，偷盜馬婆婆的孔雀魚。

馬婆婆，豬芭村華人公墓守墓人和管理員，穿肥大的客家白色對襟短衫和黑色大褲檔，趿木屐，白髮齊腰，眉峰挑著幾根齊耳的蝦鬚毛，鼻尖長了一顆蛇膽痣，下巴長了一顆蘑菇贅肉，臉皮像老薑，獨居一棟傍著公墓的高腳屋，底層無牆，門前有一道陽台，陽台上的隙縫長滿了野鳥拉屎時留下的野樹種籽的幼苗。陽台上用鹽木搭了一座棲架，一隻體型如火雞的白鸚鵡像一尊佛像蹲在棲架上，鐵鏈縛腳，叫聲像貓在鋅鐵皮屋頂上磨爪，間或用華語、客家話或英語吐出幾句人話：「天佑大英帝國」、「吾王萬歲」、「亞伯特，早」、「亞伯特，你回來了」、「亞伯特，你瘦了」、「亞伯特，再見」……每道窗欄擱著一個盆栽，盆栽是一個攔腰截斷的鐵皮罐，栽種著露兜樹、仙人掌、九重葛，其中一個甚至種了一株鳳梨。木窗不是開向左右，而是開口朝下，用一根木槓尾抵住窗槽，窗板用木槓頭向上撐開，像撐開昏昏欲睡的眼皮子。高腳屋後方有一棟小木屋，權充廚房和浴室，大小屋之間有一道聯絡走廊。在那道聯絡走廊和陽台上，散亂著十一個齊胸、容積五十加侖水量的鐵皮桶，鐵皮桶裡滋蔓著蜈蚣草、浮萍和水芙蓉，養了數千尾孔雀魚。鐵皮桶表皮鏽跡斑駁，塗抹著橫七豎八的白色、黃色、紅色、黑色油漆和剛硬的瀝青。這十一個鐵皮桶，間或全數出現在陽台或聯絡走廊，間或分散在陽台和聯絡走廊，間或其中幾個擱置在客廳和廚房。十一個鐵皮桶水盈冒尖，要移動其中一個鐵皮桶，非得動用三、四個大漢。馬婆婆只和野鬼打交道，和豬芭人沒有交情，但她嫻熟馬來巫術，可以驅使墳場裡的散魂遊靈搬運鐵皮桶。高腳屋雖然像廢墟，四周卻百花盛開草木薈萃，瀰漫一股濃郁的香味。一道頂端削尖、齊額的竹籬笆環繞著高腳屋。

馬婆婆年輕時和一個布洛克王朝的英國軍官戀愛，軍官休假返英一去無回後，馬婆婆肚皮一天一天膨大，臨盆時胯下流出血水，胎兒沒有出膛，馬婆婆肚子卻一天一天凹下去，從此變得孤僻暴躁。她過世後沒有人願意繼承她的守墓人職位。一九四五年聯軍在豬芭村狂轟爛炸，屍橫遍地，鬼子以一具屍體四塊錢的代價，僱用豬芭人殮屍，集體掩埋在華人公墓，那時候馬婆婆的高腳屋已被鬼子焚毀。一九四一年六月，十個被小林二郎懲罰的孩子用彈弓攻擊馬婆婆的鋅鐵皮屋頂時，馬婆婆揮舞著一把長柄大鐮刀追逐孩子，埋伏野地的妖怪趁著馬婆婆離家後潛入高腳屋聯絡走廊，撈走二十多尾孔雀魚。「死孩子，不要以為戴了面具我就認不得你。」馬婆婆不是第一次被孩子騷擾，那一天不知怎麼回事，一邊追著孩子一邊發著毒誓。「老娘鏟遍豬芭村地皮，也要把你們找出來剝皮！」馬婆婆九十多歲了，跑起來依舊不含糊，但她再快也沒有孩子快。馬婆婆追了半天一無所獲，看見關亞鳳載著惠晴騎自行車穿越茅草叢，信口咒罵：「鑽茅草叢的狗男女！」扛著大鐮刀折返。小林二郎吹奏〈籠中鳥〉召喚孩子。拎著兜了二十多尾孔雀魚的塑膠桶的妖怪回來了，八隻妖怪回來了，少了天狗。天快黑了，月亮像一把大鐮刀掛在馬婆婆曲駝的高腳屋脊梁上。曹大志記得戴天狗面具的是高梨六歲的兒子，綽號老鼠仔，一年多後被鍾老怪用毛瑟子彈射爆頭顱。孩子用各種怪腔怪調呼叫他的名字。

「馬婆婆擄走了！」

「馬婆婆砍死了！」

「找馬婆婆要人！」

「閉嘴，」曹大志說。「找不到，把你們送給馬婆婆！」

天黑了，豬芭人帶著手電筒和煤氣燈走尋野地一遍後，高梨和黃萬福領著孩子拜會馬婆婆。馬婆婆坐在一張矮凳上，銜著一根三炮台洋煙，狠狠地瞪著一群小妖怪。男孩子胯下一陣陰冷，小雞雞像被小刀剃了一下。馬婆婆在黃萬福和高梨搜尋高腳屋時，抽了三支洋煙，一頭白髮和眉峰上的蝦鬚毛隨煙霧飛騰，像南瓜秧攀上了屋簷。鸚鵡從棲架跳到窗欄，嘴裡叼著不知道什麼動物的腐肉，高聳著額頭上一綹骯髒的翎毛，冷漠地看著屋內一群小妖怪。牆上昔日英國戀人留下的貓頭鷹造型上弦木鐘噹噹——噹噹——敲了八下，黃萬福和高梨在屋內走動的氣浪震得窗欄上的插銷嘎嘎響，屋外墳叢湧動。

「亞伯特，你回來了。」

離開馬婆婆高腳屋後，夜露濡濕了野草，一層揮之不去的薄霧齊著肩膀深了，水塘倒映著一個巨大的蟹螯月亮，紅毛輝在鍾老怪老家附近的望天樹下撿到了紅臉長鼻的天狗面具。最喜歡戴天狗面具的高腳強上了樹，在一根杈椏上找到昏睡的老鼠仔。老鼠仔醒來後，想不起發生什麼事。他是黃萬福最瘦弱的孩子，連一支中型帕朗刀也扛不動，沒有本事蹬上高大的望天樹。大家說他戴上天狗面具，有了天狗本領。小林二郎說，天狗像長臂猿，背上長一雙翅膀，手拿一把扇子，輕輕一揮，可以把大樹連根拔起。在中國，天狗就是楊戩的哮天犬，卯起勁來可以一口吃掉月亮，孫大聖也沒這個本事。二郎神高腳強喜歡戴上天狗面具向曹大志示威，好像段數又比孫大聖高了幾截。老鼠仔事件後，孩子憋了三個月，小林二郎在孩子要求下，同年十一月黃昏，吹奏〈籠中鳥〉，選了十隻鬼，戴上妖怪面具再度竊取馬婆婆孔雀魚。馬婆婆這一次有了準備，她裝模作樣追了孩子一小段路，折返高腳屋。負責偷魚的是九尾狐，豬芭中學華語教師林家煥的十歲女兒林曉婷。九尾狐上了高腳屋，聽見上弦木鐘噹噹敲了六下，走到聯絡走廊，用一個小撈網撈了一桶孔雀魚，正要奪門而出，看見馬婆婆拿著長柄大鐮刀站在梯階上。

那天曹大志、高腳強和紅毛輝都當上了鬼，聽見高腳屋發出一聲尖叫後，九隻妖怪拔腿奔向高腳屋。他們看見馬婆婆坐在陽台一張矮凳上，吸著三炮台香煙，腳下放著那把陰森森的芟除墳頭草的大鐮刀。九尾狐站在馬婆婆身後。白鸚鵡啃著食槽內的水果和蠕動的蠐螬。九尾狐面具半人半狐，頭上長兩隻尖耳朵，左右臉頰劃三根鬚毛，丹鳳眼，柳葉眉，眉嘴含笑。一群戴著妖怪面具的小孩在陽台下一列排開，你看著我，我看著你。天狗高腳強和傘怪錢寶財暗戀豬芭小學生林曉婷，在孩子群中已是公開的祕密。

「馬婆婆，妳讓曉婷走吧，」高腳強說。「我們以後不敢了。」

「我們把孔雀魚還妳。」錢寶財說。

「馬婆婆，妳不讓曉婷走。」曹大志扠著腰，甩了甩手裡的彈弓。「我們以後天天用石頭打妳的鐵皮屋。」

「亞伯特，你瘦了。」

馬婆婆撣掉一截煙灰，回頭瞄了一眼九尾狐。她的手指細得像竹節蟲的腳，指甲像曲蜷的草稈。她每撣一下煙灰，五指就像脫殼一樣落下白色的皮屑。九尾狐膽大活潑，堅持要當那個偷孔雀魚的鬼。她歪著美豔的頭顱，視線在孩子和馬婆婆身上梭巡，依舊笑得迷人。

「小姑娘。」馬婆婆擦亮一根火柴，點燃一根三炮台香煙，吐出的全新煙霧像空洞的小蝸牛殼。「摘下妳的面具。」

九尾狐笑嘻嘻地看著馬婆婆，用兩隻手扶了扶面具。孩子們看見面具下的曉婷吐舌頭扮鬼臉。「小妖精，摘下妳的面具！」馬婆婆說。吐出更多透明的小蝸牛殼。九尾狐鬆開耳朵後的橡皮條，將面具遞給馬婆婆。馬婆婆接過面具，扔到腳下。曉婷眉目清秀，兩頰紅潤，兩隻大眼睛骨碌骨碌地躍動，看得高腳強和錢寶財心臟蹴了一下、兩下、三下。她和砍屐南的女兒嚴恩庭是豬芭村兩位小美女，也是豬芭村未來的甘榜花，在舞台劇《齊天大聖》中，她飾演被天蓬元帥調戲的高家莊小姐，如果鬼子沒有來得太快，蕭先生準備再編一齣《封神榜》，由她和嚴恩庭兩人中，擇一人飾演九尾狐妲己。蕭先生有了這個構想後，曉婷在家裡就愛戴上九尾狐面具，根據蕭先生敘述，模仿妲己狐媚天下。

「小王八蛋，你們也摘下面具。」馬婆婆卸下木屐，將左腳盤在右腿上。全豬芭村的木屐都是砍屐南的傑作，只有馬婆婆的木屐是她親手砍伐日羅冬、親手刨製。她的木屐裁得很有骨力，像一塊鋼板。

曹大志一聲令下，孩子摘下了面具，由高腳強捧著蹬上陽台，放到馬婆婆腳下。

「還有彈弓！」馬婆婆突然伸手圈住曉婷的手腕。

「馬婆婆，妳小力一點。」曉婷並不害怕，嬌聲嬌氣地說。

錢寶財收集了十支彈弓，登上陽台，放到馬婆婆腳下。彈弓架和發毛的彈丸兜塗澤著增加命中率的鳥血、豬血、雞血、鴨血、猴血和狗血。

馬婆婆放開曉婷的手腕，睨著地板上的面具和彈弓。曉婷做了一個可愛的鬼臉。

「孩子，別再搗蛋了。」馬婆婆的煙霧漫向面具，緩緩鑽入十個妖怪的鼻孔眼睛嘴巴。「你們的模樣，我全都認得，下一次我就要向大人告狀了。」

孩子們看著自己的彈弓和面具，憋著臉不敢笑出來。

馬婆婆回頭看了一眼曉婷。

「妳這孩子，長得真是——」馬婆婆的手指在曉婷手腕上撣了一下。「細皮白肉——那一桶孔雀魚，拿去，就算送你們吧。」

大志和曉婷等依舊笑著，不知怎麼回應。

「拿著你們的魚，滾，快滾！」

「滾，快滾——」鸚鵡用腳趾和勾喙撕裂螃蟹。「滾，快滾——」

上弦木鐘噹噹敲了六下。高腳強走上陽台，和曉婷一起拎著塑膠桶走下階梯。一群孩子剛離開高腳屋，從褲袋裡掏出第二把彈弓和第二只面具，搖身一變成妖怪，再度用石彈攻擊馬婆婆的鐵皮屋。馬婆婆怪叫一聲，拽著大鐮刀，像一隻猿猴跳下陽台，朝孩子追去。高腳強把塑膠桶扔向一個水窪，拉著曉婷的手，向野地狂奔。高腳強和曉婷的第二只面具和第一次的一樣，都是紅臉大鼻天狗和美豔迷人九尾狐。九尾狐摔掉天狗的手，穿過墓地竄向茅草叢，天狗緊跟在後，馬婆婆緊追在後。馬婆婆蹭掉了木屐，嘴裡依舊叼著煙，大鐮刀扛在肩膀上，白髮散亂著蒺藜草的刺殼，雨季的土地潮濕，她纖細的腳掌卻濺起許多泥殼子，留下一個又一個外翻的孤傲深沉的拇趾洞。夕陽在雲海裡浮浮沉沉，像一粒隨波漂逐的老椰子。小溪裡掏螃蟹洞和捕蛇頭魚的孩子看見馬婆婆，揹著竹簍裡的螃蟹和蛇頭魚，追著馬婆婆看熱鬧。十一月的野火稀少了，但仍有冷卻的灰燼從莽林飄散到茅草叢上，拌著破碎的花瓣草稈。馬婆婆年紀大了，追不上小夥子。她吐掉煙蒂，坐在一個草坡地上喘氣，兩眼盯緊九尾狐。大鐮刀拖累了她的速度。她並沒有真的想逮住孩子，也不介意孩子偷孔雀魚，但她討厭孩子用彈弓打鐵皮屋。月亮露苗了，虛弱地蜷曲雲彩中，灌木叢釋放出蓊鬱的暮色。一個齊額的蟻丘攔住了馬婆婆視線。馬婆婆佇立草坡地上，用大鐮刀打眼罩，看見一群戴著妖怪面具的孩子聚集一棵望天樹下。她下了草坡地，迎著月色走向望天樹。

孩子掏出所有面具，散亂茅草叢和灌木叢中，只露出一顆妖怪頭顱。他們高唱著〈籠中鳥〉，四面八方圈住馬婆婆，唱完〈籠中鳥〉，大著膽子問：

「馬婆婆啊馬婆婆，猜猜看在妳後面的是什麼妖怪？」

馬婆婆不回應。她發覺不管孩子怎麼移位，九尾狐身邊始終黏著一隻天狗。凶狠的天狗看向九尾狐時，孔眼流露著關愛的眼神。馬婆婆扛著大鐮刀，快步朝天狗身邊的九尾狐走去，很快就衝散圍困她的人肉圈子。那一天的滿月十分醜陋，幾根枯枝戳在滿月闊大的肉食性下顎上，幾絡殺氣騰騰的烏雲貼在兩頰上，加上額頭上的隕石坑，看起來像一個虬髯虬鬢的驅邪人，旁邊飛舞著一隻偵察鬼魅的蝙蝠。南中國海澆熄了炎陽，但餘暉淫蕩，許多細小跳躍血色飽滿的蚤芒和紅彤彤的蠅光仍在茅草叢上肆虐。二十多顆妖怪頭顱湊成三、四個集團，稀稀落落唱著〈籠中鳥〉，用野橄欖和石頭扔馬婆婆，想拖慢馬婆婆步伐，但馬婆婆頭也不回。戴著九尾狐面具的五個小女生對著馬婆婆叫嚷：

「馬婆婆，馬婆婆，我是曉婷，九尾狐在這裡……」

馬婆婆認不出曉婷，但她認得出天狗，沒有孩子比戴天狗面具的孩子長得更高大。沒有參加遊戲的孩子在老鼠仔神隱的望天樹下焚燒枯枝野草，拿著網子撈捕從樹上墜下被熏昏的鍬形蟲和攀木蜥蜴。曉婷和高腳強通過望天樹時，各種奇形怪狀的蟲豸正從樹上墜下，曉婷害怕，腳步遲疑了一下，高腳強情急之下摘下面具幫心上人驅趕蟲禍。馬婆婆記得高腳強的臉，更沉穩堅定地追上去。一陣微弱的東北風颳來，煙霾改變方向，朝馬婆婆撲去，馬婆婆下意識揮霍大鐮刀，但煙霾太衝，讓她摔了一跤，跌倒篝火旁，頭髮和長褲燎起幾股星火。孩子看著馬婆婆的狼狽相，笑得像一群奸巧的鴨子。月亮像一朵蕈菇掛在莽叢上，灑下潮腐的飛蟻光芒，馬婆婆看見一隻猴毛色的大蜘蛛落在褲角上，抄了大鐮刀鏟起蜘蛛，將蜘蛛扔到火苗上，噗的燎起一股妖火，蜘蛛蜷曲八腳像淘氣的嬰兒拳頭。捕蟲的孩子想起馬婆婆可以驅使幽靈搬運鐵皮桶，不敢笑了，用一種示弱的眼神看著她。馬婆婆瞭望前方，一時失去九尾狐和天狗身影，她踮著腳尖，像一隻起飛的史丹姆黑鸛躍入茅草叢。

天穹陰涼如蛋殼，隼鷹全速歸巢，雲彩枯槁。馬婆婆飛躍到一片平坦草原上，看見關亞鳳和愛蜜莉騎著自行車經過一條砂石路，輪胎輾過砂石路上凌亂的豬蹄印，鏈條捲動齒盤發出嚄嚄齁齁的喘息聲。「鑽甘蔗林的狗男女！」馬婆婆發出缺了一顆門牙的含糊的咒罵。亞鳳和愛蜜莉突然停下自行車，九尾狐和天狗鑽出草叢，躍上愛蜜莉和亞鳳自行車後方的貨架，愛蜜莉和亞鳳勾腰驅動腳蹬，輻絲撩著草鞘發出叮叮咚咚像馬達的聲音，兩輛自行車一前一後越過砂石路盡頭，奔向無垠平坦的草原，九尾狐和天狗不停地回頭覷著馬婆婆。「鑽玉米園的大小狐狸精和大小狗男女！」馬婆婆雙唇翕動，無聲地咒罵著。亞鳳和愛蜜莉的自行車多了兩隻妖怪，車速減緩了，哆嗦得像一頭老山羊。馬婆婆不疾不徐行走在雜草叢生和砂石星布的平野上，依舊像一隻起飛的史丹姆黑鸛，好像隨時會騰空飛起來。晚霞在天邊留下一條火紅尾巴，茅草叢鑲著的蚤芒蠅光逐漸虛淡，潮腐的蕈類和飛蟻光芒啃食著黑夜的肌理。「滾！滾！狗男女，滾出我的視線！永遠不要回來！」她罵得越凶悍，腳步越舒緩，打算在氣勢潰散前折返，不再和這批小妖精狗男女糾纏。她雖然跑得慢，但自行車更慢，轉眼她的大鐮刀刀尖可以抵到高腳強的脊梁上。她回頭看一眼後方草原。

荷蘭石油公司從中南半島進口的兩匹荷蘭溫血年輕母馬，一白一栗，撅著不曾被公馬跨過的橫蠻屁股，甩著找碴的蹄子，揚著尋釁的鬣毛，發出咴咴的鳴叫，正朝她迎面衝來。馬主人是兩個英國高級主管的年輕妻子，每天黃昏戴著騎士帽，穿著馬褲和馬靴，揚著馬鞭和皮革轡繩，在豬芭海灘來回奔馳，天黑前卸了馬鞍和護馬鎧，讓兩隻母馬在草坡和茅草叢散心尋歡。兩隻母馬已經在草地上撒了一陣野，撞歪了一個稻草人和搗毀一座瓜棚豆架，漫步玉米林、甘蔗林、胡椒林和樹薯林，齜出發達的切齒和臼齒，笑得像流氓。看在英國主子分上，豬芭人有點忌憚這兩隻馬。馬不知臉長，長驅直入莊稼地，偷吃青色的玉米或挖掘胡蘿蔔。三個月前，牠們躍入豬販李大肚豬舍，活活踩死一頭正在餵奶的母豬和十多頭豬仔，英國主子非常大方，賠給李大肚一輛九成新的英國奧斯汀甲殼蟲金龜車。孩子看見母馬坦露茅草叢上堅實的脖子、高聳的耆甲、深廣的胸廓和肥大的屁股，忍不住架起彈弓，用石彈攻擊母馬。紅孩兒錢寶財揮舞一根竹竿，像烏鴉嘎嘎叫著。兩隻母馬橫行豬芭村，沒有受過斥責，女主人的馬鞭落在馬屁股上也是雨滴芭蕉不痛不癢。牠們的屁股挨了幾下石彈，又看見一個細長的東西在空中呼呼彈顫，打著哀怨的響鼻，耳朵屈辱地後抿，拔腿狂奔。白馬躍過一絡灌木叢時，馬蹄踹在一個女孩肩胛骨上，痛得她在草地上翻滾。栗馬躍過一個水窪時，韁繩啪的打在一個男孩的面具上。孩子的石彈更是不留情地飛向二馬。茅草叢裡矮木叢和荊棘叢遍布，間或散亂著小樹和水窪，兩馬奔跑得不順暢，挨了十多下彈擊。當牠們衝出茅草叢，一前一後奔向一片平坦的草坡地時，展現了荷蘭溫血母馬的穩健和風采，轉眼就和孩子拉開一段距離。

馬婆婆看見一群紅彤彤的蚤光蠅芒和一道潮腐蒼白的飛蟻光芒，在草坡地上匯集成一粟一白的兩道耀眼光澤，晚霞的餘暉和滿月的精華都凝聚在這兩道光柱上，像波濤一樣朝她和自行車撲來。晚霞早已褪散，月光驟然熄滅，野地所有的朦朧思維都緊壓在兩隻溫血母馬憤懣的長臉上。自行車衝向一片斜坡地，車頭燈像一顆全速衝刺的豹頭，擋泥板和鏈罩震得咣噹咣噹響，手把抖得像要脫落的胳膊。斜坡地上攢攏著一堆野豬骷髏，絆了一下走在前頭的愛蜜莉自行車前胎，又絆了一下走在後方的關亞鳳自行車前胎，兩輛自行車和四個人在骷髏塚上跌了個四仰八叉，掀起鬼氣森森的白色煙霾。馬婆婆背對骷髏塚，握著大鐮刀，高舉雙手，踮起雙腳，嘴裡發出一聲尖叫，在兩道一栗一白的光暈漫向骷髏塚之前，像史丹姆黑鸛起飛，迎向兩頭母駒。跑在前頭的栗馬及時煞蹄，抖掉身上的蚤光蠅芒，斜刺裡躥向一旁的茅草叢。後頭的白馬咴咴叫著，揚起前蹄，燎起潮腐的飛蟻光芒，抵擋著馬婆婆大鐮刀沾著墳頭草的磷火光澤。關亞鳳、愛蜜莉和孩子們看見馬婆婆像黑鸛張開雙翅，盤旋空中，大鐮刀像爪子擂了一下，削斷了白馬一隻前腳。白馬像一隻被捆翻的野豬，嗯的一聲，倒在地上。蚤光蠅芒徹底熄滅了，潮腐的飛蟻光芒重新流淌月暈中，蛙梟鳥蟲不再叫囂，野地突然陷入一片寂靜，純淨地迴盪著栗馬的驚恐嘶鳴和白馬的痛苦囁嚅。一群妖怪、亞鳳和愛蜜莉圍繞著馬婆婆和白馬，悚然想起，馬婆婆可以驅使幽靈搬運鐵皮桶。

二

豬芭中學教師林家煥帶著大女兒林曉婷和小兒子林立武、豬販李大肚帶著三個不滿十歲的兒女、三輪車伕周春樹帶著六歲小兒子，大小九人，憑藉著灌木林和茅草叢的掩護，在野地裡繞了一個大圈，穿過一座玉米園和甘蔗林，行走過無數水塘、溪流、沼澤地和荊棘叢，下午三點出發，走走停停兩個多小時，在一棵野波羅蜜樹下巧遇愛蜜莉和黑狗保羅。愛蜜莉依舊戴著翻邊草帽，腰拤帕朗刀，手臂箍著藤環，兩手扠腰，凝視地上一串新蹄。黑狗吐著紅舌，搧動著柔軟的蝶翅耳，四隻腳爪像踩在煙霾上，身體若升若降。波羅蜜樹鳥聲吵雜，幾粒茁實青蔥的果子垂掛枝椏上，巨大的樹影籠罩在九個大人小孩身上。豬販李大肚向愛蜜莉打了個招呼，林曉婷親密地喊了聲姊姊，帶頭的中學教師林家煥向愛蜜莉點了點頭，想說什麼，終究無言，牽著曉婷的手，走過波羅蜜樹。愛蜜莉目送一行九人神祕鬼祟地走向一簇矮木叢。一隻長尾猴蹲在榴槤樹頂梢站哨崗，一手打眼罩，人模人樣地鳥瞰四野，牠們最近常被鬼子流彈波及，遠遠看見了鬼子就放出轉移陣地的訊號。猴王翹著尾巴站在一根禿枝上遙望熱氣奔騰的荒地，顯得非常憂鬱。猴群散布猴王屁股下。

懶鬼焦的無頭雞騎在井欄上「凝視」自己水中的倒影，一群小蜥蜴在一個被野狗叼走的高梨孩子的頭骨裡舔筋吸髓，遙遠的豬芭村裡，鬼子根據第二張名單，逮捕了「籌賑祖國難民委員會」二十七位成員，距離第一回逮捕隔了三天。馬婆婆削斷白馬一條腿後，孩子依舊在野地唱著〈籠中鳥〉，玩完捉鬼遊戲，孩子拿著馬婆婆的小鐮刀到墳場除草，或到野地撈捕螃蟹和昆蟲餵鸚鵡。墳場野草被鏟除七七八八後，馬婆婆坐在矮凳上對散亂陽台的孩子說了幾個鬼故事，打開客廳角落一個被銅片和麻索綑綁大小似成人棺木的棗木箱子，露出裡頭各種中國和西洋玩具：陀螺、毽子、泥叫叫、撥浪鼓、孔明鎖、玻璃彈珠、布老虎、傀儡人、萬花筒、空氣炮、掌中怪、瓶中船、竹水槍、接吻豬、西班牙發條鐵皮玩具等，孩子嘴巴張得鵝蛋大，眼珠子幾乎掉到地上。這一批中國和西洋玩具，有的在小林二郎的竹竿上看過，但大部分沒看過。馬婆婆坐在矮凳上大搖大擺吸食鴉片，看著孩子爭玩玩具。馬婆婆吸食鴉片的方法有兩種。一種是流傳自蘇門答臘的窮人吸食法：煮熟鴉片漿汁，濾掉渣滓，混合煙草，搓成丸狀，塞在一根中空的竹管尾端點火吸食。第二種將生鴉片放在小鐵鍋上，以煤油燈文火烤成膏狀的熟鴉片，用一根竹籤抹在竹管的小孔上吸食。間或馬婆婆會將一小塊熟鴉片摻在白鸚鵡的水果或腐肉中。吸完鴉片後，馬婆婆在客廳地板躺成一個大字，閉上雙眼，發出像大鐮刀飛舞的咻咻鼾聲。晚霞的蚤芒蠅光染紅了長髮，月亮的飛蟻光澤照亮了蒼白但平滑的臉頰，下巴的蘑菇贅肉、鼻尖的蛇膽痣和眉頭的蝦鬚毛不見了。孩子看見一個年輕的馬婆婆透明皮囊從地板上爬起來，走下陽台的木梯，消失在墳場中，但不到一分鐘地板上的馬婆婆就伸了個懶腰，盤腿坐在地板上，兩頰紅得像面具中的天狗嘴臉。孩子玩累後，馬婆婆泡一壺雀巢美祿，倒在十多個鐵皮和搪瓷杯中。孩子拿起杯子咕嚕咕嚕地喝著。

「婆婆，」一個將妖怪面具掛在後腦勺的孩子問。「亞伯特是誰？」

「亞伯特是誰？亞伯特是誰？」吃了摻著鴉片膏的白鸚鵡模仿孩子吹奏玩具豬哨，發出一串尖銳的豬啼。

這問題孩子問了一百遍，但馬婆婆從不回答。

「婆婆，鴉片好吃嗎？」脖子永遠掛著九尾狐面具的曉婷說。「下次讓我吸一口！」

馬婆婆用指甲戳了戳九尾狐面具。「妳這孩子，細皮白肉——」

第二天馬婆婆泡了一壺雀巢美祿後，捏著壺鈕，揭開頂蓋，將一小塊煮熟的鴉片漿汁倒入壺內攪拌，提起壺柄斟滿十多個杯子，拿起一個鐵杯稀哩呼嚕一口喝完。

「喝吧！」馬婆婆說。「一人一杯，見見世面。」

「喝吧！喝吧！」白鸚鵡說。

孩子狐疑地看著杯子裡熱氣騰騰又香噴噴的美祿。曹大志、高腳強、紅毛輝和錢寶財等幾個膽大的孩子拿起杯子，咂嘴咂舌地喝著。林曉婷是第一個喝的女孩子，也喝得咂嘴咂舌。其他孩子不再遲疑，呱唧呱唧喝完。喝完一壺意猶未盡，要馬婆婆再泡一壺。馬婆婆讓孩子喝了一個多月摻著鴉片漿汁的美祿，鴉片漿汁分量越拌越多。一九四一年七月，黃昏，加拿大山的豬尾猴群傾巢而出，騷擾完山腳下的農家後，集體在一棵望天樹上攀騰飛躍，對著月亮發出尖酸的嘶吼。扁鼻周雜貨鋪走廊上的盔犀鳥掙脫枷鎖，獨佇豬芭村華人公墓木碑上，叫聲苦澀像斧鉞劈柴，引起白鸚鵡激昂的模擬。農民火耨刀耕或是旱象引起的幾十股大小野火，像盜寇漫遊叢林，草稈樹葉的灰燼隨西南風四處飄散，有的甚至攜帶火苗，落入枯瘠的茅草叢，引燃另一股匪火。皸裂的小溪布滿鳥獸蹄印和蟒蛇鱗跡，像惹禍生事的貓臉狗面。月亮像一根金黃色的香蕉，夜色越濃，皮就剝裂得越快，露出豬芭長尾猴和豬尾猴垂涎的白肉。海水升漲，淹過了潮間帶，豬芭河水位幾乎漫過家家戶戶棧橋。孩子喝完一杯摻著鴉片漿汁的雀巢美祿離開馬婆婆高腳屋時，胸前掛著或是臉上戴著妖怪面具，手裡拿著馬婆婆的玩具，穿越野地走回豬芭村，看見一顆人頭像一隻夜梟飛越茅草叢，脖子下垂掛一串內臟，像一團凝固的血漿。孩子發出驚歎，引起飛天人頭回顧，在空中盤旋一圈後離去，飛向豬芭村，消失在一叢鋅鐵皮屋頂和椰子樹中，豬芭村立即響起狗吠。那天晚上，朱大帝、鍾老怪、扁鼻周和小金等大部分豬芭男人都目睹了飛天人頭第一次降臨豬芭村，準備潛入高腳屋吸食人血。那天晚上，沒有村人受害，但李大肚一隻青壯公豬被咬破喉嚨，慘死豬舍中。

第二天中午朱大帝將豬芭人召集菜市場波羅蜜樹下，由見識過飛天人頭的沈瘦子、扁鼻周、小金、鍾老怪和紅臉關等人站在黃萬福牛車上，傳授狙殺和破解飛天人頭祕訣。野火焚燒後的灰燼被西南風吹向菜市場和十排店鋪，菜市場屋簷棲息著一群白鷺鷥，揹著妖怪面具的猴子和一群長尾猴蹲在椰子樹上，烈日高懸，天穹簇擁著孜孜不倦覓食的隼鷹，波羅蜜樹蔭凝集一股濃郁的魚蝦和豬肉腥味，好像死去的魚蝦和野豬遊魂也匯集樹蔭下納涼。天氣太熱了，也可能豬芭人不把飛天人頭當一回事，集會的豬芭人比二十年前屠殺野豬的戰前大會少了三分之二，有人建議延後到傍晚，但沈瘦子等人早已模擬好腹稿。孩子來了九成，掛著妖怪面具和玩弄著馬婆婆的玩具，比大人興致高昂。飛天人頭，白天附體人類，夜晚附體熟睡後，頭顱和內臟剝離身軀，四處飛翔，吸食睡夢中的人畜血液，飽餐一頓後返回附體，被附體者渾然不覺。「飛天人頭畏懼鏡子和銳器，為防止飛天人頭入侵，各位可以在屋內擺設鏡子和仙人掌、露兜樹等盆栽，屋外豎立削尖的竹子、木樁和碎玻璃，種植鳳梨和九重葛等帶刺梗的植物。」朱大帝在牛車上口沫橫飛、比手畫腳。「天黑後，如果要外出，一定要結伴同行，人數越多越好。」

「晚上注意枕邊人，少了頭顱，必然是飛天人頭附體了。」鍾老怪拉高了聲調，注視著豬芭人被豔陽煎熬得五官扭曲的臉孔。「這時候不能心軟，將身體翻轉過來，讓人頭無法歸位，魔法盡失後，飛天人頭就會喪命，當然，被附體的人也活不了了。要不然，把附體藏起來，飛天人頭找不到附體，天一亮，見光即死。」

一個年輕的三輪車伕嗤笑了一聲。「死的只是一頭豬，緊張什麼？」

沈瘦子等人蹙緊了眉頭。

「小楊，晚上和你老婆愛過後。」鱉王秦摩弄著黃牛脊粱，對三輪車伕露出殺蛇取膽時的淫笑。他沒見過飛天人頭，但對三輪車伕的嘲笑感到不快。「看好你老婆的人頭，小心生出一窩小吸血鬼。」

「是啊，但是你也不必太擔心。」鍾老怪也摩弄著像毛瑟尖頭彈的牛角尖。「據說鬼子要來了，豬芭村有一大群女孩排隊出嫁呢。你老婆如果有了三長兩短，還怕沒有女人播種？」

「鍾老大，你不結婚，才是豬芭女人的損失。」三輪車伕也不示弱。「聽日本婆娘說，你的卵交和毛瑟尖頭彈一樣硬。」

「這小子不老實，」小金說。「有了老婆還去玩日本婆娘。」

「老鍾，」朱大帝說。「他暗示你的卵交和子彈一樣小。」

「小又怎麼樣？」小金說。「日本婆娘還不是被我從床上戳到床下。」

下午四點，朱大帝和鍾老怪帶著曹大志等孩子，將數百支削尖的竹子和木椿插在茅草叢中，有高有低，有光禿禿的，有丫叉參差的，有荊棘遍布的，有的剛從樹頭削下，有的掛著長滿刺稜的榴槤殼，弄得野地遍布椿叢。朱大帝說，飛天人頭飛行高度不會超過二十英尺，若能用竹子尖樁絆住牠的腸胃，就會讓牠進退不得。

「為什麼牠要拖著腸子走呢？」孩子問。

「沒有內臟，」朱大帝陰森森地說。「吸的血儲到那裡去？」

木椿竹子插完已五點多，孩子來到馬婆婆家時，馬婆婆正在用鍋子煎炒榴槤花絲和花瓣，拌上蝦醬和椰漿，孩子看得食指大動。馬婆婆替豬芭人看守和維護公墓，有親人埋葬墳場的豬芭人，一個月付五分錢管理費給馬婆婆，但馬婆婆喜歡採食野果野菜，管理費都拿去換了鴉片膏和洋煙。馬婆婆炒完一盤榴槤花絲花瓣，又拌著蝦醬炒了兩大盤野生空心菜和蕨類野菜，端著三個鐵盤子放在餐桌上。孩子伸出髒兮兮的肉爪子，像一群野狗撲向鐵盤子。孩子看見馬婆婆高腳屋窗口早已擺放著仙人掌和露兜樹等盆栽，屋外也栽種著鳳梨和九重葛，沒有刺梗的九重葛老枝纏繞著有芥刺的藤蔓，削尖的竹籬笆更是圍得高腳屋密不透風。

馬婆婆又泡了一壺摻著鴉片漿汁的雀巢美祿。豬芭人知道馬婆婆讓孩子喝摻著鴉片漿汁的美祿後，不再讓孩子到馬婆婆家去，但大部分豬芭人覺得喝那麼一點鴉片漿汁上不了癮，上了癮也無所謂，他們自己也吸食鴉片。孩子拿起鐵杯子咕嘟咕嘟喝著美祿。被大人禁止和馬婆婆來往的孩子還是來了，他們看著熱氣騰騰的美祿，噝著口水。「喝吧，喝吧，」曹大志等人慫恿著。「我們不說出去，誰會知道？」孩子於是拿起杯子喝了。

「飛天人頭不是第一次造訪豬芭村了。」馬婆婆坐在板凳上，捻燃煤油燈的火焰，取出一膏鴉片丸。「晚了，早點回去吧。」

「婆婆。」林曉婷蹲在馬婆婆身前。「妳看過飛天人頭嗎？」

馬婆婆笑而不答。「妳這孩子，細皮白肉——」馬婆婆拿起竹管將摻著煙草的鴉片丸塞到孔洞裡，翻轉著竹管烘鴉片丸。「回去吧，明天早點來。」

馬婆婆突然瞪著一個孩子胸前的妖怪面具。

「孩子。」馬婆婆伸出一根彎曲的食指，像鸚鵡勾狀的前趾。「讓我看看這妖怪。」

孩子把面具遞到馬婆婆手上。馬婆婆仔細看著那顆脖子淌血的女人頭顱，眉頭緊蹙成孑孓集團，蝦鬚毛飛蚊糾結，鼻竇賁張著像蚊子吸口器的毛髮。

馬婆婆將面具交還給孩子。「天黑了，回家，回家吧。見到飛天人頭，用彈弓打牠的後腦。」月亮高掛，富裕的月色灑在海洋和莽叢上，村犬有一下沒一下吠著，伴隨著一種像口琴手震音奏法的低鳴，有人說是懶鬼焦的無頭雞「啼叫」。天亮後，叫賣冷飲和糖果的活動攤販陳永宏的兩隻花貓橫屍自家棧橋上，沒了頭顱。朱大帝等人和孩子巡視茅草叢，倒插了更多竹子木樁，弄得茅草叢寸步難行。鍾老怪研判花貓死亡地點，推論飛天人頭可能渡河入侵，督促豬芭人在河岸和棧橋上豎立竹子木樁。入夜後，沒見過飛天人頭的鱉王秦不信邪，吸完兩塊鴉片膏，一個人扛著獵槍和削尖的棗木棍子漫步野地。天穹飛翔著蝙蝠，貓頭鷹聞聲不見影，豬芭河閃爍著猩紅鱷眼，莽叢星空連成一體，西南風吹過茅草叢上密布的竹子木樁發出難以解讀的警語，遙遠的野火啃食著莽叢，空氣中瀰漫硝煙味和野獸發情的騷味。鱉王秦在竹子木樁的布陣中徘徊，注視著似人頭非人頭的飛行夜梟，看著滿天吸血但不吸人血的蝙蝠，淋了一泡尿，折返豬芭村。他邊走邊哼著從收音機聽到的廣東小調，走過通往十排木板店鋪的柏油路，回到自己的蛇鋪門口。此時晚上九點多，大部分店鋪已歇業，數家仍營業的飲食店和雜貨店也準備打烊，鱉王秦打開了摺疊門的金屬掛鎖，看見一個穿客家對襟短衫和黑褲的年輕女子從燈火朦朧的雜貨店門口走出來，一路走向他的蛇鋪。女子披著長髮，皮膚雪白，手裡拿著一個小鐵盆，盆中盛著十多顆雞蛋。

「大叔。」女子停在鱉王秦面前，微笑著。「這裡是『老秦蛇肉店』嗎？」

「是啊——」鱉王秦側身跨入店內，棗木棍子杈在門外。

「打烊了嗎？」女子看一眼門楣上的招牌。「我來晚了。」

「我只營業到七點，」蛇王秦說。「明天早點來吧。」

女子從鱉王秦身邊走過，走向店鋪外的柏油路。

「小妹是豬芭人？沒見過。」

女子回頭看了一眼鱉王秦。幾顆粉刺像砂礫鑲在她臉上，臉上的笑容說不出是甜或苦。鱉王秦似曾相識。

「妳一個人走夜路要小心，這裡晚上不安全。」

豬芭村大部分高腳屋門窗像豬窟插滿尖樁削竹，只有鱉王秦店鋪例外。鱉王秦妻子早逝，十二歲的獨子獨睡樓上。鱉王秦關上門扉，點燃煤油燈，無限調高棉繩燈芯，啃了一塊牛油媽烘烤的麵包，喝了一瓶黑狗啤酒，抽了兩根三五牌洋煙，忍不住又吸了一塊鴉片。鱉王秦是鴉片癮最重的豬芭人，一天不吸足三、四塊鴉片膏，血液就流竄著爛泥巴，瀦著一腦袋狗屎，視物如天地顛倒、左右不分。吸完後，四仰八叉倒在躺椅上翻了翻《豬芭民眾日報》，呼呼入睡。狗吠逐漸響亮，夾雜著村貓、壁虎、野蛙的叫囂，間或天外飛來一聲懶鬼焦的無頭雞「啼叫」。西北方傳來陣陣南中國海平穩而規律的濤聲，久久響起不知道是海豚的逐浪聲或是歡笑，是豬芭人的催眠曲。店鋪的木板牆隔音效果不佳，夜晚總是傳來隔壁餐飲店的夫妻恩愛聲，十二聲鐘響時達到高潮，伴隨大型鯨魚從噴氣孔排出蒸氣時的靡靡之音或聖誕福音。鱉王秦被鐘聲敲醒了。煤油燈釋出一股黑煙壁直沖上天花板，玻璃罩子上緣燻出滿頭黑髮，燈芯吐出一縷紅彤彤的火舌，照得屋內油滑晶亮，像釉彩覆蓋的陶瓷。盤旋天花板的煤油燈煙絲蜿蜒落下，吐出一縷巨大的披著雲豹紋斑的蛇體，蛇頭是一個長髮蓬鬆的女子頭顱，嘴裡吸食著一尾蝮蛇的血液。店內裝著毒蛇的鐵籠散亂一地，地板上蠕滾著兩尾被吸乾血液的金環蛇。鱉王秦拿起棗木棍子大喝一聲，女子咻的一聲鑽入牆縫，只剩下煤油燈黑色的煙絲盤旋空中。店外傳來淹沒豬芭村的濤聲和鯨魚噴氣，狗吠逐流。木板牆傳來隔壁夫妻的鼾聲，精子的野豬渡河，卵子的熟果落地。鱉王秦揉揉眼珠子。煤油燈的火苗閃灼，煙絲如髯，照耀著店內整齊擺設的蛇籠和桌椅、牆上翻邊的價目表和鏡框中一根蛇骨。他拭了一把額頭上的汗珠，躺在躺椅上抽著洋煙。晚上經過店鋪外的女子面貌，嗯，眉目清秀，左臉頰有一顆螞蟻痣，讓他想起二十年前逝世的紅臉關妻子葉小娥。鱉王秦渾身打了一個哆嗦。

第二天鱉王秦打著呵欠到牛油記咖啡店吃早餐，朱大帝、小金、沈瘦子和鍾老怪等人正在店內。牛油媽坐在櫃檯上看早報。她識的字不多，間或扳著大兒子肩膀，要他講解報紙上某個漢字。大兒子長得豬頭豬腦，但智商不下一般豬芭小孩，隨蕭先生和鄒神父讀書，透過《西遊記》和《封神榜》認識漢字，也透過《聖經》和主日學認識英文單字。他和弟弟拿著馬婆婆的空氣炮，在大理石圓桌和荷蘭雕花椅之間穿梭激戰。牛油媽噘著嘴，含糊破碎地唸報。兩個二十多歲的伐木工嚼著叉燒包，盯著她胸前的奶漬和「東西奶」。牛油記咖啡店客人和朱大帝等人都不例外地談論著昨晚發生的一樁意外，疑似飛天人頭攻擊人類。石油公司一個白人油井探勘工程師傍晚乘船到海上垂釣，一夜未回，天亮時，村人發現他倒臥在碼頭的吉普車旁，地上散亂著釣具和破裂的啤酒瓶碎片，工程師脖子有一道傷口，緊急送醫輸血撿回一命。沈瘦子和鍾老怪研判，白人愛喝酒但酒量不大，工程師酒醉後跌了一跤，被啤酒瓶碎片劃傷脖子，但醫院的女護士表示，傷口不規則，有撕裂痕跡。中午過後，警署貼出華洋大字報，呼籲村民夜晚減少外出，睡覺時門窗緊閉，若發現家人睡夢中缺了頭顱，或行為怪異、胡言亂語，務必報警。入夜後殖民政府派遣一支穿著迷彩服的二十人海防部隊，頭戴傾斜右方的貝雷軍帽，肩扛卡賓槍巡視豬芭村，大聲喝斥往屋外探頭探腦的豬芭人。十點過後，亞鳳帶著曹大志、高腳強和紅毛輝夜探馬婆婆高腳屋。

那天晚上星空燦爛，獵戶座隱晦，北斗七星獨攬一方，隕石墜毀大氣層時，照亮了茅草叢的尖椿細竹和通往馬婆婆高腳屋的夾脊小徑。亞鳳扛著獵槍，手拿一根削尖的木椿，走在三個孩子後面，不停地抬頭觀望飛越天穹的大夜鴞。高腳強揭著三尖兩刃刀，紅毛輝拽著火尖槍，曹大志攥著沒有削尖的印茄木金箍棒，三人走慣了野地，腳步快得亞鳳差點跟不上。亞鳳吸了一丸鴉片，耳目清醒得可以聽見夜鴞沒有消音殆盡的翅響和看見被星光激活的啞暗羽色。曹大志、高腳強和紅毛輝黃昏前喝過了馬婆婆摻著鴉片漿汁的美祿，身手矯健得好像神猴、二郎真君和三太子附體。轉眼馬婆婆高腳屋浮現夜霧中，夜霧籠罩著削尖的竹籬笆和沒有屋簷的聯絡走廊。鸚鵡蹲在棲木上熟睡。

曹大志推開籬笆門，四人來到高腳屋無牆的下層，聽見馬婆婆從地板縫傳來的鼾聲。亞鳳打了個手勢，吩咐曹大志和紅毛輝從聯絡走廊潛入屋內，高腳強守住聯絡走廊，自己守住前門陽台。曹大志和紅毛輝放下金箍棒和火尖槍，手腳並用上了聯絡走廊。他們早已摸熟馬婆婆的高腳屋，閉著眼睛也可以穿過聯絡走廊通往客廳的大門。蛙鳴和梟嘯沉寂了，高腳屋迴盪著馬婆婆鼾聲和上弦木鐘的鐘擺。曹和紅躡手躡足走入客廳，停在半掩的臥房門口，看見馬婆婆穿著白色對襟短衫和黑褲仰睡木板床上，髮尖落入地板縫，蝦鬚毛隨著鼾聲屈蠕，有幾根蝦鬚毛好像掙脫了毛囊孔，在天花板下漫遊。兩個孩子站在門口看了半分鐘，看不出什麼異狀，又看了半分鐘，看不出什麼名堂，悄悄退下，回到高腳屋下層。孩子看見馬婆婆屋內屋外布滿仙人掌、露兜樹、九重葛等盆栽和一排削尖的竹籬笆，不相信馬婆婆會是橫行豬芭村的飛天人頭，但他們各收了朱大帝等人一元賞金，必須監視到清晨三點，於是亞鳳和高腳強守住陽台，曹大志和紅毛輝守住聯絡走廊。高腳屋下層疊著十多叢齊額的井字柴垛，踢散著直立或臥倒的板凳，星布栽種著九重葛的大瓷甕，鹽木柱子掛著畚箕、藤簍、釘耙和大小鐮刀，晾衣繩懸著馬婆婆的白色對襟短衫和黑色長褲，九重葛簇擁著竹籬笆，竹籬笆隙縫簇擁著熒亮的星空和磷火點點的墳叢。亞鳳和孩子坐在板凳上或背靠鹽木柱子蹲著，四根削尖或沒有削尖的木樁倚在肩膀上，八隻眼睛緊盯著高腳屋的前後門。曹大志記得傍晚喝完美祿離開時，陽台上擺著五個鐵皮桶，現在又多了兩個，他壓低聲音對紅毛輝說，可惜來得太晚，沒有看見馬婆婆驅使遊靈搬運鐵皮桶。鐵皮桶鏽跡和油漆斑駁，不知道生產了多少年，根據小林二郎說法，如果超過一百年，可以自行吸收靈力和怨氣，長出五官四肢，自由行動，紅毛輝說。村子裡大人用的帕朗刀，超過百年的少說幾百支，沒聽說它們長出手腳臉蛋，自己砍柴殺豬，曹大志說。帕朗刀成妖後，沾了血，自己會吸乾，缺了刃口，自己會長出來，看見人類看不見的妖蟒猴怪，自己就會砍殺，紅毛輝說。胡說八道，曹大志說。

上弦木鐘噹噹噹敲了十一下。四人默數鐘聲，彼此看了一眼，眼神流露出「時間過得真慢」的共同語言。時間一分一秒消逝，不久又噹的傳來一聲鐘響，十一點半了。一陣猛烈的西南風吹過高腳屋時，沒有拴緊的籬笆門忽開忽闔，生鏽的軸窩發出野豬磨樹的蹭癢聲，蹭了許久，風靜止了，一隻夜鴞停在靠近柴垛的九重葛老枝上，高豎著蓬鬆的耳簇羽，聆聽柴垛裡的竄鼠。壁虎穿過地板和牆壁隙縫，穿梭屋內屋外，為搶食蚊蚋而踩空了吸盤，噗的落在孩子背上和頭髮上。一隻花貓穿過籬笆門口，正要進入高腳屋下層，看見亞鳳等人後，弓身炸毛消失黑暗中。竹籬外的星空越來越熒亮，流星雨像腳踏車輻絲迴旋天邊。噹——噹——噹——。鐘聲十二響時，一顆長髮蓬鬆的飛天人頭盤旋竹籬外，脖子下內臟簇擁，忽聚忽散，像一群倒掛蝙蝠。前門嘎嘣一聲打開了，馬婆婆掄著大鐮刀走出陽台，飛越竹籬，大鐮刀化成千絲萬縷的鋼絲刃片，像渾儀繞著飛天人頭旋轉，將人頭困在鋼絲刃片中，削斷了飛天人頭長髮和內臟。馬婆婆隨手拔起竹籬中一根削尖的竹竿，插入飛天人頭囟門，人頭好像發出一聲哀呼，不動了。馬婆婆高揭插著飛天人頭的竹竿，在墳叢上空盤旋一圈，飛越竹籬，回到高腳屋。鸊鷉發出咯咯咯的歎息。

三

「馬婆婆的家到了。」林曉婷踮著腳，抬起下巴，蹙著汗水氾濫的草綠色眉毛，遙指被竹籬和九重葛圍繞的高腳屋。

夕暉染紅了莽林突出層孤立著的幾棵望天樹，讓它羞澀地凝視著比自己矮了一截的樹冠層。夕暉也染紅了馬婆婆的鋅鐵皮屋頂，一群燕子從簷椽的巢穴中飛上飛下、飛進飛出，沒有一刻停止過。門前廊簷下陰乾著十多尾馬婆婆自己醃製的鹹魚乾和蜥蜴乾，空氣中瀰漫腐肉的味道。竹籬有一部分被野火焚燒過，燒出竹籬幾個狗頭窟窿。馬婆婆的高腳屋像突出層孤立的望天樹，孤立在野地和茅草叢中，四周人跡稀少，只有密布的墓碑、卑微覓食的野豬和鷹揚天穹的猛禽。豬芭中學教師林家煥帶著大女兒林曉婷和小兒子林立武、豬販李大肚帶著三個不滿十歲的兒女、三輪車伕周春樹帶著六歲兒子越過一條槁溪走向高腳屋時，馬婆婆已佇立陽台等著他們。林曉婷第一個推開籬笆門，登上陽台，牽著馬婆婆的手，像小主人向陽台下的父親等人招手。

「妳這孩子，細皮白肉——」鸚鵡怪聲怪氣說。

眾人走上陽台，進了客廳。

「馬婆婆，麻煩妳了。」三十多歲的林家煥摘下黑框眼鏡，抹了一把額頭上的汗水。他走得匆忙，只揹了一個塞滿衣服的包袱。他把六個孩子叫到跟前。

「孩子們聽好，我再說一遍，你們暫時住在馬婆婆家裡，我們到林子裡找朱大帝和鍾老怪等人，安置好了，再接你們過去。」

「日本人如果來了，」李大肚嚴厲地凝視著二兒一女。「聽馬婆婆的話！」

「聽馬婆婆的話！」周春樹拍了一下兒子浸泡著汗水的小頭顱。

「聽馬婆婆的話！」鸚鵡說。

孩子流露出委屈和恐懼，木頭人一樣聽著大人訓誡，只有林曉婷拉著弟弟林立武，去翻角落木箱子裡的玩具。

「爸爸，」李大肚六歲的小女兒牽著父親的手。「什麼時候來接我們？」

「我跟你一起走吧。」周春樹兒子的眼眶浸泡著淚花。

「天色晚了，森林裡沒有地方過夜，而且聽說鬼子已經入林找我們了，」林家煥說。「這裡離豬芭村遠，鬼子較少來。明天一早來接你們。」

三個大人走下陽台，撐開籬笆門，消失在蒼茫暮色中。上弦木鐘噹了一聲，六點半了，燕子依舊在簷梁下盤旋，形成一個毳毛和唾液組成的黏稠漩渦。夕暉染紅了窗櫺，也染紅了鸚鵡因為錯位咬合而長得十分畸型的上喙。馬婆婆從廚房端出三盤拌著蝦醬和椰漿的野菜、兩大盤水煮豬肉和紅燒蹄膀、一盤蛇肉和一大鍋熱騰騰的白飯。孩子折騰了一下午，又餓又渴，不等馬婆婆招呼，自己坐上餐桌，各自拿了一個鐵盤子開始盛飯。吃飯時，平常多話的孩子變得很沉默，連林曉婷也悶不吭聲。林立武邊吃邊啜泣，惹得其他孩子跟著落淚。馬婆婆又泡了一壺沒有摻鴉片漿汁的雀巢美祿，替孩子各倒了一杯。六個孩子中，林曉婷年紀最大，她擺出一副老大姊模樣幫孩子分肉挾菜，問馬婆婆豬肉和蛇肉來歷。林家煥等人昨天夜訪馬婆婆後，馬婆婆天未破曉就揹著竹簍，拽著大鐮刀巡視莽叢，想替六個吃慣肉食的孩子找點野味。茅草叢散亂著鬼子威嚇式轟炸留下的凹洞，野草迅速滋蔓，形成難以察覺的草坑和天然陷阱，一不小心就踩了個空。馬婆婆用大鐮刀刀尖啄探野地，剖開草叢，露水濡濕了她的短衫和長褲，白髮沾染著草稈和蜘蛛網，木屐兩次踩在新鮮的豬屎上。她追蹤著若有若無的蹄印，隨手摘下野菜扔向竹簍。憑力氣和大鐮刀，她只有力氣獵殺斑紋未褪的小野豬。一簇矮木叢下，兩隻腹背密合的豪豬振動著黑白環紋的棘刺發出不知道是廝殺還是顛鸞倒鳳的巨大聲響，四野瀰漫辛辣衝鼻的尿騷味。馬婆婆越過矮木叢，心裡有不祥的預感。朱大帝常在野地撒鹽巴，吸引豪豬光臨。大帝獵殺豪豬後開腸剖腹，蒐集昂貴的豪豬棗。這兩隻豪豬讓朱大帝見到，做鬼也風流。天邊長出枝椏參差的樹曦，大鐮刀刀刃沾著草屑樹汁，光芒黯淡許多。

「婆婆——」馬婆婆聽見身後有人呼叫。

愛蜜莉戴著翻邊草帽，帽子上像鬼子鋼盔插著棕櫚葉，拿著出鞘的大帕朗刀。她的身後凝聚一團黑色霧靄，看不見走路不沾地的黑狗。

「一大早，採野菜。」愛蜜莉的帕朗刀刃也沾著草屑樹汁，綠陰色的草屑閃爍著月光，琥珀色的樹汁流淌著晨曦。

「野菜吃膩了。」馬婆婆遲疑著。「想吃點葷的。」

「給孩子加菜？」晨曦染紅了愛蜜莉美麗的五官。

馬婆婆返回高腳屋時，在樓下的柴垛裡找到一尾熟睡的腕粗蟒蛇，揮動大鐮刀，砸爛了頭。中午愛蜜莉騎自行車送來一頭開腸剖腹的長鬚豬。馬婆婆看著孩子吃完晚餐，看著他們無精打采玩了一下玩具。吸完一膏鴉片後，馬婆婆在客廳地板鋪上幾塊草蓆，督促孩子早睡。孩子們累了，躺下就鼾聲大作。馬婆婆坐在陽台的矮凳上，吸了十多支洋煙，上弦木鐘敲了十二響才開始入睡，第二天四點多坐在陽台上等待破曉。

「亞伯特——亞伯特——」

鸚鵡虹膜萎縮，腳抓磨爪棒，發出刺耳的尖嘯。馬婆婆下了台階繞著高腳屋走一圈，又回到陽台，凝視竹籬外黑茫茫的野地和豬芭村。豬芭村離這裡太遠了，即使大白天也看不到那一叢高低起伏的鋅鐵皮屋頂和幾百棵椰子樹。上弦木鐘敲了五下後，她赤腳穿過客廳和聯絡走廊到廚房煮了一鍋稀飯，又將昨天沒吃完的豬肉蒸熟，回到陽台時，天邊已染上琥珀色的晨曦，逐漸轉變成朱槿花瓣的紅色，似鸚鵡的大覆羽雲彩籠罩著野地的凹凸嶇崎，讓野地突然變得渺小。野鳥吵雜，鷹群朝同一個方向飛去，尋找豬芭村垂手可得的獵物。豬芭村太遙遠了，她從來沒聽過豬芭村的狗吠雞鳴，但鬼子登陸後，從白天到黑夜也可以聽見畸零的槍聲、炮聲、飛機引擎聲，煙硝味更是伴隨著野地的腐敗味漫入高腳屋的隔熱層久久不散。一隻蒼鷹從豬芭村打道回府了，爪子上勾著一隻不會屈蠕的有羽毛的大物，隱約可以看見牠失去生氣的頭顱和尾巴。更多的隼鷹朝豬芭村飛去，好像趕一場嘉年華會。鐘聲六響了，孩子睡得早起得也早，吃完稀飯拌豬肉後，馬婆婆把孩子的活動範圍限制在客廳內，連大小便也只能利用臥房裡的鐵皮夜壺。孩子出奇聽話，說話也細聲細氣。馬婆婆蹲在客廳地板上，把六個孩子叫到跟前，透露了鬼子入屋盤查時孩子的藏匿地點。

鐘聲七響，回到陽台，天已大白，馬婆婆遙望野地，心裡充塞著豪豬交媾棘刺嘶嘶磨擦的賁張尖銳的不祥感。她感到後頸傳來陣陣刺痛，伸手摸了一把，摸到一個拳頭大的熱燥鬆垂的贅瘤。她走到陽台其中一個鐵皮桶前，揪開白髮，歪著脖子，斜著雙眼，就著水中倒影檢視。贅瘤恰好長在脖子後方，摸起來有如一個小生命，像剛出殼沒長毛的粉紅色大番鵲雛鳥，柔軟的小爪子不停地搔著她的脖子筋脈，讓她又刺又癢。她回到臥房，拿了一面鏡子細看。她很確定，昨天早上出門尋找肉食之前，她用木梳子整理了一遍頭髮，梳齒耙過後頸時，這顆肉瘤並不存在。它可能偷偷地長了一個白天，一個夜晚。她看了一陣，打了一個冷顫，流出少量的淚水和鼻水，躺在床上吸了一塊鴉片，減去肉瘤的刺癢。白髮徹底掩沒了肉瘤，一旦刺癢消失，完全感覺不到贅瘤的存在。她走回陽台，繼續坐在矮凳上看著莽叢。

陽台晨光熹微，鐵皮桶裡水波瀲灩，一尾母孔雀魚躍出鐵桶，在陽台地板上掙扎，肚子裡金黃色的蛋卵吸引了成千上萬的螞蟻。飛向豬芭村的蒼鷹變少了，從豬芭村飛回莽林的蒼鷹多了起來，爪子裡拎著沉重的食物。馬婆婆年紀雖大，眼力依舊犀利，全身又打了個寒顫，流出更多淚水和鼻水，脖子後的贅瘤刺癢。她回到臥房，又吸了一膏鴉片，吸完透過鏡子看見肉瘤好像變了一個模樣，像一個染了蟲害、長滿褐色瘡痂狀病斑的番石榴，觸感有如一粒剝了皮的白煮蛋。她回到陽台，看見一群豬芭人領著黃萬福黃牛牽拉的牛車，朝墳場走來。一隻蒼鷹反常地從他們頭上低空掠過，一雙爪子像兩支秤桿，不停地調整獵物的擒拿角度，好像爪子劃了刻度標卡。一個打赤膊穿短褲的年輕豬芭人抬頭看了一眼天穹，撿起一塊石頭扔向蒼鷹。石頭掠過鷹爪下的獵物，落在一個刻滿墓誌銘的石碑上。更多豬芭人停下腳步，隨手撿起石頭或枯木扔向越飛越遠的蒼鷹，嘴裡發出惡毒的咒罵。馬婆婆脖子後的贅瘤又刺癢了。

十多個豬芭人中，大部分是上了年紀的老人家，只有幾個年輕的伐木工。他們扛著鏟子和鋤頭，雙手淌著鮮血，停止了對蒼鷹的攻擊後，腳步凝重、面容哀戚地隨著牛車走入墳場。黃牛面貌皎潔，但牛軛、轅杆、護欄被豬芭人牽拉過，沾滿了血手印。牛車上足交股疊、擁抱撲臥著十一具無頭男屍，一條藕斷絲連的血跡從豬芭村菜市場一路淌過野地蔓延到墳場。他們放下鏟子鋤頭，卸下十一具屍體，兩個年輕伐木工和兩位老人家趕著牛車返回豬芭村載運第二批屍體。兩個打赤膊的男子想掘一個大坑，引起大多數人的反對和爭論，但爭論很快結束，各自分散，開始揮動鋤鏟，挖掘十一個窀穴。兩隻爪子沒有獵物的蒼鷹和一隻史丹姆黑鸛盤旋在他們上空，越旋越低，低到可以清楚看見覆蓋腿部的羽毛在西南風中翻攪。

四

破曉不久，所有豬芭人被召集到菜市場前廣場上。沈瘦子雜貨店一個重聽的老伙計沒有聽見哨音，一個人留在棧橋上垂釣，被鬼子自行車部隊用刺刀在胸膛上戳了十多個窟窿，割下頭顱高掛豬芭橋頭竹樁上，屍體被踹入豬芭河。豬芭人像潮水湧向廣場，看到醒民、啟民兄弟和黃萬福、高梨全家被處決時許多相似的情景：兩批根據「籌賑祖國難民委員會」逮捕的二十七個豬芭人，男女老弱，摩肩接踵地跪在廣場上，面對參謀長吉野真木、憲兵隊曹長山崎顯吉、兩個翻譯官、兩條狼狗、十個配著南部十三式手槍的憲兵隊員和十個拿著九六式輕機槍的一等兵機槍手。和前兩次不一樣的是，吉野真木身邊擺了一張木椅，坐著一身戎裝的婆羅洲第二任守備軍司令官山脇正隆中將，不知道是天氣太熱或菜市場四周充滿腐敗味道，他大部分時間都在閉目養神。經歷過黃萬福和高梨事件後，吉野真木生了一場悶氣，這一次不敢大意，派遣三十個手握九六式輕機槍的機槍手駐紮廣場四周，四個十人組成的自行車部隊巡視豬芭村。山崎顯吉緊握馬皮包紮的檀木刀鞘，頻頻環視身後的豬芭人，確定再也看不到任何熟面孔後，才把視線移向眼前待處決的囚犯。這兩次行動，雖然逮捕了長青板廠老闆林萬青、豬芭中學和小學董事長陳家箎、豬芭日報創辦人劉仲英、洋貨批發商張金火和南國釀酒廠負責人王朝陽等叛軍要角，但也讓朱大帝、鍾老怪、沈瘦子、小金、扁鼻周、鱉王秦、懶鬼焦和關亞鳳等麻煩人物逃之夭夭，只逮到他們的婆娘和小孩。數天前的黃萬福和高梨事件，顯然就是朱大帝這一票狐群狗黨的傑作。他看著雙腳被扣上銬鐐、兩手以「蘇秦背劍」式綑綁著的林萬青、陳家箎、劉仲英、張金火和王朝陽，從鼻孔裡嗯哼一聲，嘴角發出一串自己才聽得見的冷笑，像豺狼的月夜曠嘷。這五個人，不是養尊處優的商人，就是八百孤寒的文弱書生，但脖子硬得像一根砲管，不管動用什麼酷刑，折磨得死去活來，屁也不放一個，沉默得像一坨牛屎，只會發出嗡嗡嚶嚶的蒼蠅呻吟。他突然想起了什麼，壯大了月夜曠嘷的豺狼意志，於是嚴緊地蹙著豐盛的眉毛，斬斷幾瓣多餘的憂慮，五官挺拔的臉龐綻放出一種壓彎枝條的大東亞榮景。

波羅蜜樹幹依舊棲息著倒掛的蝙蝠和白鷺鷥，揹著女妖面具的長尾猴翹著屁股在菜市場的鋅鐵皮屋頂徘徊。豬芭村大部分的公雞被鬼子宰殺了，雞啼絕跡後，鷹嘯肆無忌憚。野地醒腦提神的狩獵槍聲不再響起，豬嚎迴旋在鬼子橫行的盜寇淵藪中。野火繼續滋蔓莽林和野地，黑色的霧霾飄過豬芭村，霧霾投下的黑影像炸彈爆破時的衝擊波和熱輻射，落在黃泥路上穿梭在沙塵滾滾的鬼子自行車部隊身上，陰乾了戰鬥服、戰鬥帽、遮陽布、綁腿和油膩陰鬱的鬼子臉。一隻沒有獠牙的長鬚豬豬頭飄浮在黃泥路上，沙塵淹沒了四肢和軀體，像一頭泅水渡河的豬。衝出沙塵旋渦後，長鬚豬露出腹下六雙縱向排列的乳頭。牠慢條斯理漫步，毫不畏懼或驚慌，走走停停，四處嗅望，登上木板店鋪走廊，走向一家雜貨店，像一個腰纏萬貫的金主睨了一遍店面，突然衝翻一座擺著樹脂、猴膽石、樹膠和煙草的貨架，撞倒五個盛著鹹魚、鹹菜、鹹蛋和魚乾的陶甕，咬破十多個裝著馬鈴薯、胡椒、樹薯、碩莪、玉米的麻袋，張開圓盤狀軟骨的巨大鼻吻，搧動著角質小尾巴，像有人和牠搶奪似的，發出齁齁嚄嚄的攫食聲。煙沙撲進了木板店鋪走廊，走廊和店鋪空蕩蕩，貓狗絕跡，燕子孤獨地在簷梁上築巢，老鼠在兜著糖果餅乾的玻璃瓶和鐵桶上磨牙。

一個削瘦的老頭穿越人群，停在人群外圍，焦慮地看著野豬蹂躪雜貨店。機槍手瞪了他一眼，他打了一個哆嗦。老頭張開嘴巴，視線越過機槍手臂章上的軍銜，右手慢慢舉起，指了一下雜貨店。機槍手的眼睛瞪得更大，老頭嚇得把手縮了回去。機槍手朝老頭手指的方向看過去，了解了他的意思，但依舊面無表情瞪著老頭。一個少年人走到鬼子身前，行了一個標準的鞠躬大禮，嘴裡嘰哩咕嚕吐出幾句佶屈聱牙的鬼子話。日軍占領豬芭村後，重啟豬芭華人開辦的「華僑學校」教授日文，豬芭年輕人和小孩都說得上幾句滑稽古怪的鬼子話，說得好的年輕人，還可以穿上鬼子的黃色軍裝，戴上和鬼子不一樣的藍色軍帽，協助憲兵隊維持豬芭村秩序。那個少年人吞吞吐吐地說著鬼子話，邊說邊抬頭看一下機槍手。機槍手五官緊繃，像一隻冠羽倒豎撐大身體威嚇敵人的鸚鵡。少年人花了蒼鷹盤旋天穹兩圈的時間，終於讓機槍手緊蹙的眉頭鬆緩下來，看了一眼老頭和雜貨店。他們站在人群外圍，不太了解人肉圈子裡發生的事情。機槍手走向另一個機槍手，不知道說了什麼，另一個機槍手猶豫一下，說了不知道什麼。機槍手走回少年人身邊，點點頭，少年人對老頭交代了幾句，兩個人畢恭畢敬地對機槍手鞠躬，走向雜貨店。揹著妖怪面具的猴子下了椰子樹，穿過沙塵滾滾的黃泥路，蹲在店鋪走廊的板凳上看著少年人和老頭。猴子揹著的面具經過日曬雨淋，上面的彩繪已經徹底褪去，只剩下二小一大窟窿，沾滿煙垢油漬，看起來不像面具。

少年人小聲說：「你知道那是誰的母豬？」

老頭搖搖頭。

「懶鬼焦叔叔的。」少年人低頭看著自己的腳趾。每經過一個鬼子身邊，他就和老頭停下，完整而嚴肅地行鞠躬大禮。鬼子曾經對豬芭人開課，教導他們面對不同官銜的鬼子時應該如何敬禮，豬芭人記不得那麼多，以為越卑微恭敬越好，但卑微恭敬過了頭，被鬼子解讀為草率和不夠認真，輕則賞一巴掌，打得豬芭人眼冒金星；重則切下人頭，掛上豬芭橋頭示眾。「焦叔叔的雞鴨早被鬼子宰光了，這頭母豬聽說是愛蜜莉送給懶鬼焦的，鬼子捨不得宰，要等牠生下小豬後再殺，傷了牠就不得了。」

老頭走上走廊，站在母豬身後。母豬整顆頭顱伸入了陶甕，啃食裡頭的魚乾。雜貨店存貨靦腆，大部分已被母豬啃食殆盡或被蹄子踐踏過，只剩下架子上鐵桶裡的餅乾、玻璃瓶裡的糖果和水果罐頭。老頭看著母豬肥大的肚子和臀部，拿下掛在牆上的桿秤，用桿尾敲了兩下豬屁股。母豬已啃完陶甕裡的魚乾，退了兩步，抬頭看著老頭和少年。牠從小被懶鬼焦飼大，不怕人類，嚄嚄叫了兩聲，低頭去啃地板上殘存的鹹菜梗。老頭看見地板還有不少沒有被踐踏的馬鈴薯、玉米、樹薯和樹脂，又用桿尾重敲了三下豬屁股。豬沒有反應，搧著小尾巴繼續享用美食。老頭掐著繫繩，用杆尾敲了三下秤盤，發出兩片銅鈸相擊的沉悶聲音。老頭越敲越快，越敲越響，一個機槍手快步穿過走廊，用槍柄重擊老頭太陽穴。老頭哼了一聲倒在地板上，充滿怨恨地看了機槍手一眼。機槍手用軍靴踹了幾下老頭胸膛，挺起九六式機槍上的刺刀，朝老頭肚子戳下去。老頭一聲不吭，像一片鹹魚乾躺在地板上。少年彎腰鞠躬，嘰哩咕嚕吐出鬼子話。

沙塵和煙霾像洪水淹沒了豬芭村。自行車部隊經過店鋪前，戰鬥帽和永遠朝天豎立的九六式步槍槍管飄浮在沙塵煙霾中，隊員臉蛋布滿沙塵，帽簷兩側滴著兩股沙柱，活像一群從地底竄出的怪物。跪在豬芭菜市場廣場上的二十二個男人，戴上腳鐐的，用跪爬的方式，沒有戴上腳鐐的，用步行的方式，在憲兵隊吆喝下，兩人一組，跪在吉野真木和山崎顯吉身前。兩個手臂纏著繡上兩個大紅字「憲兵」的白袖箍的矮小憲兵隊員，趿著土黃色的長筒軍靴走到兩個跪著的豬芭人身邊，舉起手裡的九五式軍刀，霍的一聲，朝他們的脖子砍去。一粒米大的鮮血沾染了其中一個憲兵翻領上天皇的菊花徽章，憲兵舉起白手套，輕輕地拭去了那滴血。

二十二個豬芭男人頭顱像小山堆積廣場上。剩下的五個女人，其中三個懷著身孕，不是跪著就是癱倒，發出鬼魅似的低泣和刺耳的哭號。

坐在木椅上的司令官兩眼依舊閉著。

吉野真木朝翻譯員吼了幾句鬼子話。

「皇軍大人想知道，」翻譯員走到三個懷孕的女人身邊。「妳們肚子裡懷的是男生還是女生？」

五個女人發出鬼魅似的低泣和刺耳的哭號。

翻譯員又問了一次，看著吉野真木。吉野真木點點頭。翻譯員迅速退下。隊伍裡衝出兩個憲兵隊員，看準其中一個懷孕的女子，一人抓住一隻腳腕，將她像一塊木頭拽出來。

執行斬首的憲兵舉起滴著鮮血的軍刀，剖開了女子肚子。

店鋪前的機槍手對少年叱喝了兩句，少年又是一個鞠躬，幾乎是彎腰駝背穿過風沙回到人群。少年人踮起腳尖，透過一顆顆人頭、鬼子的戰鬥帽、遮陽帽和永遠朝天的九六式輕機槍槍管，看見兩支軍刀刀刃舉起又落下，人肉圈子裡傳出女人淒厲的哭聲。豬芭人有的閉目沉思，有的眼含淚花，有的低聲啜泣，有的滿臉悲憤仰望天穹。蒼鷹雄據一方，切割出很多天穹的冷漠面貌。蒼鷹的大小高低，也擴張了大地和天穹的隔閡。蒼鷹俯衝而下擒拿獵物時，好像把天地的距離萎縮到一棵椰子樹的高度。蒼鷹高旋天穹時，天穹好像退卻到一萬光年外。少年人將視線移回店鋪前。一隻齜著獠牙的黑色雄豬漫步黃泥路上，嗅著母豬留下的每一個蹄印，輕巧地蹬上店鋪的木板走廊。牠的一雙獠牙蔓到了脖子後，歪七扭八，呈螺旋狀；耳窩裡的針毛遮住了一雙大耳，背上的鬃毛淹沒了尾巴，吻鼻下的鬚毛垂到一雙黑蹄上。牠張開大嘴嚼食剩下的兩塊樹薯，伸出舌頭舔著地板上老頭的血液，一路舔到老頭的屍體上。牠抬起頭，毫不猶豫地將吻嘴插入老頭肚子裡，開始了凶猛囫圇的刨食。已經飽餐一頓的母豬看見雄豬後，嗅著雄豬的肛門和陰莖，拱起屁股磨擦雄豬，發出春情氾濫的低鳴，排了一泡熱尿。雄豬將老頭肚子刨食乾淨後，肚子鼓得像皮球。牠從老頭肚皮囊裡抽出半顆血淋淋的頭顱，嗅了嗅母豬的乳頭和陰部，將吻嘴伸到母豬兩腿之間，用力地拱撞著母豬屁股，口吐白沫，發出嗯嗯哼哼的討好聲，突然高舉兩隻前蹄，上半身跨騎母豬身上，將細長的豬鞭插入母豬陰道，勾住了子宮頸，射出一泡分量驚人又濃稠的精液。

那天早上有二十二個豬芭男人，包括長青板廠老闆林萬青、豬芭中學和小學董事長陳家篪、豬芭日報創辦人劉仲英、洋貨批發商張金火和南國釀酒廠負責人王朝陽等「籌賑祖國難民委員會」發起人，在菜市場前廣場上被鬼子斬首，頭顱被掛在豬芭橋頭六根立竿上。五個女人，包括各懷著九月、八月和五月身孕的牛油媽、周巧巧、林惠晴，被剖開肚子後斬首，頭顱也掛在豬芭橋頭六根立竿上。鬼子讓屍體在廣場上曝曬一個早上後，才讓豬芭人用牛車將屍體運走。各種肉食性猛禽，其中大部分是隼鷹，趁著豬芭人處理屍體前，啄食和叼走了死者的眼珠子、內臟和牽著臍帶的胎兒。

五

豬芭人埋葬完二十七具屍體，下午兩點多，牛車剛離開墳場，山崎顯吉已經來到馬婆婆的高腳屋。山崎瞄了一眼墳場，踹開馬婆婆的籬笆門，身後跟著一個翻譯員和五個憲兵隊員，趿著沾滿塵土和刮痕的長筒軍靴，蹬上木梯，站在陽台上。陽台靠窗的屋簷陰影下橫擺著三個齊胸容積五十加侖水量的鐵皮桶，水面不停地綻放著小酒窩，西南風吹過時，泛起了不一樣的魚鱗紋或斑馬紋。兩塊從廢棄的菜寮拆下的木板橫跨鐵皮桶上，上面擺著三個牛奶罐，栽種著三株九重葛。水面散布著幾片九重葛葉子，被孔雀魚追逐啃咬。白鸚鵡蹲在棲架上磨爪子。

馬婆婆坐在門口的矮凳上，左手捏著洋煙，右手伸到頸後摩挲越來越刺癢的贅瘤。她照了七次鏡子，贅瘤形狀大小不變，但顏色越來越深沉，從大番鵲雛鳥的粉紅色到猴子屁股胼胝的深紅色，而且潛伏著幾顆像蚱蜢複眼的巨大黑斑。她已經吸光僅存的五粒鴉片膏，自從沈瘦子和扁鼻周帶著鴉片和軍火逃入莽林，豬芭村再也買不到鴉片膏了。晨光初綻後，她就坐在陽台上注視著野地通向豬芭村的夾脊小徑，看著豬芭人用牛車運送無頭屍具，貪婪的蒼鷹從豬芭村一路追隨到墳場，想瞅個空隙再叼幾塊肉。她突然從竹籬笆隙縫看見一隻豪豬正在低頭啃咬一根豬骨，發出咻咻的細瑣而刺耳的聲音。她想起昨天早上離開愛蜜莉返家途中，那隻交配完後體型嬌小的母豪豬在她身後騷竄了一大段路，如果不是愛蜜莉答應送她一頭長鬚豬，她一定會攥著大鐮刀宰了那隻母豪豬，燉一鍋豪豬肉讓孩子嚐鮮。馬婆婆猜想母豪豬大概在尋找第二隻公豪豬。發情的母豪豬性慾高漲，一隻公豪豬澆不熄慾火。她回到高腳屋後，母豪豬散發出來的濃郁的公豪豬尿騷味才逐漸散去。現在她又嗅到那股公豪豬尿騷味從籬笆縫隙外的母豪豬身上傳來，脖子後的贅瘤又刺又癢，好像裡頭殘留著一支搽上尿液有倒勾的豪豬棘刺。

山崎等人出現在遙遠的莽叢時，九六輕機槍上的刺刀光芒銼盲了她的視線。她回到客廳內通知孩子。鬼子站在陽台上時，她想起缺了頭顱的小林二郎。

「亞伯特——亞伯特——」

山崎顯吉打量著眼前這個瘦小的老婦和這棟遺世獨立的高腳屋。馬婆婆眉頭上幾綹幾乎和頭髮一樣長的毛髮、鼻尖上的蛇膽痣和下巴的蘑菇肉瘤讓他感到不自在。聽翻譯員說，這個長得像一具活屍的老太婆修習過馬來黑巫術，可以驅喚鬼魂妖蠻，下蠱毒養小鬼，掠殺過橫行豬芭村的吸血飛天人頭。他摘下遮陽帽，拭了一把額頭上的汗水，抹了一下不再長髮飄逸的五分頭，戴回遮陽帽。天氣太熱了，他沒有耐心磨下去。

「皇軍大人問妳，」翻譯員說。「亞伯特是誰？」

馬婆婆的蝦鬚毛像野地的草稈飄揚在八月的焚風中。她扔掉手中的煙蒂，從黑褲的兜袋掏出一包洋煙，捏出一根煙，叼在嘴上。「皇軍大人問妳，」翻譯員說。「亞伯特是誰？」馬婆婆從黑褲的兜袋掏出一盒火柴，慢條斯理地點燃洋煙。長期拽著鐮刀芟草，她的右手拇食二指患了嚴重的扳機指，彎曲得像兩隻螳臂。

「亞伯特——」她吐了一口煙。「算是我的前夫吧。」

「他是哪一國人？」山崎每說一句，翻譯員就努力模仿他嚴厲的口氣。

「英國人。」

「現在人在哪裡？」

「回英國了，」馬婆婆說。「回英國五十年了。他比我大十多歲，我九十多歲了，他應該死了吧。」

山崎上下打量著馬婆婆。

「這屋子除了妳，還有沒有其他人？」翻譯員說。

「除了鸚鵡，」馬婆婆吐了口不喜肉食、骨質疏鬆的煙霧，搖搖頭。「沒有其他人了。」

「鸚鵡是怎麼弄來的？」

「亞伯特從國外帶來的。」

山崎走到鐵皮桶旁，伸長脖子凝視孔雀魚和水草，瞄了一眼九重葛和白鸚鵡。

「妳這孩子，細皮白肉——」

山崎命令翻譯員解說鸚鵡的學舌。翻譯員對著山崎嘰哩咕嚕。山崎瞪了馬婆婆一眼，走進客廳。上弦木鐘噹的敲響一聲。山崎冷峻地看著木鐘。

「皇軍大人問，」翻譯員說。「這只進口洋鐘是那裡來的？」

「亞伯特的。」馬婆婆說。

山崎走到玩具木箱前，伸出軍靴踹了踹箱子，用武士刀刀鞘伸到箱子裡攪和。他拿起一個火車頭發條鐵皮玩具，在眼前晃了晃。

「這箱玩具哪裡弄來的？」

「亞伯特的。」

「為什麼亞伯特會有這些玩具？」

「他在軍隊裡立了功，」馬婆婆說。「上司送他的。」

「誰在玩這些玩具？」

「豬芭村的孩子。」

「聽馬婆婆的話——」鸚鵡上下搖擺著那顆豎著冠羽的大頭。「聽馬婆婆的話——」

五個憲兵開始前後搜索高腳屋。山崎走到聯絡走廊上。聯絡走廊沒有屋簷，八個鐵皮桶橫著幾塊木板遮擋陽光，木板上面橫擺了十多個牛奶罐頭盆栽，栽種著九重葛、朱槿、梔子花和豬籠草。地板縫長了幾綹牛筋草。山崎摘了一朵梔子花，放到鼻前嗅了嗅。

「皇軍大人問妳，」翻譯員說。「為什麼妳養的孔雀魚和本地孔雀魚長得不一樣？」

「前夫從國外帶來的魚種。」

「皇軍大人問妳，」翻譯員說。「養那麼多孔雀魚做什麼？」

「我也不想養那麼多，」馬婆婆說。「牠們太會生了。」

「皇軍大人問妳，」翻譯員說。「這種鐵桶，豬芭村很少看到。妳怎麼弄來的？」

「亞伯特弄來的，」馬婆婆說。「他是英國軍官，要什麼有什麼。」

憲兵踢翻高腳屋下層的柴垛，用九六式機槍對著竹籬笆內外長得非常蓊鬱爬滿藤蔓的九重葛掃射了一匣子彈。子彈穿過九重葛，撲向籬笆外的茅草叢和灌木叢，折斷一棵野香蕉樹，飛行很長一段距離，驚起無數野鳥。兩個憲兵在附近茅草叢巡弋一圈，對著茂密的灌木叢打完一匣子彈。一個憲兵爬上隔熱層，也對著陰暗燥熱的隔熱層打完一匣子彈，打得鋅鐵皮生出十多個透光的洞眼。憲兵甚至對著水井開了兩槍。任何可能的藏匿地點，鬼子一律用子彈對付。臨走時，憲兵搬走了上弦木鐘。

馬婆婆坐在矮凳上，看著山崎等人頭也不回地朝豬芭村走去。那個帶頭的身材高大的鬼子，說話咄咄逼人，她的每一個答案，鸚鵡的每一句學舌，都使他的眉毛蹙得更緊、臉色更陰沉、下一個問題更精悍和尖銳。他帶著部下走過莽叢時，步伐雖然移向前方，卻有一股力量讓他的背影逐漸靠向高腳屋，好像一尾逆流中越游越倒退的魚。鬼子搜索高腳屋時，不知道是贅瘤的刺癢消失了還是緊張得忘了刺癢，鬼子剛走，刺癢密集得像土蜂在脖子後築巢，伴隨著竹籬外漫進來的濃濃的尿騷味。她看了一眼隙縫，那隻豪豬沒有離開，吭吭哧哧地啃著一片柔軟多汁的嫩樹皮。那股尿騷味和昨天早上從母豪豬身上傳來的尿騷味一個味道，讓她想起五十多年前英國負心漢的汗酸味和從她陰阜溢出的精液味道。她已經不太記得亞伯特長相，如果不是鸚鵡，她甚至忘了他的名字。母豪豬啃完了樹皮，瞅著籬笆隙縫，收縮棘刺，高速地衝向隙縫鑽入籬笆內，開始啃咬兩個內圈栽種著朱槿的廢棄吉普車輪胎。豪豬喜歡啃食沾著汗液、油漆和油垢的物件，鞋子、衣服、櫃櫥、木把柄等等，這頭豪豬如果入侵馬婆婆高腳屋，整棟高腳屋會被啃得剩下屋頂的鋅鐵皮。馬婆婆突然想起林曉婷等孩子。她盯著鬼子消失的莽叢，從前陽台走過聯絡走廊，來到廚房通往露井的木梯，邊走邊環視莽叢，確認沒有問題後，回到聯絡走廊，凝視八個鐵皮桶裡的水草和孔雀魚。水面散亂著雄魚臀鰭變形的交媾器，像出弦的箭雨射向雌魚生殖孔。馬婆婆敲兩下鐵皮桶，說：「孩子，可以出來了。」馬婆婆側耳聽了一下，又用力敲兩下鐵皮桶，說：「孩子，可以出來了！」

「婆婆，快點。」林曉婷的聲音從鐵皮桶傳出來。「熱死了！」

馬婆婆握著提把，將上層盛著孔雀魚和水草的小型鐵皮桶高舉過胸，看見蹲在下層大型鐵皮桶內的林曉婷眨著一雙烏溜溜的大眼，像玩具箱內的彈簧小丑突然站起來，泡著汗水的小頭顱撞在小型鐵皮桶底盤上。馬婆婆把小型鐵皮桶放在地板上，兩手攙著曉婷腋下，將她整個人從大型鐵皮桶內拽出來。馬婆婆又搬開五個小型鐵皮桶，拽出林立武等五個小孩，將林曉婷和孩子趕到客廳內。鐵皮桶由兩個開口式大小鐵皮桶堆疊而成，上下層鐵皮桶各容納十加侖和一百九十加侖水量，小型鐵皮桶簇擁著水草和孔雀魚，水濁不見底，兩個鐵桶交接口被馬婆婆抹上樹脂，撒上一層沙垢和木屑。昨天黃昏孩子看著馬婆婆將八個大型鐵皮桶從陽台搬運到聯絡走廊時，終於了解馬婆婆驅使幽靈搬運鐵皮桶的祕密。下層的鐵皮桶底盤雖然戳了十幾個洞眼，但八月溽暑，鐵皮導熱，林曉婷在桶內悶了一個多小時，被汗水嘔得難受，鬧著要洗澡。六個小型鐵皮桶重新堆疊到大型鐵皮桶上層後，馬婆婆喘噓噓地穿梭屋前屋後，四面八方監視野地，尤其是那條通往豬芭村的夾脊小徑。

西南風從窗口和地板縫灌進高腳屋，為孩子帶來些許涼意。馬婆婆擔心孩子好動，命令他們午睡。平常調皮搗蛋的孩子聽說黃萬福和高梨孩子遭遇後，變得乖巧懂事，只有李大肚兩個較小的孩子哭鬧著要找父親，但被林曉婷等大孩子安撫後，都躺在地板上安靜地假寐。燕子被鬼子槍聲嚇走後，慢慢又盤旋簷梁下，重塑一個毳毛和唾液組成的黏稠而垂危的漩渦。白鸚鵡開始學鬼子說話，字字充滿邪妄病菌，澆醒了馬婆婆贅瘤病的沉睡細胞。馬婆婆坐在陽台板凳上抽著洋煙，脖子上的贅瘤像那隻衝入家園的豪豬啃囓著她的神經。她輕輕撫摸著柔軟燥熱的贅瘤，失去透過鏡子觀察它的興致。她的視線挪向兩粒栽種著朱槿的輪胎，兩個輪胎形狀完整，看不出太多啃咬痕跡，母豪豬不知去向，但濃濃的尿騷味瀰漫高腳屋前後。九重葛被鬼子瘋狂掃射後，失去蒼翠挺拔的伸展幅度，瘦了不止一圈，露出一個被子彈射破的織布鳥巢穴。被九重葛內外夾峙的竹籬攔腰折斷，形成一個凹字型缺口。她估計現在大約三點半，上弦木鐘如果還在，就會發出一實一虛的脆響，一個來自木鐘，一個來自鸚鵡。遙遠的豬芭村天穹傳來微弱的槍聲。馬婆婆撥開蝦鬚毛，看見天穹翱翔著五架顏色不一樣的戰鬥機，像蒼鷹在一個狹小的空間盤旋啄咬。太遠了，聽不見戰鬥機引擎聲，但聽得見夾雜在野鳥叫囂中的槍炮聲，感受得到鬥雞的好勝和犟勁。太遠了，戰鬥機從蠅竄變成蚊飛，從兔奔變成龜爬，從勁射變成流淌。如果是平時，馬婆婆早已把孩子叫醒。孩子有蒼鷹視力，可以清楚分辨聯軍和日軍，最喜歡看戰鬥機在空中纏鬥。一架戰鬥機尾巴冒出一縷雞毛煙霧，衝向野地，失去蹤影。馬婆婆視力沒有孩子好，但看得出來三架戰鬥機開始輪攻另一架戰鬥機，噠噠噠，噠噠噠，子彈更淫亂密集了，像三隻公狗追逐一隻發情母狗。

「婆婆。」周春樹的六歲兒子淌著眼淚，站在馬婆婆身後。「我做夢了。」

馬婆婆拉著他的小手回到客廳。「婆婆說過，不可以到陽台來啊。怎麼了？」

孩子用小手拭著淚水。「我夢見爸爸了。」

馬婆婆撫摸著孩子紊亂的頭髮。「好孩子。」

「爸爸會回來嗎？」

「會的，」馬婆婆說。「快了。」

「我夢見爸爸被日本人抓走了。」

「爸爸在森林裡，日本人抓不到，」馬婆婆說。「孩子，再睡一下吧。天黑了，也許爸爸就回來了。」

馬婆婆回到陽台上。被三架戰機輪攻的戰機也冒出一股雞毛煙霧，墜落莽叢。三架戰機盤旋一圈，消失在西南方。孩子被周春樹兒子吵醒，坐在客廳角落翻玩具箱，傳來猴騎車和發條鋸木人齒輪滾動的聲音。上弦木鐘如果還在，四點整的報時應該敲過一陣子了。馬婆婆想起野地有一棵野生波羅蜜，被她用麻袋裹套的一粒波羅蜜果已可以摘蒂，可以給孩子解饞，但來回耗時約三十多分鐘，她不放心離開高腳屋。年紀最大的林曉婷十一歲，在豬芭村，十一歲可以獨當一面，可以一個人划船捕魚，可以一個人在野地開一壟菜畦，也可以一個人到野地摘野果，但鬼子環伺，馬婆婆不放心。

聽說可以到野地採波羅蜜，孩子扔下那一箱已經玩得乏味的玩具，跟在拽著大鐮刀的馬婆婆身後，飛奔出高腳屋，穿過籬笆門，竄進茅草叢。馬婆婆不敢走空曠地，只走夾脊小徑，或用大鐮刀剖開莽叢，二十多分鐘後來到波羅蜜樹下。波羅蜜是常青喬木，枝大葉闊，板根屈蟠，好像一個長了很多大腳的巨人屈膝下跪。樹幹結了七、八顆波羅蜜，有大有小，除了馬婆婆裝上袋套的波羅蜜，大部分未熟。綠鳩的果皮，綠芭蕉的闊葉，綠鬣蜥的枝幹，將馬婆婆等人籠罩在蛇形刁猴的綠蔭中。馬婆婆用大鐮刀割斷裹上袋套的波羅蜜蒂芥，波羅蜜咚的一聲落在地上，打開袋套，波羅蜜果碩大如藤簍，香氣四溢。馬婆婆來不及細剝慢切，揮動大鐮刀，剖成六截，露出兩百多粒裹著囊絲的橙色果肉，孩子伸出十指拗下果肉，迅疾地將一顆顆果肉塞到嘴裡。吃完後，馬婆婆不敢長留，帶著孩子抄原路回到高腳屋。

高腳屋依舊瀰漫母豪豬的尿騷味，夾雜著孩子吐出的波羅蜜香氣。孩子散聚陰暗的角落，像未熟的波羅蜜簇擁在迂迴陰暗的枝幹。馬婆婆漫步陽台，凝視莽叢。野地更安靜了，鸚鵡的磨爪蹭喙、發條玩具的齒輪旋轉、燕子的哺轂、木屐聲，顯得十分喧譁。每次返回高腳屋，馬婆婆習慣聆聽鸚鵡。出現高腳屋附近的隼鷹、大番鵲或野貓叫聲，在擅於學舌的鸚鵡重複模仿下，讓牠們無所遁形。這一次鸚鵡只發出的的噠噠的怪聲，像發條玩具的齒輪旋轉，像木屐，像戰鬥機的槍聲，像消失的上弦木鐘鐘擺，沒有任何雜音或陌生的聲音，表示他們離開時沒有任何事情發生過，但的的噠噠的聲音讓馬婆婆感到詭異。

噹——噹——噹——噹——噹——。鸚鵡在棲木上來回跳躍。鬼子拿走上弦木鐘後，鸚鵡聽不見報時聲，有點浮躁，模仿鐘聲叫了五下。上弦木鐘如果還在，這時候應該也敲過五響了。馬婆婆走到棲木前，鬆開了鸚鵡的腳環。馬婆婆在陽台和聯絡走廊兜了一圈，突然剎住腳步，緊盯著莽叢。她走入客廳，呼叫孩子，直奔聯絡走廊，卸下小型鐵皮桶，將孩子拽入大型鐵皮桶。她回到陽台坐在板凳上抽著洋煙時，竹籬外出現了一群鬼子和三個豬芭人。

山崎顯吉推開籬笆門，身後跟著下午來過的五個憲兵、翻譯官、雙手被反綁的豬芭中學教師林家煥、豬販李大肚、三輪車伕周春樹、十個推著自行車的自行車部隊隊員。山崎和五個憲兵的高筒軍靴蹬上木梯時，發出了比之前更巨大的鏗鏗鏗的聲響。林家煥等人在陽台下一字排開，身後站著自行車隊員。自行車隊員穿著草黃色戰鬥服，戴戰鬥帽或遮陽帽，肩扛九六式步槍，腰掛水壺和短刀，脖子圍一條拭汗的毛巾，繫綁腿，一臉鬍茬汗漬，五官渺茫。他們的自行車蒙上一層茁實的黃垢，貨架綑了一個包囊，車頭燈掛了一個戰鬥鋼盔。林家煥鼻嘴淌血，走路半跛；李大肚額頭有一個新鮮刀疤，兩顆眼珠子泡在血水中；周春樹的汗衫布滿靴印。

「亞伯特——」鸚鵡翅膀一翕一張，飛到陽台欄杆，又飛回棲木。「你瘦了——」

「皇軍大人問，」翻譯官說。「這裡除了妳，還有其他人嗎？」

「除了鸚鵡，」馬婆婆說。「沒有其他人了。」

山崎的高筒軍靴狠狠踹在馬婆婆臉上。馬婆婆四仰八叉摔在地板上，贅瘤痛得像被人一刀剜了下來。她摸了摸後頸，贅瘤還在，火燎的刺癢蔓延整隻手臂，好像一手摘下一個簇擁著憤怒蜂群的土蜂窩。

「皇軍大人問，」翻譯官說。「小孩藏在哪裡？」

「除了鸚鵡，沒有其他人了。」馬婆婆盤腿坐在地板上，抬頭剛好看見山崎嶇崎的胯下。剛才的重摔，贅瘤瞬間像被數十根搽著尿液有倒勾的豪豬棘刺砸中，她痛得脖子失去感覺，頭顱和身體好像分家了。她從地板隙縫看見了那隻母豪豬，牠正從被鬼子踢翻的柴垛中竄出來，傍著一根鹽木柱子啃著畚箕把手。牠的棘刺插著枯葉草稈和一朵鮮紅的朱槿花，顫抖著的棘刺發出哧哧嘶嘶的磨擦聲。孩子從尿壺裡散發出來的童子尿騷味和母豪豬的尿騷味充塞著高腳屋。

「嘰嘰——咕咕——哩哩——」鸚鵡發出充滿邪妄病菌的啼叫。

山崎擰開馬皮槍套，拔出南部十三式手槍，斜著眼對鸚鵡開了一槍。子彈打斷了棲木，鸚鵡飛出陽台，停在竹籬笆上，冠羽倒豎，兩眼瞪著高腳屋，繼續發出充滿邪妄病菌的啼叫。山崎對著馬婆婆胸部踹了一腳，看著陽台外的豬芭人。三個自行車隊員用步槍槍柄重擊林家煥等三人脊梁，三人一聲不吭地跪倒地上。林家煥鼻嘴淌出的鮮血滴在胸口上，洇染出枝葉花瓣齊全的血色花束。李大肚睜開眼睛，瞟了一眼陽台上的鐵皮桶。周春樹原來可以挺住，但他看見兩人跪下，也順勢跪下。他知道不跪，鬼子勢必再來一下。踏過了籬笆門，他的眼神就間或停留在鐵皮桶上，間或落在馬婆婆身上。馬婆婆第二次被擊倒後，他的視線更是在馬婆婆和鐵皮桶之間游移。

山崎順著李大肚和周春樹視線看過去，看見了陽台上三個鐵皮桶。鐵皮桶盛滿濁水，渾不見底，水面簇擁著孔雀魚和水草。鐵皮桶表皮除了鏽跡，布滿一批污穢物，有的乾燥，有的潮濕，有的淌著成分不明的液體。山崎走到鐵皮桶前，用手指關節敲了敲鐵皮桶上層，又用高筒軍靴踢了踢鐵皮桶下層，突然朝其中一個鐵皮桶下層開了兩槍。子彈打開了兩個洞眼，水面泛起一陣小小的波紋。山崎看見三個跪著的豬芭男人露出了驚恐的神情。

山崎向憲兵使了個眼色。三個憲兵走到鐵皮桶前，攥著握把掀開上層的小型鐵皮桶，露出了空洞的大型鐵皮桶。小型鐵皮桶被翻倒在陽台上，地板縫淅淅瀝瀝地淌著水滴，地板散亂著水草和大小孔雀魚。

山崎和憲兵穿過客廳，走到聯絡走廊上，當山崎舉起南部十三式手槍準備向其中一個鐵皮桶開槍時，馬婆婆發出了一聲尖叫。

六

簷梁上築了三個燕巢，槍聲打散了燕巢下毳毛和唾液組成的黏稠漩渦，兩隻乳燕蹲在巢口，搧了搧未豐的翅羽。鋅鐵皮屋頂傳來幾下巨大聲響，好像有大型鳥禽落爪，讓馬婆婆想起孩子用彈弓射擊鋅鐵皮。八個鐵皮桶被鬼子踢翻在走廊上，兩隻魚狗忙碌地掠食孔雀魚，巨大的尖喙夾住了雄魚斑爛的尾巴，刺穿了母魚肥大的肚子，像雞啄米啄食小魚。一個發條鴨子突然開始轉動齒輪，脖子伸得很長，像烏龜滑行了一段路，胸脯撞在馬婆婆拇指上，卡住了，但齒輪還在轉動。山崎撿起一只天狗面具，不屑地看了一眼，隨手一扔，面具像長了翅膀在空中轉了一圈，落到像玩具墳場的玩具堆中。擺在客廳窗欄的四個盆栽，只剩下一盆沒有鳳梨果實的鳳梨株，孩子不知道從哪裡撿到一顆沒有剝皮的老椰子，放在像蓮座的劍狀葉片中，老椰子外殼殘破，纖維賁張，澆了一層燕子糞便，看起來頗似滿臉愁容的老人頭顱。那把傳說中殺妖實際只是芟草的大鐮刀掛在鳳梨株下，把柄好像馬婆婆手腕的延伸，它是整棟高腳屋唯一有殺傷力的器物，不知道為什麼，鬼子連看也不看一眼。九重葛和露兜樹可能擋住了山崎大人視線，被憲兵推倒。透過地板隙縫，馬婆婆看見母豪豬正在啃食露兜樹長著銳刺的革質葉片。她已經嗅不到母豪豬身上的尿騷味。當她二度被山崎踹倒後試圖爬起來時，山崎再度一腳踹在她臉上，踹斷了幾顆參差不齊的稀爛老牙。有一顆斷牙被她吞下去，好像吞到胃裡，好像半途被脖子後的贅瘤攔截，徹底消化，贅瘤裡的大番鵲幼雛長出了更結實的腳爪。

山崎在客廳來回走動，高筒軍靴踩在地板上讓馬婆婆想起像齒輪運轉又像戰機槍炮的鸚鵡啼叫。山崎壓抑著一股隨時會爆發的怒火，他和這個屢次說謊的老婦好像有什麼不共戴天的仇恨，頭腦裡醞釀著各種折磨她的方法。他停在馬婆婆臥室門口，盯著那一罐裝滿林曉婷等人童子尿液的鐵壺。山崎對著一個憲兵咆哮。憲兵走到馬婆婆臥室，端起那罐尿壺走到馬婆婆身邊，將整罐尿液淋在馬婆婆身上。尿壺裝著孩子一天尿量，馬婆婆準備黃昏時用來灌溉高腳屋四周的花叢矮樹。她已經習慣孩子那股衝鼻的尿味，並不覺得污穢，她甚至從尿味中聞到一股芬芳的野波羅蜜香味，夾雜著野菜的清香和豬蹄膀腥甜的葷味。像吞下那顆斷牙，她不自覺吞下一口尿液，尿液好像落到胃裡，好像流竄到贅瘤。尿液從地板縫流淌到高腳屋下，澆在啃吃露兜樹葉片的母豪豬棘刺上，稀釋了牠身上那股公豪豬的尿騷。她嗅不到豪豬發情的尿騷，只嗅到孩子純淨的童子尿味。贅瘤被她的脖子壓在地板上，浸泡在尿液中，漸漸地，刺癢消失了，一種舒暢爽口的感覺從脖子蔓延全身，她再也感覺不到贅瘤的存在，感覺不到血管對罌粟鹼和嗎啡的飢渴蛭吸。尿液可以消毒殺菌，也可以通脈化瘀。在野外被毒液侵襲，澆一泡尿液在傷口上，疼痛和傷勢就會減半，更何況是六個孩子的童子尿。她閉上雙眼，放鬆肢體，任由六個孩子的尿液流淌全身，身體滋蔓著既年輕又癱瘓的幸福感。

「亞伯特——亞伯特——」

鸚鵡繞著高腳屋啼叫，啼聲不再邪妄。她看見鸚鵡騎在一個白人軍官肩膀上，軍官穿著白襯衫淺藍長褲的水手服，脖子披著方型衣領和打了一個黑色領結，後腦綁了一根辮子，頭髮蓬鬆，臉上簇擁著鬍鬚鬢髯和兩條充滿海洋氣息的鷗翅眉毛，茂盛的胸毛底下滴滴答答響著規律的心臟鐘擺，當她和軍官像兩個大小型鐵皮桶結合時，他雄魚臀鰭變形的交媾器像上緊齒輪的發條玩具。

「亞伯特——亞伯特——」

鸚鵡繼續繞著高腳屋啼叫。馬婆婆睜開雙眼，看見林曉婷等六個孩子哭哭啼啼的依偎陽台角落，像被剖成六截的波羅蜜果，淚水和恐懼扭曲了他們的五官。林家煥、李大肚和周春樹站在面對門口的陽台，他們前面站著山崎，後面站著五個憲兵，憲兵後面浮現自行車隊員的戰鬥帽和槍管永遠朝天的步槍。西南風吹襲著雲彩，夕暉灑在雲彩上，天穹追逐著一批火紅的松鼠頭和松鼠尾巴，茅草叢鑲著的蚤芒蠅光逐漸虛淡，月色的潮腐蕈類和飛蟻光芒開始啃食黑夜的肌理。山崎的高筒軍靴在年代久遠的陽台木板上撞擊出密密麻麻的坑洞，坑洞殘留著支離破碎的魚屍。林家煥等三個大人神情怪異，他們彼此對視，偶爾瞟一眼角落的孩子和在他們身前身後走動的山崎大人。

「皇軍大人說，孩子無辜，可以不殺，條件是——」翻譯官說。山崎的腳步聲和鸚鵡突然充滿邪妄病菌的啼叫淹沒了翻譯官的一段話。從他的口氣和表情顯示，同樣的話已經說了兩遍。

「——喂，聽到了嗎？」

兩個憲兵拔槍對著孩子腳下開了四槍，子彈射穿木板，噗噗鑽入高腳屋下的黑土。年紀較小的孩子躲在林曉婷等大孩子後面，發出淒厲的哭嚎。自行車隊員發出乾冷的笑聲，說了一串翻譯官不需要翻譯的鬼子話。

山崎不耐煩地咆哮。「皇軍大人說——」

翻譯官話沒說完，李大肚畏畏縮縮地說：「請——請——大人——說話算話——」

「囉嗦！——」翻譯官叱喝。

「林老師——老周——」李大肚瞄一眼身旁的夥伴。「為了孩子——」

林家煥和周春樹低著頭，茫然看著躺在客廳地板上馬婆婆浸泡著尿液的骨骼嶇崎的身軀。

李大肚走走停停，步履猶豫，一步一步靠向馬婆婆。

鸚鵡繞著高腳屋翱翔，短暫停留在每個窗口上，在窗欄留下爪磨喙咬的焦慮痕跡。一隻大番鵲從竹籬外飛向屋簷，兩爪勾住一根簷梁，巨大的黑喙伸向燕巢，叼住一隻乳燕脖子，飛向莽叢。夕暉從窗口照射到天花板，照亮了蜘蛛網構成的蛾類和蝴蝶墳場。歸巢的野鳥聒噪，穿插著蒼鷹宏亮的呼嘯、鸚鵡的啼叫和孩子的哭聲。石彈墜落鋅鐵皮屋頂上，發出叮叮噹噹的撞擊聲，好像又有一批不知天高地厚的野孩子用彈弓攻擊馬婆婆高腳屋。飽餐一頓後的母豪豬竄出了高腳屋下層，快速地竄向竹籬豁口，消失在竹籬外茅草叢中，在九重葛的老枝留下一根有倒勾的棘刺。「亞伯特——亞伯特——」鸚鵡又飛回屋內，停在玩具木箱上，用過長的畸形上喙從玩具木箱叼住一個竹蟬，讓竹蟬發出吱吱吱的叫聲。馬婆婆看見滿臉鬍茬、頭髮凌亂、身材肥胖的亞伯特從客廳門口走向她，突然跪倒在她身前，扯下她灑滿尿液的黑色長褲，像齒輪緊繃的發條玩具壓在她身上。肥胖的亞伯特走了，門口出現一個黝黑高大的亞伯特，像發條玩具塌陷在她浸泡著童子尿液的身上。黝黑高大的亞伯特走了，一個戴著黑框眼鏡顯得特別斯文的亞伯特跪倒在她胯下。他們沒有綁辮子和穿水手服，沒有瀟灑的鬍鬚和充滿海洋氣息的鷗翅眉毛，沒有厚實和充滿彈性的胸毛，但他們都有一個上緊發條的雄魚臀鰭變形的交媾器。馬婆婆嗅到了從母豪豬棘刺傳來的雄豪豬尿騷味，嗅到了六十年前從她陰阜溢出混合著睪固酮和膣孔分泌物、污穢的愛情流質味道。陽台上傳來一陣槍聲，肥胖的、黝黑的和斯文的亞伯特倒臥血泊中，林曉婷被兩個自行車隊員抬向臥房，一個又一個自行車隊員和憲兵先後走入臥房，離開時褲胯下的陽物鬆軟疲乏如馬皮腰帶。陽台上的五個孩子被趕到客廳內，他們蹲在地板上哭嚎，五官像被一個驚恐凶醜的妖怪面具腐蝕。高腳屋下層的散亂柴垛被點燃了，大火很快燒向高腳屋地板，西南風助長火勢，巨大的火舌開始吞噬高腳屋。孩子衝向門口時，槍聲響了。火焰撲向馬婆婆的長髮和蝦鬚毛，贅瘤、蛇膽痣和蘑菇贅肉先後變成了一顆顆大小火球，陰阜流淌出一個焦黑乾癟的死胎。馬婆婆從地上一躍而起，拽著窗戶下的大鐮刀，懷抱著六個孩子屍體，凌空飛出了高腳屋，越過竹籬，和聒噪不休的白鸚鵡消失莽叢中。

白孩

「豬芭人出賣我們了。」白孩在樹窟躲了六夜七天，想起父親生前最後一句話。

太陽露了一下臉，又回到天穹腹腔裡酣睡。天穹有一個非常開朗闊綽的額頭，盛著宇宙無邊無際的腦漿。二十多個鬼子站在一棵非洲楝樹蔭下，說著沒人聽懂的鬼子話，軍帽後方脫毛的遮陽布被西南風吹颳著，九五式軍刀和九六式輕機槍凶猛地嗅食著地上的黑土和野草。一群巨嘴鴉在天穹繞了一圈，撲向穹窿一面陰暗牆角，消遁了，但牠們陰冷的笑聲迴盪了一個大白天。父親何仁健和二十幾個男人花了半個小時掘了兩座大塚，槍聲響起時，狗泥蛇漿就柔順地撲向他們，草草掩埋在其中一個大塚。

從橢圓形的樹窟看出去，蒼穹像極一顆藍色巨卵，四周飄颺著絨毛般的雲彩，好像孕育著一個外星巨怪。

豬芭小孩攀樹本領高強，無須多久，九個小孩迅疾上了樹梢。鬼子的南部十三式手槍開始朝樹上射擊。子彈避開了孩子，集中在孩子棲身的枝椏。十三歲的梁永安爬得最高，目標也最明顯，第一個墜到樹蔭下。永安擁有一隻全豬芭村戰績最彪炳的蟋蟀王，打遍豬芭孩子的蟋蟀鬥士，至今未嘗敗績，這隻純青蟲王現在正沉睡在主人口袋中國雙喜牌香煙盒中，等待下一場戰役。永安蹬上頂梢時，特意看了一眼襯衫口袋中的火柴盒，確認牠很安全地躺在口袋裡。一個鬼子在樹下擎著九六式輕機槍，精準地以刺刀迎接永安。刺刀沒入永安左腹，戳穿了肩胛骨。另一個等得不耐煩的鬼子在永安肚臍上補了一刀，尿屎泚到鬼子臉上。純青蟋蟀王從被剖成一半的雙喜香煙盒躍向一簇根荄，不見了。

鬼子兵分兩路，一批樹外持槍射擊，一批樹下持刺刀守候。一個爬得第二高的小孩第二個墜下，兩挺刺刀在他體內絞成了剪刀。英國小孩杜瑪斯先被子彈打爛手掌，落地前被九五式軍刀的花俏招式刈去了四肢。荷蘭七歲小女孩墜下時，一雙大眼驚恐地看著白孩。白孩想呼叫她，卻突然忘了她的名字，但他永遠記得她散發的奶酪香味，祖母綠的眼眸，乳白的皮膚，火焰似的紅髮，紫色的像葡萄茄子掛在鬼子臉上的腸子。

一個黑得像鍋竈的樹窟突然映入白孩眼裡。

「——弟弟——弟弟——我們跳進去——」白孩對弟弟喊。

弟弟紅毛輝蹲在兩根杈椏上，兩手銬著一根捲曲的樹枝。紅毛輝重感冒，兩眼雙唇緊閉，眼角和鼻孔掛著一列黑眵和兩列青鼻涕。恐懼讓他額頭皺紋茂盛，像摞著一片濕尿布。

白雲又變了一個怪模樣，像一群癩皮狗，風一吹就脫毛掉癬。

「——弟弟——弟弟——」白孩指著樹窟。「——我們跳進去——」

潛水高手賴正中失手滑落時，兩腳踩在弟弟身上。弟弟的一截小腸子掛在鬼子挎腰水壺上，棕紅色的肝臟被鬼子踩在軍靴下，不知道是弟弟還是什麼人的鮮血染紅了軍刀刀柄上的鮫魚皮。白孩奮力一躍，跳入有三個米甕大的樹窟。鬼子開始射擊孩子手腳，僅存的三個小孩也墜下了。

第二天中午，飢餓像一條鞭子抽打著白孩，嬰兒肥的天穹流淌著牛奶和果醬。

鬼子用刺刀和軍刀劈殺八個孩子後，注意力轉移到十一個女人身上，沒有發現少了一個孩子。母親和七個中年女子哭癱在大塚前，鬼子用軍靴踹著她們僵硬的身體，要她們跳到大塚裡，最後無奈地對著她們架起輕機槍。一個鬼子走向茅草叢，壺起肚子，扯下褲頭，熱氣同時也讓他鬆開上衣扣子，用拇食二指環著堅挺得像一根枯枝的小雞雞，讓它像壺嘴出尿。他尿完走回圍繞三個年輕女子的人肉圈子時，猴急得上衣扣子高攀一眼，露出像山羊眼的肚臍眼。鬼子來到南洋三年，被野豬肉蛇肉蜥蜴肉灌溉，手臂變得更柔軟更讓婆娘窒息了，兩眼更是多了澆不熄的尋歡火焰。

白孩十五歲了，和任何早熟的南洋小孩一樣懂人事。十七歲的姊姊何芸和另外兩個年輕女子蹲在非洲楝樹蔭下，哭啞了。姊姊留著一頭長髮，那天早上她的長髮隨風狂舞，在空中織成呼呼作響的蝙蝠翅膀，遠看像一紙風箏。她乾瘦的像枯河的軀體也要飄上天去。她和兩個女子被鬼子拉入茅草叢時，怯懦的白雲幾乎垂到白孩頭上。肥胖的天穹吸乾大地沃水，一個多月來不肯下一滴雨。

白孩比樹窟高了半顆頭，踮起腳尖可以看到那棵最高的老椰子樹屁股和更多青嫩椰子樹隨風搖曳的小屁股，可以看到鬼子茅草叢中被慾火焗烤的撥浪鼓屁股。白孩在樹窟躺了一個下午，半張臉硌得像樹皮。傍晚時分，霞光烙在河面上，把河水染得像一瓢剖開的西瓜肉。第二天太陽像一片鳳梨掛在那兒，他感到口渴。窟底有一個瀦存雨水的凹口，他以手掌窩成勺子舀水，掌心裡的孑孓翻著華麗的跟斗，好像孫大聖要翻出佛祖手掌。他看見窟外一隻鳳頭犀鳥吞下一尾小蜥蜴後，嗉囊裡的食物還在掙扎，已經開始乜下一個獵物。他的飢餓感更深邃了。但是他不敢爬出樹窟，更不敢下樹。

第三天，天穹被烤裂了，像樹薯冒著白煙。凹口中的雨水逐漸稀少，攙雜著他撒下的尿液。樹窟外，一叢枝椏這幾天長出了活潑好動的葉子，勾起白孩食慾。飢餓已經讓他把天穹看成煙燻火燎的鍋肚，所有能夠想像到的食物都被炭紅的雲彩燜成大鍋菜，大地迴盪著食物的歡鳴聲。入夜後，他終於爬出樹窟，趴在枝椏上啃下一肚子嫩葉。樹下，村子燈火通明，南方派遣軍一千多個鬼子戰鬥員四處流竄。回到樹窟後，天穹像厚重的棉被向他罩下，散發著溫度的星星鑽進他懷裡，鑽入他黝黑飄蕩的夢境。父親和二十多顆男性頭顱像榴槤果從樹梢落下，白孩有一種撼天動地的感覺。

他吃了五天葉子，喝了五天雨水和尿液，第六天他失眠了，凝視宛若一座巨大墳塋的星空。他懷念老家深夜的老鼠跳梁，壁虎呼嘯，野貓對唬，狗的打鼾銼牙。

那天晚上他凝望天穹，望瘦了兩眼，望到天穹軟綿綿塌下來，望到第一道曙光像水窪溢出來。在卵白的天穹上，兩架美國自由者號轟炸機肅靜地悠遊著，像天神射出的兩支銀箭。白色的霧氣像蛙卵從它們屁股後冒出來，爆破後出現一批蝌蚪雲，天穹像一面湖水漾著。巨大的引擎聲幾乎龜裂了拱形穹頂。一隻披掛著黑茸毛的蜜蜂從樹窟冒出頭來，疾衝到樹篷外，被音波聲浪震得暈頭轉向，瞎竄了幾圈又回到樹窟內。

自由者號轟炸機外型像一隻蜻蜓，有兩隻銀灰色且閃爍著光芒的長長的翅膀，旋轉中的槳轂和輻射形槳葉像兩顆珍珠，飛行在白雲藍天上彷彿透明。炸彈像蟑螂屎或老鼠屎從銀箭的腹腔落下。白孩雙手摀耳，直到爆炸聲完全弭息。轟炸機消失後，十多架美軍野馬戰鬥機盤旋天穹下，其中一架滑向白孩棲身的無花果樹梢，機體撞擊著葉子，駕駛艙內一個黑臉駕駛員對他咧開大嘴笑，露出一排青嫩飽滿的白牙，像含著天上的雲。白孩看見大肚子的運輸機吐出一朵又一朵降落傘，七彩的傘衣幅好像小彩虹，吊掛著傘兵、補給品和吉普車的降落傘緩緩落下。一個傘兵的傘衣幅網住了白孩棲身的大樹杈椏，腰拤湯姆遜衝鋒槍像天神的傘兵抓著傘繩掛在樹窟外。傘兵伸手拍了拍傘兵盔，從胸前口袋拿出摺刀，捻一下按鈕，啪的彈出簧刀準備割斷傘繩時，突然看到了樹窟中白孩一雙大眼。

傘兵把白孩揹到樹下時，餵了他兩個口糧袋的食物，白孩甚至吃了兩顆水果硬糖和一塊好時甜巧克力。

「你叫什麼名字？」一個留著山羊鬍的美軍問白孩。他手裡的鋼杯盛著熱呼呼的黑咖啡。

白孩在教堂裡和鄒神父學了三年多英文，他完全聽懂美軍的英語。

「我們接獲村民線報，日本人一個星期前在這裡屠殺了四十多個百姓，」扛著湯姆遜衝鋒槍的年輕美軍說。「你的家人呢？你不是孤兒吧？」

「這孩子在樹窟裡白得像雪兔。」把白孩揹到樹下像天神一樣令白孩敬畏的高大傘兵說。

「孩子，不要怕。」留著山羊鬍的美軍蹲在白孩身前，手裡拿著一支鬼子的九六式輕機槍。

「日本人殺了你的家人，這就表示我們是家人了。」

白孩看著機槍上的三十式刺刀。

「這個給你。」山羊鬚美軍從懷裡掏出一個鐵製蟋蟀模型，在蟋蟀肚子上捻了捻，發出喀噠喀噠的清脆響聲。白孩以為梁永安的純青蟋蟀王躲在樹荄下磨擦翅脈上的發音鏡呢。他看了一眼腳下的樹荄。「東方人——中國人和日本人，在我們看來都是一個樣子。你下次如果在叢林裡遇見美軍，用力壓這個東西，我們就知道是自己人了。」

山羊鬚美軍把蟋蟀造型的響片又喀噠喀噠捻了兩下，放到白孩手上。白孩接過了鐵製蟋蟀，視線從樹荄移向刺刀。他想起哪吒弟弟、白衣黑髮的母親、被泥漿吞食的父親、像一條枯河的姊姊。

「你喜歡這支槍？」山羊鬚美軍說。

白孩搖搖頭，用食指指著刺刀。

山羊鬚美軍在機槍槍頭卡榫的凹槽上鉸下那把三十式單刃刺刀放到白孩手上。

「姊姊還活著的。」白孩用拇食二指捏著刀背。「我只夢見媽媽、爸爸和弟弟，沒有夢見姊姊。」

白孩頭大下巴小的瓮形腦袋日夜迴響著父親生前最後一句話：豬芭人出賣我們了。

斷臂

一

山崎逮捕第一批「籌賑祖國難民委員會」成員的第二天黃昏，朱大帝和鍾老怪已在叢林裡游擊了五天，正在豬芭河上游二十英里外一棟高腳屋陽台上燻烤兩頭被他們大卸八塊的小豬。一顆大紅喜日頭撲躍莽林上空，天穹的古老岩層殘留著數千年前的隕石光跡，並肩矗立高腳屋陽台前兩棵歪曲佝僂的老椰子樹好像兩隻交配中的巨大蜻蜓。大番鵲飛越陽台，蹲在鐵皮承霤上吞食野鳥的幼雛，尖銳的鳥喙流出蒼白的津液。

大帝閉目抽著洋煙，穿著和爪哇人搏鬥時毛色的掛滿蛤蟆肚大小口袋的獵裝，腳邊躺著草綠色鴨舌軍帽和一部袖珍型液晶體收音機，頭皮上拳頭大的紫色瘡疤油光瀲灩。朱大帝將收音機湊到耳前，拉開伸縮天線，小心撥動著調諧和調音旋鈕，擴音器溢出的雜音像在傳播一場森林大火，又像魔鬼在承受永無止境的苦刑。鍾老怪用一把小刀把豬肉切成薄片串在竹籤上，文火燻熟，抹一點鹽巴，啃了兩口。范鮑爾的強生獵槍掛在陽台護欄上。烤架上躺著幾塊大帝隨手割下的生豬肉，鐵盤子盛著十多片熟肉，大帝卻沒有吃一口。他依舊閉著雙眼，一口一口地吸著煙。

莽林裡的清晨和黃昏是一天當中最吵雜的兩個時間，但今天的黃昏特別安靜。大帝二十年前入林尋找豬王，看見三坨大屎，推論是豬王傑作，於是在三坨大屎上各栽一棵紅毛丹，核心點架了這棟高腳木屋。三棵紅毛丹樹果子肥大，垂纍著豬王的雄姿。二十年了，大帝再也沒有發現豬王蹤跡，即使深入莽林，也沒有看到第四坨大屎或從前在豬芭村附近錯亂排列的巨大蹄窪或蹄坑，但大帝揹著獵槍遊走莽林時，仍然可以感受到那股使人皮膚長燎泡的熱火旋風，睡夢中仍然可以看見那條焚燒著衰草槁木生人無法踰越的骷髏末路。

異樣的安靜讓朱大帝不自在。大帝扔掉香煙，看著北邊叢林，下了陽台，屈蹲身軀，將左耳貼在一棵望天樹板根上。

鍾老怪嘴含竹籤，將強生獵槍端在手上。

雜沓的腳步聲從北邊叢林透過望天樹板根傳到大帝耳朵裡。

小金帶著十多個肩扛包袱、手提雜物的豬芭人走向朱大帝。

二

惠晴挺著五月身孕，蹲在一壟菜畦前拔草。她的手臂大腿已不像婚前粗壯，腮幫凹陷，乳房也萎縮了。懶鬼焦站在井前用一個鐵桶舀水，沖洗豬舍。亞鳳兩歲兒子求求正在懶鬼焦栽滿大萍的水塘前拉開褲子，對著一群鴨子撒尿，隨後用一個馬婆婆的竹水槍汲水，對著大萍上的蜻蜓亂射，間或放下竹水槍，伸手去抓水塘裡已經長腳的小蝌蚪。長尾猴猴王帶著一群妻妾凌空躍過懶鬼焦老家，縱向豬芭河河畔。一隻腹下纍著一隻小猴的母猴擲向蔓延籬笆的草叢，伸手到一個鳥巢中攫走兩粒鳥蛋，看了求求一眼。求求咯咯咯笑了。他的笑聲清脆低沉，像發條打鼓機器人的鼓聲。求求出世後，懶鬼焦視如己出，兩個人好像共用一雙腿，弄得求求渾身雞屎鴨糞味。四頭愛蜜莉和亞鳳送給懶鬼焦的長鬚豬吃了十個月的豬菰、野蕨、野橄欖、野榴槤和甲殼蟲蛹後，已褪下褐色保護條紋，其中一頭母豬已受精三個圓月，二十多天後臨盆。懶鬼焦在茅草叢搭了一座小豬舍，等母豬生產後，打算瞞著鬼子私養幾隻豬仔。無頭雞站在木樁上，「看」了亞鳳一眼，兩翅翕張，發出無聲的司晨。

山崎逮捕第一批「籌賑祖國難民委員會」成員的早上，亞鳳肩扛私藏的獵槍、腰拤帕朗刀，騎著自行車離開豬芭村前往愛蜜莉老家。愛蜜莉白晝棲身叢林裡臨時搭建的小木屋，夜晚蟄伏老屋。茅草叢已經越過頹塌的圍籬，滋蔓著愛蜜莉的老屋和果樹，淹沒了殘破的雞棚和黑水漫溢的池塘。茅草鞘從地板隙縫暴長出來，好像綠鬣蜥波浪形的脊突。數百隻鴿子和野斑鳩在隔熱層築巢，整棟屋子像一座鳥籠。亞鳳抵達愛蜜莉老家時，愛蜜莉和黑狗正走向屋外，尋找可以摘蒂的熟果。

何芸坐在愛蜜莉的客廳裡，下巴倚著窗欄，專注地看著窗外。她穿著骯髒的客家白色對襟短衫和黑色長褲，赤腳，長髮厚實，像霍爾斯坦乳牛身上的黑色斑狀花紋，西南風凶猛地從窗外颳進屋內，她的長髮隨風狂舞像蝙蝠的飛行皮瓣。窗外是一片被野火焚燒過後的野地，風景窒息，天地密封，空氣中瀰漫許多痛苦地呼吸著的小坎坷。

何仁健等人和石油公司職員在內陸被鬼子槍斃、一群孩子被鬼子劈殺、幾個年輕女子被姦污的消息早已傳遍豬芭村。何芸臉上的胎疤依舊是豬肝的形狀和顏色，身體依舊削瘦得像一條枯竭的小河，不一樣的是，她圓滾滾的客家對襟短衫底下，懷著一個八月身孕。

三

鬼子把何芸拉入草叢、一個個鞍在她身上時，何芸透過鬼子肩膀，看見一批精液狀雲體淹沒了太陽，天地一瞬間黑了下來。事後，她和兩個女子被一輛軍車運走，回到了豬芭村，從此分不出白天或夜晚，也分不出時間的流逝速度，只知道被封鎖在一個不見天日的小房間，間或身上只穿一件污穢的裙子或披一條黏滑的薄被，間或裸體掰腿，躺在一張吱嘎作響的木床上，床上鋪了一張惡臭翻毛的草蓆，草蓆浸泡著鬼子的汗漬、精液和不知道什麼成分的污垢，身上瀰漫著鬼子百味雜陳的體臭，胯下和股溝流淌著鬼子精液，但是一個又一個鬼子，總是不間斷地拉出一列笨拙急躁的冗長隊伍，壺起攢了一肚子的慾火，扯下褲頭，露出堅挺的或大或小或肥或瘦或左彎右曲的雄器。數不清的夜晚裡，她疲憊不堪地入睡，每晚幾乎做著相同的夢境。即使大白天，她閉上眼睛，夢中的情境也會栩栩浮現：一座長滿男人恥毛的猩紅色叢林，樹梢搖曳著包裹在花瓣中的睪丸，樹下吊掛著勃起的狂瀾人屌香蕉，遍野綻放著用衛生紙編織糊抹著精液的大白花。

那是她生平第一次完全忽略胎疤的存在。光天化日裡，鬼子將她拉入茅草叢時不介意她的胎疤；燈火朦朧的房間裡，鬼子更不介意或者沒有注意到胎疤。聯軍空擊豬芭村時，在屋脊轟了一個米甕大的破洞，一縷陽光靦腆地落到床頭，短暫地照亮狹小悶熱的房間。她從破洞看見一截旗杆直入青雲，杆頭飄揚著一面太陽紅旗子，讓她想起牧放霍爾斯坦乳牛時可以撩動青雲的竹竿。天穹有一個非常開朗闊綽的額頭，盛著宇宙無邊無際的腦漿。破洞來不及修繕，鬼子已列著隊伍等候。第一個進場的鬼子跪在她胯下時，愣愣地看著她臉上的胎疤，但沒有流露出任何喜怒哀樂，遲疑了三秒鐘，裝上「先鋒第一號」保險套進入她的身體。鬼子的反應使她意識到以前的鬼子來去匆匆加上燈光昏黯，完全忽視了她那一坨豬肝形狀和色澤的胎疤。她把散亂的長髮撥到腦後，抬起下巴，正面仰視那一道羞怯的陽光。每一個鬼子進入她之前都猶豫了一下，有的蹙著眉頭，有的張著嘴巴，有的睜大雙眼，有的五官僵硬，一個鬼子甚至用食指戳了一下胎疤，好像要確定那是一道幻影或實體。破洞修繕後，排隊的鬼子沒有減少，但大部分鬼子已注意到她的胎疤，辦事前多花了幾秒鐘用銳厲的或疲乏的或愚痴的或迷航的眼神檢視她的臉蛋。她開始渴望聯軍天天來轟炸，如果炸彈沒有落在額頭上，至少在屋頂上炸出幾個窟窿，可以趁著鬼子趴在身上時看著天穹開朗闊綽的額頭和無邊無際的腦漿。

那天晚上，她不清楚時間，但必定是深夜，夜梟和野狗叫得深沉悠遠，排隊的鬼子少了，前一個疲憊得辦完事就趴在她身上呼呼入睡的年輕鬼子剛離去，又進來了一個年輕鬼子，屋子裡突然瀰漫著一股親切的體臭。這個鬼子比一般鬼子稍高，進到房間就坐在床邊，凝視了她幾秒鐘，伸出一雙粗糙有力的大手，按住她的乳房。服侍過上千鬼子後，她的胸部變得非常豐滿。他的十指沉寂了十多秒後，開始變換姿勢，使得本來壓在手掌心的乳頭從拇指和食指的指縫間叉出來。每隔十多秒，他就變換一個手勢，但不管怎麼變，十根手指始終環著她的乳房，兩眼一直睨著她的胸部。他削瘦精壯，眉毛輕淡，下巴滿布鬚茬，嘴唇豐滿，頭顱巨大，耳朵出奇地小，闊長的額頭有一道三英寸不知道什麼器物造成的疤痕。手掌長滿厚繭，手毛茂盛，指甲縫潔白。天氣酷熱，何芸和鬼子淌汗如雨，但他的手掌卻像他的眼神一樣乾燥陰冷。他不停地變換手勢，在她蒼白肥大的乳房留下粉紅色的手指印。何芸的心臟像被他捏在手上，乳頭堅挺。她張開雙腿，暗示時間短缺時，他鬆開乳房，站直，頭也不回地離去。

第二天深夜，夜梟和野狗喧鬧，兩隻村貓在屋簷對峙尖嚎，同一個時間，他來了，他的體臭讓她的血液快速迴圈。他依舊握住她的乳房，眼瞼好像從來沒有眨過。當她堅挺的乳頭卡在他狹迫陰寒的指縫間時，他離去了。第三天深夜，當前一個鬼子趴在她身上喘息時，她已經聞到那股親切的體臭。他握著她的乳房時，特意低垂著頭，凝睇著她胯下無垠的小宇宙。那無限緊密的神祕宇宙是在矮木叢裡和亞鳳彼此相擁的大爆炸後擴張的，在鬼子簇擁的茅草叢和這個小房間裡它更是無限膨脹，已經沒有什麼私藏和珍羞了，但是她臉上還是忍不住泛起一片赧顏，兩腿突然顫了一下。爾後，她釋然了，索性張開雙腿，將一隻腳掌蹬在他的大腿上。在他的凝睇下，她覺得從前視如珍寶的小宇宙不再污穢混沌，而充滿了溫度、五彩繽紛的星雲和恆星。

他一連來了六天。六天後，梟聲和狗吠依舊喧鬧，貓號依舊淒厲，但是他再也沒有來過。

她再看見他時已是半個月後，在豬芭河畔，天剛破曉，她和五十多個女子坐在河畔，有的發呆沉思，有的拈花惹草，有的裸身洗澡，有的嬉鬧聊天，有的哼唱歌謠。女子國籍複雜，有日籍、台籍、韓籍、荷蘭籍和本地人，本地人又分華人、印尼人、馬來人和原住民，語言混雜，歌謠豐富。鬼子每隔三天，會讓她們在豬芭河畔散心休憩。十多個荷槍實彈的鬼子，散亂在她們四周，何芸看見額頭有疤痕的青年鬼子也在其中。他戴著草黃色戰鬥帽，穿著草黃色戰鬥服，趿高筒軍靴，扛著機槍，和另一個青年鬼子站在一棵椰子樹下，椰子樹上棲息著一隻和他們神情一樣冷漠的大番鵲，河面漂浮著和他們穿著軍服的身體一樣陰鬱的倒影。青黑色的機槍像一隻鬼魅掮在他們肩上。何芸安靜地凝視著他，想像他的十指依舊扣住她的乳房。當一個又一個鬼子鞍在她身上、十指在她胸前瞎摳時，他們的十指是激情和血性的，就像他們的喘息和胯下的衝擊，唯獨這額上有疤的鬼子，他的長期琢磨扳機、槍托、槍管和彈匣的十指，已經像機械失去溫度，成了機槍一部分，那麼陰寒和冷酷，而這種陰寒和冷酷，卻讓她的乳頭像彈頭一樣堅挺。

熟悉的體臭再度瀰漫清晨的西南風中。

那天何芸和一個東洋女子坐在河堤上。東洋女子高大豐滿，體重有她的兩倍，有一頭和何芸一樣豐盛的長髮，據說戰前已經是豬芭村的南洋姐，鬼子登陸前短暫地離開了豬芭村，鬼子登陸後和同一批南洋姐和更多東洋女子來到豬芭村。何芸剛到豬芭村的第一個清晨「休閒」時刻，容態倦怠，東洋女子盯著她看了幾秒鐘，吐了幾句東洋話，牽著何芸走到豬芭河畔，以手舀水，濡濕了何芸頭髮，掏出一把木製密齒梳，慢耙細梳，攥著一撮頭髮，左擰右扭、上繞下圈，盤出一個髮髻，用一個小鳥造型的髮釵固定住髮髻。她嘰哩咕嚕說著東洋話或哼著東洋歌曲，嘴巴沒有一刻停過。第二次見面時，她帶來一個小化妝箱，用一批像海綿和筆毫的東西抹上或乾或濕的顏料，塗在胎疤上。光天化日下，胎疤若隱若現，但在昏暗悶熱和容易流汗的小房間裡，胎疤已擬態成她雪白的皮膚，只有在被十多個鬼子趴騎過後，胎疤上的顏料才會褪散。那一天清晨，當她再次聞到熟悉的男人體臭時，她哼著印尼歌謠讓東洋女子盤髮。東洋女子數次停止梳耙，專注地聆聽她的歌聲，隨著她哼唱。東洋女子唱得結巴，她唱得行雲流水。歌詞歌頌一條小河，小河美麗如畫，河上有風帆綠浪，河畔有長堤椰樹情侶……她們語言不通，她無法向她解釋歌詞含意。

空襲警報響起時，她們沒有來得及離開河畔，炸彈已經落下。河上升起幾朵蘑菇狀水柱，椰子樹攔腰折斷，一個鬼子戰鬥帽飛越她們頭上，翻了一個跟斗，竟然恰好罩在一個女人頭上。河畔上的鬼子用機槍對著天穹掃射時，她們尖叫著衝回豬芭村。一星期後，她們又來到河畔，鬼子依舊荷槍實彈，人數沒有減少的不同國籍的女子依舊哼唱著不同語言的歌謠，依舊發呆沉思、拈花惹草、裸身洗澡、嬉鬧聊天，高大的東洋女子依舊替她盤髮，但是她再也嗅不到熟悉的男人體臭。

兩個多月後的深夜，村狗村貓村梟依舊喧鬧，她很早就聞到了那股熟悉的男人體臭，但是直到三十多個鬼子趴完她後，她才看見那個額上有疤的男子出現在門口，那時候她的胸部已被鬼子揉得紅紫，胯下失去知覺，頭髮散亂，胎疤似豬肝色澤。塗抹著精液和汗漬的白色手紙像小山堆積在幽黯的角落，淹沒了鐵製的垃圾桶，一路蔓延到門口，扔棄地上的「先鋒第一號」保險套在懦弱的燈泡照耀下閃爍著懦弱的色澤。男子不像其他鬼子滋滋喳喳地踩著保險套和手紙，腰帶沒有卸下就跪在她胯下。他小心翼翼地挪動軍靴，甚至用力地將手紙踢開，看了一眼堆積角落的手紙，站在床頭凝視著何芸，隨後僵硬地坐在床側。何芸胸口起伏，心臟收縮，等待他的十指壓在乳房上。他神色冷漠，蹙著眉頭，兩腿併攏，脊椎骨挺直，雙眼不眨，看著何芸胸部。他依舊穿著軍服和戰鬥帽，在昏朦和懦弱的燈光下，何芸注意到他失去了雙臂，草黃色的長袖像兩條招魂旛掛在肩膀上。隔壁房間傳來女子懶散的呻吟，軍靴踩在地板上發出懶散的咆哮，男子黝黑的瞳孔漂浮在織滿血絲的虹膜中，好像會滾到她豐滿的雙乳上。男子繼續盯著她的胸部，上半身微微地靠向她，好像雙手已經壓在乳房上。

何芸生起了一絲憐憫。她坐在床頭上，挺直胸部，向他的胸口靠過去，同時伸出兩手，準備環抱他僵硬的身軀。他迅速後仰，避開她的胸部和擁抱。她露出久違的抗旱小酒窩，再度向他靠過去。他依舊閃躲，甚至幾乎站了起來。待她躺回床上後，他恢復原來僵硬的姿勢，雙眼不眨，上半身又微微地靠向她，空洞的長袖好像灌注了一股生命力，好像雙手已經壓在何芸豐滿的雙乳上。何芸明白了，他不是來看她的胸部，而是來找回他的雙手。第二天深夜他又來了。神情陰冷，模樣滑稽。鬼子同袍事先幫他鬆開腰帶和褲頭，讓他方便辦事，但他依舊坐在床頭，雙眼不眨，盯著她的胸部。離去時，何芸幫他繫上腰帶和褲頭。第三天他衣冠端正，來得特別早，依舊一屁股坐在床頭，眉頭蹙得更深，神色更加陰冷。何芸發覺他凝視的不是她的胸部，而是她隆起的腹部。鬼子突然彎下身軀，將右耳貼在何芸肚子上，十多秒後，他挪開右耳，站在床前看了一眼何芸，轉身離去。十分鐘後，一個戴著黑框眼鏡、胸前掛著聽診器的軍醫來到何芸床前。

比起胸部隆起的幅度，何芸沒有注意到隆起的腹部有什麼異樣。半年多的停經，也以為是猛喝食鹽水的失調。軍醫告訴她懷了八個月身孕時，她愣了一下，凝視著自己隆起的腹部。當天晚上，她挽著一個小包袱離開了陰暗的小房，來到一個擺著六張病床的房間。三個年輕女子躺在床上，有的熟睡，有的瞪著天花板。她坐在空著的病床上，目送鬼子蹬著軍靴離去。她在床上翻來覆去，半睡半醒，直到天亮，數度夢見額上有疤的鬼子再度坐在床頭，用十隻鮮血淋漓的手指撫摸她的胸部。第二天一早，一個鬼子和一個戴藍色軍帽的豬芭人來到床前，將她帶到豬芭街頭。戴藍色軍帽的豬芭人低頭對她說了幾句話，和另一個鬼子回到軍營，讓她一個人揹著包袱，站在即將破曉的空曠無人的豬芭街頭。

四

當亞鳳走入愛蜜莉的高腳屋，何芸再度嗅到那股熟悉的體臭時，她終於明白了，那是亞鳳騎自行車載著她運送牛奶時流溢出來的體臭，也是亞鳳從小溪將她攙上岸時的體臭，更是亞鳳在灌木叢灌注在她體內揮之不去的體臭。鬼子將她遺棄豬芭街頭時，她迅疾穿過街頭，走向莽叢。她走過從前和父親駕吉普車運送牛奶的砂石路，走過從前牧放乳牛的夾脊小徑，走過那條發生意外的獨木橋，走過亞鳳垂釣的湖潭，走過主動對亞鳳獻身但是已經星羅棋布著彈坑的灌木叢，那股體臭始終追隨著她。天色逐漸大白，蒼鷹從莽叢飛向豬芭村，大番鵲在野地撲跳啄食，野火猖獗，一朵又一朵烏黑的煙氈掠過茅草叢，野鳥聚集芭棚喧囂，加拿大山上的豬尾猴和豬芭村的長尾猴開始活躍聒噪了，枯槁的鋅鐵皮屋頂和半枯槁的椰子樹羽狀複葉飄浮在痰黃色的煙霾中，待宰的雄雞發出最後的司晨。

何芸站在從前吉普車熄火的砂石路上，看見草叢中一截好像亞鳳丟棄的釣竿，隨手攥在手裡，竹竿應聲破裂，化成灰燼。她站在那座獨木橋上，河床已半乾涸，溪水涓涓，蜻蜓不再點水產卵，魚狗叫得像求雨的女巫。她茫然走了一個早上，繞過荷鋤扛耙的豬芭人，瞞過槍管永遠朝天的鬼子自行車部隊，口枯眼澀，睡倒在一棵野波羅蜜樹下。睜開雙眼時，已近黃昏，眼前站著一個腰抹帕朗刀、手臂箍著藤環的長髮女子。

愛蜜莉將何芸帶回高腳屋，餵了她兩碗乳鴿湯和一盤樹薯。

何芸看著荒蕪的窗外，露出越來越稀淡的抗旱小酒窩，拿出東洋女子送她的密齒梳和髮釵，一遍又一遍梳耙長髮，梳出蒺藜草的刺殼、草稈和花瓣，挽了一個散漫的髮髻。亞鳳來到高腳屋後，何芸再也沒有說過話。她漠然地看了一眼亞鳳，隨即背對亞鳳，面向窗外，看著屋外被野火焚燒過後的野地，徹底封閉了，像一本被書蠹啃壞的書。亞鳳設想了一百多個愚蠢話題，既哀傷又突兀。他想說幾句安慰的話，但開不了口。他在門口站了一會，走向客廳另一道窗戶，看見愛蜜莉從齊額的茅草叢上了一道搖搖欲墜的木梯，進入廚房。

愛蜜莉編織了幾個捕捉鴿子和斑鳩的陷阱，亂七八糟地架在隔熱層入口處和簷梁上。亞鳳走到廚房的後陽台，看愛蜜莉殺鴿子和斑鳩。她從一個生鏽的鐵籠子抓出四隻鴿子和四隻斑鳩，用一根細繩套在脖子上勒斃，拔毛剖腹，撒上鹽巴花椒，入鍋蒸熟後，何芸已躺在客廳木板上熟睡。亞鳳將兩隻鴿子和一串紅毛丹放在餐桌上，兩人一狗坐在廚房後陽台，吃了六隻鴿子和斑鳩。日正當中，熱氣囤聚隔熱層，鴿子和斑鳩飛向天穹的環形競技場，枯候多時的蒼鷹開始追擊鴿子和斑鳩。黑狗突然下了木梯，躥向榴槤樹。

「野豬！——」愛蜜莉和亞鳳攥著帕朗刀和獵槍來到榴槤樹下。黑狗嗅了嗅殘留樹下的幾片榴槤殼，躍過坍塌的鐵籬，消遁茅草叢中。

蒼鷹墜下時，鴿子和斑鳩像箭矢飛回隔熱層，但不久又飛回天穹，像在玩一種死亡遊戲。鴿子和斑鳩散亂果樹中，脖子的氣囊膨脹，尾羽散開，點頭如搗蒜，發出壯膽的鳴叫，從地上叼起或從嗉囊吐出食物對母鴿和母斑鳩求愛。亞鳳和愛蜜莉跨過鐵籬，隨著黑狗來到從前獵豬的圓形草嶺豬窩前。豬窩已廢棄，窩口塞著枯葉枯草枯枝，防禦性杈椏崩坍。草嶺依舊長滿黃色小野花，每一朵都豎緊脖子對著藍天微笑。西南風吹過黃色花海，捲起一簇像浪花的白色小蝴蝶。荒野茫茫，林木森然。黑狗披著一片白雲，佇立草嶺高點，像白色旗旛上一個黑色獸徽。愛蜜莉和亞鳳也站上草嶺高點，四野遙望。

「明天找蜜絲王來看看。」亞鳳說。

蜜絲王是石油公司醫療所唯一留在豬芭村的護士和接生婆。

黑狗走下草嶺，扒了兩下廢棄的豬窩，嗅著一簇矮木叢。

亞鳳閉上眼睛，摸索著野草的環肥燕瘦、高矮疏密、老幼生死。左側那塊母性煥發的草坑繁衍出更多鬼子恫嚇式轟炸造成的草坑，長滿白色、紫色和藍色小花。左後側矮木叢裡多了兩個大番鵲巢穴，但已被野火燒成灰燼，雛鳥屍體好像燒焦的樹葉。右後側長了兩棵正在快速發育的山欖，樹篷結滿蟻巢。右側即將乾涸的河灘依舊游竄著攀木魚和蛇頭魚，食道狹小的魚狗在河岸上跳躍，尋找可以吞食的小魚。前方的小水潭非常安靜，水面漂浮著枯木草稈、鳥羽、鬼子空投描繪著大東亞共榮圈的宣傳單。亞鳳和愛蜜莉步向水潭，黑狗跟在後面。水潭四周散布著巨大蹄印，每一個蹄印大得像鬼子的戰鬥鋼盔，但不見野豬。兩人隨著蹄印走了一段路，蹄印消失在一條小溪前。黑狗嗅著最後一塊蹄印，用粉紅色的舌頭舔了舔鼻子，對著天穹低鳴。

遙遠的茅草叢上方，一排朝天的步槍槍管隨著鬼子自行車車隊迂迴蝸行。愛蜜莉和亞鳳在水潭前蹲了半天，車隊好像原地踏步。須臾，鬼子在圓形草嶺前卸下自行車，坐在圓形草嶺上休憩。有的鬼子擎著步槍對著天上的蒼鷹射擊，有的架著望遠鏡觀望，有的打開水壺喝水，有的用刺刀戳著廢棄的豬窩，有的四仰八叉躺在草嶺上用戰鬥帽遮擋陽光閉目養神。烈日高攀，讓人口旱舌乾。草嶺上沒有被鬼子壓斷脖子的黃色小野花在西南風中瑟縮。一朵白雲飛來，黑色的陰影在草嶺上卡了一下。又一朵白雲飛來，矯捷地繞過草嶺，加速離去。鬼子下了草嶺，扛起自行車，繼續前進。蒼鷹散布在他們身後，配合著他們的速度滑翔，好像是他們拖曳的風箏。大番鵲像榔頭佇立草叢中，好像是他們的哨崗。愛蜜莉和亞鳳潛伏在他們身後，好像軍火薄弱的伏擊隊斥候。

走了五分鐘，亞鳳發覺鬼子正朝愛蜜莉的高腳屋接近。自行車的車速突然快了起來。亞鳳想繞過車隊潛回高腳屋，來不及了。鴿子、斑鳩和蒼鷹在圓形競技場掀起的戰火未熄。鴿子不再盲目挑釁，每一次只有三五隻鴿子、斑鳩低空掠過茅草，蒼鷹俯衝而下時，及時逃回隔熱層或果樹。蒼鷹回到天穹後，鴿子或斑鳩再度出場，如此周而復始。鬼子將自行車停在高腳屋前，半數上了陽台，半數留在屋外。亞鳳和愛蜜莉焦急地蹲在茅草叢中，眺望著高腳屋後陽台。蒼鷹越飛越低，屋外的鬼子忍不住舉槍射擊，鴿子和斑鳩紛紛飛出隔熱層和果樹。鬼子瞄準了體型較大的蒼鷹開槍。一隻蒼鷹啪噠一聲落在屋頂上，尖銳的鉤爪幾乎抓破生鏽的鋅鐵皮，像一支斷線的風箏戳入了茅草叢。鬼子連續開了五、六槍，兩隻蒼鷹中槍後，形勢大亂，蒼鷹高旋天穹，鴿子和斑鳩八方飛散，高腳屋突然陷入一片死寂。

屋內的鬼子走下陽台，屋外的鬼子走進高腳屋。機槍的煙硝味剛出膛就被彌天蓋地的煙霾味消化。大蜥蜴叼住蒼鷹翅膀，草原惡寇和空中霸王展開一場激鬥，蒼鷹很快被大蜥蜴囫圇吞食。鴿子和斑鳩環繞高腳屋壓驚後，逐漸回籠，高腳屋又充塞著鴿鳴和鳩啼。蒼鷹飛得更高了。屋內的鬼子走下陽台，十多個鬼子嘰哩呱啦一陣，有的騎上自行車，有的扛著車桿，離開了高腳屋。

亞鳳和愛蜜莉迅疾地從後陽台奔入高腳屋。

何芸躺在客廳的地板上，兩腿裸露，胯下和臀股流淌著彷彿尿失禁的液體。她雙臂鬆垂，好像不再和身體契合；兩眼看著天花板，但看到的好像是漆黑冰冷、污穢混亂的宇宙；豬肝狀的胎疤鮮紅潮濕，好像被削掉了一塊臉皮；隆起的肚子和微露的胸脯漶漫，好像又回到那個陰暗腐臭的小房間。她沒有掙扎，沒有嘶吼，好像又回到那個被手紙和保險套淹沒的小房間。透過鋅鐵皮屋頂的裂口，她好像又看到了天穹開朗闊綽的額頭和無邊無際的腦漿。

十多個鬼子好像太少了，她依舊張開雙腿，等待下一批鬼子。

從那天開始，山崎逮捕和處決了兩批「籌賑祖國難民委員會」成員，憲兵隊和自行車部隊橫行豬芭村，搜索可疑人物和追捕漏網之魚。參加過「籌賑祖國難民委員會」活動或義賣的豬芭人在小金、扁鼻周、紅臉關帶領下，分成四個梯次，晝伏夜行，集體潛逃到豬芭河上游二十英里外朱大帝的高腳屋避難。亞鳳和愛蜜莉當天下午收拾了包袱，帶著黑狗和何芸離開高腳屋，傍晚時分在豬芭河畔遇見率領十多個豬芭人划著三艘長舟逃向內陸的扁鼻周。據扁鼻周說，懶鬼焦和求求入林尋找豬食去了。亞鳳抵達大帝的高腳屋後，第二天破曉時分折返豬芭村，看見鬼子和猴群一場激烈荒唐的鏖戰。

何芸來到朱大帝高腳屋後，被大帝獨囚在一個小房間。她坐在牆角裡，見了人就打開客家對襟短衫、扯下襠部寬大的黑色長褲、叉開雙腿，露出豐滿的乳房和陰暗的胯下。一個多月後的下午，高腳屋四周的巨大喬木聚集著成千上萬的野鳥，壓得樹梢抬不起頭，青竹直不起腰，羽毛橫著飛，鳥屎斜著落，鬧到黃昏不平靜。天黑了，何芸走出囚室，帶著九月胎兒和一肚皮魔力羊水、一身熱汗、兩眶糊塗淚和滿懷血奶，走入莽林，一去無回。

吉野的鏡子

一

吉野用正宗刀劈殺高梨七歲女兒的那個黃昏，一個人漫步臥室外的陽台上。天穹釋出幾錐霞暉後，一群長尾猴散亂非洲楝樹梢，各自孵著心事，長尾表情多樣地曲扭著、豎直著、懸空著、匍匐著。三隻小猴從母親腹部躍下，蹣跚行走在枝幹上。牠們的母親伸出尾巴撫順小猴背上的躁毛，噘著嘴巴，發出頻率忽高忽低的囁嚅。吉野緊盯著長尾猴的五官、肢勢、尾姿。一隻雄猴豎著長尾巴，翹著像怒綻的罌粟花的紅臀，小眼一眨不眨地看著吉野。吉野避開猴子的視線，在陽台上踱著方步，偶爾抬頭看一眼懸垂非洲楝上空貯滿灰雲的天穹邊疆、一面顛撲不破隔絕人間和仙境的藍色城牆、太陽在無垠的莽叢灑下的銼眼的光刃。豬芭橋頭尚存肉屑毛髮的頭顱迎著西南風呼嘯。

吉野無意間看了雄猴一眼。雄猴依舊一眨不眨地看著他。吉野被雄猴的紅臀和紅眼惹出一身火氣。他拔出南部十四式手槍，對著非洲楝晃了晃，露出僵硬的幾乎摳得下來的笑痂。猴子不知道吃了什麼，齜出像紅燭的尖牙，慢慢地闔上眼瞼，一副就要圓寂樣。吉野扣了一下扳機。槍響像一隻巨大的蒼鷹陰影網住了非洲楝，猴群一瞬間消遁。吉野把手槍插回馬皮袋套時，雄猴突然撲向他的臉蛋，朝他陰冷的左耳和潮濕的鼻子咬了一口。哨兵趕來時，猴子叼著一塊耳殼和鼻肉縱回了巒林，留下在陽台上哀號的吉野。

二

翌日清晨，吉野站在牆上一面大型穿衣鏡前，看著自己耳朵鼻子包紮著紗布的怪相。飛天人頭肆虐豬芭村時，甘榜唯一的一家鏡子工廠趕工生產鏡子，電鍍水銀沒有在透明玻璃上攤勻，使不少鏡中影像變形扭曲。吉野大軍占領豬芭村後，充公了一面正常的穿衣鏡，此鏡在鬼子入侵豬芭村前的結婚浪潮中被主人當作賀禮送給新人，右上角鍍著「郎才女貌　鸞鳳和鳴」八個仿宋紅字，漆了兩隻碧綠的鳥雀和一朵大紅花。

吉野眨眨眼，拍了拍腦瓜子，在寢室內來回踱步，經過鏡前時凝睇著鏡中被猴子咬傷前沒有出現過的影像。鏡中的吉野在黑暗的鏡面飄浮，不斷扭曲變形，沒有固定和完整的形狀、體積和重量，像渣留鱷魚肚子裡的人類殘軀或一道人體生肉拼盤。吉野一邊迅疾地吃著早餐，一邊迅疾地瞄一眼鏡子，看見一隻猿猴坐在餐桌前，模仿自己撫了一下受傷的鼻子。吃完早餐後，他迅疾地穿上軍服，對著鏡子整肅儀容。鏡面的窗台上立著一隻巨鶴，撐張大嘴整羽捫尾。他用軍靴踩踏地板，發出整個寢室為之顫慄的恫嚇，好像企圖蹂碎那面魔鏡。他關上窗戶，熄了日光燈，準備離開寢室時，看見一隻巨龜匍匐鏡中，伸出數十顆龜頭看著自己，那一串龜頭，像吊掛豬芭橋頭殘留肉屑頭髮的頭顱，那一串頭顱，像黃萬福、高梨和他們的十多個小孩，像「籌賑祖國難民委員會」成員，像吞吃蝸牛的啟民醒民兄弟，也像被剖腹的孕婦牛油媽、惠晴和巧巧。

他對著門外吐了一口唾沫，小聲咒罵：吱吱噢噢——可惡——嗚嗚咿咿——猴子的唾液有毒！——嚄嚄喳喳！

吉野的軍靴磕了一下門檻，幾乎摔了一跤。他忍不住又罵了一次：嗚嗚吱吱——可惡——咿咿噢噢——猴子的唾液有毒！——嚄嚄喳喳！

他吐出的話語中，伴隨著意義不明的譫言妄語，像蠻猴的呼嘯，又像野豬的歡鳴。

轉眼黃昏又到了。吉野一個人站在豬芭橋頭，漾著一張猴子特有的惘容，啃了兩粒爆殼的肉蔻果實，凝望著變化萬千的天穹。夕陽像老鼠鑽入地縫後，月色漸濃，野鳥住聲，蛙蟲夜梟接棒鳴唱，吉野繼續凝望著千變萬化的天穹。月色下，豬芭河面漫流著銀色飄忽的光帶，夜之浪潮漫濕了橋頭兩側的肉蔻樹樹篷，也漫濕了整個豬芭村。

落日染紅了海陸天界，連豬芭村的高腳屋也像小孩的彈弓架抹了鳥血。豬芭橋頭竹樁上的骷髏朵和椰子樹冠簇擁著的老椰果紅成一片，分不清椰子樹掛的是骷髏，或是竹樁掛的是老椰果，都是一串紅。沒有繫牢的骷髏墜下時，響起了在骷髏朵築巢的母鳥的哀嚎，牠們的哀嚎也是泣血的。吉野吐了一口唾液，就著豬芭河看了一眼自己包紮著紅色紗布的耳朵和鼻子，背著南中國海，漫步到豬芭村。菜市場的鋅鐵皮屋頂像撒了厚厚的紅磷，眨閃著潮濕腐爛的藻紅。波羅蜜樹蔭下散亂落紅，溝渠漂流著浮紅，樹梢棲落著紅鷺鷥，紅蝙蝠飛出了紅色的枝梢，追擊紅色的蚊蚋。西方依舊紅霞滿天，東方的月亮像一根紅辣椒，軍人戍守的紅壤上，一塊胭脂紅的膏丸旗掛在旗杆上。吉野走到了熱鬧的妓營前，想起年輕時自己令農村女孩潮紅的支吾。

吉野回到豬芭中學南方派遣軍總司令部宿舍後，軍醫幫他替換紗布時，他從軍醫金屬鏡架上的鏡片看見自己的耳朵像莽叢裡即將孵化的螳螂卵鞘。他穿著汗衫短褲，頭枕著竹枕，在一張草蓆上躺成一個八字，看著天花板上旋轉的吊扇、桌上的煤油燈、鑲著紅色紗門的紅色窗戶外的紅色非洲楝。星光氾濫著一種污穢的蠅頭紅。士兵用一塊床單罩住了靠牆的穿衣鏡。

第二天吃早餐時，窗外颳來一陣西南風，吹走了穿衣鏡上的床單。吉野忍不住回頭看了一眼鏡面。一隻巨大的螳螂，晃著一張三角臉，高舉一雙似鐮刀的前肢，將餐桌上一個活生生的小孩切割成一道人體生肉拼盤。吉野拔出手槍，砰，砰砰，砰砰砰，連續擊發了六顆子彈，擊碎了鏡子。

在一陣怒火攻心和神昏譫妄中，吉野集結了五十個機槍手和十個炮兵員上了加拿大山，準備徹底掃蕩一次豬芭村的野猴時，看見山上靜謐平安，無有猴影，屬下突然來報，說數百隻短尾的和長尾的猴子正在豬芭河畔的果樹上激戰。吉野來到一片草坡地上，果然看見果樹上猴影幢幢、殺聲盈耳，於是在草坡地上升起了一面邊繡紅穗的膏丸旗，六十個鬼子列成六個縱隊，向河畔的果樹、行道樹、景觀樹、叢林樹、孤芳自賞之樹、有用或無用之樹撒下密不透風的火網，有坂三八式步槍、九七式步槍、射速緩慢被盟軍戲稱「啄木鳥」的南部九二式機槍嘶吼得像一群圍攻野豬的獵犬。

三

日正當中，碧空無雲，亞鳳蹲踞茅草叢的夾脊小徑，在鬼子的炮火中眺望豬芭村，尋找懶鬼焦和求求。一隻婆羅洲棘毛伯勞從矮木叢裡飛出來，子彈扎入牠瘦小的身軀，消失在被煙霾覆沒的茅草叢。鬼子炮兵手在草坡地上列出四門八九式擲彈筒，微型榴彈發出嘣嘣連聯軍也腿軟的爆破聲，承受擲彈筒後座力的鋤梭像瘋躍的馬蹄掀翻了草皮。榴彈炸裂了十多棵榴槤樹，榴槤像人頭落地，猴子屍體八方飛散。猴群所到之處，也是子彈和炮火密集之處。亞鳳遙望草坡地，看見吉野在機槍手和炮兵手後方來回踱步，厲聲地督促和吆喝鬼子兵，屁股和下巴翹得比天高，像一隻在蜂巢上忙碌釀蜜的工蜂。鬼子冒著硝煙的槍口瀰漫著既妖孽又侏儒的徘句的古怪意境。一個殺紅了眼的鬼子離開了草坡地，俯臥離亞鳳三十碼外的矮木叢中，露出一截像蟒蛇肚子的帆布綁腿。直至此時，亞鳳才了解鬼子的炮火是針對豬芭村的野猴，不是豬芭人。

逃難的豬芭人告訴亞鳳，懶鬼焦和求求已經回到豬芭村，有人看見懶鬼焦打開豬舍，準備將四隻圈養的長鬚豬放逐茅草叢，而求求在河灘用竹水槍追逐彈塗魚。亞鳳本來想繞過矮木叢裡的鬼子回到豬芭村，但草坡地上的鬼子火網讓他打消了念頭。日頭移動得很快，偏午了，亞鳳抽出帕朗刀，屈身接近鬼子。一隻豬尾猴突然從矮木叢跳到鬼子屁股上，消遁茅草叢中。鬼子翻了個身，看見了亞鳳豔陽下的猙獰身影，不及扣下扳機，亞鳳已壓在他身上，左手圈住鬼子的扳機護圈，右手將刀尖戳入鬼子脖子，槍管幾乎貼著亞鳳和鬼子臉蛋釋放出一顆子彈。子彈劃出一道紅色的彗星尿屎，伴隨著草坡地上像鼻涕蛙卵的子彈火網，嗚嗚嘰嘰叫著，像一頭戰敗被梟首的鬥雞頭顱，延續鬼子的凶猛氣魄，閃爍著切斷鬼子喉嚨的帕朗刀光芒。

豬芭人和猴子的死魂像一群孑孓八方升騰。死人和死猴的魂魄聚了又散，散了又聚，很青澀，也很近似。亞鳳看見求求了。求求坐在豬芭河畔望天樹板根上，左手拿著馬婆婆的竹水槍，右手拿著發條打鼓機器人。一隻豬尾猴從樹上躍下站在板根上，看著求求。求求有樣學樣，像一隻無毛的豬尾猴站在望天樹板根上。那顆出膛後的子彈射穿了籬笆眼一隻蝴蝶的蘭花擬態，打崩了一壘摞成井字形和大人齊額的柴垛，鑽入求求右太陽穴，又從左太陽穴瘋笑著鑽出來，沒入望天樹百年年輪的巨幹中。求求的身體矮了半截，靠著望天樹巨幹往下滑，再一次跨坐板根上。樹幹上一朵大蘑菇攙著他的左腋，讓他維持著怪異坐姿。豬尾猴看了一眼求求，躍上了望天樹。

鬼子打死兩百多隻村猴後，倖存的猴子無心戀戰，長尾的逃向莽叢，短尾的逃回加拿大山，只剩下波羅蜜樹上的長尾猴王和豬尾猴王猶在纏鬥。二猴遍體鱗傷，各被子彈打殘一隻手。牠們從望天樹鬥到椰子樹，從椰子樹鬥到十多棟高腳屋屋頂，最後躍上一棵波羅蜜樹。波羅蜜樹被炮火洗禮後只剩下光禿禿的枝椏，枝椏上掛著燒焦的猴屍，像一個巨大扭曲的烤肉架。

吉野和幾個鬼子站在波羅蜜樹下，看著二猴打鬥。刺痛像針一樣扎著吉野的鼻子和耳朵，枝椏上的死猴和兩隻面容扭曲的潑猴讓他想起鏡子裡的怪象。

畜生！——吱吱噢噢！——可惡！——嗚嗚咿咿！

吉野拿起機槍手的機槍，擊斃了兩隻猴王。吉野握著正宗刀刀柄，劈斬地上掙扎哭號的猴子。一個老邁的碼頭搬運伕坐在一壘乾柴上，摟著奄奄一息的老妻哭號。吉野削掉老頭和老婦頭顱後，對著人猴不分的屍具撒了一泡熱尿。撒完後，吉野對著士兵咆哮。士兵聽了一天參謀長夾雜著鳥獸啼叫的號令後，漸次適應了參謀長的表達方式。他們吆喝著倖存的豬芭人摞柴釀火，烤食猴子。

回到寢室後，吉野睡了一個甜美的回頭覺。一年多後當他全身浸染著白孩毒箭上的箭毒樹毒素時，又一次看見自己的身軀恣意地扭曲變形，幻化成一隻簇擁著一串人類頭顱的大龜，發出似猴似豬的啼聲，幽遊在水月鏡花的蠻荒世界中。

四

自行車車輪一樣大的日頭，風火輪似的滾動輻輳，在乾裂的天穹滾出一道又深又犟的燒焦的轍溝。

懶鬼焦躺臥在灰燼炭火中，背部羅列著三、四個彈孔，一隻腿不知去向。亞鳳踢踩著猴屍，跨過豬芭人屍體，連續越過六棵大樹，在火焰依舊狂妄生產火苗火芽的熱浪中，求求失去半邊腦殼的軀體被那朵蘑菇吃力地懸掛望天樹板根上，巨蜥尾巴似的板根馱住了他的小屁股。

巨蜥尾巴似的板根馱住了求求小屁股。亞鳳跨騎板根，右手圈著求求後腦勺，左手萼著兩片多肉的臀瓣，將求求冰冷的身體和半爿腦殼蔓在胸前。求求像被摘掉臍蒂的澀瓜，不再哭啼。他抱著求求看著遮蔽天穹的望天樹、波羅蜜和榴槤樹，看見求求翹著豆芽小屁股，兩手各拿著竹水槍和發條打鼓機器人，在一片枝椏波瀾中和一列猴魂消遁了。

大番鵲開始啼哭了，也許牠們已啼哭很久，他被炮火和子彈轟癱的雙耳可能失聰一陣子。繞著天穹兜圈子撒糞的野鳥疲憊地棲息樹枝上，發出磣牙的叫囂。一隻蒼鷹吃力地鋸破凝重的空氣降到甘榜裡，兩根爪子攫了一坨血淋淋的猴肉，飛離瀰漫紅色熱浪的地表。更多栗鷹、黑鳶、澤鵟和遊隼盤旋村子上空，亞鳳甚至聽見了鴉聲。一隻史丹姆黑鸛降落溪岸，優雅地收攏黑覆羽，伸縮著無毛的脖子和尖喙朝空中畫符咒，眼球裡的虹膜在紅色熱浪中散發出巨大紅暈，開始掃描腐肉。

豬芭人聚攏過來，用牛車和手推車裝載完整和不完整的豬芭人屍體。亞鳳從棧橋拆下幾片板塊，替求求做了一口小棺，替懶鬼焦做了一口大棺，隨著牛車和手推車來到馬婆婆生前職守的華人公墓。葬了求求和懶鬼焦後，亞鳳回到豬芭村，坐在求求最後出現的望天樹板根上，倦意像歸鳥繞了三匝他的脖子落在肩膀上。七零八落的煙柱快速湧向天穹，沒有一絲分歧，風突然停止了。他突然想起自己三天沒有吸食鴉片了。

日頭像一隻紅色豪豬穿林渡雲，在泥濘的天穹留下凝困的偶蹄印。

他看著望天樹樹腹，尋找那顆削掉求求腦袋消失在望天樹肚子裡的子彈。他抽出小帕朗刀犁開一片豬頭大樹皮時，樹身嵌滿了密密麻麻正在蛆蠕的彈頭，有的彈屁股就暴露樹腹外，噗噗，噗噗，噗噗噗，放著充滿火硝味的啞屁。他又剝開一片豬頭大樹皮，情況依舊。亞鳳撿了一個依舊冒著硝煙的鐵桶和一支失去意識的老虎鉗，用老虎鉗從望天樹肚子裡箝出十多顆彈頭後，甦醒的老虎鉗伸了個懶腰，掙脫了亞鳳手掌，躍入鐵桶，對著亞鳳咆哮。亞鳳抹了一把額頭上的汗水，低聲罵了一句：我到底多少天沒吃鴉片了！不到一刻鐘，亞鳳就箝出了三十多顆彈頭。

他眼皮沉重，一路棄守野地的疲困淹沒了他。求求像小猴在枝椏上彈跳，像彈塗魚在沼澤地上奔跑。鬼子的蟹殼臉揮舞武士螯刀列隊衝鋒，求求在螯鉗中飛翔。

他從短暫的睏盹中甦醒，看見愛蜜莉和黑狗站在眼前，四隻長鬚豬在她身後發出嚄嚄喳喳的覓食聲，無頭雞站在一根木樁上「環視」焦土廢墟。

東邊一錠藥丸小白月亮升起來，西邊一團狗皮藥膏大紅太陽落下去。

朱大帝的高腳屋

林曉婷被鬼子蹂躪的消息傳遍了豬芭村，傳出消息的是當天目睹馬婆婆高腳屋被焚燒的翻譯官，此翻譯官在鬼子開辦的「日本語教師養成所」修習日文，穿上軍裝和戴上藍色軍帽，當了鬼子走狗。聯軍接管豬芭村後，此人被冠上漢奸罪名，聯軍為平息眾怒，允許每個豬芭人繳納一元現金後，即可對此人拳打腳踢。高腳強失去小情人，愛上曹大志暗戀三年的嚴恩庭。「籌賑祖國難民委員會」名單曝光後，喜歡嚴恩庭的小男孩逃的逃，亡的亡，失蹤的失蹤，情敵凋零，情場不再硝煙彈雨，高腳強卻攥著三尖兩刃刀，駕馭想像中的神鷹和哮天犬，搭弩張弓，縱狂風，在鬼子鐵蹄縱橫和國難當頭下，高舉愛情大纛，想從齊天大聖曹大志手裡拐走嚴恩庭。

小金率領的逃難隊伍第一個抵達朱大帝高腳屋，三天後，高腳屋已聚集了七十六個豬芭人。七月溽暑，太陽好像化成幾千塊小紅炭低空盤旋。豬芭大人分成六個十人左右隊伍，在大帝、鍾老怪、小金、鱉王秦、扁鼻周和紅臉關帶領下，定時分區巡視高腳屋四周。十五個豬芭小孩，最大的十三歲，最小的九歲，由關亞鳳和愛蜜莉負責管教，芟草挑水，撿柴放牛，裝模作樣偵察巡弋。在關亞鳳同意下，高腳強和曹大志把小孩分成兩個小隊，關亞鳳當大隊長，高腳強和曹大志當小隊長。高腳強領導的小隊六人，曹大志七人，曹大志的隊員包括砍屐南女兒嚴恩庭，高腳強看曹大志更不順眼了。分隊時，高腳強說：「恩庭應該加入我的小隊！」

曹大志和關亞鳳等人好奇地看著高腳強。

「我和大志的小隊，人數剛好七個。」高腳強肌肉扎實的右臂豎著那根殘破不堪的三尖兩刃刀，滿臉笑容。少了左臂後，他用很斯巴達的方式訓練右手，每天除了單手吊單槓、豎蜻蜓、剖椰子、劈磚頭，還從石油公司偷了兩個火車鐵輪，架上一根木杆，弄成一組六十磅重的啞鈴練二頭肌。「但我少了一隻手，所以我的小隊缺一個人手，恩庭可以填補我少掉的一隻手。」

「你的右手那麼強壯，」嚴恩庭說。「一隻手可以當兩隻手用。」

「再怎麼強，也只有五根手指一隻胳膊。」高腳強嚴肅地說。

「我膽子小，」嚴恩庭嬌滴滴說。「笨手笨腳。」

「怎麼會呢？怎麼會呢？」高腳強笑得肌肉僵硬。

「漢強，」嚴恩庭柔聲說。大家猛然想起高腳強的本名：高漢強。「大志的小隊有三個女生，你的小隊兩個，男生力氣大，一個抵兩個，缺人力的是大志的小隊。」

「高腳強，你的小隊男生多，讓恩庭去大志的小隊，如此人力平均，實力相當，」亞鳳說。「朱老頭交代過，我、愛蜜莉和你們十五人，我們十七人是一個緊密結合的大隊，一個生命共同體。消滅鬼子前，凡事同進同退，不分彼此。」

莽林裡的蠻風例行公事地吹著，枝葉窸窸窣窣呼應。雲朵稠濕凝重，像冒著熱氣的飯糰。悍夏豺狼，日頭堅挺，孩子腰纏小帕朗刀和彈弓，手拿木棒竹椿，脖子上掛著塑膠面具或臉上戴著塑膠面具，兜袋裡藏著鐵皮玩具，亞鳳和大志在前，愛蜜莉和高腳強壓後，排成一個縱隊，小心翼翼地避開朱大帝等人設下的野獸陷坑，走向上游三英里外山崖下一座水潭。

崖壁山泉涓涓，在壁灣形成一座半圓形水潭。澗水富含礦物質，吸引黃麂、猴子、野牛、雲豹等哺乳和草食動物光臨，踐踏出一片光禿平坦的棲地。朱大帝、鍾老怪、小金、鱉王秦、扁鼻周、紅臉關坐在六個布滿野獸嚙痕的樹墩上。鍾老怪揹著強生獵槍，閉著單眼養神，腋下伸出幾綹豬鬃般的剛硬體毛。朱大帝瞇著雙眼，嘴裡叼一根洋煙，吐出一簇有牙垢餿味的濃煙。小金右手揭著一枝野胡姬，白色的花朵像一群翩翩起舞的蝴蝶，左手翻轉著一支小鳥造型的金屬髮釵，臉上布滿思念的豎紋、苦戀的橫皺。鱉王秦戴著一頂鬼子的九六式鋼盔，嘴角蛇蠕著幾枚笑紋，小心地把搗爛的煙草渣往手腳塗抹，防山蚤水蛭。扁鼻周打著哈欠，手掌上兜著幾粒藤果，啃一粒吐一粒，好像啃的是蜈蚣蠍子。紅臉關臉上燉著一股不慍不火的情緒，望著天穹，喃喃自語。六人經年累月在莽林打混，五官叢生著大面積的荒山僻嶺，眼眸裡縱橫交錯著羊腸曲徑。六人身前擺著一疊沈瘦子和扁鼻周雜貨店的全新獵槍，紫藍色的槍管閃爍著陰冷的金屬光澤，猴毛色的槍柄像一捆正要塞入灶肚的乾柴。

十五個小孩歪七扭八地站在六人面前，在亞鳳和愛蜜莉整合下，列成兩個縱隊。

亞鳳和愛蜜莉站在六人身後。

朱大帝撓了撓頭皮上的瘡疤，要每個小孩報上姓名身世。

「我叫曹大志，長青板廠伐木工曹俊材的獨生子。」

「我叫高漢強，長青板廠伐木工高連發大兒子，豬芭小學肄業生。我的父親被日本人砍了頭，頭顱掛在豬芭橋頭上。」

「我叫嚴恩庭，嚴煥南的小女兒，我的父親外號砍屐南，全豬芭村的木屐都是他做的。日本人說他籌錢支助中國抗日，幸好他會做木屐，留住了一條小命。」

「我叫秦雨峰，我的父親秦冬祥，販賣鱉肉蛇湯，外號鱉王秦，現在就坐在我對面，戴著一頂日本人的鐵帽子。」

所有人都瞟了鱉王秦一眼。小孩發出銀鈴般的笑聲。

「我叫趙家豪，父母早死，被沈瘦子叔叔收容，沈瘦子叔叔加入高原抗日游擊隊，打日本人去了。我的好朋友紅毛輝、梁永安和賴正中，死在日本人手裡，死得很慘。」

「我叫吳添興，我的父親吳偉良，是個漁夫，因為我參加過義賣活動，父親要我躲起來。」

「我叫潘雅沁，我的父親是保元中藥店老闆，被日本人抓去關了，生死不明。」潘雅沁用愛慕的眼神看著高腳強。「父親和高漢強大哥一家人最好，送給他們很多昂貴藥材，所以高大哥才會長得這麼高。」

孩子斜著眼看高腳強，笑得像報曉的山雀。高腳強訕訕地笑著。

「我叫蔡永福，我的父親蔡良是豬芭小學教員，因為參加過街頭義演，被鬼子砍了頭，頭顱掛在豬芭橋頭上。」

……

「好，好，都是好孩子。」大帝擦亮火柴點燃一支洋煙，甩了甩手臂，把火柴擲向身後的水潭。「殺過人嗎？」

孩子你看著我，我看著你，用力地搖搖頭。

「割過草、砍過樹吧。」大帝又噴了一口含著牙垢餿味的濃煙。「殺人就和割草砍樹一樣。」

「我們為什麼要殺人？」曹大志說。

「殺鬼子！」鍾老怪說。「鬼子不是人。」

「鬼子也是人！」高腳強說。「殺人和刈草砍樹不一樣。樹和草沒有頭，沒有手腳，不會跑不會跳。」

「剖過西瓜、剁過榴槤、切過波羅蜜吧。」大帝說。

「西瓜、榴槤、波羅蜜，不會流血，不會喊痛，不會砍你一刀。」嚴恩庭用她高亢圓潤的司儀甜美嗓子說。

「不會尿尿，不會大便。」

潘雅沁說。孩子又笑了。

「割過雞脖子、剁過魚吧。」大帝說。

「雞和魚不會說話，也不會唱歌。」嚴恩庭說。

「不會欺負女生——」潘雅沁說。

「殺過豬嗎？」大帝說。

「我殺過，」曹大志說。「豬只有獠牙，鬼子有槍有刀，還有炮彈。」

「凡事都有第一次，」大帝說。「時機到了，我們一起殺鬼子。有這個膽子嗎？」

孩子你看著我，我看著你。

「怎麼殺呢？」曹大志說。

「當然不是用你的金箍棒，」大帝說。「也不是用你們的彈弓。鬼子有槍，我們也有槍。用槍！」

年紀較大的孩子臉色突然嚴肅起來，嚴恩庭、潘雅沁和其他小女生鼓著紅彤彤的小臉，吐了幾口大氣。鬼子強迫豬芭孩子學習日語外，也教他們用木棒作刀槍，學習戰鬥和搏擊技術。孩子用一種第一次看到馬婆婆玩具箱的眼神，盯著地上的真槍實彈。

「你們如果殺了一個鬼子。」大帝拍了拍手上一摞皺巴巴的綠紙。「賞十元香蕉幣！」

香蕉幣是鬼子發行的軍用鈔票，鈔面印著香蕉樹和椰子樹。一株豐滿漂亮的香蕉，吐著榴彈一樣堅挺的香蕉花，明顯地占據著整個畫面，俗稱香蕉幣或香蕉錢。鬼子在太平洋戰爭節節敗退後，香蕉幣幣值迅速疲軟，最後形同廢紙。在豬芭村，鬼子規定每個華人每年繳六元、馬來人和其他種族每年繳五角人頭稅。當時物價，一斤雞肉三角，一打雞蛋兩角六分，十元香蕉錢幾乎可以繳兩個華人人頭稅了。

「香蕉錢又臭又髒，」高腳強說。「沾著鬼子的尿液和——」

「——和——和什麼？」扁鼻周說。

「聽說鬼子用香蕉錢玩女人，」高腳強結結巴巴。「上面一定沾著——」

朱大帝等六個中老年人曖昧地歪著嘴角。「那你就留著擦屁股！」曹大志說。

「你想害死我？」高腳強說。「鬼子的那個——有毒——」

大人發出邪淫的笑聲。

「我不要錢，」高腳強說。「殺了鬼子後，我要拔掉他的八字鬍，貼上我的屌毛，讓他做鬼也分分秒秒呼吸我的尿騷屎臭！」

大人點著頭，用稱許的眼光看著高腳強。

「高腳強。」小金收起髮釵，從扁鼻周手裡夾一粒藤果放到嘴裡。「你屌毛剛長出來，留著自己受用，別糟蹋在鬼子身上。」

「好了，廢話少說。」鍾老怪伸出一根食指，欽點了十個身材最高大的孩子。「今天教你們槍法。」

曹大志和嚴恩庭等十個孩子往前挪了一步。沒有被點到的高腳強也往前挪了一步。「高腳強，你退下。」鍾老怪說。

「為什麼？」

「你只有一隻手。」

「一隻手也可以開槍！」

「獵槍不行，」鍾老怪說。「我找沈瘦子弄一支美國人的解放者手槍或者德國人的毛瑟槍給你。」

「什麼時候？」

「當然越快越好，」鍾老怪說。「沈瘦子參加了聯軍的高原游擊隊，神出鬼沒，隨時會和我們聯繫。」

「我一隻手也可以開槍！」高腳強不服氣。

「當然可以。」扁鼻周啃著藤果，嘴角淌著綠色的焦渣，像一頭啃草的山羊。「誰不是用一隻手打手槍？」

紅日高掛，雲彩染上雄雞充血的肉冠紅。樹葉和腐枝上的山蛭列隊豎立，準備攀上人獸的柔軟部位吸血。光柱從樹篷插到地上，纖細肥大，稀稀的像流蘇，密密的像旗子。猴子翹著猩紅屁股，揭著旖旎的長尾巴，踩著綿亙參差的樹枝，浪跡天地。燔林的煙霾盤旋莽叢，像一群巨蟒集體交配。鍾老怪荷著獵槍來到從前誤把母親當野豬獵殺的野榴槤樹，後面跟著扁鼻周、亞鳳、愛蜜莉和十五個小孩。榴槤樹更老了，但枝梗更蒼翠，榴槤果更沉重，樹上的野猴更挑撥離間，樹下的野豬更肥腯浪蕩，樹外的荊棘叢更猙獰滋蔓。十九個人摩肩接踵地埋伏荊棘叢後，鍾老怪一聲令下，九個小孩左右散開，排成一條直線，單腳跪地手握護鈑，槍柄抵緊肩窩，食指扣住扳機，嗶嚦啪勒，對著樹上的猴子和樹下的野豬擊出九顆霰彈。空氣潮濕，煙硝久久不散好像蠶絲。硫磺和木炭味壓住了花果香味，更是久久不散。孩子擊發了有生以來第一枚霰彈，臉蛋布滿激動和興奮的紅色浪潮，像木偶凝視著榴槤樹。鍾老怪一聲令下，孩子兩腿併攏，手握槍管，槍托蹾地，站得比鬼子哨崗還挺拔。鍾老怪仔細檢查孩子和槍枝，滿意地點著頭，一顆左眼瘋眨，幾乎眨出讚歎的聲音。避免節外生枝，孩子的獵槍只有一顆霰彈，但同時出膛的九顆霰彈，對紀律嚴緊的猴軍和各據一方的散豬造成巨大禍害。榴槤樹下，一隻母豬和兩隻長尾猴倒臥血泊中，一隻鼻嘴淌血的雄豬叫得撕心裂肺，被關亞鳳一刀斷喉。樹杈掛著一隻死猴，一隻半死不活的潑猴。揹槍和沒有揹槍的孩子看著樹下的死猴死豬，伸出手指戳著死豬的獠牙和死猴的尾巴，像麻雀吱吱喳喳。

孩子戴上面具，用各種凶暴的、狐媚的、陰鬱的、滑稽的表情盯著獵物。

「鬼子要倒楣了。」鍾老怪把視線從樹上的死猴挪向樹下的死豬，突然看見一群妖怪面具。

「死孩子！下流的東洋妖怪！」

戴著天狗面具的孩子和戴著傘怪的孩子吵了起來。

「這隻公豬，」天狗說。「被我打斷了腿。」

「打斷腿的是我，」傘怪說。「我看見你對樹上開槍。」

「我瞄準的是公豬，」天狗說。「你打中的是猴子。」

九尾狐嚴恩庭走到兩人中間。「我也是對準了野豬開槍的。」

「吵什麼？」鍾老怪說。「誰打中的都一樣！」

「不一樣！」傘怪說。「將來殺了鬼子，誰來領那十塊香蕉錢？」

鍾老怪用力搧了一下傘怪腦袋。「你這個死妖怪！大帝老頭說過，分不清楚誰開的槍，每人各賞十元！只怕鬼子先把你劈了！」

傘怪和天狗互看一眼，不知道做了什麼鬼臉。

「你們有事沒事就戴這個狗屎面具。」鍾老怪吐了一口唾沫。「哪一天我少吃一塊鴉片，頭昏眼花就把你們當鬼子斃了！」

「安靜！」扁鼻周說。「少了兩個人！」

大家拿下面具清點人數，少了高腳強和潘雅沁。

鍾老怪率領眾人朝榴槤樹下集合時，高腳強看見一隻黑面獠牙的雄豬，跛著一隻後腿，前仰後仆，蹄角像炮彈竄破一截腐木，引爆毛毛躁躁的尖屑銳梗，在一簇矮木叢前泚下一坨腸胃受損的血便。高腳強凝固腳步，趁大夥不注意，橫移倒灌，腰拚不大不小的帕朗刀，手攥三尖兩刃刀，邁起錯開腐葉喧譁的疙瘩腳步，甩著脖子上的天狗面具，尾隨負傷逃竄的雄豬。他繞過一簇又一簇雄豬長驅直入的矮木叢，閃過一椿又一椿八卦布陣的肥大樹身，三尖兩刃刀數次舔到了豬屁股，卻激勵了豬跑出更不可思議的速度。他的三尖兩刃刀其實只是一根削尖的木棒，棒頭上刻著「三尖兩刃刀」五字，鉚釘棒頭上的木刃樹疕已脫落，棒頭沾滿豬血。負傷的雄豬讓他見獵心喜，數次想抽出帕朗刀，但他只有一臂，捨不得扔掉三尖兩刃刀，終於在一棵板根和他並肩的老鐵木前失去野豬蹤影。他跳上板根四處眺望，突然看見保元中藥店千金潘雅沁蹲在板根前，揹著的單管獵槍槍托抵著地上的腐葉，像長滿黑色黴菌的槍管嗅著高腳強板根上包紮在泥殼中的腳趾頭。

「雅沁！妳怎麼在這裡？」高腳強跳下板根，將三尖兩刃刀輕輕一蹾，像旗杆豎在地上，扠著獨臂。

潘雅沁慢慢站了起來，額頭齊著高腳強胸前第二根肋骨。她綁著一根小辮子，頭髮插著一朵紅色小塑膠花，梳著小瀏海，胸前掛著打金牛捶剪的金鍊子和一個甜美陰邪的飛天人頭面具、一個半蹙半笑的九尾狐面具，揹著和她身高相等的單管獵槍，拭著額頭上的汗珠，握著一個粉拳，仰望高腳強。她刻意模仿嚴恩庭綁辮子梳瀏海。

「我一路跟著你！」雅沁露出一個嚴恩庭式的迷人笑容。

「妳跟著我幹什麼？」

「我知道你想獵一頭野豬。」

高腳強看著她揹著的單管獵槍，抿嘴不語。

「我有槍。」

「妳有槍，沒有子彈。」高腳強兩腳一蹬，跳上板根。「有個屁用？」

「我有！」潘雅沁張開粉拳，露出手掌上兩顆霰彈。

高腳強再度跳下板根。「妳怎麼會有子彈？妳偷鍾老怪的！」

「不是鍾老怪，是朱老頭！我兩天前擦洗陽台地板時，朱老頭趴在欄杆上睡著了，桌上放著彈盒，我順手拿了兩顆。」

高腳強盯著兩顆霰彈。「你偷子彈幹什麼？」

「偷給你的。」雅沁卸下獵槍，打開膛室，填上子彈。「你不是想殺日本人嗎？」

高腳強無語。

雅沁將獵槍遞到高腳強身前。「拿著！這裡離鹿潭很遠了，開槍無妨！」

雅沁這番話讓高腳強頓時驚醒。

「這裡離鹿潭多遠了？」

「夠遠了。」雅沁啪的一聲把獵槍摺在高腳強胸口上。「拿著！殺日本人之前，先殺一隻野豬！」

高腳強接過獵槍，有點狐疑，又有點興奮。「三尖兩刃刀我幫你扛著！」

雅沁兩手攥著三尖兩刃刀，像拔蘿蔔拔出來，扛在肩膀上。「高大哥，這支槍後座力很強，你要小心。」

高腳強食指輕觸扳機，槍托抵著肩窩，上下左右瞄了一圈。他青筋暴凸、肌肉翻滾的左手像蟒蛇捲住了老母雞。

那天中午，耀眼的金色光芒鑲著雲彩的邊，烈日碎成一灘紅痰，天穹澄澈太平，蒼鷹張掛著距爪，野鳥癱在樹蔭中抗日，鱷魚淚流滿面排鹽，沒有汗腺的野豬抹泥降溫，鍾老怪吩咐亞鳳和愛蜜莉帶著孩子回高腳屋，自己和扁鼻周尋找高和潘。亞鳳看著孩子用完餐後，夥同愛蜜莉回鹿潭尋人。曹大志看見餐桌上放著半壺沒有喝完摻著鴉片漿汁的雀巢美祿，倒滿一個鐵杯，一氣喝完。嚴恩庭拿起鐵壺，就著壺嘴喝完剩下的美祿。自從嚐過馬婆婆摻著鴉片漿汁的美祿後，孩子已喝上癮，每天向朱大帝討一塊鴉片膏煮成漿汁，美祿或咖啡的香味夾雜著鴉片漿汁的尿騷腥腐味瀰漫廚房時，最小的孩子也忍不住吞下一口唾沫。曹大志喝完美祿，肩扛金箍棒腰排帕朗刀，也準備入林尋人，嚴恩庭不顧他的反對，哼著小林二郎慣常吹奏的幾首日本童謠和大志朝鹿湖走去。

大志雖然喜歡恩庭，但和恩庭獨處，他就變得彆扭。他扛著印茄木金箍棒，胸前掛一個豬頭豬腦的面具，脖子後掛一個最有猴相的河童面具，只顧低頭走路，正眼不看像發情母鳥的恩庭。地面瀦留著一窪又一窪死水，清澈沌濁，深淺不一，心機重，城府深，倒影著兩個孩子的天真容貌或小鬼惡相。月桃的穗狀花序在黑色的西南風中顫慄，沒有光明的天穹從樹篷中投下自殺的耀眼光彩，彌留草梢和腐葉上。遙遠的鹿潭徘徊著雌雄兩隻水鹿，兩支開叉鹿茸，八隻苗條美腿。大志和恩庭的獵槍已繳還鍾老怪，見了水鹿，忘了高潘兩人，蹲在茅草叢中絞盡腦汁獵捕。

據鍾老怪說，野鹿從來不走相同路徑，因此鹿湖四周鹿徑縱橫交錯；野鹿也從來不走回頭路，獵殺野鹿只可以攔頭不可以截尾。

野鹿聽覺靈敏，大志和恩庭屁股沒有蹲滿，雄鹿已經四蹄交踢，的的噠噠踩踏腐葉枯枝，兩眼瞪得比鴿子蛋大，緊盯著他們藏身的茅草叢，鼻子呼吸著他們的汗臭味，吐出底層食物鏈充滿草渣味的屈服啼叫，滾進身後一片浪潮舒捲的茅草叢，留下八蹄的餘波蕩漾。野鹿雖然奔跑如飛，但不斷急停回顧，顧後不顧前，拉開的距離十分有限。

大志迂迴抄路，估計已超越野鹿，抽出帕朗刀棲身望天樹板根後，準備學鍾老怪等人使出削斷鹿腳的卑劣手段。恩庭蹲在他身後，無聊地哼著日本童謠，大志捂住她的小嘴，將手指頭一股沒有清洗乾淨的尿騷味灌進了她的鼻腔。望天樹散亂著寄生植物，蘭花薈萃，藤蔓恍惚，鳥巢蕨的葉子從樹杈中森然豎立，巨幹的旮旯裡不知道藏了什麼蟲獸，發出稀奇古怪的叫聲。縱橫交叉的枝椏消遁在煙嵐冪蓋中，煙嵐不斷升騰，枝椏也不斷騰升，望天樹像飄浮天際，穿梭著一批翅膀像板根一樣巨大臃腫的怪鳥。恩庭背靠板根，撿了一根小樹枝摳指甲污垢，擰了一朵白色的藿香薊搔大志耳垂，摘了一片嫩葉對摺，夾在嘴裡吹出悠揚柔馴的鹿啼，戴上女妖面具，哼完〈滿天晚霞〉，又哼〈赤蜻蜓〉，哼得大志瀰漫尿騷味的手指頭壓住她的嘴唇鼻腔，她還是嗯嗯嗚嗚哼著，哼得上咽和下咽像兩個顫慄的簧片，發出清脆嘹亮好像口琴的聲音。恩庭忍不住狠狠咬了一口大志中指，大志嘶了一聲，抽回手掌，瞪了恩庭一個愛恨交集。清脆嘹亮的口琴聲猶在飄蕩，〈赤蜻蜓〉的旋律繚繞不去。大志和恩庭看見遠方一棵欖仁樹下，小林二郎扛著鑿了十八個凹槽吊掛十八種雜貨的十八英尺竹竿，穿著油漬斑駁的背心短褲，趿木屐，晃著布滿鍘痕的平頭，額頭紮一條白色毛巾，吹奏著複音口琴，身後跟著彈弓王錢寶財、游泳高手賴正中、蟋蟀王梁永安、紅孩兒紅毛輝等一批小孩，牽拖著一群狸妖、傘怪、天狗、河童、九尾狐，繞著欖仁樹轉圈子……

高腳強興奮地扛著那支單管獵槍，每走幾步就找一個激突乾淨的標的瞄一下。他把天狗面具甩到背後，踩著像蛋殼喧譁破裂的腐葉，繞過一綹又一綹無法長驅直入的矮木叢，閃過密密匝匝八卦布陣的肥大樹身，尋找猴群集體覓食的果樹，鍾老怪說過，有猴群，樹下就有等著撿便宜的餓豬。潘雅沁揹著三尖兩刃刀，邁著輕捷的腳步，看著高腳強的天狗背影，不小心就把三尖兩刃刀刀尖戳向高腳強肩胛骨，痛得高腳強嘶了一聲，回頭瞅了她一個心煩氣躁。每次高腳強一回頭，雅沁就把九尾狐面具罩在臉上，高腳強好像想起了什麼，悻悻然轉過頭去。

剛勁的雲彩在天穹打滾，黑色的西南風颳進林子裡，枝椏參差疏朗，小扭曲，大疙瘩，看起來都有點尖嘴猴腮，甚至齜牙咧嘴。極端無聊時，雅沁用三尖兩刃刀刺一下高腳強屁股，嬌喘一聲，發出嚄嚄喳喳的豬叫。高腳強頭也不回地說：「鬼叫，鬼叫，鬼叫！」雅沁越叫越大聲，高腳強氣得對著她怒吼：「再叫！我把妳一個人扔在這裡！」雅沁扠腰，露出嚴恩庭式的蠻橫：「好！那你獵槍還我！」高腳強僵著臉，嘴唇嚅了兩下。一朵強烈的光斑停留在他汗珠淋漓的寬額上，橫豎著枝椏陰影。「雅沁。」高腳強將獵槍倚靠樹身，不自然地拍了一下雅沁頭顱。「野豬的耳朵和鼻子厲害，妳在豬芭村放一個響屁、打一個嗝，牠不但聽得到嗅得到，還可以猜到妳昨天和今天吃了什麼肉喝了幾杯美祿咖啡！」雅沁將三尖兩刃刀輕輕地拄在地上，發出一聲服膺的脆響。「照你這麼說，我們永遠獵不到野豬了。」「那也未必。鍾老怪說過，大豬貪吃，小豬貪玩。」高腳強把獵槍扛回肩上。「而且豬進食時震天價響，沒有一點戒心。」高腳強又不自然地戳了一下她的肩膀。「像妳這麼聒噪，打草驚蛇，再貪吃的野豬也被妳嚇跑了。」雅沁點點頭，打了一個哈欠。「高大哥，我累了，休息一下好嗎？」

高腳強抽出帕朗刀削頹了一批藤蔓地衣，將糟朽的枝葉踩踏得更糟朽，搬來一截腿粗的腐木亙在一棵桃花心木下，兩人背靠著樹身並肩坐下，間或有一顆長著紅色花瓣的卵形果實從樹上像直升機螺旋槳旋轉著啪的一聲落在腳下，高腳強遂即單手揣著獵槍，對著那顆已經長出根芽的種子瞄了半天。雅沁從褲袋掏出一個發條跳雞和一個發條呱呱蛙，疙疙瘩瘩地上了發條，放在頹平潮濕的黑土上讓它們遛達。母雞走得東倒西歪，青蛙原地撲跳。高腳強又瞪了雅沁一個心浮氣躁，用槍管指著母雞青蛙，嘴裡噗的一聲，模擬出一聲槍響。雅沁食指一撩，母雞順勢倒下，腳爪揮飛了幾個泥殼。

桃花心木下，一叢酷肖猴子尾巴的藤蔓凌空升騰，像炊煙冉冉穿過樹篷，消遁在逐漸染紅的雲霞中。金黃色的斑光密集高腳強臉上，照耀出縮小一千倍的煙硝漫舞的炮彈坑。高腳強的神志被斑光轟炸，不可抑制地癱軟，半睡半醒中，發條玩具的嘰嘰嘞嘞依舊響亮，高腳強舉目四望，潘雅沁已不知去向。

高腳強揉了揉眼，看見在一簇長滿火鶴紅、棕櫚樹、月桃和野胡姬的矮木叢中，馬婆婆穿著肥大的客家白色對襟短衫和黑色大褲襠，趿木屐，臉皮如老薑，白髮飄飄，眉峰挑著十幾根蝦鬚毛，鼻尖閃爍著蛇膽痣，下巴吊著蘑菇贅肉，脖子後長了像鵝蛋的粉紅色肉瘤，手拿一把大鐮刀，追逐著一隻嚄嚄啼叫的母豬，母豬身後盲躥一群身上散亂著褐色條紋的幼豬。一隻白色鸚鵡在馬婆婆頭上翕張著翅膀，模仿荷蘭溫血母馬的咴咴嗚叫。一群戴著妖怪面具和手裡拿著發條玩具的小孩像燕子盤旋馬婆婆屁股後面，像盤旋屋簷下乳燕毳毛和母燕唾液組成的黏稠漩渦。林曉婷戴著九尾狐面具走在孩子前面，發出咯咯咯令高腳強魂牽夢縈的笑聲。潘雅沁戴著飛天人頭面具走在孩子後面，模仿林曉婷發出咯咯咯的笑聲。高腳強扛著獵槍追隨在潘雅沁後面，對著嘎嘎啼叫的母豬扣下了扳機……

亞鳳和愛蜜莉找到曹大志和嚴恩庭時，他們正靠著望天樹板根熟睡。

鍾老怪和扁鼻周發現高腳強時，他四仰八叉躺在桃花心木下，三尖兩刃刀斜插在一簇糟朽枝葉上，左手攥著單管獵槍，槍管冒著一縷濡染著青磷的硝煙。十五英尺外長滿火鶴紅的矮木叢中，躺著一隻被霰彈開腸剖腹的母豬屍體。

朱大帝等人在莽林裡搜索了十多天，未見潘雅沁。

沉默

Air yang tenang jangan disangka tiada buaya.
靜水有鱷。

——馬來諺語

薄曉時分，小金坐在豬芭河畔，抽著洋煙，手裡拿著髮釵，汗水從他臉上思念的豎紋和苦戀的橫皺溢出，沿著他尖翹的下巴淌下，滴落在他肋骨猙獰的胸膛。他的手臂和腿上傷疤斑駁，布滿新舊鱷魚咬痕。三十多年來，他從身上拔出十二顆容易脫落的鱷魚槽生齒，有兩顆卡在蹠骨和髕骨上，讓他跛腳兩個月。有一顆卡在胸口，斷了兩根肋骨，差點要了命。據說長期進食鱷肉，汗水、唾液、尿屎和口臭瀰漫鱷魚味，容易招惹鱷擊。

年輕時，小金從來不知道什麼是鱷魚味，直到有一次走入牛油媽咖啡館，在咖啡和麵包芬香中聞到一股濃郁的腐臭，看見客人用狐疑的眼光看著他時，他才明白所謂鱷魚味，就是屍臭味。為了掩飾這股腐味，小金從洋貨店買了一批香水、髮油和護膚品，有劣等貨，也有高級貨，雪花粉、爽身粉、美國蔻丹、法國夜巴黎、中國蝶霜、百雀羚和三花牌等，比南洋姐散發著更哀愁的狐媚。

即使遍體鱗傷去見「巨鱷」。

雨季，雨水不間斷地落了兩個月，廊簷流水像女人透明的纖指或藕臂，豬芭河暴漲，凹地溫馴地瀦成水窪，器物長出了潮濕的黴鬚，豬芭人眼睛裡散發著苔蘚光芒。下午，雨停了，小金拿著釣竿、揹著帕朗刀和獵槍走向豬芭河上游。河水暴漲後，懶散膽小的大魚從上游順流而下，跋涉數十公里，匯集豬芭河頭，搶食人類糞便、糟糠、蝦蟳蛤貝，再沒有經驗的釣手也可以滿載而歸。小金太大意了，忘了自己的鱷魚味像沾滿人血的蚊帳一樣招腥。他卸下帕朗刀和獵槍，坐在浮木鋪排的碼頭上，兩隻小腿泡在冰涼湍急的河水裡，神仙一樣抽完一根洋煙，正要下竿，小腿一陣激痛，整個人已被拽入豬芭河。

河水淹沒腰部後，小金隨即恢復冷靜。從咬嚙力、拖拽的速度和漩渦浪花，估計是一頭十英尺巨鱷。掙扎抵抗只會引發鱷魚排山倒海的死亡翻滾。他忍著椎心之痛，憋著氣，癱軟四肢，瞇著雙眼，讓自己像一具屍體被鱷魚叼到河底。河水混濁，渣滓散亂，魚蝦驚惶游竄，鱷魚覆蓋瞬膜的琥珀色小眼睛如鬼魅，四肢緊貼著布滿角質鱗的巨大軀幹，搖擺著像板根一樣臃腫的尾巴。小金獵鱷二十多年，對豬芭河灣鱷瞭若指掌，一眼斷定這是一隻人瑞層級的禽獸，嚐過人肉。祖上積德，巨鱷暫時不想吃他，將他拽入河底後，銜住他的胸膛塞到河畔縱橫交叉的樹根下。小金痛得握緊十指、咬住三十二顆依舊強韌的牙齒。鱷魚的近視眼瞅了瞅他，鼻子戳了戳他的屁股，嗅了一遍樹根，搖擺著大尾，消失在渾沌冰冷的河水中。

小金知道，巨鱷返航大快朵頤，正是自己腐爛臃腫時。

鮮血從腿肚子和胸膛緩緩溢出，有的纖細如髮，有的像在搧動的魚鰭，描述著他的肌腱筋脈的錯綜複雜。樹荄被血霧網住時，小金的忍耐到了極限，他吐了一口氣泡，像一隻掙脫陷阱的憤怒河鱉游出樹荄，浮出水面，回到浮木鋪排的碼頭。

夜幕低垂後，他吸了一丸鴉片，帶著一串紅毛丹、一塊醃豬肉和一碗四神湯去見紅燈區獨一無二的「巨鱷」。那天晚上，大雨滂沱，雨水把豬芭村街道灌溉成小河，一批又一批蛤蟆徘徊店鋪外的木板走廊交媾追逐，發出無恥的淫蕩叫聲。各種皮色的野貓或家貓、野犬或家犬，占據著走廊沒有被淋濕的角落，嚴厲地凝視著興奮瘋癲的蛤蟆。大顆粒的雨點像鞭炮轟炸著鋅鐵皮屋頂。小金撐開油紙傘，涉水走在豬芭街頭，小腿的傷口被尖銳的雨刃切割，露出像叉燒包餡料的猩紅肌腱。油紙傘的傘骨裡長出了強韌的皮膜肉瓣，像鱷魚口腔裡有防水閘作用的顎帆。

小金放下手裡的水果食物，撲倒在「巨鱷」結實豐滿的胸脯上，哭得像一個小孩。

那個大雨滂沱的夜晚，她的生意清淡，他幾乎占有了她一個晚上。

「我被鱷魚叼到水裡，」他看著她，喃喃自語，企望她聽懂。「我以為我要完蛋了。」

她抹去身上從小金傷口溢出的血跡，將小金壓在鋪著草蓆的木床上，伸出熱呼呼的唇舌，舔舐著他的傷口。

「那是一頭活了一百年以上的巨鱷，」小金說。舌頭熨過傷口，小金全身肌肉顫慄，五臟六肺像被舔了一遍，說不出是舒服或疼痛。「這種老鱷喜歡把獵物泡爛後再進食，又懶又膽小。」

房間瀰漫著惡俗氣味。前一個窩在「巨鱷」身上的男人，像一粒老鼠屎砸了一鍋粥，小金的中國高級「雙姝粉嫩膏」、美國蔻丹，「巨鱷」的小林二郎劣質的香水，立即被一個又一個男人的敗壞味沖散。

當他環抱「巨鱷」時，他覺得自己只是一隻騎在母蛙背上的公牛蛙，更多公蛙像衛星纏繞「巨鱷」，爭先恐後灑下他們豐沛的精子流星雨。

窗外傳來走廊上和雨聲一樣綢繆、充滿棘繭的蟾蜍求偶腔。

「被鱷魚活生生拖到水裡，還在水底浸泡一陣子，竟然見不了閻羅王，」小金說。「說出來豬芭人也不會相信吧。」

「巨鱷」吸吮著他乳頭旁邊的半月形傷口，嘴角流溢出帶著血絲的津液。

她始終無語，但舌唇滋滋嘖嘖，對著他的傷口絮絮叨叨，含著他的肋骨喋喋不休，溢流著千言萬語。

「妳會不會覺得我在說謊？」小金說。

「巨鱷」停止舔舐，像一隻巨大螞蟥癱瘓在他身上。她柔軟的胸脯、溫暖的腹部和吸盤一樣的陰阜像一膏熱藥敷在他的新鮮傷口上。

「那隻被妳戳瞎一隻眼睛的鱷魚……」她的體重幾乎是他的兩倍。小金感受到一種窒息的幸福。「鱷齡大概只有三十吧，長度不到這隻巨鱷的一半……」

那個雨柱肥大像豬腸子的晚上，蛤蟆性慾高漲，但客人稀落。她坐在床上，剝著小金帶來的紅毛丹皮殼，將果實塞到小金嘴裡。果實汁液淋漓，冰脆生津，小金眼角閃爍著疲困甜美的目汁。

「我也獵過一頭百年巨鱷。」肉汁滋潤著小金喉頭，打開了話匣子。「那時候，我還沒有認識妳……」

他夢囈似的訴說一次又一次從鱷魚吻嘴逃生的經驗，像一則則充滿死亡氣息的童話。她蒸熱四神湯，拿起鐵湯匙，一口又一口，稀稀呼呼喝著豬骨熬成的高湯，喝給他聽；咂嘴咂舌啃著山藥、蓮子、薏仁、當歸和豬小腸，啃給他看。他講到被一隻護巢的母鱷突擊，差點失去一條手臂時，她突然掐著他的左臂，用拇指摩挲著臂上一塊稜角分明的舊疤，他感覺到舊疤像慟哭的喉頭抽搐蠕動。

他以為她聽懂了……他凝視著她枯涸的眼神，打量著明明豐滿但卻像剪紙一樣單薄安恬、毫無思維深度的臉孔，良久，啞然失笑。她用一張廢墟的臉孔招待過太多客人，拓撲出來的男人樂園建立在破磚碎瓦甚至骷髏塚上，一場春夢轉眼煙消雲散。他繼續誇張地敘述著和母鱷的波瀾壯觀的搏鬥。她眼神依舊像一座枯井，神情像一湖死水，剝著一顆又一顆紅毛丹，輕輕地塞入他的嘴裡，好像士兵給家鄉的愛人寫情信，在槍林彈雨的戰場上，好像他描述的只是安逸無趣的貓狗家事。

鏽跡斑駁、鳥巢蕨和羊齒植物遍被的鋅鐵皮屋頂上，矗立著株距密集的飛雨莽叢。一隻濕漉漉的蛤蟆逆著雨勢，躍上窗台，咕咕呱呱，呱呱咕咕，鼓著脖子誦了一段祈雨文，消遁在房子一個陰暗角落。「巨鱷」停止剝紅毛丹，緊傍著小金躺下。小金摟著「巨鱷」，枕著「巨鱷」胸脯，有一種呼叫她的名字的衝動。

膏似的大水封鎖了整個豬芭村。

「阿彩——」

小金嘴裡吐出一個既熟悉又遙遠的女孩名字。

根據出生證書記載，那一年他十四歲，也許更小，長輩習慣虛報歲數，讓孩子及早加入有年齡限制的職業，領取合理報酬。那一年，阿彩十三歲，也許更小，已經是那個小鎮的炒粿條好手。公雞啼過一遍後，淡薄的曉色溺染過一遍小鎮後，小金好像長了四條腿，輕巧不沾地地走向阿彩一家人的粿條攤位。掌廚的是阿彩和她母親。阿彩父親下半身癱瘓，只能坐在鍋灶前揀豆芽、剝蝦子、剁蒜頭和快速熟練地往灶膛插柴醮火。阿彩食攤夾峙在海南雞飯和福建炒麵之間，炊煙瀰漫，火舌暴竄，鍋鏟聲鋪天蓋地，熱氣奔騰，客人擁擠。客人有的坐在油漬漬的椅子上慢條斯理吃粿條，有的站在鍋灶前看阿彩和她母親炒粿條，等著打包帶走。阿彩髮長齊臀，炒粿條時綁一根辮子，辮穗頭紮了十幾個鐵髮夾，讓辮子垂直得像秤桿，間或辮穗頭紮一個紅色的蝴蝶結，凌空架在挺拔傲岸的股溝上。小金看阿彩炒粿條，百看不厭。阿彩燒熱食油，舀一鏟蒜泥爆香，倒入粿條、豆芽、雞蛋、醬油、蝦仁、臘肉和韭菜，快鏟大火爆炒。小金只要站在鍋灶前，阿彩就會炒好三碟粿條，將粿條攤勻在三塊大葉婆葉上，用舊報紙包紮，讓小金帶走。小金拎著三包熱呼呼的炒粿條走在回家的路上，肩膀像長了翅羽，腳趾不沾塵土。阿彩炒完三碟粿條，一雙大眼少說瞄了他一百次，他幸福死了。他從十三歲——也許更小——開始看阿彩炒粿條，看了快一年，只和她說過一次話。那天下午家裡來了客人，小金手裡拳著五角錢走到阿彩的粿條攤，故作熱絡地說：「一角錢炒粿條，五包！」

阿彩嘴角含笑，兩眼像八月十五的滿月。

「哦，五包。」

「爸爸說，醬油少一點，」小金壓低嗓子，擠出像大人的鴨嗓。「如果有魚餅，用魚餅代替臘肉。」

阿彩露出了貝殼牙齒。

「哦——」

天穹陰沉下來，雷聲如鼓，阿彩炒完五包粿條，落下豆芽色和豆芽形狀的蜷曲雨點，像蛆從屋簷滴下。小金拿著五包炒粿條，坐在阿彩的攤位上等雨停。雨勢強勁，街景朦朧，一群人擠進狹窄的攤位，摩肩接踵避雨。再等下去，粿條要變冷了。阿彩的母親坐在一張高腳椅上，剔著牙齒，笑得很神祕，說：「阿彩，沒客人了，妳拿把傘送小金回去。」阿彩走到小金身邊，撐開一把油紙傘，看著小金。小金拎著五包炒粿條，和阿彩並肩走在雨中。走了十幾步，阿彩把油紙傘交給小金，蹲下捲起被雨水濡濕的褲管，露出小腿。雨點黏稠，像蜂蛹沿著傘簷滴下，像蘸密封著從五包炒粿條中溢出的雞蛋、醬油和蒜泥香味。雨點像撥浪鼓敲擊著油紙傘，敲擊出嬰兒咯咯咯的笑聲。小金從來沒有和阿彩這麼接近過，他拗斷五百根腦筋，終於擠出一句話。

「爸爸最喜歡吃妳的炒粿條。」小金冷冷地說。

「哦——」

「爸爸說，整個鎮上，妳的炒粿條配料最實在，蝦仁和豆芽最新鮮，雞蛋和臘肉最多。」小金心虛地把手伸出傘外，濡濕手掌，抹去脖子上的汗珠。父親從來沒有說過這種話。

「媽媽嫌我配料下得太多。」

「鎮上的人都喜歡吃妳炒的粿條。」小金說。
「你呢?」阿彩說。「你喜歡嗎?」
「——喜歡。」小金又冷冷地說。

堅硬的雨喙瘋狂地啄著油紙傘,膘肥的雨腳横倒豎臥在野草和水窪中。籬笆眼和禿枝上棲息著一群泥巴一樣混沌的野鳥,天上氤氳著青綠的莽叢色,地上瀰漫蔥鬱的水氣,油紙傘下釀著一卵明亮的蛋黃色澤。小金彎腰撿起一塊石頭,扔向禿枝上簇擁成一團爛泥的野鳥。石頭打中禿枝,禿枝顫了顫,野鳥紋風不動。他又撿了一顆石頭,噗的打中野鳥,鳥群蠕了蠕。阿彩看了他一眼,鼻頭上的汗珠閃爍。阿彩握著傘柄的五指發散著草芽的青春蓬勃,好像沒有骨頭。小金為自己的孩子氣感到彆扭。過了一座獨木橋,小金的高腳屋近在咫尺。大雨滂沱了半天,溪水暴漲,兩根鹽木鋪排的獨木橋傲慢地豎立在溪水上,橋墩好像長高了,隙縫中的野草好像長稠了,一隻爛泥一樣的蟾蜍蹲在橋中央,用一雙充滿攻擊性的小眼瞪著他們。拳頭大的蟾蜍讓橋面變窄了,或者是狹小的橋面讓蟾蜍顯得肥大。小金走在前面,跨過蟾蜍,蟾蜍咯咯叫兩聲,頭上的疣粒和背上的疙瘩忽大忽小。阿彩跨過蟾蜍,蟾蜍也咯咯叫兩聲,肉瘤萎縮,四肢凌空撐起。小金站在高腳屋屋簷下,聽著蟾蜍瘋狂叫囂,看著阿彩的背影走過獨木橋,消失在灰濛濛的天地中。

三個月後,全鎮的男人划著舢舨,帶著獵槍、帕朗刀、鐮刀和棍棒,在臨近小鎮的河灘槍殺了一頭八尺灣鱷,剖開肚子,撿回阿彩支離破碎的屍體。阿彩奉父命,薄曉時分盤桓河口撿血蚶,學潮州人摻入血蚶肉,豐富炒粿條配料。一隻灣鱷叼住阿彩小腿,消遁在波光蕩漾的平靜河水中。

「阿彩——」小金枕著「巨鱷」的柔軟胸脯，棲浮在像樹冠輻射出去的二十個乳腺葉上，在「巨鱷」心跳聲、雨聲和蛤蟆淫叫聲中沉沉睡去。

他在朱大帝等人面前呼叫她「巨鱷」，但和她獨處時，他總是用無言的眼神呼叫她。無言的撫摸，無言的環抱，無言的親吻，無言的醃豬肉和四神湯，無言的蛤蟆呻吟，無言的告別。間或，他的腦海會出現一個瘖啞佝僂的名字：阿彩……

他準備向小林二郎探詢「巨鱷」名字時，鬼子已入侵豬芭村。

小金抽完了一包洋煙，思念的豎紋和苦戀的橫皺扭曲了瘦削的臉，六英寸長的髮釵陪著他一夜無眠，在他手掌上輾轉反側到清晨。髮釵頭有一個模糊的鳥頭造型，三年多前握在「巨鱷」手裡，刺瞎了一隻鱷眼。三年多前他殺了那頭瞎了一隻眼的巨鱷，把髮釵插在「巨鱷」鴉羽色的髮髻上時，她的眼眸墮下了兩行熱淚。

愛蜜莉將髮釵交給小金時，小金捏著長滿青紫色鏽跡的髮釵，良久無言。他看著愛蜜莉，眼睛散發出璀璨的光芒。

「何芸在日本軍營時，一個身材高大的東洋女子送給她這東西，」愛蜜莉說。「要她戰後把它交給豬芭村一個身上布滿鱷魚咬痕、四十幾歲的捕鱷專家。那人應該就是你吧。」

小金來到囚禁何芸的房間時，何芸睜著一雙油膩膩的大眼，笑得像一頭疲憊老邁的母山羊，一語不發，讓小金想起炒粿條的阿彩。她噘了噘嘴唇，好像想起了什麼，眼眸亮了一下，打開客家對襟短衫和長褲，敞開豐滿的胸脯，露出胯下兩片閃爍著螢光的潮濕的蕈褶。小金身上釋發出來的腐敗味，瀰漫房間久久不散。

那天中午，小金揹著獵槍、帕朗刀，瞞著朱大帝離開了高腳屋，潛入戒備森嚴的豬芭村。他在一個廢棄的芭棚睡了一晚，破曉時分潛伏豬芭河畔，三天後，他鞍在一棵枝葉茂密的龍腦香樹幹上，看見六十多個女子在一群荷槍實彈的鬼子監視下散布豬芭河畔，發呆沉思，拈花惹草，裸身洗澡，嬉鬧聊天。西南風像利刃劃過豬芭河水，釋放出屠戮牲畜的血腥氣味。白雲像一群交歡的兔子，天庭肉慾橫流。永遠鋼筋鐵骨豎立豬芭河畔的椰樹叢，在一片靛藍色的煙嵐中顯得愁眉苦臉。河水悠悠，漂浮著各種鬱悶的臉膛，發出各種長吁短歎。鳥聲繚亂，莽叢錯落，冷漠的豬芭人划著怯弱的船槳，駕馭著脆薄的舢舨或長舟，載著貧乏的漁獲野果，在鬼子的機槍凝視下划過了清晨的安靜的豬芭河。一個鬼子走到小金棲身的樹下撒了一泡尿，永遠朝天的九六式機槍槍管對準了小金屁股。鬼子掏出一根像枯枝的獸棒，撒了一泡濁黃色的熱尿，用拇食二指夾著獸棒甩了兩下，漫不經心地把獸棒塞回褲襠。撒完尿後，鬼子脫下蟹青色鋼盔，抬起下巴，瞇著一雙小眼看了一眼樹上。小金握緊獵槍槍托，抬頭看著從樹冠露出的一小塊布滿裂痕的天穹，想起「巨鱷」乳房上青紫色的乳腺。低頭看時，鬼子已離開樹下。龍腦香距離豬芭河太遠，六十幾個皮膚白皙的女人簇擁河畔，像一群蛆在啃一塊腐肉，高矮肥瘦不分，面目模糊，小金視力再好，也分辨不出「巨鱷」身影。

兩天後，小金借了一艘舢舨，揹一個粗腰細脖的馱簍，穿一件破爛骯髒的背心，戴一頂四面八方翻簷的草帽，揭一支釣竿，臉上抹一層黑泥漿，把獵槍和帕朗刀藏在夾板下，趁著六十多個女子在河畔休憩時，把舢舨划到對岸一棵椰子樹下，下竿垂釣。那天早上，天氣陰霾，河畔的菜甕挺露著飽滿的肚腹，升騰的地溫在瓜棚豆架上像刀刃跳躍。大樹的清癯面目和漂亮肢體矗立在鼻涕色的天穹中，偶爾颳起一陣強風，大樹紛紛顫慄，打了幾個大噴嚏。纖弱的茅草叢掛著鐵秤砣一樣沉重的大番鵲，幾棟歪嘴塌眼的陋屋一身傲骨地挺立河岸上。對面河岸站了十幾個鬼子哨崗，一面紅膏丸的日本國旗威風八面地飛颺著，旗緣上的鮮紅色絲縧散發著一帘歌妓的脂粉氣。六十幾個女子，臉色蒼白，嘴唇像兩隻缺血的螞蟥，分辨不出精神飽滿或兩眼惺忪，也說不出愁眉苦臉或笑逐顏開，邁著細碎的步幅，空洞地凝視著肅殺的天穹和卑微的豬芭河，像一群滿腹心事的母雞。

小金用抄網撈起第一尾魚時，嗅到了陣陣的腐臭，聽見了喧譁的蛙鳴。

一個身材高大的女子站在河畔，身上披著一件及胸的粉紅色圍裙，彎腰將頭髮扎到水裡，打濕了一條白色的毛巾，慢條斯理地搓揉身體。河水淹沒了她的腳踝，白蘿蔔色的皮膚閃爍著粼粼波光。她用一隻手捏緊被她擰成螺旋狀的濕毛巾頂梢，用力一甩，發出一聲曝響。小金右手一抖，五指一鬆，釣竿戳入水裡。他迅速撈起釣竿，重新掛餌下竿。他的動作引起了鬼子注意。兩個鬼子用九六式機槍槍管對準了他，兩腿如棒，身軀如樁，上下打量著他。小金不停地彎著腰，臉上掛滿笑容。身材高大的女子用毛巾擦拭著脖子，兩眼像火焰撲向小金。鬼子將視線從小金身上移開，槍管朝天。女子的擦拭變得非常緩慢，間或完全停止，眼眸重新燃起一股燋金爍石的火焰。小金嘴唇蠕動，瘖啞地呼叫著她。無言的撫摸，無言的環抱，無言的親吻，無言的醃豬肉和四神湯，無言的蛤蟆呻吟，無言的告別……

小金頭腦長滿瘢痂，瞬間失去思考能力。他從懷裡掏出六英寸長的髮釵，高高地舉到了額頭上。

小金看到女子的嘴唇對著身邊的鬼子喘了喘。鬼子轉頭瞪了小金一眼，用拇食二指湊到嘴邊吹了一個抑揚頓挫的吆哨。

十幾個鬼子的機槍對著小金開了火。

槍聲像雞啼醒腦聰耳，震得小金五臟淨空舒暢。

愛蜜莉的照片

在炸彈掉落之前，讓我牽著你的手，親吻你高貴的臉頰，細語呢喃……
在災難降臨之前，讓我陪著你在花園裡徜徉，在花香中與你共眠……
你可以享受軟玉溫香，在我的酥胸得到慰藉……
回家吧，我在家鄉等著你，願你我夢中相逢……

——太平洋戰役日軍對聯軍投擲之勸降書

一

扁鼻周淨空雜貨店到朱大帝的高腳屋避難時，從溺斃鷹巢湖的鬼子飛行服口袋掏出一疊枯黃的白紙。白紙經過湖水浸泡，呈澄黃色，文字有點迷茫，圖片有點漶化。每張白紙上翻印著一幅西洋或東洋女子黑白照或彩繪圖，裸露著豐滿的胸脯和挺翹的屁股，笑得像一瓣彎月，哀怨得像一顆孤星。女子像暗夜中的螢火蟲，以自己獨特的閃爍頻率對扁鼻周發出呼喚的螢光。

扁鼻周拿著白紙走到隔壁的吉祥號雜貨店找沈瘦子。

白臉書生沈瘦子，臉上掛一個圓形的黑邊眼鏡，五指如玉笋，精通多種語言，愛看奇書，從毛髮到腳趾洋溢著仙氣，讓人想起月份牌上從北方仙境走下南洋凡間的人物。「籌賑祖國難民委員會」舉辦義賣時，沈瘦子捐出了一箱鴉片器具，有鑲嵌紅藍寶石的象牙和犀牛角煙槍、紫砂陶煙鍋、雕著春宮畫的煙膏盒和年代久遠的煙燈、煙籤，創下高不可攀的義賣單價。豬芭孩子冒著被鬼子砍頭的危險，撿了聯軍和鬼子的彈頭彈殼和沈瘦子交換稀奇古怪的玩意，據說沈瘦子可以把孩子撿獲的彈頭用彈殼裏上推進藥和底火，用他那把美製解放者手槍射擊，殺傷力不輸鬼子南部十四式手槍。孩子們從沈瘦子那裡獲得大量彈珠，豢養蟋蟀的各國火柴盒和香煙盒，過時的年曆月份牌，一捆捆的橡皮筋，各種型號的魚鉤，製作彈弓橡皮彈條的報廢自行車內胎等等，即使是一只破皮鞋，也讓孩子如獲至寶，製作彈弓的彈丸兜。沈瘦子加入國民黨印緬遠征軍和聯軍高原抗日游擊隊後，學會一腦袋的軍事戰略和殺人知識。扁鼻周現身吉祥雜貨店時，沈瘦子正坐在床上抽著一支象牙煙斗，身邊放了一個包袱，手上拿著一個黃色的卵形膠囊。

沈瘦子小心翼翼地把卵形膠囊放入一個硬紙盒，塞到胸前的小口袋。他接過扁鼻周遞給他的白紙，仔細看了一遍，臉上掛著陰柔的笑容，兩頰漾著女子才有的嫣紅，吐出一朵像白色菊花的煙霧。

扁鼻周解說了一遍白紙的來歷。

「哦——這是鬼子對牛仔大兵空投的勸降宣傳單。」牛仔大兵、圓桌武士和袋鼠軍團是沈瘦子對美英澳國大兵的慣稱。「這東西我在菲律賓看得多了。我還看過印著東洋婆娘的票單呢。」

扁鼻周點點頭。

沈瘦子用一條白手帕抹了一下白臉，凝視著一張彩色繪圖。畫中有一個穿著猩紅睡衣、裸露著背部的洋婆子，趴在床上以五指撫摸一個年輕男子的照片。沈瘦子用一種如痴如醉的口吻翻譯票單上的英文字體。「**你為什麼離開我？我為什麼一個人承受這難熬的孤獨？這死亡一樣的寂靜？這無邊無際的情慾？為什麼？為什麼？愛人，回來吧！回到我懷裡吧！**」

沈瘦子將勸降單交到扁鼻周手上，掛著一個狐媚笑容，蹙了蹙纖細如牙籤的眉毛，拇食二指輕輕捏著另一張勸降單。勸降單上彩繪著兩個手棒鮮花的年輕男子，環住一個年輕女子。「**你為什麼沉迷於戰爭的冷酷無情？湯姆數月前回家了。托瑪斯一直對我獻殷勤。親愛的，我空虛寂寞，我對自己越來越沒有信心了……**」

沈瘦子又隨意翻譯了幾張勸降單。「老周，這東西別讓鬼子看見。」

扁鼻周離開後，沈瘦子揹著包袱投奔聯軍高原抗日游擊隊，一九四五年八月二十日，朱大帝組織隊伍入林追剿潰逃的日軍時傳來了沈瘦子死訊。沈瘦子死因眾說紛紜。據說他從聯軍運輸機跳降落傘和游擊隊集合時，因烏雲密布天候不佳，飛機無法低飛，不得不從三千公尺高空穿雲而下，降落傘落入達雅克人挖掘的捕豬陷阱中，沈瘦子被一根尖椿穿透胸膛，但一個和他同時跳降落傘的圓桌武士說，沈瘦子的降落傘吊掛在一棵望天樹上，卡賓槍扳機勾到一根枝椏，一顆子彈射穿了沈瘦子腦袋。有一種說法是，沈瘦子隨著游擊隊員潛伏到內陸一個駐紮了兩百名鬼子海軍陸戰隊的村莊，因勢力懸殊，游擊隊的袋鼠軍團隊長請求聯軍支援，聯軍派出兩架閃電型轟炸機投下大量燒夷彈，炸得鬼子血肉橫飛，也炸死一批包括沈瘦子在內的游擊隊員。另一種說法是，沈瘦子在一次叢林遭遇戰中被鬼子圍困，打完最後一顆子彈後，吞下內含激毒的黃色卵形膠囊，口吐白沫，在鬼子刺刀抵住胸口準備活逮時氣絕。

扁鼻周回到雜貨店後，又仔細檢查了一遍飛行服，在一個內側小口袋找到一張皺巴巴的勸降宣傳單。宣傳單內容大致一樣，印著一個東方女人的黑白攝影照片，短袖襯衫，長髮披肩，兩手扠腰，抬頭凝視天穹，身後白雲蕩漾，一叢陽光在她五官深邃的臉蛋灑下搖曳生姿的蕉風椰影。

二

山崎開始逮捕「籌賑祖國難民委員會」成員後，鱉王秦第一個收拾包袱，和扁鼻周、小金打過招呼後，半夜帶著兒子遁向朱大帝高腳屋。自從那天晚上看見貌似紅臉關妻子葉小娥的人頭蛇身大鬧蛇店後，原來一夜無夢的睡眠開始支離破碎，屢被南中國海傳來的海豚逐浪聲、鯨魚排出蒸氣時的靡靡之音、隔壁餐飲店的夫妻恩愛聲驚醒。遷居朱大帝高腳屋後，海豚逐浪聲和鯨魚噴氣聲消失了，莽林的心跳和喘息、禽獸的恩愛或廝殺繼續腐蝕著睡眠品質，吸食鴉片的次數和分量暴增。一個下著小雨的日子，他忍耐了一天沒有吸食鴉片，傍晚時分打了幾個冷顫，流下幾行透明鼻水，看見兒子秦雨峰正從亞鳳領導的巡弋隊伍解散歸來，戴著那頂從灣鱷肚子取出的蟹青色九〇式鋼盔。高大的常青喬木在雨絲中輻射著一層青紫色光暈，兒子的鋼盔也輻射著一圈烏青的河鱉色澤，臉上瀰漫英勇的關羽紅，脖子學牛仔大兵繫一條平安回家的黃絲帶、掛一個面目猙獰的妖怪臉譜，手上反拿一支輕巧如暗器的小帕朗刀。鱉王秦最不喜歡兒子戴那頂鬼子鋼盔，過大的鋼盔罩在他瘦小的腦袋上，讓他細得像苦瓜的脖子好像隨時會折斷。

「皮癢啊！不是叫你別戴那頂鐵帽子嗎？」鱉王秦破口大罵。「你總有一天會讓鍾老怪當鬼子斃掉！」

兒子吐了吐舌頭，順手摘掉鋼盔。

鱉王秦看見兒子摸了摸腦袋，鋼盔在頭上化成了頭蓋骨，頭蓋骨下流竄著腦漿血液。

「叫你脫下盔鋼。」鱉王秦搧了兒子一巴掌。「你幹什麼？」

「我不是脫了嗎？」兒子晃了晃手裡濕淋淋的鋼盔。

鱉王秦看見兒子手掌蔓延著一圈烏青模糊的河鱉色澤，臉上的關羽紅臉孔瞬間變成一個鼻子像茄子一樣長的妖怪臉孔，聽見兒子說著自己聽不懂的鬼子話，伸手抹了一把鼻涕，打了一個從髮根抖到腳趾的寒顫，兩臂鬆軟無力，五指摸索著腰上的帕朗刀刀柄。兒子看見父親臉皮僵硬成鱉殼的革質皮膚，嘴角淌著一行唾液，下顎下垂得像脫了臼，知道父親鴉片癮發作，丟了鋼盔，轉身就跑。

「死孩子！」鱉王秦看見一個河鱉從孩子手上掙脫，竄入一叢枯葉。他拔出帕朗刀，腳趾像五齒釘耙，走一步就築翻一團爛泥，邁出十多步，臉上汗淚遍被，幾乎還在原地踏步。

兒子狂奔了十多步，兩手扠腰，回頭看著父親，臉上露出調皮神色，並不十分害怕。這不是他第一次看見父親鴉片癮發作。父親鴉片癮發作時雖然可怕，但好像一個十多天沒有進食的餓殍，甚至像一尾被削鰭的魚，只要夠機伶，父親傷害不了他。相反，他還要監視著父親，不讓父親幹出傻事。

鬼子入村前，內陸飼養鬥雞出名的陳煙平和父親有一場賭鬥。陳煙平在唐山以觸動物生殖器討活，騸馬、宦牛、閹豬、羯羊、善狗、淨貓、鐓雞，無一不精，流竄菲律賓後，學會飼養鬥雞和各種鬥雞竅門，以販賣鬥雞討活。定居婆羅洲後，繼續飼養和販賣鬥雞，間或下注賭鬥，每隔三、五個月就運來幾個籮筐的蛇鱉賣給鱉王秦。鱉王秦聽說陳煙平的閹潔絕活獨步南洋，想學一兩手，死賴活求，陳煙平不肯，說：「整個南洋，會這絕活的沒幾個，我如果教了你，還混什麼？再說，我不會閹蛇，也不會閹鱉，更不會閹人，你學這東西幹什麼？」鱉王秦知道陳煙平鴉片癮不下自己，於是和陳煙平舉行一場賭鬥，自己如果輸了，以後雙倍價格收購陳的蛇鱉；陳如果輸了，必須傳授閹潔技術。賭鬥方式很簡單，陳煙平和鱉王秦在蛇鋪同吃同睡，彼此監視，看誰有本事在不吸食鴉片下撐得最久。三天後的清晨，陳被發現一臉鼻涕淚水倒臥蛇鋪中，四周散亂著從鐵籠逃竄出來的毒蛇和沒有毒的蛇。鱉王秦兒子在豬芭村繞了一圈，看見父親趴在豬芭河灘，從頭到腳攤著十多隻吸飽了血的水蛭，每一隻都像豬腸子一樣肥大。兩人不分勝負，大難不死。鬼子入村後，鱉王秦黃昏時分和兒子經過鬼子哨崗，兒子機伶地行了一個鬼子要求的標準鞠躬，鱉王秦當天還沒有吸食鴉片，昏昏噩噩，不說沒有鞠躬，還用力拍了一下兒子頭顱，罵了兩句。荷槍實彈的鬼子哨兵走到父子面前，一話不說，搧了父親一巴掌，又踢了父親一腳。鱉王秦哀叫一聲，像一隻狗倒在地上看著鬼子。鬼子嘰哩呱啦吼叫，唾沫星子像木匠的刨花落在鱉王秦身上。秦雨峰又用力鞠了一個優美諂媚的躬，對著鬼子哨兵綻出一朵燦爛到牙齒都要像花瓣凋落的笑容。「爸爸，站起來，對皇軍大人鞠躬！」鱉王秦吞了一口又乾又鹹的口水，看了一眼鬼子鋼盔下只有怒氣沒有五官的陰暗的臉。他慢吞吞地站起來，對著鬼子迅速地彎下腰桿，又迅速地挺直腰桿。鬼子更用力搧了一巴掌，踢得鱉王秦翻了兩個跟斗。秦雨峰攙起父親。「爸爸，你這鞠躬不對，跟著我做！」鬼子要求的標準姿勢是：卸下所有隨身物和配飾，身體打直，脖子肩膀前傾，彎腰鞠躬十五度，默數五下後恢復原狀。姿勢不標準，一律拳打腳踢，打到歪嘴崩牙，並且對著天上的豔陽或晚霞中的殘陽練習鞠躬，練習到腰疼背痛四肢痠軟，幾乎每個豬芭人都遭受過這種折磨。鬼子投降後，聯軍安撫人心，在豬芭人要求下，把鬼子列成幾個縱隊，對著炎陽或殘陽鞠躬，看得豬芭人人心大快。那天鱉王秦因為少食了兩塊鴉片，被鬼子搧了十多個巴掌，屁股挨了十多下軍靴，才做出了標準的鞠躬姿勢。

秦雨峰和父親拉開十多步距離後，僵在原地，溫馴恭敬地看著父親。鱉王秦一步一步推進，帕朗刀刀尖一次又一次插入濕地，箝起一疊厚厚的腐葉。汗水、淚水、鼻水和唾液從他臉上淌下，似乎也淌下不少五官的稜角皮膜，讓他稜角分明的荷蘭人的五官平庸得像一面樹墩，往日殺蛇剖鱉的風采也風流雲散。鱉王秦膝蓋一屈，跪倒地上，半截帕朗刀插入了濕地。

「你——你是雨峰？」鱉王秦用手背擤了一把鼻涕眼淚，看著頭蓋骨下腦漿斑斕、茄子鼻像豬尾巴盤曲著的紅臉妖怪，吐出了一句含糊不清的話。那句話五分鐘前就盤桓舌尖，直到現在才脫口而出。

「哦，哦，我是你兒子，秦雨峰。」秦雨峰蹲著一個隨時全速衝刺的馬步。

「雨峰，好孩子，你去找朱爺爺或扁鼻周叔叔，跟他們要兩片鴉片膏。」鰲王秦只是耽擱了一天吸鴉片時間，並沒有完全失去理智，他看著兒子臉上英勇的關羽紅和紅鼻子的腥邪水乳交融，燒出一個散發著神魔釉彩的交趾陶雙面妖，心裡很清楚那是兒子長期戴著妖怪面具的蜃景幻覺。當他吸過鴉片神清氣爽時，看到的不戴面具的兒子不會比戴面具的兒子更多。他用手指頭擦了一下眼淚，回頭果然看見草叢中那頂鬼子蟹青色鋼盔。他跪著從泥土抽出帕朗刀，拭去刀刃上的泥漿，在一片姑婆芋上抹一抹，刀尖對著刀鞘口，還可以不怎麼覷地就精準入鞘。他抬頭看著像散財童子的神彩斑斕的兒子。「好孩子，聽見了嗎？」

秦雨峰依舊緊繃著馬步，繃得他更加削瘦，像一只飛不起來的風箏骨架。父親太早恢復神智，讓他有點悵然。他曾經在父親鴉片癮發作時，讓父親追著繞了大半個莽林，說也奇怪，父親越奔跑越是精神抖擻，最後終於停止追逐，丟下他滿懷元氣離去，間或順手獵殺一頭離散的野豬，將死豬揹在肩上，褲襠鼓脹，豬滿豬血。他不放心，跟蹤著地上的血跡，遠遠看著父親背後閉目安息的豬頭，露出往日父親的慈父光輝，他的眼淚落了下來。

秦雨峰卸了馬步，面露難色。

「孩子？雨峰——」鰲王秦站起來，走向一豬水窪，舀水澆淨膝蓋上的泥土。

「朱爺爺說，」秦雨峰往前跨了兩步。「你鴉片吸得太凶，要減少你的分量。」

「減少就減少。」鰲王秦眨了眨眼。兒子身上調皮不安分的魔性，總好像會引發自己沒有罌粟鹼和嗎啡安撫的魔念。「一天兩塊鴉片膏不過分吧？」

「好，我去討兩塊，」雨峰說。「你今天如果還要第三塊、第四塊，你自己去和朱爺爺要。」

「哦？我即使跟他要第五塊、第六塊，甚至第十塊、第一百塊，他也不敢不給！」鰲王秦哼笑一聲，又抹了一把鼻涕淚水。「孩子，快去，我快撐不住了。」

小雨依舊落下。雨峰兩手往後梳耙頭髮，腦後泚出一股雨水汗水交織的雨辮。他抬頭看著父親逐漸凹凸分明的荷蘭人五官，小跑繞過父親，朝父親身後的高腳屋跑去。

「孩子，把鋼盔撿回來。」鰲王秦說。

雨峰在草叢前煞住腳步，彎身掐住滑溜的鋼盔，走向父親，將鋼盔遞過去。鰲王秦伸出一隻可以握滿兒子腦袋的大掌，手指在兒子手臂上箍了兩圈，將他腳不沾地拉入懷裡。

「孩子，最後一次警告你。」鰲王秦露出一排漏風大牙，下巴上的鬚茬扎到兒子額頭。在這個近距離下，鰲王秦又看到兒子頭蓋骨下流竄的腦漿血液。兒子脖子上的面具擠眉歪鼻地埋在他的胸口上。「別再戴這鬼子的東西，聽到了嗎？」

雨峰唔哼一聲。他瘦得像竹竿的手臂痛得心臟收縮了，忍不住握拳向父親肚子擂去。

鰲王秦捂住他的拳頭，像捏碎雞蛋殼捏得雨峰迸出了眼淚。「聽到了沒有？」

「聽——聽到了——」雨峰吃力地擠出一句話。

「你這是揍人嗎？」鰲王秦放開了他的拳頭。「再打我一拳。」

雨峰記得父親說過捶人第一拳最重要，必須發出骨頭斷裂牙齒崩落的音屑，而不是捶膩了的氣悶聲。揍人要像揍畜生，不能有一絲心軟，而且一拳就要打得對方俯首稱臣，連反擊的想法也沒有。雨峰又一拳擂向父親胸脯。鰲王秦歎了一口氣，鬆了兒子手臂，接過兒子手裡的鋼盔。

「孩子，你不是天天吃豬肉魚肉嗎？」鰲王秦把鋼盔的下顎繫帶圈在手腕上，捏了捏兒子的手臂。「怎麼不長肉？」

雨峰看著父親的肋骨，想在那上面多擂個幾拳。更小的時候，他只要犯了錯，父親就會用一根樹幹在地上圍著他劃一個圓圈，約束他的活動範圍，於是他像狗一樣被父親約束著。圓圈的大小，就看父親心情和他犯下的錯誤。父親畫下的圓圈大致比一個米甕稍大，如果當天父親迷糊，他就撿起樹枝加大圓周，或讓圓圈從烈日罩頭移到陰涼的樹蔭或屋簷下。他最怕父親畫完圓圈後不知去向，徹底忘了這件事情，於是他不停地噘著嘴巴，學狗叫貓叫鴨叫雞叫鵝叫牛叫。父親如果想提早釋放他，就會站在圓圈內，叫雨峰把他推到圓圈外。他用兩手推擠父親挺直柔韌像椰子樹的腰板，用頭頂撞父親像豬窟一樣深邃的褲襠，用腳踢踹父親像腳踏車車桿的腳脛。他握緊拳頭擂向父親的肋骨和腹部，越打越痛。父親反擊時，用一隻手捂住他的頭，把他的屁股壓在地上，或者五指伸向他的胳肢窩，撓得他哭笑不分。父親像山崖上的石雕彌勒佛，後面有一座山護著他。有一次雨峰咬了一口父親褲襠，不知道咬到什麼根或什麼卵，父親慘叫一聲，四仰八叉跌坐圈外，用一張嘴把所有人獸都亂倫性交了一遍。那是雨峰唯一將父親推向圈外的一次。

鱉王秦鬆開兒子肩膀，五指伸向兒子脖子下，一把揪住面具，捲斷了面具扣帶。面具仰面飄落在腐枝和枯葉上，鱉王秦用腳板蹂了幾下，蹂得面具面目全非。

「老秦，又和兒子過不去了？」鱉王秦身後傳來扁鼻周的聲音。「今天還沒吸鴉片？」扁鼻周放下包袱，掏出兩塊鴉片膏，交到鱉王秦手上。

三

攝影家鈴木梳著中分頭，一雙大耳高提過眉，臉上潔白乾淨，散發著僧侶的自律和慈憫，脖子永遠掛著德國「碧浪之家」照相機，出門戴一頂白色帆布鴨舌帽或偏頭凹腰的草帽。他的攝影館夾峙在糧食雜貨店、土產店、藥材店、咖啡攤和裁縫店之間，鑲著玻璃的櫥窗占了四分之三店面，櫥窗內用大頭釘嵌著豬芭人物和風景的黑白照。豬芭人走過攝影館，可以透過門簾看見鈴木站在一個三隻大腳架設的箱型照相機前，用一塊黑布遮住頭顱，屁股高高地撅起，一個鎢絲燈膽在他頭頂上爆發出閃電似的光芒，白色的鳥巢煙絲升騰到天花板，照耀得幾個站在白色帆布前面的豬芭人像殭屍。客人大部分是洋鬼子和豬芭有錢人，館內平素只開著一盞昏暗的燈泡，鈴木可能在暗房裡沖洗照片，也可能帶著「碧浪之家」上山下海。經過照相館的豬芭人，慣常駐足觀賞玻璃櫥窗內的照片，即使已經看過一千遍，扁鼻周也不例外。牽拉著三輪車的三輪車伕、剁豬肉的豬肉攤販李大肚、砍木屐的砍屐南、逛洋貨店的洋女人、招攬客人的南洋姐、留著辮子的豬芭女學生，被定影劑凝固白紙上，好像喪失了陽壽的古人。

愛蜜莉長髮像一雙黑翅蜷伏肩膀上，脖子上掛一串琉璃珠項鍊，兩手扠腰，手臂上環著幾個虎皮色澤的藤鐲，駱駝色短袖襯衫被風吹出許多褶皺，露出牛仔褲頭上的肚臍。陽光揮灑在她深邃的五官上，留下搖曳的蕉風椰影、水潭的波光粼粼和窟穴的史前塗鴉。

扁鼻周經過照相館不下一百次，也看過愛蜜莉的照片不下一百次。

鱉王秦吸完兩塊鴉片膏後，和扁鼻周一起研究勸降單。勸降單的紙張輕薄，油墨透背，影像和文字漶化，愛蜜莉的蜷翅黑髮好像穿過了紙背，扠腰的兩手也好像在紙上扠出兩個凹痕。經過大量印刷，她的臉蛋覆沒蒼穹和白雲中，像蒙了一層紗。她的襯衫像勸降單被空投飄散，被強風斂伏，夾在某根樹枝或木板縫中。手臂上的藤鐲像澆了一層墨，更像老虎尾巴上的黑環。確鑿無疑，是櫥窗中被油墨複製、天花亂墜的愛蜜莉。

細雨停了。太陽的光芒更猛烈落下，孩子戴著妖怪面具，在高腳屋四周玩捉鬼遊戲。亞鳳發了高燒，在床上躺了兩天。

扁鼻周和鱉王秦看見愛蜜莉站在豬芭河畔，兩手捏一根竹釣竿，鉤尖掛一隻半死不活、在水面凌空飛躍的蚱蜢，黑狗像爛泥巴趴在河畔的樹荄上。豬芭河的魚類越活越精，不輕易上鉤，紅臉關研發出一種「空中釣魚」，以鮮活的昆蟲當魚餌，讓魚餌在水面展翅翱翔，魚不知是陷阱，跳出水面吃餌，上當的都是深藏不露的大魚。扁鼻周和鱉王秦走到愛蜜莉身邊時，愛蜜莉聚精會神，渾然不覺。魚狗和犀鳥兩種大喙的傢伙發出一串不怎麼悅耳的叫聲。

「愛蜜莉，別釣了，」扁鼻周說。「白費力氣。」

「釣法沒問題，」鱉王秦說。「同樣一種手法，在同一個地點不能密集使用，魚是有記憶的。」

愛蜜莉緊盯著魚餌不語。黑狗抬起頭，唔唔哼哼地回應了幾句。

「小魚毛躁，大魚沉著，」鱉王秦說。「即使有魚吃餌，魚兒不會比鱉尾巴大。」

「這附近的魚吃了太多餌，不上當了，」扁鼻周說。「划一艘舢舨，往上游走，不到一小時，上釣的魚多到一艘舢舨載不回來！」

愛蜜莉甩著魚餌。蚱蜢已死，不再展翅。

「妳如果釣到一尾大魚，我就潛到河裡，一口氣抓十尾上來。」扁鼻周坐在一椿乾燥的樹墩上，從懷裡掏出勸降單。「當年我和達雅克人打賭，入水時夕陽無限好，上岸已經星斗滿天！」鱉王秦隨手抓了一隻紡織娘。「換一隻活餌。三保公魚、鯽魚愛吃這東西，也許可以釣上一、兩尾。」

愛蜜莉收起釣竿，扔了死蚱蜢，將鉤尖扎進紡織娘複眼，紡織娘牽引著釣線在河面繞圈子。魚狗飛出莽叢，追逐紡織娘。愛蜜莉用力地揚起釣竿鞭笞河水，嚇走了魚狗。紡織娘瞪著一隻複眼飛翔，間或撐開葉片式的翅膀，停在竹竿上。魚鉤從牠的左眼扎進去，鉤尖從口器齜出，倒鉤扣緊了下顎。牠痛得失去意識，不再飛翔了。

「愛蜜莉，妳記得鬼子入村前，村裡有一個鬼子，叫鈴木，開照相館的。」扁鼻周從懷裡掏出兩根煙，遞一根給鱉王秦，順手將勸降單塞到愛蜜莉手中。

「開照相館的鈴木，賣草藥的龜田，拔牙的渡邊，賣木柴的大信田，賣雜貨的小林二郎。」鱉王秦就著扁鼻周的煙蒂點燃香煙。食完兩塊久旱逢甘霖的鴉片膏後，鱉王秦精神飽滿，吹著旋律優美的口哨。「賣肉的日本婆娘，再加上幾個叫不出名字的，豬芭村就只有這幾個鬼子。今天的豬芭村，鬼子滿街跑！」

愛蜜莉看著勸降單上自己的照片，臉上沒有太多波動。紡織娘收攏翅膀後，模樣就像一片綠葉。牠掏空殘存的生命力，蠕動著比身體長了兩倍的觸角。河岸野草簇直，陽光曲蜷，一條態成草鞘的綠蛇浮游河面，一眨眼就到了對岸。河面枝椏交錯，比河畔的林木稠密。愛蜜莉將勸降單交還扁鼻周，收回釣竿，向扁鼻周要了一根洋煙，借了鱉王秦的煙蒂催燃，吐出幾縷輕煙。

黑狗爬下根荄，伸出狗舌舔水。周和秦沒有看過她吸煙，稀奇古怪地看著她。

「照片是戰前鈴木拍的。」愛蜜莉看了兩眼勸降單，蹲下，叼著煙，舀水洗手。「鬼子的勸降書？」

扁鼻周點點頭。「據沈瘦子說，勸降書上印的大部分是洋婆子，也有印上日本婆娘的。愛蜜莉，妳被鬼子當成日本婆娘了！」

愛蜜莉抓了一根腐枝，扔向河面，用力朝河面吐了一口唾沫。

「兩個多月前，」扁鼻周說。「鈴木在一次巡邏中被聯軍炸死了。報應啊。」

愛蜜莉頓了一下，看了扁鼻周一眼。

「老天有眼！」鱉王秦歎了一聲，撿起愛蜜莉的釣竿。「我來試試手氣。」

鱉王秦用力一甩，魚鉤卡在河面交錯的枝椏上。鱉王秦左拉右搓，啪的一聲，魚線斷了。

鱉王秦又歎了一聲。

「老秦，吸了鴉片，還這麼笨手笨腳。」扁鼻周大笑。「你只適合捉鱉殺蛇！」

鱉王秦一張嘴把所有人獸都亂倫性交了一遍，扔了釣竿，又向扁鼻周要了一根煙。黑狗喝完水後，躍回樹荄上，望著樹篷，又嗯嗯哼哼叫了幾聲。

「何芸失蹤三天了，」愛蜜莉突然說。「兩位叔叔知道吧？」

扁鼻周和鱉王秦互看一眼，點了點頭。

「有小孩看見她往豬芭河下游去了，」愛蜜莉說。「我覺得她有可能回到了我那棟高腳屋。兩位叔叔可以陪我走一趟嗎？」

四

暮薄時分，扁鼻周、鰲王秦、愛蜜莉和黑狗坐上長舟划向下游。豬芭河響起各種大小魚和水鳥的喋呷聲，龍腦香科的種子從高空旋轉著翅膀噗咚咚扎進河裡，長尾巴的和短尾巴的猴群在樹冠上恫嚇追逐，起了個大早的夜梟在枝椏上伸懶腰，太陽微笑著落下去了，嫩滑的天穹皮膚迅速衰老，天地失去色澤，非黑即白，不久就全黑了，充滿盜寇氣質的月亮升了起來，圍繞著十多個似小土匪的星斗，出洞的蝙蝠井然有序地綴成一條黑色的飛龍越過天穹消遁莽叢中。月亮越升越高，盜寇的光華越是遍灑滿地，流裡流氣的金黃色的小土匪也越聚越多，夜梟叫囂更宏亮，河面上交叉的枝椏也越來越茂密。高空無預警地突然湧來一批強大的卷層雲，遮蔽了土匪星斗，覆蓋著整座天穹，月亮的線條模糊了，出現了更有盜寇氣質的月暈，內紅外紫，朦朧詭異，好像一個揹著一團彩色光環的蒙面女匪。零星的蝙蝠和夜梟在月暈下穿梭，留下一簇墨綠色的飛行痕跡和難以捉摸的意蘊。河面也罩在一層朦朧詭異的煙霾中，扁鼻周打開手電筒，在河面和兩岸莽叢中製造出一個忽大忽小的光圈，吸引了一群向光的昆蟲撲向光圈，金龜子、鍬形蟲、象鼻蟲和蛾降落在艙板和三個人身上。河面間或閃爍著兩盞猩紅色光芒，忽近忽遠，靜靜地凝視著航行中的長舟。鰲王秦和扁鼻周將帕朗刀按在船舷上，將獵槍挾在兩腿間，划著船槳，注視著飄飄忽忽的猩紅光點。愛蜜莉的帕朗刀也出了鞘，刀尖劃著河水。黑狗蹲在船艄，向河面伸長了脖子，嗯嗯哼哼地嗅著。扁鼻周的手電筒光圈罩向猩紅光點時，猩紅光點突然消失了，水面泛起波紋和漩渦。周秦二人更快捷地划動船槳，愛蜜莉緊盯著河面。鱷魚甚少攻擊航行中的船隻，但餓得窮凶極惡時也難說。

長舟順流而下，速度極快，轉眼距離豬芭村只有三英里。三人划向岸邊，將長舟攏岸，攬在樹根上，覆上棕櫚葉和樹枝，打開手電筒，快步邁向豬芭村。月暈的出現預言著雨的降臨，果然不久下起小雨，樹冠撐住了雨絲，直到三人一狗走出莽叢，步往通向愛蜜莉高腳屋的茅草叢後，纖細的雨腳才開始扎在身上。茅草叢歷經火焚和炸彈摧殘後，出現更多水窪和草坑，草鞘依舊簇直得像槍矛。黑狗在前，引導愛蜜莉和周秦二人穿梭遊走，很快越過高腳屋的籬笆豁口，穿過榴槤樹和波羅蜜樹，踏入門戶洞開、接近廢墟的高腳屋。三人腳步聲引起隔熱層的鴿子和斑鳩騷動，響起蹬音和鳴聲。屋內的桌椅、門板消失了，有一面牆只剩下幾根支柱，有人在陽台生火，地板燒出幾個豬頭大的洞，除此之外，高腳屋的外觀和基本結構還算完整。愛蜜莉和黑狗前後內外搜索一遍，沒有發現何芸滯留的痕跡。小雨停了，月暈沒有消失，但光環變大了，不再內紅外紫，膨脹成一個巨大的白色光輪。蝙蝠和夜梟恢復了翺翔，茅草叢蟲蛙喧譁，高腳屋靜默無語，月色盈著淚水渙散地落在高腳屋內外，讓衰老的夜晚顯得滿腹辛酸。午夜了，三人又疲又困，在客廳地板上呼呼睡去。

天色微亮，周秦被隔熱層的鴿鳩拍翅聲驚醒。兩人抄起獵槍和帕朗刀，窗外，茅草叢上，草黃色的戰鬥帽、蟹青色的鋼盔、墨綠色的槍管和刺刀像浪潮漫向高腳屋。「愛蜜莉！」扁鼻周和鱉王秦壓低嗓子朝屋子四面八方呼叫。「鬼子來了！」兩人在屋內搜索一遍，不見愛蜜莉和黑狗，再看向窗外，槍管刺刀步步逼進。「老周，逃吧！」鱉王秦和扁鼻周彎腰走過廚房，下了木梯，竄向屋後茅草叢。兩人越過籬笆豁口後，子彈嗖嗖不絕出膛，飛越他們的腦袋和肩膀。

一隻被他們驚醒的大番鵲剛飛離了巢穴，巧妙閃過幾顆子彈後，秀麗的鳥頭就被子彈打爆。大番鵲屍體扎在扁鼻周臉上，抽搐的爪子差點抓瞎了兩眼。鱉王秦踩在一坨新鮮豬屎上，頓了一下，回頭放了一槍。「老秦，鬼子人多。」扁鼻周頭也不回。「別反擊了，逃吧！」茅草叢布滿水窪、草坑、矮木叢、荊棘、溪流、竹藪和林木，間或躥出一頭蜥蜴和野豬，延宕了鬼子的瘋狂追擊，卻沒有對早已習慣野地生態的周秦二人造成太大困擾。蒼鷹又出來覓食了，鬼子的槍聲嚇得牠們展翅高飛。蟑螂色的日頭出來了，天壁長出一朵朵發霉的雲彩，死井藍天，子彈燦爛，鬼子機槍口的硝煙密集升騰，像不食人間煙火、也不食瓊漿玉液的鬼卒屁息。一對採野菜的母子嚇得哆嗦茅草叢中，偏偏周秦沒有發覺，拐了一個彎撲向他們。子彈射穿兒子胸膛，兒子唔了一聲，嘴角和鼻腔漫著血絲，倒在母親懷裡，鮮血染紅母親胸口，母親摟著兒子，好像十年前在沒有助產士和醫生協助下，看著兒子從胯下匍匐出膛，她用牙齒咬斷臍帶，抱著兒子等待他的第一聲啼叫。兒子果然說話了，他喊了一聲模糊的媽，開啟了天國之門，充滿靈氣的眼神闔上了。母親抱著兒子，難以置信地喊著他的乳名，一串子彈灌進了她愁苦的心肺，她嗯了一聲，闔上了兩眼。扁鼻周經過母子屍體時，放慢了腳步，投以愧疚的一眼，一顆子彈嗖的鑽入他的大腿。

扁鼻周下半身已被露水濡濕。子彈在他黑色的褲管上咬開了一個小洞，流出稀少而珍貴的血。他不覺得疼痛，但步伐不再流暢，奔跑得好像野地布滿坑洞尖樁，好像大腿被一隻凶殘的野獸啃嚙著、被一朵犀利的火舌舔舐著。柔軟鬆脆的茅草叢突然變得堅硬如鐵。鱉王秦回頭看了他一眼。「老周，還好吧？」扁鼻周不吭一聲，用槍托支在野地上，幾乎是單腳蹦了一段路。鬼子軍靴踩在野地上，發出像鋼鐵的喘息聲。一陣一陣奶糖羊羹味附和著鬼子叫囂撲向他的鼻腔。扁鼻周一腳踩在一瀦水窪中，濺起的水花讓他兩眼一亮。

「老秦！」他抓住放慢步伐的鰲王秦肩膀。「我們分頭走，別讓我拖累你。」

鰲王秦猶豫著。「老周，你可以嗎？」

「不用擔心。」扁鼻周從懷裡掏出勸降單，塞到鰲王秦手裡。「把這張單子交給老朱，告訴他發生了什麼事。」扁鼻周一把推開鰲王秦。「你往左，我往右，分散鬼子兵力。」

扁鼻周揹著獵槍，忍著痛，彎著腰，越過一條小溪，縱入茅草叢。太陽像蟑螂流竄在雲彩夾縫，光芒黯淡，又厚又重的迷霧把茅草叢壓下去。遙遠的草坡地出現兩個豬芭農夫，扔了鋤頭鐮刀，趴在草坡地上。扁鼻周經過草坡地時，他們已消遁得無影無蹤，草叢留下一個大型飛禽趴窩的痕跡。扁鼻周回頭看了一眼，熱氣奔騰中，麇集著一坨又一坨蟹青色鋼盔和草黃色戰鬥帽，鋼盔和戰鬥帽下的鬼子五官隱約可見，九六機槍的刺刀開始扭曲抻長，像食蟻獸的舌頭伸進了大腿上的傷口。扁鼻周憑著對豬芭莽叢的永恆記憶，左拐右彎，走過一簇又一簇矮木叢、鳥巢蕨、羊齒植物，一棵又一棵印度榕、麻瘋樹和欖仁樹，越過涓涓流水或枯萎的溪河，終於看見煙波浩渺、湖畔簇立著千百種大小植物的鷹巢湖。他撥開湖邊的藤蔓荊棘，用帕朗刀挖掘出一個長形泥坑，掩埋了獵槍和帕朗刀，抬頭看見穿著草黃色戰鬥服的鬼子衝出了茅草叢，帶頭的是一個穿著左手手臂繡著紅字「憲兵」白袖箍的草黃色戎裝、腰上掛一個馬皮包紮的檀木刀鞘、手拿一支南部十四式手槍的鬼子，扁鼻周一眼認出此人就是憲兵隊曹長山崎顯吉。一隻白色小蛇躍出湖畔，穿過扁鼻周胯下，游向湖中心。扁鼻周踱入水中，傷口像澆進幾個燒紅的鐵錠。湖水漫過腰際時，扁鼻周頭下腳上，和那隻小蛇同時潛入湖中。

子彈射入水裡時，速度從一隻奔跑中的獵豹變成一隻漫遊的烏龜，子彈的陀螺旋轉劃開一道白色的水痕，釋放出數百個似蛙卵或雞蛋的氣泡，一路扎入湖底，逐漸慢了下來，像一塊廢鐵沉下去。更多子彈被湖水的巨大阻力彈開，形成「漂彈」，激射到對岸的莽榛蔓草中。扁鼻周潛到一個深度後，恢復頭上腳下的正常姿勢，抬頭看著波光蕩漾的湖面。湖水混濁，漂浮著草屑、腐葉和藤木，間或掠過一隻大魚，隱約呈現在波紋和大小漩渦中的鬼子人首分離、四肢剝落，一顆又一顆頭顱好像懸在空中又像浮在水上。鬼子繼續射擊湖面，子彈沒有抵達扁鼻周就失去力道，很像龍腦香科種子旋轉著翅膀墜下。扁鼻周用手掌接住一顆子彈，挪到眼前看了看，突然想起大腿嵌著相同的一顆子彈。他低頭看一眼大腿上的傷口，白茫茫的湖水升騰著一片忽稀忽濃的血霧，那頭和他一起入水的白蛇攪拌了一下血霧，消遁了。英國人和豬芭人扔棄的破銅爛鐵和鬼子墜毀的戰機沉睡在他胯下，埋葬在一個巨大和深不見底的墨綠色像蛋膜的墳塚中，露出一些爪和翼的殘骸。他放了幾個軟趴趴的屁，十多個氣泡冉冉上升在他鼻翼下爆破，沒有芋頭和樹薯的味道，但有女人的體味。他的肺部萎縮成兩個雞卵時，白蛇又現身了，蛇臉化成一個少女頭顱，像面具罩在他臉上，一股氣體從他嘴裡注入，重新擴張他的肺部，像一股清流從囟門吹入六腑，過丹田，穿九竅，有如重生。

他上岸時，太陽已經爬上天穹半腰，躲藏在厚滯如繭的雲彩中，像一隻陰陽怪氣的千年白猿。茅草叢一片祥和安靜，歡奏著動人悅耳的音樂，大番鵲忙碌地銜草築巢，白鷺鷥透過湖面欣賞自己翱翔的美姿，一棵孤伶伶的老椰子樹佝僂著脊椎追憶似水年華，盤旋天穹的蒼鷹擴大了曠古的寂寥。扁鼻周伸了幾個懶腰，擰了擰衣服和頭髮，挖出藤蔓下的帕朗刀和獵槍，掏出懷裡被浸泡得面目全非的洋煙。扁鼻周看了看手掌上滿布白色皺紋的漂母皮現象，搖頭苦笑，吐了一口興奮的唾沫。他抬頭看了看太陽的方向，風吹的方向，估計了一下豬芭河的方向，早已忘了大腿的傷勢，邁著愉快的步伐，離開鷹巢湖，走向豬芭河。

他正要越過一簇矮木叢時，兩手握著村正刀的山崎像一隻猿猴從矮木叢一躍而出，刀光一閃，扁鼻周的頭顱好像在脖子上滑了一跤，像一顆椰子或一顆榴槤，靜悄悄地落在扁鼻周腳下。扁鼻周眨著兩眼，看著脖子吐出一塊血幔罩向自己，看著自己的身體慢慢倒下，聽見山崎冷笑一聲，雖然腦心分離，臨時想到了一句詛咒，嘴唇蠕了一下，沒有來得及罵出口。

五

荷蘭人遺傳的長腿健足讓鱉王秦縱入莽叢時，如脫鉤大鱉、歸海蛟龍，轉眼擺脫鬼子糾纏，溜進南方軍婆羅洲燃料工廠的鬼子墳場，墳場在豬芭村後方的加拿大山山腰上，從第一天占領豬芭村到此時此日，墳頭已增長到三百多個。鱉王秦站在山腰上遙望像一尾白蛇蜷伏莽叢中的豬芭河，河上的豬芭橋像一隻飛馬過河，野鳥繞著盤著人頭的竹竿飛旋，尋找乾淨涼爽的骷髏巢穴。鱉王秦站在一個鬼子墳頭上，用更高傲的角度俯視豬芭村。阡陌錯落，田畦星布，炊煙窮苦，圍籬茅棚依舊，高腳屋遞減，林木蓊鬱，鬼子的太陽紅國旗飄逸。往日雞鳴狗吠的黃泥路上，草黃色的鬼子自行車部隊橫行。菜市場上豬芭人垂頭縮背，鬼子憲兵隊員昂首翹臀。豬芭村上空間或掠過鬼子偵察機和戰機，讓豬芭人仰望統治者的英姿和日本帝國承諾的無垠榮景。鱉王秦踢了一腳墳頭，吐了一口唾沫，一張嘴把所有人獸都亂倫性交了一遍，越過加拿大山山頭。一隻毛色如火焰的豬尾猴坐在一棵箭毒樹梢上，屁股下的枝椏像葛蘿蔓藤糾結著一群豬尾猴。鱉王秦在山脊上茫然走了一段路，看見了傳說中有老虎駐守的山洞。洞口朝西南，洞外附葛攀藤，長了幾棵蕭疏的林木，洞內散亂著一批歪梁折柱，瀰漫著野豬和蝙蝠的溺臊氣，有人類和野獸叢聚的餘跡。鱉王秦打開手電筒往洞內走了一百多步，已到了洞底，沒有老虎，只有蛇鼠。一夜沒有睡好，鱉王秦覺得疲困，坐在洞外樹蔭下打盹，午後醒來，山前山後流竄了一個下午，以藤果和泉水果腹，遙望豬芭村和南中國海。紅日沉西，天光漸晚，有人在山腰燎樹燒山，煙霾隨風飆向山頂。鱉王秦本來想在山上藏匿個兩、三天，待風聲過去後再下山，但他昨天只吸了兩塊鴉片，比往常少了一倍，憋了一天，血管裡流竄著似刀割火燎的鐵渣銅汁，頭腦沉重，手腳像上了銬鐐，鼻涕眼淚直流。

他檢查了一遍獵槍和彈盒裡的六顆霰彈，拔出帕朗刀彈了彈，等到第一顆蛋黃色的星斗露臉後，小心翼翼沿著夾脊小徑走下加拿大山。燎樹燒山引起的煙霾本來濃稠，等他下定決心下山後，一陣邪惡的西南風吹向山腰，吹散了煙霾，吹得加拿大山露出清秀乾淨未經污染的自然面貌。鱉王秦打了一個冷顫，看見一個手拿帕朗刀的年輕農夫，揹著一個裝滿瓜果的竹簍，哼著一首廣東小調，往山下去了，他的哼唱徹底消失後，鱉王秦挪動腳步，往埋葬了三百多個東洋惡靈的墳場走去。他抵達墳場外圍，看見墳頭人影幢幢，以為見鬼，急煞腳步，蹲在矮木叢後。十多個穿草黃色戰鬥服肩扛九六式機槍的鬼子站在墳塋裡，每個人手裡一根三炮台捲煙，嘰哩咕嚕聊天，腦袋後的遮陽布迎風飄颺。鱉王秦彎腰退回，擇了另一條荒路下山，剛走到山腳，又看到一群荷槍實彈的鬼子站在椰子樹下。他一次又一次更換下山的路徑，一次又一次遇見擋路的鬼子。他回到了山洞，待到明月高掛星斗燦爛，拭著鼻涕淚水，再一次沿著小路走向鬼子墳場。塚叢閃爍，磷火似蜉蝣，鬼子不見了，月光灑在墳頭上，照耀出周圍新挖的坑塹。

鱉王秦打了一個寒顫，穿過一座又一座墳頭，一陣陣口琴聲如乳燕歸巢從身後傳來。鱉王秦回頭，看見一個無頭的矮壯傢伙，用竹竿挑著一擔雜貨和牽引著幾隻睜目吐舌的妖怪，一支複音口琴凌空飛旋脖子上。「小林二郎，是你嗎？」鱉王秦又打了一個寒顫，一綹鼻水滴到了地上，隨手拔出帕朗刀，砍向一個突然蹭到眼前的長鼻紅臉妖怪，用力過猛，跪倒在一座墳頭前。鱉王秦含糊咒了一句，旋即站直身子，環視四周，口琴聲沉寂了，無頭傢伙也不知去向。他又罵了一句見鬼，往山下走去。到了山腳，拭了一把淚水，往山上看去，滿眼妖蟒山禽，盈耳鬼語喧嚷。他用力眨眨眼，吐了一口唾沫，沿著山腳往豬芭河去，走過蕭先生被倭寇燒成灰燼的高腳屋，沒有燒盡的油印著深奧的文言文的黃紙在他腳下翻了個跟斗，捲起一批漢字餘骸似跳蚤。他走到豬芭河畔，徘徊豬芭橋頭下，隱約看見竹竿上一顆似曾相識的頭顱，不顧安危打開手電筒，看見扁鼻周頭顱掛在竹竿最下方，睜目吐舌看著晴朗的夜空呢。「老周！老周！……」鱉王秦想起扁鼻周往日對他的好，捉到蛇鱉免費送他販賣，提供免費的鴉片膏讓他吸個飽，不像那個小氣的朱大帝斤斤計較還像婆娘一樣剋扣分量，蹲在橋頭下，像小孩嗚嗚咽咽哭著，流出傷心的和渴望鴉片的身心俱疲的淚水。趁著夜梟沒來，趁著蒼鷹烏鴉熟睡，趁著日曬雨淋前，他大著膽子爬上橋頭，拔出帕朗刀削斷綑綁扁鼻周頭髮的繩索，抱著扁鼻周潛入一家農舍，取下晾衣繩上最寬大的一件襯衫，小心翼翼地包裹著扁鼻周，又偷了一個背簍，馱著扁鼻周頭顱繼續潛往豬芭河上游。

月色皎潔，月亮像青嫩未熟的小香蕉，月亮只有一顆，但他看成一串，他也知道一串月亮中只有一顆是真的，其他都是幻影，但他分辨不出真假。星斗滿天，許多小星星劃出一道似火焰的長虹，照耀得天穹像下著滂沱的流星雨，星星的灰燼扎在他身上，引起他全身臊癢疼痛，血液裡的鐵渣銅汁越來越濃稠，有一部分甚至像鋼筋凝固腳底下，讓他舉步維艱。他也知道浩繁的星星雨，只有一道是真實的，真實的那一道扎在大氣層上，化成灰燼，可能有一小塊燒不死的隕石落入凡間，可是他分辨不出虛實。他傍著豬芭河走，沒有豬芭河，他可能漫步到南中國海，也可能漫步到豬芭村鬼子憲兵總部。不知道走了多久，手電筒的電池疲弱了，燈泡閃爍著鱷眼的紅色光芒。他關了手電筒，滿天星星雨，月亮依舊是一串蕉，他靠著一棵樹身睡著了。久未出現的海豚逐浪聲、鯨魚排出蒸氣時的靡靡之音，伴隨著槍聲、豬嚎聲、豬蹄聲、大人小孩吶喊、家畜聲、沖天炮的爆炸聲，響遍了二十多年前那個野豬襲擊豬芭村的夜晚，鱉王秦手拿帕朗刀、一身血腥味遊走豬芭村，看見一群野豬對著紅臉關高腳屋的鹽木木樁蹭癢、噴尿，他舉起獵槍，對著豬群轟了一槍，轟倒了一隻，其他一哄而散。他沿著木梯蹬上高腳屋陽台，想居高臨下掃描一遍豬芭村形勢，大門咿呀一聲打開，手拿帕朗刀肩扛獵槍渾身血腥味的朱大帝差點和他撞個滿懷。朱大帝嘴角叼洋煙一樣叼著一抹剛點燃的新鮮邪笑，狠狠瞪了他一眼，嘴巴湊到他耳朵旁嘟囔了兩句，鱉王秦臉色陡變，帕朗刀差點脫手掉到地上。朱大帝說完，用他刺青著馬來小劍的肩膀用力撞了一下鱉王秦，走下木梯，消遁在紛亂吵雜的黑暗的豬芭村中。鱉王秦木雕一樣站在門口，看著黑魆魆的屋內。煤油燈噗的一聲亮了起來，含著燈芯的蛤蟆嘴吐出一縷紅彤彤的火舌，盤纏著一個被煙絲貫穿形象逐漸充實的女子頭顱。

一覺醒來，陽光爍亮，照得眼皮灼熱。鱉王秦嗅到背簍中的扁鼻周臭味，肚子咕嚕咕嚕響。他採了幾顆青椰子，灌了一肚子椰子水和椰子肉，生吞了十多顆野橄欖和野藤果，繼續走向豬芭河上游，想起扁鼻周不知道醒過來沒有。「老周，起床了，」鱉王秦含糊不清地叫著。「回去後先找個地方安葬你這顆風流腦袋，再去找你那讓女人哎哎叫的臭皮囊。」他打了一個噴嚏，打得淚水鼻涕飛濺，渾身亂顫，沉澱血液裡的鐵渣銅汁直衝腦袋，讓他眼前黏著一片似膏的陰翳。他眨了十多下眼皮，像切洋蔥一樣切著那片陰翳，切得他臉上澆了一層淚水鼻涕汗汁鑄成的皮膜，讓他的臉色越來越蒼白僵硬。他沉重地挪動步伐朝上游走去，一路走一路吸收著泥土蘊藏的各種金屬礦脈，淅淅瀝瀝的錫或銀或鉛灌進了他的筋絡，血液裡的氧氣逐漸稀薄。他的小腿被一根尖樁絆了一下，劃出一道傷口，流出的不是紅色的血，而是銀箔色的液體，凝固後變成似鹽巴或鑽石的結晶體。

天穹沒有一串月亮，卻有一纍紅太陽，毛茸茸的，似紅毛丹，有幾顆裂開了皮囊，露出汁液淋漓的肉瓤。他抬頭看著結滿太陽的天穹，看了半天，看不出哪一顆是真的太陽，哪一顆是他的幻覺。他的步伐時而沉重，沉重得像一棟邁開鹽木柱腳的高腳屋，他的背脊灼熱得像鋅鐵皮屋頂；時而輕巧，輕巧得每走一步，骨骼關節好像都會錯散，胸腔屁股手腳相互移位，分不清楚上下左右、天地陰陽。裝著老周頭顱的竹簍，也是時而沉重時而輕巧，沉重時老周的牙齒掐住了脊椎骨，讓他每走一步就痛哭流涕；輕巧時老周飛離了竹簍，在他耳邊細語絮絮，描述往日沾染處女的風流韻事，讓他感受到軟玉溫香的愉悅，也讓他暫時清除了堵塞七竅的金屬毒液。他身上所有的配戴物，他的獵槍、一盒六顆子彈、帕朗刀、鬼子的勸降單，也產生了輕重大小的物質和化學變化，重時組合成一股漩渦掐住了他，輕時像一股流水負載著他前進。紅色的太陽掛滿天穹，蒼鷹發瘋似的繞圈子，樹影重疊錯落，他已分不清東南西北，但他不斷提醒自己，沿著豬芭河走就對了，沿著豬芭河走就對了，沿著豬芭河走就對了。

他終於走出彌天蓋地的莽叢，站在齊腰的一望無際的茅草叢中。幾百個太陽的光芒黯淡了，也可能是雲彩長肥了，或者是瞳孔裡的鐵渣銅汁變稠了，沒有樹篷覆蓋，天穹不再幽深，近不可測；大地漂浮，像有盡頭的島嶼。孤立野地的林木變矮了，矮得樹篷磨擦著胯下；蒼鷹的翅膀拍打著他的肩膀，尖銳的嘯聲刮破了耳膜；湖潭被他一腳踩得波瀾壯麗，嚇得魚群潛鱗、鳥兒斂翅；果實纍纍的野波羅蜜樹讓他連根拔起，扔進了雲層；回頭看來時路，比舢舨大的腳印在茅草叢掀起了頃刻枯萎的漣漪。一群野豬列隊像螞蟻從他眼前掠過，他拔出帕朗刀，一刀砍去，砍得揭沙走石，沒有砍中，螞蟻隊伍裂開了，依舊往前狂奔。野豬太小了，不易瞄準。他回鞘帕朗刀，伸手去抓，野豬穿過了他的手指縫，留下蹄角揚起的泥殼。他用力拭著淚水鼻涕，舉起獵槍，正要扣下扳機，突然覺得野豬小得不可思議，攥著槍管，用槍托朝豬群搥去，搥了半天，野豬依舊加速狂奔。再度舉起獵槍，開了第一槍和第二槍，裝了兩顆霰彈開了第三槍和第四槍，又裝了兩顆霰彈開了第五槍和第六槍，正想繼續裝填子彈，彈盒空了。一隻獠牙賁張的雄豬倒在他腳下哀號，他拔出帕朗刀，一刀斬去，不知道斬到了那裡，雄豬不叫了。他看著雄豬屍體，踢了牠兩腳，確定牠死透後，拎了牠的後腿在草地上拖行。雄豬時而沉重得像膨脹十倍，時而輕巧得像一隻死雞仔。

太陽和他齊額了，他用手去戳太陽，想把假太陽戳破。溪水時而淹沒他的腳踝，時而被他踩出一個拐彎抹角的鐵駁船航行的灣流。他看見前方又多了一個螞蟻隊伍，帶頭的那隻螞蟻似曾相識，其餘的小螞蟻臉上掛著顏色斑斕的妖怪面具，邊走邊唱著似曾聽過的兒歌。他蹲下身體，伸長脖子，想看清楚螞蟻，一叢茅草擋在他眼前，螞蟻隊伍不見了。他站直身體，看見一批妖怪面具在茅草叢上浮沉，越走越遠，轉眼消遁，只有其中一只面具慢慢向他逼近，頭上戴一頂輻射著一圈烏青的河鱉色澤的鋼盔，臉上瀰漫著英勇的關羽紅，長著一個像茄子的長鼻子，怒眉豎目，齜著一排狗牙，脖子繫一條黃絲帶，手上反拿一支長刀，細得像苦瓜的脖子好像隨時會折斷。

「鬼子！」

鱉王秦攥著獵槍，想起霰彈早已打完，拔出了帕朗刀。鱉王秦扔掉獵槍時，獵槍槍管戳到了一顆紅太陽，太陽流出一絡似蛋黃的汁液，淋在河鱉色澤的鬼子鋼盔上，鱉王秦看見鬼子張開滿嘴狗牙，像天狗食日，一口吞下了那顆可口的太陽。一棵雄壯的椰子樹輻射著一層青紫色光暈，照亮著鬼子肥大的胯下，鬼子抬起一腳，啪嚓一聲踩斷椰子樹的腰桿。鱉王秦聽見竹簍裡的扁鼻周跳了出來，在他耳邊嘶喊：老秦，這鬼子這麼高大強壯，小心！

秦雨峰在身體初癒的關亞鳳帶領下，和曹大志、高腳強等孩子在莽叢巡弋了一陣，在鍾老怪監督下，打了兩顆霰彈，離開鹿湖，準備回到高腳屋，經過開闊無垠的茅草叢，殿尾的秦雨峰看見野地佇立著和茅草齊肩的父親，汗水、淚水、鼻水和唾液從他臉上淌下，臉皮僵硬成鱉殼的革質皮膚，知道失蹤了兩天的父親鴉片癮又發作了。他討厭夥伴看見父親神智不清的樣子，停下腳步，蹲在茅草叢中，待隊伍遠去後，屈著身體朝父親走去。他接近父親後，發覺父親彎腰駝背，背上的竹簍長出一個睜目吐舌的頭顱，趴在父親肩膀上，神情和父親有許多相似處，好像父親是一個雙頭怪；父親身體逐漸扭曲、萎縮，像被一隻巨蟒吞吃的獵物。

父親攥著帕朗刀向他撲了過來，一隻手抓住他削瘦的手臂，把他壓制在地上。

「爸爸！是我！」秦雨峰雙拳齊出，像發瘋一樣打在父親肋骨上。「我是雨峰！」

鱉王秦鞍在鬼子身上，露出一排漏風大牙，在這個近距離下，清楚看見鬼子頭蓋骨下流竄的腦漿血液，聽見鬼子呼喊著的自己聽不懂的鬼子話。鬼子拳如箭雨，霹靂啪嘞落在他胸口上，他聽見脖子後的扁鼻周說：老秦，這鬼子真有力，出手不要留情！

鱉王秦舉起帕朗刀，瞄準鬼子天靈蓋削去。

無頭騎士

達雅克族（Dayak）或伊班族（Iban），婆羅洲原住民，十九世紀前以獵取人頭顯示陽剛氣、威信、勇猛。

達雅克勇士深信，經過儀式聖典後，頭顱主人即據為己有，隨傳隨到，如阿拉丁神燈中的精靈。

頭顱讓土地豐饒、家族旺盛。

達雅克女子對頭顱的血腥飢渴，引發達雅克男子對頭顱的病態需求。擁有越多頭顱，越能使達雅克女子寵愛。

頭顱也是達雅克男女之間的最佳性慾催化劑。

英國人和荷蘭人十九世紀中期統治婆羅洲後，廢除了獵頭習俗。

二戰時期，在聯軍和抗日游擊隊慫恿和鼓動下，達雅克勇士獵取了數以千計的鬼子頭顱。

一

朱大帝坐在陽台上，兩手撥弄著液晶體收音機，從類似野火焚燒野地的電波雜音中搜索如火如荼的國際形勢。西南風已經靜止了一段時間，陽光炙烈，熱氣像滄海淹沒了高腳屋和莽叢，樹冠上奔騰的熱浪飄浮著從敗壞的天庭落下的破瓦斷柱。大帝汗流浹背，不停地噴吐著煙絲。貯存的洋煙逐漸稀少，大帝抽的是手捲煙，煙草是曬乾的香蕉葉、木瓜葉和各種藤果樹葉，捲紙是書籍、報紙、包裝紙和各種廢紙。無頭雞站在樹椿上，抬「頭」凝視天穹一隻駕馭著熱浪隨波逐流的蒼鷹，蒼鷹彎曲的喙嘴和距爪閃爍著鍬刃耙齒的光芒。黃牛和野豬嚼了一肚子從樹上落下已經開始發酵的藤果，兩眼酩酊，四肢亂顫像鼓棒。黃牛拉著稀屎，衝垮了柵欄，踩過一畦新耕的樹薯，牛蹄頓斷兩棵甘蜜樹樹苗，朝莽林走去，邊走邊發出哞哞哧哧的醉漢鬧街聲，眾人習慣了黃牛撒野，沒有人攔阻。猴群也吃了一肚子藤果，四肢痠軟，趴在鋅鐵皮屋頂上睡大頭覺。大部分豬芭人捲出來的手捲煙既曲癟又容易掉「煙絲」，充滿紙漿油墨味，只有砍屐南女兒嚴恩庭捲出來的煙蒂又硬又直，「煙絲」緊密豐沛，抽起來持久香濃，充滿辛辣或香甜的香蕉、木瓜和各種藤果滋味。她每天只捲三十根手捲煙，捲得舌乾唇焦，每一根手捲煙都散發著濃濃的唾液味。十六歲女孩的唾液，讓她的手捲煙別有風味。陸續有豬芭人避難高腳屋，飼養鬥雞的陳煙平也攏著兩隻鬥雞投奔朱大帝，三棟高腳屋現在已聚集一百二十多個大小豬芭人。人數越多，朱大帝越擔心。他看了一眼望天樹上的廢棄鷹巢，拎著收音機走下高腳屋陽台，巡視自己栽種的三棵紅毛丹樹。

豬芭人依舊赤膊光腳，揮動悲憤的鋤鐽鍬耙，掄舞沉重的斧鋸鐮鎚，在瀰漫瘴雨蠻煙的叢林隨意拓荒，過著一成不變的日子，但是有一些跡象顯示鉅變即將來臨。昨天晚上一個伐木工帶來了小金、扁鼻周的噩耗和鱉王秦的杳無音訊。鬼子在豬芭村展開更激烈徹底的掃蕩，更多熟悉的豬芭人死訊不斷傳來。鬼子忙著應付聯軍的不定時轟炸和傳聞中的聯軍反撲，沒有多餘的時間和人力將頭顱懸掛豬芭橋頭，更沒有時間和人力埋葬屍體，豬芭街頭屍具散亂，屍臭瀰漫。偵察機越來越頻繁出現在朱大帝的高腳屋上空，機體幾乎磨擦到了樹冠，豬芭人聞到了奶糖羊羹味和三炮台捲煙味。

他繞著三棵紅毛丹樹轉了一圈，坐在其中一棵紅毛丹樹下抽著嚴恩庭的手捲煙，看著樹枝上一串青澀的果子。陳煙平拿著一個小竹簍和袖珍五齒釘耙，四處挖掘蜈蚣和蠍子餵養鬥雞。何仁健的兒子白孩腰拤大小兩支帕朗刀和一支吹箭筒，手拿一根矛槍一樣的吹箭槍，吹箭槍槍頭用藤絲綑綁著從鬼子機槍卸下的單刃刺刀，陰陽怪氣地站在箭毒樹下，凝視著對面婆羅洲鐵木樹腰上的靶子，將吹箭槍湊到唇上，吹出一支疾速的吹箭，正中靶心。自從白孩全家遭鬼子殺害、姊姊何芸失蹤後，白孩更古怪沉默了，他被亞鳳從豬芭村帶到此地後像啞巴，從早到晚苦練吹箭。他從身後的箭毒樹萃取汁液，燒烤成膏狀，塗抹在一百多支吹箭上。一隻長尾猴飛躍到紅毛丹枝椏上，採了一顆青澀的果子，放到嘴裡嚼咬，白孩對著牠射出一箭，猴子頓了一下，騰躍過幾綹枝椏，動作逐漸遲鈍，從高空墜下，倒臥朱大帝腳下。白孩撿起猴子，瞟了朱大帝一眼，射出兩道似鏢矢的眼神。大帝苦悶無聊，想找白孩說話。他想了半天，只想起白孩的父親何仁健和姊姊何芸的名字，想不起白孩的本名。在豬芭村，大家都叫他白孩，沒有人記得他的本名了。

「白孩——」

朱大帝對著他的背影喊了一聲。白孩抓著猴子尾巴走向臨時搭蓋的豬棚，將死猴扔進豬棚，醉豬意興闌珊地嗅了一下死猴。白孩覷了大帝一眼，走到鹽木樹下拔出箭矢，又覷了大帝一眼，見大帝不再說話，將拔出的箭矢插入箭筒，掏出鐵製蟋蟀，的的噠噠，的的噠噠，走入莽叢。

大帝巡視完三棵紅毛丹後回到高腳屋，坐在陽台矮凳上將收音機湊到耳前，拉開伸縮天線，小心撥動著調諧收聽國際形勢，電波干擾像來自遠方的炮彈轟鳴。鴉片膏的配額也減少了，亞鳳和鍾老怪等人每天只能吸食一塊鴉片膏，孩子的美祿也不再摻著鴉片汁液。據說為了防止豬芭村爆發瘟疫，協助鬼子處理屍具的華人徵詢鬼子同意後，號召豬芭人埋葬屍體，每埋葬一具可以獲得正在迅疾貶值的一百元香蕉幣或四包鴉片膏，已經有幾個鴉片癮較重的豬芭人私自離開高腳屋，去賺那四包鴉片膏解鴉片癮，這更使朱大帝感到憂慮。大帝抽完恩庭的手捲煙後，想呼叫恩庭給自己額外捲幾條手捲煙，突然想起亞鳳一早帶著大志和恩庭等孩子入林，尋找雅沁、秦雨峰和何芸去了。陳煙平從竹簍箝出活生生的蜈蚣和蠍子，開始餵食望天樹下的鬥雞。無頭雞下了木樁，「凝視」著蜈蚣的小足和蠍子的大螯。陳煙平丟了一隻蜈蚣到無頭雞腳下，無頭雞用距爪耙得四分五裂，沒有要吃的意思，雙翅一拍，回到木樁上，「凝視」焚燒的天穹。朱大帝走到高腳屋內捲了五根軟綿綿的手捲煙，坐在陽台上繼續聆聽收音機，在電波嗡嗡中洋鬼子的嗓音似鬼哭神號。大帝擦亮火柴點燃手捲煙，狠狠吸了一口，沒有恩庭唾液味但有木瓜味，抬頭看著鋅鐵皮屋頂上睡姿怪異的猴子，眼皮沉重，有人在耳邊輕聲說：

「朱爺爺，我幫您捲煙。」

嚴恩庭坐在木桌前，從懷裡掏出一張戰前的豬芭日報，用指甲切割出十多個長方形，從懷裡掏出幾片枯萎的香蕉葉和木瓜葉，放到嘴裡嚼爛，吐在長方形的剪紙上，十指翻耙，瞬間捲出一根俐落挺拔的手捲煙，放到朱大帝手上。大帝吸著恩庭的手捲煙，看著恩庭哼著兒歌繼續捲第二根煙。十六歲的恩庭綁著小辮子，髮上插了一朵胡姬花，額頭散布幾個可愛的粉刺，兩頰紅潤，皮膚白嫩，脖子掛著九尾狐面具。大帝想起第一次看見三歲的牛油媽，蹲在井裡淚流滿面。奇怪的是，三歲的牛油媽突然變成了十三歲，滿臉粉刺，兩頰紅得像一塊炭，小辮子沾滿豬血，大帝彎下身體從井裡將她拉上來時，扯破了她的客家對襟短衫，露出了半邊豐滿的胸部，星布著幾滴從他身上灑下的豬血。他吸完第一根恩庭的手捲煙，開始吸第二根。恩庭戴上九尾狐面具，嚼碎香蕉葉或地瓜葉後，將一份剪報塞到嘴裡，舌唇蠕動，噗的一聲，吐出一根沾滿唾液的手捲煙。他看見恩庭的辮子像蠍子尾巴翹著，瀏海像蜈蚣的一百隻腳。恩庭又吐出一根手捲煙，對著大帝諂笑，九尾狐面具好像透明。大帝看見她的臉上像砂礫鑲嵌著幾顆粉刺，左頰有一顆頭大腹圓的螞蟻痣，大範圍遊竄，遊竄到胸前，變成兩顆不比痣大多少的黑色乳頭。

電波干擾幾乎炸裂了收音機的擴音器，一股使人皮膚長燎泡的熱火旋風罩在朱大帝身上。大帝眨了兩下眼皮，嚴恩庭不見了，桌上放著三根柔軟鬆垂的手捲煙。大帝吸著自己捲的手捲煙，看著北邊叢林，下了陽台，屈蹲身軀，將左耳貼在望天樹板根上。

數十艘裝了馬達的長舟從豬芭河下游朝高腳屋接近，每一艘長舟坐著十個穿草黃色戎裝荷槍實彈的鬼子，腰掛村正妖刀手拿南部十四式手槍的憲兵隊曹長山崎顯吉站在翹得像蠍子尾巴的船艉上，左手手臂繡著的紅字「憲兵」在陽光下妖豔得像鬥雞的肉髯紅。避免打草驚蛇，馬達早已熄火，鬼子手裡的船槳划動得迅疾無聲，像蜈蚣的一百隻腳。

二

月色和電光落在他們臉上。亞鳳抬頭往上看，眼皮跳躍，碎成一片的月色也像壁虎的斷尾跳躍。水聲嗚咽，叢林低泣，豬芭河黑稠得像瀝青。河畔的茅草叢升騰著一蓬白色煙霾，以懶猴的慢速穿透，盪向一棵大樹，又從大樹盪下來漫向茅草叢。隊伍緩慢朝西南移動，慢得像那一叢白色煙霾。亞鳳想起鬼子登陸豬芭村的那個清晨，豬芭村上空也簇擁著閃電，把豬芭村照耀得如同白晝。

隊伍出發前傳來沈瘦子死訊，讓愁雲密布的隊伍，突然萌發小小的悲壯。沈瘦子的乾兒子趙家豪，不知道著了什麼魔，邊走邊用假嗓和印尼語學何芸在豬芭河畔哼唱〈梭羅河〉，惹得其他小鬼也狗吠貓號似的附和，聽得朱大帝火冒三丈。

「家豪！再唱！我把你的舌頭割掉！」月光照耀下，朱大帝的臉硬得像一塊狂風中咧咧轟響的鋅鐵皮。

「老朱，鬼子離我們遠得很，放一百隻土狗也聞不到鬼子尿騷味。」鍾老怪手握強生獵槍槍把，看著矮木叢上一隻幽幽嗚叫的貓頭鷹。他冷漠的額頭像一個巨大蚌殼。「家豪唱歌真好聽。

唱吧，家豪，趁你還沒變嗓。」

「老鍾。」朱大帝好像一頭準備連角帶蹄生吞活牛的巨蟒。「鬼子竄了十多天，死的死，逃的逃，瘋的瘋，落單的落單，自殺的自殺，你打草驚蛇，鬼子不是躲得無影無蹤，就是從樹上躍下來，削掉這十多個小鬼的豬腦袋。」

「據說鬼子死了也會變殭屍，從爛泥巴鑽到褲襠咬掉你的卵交！」陳煙平看著趙家豪笑嘻嘻地說。他揹著藤簍，裡頭蹲著懶鬼焦的無頭雞，簍眼扠出兩根鮮紅色的尾羽。

「叔叔，你的卵交比我們大。」高腳強用他的獨臂甩著仿德國毛瑟槍的駁殼槍，看了一眼陳煙平的褲襠。「恐怕先被咬掉卵交的是你。」

「死孩子！」陳煙平吐了一口唾沫。「你的卵交是童子卵交呢，又嫩又脆！」

「高腳強，你老實說，你的卵交有沒有玩過日本婆娘？」鍾老怪陰陽怪氣地說。「你跟著伊藤雄那渾蛋屁股後面，看見了日本婆娘，褲襠都鼓了起來，小小一隻卵交硬得像伊藤雄嘴裡的口琴。」

陳煙平拍了一下高腳強的腦袋。「有空讓我驗一下你的卵交，老子閹過成千上萬的禽獸，看一眼就知道你是不是童子雞。」

「是又怎麼樣？不是又怎麼樣？」高腳強紅著臉撥開陳煙平的手。「焦叔叔的無頭雞是不是也被你閹了？」

「閹個屁。」陳煙平回頭看了一眼藤簍。「我準備用牠當種雞，生一批小鬥雞賺錢呢。」

十五個孩子發出又響又脆的笑聲。亞鳳瞪了孩子一眼。在亞鳳怒目注視和朱大帝叱喝下，他們不敢再附和趙家豪，有的戴上妖怪面具，有的嚴肅地蹙著眉頭，有的拿下揹在肩上的獵槍往樹上亂瞄，有的抽出帕朗刀往兩邊擁塞的蔓草野花削去，有的撿起枯枝扔向貓頭鷹叫囂的樹叢，有的突然扒下褲頭撒尿。曹大志和高腳強走在孩子前頭，亞鳳和愛蜜莉在孩子後方。隊伍最前方是朱大帝、鍾老怪和兩個年輕伐木工，紅臉關、陳煙平、蕭先生殿後。肥胖的月亮半遮掩在墨青色的雲彩中，雲彩好像漂浮的鱷魚群，閃電亮起時，牠們啣著月亮的肥肉，集體死亡翻滾。一群豬尾猴的鬼影在無花果樹上跳躍，鳥蟲聲尖銳得像槍林彈雨，河水咻咻喳喳地舔著兩岸的枝葉草梢。

一九四五年六月，聯軍對豬芭村展開登陸戰，駐守豬芭村的兩千多名日軍無力抵抗，集體退入內陸，沿途燒掠戮殺，如入無人之境。八月十五日，日本投降；九月九日，日本駐英屬婆羅洲第三十七軍總司令馬場正郎正式向聯軍簽署降書後，婆羅洲各地守備軍指揮官陸續繳械投降。吉野真木、山崎顯吉領導的兩千多名日軍流竄內陸，和總部失去聯繫。聯軍戰機撒下的日軍戰敗的宣傳單，吉野和山崎不知真偽，拒絕投降。九月，兩千多名日軍遭受原住民、聯軍和游擊隊狙擊，死傷人數超過一半，至此，為分散反抗軍軍力，吉野率領的六百多名日軍沿豬芭河上游挺進，山崎率領的四百多名日軍朝東北轉進，分成兩個部隊逃竄。

一九四五年五月，朱大帝離豬芭村二十英里的祕密基地被山崎大軍襲擊，大帝和豬芭人零星反擊，終究不敵鬼子的九六式機槍和八九式擲彈筒，近一百個避難的豬芭人遭鬼子屠殺，朱大帝等人和不在場的孩子僥倖脫逃。山崎離去後，朱大帝和鍾老怪回到燒成灰燼的高腳屋，草葬了豬芭人，挖出部分埋藏三棵紅毛丹樹下用沈瘦子提供的防水斗篷包紮的槍枝、彈藥和鴉片膏，將祕密基地遷移鹿湖附近，九月底率領大人小孩二十多人，伏擊鬼子兩個逃竄隊伍。

閃電在天穹像生了根，直到烏雲散去才熄滅。大雨終於落下，但不是落在他們頭頂上，而是落在百英尺外的莽叢中，那裡雨絲如髯，水氣氤氳，漂浮著幾個額眉深蹙的巒頭。水氣中出現太陽的金黃色斑點時，橫亙著一強一弱兩道魔性煥發的彩虹。翠綠的蒼鷹展開傲岸的雙翅，充滿怒意地朝他們飛來。天穹似蠟，在陽光燃燒下，蠟淚滾滾滴在野地上，引起青煙繚繞，野火蠢蠢欲動。內陸的野鳥和豬芭村四周的野鳥沒有兩樣，叫得氣喘吁吁，羽毛被露氣溻濕，打開翅膀就揚起一層霧氣。飢餓的猴群從一棵大樹遷往另一棵大樹，尋找果腹的野食，長尾巴和短尾巴的不同猴種遭遇後，猴毛森豎，眼睛噴出了火。孩子放慢腳步，仰望猴群鬥毆，轉眼和朱大帝、鍾老怪拉出一段距離。曹大志和高腳強乾脆站住，一個拄著金箍棒，一個扛著三尖兩刃刀。

「亞鳳，別讓孩子發呆！」朱大帝回頭瞄了一眼落後的隊伍。「再過兩天，鬼子要竄回東京了！」

「別看了，走吧！」亞鳳拍了前面一個小孩汗水淋漓的腦袋。

曹大志掄起金箍棒，吹了一聲口哨，指了一下前方，帶領孩子邁步走。高腳強摸了摸腰上的駁殼槍，對身後的嚴恩庭瞄了一眼。太陽慢慢升上來，遠方的雨絲和彩虹消遁了，露出幾座尖額廣頤、身軀肥胖的山巒。蒼鷹依舊憤怒地朝他們飛來，但飛了半天，仍在原地不動。雲彩沒有散去，但好像被熱氣消融了，天穹逐漸恢復了海水的湛藍。一根枯枝從樹上墜下落在許軒儀腳下，許軒儀來不及閃避，一腳踩在枯枝上，跌了一跤，跪在地上哭起來。亞鳳將她攙起，看見她兩邊膝蓋劃出一道傷口，流出紅潤的像蚯蚓的血。許軒儀父母是裁縫師，四個月前死在山崎奇襲中。她左邊嘴角長了一顆美人痣，她很引以為榮。在戰前的豬芭村，她永遠穿著父母新裁的衣服，像個小公主。據說她喜歡關亞鳳，看見亞鳳攙起自己後，立即蹲下，撫著傷口哭得梨花帶淚。亞鳳拿起環在脖子上的白毛巾拭掉膝蓋上的血，檢查了一下傷口。「皮肉之傷，沒事的，起來吧。」許軒儀裝模作樣站起來，又蹲了下去，想起父母慘死，假哭成真，越哭越傷心。

「許軒儀。」亞鳳蹲在她面前。「妳還走得動吧？」

「媽媽——」軒儀邊哭邊說。「我要找媽媽。」

「許軒儀，妳別裝了，」漁夫兒子吳添興說。「妳賴著不走，留妳一個人在這裡，讓鬼子把妳帶走！」

「鬼子會做很多新衣服給妳穿，」趙家豪說。「他們老的小的都喜歡。」

「家豪，不要胡說！」隊伍後面傳來蕭先生的聲音。趙家豪伸了一下舌頭。

高腳強突然想起林曉婷。他用力地將駁殼槍攥在手上，用槍管不自覺地敲擊著刀鞘。

「軒儀，我揹妳走一段路，」亞鳳說。「等妳不痛了，再告訴我。」

亞鳳把帕朗刀和獵槍交給愛蜜莉，背著許軒儀蹲下。許軒儀啜泣著趴在亞鳳背上。亞鳳站直身子，吆喝隊伍前進。豬芭小學教師蔡良兒子蔡永福湊近三輪車伕兒子余雲志耳邊說了什麼，雲志咭咭咯咯笑起來。

「許軒儀，」余雲志大聲嚷叫。「蔡永福說妳壞話！他說妳臉上的痣不是美人痣，是苦命痣！」

「不是我說的，」蔡永福也大聲叫嚷。「是我父親說的！」

「苦——命，苦——命，」趙家豪怪腔怪調唱著。「我命好苦——」

許軒儀抽抽噎噎哭著。

樹篷落下的光芒逐漸綿密垂直，日頭越升越高。朱大帝和鍾老怪選擇了林木稀鬆的路徑，迂迴曲折，忽進忽退，容易迷路，必須不停確認風向和太陽方位。兩位伐木工無時無刻不在揮斬雜木草叢，開拓出一條蜿蜒曖昧的夾脊小徑。孩子汗流浹背，步伐逐漸沉重，笑容和嬉鬧減少了，范青蓮突然煞住腳步，想要解便。范青蓮高大肥胖，像個小大人，父母販賣的進口食油、麵粉和罐頭食品，有不少祭了她的五臟廟。她一說要解便，馬上有兩個小孩，菜農兒子錢桂安和馬玉錚大聲附和。「亞鳳大哥，我們走了快五小時了。」馬玉錚家裡開文具鐘錶行，孩子裡只有她手腕上戴著一支進口腕錶，銀光斑斕，像一條小白蛇盤在手腕上。亞鳳看了一眼大帝。大帝拿著鍾老怪的七倍率雙筒望遠鏡看向西南方，專注得像一頭盯住了獵物的雲豹。鍾老怪舉手打眼罩，和大帝注視著同一個方向。亞鳳放下軒儀，對青蓮等人點點頭，看著三個小孩兵分三路走入草叢。一個男孩解開卡其褲頭，對著草叢洮出兩道金黃色尿液。四個孩子戴上妖怪面具，蹲在地上，看著黑魆魆的樹篷。石油技工兒子黃光霖和菜販兒子房招財從褲袋拿出發條兔子和發條烏龜，清出一小塊平坦的泥地玩龜兔賽跑，發出嘰嘰呱呱像蟋蟀的聲音。家裡開飲食攤的劉菁菁走到軒儀身邊，彎下腰看她的傷勢，她的弟弟劉兆國抓了一隻草綠色的紡織娘，偷偷放在趙家豪頭髮上。蔡永福和余雲志打開幾個豬籠草的蓋子，看著捕蟲瓶裡蟻蟲的殘骸。嚴恩庭看見曹大志坐在板根上，也一屁股坐上去，哼著小林二郎的日本歌謠。高腳強抽出帕朗刀，朝一棵望天樹樹身剁出一行像祛邪的符號，被紅臉關喝住，禁止他留下任何鬼子可以辨認的痕跡。蕭先生非禮勿視，背對著三個撒屎的小孩。經過鬼子三年八個月折磨，蕭先生已經不太像教書匠，他穿著邋遢骯髒的汗衫和黑色長褲、肩扛獵槍和腰拤帕朗刀，像豬芭街頭的地痞流氓。他仰望樹冠，看見一隻雲豹像蟒蛇盤在杈枝上，枝椏末梢長著水潭一樣沉重的綠葉，蛙躍著蒼翠。那根枝椏好像被雲豹馴服的獸騎，氣勢驚人，睨視天穹，流露出和雲豹同等的傲氣。雲豹的色澤接近枝椏，不容易被發現，但牠垂在枝椏下的華麗尾巴卻像黯夜中燔燒的烽火，把樹篷照亮得波譎雲詭，星散著火烙的爪痕。

山崎大隊襲擊高腳屋時，陳煙平扔下兩隻身經百戰的鬥雞，抱著懶鬼焦的無頭雞衝入莽叢，這隻無頭雞現在被陳煙平從藤簍裡放了出來，挺胸昂「首」站在板根上，甩著祖母綠的覆尾羽和柔軟發亮的頸羽，發出無聲的荒啼。愛蜜莉一手扠腰，捏著一片巨大的枯葉往身上搧風。黑狗嗅著地上一隻蛤蟆屍體，黑色的長尾巴在空中捲出一股黑色的流漩，好像圈養小鬼的妖霧。亞鳳閉上眼睛，聽見淅淅瀝瀝的撒尿聲音，聞到酸鹹衝鼻的尿味和榴槤果成熟的芬芳的腐味。他看見右邊的矮木叢中范青蓮從地上抓起幾片乾燥的落葉往胯下搓揉，然後扔掉葉子，穿上磚紅色的長褲，踩著一地腐葉走出矮木叢。錢桂安光著屁股，露出小雞雞，好像剛長苗的草芽，走到一棵青澀未結果的野榴槤樹下，摘了幾片綠葉，撐開胯下，用非常誇張不雅的動作抹屁眼，抹完後，穿上褲子回到隊伍。一隻身長像小帕朗刀的蜥蜴從榴槤樹竄到地上，翹著像刀刃的尖嘴利尾消遁在一簇荊棘叢。亞鳳看見一隻銀色小蛇，吐著一長一短像女錶時針和秒針的開叉舌頭，滴滴噠噠地滑過馬玉錚手腕，滑入她的腋下，消遁在她胸口，遍被著金黃色光芒從胯下蜿蜒而出，落在一片不知道是香蕉葉或芋頭葉上，曲蜷在那兒不動，好像金黃色的蛤蟆。亞鳳全身熱躁，看了愛蜜莉一眼。愛蜜莉髮梢俏皮地黏著一塊巴掌大綠葉，突然被一股氣流捲入樹篷，激活他一些縹緲遼遠的聯想。亞鳳想起了何芸的抗旱小酒窩、牛油媽乳頭互背的「東西奶」、惠晴燎灼的雙眼像夜晚豬芭河的鱷眼。何芸還沒有出生的孩子、牛油媽和惠晴來不及出生的孩子，呱呱墜地湊合成一個三頭六臂的怪物，在一片妖光四射的刀刃下顫抖。

「亞鳳大哥。」馬玉錚扯了扯亞鳳衣袖。「好了。可以走了。」

朱大帝、鍾老怪和兩個伐木工已前進了一段路。孩子在曹大志和高腳強吆喝下整好隊伍，等待亞鳳發號命令。

「軒儀，妳的膝蓋好了嗎？」劉兆國走到許軒儀身邊小聲說。「我可以揹妳。」

許軒儀白了一眼劉兆國，和劉菁菁手拉著手回到高腳強的隊伍。

隊伍走了半小時後，日正當中，大帝下令在一棵箭毒樹下休憩用餐。出發前每個人身上都揹著一個小包袱，用香蕉葉裹著一天分量的醃豬肉和藤果。孩子累了，胡亂吃了肉果，倒臥板根下睡覺。

三

孩子少了潘雅沁和秦雨峰，增加了劉菁菁和劉兆國姊弟，維持著十五人陣容。近百豬芭人被殺害後，朱大帝埋藏紅毛丹樹下的槍枝、彈藥和鴉片膏變得十分富足，每個孩子都分到了一支獵槍，高腳強除了獵槍，多了一支沈瘦子託人送來的仿德國駁殼槍。窩居鹿湖的三個月中，孩子在鍾老怪調教下打了十多發霰彈。

孩子睡了一覺，醒來，精神飽滿。馬玉錚看了一眼腕錶。「兩點三十囉！」太陽老爺子無情地凝視大地，向莽林擲下像古代攻城掠地的霹靂火球，燙得大家的屁股坐不住。遙遠的茅草叢升起一簇又一簇野火，在西南風吹擊下顯得活潑凶猛，好像美軍向鬼子發射的火焰槍。一群蒼鷹在野火上空盤旋不去，等待捕食火焰中逃竄的野鳥和爬行動物。煙霾像白色的鬼魅橫行。孩子熟睡時，大帝等人探勘路線，留下蕭先生、亞鳳、愛蜜莉、黑狗、無頭雞、曹大志等十五個孩子。孩子百般無聊，圍成一個圓圈，亂七八糟地唱著〈籠中鳥〉，玩小林二郎的捉鬼遊戲，捉到馬玉錚、劉兆國和黃光霖三隻鬼，被罰半小時內採三顆俗稱「洗髮果」的藤果，採不到，罰他們生吃三顆俗稱「臭豆」的柏帶果。「洗髮果」果肉香甜可口，外殼搗爛後，漿汁抹在頭髮上搓揉，可以把頭髮洗得又清爽又芬芳。沒有經過燒烤或水煮的「臭豆」，辛辣難嚥，瀰漫尿屎或酸臭的動物體味，吃進肚子後臭屁不斷，屙出的屎也是臭氣沖天。十五個孩子中，最大的曹大志十七歲，最小的黃光霖十三歲，感情世界複雜糾葛、真真假假，媲美大人：曹大志、高腳強和蔡永福喜歡嚴恩庭，嚴恩庭喜歡曹大志；趙家豪和吳添興喜歡馬玉錚，馬玉錚喜歡曹大志；劉兆國和錢桂安喜歡許軒儀，許軒儀喜歡關亞鳳；余雲志喜歡劉菁菁，劉菁菁喜歡高腳強；范青蓮是唯一沒有男生喜歡的女生，但她喜歡黃光霖。趙家豪和吳添興自願代替馬玉錚受罰，范青蓮忸忸怩怩地表示，要和黃光霖一起去找「洗髮果」。亞鳳不想掃孩子的興，由愛蜜莉帶領趙家豪、劉兆國、黃光霖和范青蓮去找「洗髮果」。劉兆國不滿趙家豪嘲笑許軒儀的美人痣，邊走邊吵。瘦小白淨的黃光霖很怕高大肥潤的范青蓮，故意走在劉兆國和趙家豪中間，不讓范青蓮貼近他。劉和趙不停地把黃光霖和范青蓮擠到隊伍中間，氣得黃光霖一直臭著一張臉。鳥蟲喧囂，日頭高掛，兩架聯軍戰鬥機從樹篷呼嘯而過，驚醒成千上萬的蝙蝠，蒼穹黑成一片。一群長尾猴趴在樹枝上抓蝨睡大頭覺，對戰機視若無睹，用漠然和輕蔑的神情看著孩子。走了四十分鐘，見到數不清的「臭豆」，沒有看到半顆「洗髮果」。

「趙家豪，你帶衰，」劉兆國抱怨著。「找不到洗髮果，你幫我們吃臭豆！」

「吃就吃，」趙家豪說。「你們三個人的臭豆，我一個人包了！」

「你不是鬼，湊什麼熱鬧？」劉兆國說。「你對馬玉錚示好，馬玉錚就會喜歡你？人家喜歡的是曹大志，你算什麼？」

「你呢？你明知道許軒儀假受傷，就是要亞鳳大哥揹，你不是亞鳳大哥，湊什麼熱鬧？」

「你癩蛤蟆吃天鵝肉。」

「你鮮花插在牛糞上。」

「我回去對亞鳳大哥和曹大志報告，」黃光霖報復性地說。「有一隻癩蛤蟆和一坨牛糞想搶他們的女朋友。」

趙家豪和劉兆國戴上妖怪面具，捉住黃光霖手臂，跐著他的腳尖拖向范青蓮，一把搡到她懷裡。黃光霖的臉像一坨奶油抹在范青蓮肉鼓鼓的胸前，嚇得魂不附體，一雙爪子搗住范青蓮的奶子，想把范青蓮推開。范青蓮一步一步往後退，靠在一棵龍腦香樹上。趙家豪和劉兆國不放手，范青蓮進退不得，黃光霖的半顆頭顱徹底陷在范青蓮兩粒奶子中，連呼吸也困難，慘叫不斷。愛蜜莉狠狠地搧了一下趙家豪和劉兆國的頭，兩個小孩才鬆了手。黃光霖憋著一張紅得像猴子屁股的臉追打趙和劉。范青蓮一屁股坐在板根上抽抽噎噎哭著。

「光霖──」范青蓮哭聲乾燥，打雷不下雨。「你摸了我──」

「光～～～霖～～～～」趙家豪好像在用假嗓唱〈梭羅河〉，尖起嗓子學范青蓮。「你～～～摸～～～了～～～～我～～～～」

「黃光霖摸了范青蓮的ㄋㄧㄝㄋㄧㄝ！」劉兆國發出像長臂猴的吼叫。

黃光霖個子矮小，跑得飛快，抄住一根枯枝戳趙和劉的屁股。

三個小孩跨過一塊又一塊板根，踩斷一棵又一棵樹苗，驚動擬態的昆蟲和蜥蜴，鏟起無數腐葉和泥殼，身影迅疾變小，消遁在一棵又一棵好像被撞得東歪西倒的巨樹腰桿後。

「家豪、兆國，」愛蜜莉大叫。「別跑了，回來！」

巨樹站得壁直，傲慢地凝視愛蜜莉和黑狗，從樹篷落下幾片枯黃的葉子，像用古老艱深的語言回應愛蜜莉。

「青蓮，妳留在這裡，別亂走。」愛蜜莉邁著小步，消遁在巨樹腰桿後。

范青蓮不哭了，站在有點陰暗的樹蔭下，看著周圍好像正在移動和說話的巨樹。天穹密集地浮游著龜殼一樣堅硬濕潤的烏雲，太陽像一塊燒紅的生鐵突然被淬熄了，天地瞬間黑了下來，四野被莽林的墨綠蘸了個飽滿。枯枝沿著鳥的骨架和羽毛伸展，發出喳喳吱吱的鳴聲。長臂猿的手掌像蜘蛛吐絲，架構了蒼翠的搖晃的樹椏，遮住了范青蓮向上眺望的視野。樹篷黑魆魆的，枝椏密匝匝的，不像白天，像夜晚，猩紅的星光點綴著天穹，青蓮想起幾首星星月亮的兒歌，想哼，但唇舌乾痺，噴出中午啃過讓人火氣上身和放臭屁的藤果氣息。她伸出舌頭舔了舔嘴唇，越舔越口渴。一隻大犀鳥展開似鍬刃的黑翅膀，像圖片裡的翼手龍從她頭頂上飛過，墜入一簇矮木叢，好像中了一箭。她坐在板根上東張西望，不知道坐了多久，坐麻了屁股，撐痺了雙腳，僵得越久，心裡越害怕，唇舌越焦燥。她覷了一眼扛在肩上的獵槍槍管，向愛蜜莉等人消遁的莽叢走去。不知道徜徉了多久，也不知道躑躅了多久，看見一片陰鬱的矮木叢背後有一潭黑水，岸邊聚聳著翠綠的蘆葦，一隻纖細的白鷺鷥佇立蘆葦莖上，牠身後的樹枝懸掛著一串又一串金黃色的「洗髮果」。

她踩著地上的枯葉，向那棵藤果走去。枯葉發出夢囈似的甜滋滋的呻吟，非常好聽。一條巨蟒的蛻皮像煙霾浮在枯葉上，好像隨時會騰空湮散，她用力地蹂碎蛇皮，蛇皮發出神祕的星星月亮的笑聲。她走入蘆葦叢時，白鷺鷥不見了，「洗髮果」懸掛樹枝上，像金黃色的蘋果，已成熟，唾手可得。她採了一粒「洗髮果」，剝開外皮，咬了一口白色的果肉，清爽甜美的汁液潤濕了她的雙唇。她吃完一顆「洗髮果」，採了第二顆，邊看著湖潭的倒影邊啃著「洗髮果」。湖水像樹篷一樣黑魆魆，深不可測，沉重得像鐵汁銅渣，葉子落在水面，像卡在爛泥上，不浮不沉，倒映著一根肥大的枝椏上一對正在交配的長尾猴。母猴摟著枝椏，頭顱溫馴地貼在枝椏上，臉蛋泛著只有女性才有的嫣紅。公猴鞍在母猴屁股上，尾巴堅硬得像一支擀麵棍。抽送的動作很激烈，枝椏掙扎，樹葉呻吟，連黑潭也動了情，泛起難有作為的充滿綺思幻想的殭屍漣漪。

范青蓮吃了兩顆「洗髮果」，肉嘟嘟的臉頰漫著紅霞，汁液沿著下巴滴到襯衫上，在她豐滿的胸前滴出幾隻毛茸茸的浮游小鴨。她又摘了五顆熟透的「洗髮果」，壘在地上，蹲在湖潭前掬水，洗了一把臉，看見倒影中掛在脖子後的飛天人頭面具。她站了起來，將妖怪面具戴在臉上，看了一眼水中的倒影。面具長髮披散，兩眼空洞，似笑非笑。她卸下面具，將五顆「洗髮果」摟在胸前，離開黑潭，走了兩步，兩手一鬆，「洗髮果」噗咚咚掉到地上，有一顆滾得很遠，像長了腳落入黑潭。有兩顆滾得更遠，噗咚咚地停在一排軍靴前。

二十多個穿著草黃色戰鬥服和戴著草黃色戰鬥帽的鬼子，揹著槍管朝天的九九輕機槍或步槍，每個人肩上扛著蟹青色或草黃色的自行車，自行車手把掛著鋼盔，鋼盔插著曬得蔫黃的棕櫚葉或茅草鞘。看見范青蓮後，帶頭的鬼子從肩膀上卸下自行車，軍靴扠在一根腐木上。二十多輛自行車嘁嘁吱吱躍到地上，發出畜牲疲憊的呻吟。鬼子帽簷下的陰影龐大，五官好像被帽子背後的遮陽布和脖子上的髒毛巾網住了，陷入了迷惑和興奮。

第一個卸下自行車的鬼子，像從螺殼竄出的寄居蟹，突然變得輕巧迅疾，一步一步靠近范青蓮，橫豎左右看著范青蓮豐滿成熟的軀體，像在尋找一個調換的寄居的軀殼。

范青蓮節節後退，靠在一棵大樹樹腰上。

「花姑娘——」他兩隻手像巨大的螯肢試探性地觸了一下范青蓮胸前汁液淋漓的浮游小鴨。

四

太陽沉下去了，天邊殘餘著光帶，散亂著野獸齧痕，荒野蒸騰著火燎的地氣。孩子卸下獵槍，在箭毒樹下挖了一個灶，壘上朽木枯藤釀火，周圍砌了乾燥的榴槤殼燜燻，升騰起衝鼻的白色煙霾，和篝火聯手驅黑、逐獸、熏蚊蟲、祛鬼魅。為了不釀起森林大火，孩子用帕朗刀薅了四周的野草小樹，將草屍樹骸擲向篝火。篝火燒得更野了。

朱大帝和鍾老怪等人去了一個下午，猶未現身。愛蜜莉追上趙家豪、劉兆國和黃光霖三個小孩後，回來，已失去范青蓮蹤影，四人一狗找了一個下午，入夜前回到湖潭。十四個孩子圍在篝火前，啃著剩下的醃豬肉和剛採下的藤果。范青蓮的失蹤讓他們失去笑聲，臉上添了一股稚氣的哀愁，多了一股不成熟的凝重，趁著蕭先生到草叢裡小解，開始嘲笑黃光霖，說范青蓮被黃光霖摸了胸部，不敢見人，正躲在什麼地方流淚呢。趙家豪和劉兆國笑得邪惡，黃光霖氣得一直用一根青藤戳篝火。蕭先生那泡尿撒得天長地久，回來時一雙缺乏睡眠的小眼像兩根紅辣椒，盤腿坐在曹大志和高腳強中間，開始最後一次授課，講解《封神榜》第八十九回紂王敲骨剖孕婦、《西遊記》第七十二回八戒變鮎魚戲耍蜘蛛精，越說越激動，咳出一塊帶血的濃痰。

愛蜜莉在紂王剮剖完三個孕婦後，打開手電筒，牽著亞鳳的手，和黑狗走入黑魆魆的莽叢。那天晚上雲彩稀落，星星虛淡，鵝黃色的盈凸月高掛，猩紅色的蝙蝠穿梭天穹，夜梟哭啼，磷火熠燿，青蛙吐出長舌狩獵，尖銳的草鞘把手電筒光芒照耀得像刀刃，兩人一狗再度走到范青蓮消遁的地方，藉著猩紅的月色和手電筒光芒仔細盤查。夜晚的莽叢散亂著各種顏色的獸目，盤旋樹上、草叢和地上，藍紅綠白，凝視著亞鳳和愛蜜莉。黑狗充滿挑釁或冷峻地看著獸眼，狗嘴發出咿咿唔唔的問與答。對於這隻狗，亞鳳一直感到迷惑。牠固定一段時間從愛蜜莉身邊消失，讓人忘了牠的存在。牠幾乎不吠，不搖尾巴，不懂諂媚乞食，不愛被撫摸，不會追逐對牠惡言相向的貓犬雞鴨，只會捕捉野豬。牠的四肢像藤蔓一樣柔軟，爪銳耳尖，尾巴迂迴，豹頭環眼，睡覺時盤成空心圓，好像一朵墨色的花。莽林的蟲聲像雨點淋在芭蕉葉和鋅鐵皮屋頂上，容易讓人入睡。亞鳳和愛蜜莉背靠著樹身坐在板根上，眼皮沉重，看著黑狗一遍又一遍嗅著地上。

蕭先生咳出第一塊帶血濃痰後，又全身抽搐地咳了一陣，咳出許多像野火焚燒莽叢的聲音，喉頭像卡了一塊紅炭，咳得那團火焰一臉驚駭，燒掉了蕭先生下巴一小綹像猴子頭頂上叢狀毛冠的鬍鬚。孩子習慣了蕭先生的咳嗽，靜靜地等他咳完。蕭先生咳完後，用力清了一下嗓子，不忍掃孩子的興，奮力說完豬八戒調戲蜘蛛精。剛才他去野撒，回來時咳出兩坨血痰，昏倒在一個小水坑裡，看見一個折磨過他的鬼子，用銘刻著菊花的槍托狠狠地捶擊他的背部。他曾經被鬼子強徵去做了兩年多的苦役，有一天發高燒，鬼子用「蘇秦背劍」的方式將他雙手拗到背後綑綁，像一隻待宰的豬牽到憲兵總部，關在一個臭氣沖天的小房間，三不五時就有一個憲兵用槍托捶擊他的背部，三天後當他重新拿起鐽子加入築路行列時，咳血痰就和撒尿一樣頻繁。孩子看見他的褲管溻濕了一大片，以為他尿在褲子裡。說完《西遊記》，蕭先生撐不住了，身體一斜，倒在曹大志懷裡。小孩把蕭先生扶到板根前，讓他傍著板根休息。大志從蕭先生懷裡搜出一根嚴恩庭的手捲煙，就著篝火點燃，塞到蕭先生嘴裡。蕭先生闔上眼睛，狠狠吸了兩口。

孩子聚集篝火前，百般無聊，玩發條玩具，檢視獵槍，隨意砍一些藤蔓枝葉，丟到篝火裡燒。高腳強建議組一個五人小隊，入林找范青蓮。「亞鳳大哥和愛蜜莉已經去找了，」曹大志說。「他們回來前，誰也不行離開。」「范青蓮是你小隊的隊員，你要負起這個責任。」「劉兆國和黃光霖是你小隊的隊員，不是他們起鬨，青蓮不會失蹤，你也要負這個責任。」……「別吵了，」嚴恩庭說。「亞鳳大哥說過，不可以擅自離隊。我們來玩捉鬼吧！」馬玉錚說做鬼的罰唱一首歌，許軒儀隨即附和。三位小美女開了口，男孩子不敢頂嘴，於是戴上妖怪面具，捉了五隻鬼。房招財最討厭唱歌，五音不全、東減西漏地唱了一首客家童謠：

月光光，照地堂，年卅晚，摘檳榔，檳榔香，買豬肚，豬肚肥，買牛皮，牛皮薄，買菱角，菱角尖，買馬鞭，馬鞭長，起屋梁，屋梁高，買張刀，刀切菜，買隻船，船沉底，浸死兩隻紅毛番鬼仔……

唱完躲在蔡永福身後，咯咯咯地笑著。劉菁菁站在灶火前，兩手抄在身後，兩眼看著黑魆魆的樹篷。

日本狗，滿山走，走無路，爬上樹，樹無椏，跌落屎缸下，撿到一隻黃冬瓜，瀉到滿廳下。

輪到嚴恩庭了。嚴恩庭唱時，裝模作樣，手勢頻繁，還在篝火前蓮步款款，走來走去呢。

蕭先生吸完嚴恩庭的手捲煙後，眼球像灌了鉛，口乾舌燥胸悶背疼四肢無力，想吸一塊鴉片膏，但鴉片膏在兩個伐木工身上。他聽明白了招財和菁菁的客家童謠，但聽不太見嚴恩庭美麗動人的嗓子。他知道嚴恩庭在唱歌，全豬芭村只有嚴恩庭有這種天籟之音。他的鼻腔和喉頭瀰漫著恩庭的唾液味，甚至還有一股尿騷，他懷疑恩庭捲那根煙前小解過，十指沒搓乾淨。火焰被孩子越養越大，像懷了孕，生出活蹦亂跳的火苗，對著野草賣弄風騷，想藉著他們夾帶一批雜種出去。一批小火苗沿著孩子腳下的枯葉燒過來，燒向他躺著的板根，他用腳踩了踩，火種滅了，卻有一簇煙燧往上升騰，消遁在黑魆魆的樹篷中。蕭先生抬頭看見白天那隻雲豹站在一根枝椏上，仰望猩紅色的盈凸月，張嘴呼嘯出像炮火出膛和子彈出匣的嘷聲，尾巴燔燒如烽火。牠像天穹一樣黑，皮毛閃爍著星星的寒光，好像華麗的星座。

銘刻著菊花的步槍槍托重重地捶在蕭先生肩胛骨上，蕭先生咳出一坨血痰，看見一群鬼子圍在篝火四周，九個孩子圍坐篝火前，用恐懼的眼光覷著鬼子。那一槍好像把蕭先生捶醒了，他看見五個孩子，房招財、吳添興、錢桂安、蔡永福、余雲志，倒臥在血泊中，兩個被射穿了腦袋，一個被砍掉了頭顱，一個肚子被軍刀剖了一個洞，一個被刺刀戳穿了胸膛——那把刺刀還插在孩子胸膛，孩子手腳抽搐，殘留著一口氣，他的脖子掛著傘怪的可笑面具。

鬼子的槍托再一次捶在蕭先生太陽穴上。蕭先生背靠板根，看見黑暗中那隻仰頸嘷月的豹的星座依舊閃爍。二十多個穿草黃色戰鬥服的鬼子，拿著步槍或輕機槍，像一群土狼在孩子身邊徜徉。他們身後支立著或躺著二十多輛自行車，蟹青色的軀幹在火焰照耀下好像有血有肉的畜牲。他們帽簷下的臉蛋既疲憊又興奮，既激情又邪惡。他們嘰哩呱啦說著話，蕭先生和孩子雖然聽不太懂，但聽了三年八個月鬼子話，又被迫上了東洋語文課，聽出了污穢和怪力亂神。

「花姑娘——」一個鬼子用槍管挑住馬玉錚脖子上的九尾狐面具，伸出一隻手，扯斷了面具，把面具挪到臉前看了看，伸出舌頭舔了舔嘴唇，將面具扔到身後。馬玉錚用手掌摀住臉，不知道是不敢去看孩子的殘骸，還是不敢看鬼子鬍髭遍被的臉。她的腕錶陷入了腕脖子裡，錶面翳白，讓人想起高腳強用蠟筆畫在額頭上的仙眼。

一個削瘦的鬼子用軍靴戳了戳許軒儀屁股下的泥土。孩子的獵槍拄在吳添興背後的板根上，鬼子現身時，吳添興剛抄起獵槍，就被一個鬼子開腸破肚，幾乎劈成一半。許軒儀坐得離吳添興最近，哇的哭了出來，對著滾燙的泥土漫出一泡尿漬。她一直抽抽噎噎地哭著。

劉菁菁也哭著。她間或抬起頭，看見幾個鬼子正蹙眉瞪著自己，嚇得馬上低下頭，緊緊靠著高腳強。

男孩子臉色蒼白，嘴唇發抖，眼眶盈著淚花。曹大志和高腳強一臉怒氣，眼珠子溜來溜去，凝視著鬼子的軍靴和綁腿。孩子看過鬼子砍頭顱，看過暴露豬芭街頭和野地的屍體，看過更多吊掛豬芭橋頭的頭顱，不害怕血淋淋的屍具，但是他們害怕抬頭看鬼子。余雲志就是因為抬頭瞪了一眼鬼子，被一支軍刀好似蟾蜍捕蠅，削掉了半殼腦袋。

一個高大的鬼子伸手摸了摸嚴恩庭粉嫩的脖子。嚴恩庭唱歌時從一簇矮木叢摘下兩朵乳白色的胡姬花，一朵拈在手上，一朵插在頭髮上，好像兩隻蝴蝶隨著悠揚飄逸的歌聲翺翔，曹大志和高腳強的表情純潔得像嬰兒。嚴恩庭唱完了歌正要回到大志身邊時，鬼子突然從莽叢衝出來，砰砰兩響，房招財和錢桂安被射穿了腦袋，戴著面具的蔡永福被刺刀戳透了胸膛，嚴恩庭五指一鬆，胡姬花燒毀篝火中。

高大的鬼子順手摘下嚴恩庭頭髮上的胡姬花，放到鼻腔前嗅了嗅，將花朵撣到半空中。兩個鬼子手掌伸入許軒儀胳肢窩，許軒儀好像長了翅膀，腳不沾地，消遁莽叢中。又有兩個鬼子掐住馬玉錚的手臂，將她壓在巨大肥碩的板根上。一個鬼子像嬰兒摟住劉菁菁，慢吞吞地走向四、五個鬼子圍起的人肉圈子中，劉菁菁十指抓耙著鬼子微笑的臉。一個鬼子攥著嚴恩庭的頭髮，拖行了一公尺，將她在五、六個鬼子面前推倒。

「大聖，」高腳強突然說。「你到底幾歲啊？」

「十六歲，」曹大志說。「我媽媽虛報了我的歲數。二郎，你才是孩子王。」

「沒差，我媽媽也報大了我兩歲。你喜歡恩庭？」

「嗯——嗯——」

「我不會跟你搶的，我要去找林曉婷了。」

高腳強摸出屁股下的駁殼槍，打倒兩個圍在篝火前的鬼子。

「跟朱爺爺說，他欠我二十元香蕉錢——」

曹大志揣出懷裡的小帕朗刀，一刀刺在鬼子脖子上。

「朱爺爺也欠我十元——」

蕭先生仰望樹梢，看見那隻雲豹尾巴燔燒如烽火，張嘴呼嘯出像炮火出膛和子彈出匣的嗥聲。一個鬼子走過來，在他的胸口刺了兩刀。蕭先生唔哼了一聲，痛得昏死過去。他看見雲豹兩眼似磷火，瞟了他一眼，突然屈蹲身體，三縱兩躍消遁樹篷中，留下許多火烙的足印，也不知道過了多久，突然出現在板根上，低頭舔舐他胸前的傷口。他唔哼了一聲，痛得醒過來，看見一百多個達雅克人站在篝火前，火焰似的月色透過樹篷落在他們金黃色和汗水淋漓的身軀上，蔓延全身的刺青好似青煙繚繞，奔騰著幾千朵似蚊蠅的火舌。他們留著墨黑服貼的短髮，眉毛被剃掉了，臉上欠缺表情。耳垂嵌著野豬獠牙，胸前掛著熊或豹或其他動物的獠牙，微露著銼尖的牙齒。頭戴藤條編織的戰盔，盔頂插著兩根犀鳥羽毛。披著羊皮、熊皮或山貓戰鬥背心，胯下裹著樹皮腰巾，屁股後打了一個像雄雞尾巴的肥結。腰拤帕朗刀，肩上掛著鬼子的輕機槍、步槍和小孩的獵槍，二十多個人手裡拎著一個鬼子頭顱，頭顱豁口淅淅瀝瀝滴著血，染紅了小腿和腳掌。

二十多個無頭的鬼子和十多個無頭的達雅克人倒臥血泊中。

達雅克人蹙著深度一致的眉頭，眼睛醞釀著溫度一致的寒光，銼尖的牙齒好像拓自同一個齒模，身上的刺青複製著巨大的沉默，連手裡的每一顆頭顱都複製著相同的齜牙咧嘴的痛苦。他們舉著雙手，仰望星空，發出尖銳冗長的呼嘯，歌唱人世間的美好，列成一個縱隊消遁莽叢中。

亞鳳在板根上夢見幾顆形狀大小似蘋果的「洗髮果」，在一簇樹椏上烱灼著金黃色光芒，噗咚咚落下，在樹椏下一潭黑水中彈跳，彈到岸上，散亂枯葉和草叢中。有一顆「洗髮果」像長了翅翼，彈飛得特別遠，越過濘泥水嵌、林麓枯椿、熊蟠豬窩，滾到腳底板根下。亞鳳張開雙眼，聽見黑狗對著猩紅色的天穹嗚咽，愛蜜莉躺在他肩膀上熟睡，板根下一片黝黑。他抬頭凝望遠方，莽叢中閃爍著點點金黃色光芒，又有一顆「洗髮果」從樹椏落下，從鐵渣銅汁的黑潭上彈出來，砸碎了落葉上的蟒蛇蛻皮。亞鳳搖醒愛蜜莉，打開手電筒，越過濘泥水嵌、林麓枯椿、熊蟠豬窩，不知道走了多久，終於看見枯葉草叢中散亂著金黃色的成熟的「洗髮果」，樹椏上半成熟的「洗髮果」。猩紅色的月色下，黑潭凸得像一面倒掛的大鑊，漂浮著一個沒有穿衣服的、臉面朝下的女子屍體。

范青蓮臉色安詳，脖子上有一道刃器造成的傷口。在一塊靴印漶漫的泥地上，亞鳳找到了范青蓮的襯衫和卡其褲。愛蜜莉把襯衫和卡其褲穿在青蓮身上，由亞鳳揹著，黑狗領路。猩紅的月色和各種顏色的獸眼照耀著莽林，他們踩在枯葉上的跫音被吞食在夜梟和蟲蛙聲中。愛蜜莉懷裡揣了三粒「洗髮果」，她口乾舌燥，想剝開一粒「洗髮果」，但她看了一眼亞鳳背上的范青蓮，打消了主意。一路無語。泥地上凌亂的只有鬼子軍靴才有的鞋印和范青蓮的裸體，已經告訴他們發生了什麼事。亞鳳腳步疾迅，低頭趕路，急著想看到其他孩子。

蕭先生睨著逐漸縮小的篝火，看著孩子七零八落的軀體夾雜在三十多個無頭屍具中，咳出的已經不是痰，而是純粹的血塊。他閤上眼，朦朧看見戴著妖怪面具的孩子圍在篝火前，聚精會神看著嚴恩庭唱歌，一陣陣唾液味和尿騷向他襲來，數不清的乳白色的胡姬花像雨點覆蓋在他身上，以為自己死了。「蕭先生——蕭先生——」他聽見有人喊他的名字，睜眼，看見了亞鳳、愛蜜莉和黑狗。

五

蕭先生想說話，但他一開口，血液就從口鼻湧出來，讓他短暫地失去呼吸。胸前的刺刀傷口讓他下半身浸泡血水中，他感覺腳底冰冷，死亡正逐漸侵蝕他老朽的軀體。

亞鳳扔了一批枯木到篝火中，即將熄滅的火焰突然竄大，憤怒地凝視著四面八方的屍體。亞鳳從鬼子和達雅克的屍具中搜索著男孩子的大體，整齊排列板根下。愛蜜莉為四個光著身體的女孩穿上已經破裂不成形的衣服，和范青蓮整齊排列板根下。五個女孩子的下體淌著血，脖子被利刃切割的傷口也淌著血。

蕭先生咿咿噢噢呻吟著，咳出一瓢鮮血。

「鬼子來了……孩子被鬼子……」亞鳳將耳朵湊到蕭先生嘴前。「伊班人來了……」

蕭先生闔上眼睛，看見雲豹跳到板根上，唧住他的肩膀，躍入樹篷，直奔星光燦爛的黯黑天穹。

「挖一個坑，」愛蜜莉說。「埋了孩子吧。」

亞鳳坐在板根上放聲大哭。愛蜜莉站在板根前，茫然看著黑狗嗅著形形色色的屍體。泥地流淌著墨黑或豔紅的血海，四野流竄著血的氣味像海上的腥鹹味，篝火燃燒得血腥猙獰。黑狗叼住一隻斷臂，露出攻擊豬窩的深沉的心機，看了愛蜜莉一眼，放下斷臂，走向另一批疊股枕臂的屍叢。數輛蟹青色的自行車穿插在鬼子屍體中，手把上掛著染成血色的枯萎棕櫚葉的鋼盔。有幾輛自行車車杆還掛在鬼子沒有頭顱的肩膀上，輪子緩慢旋轉著，輻絲淅淅瀝瀝地滴著血。一個鬼子的屍體被壓在自行車下，他一手攥著軍刀，一手緊緊抱著前輪，做出奮勇殺敵和狼狽逃亡的模樣。一輛自行車直挺挺地站在屍體中，流露出一種被放逐的驚惶。鬼子似乎扛起自行車準備離去時，遭到一群達雅克人突如其來的猛烈伏擊。黑狗走向站立的自行車，用狗爪好奇地耙了一下暴露在外的鏈條，自行車晃了一下，咣噹臥倒，濺起一小綹紅色的血浪，一顆在亂鬥中卡在樹椏上的鬼子頭顱噗咚落到血海中，濺起另一綹血浪。那是一顆年輕的鬼子頭顱，頭髮茂盛，瞇著小眼，舌齒微露，髭鬚賁張，覷著愛蜜莉，眼皮好像眨了一下，悽慘地微笑著。

愛蜜莉全身抽搐了一下，別過頭去，看著亞鳳。

「挖一個坑，」她拍了拍亞鳳肩膀，又說了一遍。「埋了孩子吧。」

亞鳳揉掉臉上的淚水，抽出帕朗刀，選了一塊較空曠的泥地。帕朗刀不是挖坑的工具，兩人挖得筋疲力盡，才挖出一個埋葬十多個孩子和蕭先生的長方形的深坑。孩子很輕，蕭先生也不重，兩人不費太多力氣，就把孩子和蕭先生安置坑底，胸前星布著妖怪面具、發條玩具、金箍棒和三尖兩刃刀。草草葬完後，愛蜜莉拿出懷裡兩粒「洗髮果」，剝了皮，和亞鳳坐在板根上啃著。黑狗走到無頭的鬼子和達雅克人[25]屍體間，伸出狗舌舔著濃稠腥鹹的血水。鵝黃的盈凸月高掛，猩紅的蝙蝠低飛，各種顏色的獸眼閃爍，間或傳來宏亮的野獸吼聲。亞鳳和愛蜜莉啃完「洗髮果」後，走到湖潭前清洗泥垢血跡，肚腹鼓脹熱燥，走入草叢，彼此背對著撒完一泡熱尿。尿液淋在堅挺的草鞘上，像野獸在樹皮上磨爪蹭皮。尿完後，兩人面對面站著，愛蜜莉突然抱著亞鳳，將自己被「洗髮果」果汁滋潤過但依舊乾燥的嘴唇湊到亞鳳嘴唇上。遠方陸續傳來宏亮的野獸吼聲，草叢裡的尿騷味衝鼻，亞鳳和愛蜜莉倒臥草叢中，看見黑狗叼著年輕的鬼子頭顱，佇立在篝火朦朧的樹影下。

一個無頭鬼子艱辛地站了起來，又倒了下去，一輛自行車吱嘎吱嘎停在他身前。光芒萬丈的車頭燈照亮著匍匐地上的無頭鬼子，輻條氤氳，鏈條疲軟，輪輞凹陷。車鈴噹噹叫了兩下。無頭鬼子拍了拍佝僂的車身，用兩手撐起身子，扶著車把，坐上鞍座，踩著腳蹬，向鬼影幢幢朦朦朧朧的叢林小徑騎去。他一上路，二十幾個騎著自行車的無頭鬼子從兩邊叢林裡岔出來，尾隨而去。發電機轉輪磨擦著輪胎發出巨大柔和的嗚嗚聲，車頭燈射出數十道忽明忽暗的白色劍鋩，劍鋩很快變成針鋩，殞滅在無邊無際的叢林中。

箭毒樹下

一

亞鳳不止一次看見——或者夢見——他和愛蜜莉騎著自行車漫遊豬芭村和茅草叢。

自行車輾過茅草叢的夾脊小徑，遭遇槍管朝天的鬼子自行車部隊時，他和愛蜜莉下了車子，將自行車推倒，蹲在草叢中看著鬼子自行車部隊慢慢接近，近得可以看見他們臂章上的部隊番號、聞得到他們的汗酸味，間或一個鬼子停下車子，對著茅草叢撒下零稀似玉米粒的黃色尿液，亞鳳甚至可以看到鬼子乾扁似毛豆莢的生殖器。鬼子可能嗅到了愛蜜莉自行車的雞屎味，帽簷下飄溢著腐氣的臉蛋——即使在這種差距，亞鳳也看不清楚他們的五官——迎向西南風，吐出一條僵直的涎線，啪的掛在茅草梢上，好似滑燦透明的螞蟥。

他常常看見——或者夢見——父親的自行車像一頭發情期的雄豬豨突野地。鍍鎳的車燈和

25 為了防止戰亡的夥伴頭顱被敵人削去，達雅克人會砍下夥伴頭顱，挖坑掩埋。

生鏽的把手像霍爾斯坦乳牛濕漉漉的大眼和頑強的犄角。後輪的側腳架叉了出來，像孔雀魚臀鰭的變形交媾器。愛蜜莉瀰漫雞屎味的自行車像荷蘭溫血母馬，打著嬌嫩響鼻，高聳著堅實的脖子、深廣的胸廓和肥大的屁股，揚著火燎鬃毛，嘴裡含著一根猩紅蘿蔔，從一塊樹薯園奔騰出來，和他的自行車並肩齊驅。牠們流暢地輾過草坑和水窪，鏈條和輻絲溢著爛泥，像污穢的愛情流質、睪固酮和膣孔分泌物。牠們的輪胎充滿彈性，以跳躍的方式越過灌木叢、板根、屋頂、樹冠、山嶺，快要鑽入雲層了。

他和愛蜜莉仆倒茅草叢的那個深夜，雲很稀，星很淡，盈凸月失去了血性，露出磷火點點的骷髏白。愛蜜莉跪踞草叢中穿上衣服和黑狗——亞鳳覺得牠一直銜著鬼子頭顱——走到箭毒樹下時，亞鳳猶半裸著身子躺在草叢中。盈凸月已繞到箭毒樹後，在他身上撒下一道駭然的、手舞足蹈的樹影，或是慘澹的月影。他凝睇著似黑狗毛色的青穹，以為愛蜜莉很快折返，但悠遠的星光喚醒了他的睡意，他闔上眼，在蟲聲滂沱中洗滌些許疲憊，再睜眼時，箭毒樹樹影像墨色的裙裾斂伏草叢，裙襬隨風掀開，露出七彩繽紛的獸目。樹的外圍鑲著燼紅的光痕。他穿妥衣服坐在草叢中，看見箭毒樹下篝火閃爍，人影幢幢。

朱大帝坐在板根上，用力吸食著珍藏的洋煙，頭皮上的瘡疤像剛被野豬啃過，自囿吐出的一籠煙霧中。鍾老怪扛著強生獵槍，蹲下身子搜索鬼子，左右手腕各戴著兩個腕錶，手上扣著一張從鬼子身上搜括到的五十萬分之一比例的婆羅洲地圖。陳煙平站在篝火前，肅穆地凝視著屍體。無頭雞佇立板根上，「昂首」覷著被西南風吹颳的樹篷。兩個年輕伐木工進出箭毒樹下，砍柴顧火。紅臉關抽著一根洋煙站在篝火最外圍。

盈凸月西移，月色覆沒林際，星光淡入淡出。亞鳳的出現，凝住了所有人的目光。「你還活著。」鍾老怪掠奪著鬼子身上的遺物，臉上溢著難以描繪的情緒。他從胸前口袋掏出一個斕漫血跡的鐵皮跳蛙。「以為你死了！孩子呢？」

一個嘴裡叼著洋煙、高瘦、長髮披肩、滿臉鬍茬、揹著獵槍和帕朗刀的人從板根中慢慢站起來，兩手拄著一杆木槳，好像在用一杆竹篙撐船。板根如艇，靜泊血海中。鱉王秦覷著亞鳳，一語不發。他撩了撩木槳，不知是他雙腳挪動，涉血而來，抑或是板根航行如艇，慢慢地渡向亞鳳。

二

鱉王秦一刀削掉雨峰天靈蓋後，幾百個太陽繞著他飛旋，雲彩漫向胸際，天穹被他的頭顱磨出一個窟窿，大地被他的大腳踩得既深又沉，莽叢被他的喘息和夾雜淚水鼻涕的噴嚏連皮帶根鏟除。雨峰半顆腦袋隨著鋼盔躍離身軀時，嘴角歪斜，濺出一聲孱弱的獰笑，鱉王秦遽然看見昔日斕漫兒子臉上正義的關羽紅和邪惡的天狗紅，交錯互鬥，好像散發著神魔釉彩的交趾陶雙面妖。天穹伸高了，蒼鷹幾許，萎縮得十分渺小。大地闊長了，有島嶼的飄搖、地球的腹圍、走不盡的夾脊小徑。椰子樹、波羅蜜和欖仁樹似巨人佇立。一顆老椰子無聲地墜落身後的水潭，揚起了天鵝展翅的美麗水花。茅草肥嫩，驟然綻開一朵又一朵小花，響起麻雀、大番鵲和魚狗的祥和啼叫。鱉王秦又打了一個噴嚏，淚水鼻涕像鐵渣銅汁淋到雨峰身上，血液裡的金屬礦脈迴流豐腴的大地，水潭的美麗水花洗去了眼前那一片似膏的陰翳，啜泣的血液沿著刀刃溢向他的五指和手腕，他遲鈍地感覺到十秒鐘前兒子奮力地擊打他胸前的肋骨，聽見了延滯十秒鐘的兒子痛苦而真誠的呼喊：「爸爸！是我！我是雨峰！」看見自己舉起帕朗刀削掉了兒子罩著鋼盔的天靈蓋。他吶喊著，咆哮著，短暫地被拘留在十秒鐘前的時空倒流中，像一隻被蜘蛛網掐住的蛾。他召喚全身意志，想扔棄淌著兒子鮮血的帕朗刀，但罌粟鹼和嗎啡燒焦了他的神經末梢，十秒鐘後，帕朗刀終於咻的一聲邪飛出去，刀背打在茅草叢的獵槍槍托上，發出囂張的屈鳴。他顫慄著，從兒子身上東歪西倒站起來，尋到了茅草叢中盛著兒子半顆腦袋和腦漿的鋼盔，像舀著一盆水，哆哆嗦嗦把空洞的腦殼植回去，把沒有多少公克的腦漿挹了回去。他輕輕地掀掉鋼盔，憤怒地扯去雨峰脖子前的天狗面具，用鱉殼一樣的巨掌萼著雨峰破裂的腦袋，把雨峰柔軟的身軀蔓在胸前，親吻著隨時剝落的半殼腦袋。

「雨峰，雨峰……」

他跪踞茅草叢中，抬頭看了一眼天穹。太陽又敞開了紅色的肉瓤，像癌細胞呈增殖倍數分裂著，瀰漫著凶猛病菌的光芒灑向大地、河川、山巒和莽叢，對著地球的各種器官擴散。他蹣跚地站起來，背脊撐住了天穹，覺得自己更高大了，隨手摘下幾顆紅色的癌細胞，扔向莽叢，燃起幾股病懨懨的野火。他拔起一棵椰子樹，擲向天穹，焚起一股迅疾擴大的末日赤焰。他握著雙拳，對著大地發出哀嚎，鼻涕和淚水澆熄了幾顆假惺惺的紅太陽。他對著野地重重地跺腳，大地旋即傾斜，湖水漫向莽叢，樹倒山移，洞窟裡的野豬鱷魚傾巢奔出，帕朗刀翻了一個跟斗，像一把切割山巒的神將護身器拄在他身前。鱉王秦攥住刀柄，跪在雨峰身旁。

「雨峰啊，爸爸對不起你……」

鰲王秦向胸前砍了兩刀，不知有沒有砍斷肋骨。反手朝背後剁了兩刀，不知有沒有切斷筋脈。最後一刀，隨手一劃，留給了脖子。

三

高原游擊隊，二戰時期由美、英、澳、紐和婆羅洲各族在婆羅洲內陸組成的祕密抗日隊伍，那天下午，一個由六個華人組成的偵組小隊潛入豬芭村情蒐，在茅草叢遇見一個揹著人頭竹簍、奄奄一息的彪軀大漢和一個被削掉腦袋的男孩，旋即認出彪軀大漢和竹簍中的頭顱主人是鬼子通緝名單中「籌賑祖國難民委員會」的鰲王秦和扁鼻周，於是挖坑掩埋了男孩和扁鼻周，由兩個游擊隊員將鰲王秦帶回祕密基地。鰲王秦企圖自戕時，血液裡的銅渣鐵汁和礦物質讓他像土遁的泥人，扎了根的帕朗刀重得舉不過頭，雖然斬斷了一根肋骨，背部劃了兩刃見骨刀痕，右側脖子裂著一支火箸似的傷口，血幔盤滿了半個身軀，只剩下兩顆眼球窺視著陽世，其餘的身體髮膚早已飄浮陰間，也不過死了九九十十。兩個游擊隊員用枝幹藤蔓紮了擔架，花了一個白天半個夜晚，將鰲王秦扛到祕密基地。留守基地的一個華人老隊員，嫻熟中醫，一眼斷定鰲王秦的鴉片癮比傷勢嚴重，餵了鰲王秦四塊鴉片膏。鰲王秦失血過多，臉色骷白，解了鴉片癮後，生命恢復了七七八八，抽泣得像新生胎兒，在基地療養一個多月，初癒即帶著游擊隊提供的卡賓槍和自己的帕朗刀，辭別了游擊隊，會合朱大帝等人。

一九四五年九月，吉野領導的六百多人和山崎領導的四百多人流竄隊伍沿途遭受高原抗日游擊隊和原住民追剿，潰不成軍，亡的亡，逃的逃，瘋的瘋，自殺的自殺。十月中旬，兩股不到三百人的逃竄隊伍匯合，集體向聯軍投降。朱大帝和鍾老怪等六人離開亞鳳和孩子時，撲殺了十多個從吉野和山崎部隊逃竄的沒有戰鬥力的鬼子，聽說被聯軍護送到豬芭村的三百個鬼子中沒有吉野和山崎時，準備潛往內陸，半途遇見傷癒的鱉王秦。

鱉王秦從高原游擊隊帶來一則令大帝等人憂心的消息。八月初，一個由自由車曹尉領導的一百二十多人自行車部隊，沿豬芭河流散東南。這股大帝等人漏失的自行車隊伍，讓游擊隊和原住民削弱了兩個多月後，騰下二十多人，這幾天正朝亞鳳等人休憩的箭毒樹前進。

鬼子其實分裂成三股流散隊伍，而非兩股。

四

夜色依舊遼闊，天穹披著雲彩熟睡，莽林倚著大地深眠。箭毒樹下七零八落的無頭屍具已流罄血液，但鬼子的血、達雅克人的血、孩子的血和蕭先生的血沒有完全乾涸，被篝火照耀得像滄海橫流，豬留的血窪像有幾千呎深。伐木工在箭毒樹下另一側釀了一股沒有太多怒氣的篝火，釀完後，扛著獵槍和帕朗刀到箭毒樹四周巡視。朱大帝、鍾老怪、陳煙平、鱉王秦、紅臉關和亞鳳蹲踞篝火四周，聆聽亞鳳敘述箭毒樹下的慘劇。鍾老怪聽見口袋裡的鐵皮跳蛙倏忽嘰嘰咯咯響著，於是把鐵皮跳蛙放在地上，看它轉動齒輪撲躍，越過枯枝殘葉，朝著埋葬孩子的墳塚前進。他記得鐵皮跳蛙是吳添興送給心上人馬玉錚的生日禮物，馬玉錚用它和黃光霖的鐵皮兔子、房招財的鐵皮烏龜賽跑，輸的人被當豬騎，跳蛙從來沒有贏過兔龜，受罰的總是吳添興。墳頭揭著愛蜜莉用藤蔓和枝幹綑紮的一大兩小十字架，頗像骷髏地上耶穌和兩個強盜的十字架。跳蛙三跳兩躍，撲上墳頭，嘰嘰呱呱叫著，叫了一陣，不叫了，斷了氣。

鍾老怪瞪著手腕上鬼子的四個腕錶，好像在檢測跳蛙速度。他卸下四個腕錶，又從口袋掏出三個腕錶，扔在篝火前，自己挑了一支腕錶戴在手腕上。昨天中午他和朱大帝等人離開後，入夜時分聯手達雅克人在紅樹林裡殲滅了一群鬼子，對箭毒樹下的屍横遍野不覺得詫異，就像他趕在山崎和吉野之前斃了十個高梨和黃萬福的孩子也沒有感到特別愧痛，但想起自己傳授過槍術的一批孩子突然齊赴鬼域，心裡也不免黯傷。紅樹林和箭毒樹下的血戰讓他憶起了強生獵槍和望遠鏡的荷蘭主人范鮑爾，也讓范鮑爾的幽靈在他身邊蹀躞不去，好像一隻渴望和他交配、攝取陽壽和精血的浪漫女鬼。昨日黃昏，他和朱大帝等人行經紅樹林，看見樹根上猶在淌水的樹膠鞋印，知道鬼子近在咫尺，正要噤聲前進，十多個鬼子驟然從一簇紅茄苳屬的枝椏中衝出來，站定，軍衫襤褸髮鬚參差，宛若一群幽靈，有的脫去上衣，有的將刺刀綑綁在木桿上，有的用步槍槍托敲擊板根，有的揮舞著軍刀和刺刀，手舞足蹈，發出恐懼和忿恨的嘶吼，吐出似水蛭的舌頭和睜著青斑閃爍的蒼苔眼眸，天皇的聖旨油膏和神化了他們的五官。一個鬼子用軍刀瘋狂地削去一簇又一簇氣根和藤蔓，一邊削，一邊回頭瞪他們，好像和紅樹林植物有不共戴天之仇。一個光著下半身的鬼子將步槍扔在地上，兩手攀著一根橫枝，像猴子騰空擺盪，扁平的小屁股下懸垂著像雄雞肉髯的生殖器和睪丸。朱大帝等人舉槍射擊時，鬼子狂叫不已，揮舞軍刀、刺刀和步槍，一步一步接近他們。他們開槍射倒幾個鬼子後，三十多個手握帕朗刀的達雅克人斜刺裡衝出來，興奮的嘯叫淹沒了鬼子的駭聲，手起刀落，像剖瓜切菜砍倒鬼子，割下頭顱，五指扣住鬼子像魚鰓的下顎，昂首朝天吟誦，歌唱人世間的美好。一個達雅克人走向鍾老怪，用食指戳了戳鍾老怪胸前的雙筒望遠鏡，對著另一個達雅克人，呱呱咕咕說了一番話。鍾老怪大致聽懂，取下望遠鏡，掛在達雅克人脖子上，豎起一個血淋淋的大拇指。達雅克人被血腥鞭撻得如痴如醉時，分不清鬼子和華人，不隨著他們的殺戮興致起舞，不知會有什麼後果，據說，有一小撮華人高原游擊隊員被達雅克人當鬼子削去了頭顱。脖子掛著望遠鏡的達雅克勇士離去時，頻頻對著鍾老怪微笑點頭。扣在他手中的鬼子頭顱，下頦突然長出一綹金黃色的山羊鬚，兩眼一大一小，讓鍾老怪想起被霰彈打成蜂巢、臨死前朝天瘋狂射擊的范鮑爾。

范鮑爾手腕上也有一支金黃色的腕錶，可惜已被彈珠打爛。鍾老怪在箭毒樹下搜索鬼子時，為了彌補望遠鏡的損失，剝掉了鬼子的腕錶和身上所有配戴物。他在篝火前挑揀了半天，終於選定一支金黃色腕錶戴在手腕上。腕錶被篝火燻久了，手腕像被火鉗咬住，而且沉甸甸的，極不習慣，於是脫下腕錶，但手腕已烙出一道紅斑，長出似魚皮癬的燎泡，蔓延整隻手腕，久久不褪。西南風漫卷，襲向篝火，颳起一股燥灼的熱火旋風。鍾老怪看見大帝、鱉王秦和亞鳳等人在篝火前邪魔鬼祟，吐出他不理解的獸言鳥語。獵槍在他胸前抖索著，槍口漫出了黑色煙硝，槍管閃爍著一個狹長的星光燦爛的銀河系，飛竄著十顆毛瑟尖頭流星子彈。獵槍像獵鷹躍到肩膀上，釋出只有鍾老怪可以感受到的亡靈頻率，發出尖厲的咆哮。鍾老怪從那股黑色煙硝中嗅到了熟悉的奶糖羊羹味和三炮台捲煙味。墳頭的十字架像鐵皮跳蛙蹦躍，滴下幾片腐臭的屍肉，三個囫圇小人扛著十字架，消遁黑色的莽叢中。鍾老怪不自覺地把食指伸入扳機護圈，慢慢地站直身子，朝墳塚走去。朱大帝和紅臉關瞄了他一眼，眼神空洞，好像他是一個虛影。鍾老怪像每天早上吸食完一塊鴉片膏後在陽台上拿著強生步槍比高瞄低，右脅挾緊槍托，嘴唇貼著槍脊，繞過一簇又一簇荊棘叢，在一棵老榴槤樹下轉了一圈，停在長滿鳥巢蕨和藤蔓的灌木叢前。萬物凝固，無風，葉尖墮下水珠，猩紅色的盈凸月照亮一簇姑婆芋。鍾老怪遽然發覺自己好像回到了當初誤殺母親的灌木叢。姑婆芋葉蔭下迴盪著野豬嚎叫，一個揹著獵槍和帕朗刀的女人，像年輕的母親，站在灌木叢前。

「鍾叔叔——」

月色灑在愛蜜莉身上，鑲了一層爐紅的光芒。

「愛蜜莉。」鍾老怪放下掐在右脅下的槍托。「妳在這裡。」

「鍾叔叔——」愛蜜莉手臂上的藤環閃爍著琥珀光芒，兩個鬼子從身後竄出，一左一右挾持著她的手臂。「小心——」

穿著草黃色戰鬥服的鬼子從愛蜜莉身後像潮水湧來。一個鬼子舉起步槍正要朝鍾老怪射擊，被一個身材魁梧的鬼子擋下。

鍾老怪單眼看得仔細，身材魁梧的鬼子正是山崎顯吉。

鍾老怪舉起獵槍，發覺手腕沉甸甸的、熱呼呼的，像被火鉗咬住，燒焦了整隻手腕的皮肉，冒出許多火芽凶猛的燎泡，像一塊灶膛中的黑炭。他的手軟趴趴的，那支射殺過無數人畜的強生步槍也是軟趴趴的，槍管像縱慾過度的生殖器，流淌出瘀血的黑色硝煙，露出慘烈無奈的笑容。鍾老怪的食指腫脹得伸不進扳機護圈。下巴纍著一綹山羊鬍子的范鮑爾站在榴槤樹下，歪著嘴角發出一列夢囈般的痛苦呻吟。

山崎顯吉拔出村正刀，像一隻猿猴躍向鍾老怪。

五

清晨四點。天穹如血海，靜泊著即將沉沒的盈凸月。寬扁的雲彩好像蕭先生夾在書本裡的葉子的屍體。蕭先生喜歡撿美麗的落葉，埋葬在捲邊翻毛的書籍裡，直到它們化成灰，變成書本的一部分。西南風猛烈吹颳，葉子屍體滿天翻滾，枯葉辭別了箭毒樹，入殮天穹。亞鳳低頭就著篝火凝視鰲王秦的勸降單。勸降單密布的褶皺像枯葉上乾槁的葉脈。亞鳳經過鈴木的照相館不下一百次，也看過愛蜜莉的照片不下一百次。鈴木拍攝的亞鳳和父親牽著富士牌自行車漫遊豬芭街頭的黑白照，有很長一段時間，緊傍愛蜜莉的照片貼在櫥窗中。父親臉色陰沉，深陷在憂悒的漩渦中，露出苦力式的疲憊笑容。少年亞鳳一手抓著自行車貨架，一手扠腰，清癯漂亮的臉蛋像一個小女生。愛蜜莉總是笑臉迎人，但她圍困在櫥窗內的笑靨是很壓抑的，像大番鵲故布疑陣的築巢策略、黑狗的晦澀、草叢中的擬態虎尾，褄糊著不同層次的神祕感。

「愛蜜莉活著？」鰲王秦沉默許久後，吐出了一句話。

亞鳳點點頭。

「哦——，」鰲王秦歎了一口氣。「什麼時候回來？」

「快了，」亞鳳說。「她行蹤飄忽，像她身邊那隻黑狗。」

朱大帝就著篝火點燃了一根洋煙。兩位伐木工揹著的包袱放在他身後，裡頭的鴉片膏和洋煙不多了，大帝卻毫不珍惜地抽著。他大肺大氣地吸著活煙，大口大嘴地吐出死煙的殘骸，像吃肉吐骨、嚼瓤吐核，釋放出心裡許多邪魔鬼祟的思緒，飄溢在他四周的煙霧像被他啃去了四肢頭顱、毛髮紛披的無頭遊魂。大帝等人回到箭毒樹前，吃了十多尾紅臉關用骨膏[26]烹煮的鯽魚和刺殼魚，口氣瀰漫一股魚腥味。大帝越是大口噴煙，那股魚腥味越是腥羶。「沒想到鬼子掌握了周詳和滴水不漏的『籌賑祖國難民委員會』名單，連義演和義賣的孩子也不放過。要不是我們逃得快，頭顱早就掛在豬芭橋頭了。」

無頭雞離開陳煙平，漫步到墳塚上，佇立大十字架旁，腳爪耙了耙，耙出一批泥殼，把鐵皮跳蛙耙到半空，嗅到了破曉的氣息。陳煙平注視著無頭雞的一舉一動，擔心莽叢突然躍出一隻大蜥蜴或大蟒蛇。戰爭即將結束，他準備圈占豬芭村一塊蜈蚣和蠍子出沒的野地，蓋一棟大雞棚，用無頭雞當種雞，交配出戰無不克的後代。大帝把煙蒂撣向篝火，遞了一根煙給紅臉關，自

26 骨膏，動物骨頭，熬煮後，濃縮成膠狀液體，遇熱則化。骨膏芬香清甜，鹽分充足，乃森林中蒸魚和炒菜最佳佐料。

己燃了一根。紅臉關接住煙，搔了搔太陽穴上的熊爪疤，把煙含在嘴裡，沒有馬上點燃。自從葉小娥過世後，他吐出的字，不比那支步槍吐出的子彈更多。在篝火照耀下，大帝臉蛋像生了鏽的鐵罐，遍布著密集的老人斑和皺紋。他的語氣帶著夢囈的痕跡，讓人插不上嘴。「除了『籌賑祖國難民委員會』名單外洩，還有許多事情，我到現在想不透。」大帝凝睇篝火，搔著腳趾頭上的痰液狀雞眼。他吃了不少橄欖果，雞眼越長越大。「白孩一家人和石油公司的高級白人職員躲到內陸時，鬼子幾個月內就找到了他們，如果沒有人密告，鬼子怎麼有這本事？林家煥、李大肚和周春樹到林子裡找我們，卻被鬼子逮回馬婆婆家裡，鬼子怎麼知道孩子藏在馬婆婆家裡？山崎怎麼知道豬芭河畔的祕密基地？」大帝看了紅臉關一眼，就著煙蒂點燃紅臉關含在嘴裡的煙。朱大帝左手臂在紅樹林裡被鬼子子彈削掉了一層皮，馬來短劍刺青好像斷成了兩截。「當初，我懷疑過自行車准尉鈴木，但他三年多前就被炸死了，而小林二郎回到豬芭村三個月後就被我和老鍾削去了腦袋。」

四個人轉頭盯著朱大帝。大帝笑得像一頭老鱉。

大帝一手支頤，蹙眉望著樹篷，嘴角罅出一道笑痕。「那天，我正在老鍾家裡和一個販賣豪豬棗的伊班人討價還價，鬼子來追討人頭稅時，我們躲到莽叢裡，伊班人向小林射了一支毒箭，鬼子胡亂掃射一陣就走了。小林二郎帶領鬼子踐踏豬芭村，罪大惡極，我剁下小林的頭，交給伊班人了。」

「這麼一件懲奸除惡的大功，」紅臉關說。「怎麼現在才告訴我們？」

「老關，別多心。」大帝將煙蒂吐到灰燼中，從口袋捻出一根洋煙。「人多嘴雜。」

陳煙平一巴掌拍在裸裎的胸脯上，拍死一隻不知什麼蟲子。他的胸脯胸毛闕如，但胸有大痣，長了幾顆大得像鈕釦的黑痣，聳立著一綹似鋼絲的鬈毛。他指著無頭雞。「鬼子殺光了豬芭村的雞鴨鵝，這隻無頭雞整天在鬼子腳下晃來晃去，鬼子卻不敢動牠一根毛。我懷疑牠是漢奸。」

「屌你老母。」鱉王秦吐了一口唾沫，那道自戕傷痕像一隻蜈蚣環著半邊脖子。「現在還開這種玩笑。」

「子安和彥宏怎麼還沒回來？鍾老怪呢？」陳煙平聳直脖子環視四周。子安和彥宏是兩個伐木工名字。

五人凝視篝火，低頭抽煙，陷入沉默。曉色漸露，月亮覆沒了，遠方闊葉林瑟縮在蒼鬱和衰老中，深稠的晨霧籠罩著茅草叢，廣袤的青穹流浪著一等星，樹篷灑下惺忪和蹣跚的晨光，已有早起的野鳥和野猴在樹梢遊蕩，溽熱的暑氣開始浸淫莽叢和曠野，箭毒樹四周響起了食肉獸叫聲。無頭雞下了板根，再度步向墳塚，隱沒矮木叢中。陳煙平站直身子，模擬無頭雞無頭無腦的詭異叫聲，走入矮木叢。

一隻一早就吃了發酵野果而步履顛簸的雄豬陡然從他們身邊躥過，衝垮了伐木工摞成井字形的一疊乾柴，泚出一批金黃色的尿液，澆濕了屁股後面的枯葉漩渦。有幾滴尿液，濺到了亞鳳和鱉王秦身上。雄豬醉得失去方向，消遁在茅草叢前，轉了一個身子，朝他們跨了兩步，垂頭嗅地，好像紳士鞠了個躬，對擅闖禁地表示歉意。牠嗅著地上時，大帝第一個抄起了獵槍。牠消遁茅草叢時，大帝站直了身子。

一等星隱退了，更多縹緲的晨霧匍匐箭毒樹四周，困頓地升了起來的巍峨的山頭，呈傾斜狀態，好像隨時會崩塌。槎枒上，並排停駐著一群猶在熟睡的大鳥，巨喙整齊地聳著，像持戟的衛士。箭毒樹的黃花蜿蜒縱橫，彳亍樹梢上。柴黑色的果子，在晨曦中抖索。一隻小猴子從樹梢伸出了頭，面露赧色，拔起一聲尖叫。一向優雅大度的無頭雞，急疾地從矮木叢鑽出來，躍上了板根，陳煙平緊跟在牠身後。大帝視線猶停留在野豬出現的矮木叢中，身體僵硬得像立體雕塑的酋長墓柱。野豬的尿液澆在亞鳳身上，一股腥羶辛辣的臊味引導亞鳳追蹤茅草叢中野豬的逃竄路徑。野豬在一簇野牡丹前煞蹄，但慣性未消或酒醉未醒，像亞鳳殺戮的第一隻小野豬栽倒草地上，但牠並沒有哀嚎，很快蹦直四蹄，像人類釋出一個酒噎，又像人類打了一個噴嚏，躥入了茅草叢。牠的奔跑，猶豫中帶著驚恐，完全沒有亞鳳殺戮的第一隻小豬那種想把敵人拱到天涯海角的求生意志，但牠躥入茅草叢後，和亞鳳殺戮的第一隻小豬竟有許多相似之處：眼球像鵪鶉蛋，獠牙像拉滿的弓，豬頭扁得像自行車座墊，邪得磷火焯爍。亞鳳甚至可以看見牠的鼻子上星布的肉瘤子。醉豬去得很遠了，但新鮮的尿騷味依舊從茅草叢不停地灌向箭毒樹下。

亞鳳終於嗅出來了，野豬新鮮的尿騷味滲透著愛蜜莉茅草叢中的尿液味。

「散開！」朱大帝壓低了聲音。「鬼子來了！」

大帝、紅臉關、鱉王秦和亞鳳分頭竄向身後的龍腦香科樹種時，一列子彈咻咻咻的射向箭毒樹、板根、篝火、茅草叢。陳煙平撲向板根上的無頭雞，張開雙手想摟住無頭雞時，兩顆子彈貫穿了腦袋和脖子。無頭雞展翅一跳，躲到了板根旮旯裡。鱉王秦胸口挨了一槍，一頭撞在樹腰上，紅臉關捋住鱉王秦的胳窩，把他拽到樹後。朱大帝、亞鳳和紅臉關、鱉王秦躲在三棵龍腦香科樹種後。樹圍不闊，只夠一人擋子彈。紅臉關和鱉王秦躲在同一棵樹後，非常窘迫。子彈濫射一陣後，終於停止了，鱉王秦肩膀和兩腳又中了彈。篝火被打散了，小火舌四面八方蔓延。青嫩的樹枝和滴著晨露的葉子散亂箭毒樹下，一個椰殼大的火蟻窩落在火舌上，噗的著火燃燒。箭毒樹的樹身和板根彈痕累累，陳煙平像一塊破布癱在板根上，他的上半身嵌滿子彈，兩腳凌空掛著。西南風孱弱，颳不動瀰漫樹下的煙硝味，也逐不走流溢荒野的野豬的尿騷味。亞鳳臥在樹身後，看見像一條蛇黏住樹身的朱大帝對他做了一個肅靜的手勢。亞鳳用力吸了一口氣，煙硝味暫時掩蓋了愛蜜莉和野豬的尿騷味。那隻喈了太多發酵野果的野豬開始奔跑，步伐不穩，但十分迅疾，撩起響徹野地的蹄蹄聲，鬈曲的豬尾巴在茅草叢上颳起綠色的漩渦，痳雀在漩渦裡繞著圈子追逐蚱蜢，白蛇追逐青蛙，低飛的大番鵲被吸進了漩渦裡。亞鳳偏頭看見鱉王秦嘴角和鼻孔淌著血，慘白的臉蛋湊向紅臉關，雙唇抖索。直到死前，鱉王秦手裡緊握著鬼子印著愛蜜莉照片的勸降宣傳單。

三個黑魆魆的東西從矮木叢裡騰空飛起，落到箭毒樹下。鍾老怪的頭顱恰好落在篝火灰燼上，泚出一道白煙，好像長了腳呢，像蛤蟆彈跳著，滾到板根下，一隻獨眼生動地瞪著板根上的陳煙平。兩個伐木工的頭顱都閉闔著眼瞼，躺在被野豬踢散的乾柴上。

一列子彈再度從矮木叢射向三人藏身的龍腦香科樹種上。暴露樹腰外的鱉王秦屍體無聲地承受著子彈的嚙咬，抽搐得像急流中的浮木。伐木工的頭顱也咬牙切齒地承受著幾顆打歪的子彈。一半以上的子彈落入三人身後的茅草叢，茅草稈攔腰斷頭地、安靜地臥倒，讓出一條彈道，讓子彈自由飛向廣袤無垠的野地。子彈被吸入醉豬尾巴颳起的綠色漩渦中，灑下惡臭的黑色煙硝，在麻雀蚱蜢、白蛇青蛙的追逐中，追逐著大番鵲。槍聲讓醉豬加速奔跑，擴大的漩渦吸收了更多子彈。血色的晨曦醺在茅草叢上，霧已褪盡，天穹殘留著夜晚墨青色的巨大腳印，白晝的足蹬天邈地廓，踩踏得野地隆隆轟響。天亮了，亮得比鍾老怪裝卸霰彈還快。

子彈停止射擊時，篝火熄滅了，箭毒樹下陷入死寂。茅草叢上已經染成墨綠色的漩渦消失了，野豬倒臥草地，四蹄朝天頭尾哆嗦，脖子和肚子插著幾支像牙籤一樣纖細的毒箭。大帝背靠著樹腰，緊握獵槍，又做了一個肅靜的手勢。亞鳳弓腰縮肢，把自己像兔子藏在樹身的凹窩。他選擇的樹身青嫩瘦小，板根淺薄，幸虧長了一個像壕溝的凹窩。子彈打在樹腰上，像藤條隔著草垛抽打在脊椎上，他擔心子彈把樹身射破。紅臉關面對樹腰蹲著，鰲王秦的頭幾乎壓在他屁股下。朱大帝看著紅臉關和亞鳳，伸出左手五指，以素常伏擊獵物的手勢代替話語。亞鳳經驗雖淺，大致看懂。敵人不多，約五到八人，但火力強大，不可輕舉妄動；敵人沒有強攻，必是忌憚我們的槍火。鬼子散兵游勇，彈藥有限，且等他們消耗子彈，我們伺機而動。

薄弱的晨曦射穿了樹蔭，棲伏在他們藏身的樹身上。兩架被曉色照耀得紅光斑斕的聯軍戰鬥機無聲地劃過遠方天穹，留下兩道絳紅的光暈。像灰燼一樣輕俏的蒼鷹出擊了，天穹慢慢展開了圓形競技場。矮木叢再度響起槍響，但子彈沒有射向他們。男人的喧譁、吶喊和哀呼充塞著矮木叢。三個穿著草黃色戰鬥服的鬼子踉蹌地從矮木叢衝出來，臥倒在伐木工頭顱旁邊，四肢哆嗦，間或發出尖銳的呻吟，胸口、脖子和臉頰插著一簇毒箭。二十多個握著帕朗刀的達雅克人從矮木叢叫嘯著衝出來，手起刀落，削下了三個鬼子的頭顱。更多達雅克人從莽叢裡衝出來，舉起手中十多個鬼子頭顱，昂首朝天吟誦，歌唱人世間的美好。

一個渾身蒼白的男子，一手握著槍頭綑縛著單刃刺刀的吹箭槍，一手攥著一個鬼子衣領，將鬼子像朽木拖曳到箭毒樹下。鬼子兩眼細小，鼻梁有一個凹陷的傷疤，左耳像螳螂的卵鞘，面露憂懼疲困，兩腿各插著一支毒箭，腰上掛一支包紮著蟒皮的花梨木刀鞘，鞘內插著一支鮫魚皮刀柄的正宗武士刀。朱大帝從樹身後看得清楚，蒼白的男人是何仁健的大兒子白孩，腿上中了毒箭的鬼子是吉野真木。

「白孩！」朱大帝從樹身後露出了頭顱。「是我！我是朱大帝！」

白孩看著大帝，露出慘淡而含糊的笑容。

朱大帝走到箭毒樹下，紅臉關和亞鳳跟在他身後。

「白孩，你還活著。」亞鳳說。

白孩覷了三人一眼，凝目吉野真木身上。毒液正朝吉野上半身蔓延，他雖然握著刀柄，但手臂鬆垮無力，失去感覺，沒有力氣拔刀。他突然想起前田利為中將問他第一次握住正宗刀刀柄的感覺，更真實地體會到龍歸大海、虎入深山的深沉無力感。毒液像海水漲潮淹沒了他的雙腿、臀胯和腰部，激攻他的心臟和腦液。一部分毒素已經抵達他的胸口和脖子，像蠑螈竄伏，像豬芭河深入內陸，像惡猴啃食他的鼻子和耳殼。他張開口，痛苦而狂妄地呻吟著，嗚嗚吱吱，咿咿噢噢，嚄嚄喳喳，像猴啼，像豬嘯。他看著箭毒樹蓊鬱晶瑩的樹篷，沾著露水和晨曦的葉子慢慢聚攏，湊成一面讓他恣意扭曲變形的鏡面，在他被削去雙臂和頭顱前，已幻化成一隻簇擁著一串人類頭顱的大龜，幽遊在水月鏡花的蠻荒世界中。

達雅克人發出狂野呼嘯，爭執誰有資格擁有吉野頭顱。白孩做了一個手勢，說了幾句達雅克語，做了一件令大帝、紅臉關和亞鳳不理解的事情。白孩拔出吉野的正宗刀，食指觸了觸刀刃，削斷身邊一簇茅草，砍斷頭頂上一截枝椏，一腳踹倒吉野，雙手握著刀柄，剁掉了吉野雙臂。吉野的叫聲非常虛弱，好像一隻被活卸的大龜的喘息。毒液癱瘓了他，他已感受不到痛苦。白孩將武士刀扔在地上，猶未解恨，輕蔑地看著吉野抽搐的身軀。大帝目不轉睛地盯著刀身。大帝在吳氏兄弟吞食蝸牛時、吉野在菜市場展示伊藤雄無頭屍具時，甚至透過鍾老怪的七倍率雙筒望遠鏡追逐山崎和吉野獵殺孩子時，視線也始終沒有離開過這兩支斬殺過無數豬芭人的武士刀。在豬芭人的記憶和恐懼中，這兩支武士刀像劍齒虎的一雙巨大獠牙，屢屢出現在他們戰時和戰後的蠻荒和亙古夢魘中，在他們夜遊叢林被伏擊獵手圍困的幢幢鬼影中。

大帝忍不住暗歎：好刀，好刀，真是好刀啊。

達雅克人一擁而上，爭著第一個砍下吉野的頭顱。大帝撿起武士刀，大聲對達雅克人說：「各位英雄好漢，這個禽獸奪走太多豬芭人性命了，今天讓我替鄉親報仇吧。」大帝砍下吉野頭顱後，凝視著倨傲地挺立著的刀背和閃爍著砭骨寒氣的刀刃，不禁又喃喃自語：死倭寇！好刀！達雅克人爭奪頭顱時，大帝卸下吉野腰上的刀鞘，拭去刀刃上的血跡，將武士刀入鞘。他神情怪異地握著蟒皮包紮的花梨木刀鞘，叼著就要燒絕的洋煙，吐出幾個清晰的鬼魅煙霧，像硬幣上純鎳鑄造的統治者頭顱。

無頭雞跳到板根上，「睨」著陳煙平屍體，發出沙啞而低沉的吟聲。牠展翅躍到煙平脊梁上，扒了扒腳爪，扒破了煙平汗衫，輕巧地躍到野地上，停在一具鬼子無頭屍體前。達雅克人圍著無頭雞，議論不絕，用帕朗刀朝無頭雞的脖子上揮了揮，確認上面沒有長了一顆隱形的頭顱。

無頭雞好像被達雅克人瞅得不自在，躍回板根上。箭毒樹下發生了激烈爭吵。達雅克人撿起鍾老怪、兩個伐木工頭顱時，被朱大帝喝止。達雅克人想砍下鰲王秦和陳煙平頭顱時，再度被朱大帝和紅臉關喝止。白孩居中斡旋，達雅克人終於高唱著戰歌，謳歌故鄉的豐饒和女子的美貌，囂鬧離去。大帝等人在孩子墳塚旁掘了一個大坑，草葬鍾老怪和鰲王秦等人後，紅臉關和朱大帝走到箭毒樹外，開始了第二波爭吵。天穹僵硬的峭壁迴響著莽叢裡各種蟲獸叫聲，削弱了紅臉關和朱大帝特意壓低的談話。亞鳳站在箭毒樹下，聽見了一兩句突然拔高的破碎句子，但終究沒有聽清楚爭吵內容。

大帝突然衝到箭毒樹下，用正宗刀刀鞘撥開一簇茅草叢，縱入剛才野豬走過的夾脊小徑。紅臉關隨後跟上，順勢撈了一支鬼子的步槍，攥著帕朗刀，也縱入夾脊小徑。亞鳳走到夾脊小徑前，猶豫著要不要跟上去。白孩向他走來。

「山崎逃走了，沿豬芭河竄向西北。」白孩用枯葉拭著帕朗刀上的血漬。「我懷疑他打算向聯軍投降。我們要在聯軍發現前找到他。」

「愛蜜莉呢？」亞鳳說。

「我不知道。」白孩往東北走去。「你來不來？」

亞鳳遲疑了一下。

「愛蜜莉如果活著，不會走丟的，她想找到你輕而易舉，」白孩說。「那隻黑狗，可以聞到你三年前撒下的尿屎。」

的的噠噠，的的噠噠，白孩捏著鐵製蟋蟀，走入朱大帝和紅臉關消失的夾脊小徑。

草嶺上

一

亞鳳和白孩沿著豬芭河走了兩天一夜，沒有看到山崎、大帝和紅臉關，也沒有愛蜜莉和黑狗的消息。愛蜜莉和似乎還銜著鬼子頭顱的保羅消遁箭毒樹下時，她遺留野地的尿液味、黏在亞鳳胯下的膣汁味、瀰漫亞鳳全身的汗酸味甚至塗抹在他脖子和唇齒上的唾沫味，像一片透氣的薄膜裹在他身上，感覺上，她始終沒有離去。那天晚上愛蜜莉的反應讓他好像又回到了新婚夜，一連串和愛蜜莉在茅草叢共騎自行車、追逐野豬和逃躲鬼子的記憶盈溢著回返豬芭村的兩天一夜旅程。

愛蜜莉散發著雞屎味、鬼子骨髓英國皮囊的自行車一路伴隨著他，沿著豬芭河畔輾出雙蛇交配的深沉的輪轍。那隻箭毒樹下撒下一泡尿液、茅草叢裡身中數支毒箭的野豬被兩個達雅克人在肚皮上捆了兩道藤蔓，背上挽結，綰入一根樹椿，正要一前一後凌空扛起，野豬翻了一個身，蹦斷了藤蔓，再度蹦直蹄腿，從吻嘴嘔出墨綠色的血霧，背負著墨綠色的磷火，角質尾巴迴旋出一團使人皮膚長燎泡的熱火旋風，蹬開一條生人無法踰越的骷髏末路，一路沿著豬芭河畔追隨著亞鳳和白孩。那團熱火旋風中，沒有麻雀蚱蜢、白蛇青蛙，只有兩支相互啃咬火花飛濺的帕朗刀和武士刀、一批鬼子頭顱和鍾老怪、扁鼻周、小金等一干豬芭人頭顱。

白孩和亞鳳露宿豬芭河畔，第二天一早就離開了亞鳳，消遁莽叢中。

曉星寥落，盈凸月撩著萬丈鬚光，照亮了豬芭河兩岸的長林豐草，河水泱漭，沃野千里，亞鳳開始眷戀豬芭村的水井池塘、大樹殘陽、父親紅臉關和懶鬼焦被鬼子燒成廢墟的家園。他揹著大帝匆忙遺棄的包袱，裡面有幾包洋煙和二十多塊鴉片膏，但都不能充飢。他數度停下凝視愛蜜莉的勸降單。像一雙黑翅蜷伏肩膀的長髮、深邃的五官和牛仔褲頭上的肚臍滃染著鱉王秦的血液，激起他對愛蜜莉的血泉奮湧的膛汁淋漓的涓涓不息的思念。他胡亂吃了幾顆藤果和剝了兩粒青椰子解渴，又吃了一顆野榴槤，肚子裡火燒火燎，沿著豬芭河畔快速前進。太陽黯淡，雲彩密稠，半身化膿和淌著黑血的野豬奔躥著露出骨骼的四蹄，拖拉著暴露肚皮外蠅蟲蠭湧的腐爛腸子，網著一批豬芭人和鬼子骷髏、兩支昏惛顢頇的帕朗刀和武士刀，再度在茅草叢上方颮響了墨綠色的磷火旋風。

亞鳳回到豬芭村時看見一群衣衫襤褸的豬芭小孩，嘴裡啃著聯軍贈送的糖果和巧克力，坐在水陸兩棲登陸艇上遊蕩豬芭河，艇上站著幾個荷槍實彈的袋鼠軍團。他吃驚地發現那二十多個小孩，半數以上戴著小林二郎的妖怪面具，似笑非笑、半憂愁半憤怒地凝視著大地。亞鳳仔細端詳，看見了幾個陌生面具，不知是那裡蹦出來的妖怪。兩個小孩似乎尖聲娃氣地哼著〈籠中鳥〉。鬼子走後，孩子陸續回到豬芭村，帶回他們寸步不離的彈弓、馬婆婆的鐵皮玩具和小林二郎的面具。碼頭上，一群豬芭人列隊等待聯軍發放糧食和糧票，隊伍中穿插著十多個年輕女孩，有的大著肚子，有的抱著襁褓中的嬰孩，有的手裡牽著步履蹣跚的小孩，有的大著肚子揹著嬰孩牽著剛學會走路的孩子，十分聒噪熱鬧。這批戰前草率結婚的女子，她們充沛和驚人的生殖能力適時填補了戰時被鬼子削減的豬芭人口。豬芭街頭巷尾張貼和豎立著懸賞和緝捕漢奸的告示牌。菜市場廣場前逶迤著一條三百多英尺人流，準備繳納一元現金，揍漢奸和鬼子。鬼子向聯軍繳械投降前，已被村人的木棒和孩子的彈弓打得不成人形。亞鳳在豬芭河畔老家的廢墟徊徘，打聽朱大帝、紅臉關、愛蜜莉和山崎，看見黃萬福的高腳屋門戶洞開，門前七棵榴槤樹隨風飄展。屋子結構依舊完整。亞鳳拖著疲憊的身軀，在高腳屋內過了一夜。第二天一早走向野地，在愛蜜莉被茅草簇擁、剩下半個軀殼的高腳屋外彳亍，回到豬芭村後聽見了一則和山崎有關的消息。

天將破曉，菜農王登發準備扛鋤耕種幾壟菜畦。戰爭期間營養不良，王登發早上醒來眼睛被一層眼垢遮蔽，必須以食鹽水清洗才能視物。王登發推開大門，天色昏朦，在陽台上洗拭部分眼垢後，朦朧看見陽台站著一個高大削瘦的身影，長髮飄逸滿臉鬍茬，手握一把鋒芒逼人的出鞘長刀，目光犀利，緊閉的雙唇醞釀著一腔肅殺言詞，看得王登發不寒而慄。

王登發繼續以毛巾沾上食鹽水擦拭眼垢，想看清楚這個半人半鬼的漢子。他剛捧起了毛巾，刀光一閃，毛巾已被漢子的長刀從中剖開，削斷了一根小指。鮮血染紅了毛巾，血液滴到鐵製的洗臉盆上，那隻無助的小指也落在洗臉盆中。王登發慘叫一聲：「你——你是誰？你想做什麼？」

漢子嘴唇蠕了蠕，擠出一句生硬模糊的漢語：「朱——大——帝，在——哪——裡？」

手掌上的疼痛折磨著王登發，讓他起初沒有聽懂，但很快地，他逐字揣度出來了。

「不知道啊。」他五指壓著小指上的傷口，用力眨著兩眼，想擠掉殘存的眼垢。「很久沒看到他了。」

漢子將長刀刀尖抵在陽台木板上。「紅——臉——關？」

「不知道。」

「關——亞——鳳？」

「亞鳳？」王登發逐漸恢復了視線。漢子腰上馬皮包紮的刀鞘十分眼熟。「聽說他昨天回來了。」

「人——呢？」

「不知道啊。他老家廢了。」

王登發太太聽見了丈夫呻吟，拐著一隻發炎腫爛的腳，從門縫看向陽台。王太太眼睛完好，但缺乏肉食，患了腳氣病，兩腳無力。她馬上認出高大漢子是鬼子憲兵隊曹長山崎顯吉。王登發視力恢復了九成，也認出了眼前面容憂戚的落魄漢子。

「大人——」王登發摟著受傷的手掌，本能地對山崎鞠了一個躬。

王太太看見山崎舉起了武士刀，向王登發跨了一大步。

「你——認得——我？」

王登發抬頭覷了山崎一眼。山崎像一隻猿猴撲向王登發。

王太太看見丈夫頭顱剝離了身體，噗咚落在鐵製的洗臉盆中，濺起一股妖氛糜爛的水花。王登發的無頭屍體倒臥在洗臉盆和一個栽種著九重葛的鐵皮桶中間，鮮血順著傾斜的陽台流向門口，洇濕了王太太一雙瘦骨嶙峋的大腳板。王太太驚駭中一個不穩，隨著丈夫的屍體倒臥血泊中，山崎此時已躍離陽台，武士刀剖開了王家的竹籬笆，消遁菜圃外。

那天晚上，山崎在尋找朱大帝等人時，削下了三個認出自己的豬芭人頭顱。袋鼠軍團、牛仔士兵和圓桌武士在豬芭人帶領下巡邏莽叢和茅草叢，在一棵龍腦香科板根上找到滿臉淚水鼻涕、打冷顫、四肢曲蜷、口齒不清的紅臉關。紅臉關大腿中了一彈，肩膀淌血，譫語不斷，揮舞帕朗刀對著聯軍砍殺，如果不是被豬芭人認出，早已被亂槍打死。紅臉關被送到醫院後，吃了一塊亞鳳的鴉片膏，在亞鳳攙扶下離開醫院，回到黃萬福棄家。紅臉關扶著門檻，站在客廳乾燥腐朽的木板上，面對亞鳳詢問，兩腳虛浮，眼神避閃，又向亞鳳要了一塊鴉片膏，好像完全忘了箭毒樹外他和朱大帝的一場爭執。問急了，紅臉關眼皮亂眨，翻著白眼，憮然地瞪著亞鳳，氣呼呼說：「老子幾天沒吃鴉片了，上了一頭母豬也不記得，哪知道發生了什麼鳥事？」亞鳳提起山崎，紅臉關對著地板隙縫吐了一口痰。「沒核卵的鬼子。讓我見到了，剁爛了餵豬。」入夜前，亞鳳逡巡豬芭村，為防範山崎開始尋找另一間棲身的棄屋。

慘澹的霞色染紅了茅草叢。野地散亂著的被猛禽和蟲蟻啃光了皮肉的骨骸增多了，腐味更衝鼻了，好像髑髏絮語時的口臭。蒼鷹翱翔赤穹中，尋找消聲匿跡的獵物。豬芭人再度拿起鋤鐮，火耨刀耕因為常年逃躲兵燹而湮沒的荒地。障天的煙霾復活了，殘焰散亂。四肢健全的家畜被豬芭人像潮水逐回豬芭村放養，獸舍雞棚來不及重建。黃萬福的黃牛、一隻溫血母馬、兩隻霍爾斯坦乳牛在茅草叢中吃草，身後跟著兩個年輕力壯的伐木工，另一頭溫血母馬和七頭霍爾斯坦乳牛被鬼子或聯軍炮火炸了個屍骨無存。一個兩天沒吃鴉片的伐木工說，母馬被炮火彈飛到天穹，化成一片似白駒的雲彩，在天穹遊蕩了好多天。野地不見豨突的野豬，也沒有蠻猴和大番鵲，三年多的槍炮聲讓牠們家園破碎，而聯軍和鬼子起起落落的運輸機或戰機讓牠們更羞怯膽小，但響徹野地的雞犬的宏亮叫聲讓牠們隱約嗅到了歌舞昇平的氣息。一隻豬芭村從來沒有出現過的吠鹿站在河灘的坂坡上，看見亞鳳逼近後從容離去，在坂坡上留下纖細華麗的腳印。

布滿炮彈坑的草地上，亞鳳看見一個孩子拿著一根木棒，一個扛著釘耙，一個牽著一頭白狗，一個兩手合十，裝扮成打尖的唐僧師徒，走向一座茅草屋化緣，茅草屋裡窩著一群活蹦亂跳、戴著妖怪面具、準備活捉和烹煮他們的妖魔。圓桌武士和袋鼠軍團組成的巡邏隊伍經過時，卸下軍帽和步槍，駐足觀看。亞鳳在野地繞了一圈，想走到蕭先生故居，但發覺天色暗了，一個水母傘狀體一樣飄忽的月亮升起來了，一顆金黃色的星星在逐漸黝黯的天穹中微笑。亞鳳回到孩子遊戲的野地。唐僧師徒好像被妖魔啃得淨光了，二十多個戴著妖怪面具的孩子繞著一個雙眼緊閉的孩子奔跑，邊跑邊唱〈籠中鳥〉，玩小林二郎的捉鬼遊戲。孩子真神奇，他們已經可以用含糊不清的日語吟唱〈籠中鳥〉。

かごめかごめ
籠の中の鳥わ
いついつ出やる
夜明けの晩に
鶴と亀が滑った
後ろの正面だあれ？[27]

不曾見過的新面具，牛頭豬臉，鳥面龜相，穿插九尾狐和天狗之間。年歲較小的孩子聚在一塊平坦的沙地上玩發條鐵皮玩具、玻璃彈珠、空氣炮和傀儡人等等。孩子抓到三隻鬼後，正準備分散草叢中讓鬼追捕時，亞鳳說：「孩子，天黑了，回家吧？」

兩個孩子卸下面具，天真地看著亞鳳。其餘孩子依舊戴著面具，凶狠狡黠地看著亞鳳。一個高頭大馬、戴著天狗面具的孩子，手裡擎了一根木棒，往空中呼呼揮了兩下。「亞鳳大哥，天還沒黑呢。」

「日本鬼子還沒死光。」亞鳳想起曹大志和高腳強等人，心裡酸楚。「前天來了一個鬼子，砍了三個豬芭人的頭。」

「紅毛鬼來了，我們不怕鬼子。」一個長相清秀、神似嚴恩庭的女孩，拉下面具，指著看熱鬧的圓桌武士和袋鼠兵團。

「鬼子被我的彈弓打得屁都不敢放！」一個戴著狗頭面具的男孩從褲袋抽出彈弓，彎腰撿了一顆石頭放在彈丸兜中，咻的一聲，射向茅草叢聒噪不休的麻雀。戴著豬頭面具的男孩也朝著豬芭村天空射了一彈，石彈劃了一個巨大的弧形，落在炊煙奔騰的鋅鐵皮人字屋頂上，發出叮咚噹啷的巨響。男孩卸下豬頭面具，看著中彈的高腳屋，吐了吐舌頭。豬芭人最討厭孩子的石彈落在自己的鋅鐵皮屋頂上，據說，那會讓一家人帶來厄運，馬婆婆就是鐵證。

「孩子，你們記得以前有一個日本鬼子，憲兵隊第一號魔頭，肩膀有一個寫著『憲兵』紅字的臂章，砍過不少豬芭小孩的頭顱。」亞鳳走到孩子中間。「這個人還活著，晚上隨時回來要你們的小命。」

「我知道，這個鬼子叫山崎，」一個正在玩空氣炮的小女生說。「黃萬福和高梨老頭的孩子就是死在他手裡，他還砍了傻子吳醒民的頭。」

幾個孩子點了點頭。大部分孩子卸下面具，皺著淌滿汗水的眉頭，一臉茫然看著亞鳳。孩子在鬼子入村前就和家人遷徙內陸，過著半套茹毛飲血的生活，保住一條小命，對豬芭村遭受的摧殘一知半解。手裡擎著木棒、胸前掛著天狗面具的孩子說：「曹大志和高腳強也是這個鬼子殺的嗎？」

「不是死在他刀下，」亞鳳說。「但也沒差了。」

「蕭先生也是他殺的嗎？」

「哦——這個不重要了，」亞鳳說。「總之，這個鬼子神出鬼沒，晚上隨時回到豬芭村——」

「那好。」問話的孩子戴上天狗面具，將木棒扛在肩膀上。「我們幫曹大志、高腳強和蕭先生報仇——」

「胡說！」亞鳳嚴肅地說。「天黑了，回家吧！」

「有紅毛鬼，怕什麼？」

亞鳳苦笑。幾個大人和袋鼠軍團走向孩子，粗聲厲嗓地把孩子趕回家去了。

「冚家鏟！」一個肩扛釘耙的老頭隔著鐵籬笆大叫。「你們這幫馬騮仔敢再用彈弓打我的房子，我剝了你們的皮！」

走出一段距離後，五個孩子握著塗滿鳥血的彈弓架，一手捏著彈丸兜，拉開橡皮條，咻咻射出五顆彈石，兩顆打中肩扛釘耙的老頭鋅鐵皮屋頂，一顆射入高腳屋敞開的窗戶內，一顆打中棧橋上的茅廁，一顆不偏不倚打中池塘裡追逐母鴨的紅面公番鴨猩紅色的肉疣。老頭揮舞著釘耙氣呼呼地踢開籬笆門，光腳走過門前一道獨木橋時滑了一跤，四仰八叉跌倒在龜裂的塗灘上，胯下被枯枝戳住了，痛得哇哇叫。孩子又朝他的高腳屋射出五彈，鬧哄哄離去。

一彎新月像鍬刃癱在一排叢棘上，纜條狀的雲彩蜷伏天陲，憂愁而瘦倦的白煙棲伏茅草叢上。夜梟飛出了窟穴，把自己拴在豬芭河畔傍水的木樁上，捕捉彈塗魚和田鼠。豬芭人陸續點燃煤油燈和煤氣燈，蜉蝣了一個白日的天光殞滅了，豬芭村陷入蜿蜒冗長、黏稠泥濘的蟒夜。亞鳳在加拿大山山腳下找到一棟棄屋，但說服不了紅臉關遷移。那天晚上，豬芭村寂靜得可怕，兩隻爪哇人的白狗在菜市場波羅蜜樹下被剖開了狗肚子，腸子散亂一地；養雞戶范小眼剛蓋好的雞棚被掀開了鋅鐵皮屋頂，十多隻母雞支離破碎，雞血染紅了整個雞棚，范小眼在雞棚周圍發現了模糊但說不出什麼生物的腳印。第二天晚上，一隻放養的長鬚豬在黃萬福荒廢的果園中被剝開了肚子，紅毛丹樹枝上吊掛著幾根血淋淋的腸子。第三天晚上，寶生金鋪老闆打金牛飯後喝了一瓶啤酒，食了三塊鴉片膏，坐在棧橋上看著波光粼粼的豬芭河。自從兩個女兒周巧巧周妙妙、兩位女婿黃萬福和高梨、十多個子孫驟逝後，打金牛取代了鱉王秦，成為鴉片癮最重的豬芭人，說話顛三倒四，夾雜著無人聽懂的印尼土語，在茅草叢和豬芭街頭隨意大小便，已經不是豬芭人尊重的精通冶金術的金銀匠。他視覺混濁、腦袋空蕩蕩地看著豬芭河和莽叢不知多久，突然看見河灘上飄疾著一個長髮紛披的身影，那張模糊陰鬱的臉蛋似曾見過，好像牛油媽、林惠晴、何芸，又像自己死去的女兒周妙妙和周巧巧。她的下半身虛無縹緲，瀰漫一團紅色霧靄，像一隻大夜梟掠向豬芭村。第二天一早，豬芭村散亂著一批斷頭和開腸剖腹的雞鴨鵝屍體，幾隻受了重傷的公雞流竄街頭，盡忠職守地發出令人毛骨聳然的嘔血的司晨。看見那個黑乎乎身影的不止打金牛，悉數夜歸的豬芭人都看到了。豬芭人想起四年多前肆虐豬芭村的飛天人頭，開始在高腳屋內外布置鏡子和銳器，入夜後緊閉門窗，伐木工帶領孩子在茅草叢和野地插上削尖的竹子和木樁。豬芭中學學生回到被鬼子燒成灰燼的馬婆婆高腳屋，在一片斷垣殘壁中找到了那支擒殺過飛天人頭的大鐮刀，磨亮了，每晚輪流掛在自家門口。

亞鳳扛著帕朗刀和獵槍夜行晝伏。山崎現身的第四個晚上，亞鳳趁著紅臉關食完鴉片膏後，和一個伐木工將紅臉關攙扶到加拿大山下棄屋中。搬到新家第一個晚上，亞鳳坐臥陽台上，吸了一塊鴉片膏，抽完兩包中國金鼠牌香煙，第一道曙光露臉後朦朧睡去，破曉醒來，紅臉關已不在屋內，貼身的獵槍也不知去向。

二

天將亮時，紅臉關伸了一個精神飽滿的懶腰，迅捷地在客廳地板翻了一個身，站在陽台門口眺望。亞鳳傍著陽台欄杆，睡得香沉。屋外依舊黯黮，夜梟和蝙蝠還在盤桓，兩個熟悉但叫不出名堂的星宿和一群兵荒馬亂的賊禿一樣的星星也還未退祛，把北邊天穹渲染得像一座美麗的塚園。紅臉關蹬了蹬兩條腿。大腿和肩膀上的傷勢已不礙事。他覺得自己一抬腿，可以跨越一座山巒。他走到亞鳳身邊，撿起陽台上兩包金鼠牌煙盒，看見其中一個煙盒還有一根皺巴巴的煙，拈了出來，叼在嘴上，伸出兩根手指從亞鳳口袋搜出一盒火柴，點亮。亞鳳睡得像死豬一樣。這小子，紅臉關心裡嘀咕著，還說要防備山崎那隻狗，人家敲鑼打鼓，也可以剁了他的卵交、砍了他的頭。他抽完煙後，走下陽台，摘了兩朵大紅花和一桿胡姬花，將鮮花插在亞鳳頭髮和胸口上，將帕朗刀和獵槍掛在橫梁上，準備開亞鳳一個玩笑。剛把刀子和獵槍掛好，聽到身後傳來一陣微細而輕蔑的笑聲。

紅臉關反應出奇迅疾。他攥住槍柄，一個轉身，槍口已瞄準陽台外那一大簇棕櫚、椰子、筆筒樹、雞棚、老井、茅廁。準星一一地掠過棕櫚筆直的主幹、筆筒樹像鴕鳥脖子的新芽和散亂滿地的老椰子，停在鐵製的晾衣線上隨著晨風搖曳的一件白色襯衫和黑色長褲。褲衫好像剛掛上去，淅淅瀝瀝地滴著水。他朦朧覺得剛才抽著煙看著陽台外時，沒有看到這兩件褲衫。他眨眨眼。屋外依舊黯黮，星星亮得刺眼，眼看就要露出曙光的天穹，一瞬間似乎退回漫漫長夜。他走下陽台，看見老井旁升騰著一縷白色煙霧，像幾絲銀髮，凝在空中不動，一股強烈的三炮台煙味衝鼻而來。三炮台是高階鬼子愛抽的洋煙，也是朱大帝的最愛。紅臉關拿著獵槍和帕朗刀在莽叢追逐朱大帝時，就是憑藉著這股煙味，讓朱大帝沒有消遁得太快，但終究還是追丟了。他在莽林宿了一晚，第二天在一座湖潭前再度嗅到那股強烈的三炮台煙味，其中還瀰漫著嚴恩庭手捲煙的唾液味和香蕉木瓜味。他繞著湖潭走了一圈，坐在一棵龍腦香科板根上，那股煙味更濃了。他閉上眼睛，聆聽莽叢和飛禽走獸絮語，呼吸著動物的尿屎味、骨骼和腐肉的臭味、野果的芬芳，舔著空氣中散亂著汗酸味的煙味和小女生的唾液味，感受著泥土傳來的各種巨大獸蟠的奔跑，反覆回憶昨天早上箭毒樹下和朱大帝的爭執。

「老朱，野豬攻擊豬芭村那個晚上，你對小娥做了什麼事？」紅臉關刻意壓低聲音，不讓箭毒樹下的亞鳳聽見。

「老關。」朱大帝新燃了一支洋煙，伸出一隻大手，輕輕拭去梨木刀鞘上薄薄的一層泥漿。「怎麼了？」

「小娥死前跟我說過，那天晚上，有一個渾身血腥味的男人睡了她——」紅臉關歎了一口氣。「小娥死前，神智不清，她的話我一直半信半疑。二十年了，我無時無刻不在想那個人……」

「有這種事？怎麼不早說？」

「老秦死前告訴我了，那天晚上，老秦親眼看到你從門口走出來——」

「老秦那個鴉片鬼的話你也相信？」大帝將武士刀扛在肩膀上，從懷裡掏出一包洋煙，遞了一根皺巴巴的煙給紅臉關。「這傢伙為了一塊鴉片膏，連自己的媽媽也會賣掉——」

「這件事情，小娥從來沒有和別人說過。老秦不可能胡說，不會有這種巧合！」

「老關，那晚我忙著殺豬，哪有時間做這種事？」朱大帝見紅臉關沒有接過香煙，就著嘴裡的煙把煙點燃了，同時吸著兩根煙。「老秦那個傢伙，從早到晚只想著吃鴉片。我猜老秦那晚可能少吃了幾塊鴉片，把你家陽台上撒尿的豬公看成我了——」

紅臉關將手上的帕朗刀扛在肩膀上。「難怪你總是奉送老秦鴉片，讓他成了豬芭村最有名的鴉片鬼。你拿鴉片膏堵住他的嘴。」

「老闕，別聽老秦胡說——」

紅臉闕嗖的一聲，拔出肩上的帕朗刀，向朱大帝步步逼進。

「老闕，冷靜——」朱大帝斜眼瞄了一下獵槍。挖掘墳地時，獵槍、鱉王秦的卡賓槍和鬼子的步槍都放在板根下。大帝身上只有正宗刀。「老闕——」

「老朱。」紅臉闕逼得更近了。「是你嗎？是你嗎？」

朱大帝轉身竄過箭毒樹下，竄向野豬走過的夾脊小徑。

湖潭掀起了微細的波瀾，漫過湖畔的蘆葦和野胡姬，奔騰到紅臉闕的腳掌下。他有一天半沒有吸食鴉片了，整個胸腔空空蕩蕩，胯下擁塞著一股熱氣，那股熱氣從肛門直衝囟門，把五臟六腑都摧爛了。如果是平常，他可以清楚地感受引發那股波瀾的源頭，一隻野豬，一隻馬來熊，一隻巨大的蜥蜴，一個肩扛獵物的伊班獵人，但現在，他只能凝視著茂密的蘆葦叢和嬌嫩的野胡姬，腦顱像被煙燻火烤，腦漿焦糊了，一片空洞。遲鈍讓時間拖長了，他胡思亂想，看似長久，其實短暫，屁股沒有坐實，一顆子彈不知從哪裡射出來，打在他的大腿上。他嗯哼了一聲，朝蘆葦叢開了一槍，後腦勺莫名其妙挨了一下重擊，倒在板根下，胸口被自己的帕朗刀刀尖劃出一道長長的傷口。再度睜開眼睛時，獵槍和帕朗刀消失了，一群荷槍實彈的洋鬼子和豬芭人對著他叫囂。

紅臉闕看了一眼黑黝黝的井底，嗅著那股三炮台煙味，踢開一個頹圮的鐵籬笆門，踏入雜草叢生的菜園，身後突然傳來一陣颼颼颼的風聲。他回頭一看，晾在鐵絲上的白色襯衫和黑色長褲，好像披掛在一個四肢潮濕的漶漫軀體上，騰空越過井台，朝菜園飛來。紅臉闕搓了搓眼皮。

透過籬笆眼，清楚地看見襯衫和長褲又重新掛在晾衣線上。紅臉關突然想起，他上次吸鴉片，已經是昨天傍晚，距離現在已過了十多個小時。他扛著槍走過荒廢的菜畦，一腳頓斷腐朽的籬笆門柱，追逐著那股煙味。天色越來越暗了，星星越來越明亮了，枯枝上的夜梟越來越多了，一顆暗紅色的火毬在布滿灰燼的天穹上彈跳，不知道是要升起來還是落下去，是月亮還是太陽。紅臉關停下腳步，搜尋著那股稀弱的煙味，同時思索著，現在到底是即將破曉或遲暮。他回頭看了一眼豬芭村，炊煙裊裊，煤油燈和煤氣燈閃爍，一輛大肚子的聯軍運輸機飛越了南中國海，一艘漁船的骷髏身影在海浪上顛簸，萬頃琉璃中浸泡著海鷗破碎的軀體。他看著自己身處的夾脊小徑，發覺自己即使站著不動，豬芭村也逐漸遠離自己，像處在激烈的板塊運動中，他甚至聽到了屬於白堊紀的盤古大陸分裂的轟轟隆隆巨響，茅草叢竄流著鱗角暴凸的巨大爬行動物搏擊撕咬的怒吼。他循著夾脊小徑忙竄一陣，頓時失去了三炮台煙味和小女孩的唾液味，於是選了一個坂坡，站定了，閉上眼睛，用力地呼吸著。荒野無風，萬物糾結不成形，他看到了遠古時代鬱鬱蔥蔥的綠洲、蓬勃的裸子和蕨類植物、噴發著灰雲和從火山喉溢出熔岩流的活火山，一陣熱風颳到臉上，三炮台煙味又出現了。他走下坂坡，從一個像豬芭橋一樣狹長的脊椎骨下走過，繞過一個比吉普車巨大的頭蓋骨，看見流水淙淙水草茂密的小溪突然浮起一個披掛著白襯衫和黑長褲的軀體，長髮飄逸，四肢漶漫，後腦勺垂著一根長辮子，嘴裡噦出一簇墨綠色的水草，兩袖平舉，好像阻撓他前進呢。紅臉關又搓了搓眼皮，肢體消遁了，褲衫迅疾沉入水中。這是怎麼回事？紅臉關嘀咕著，涉水渡過小溪，登上一個長滿黃色小花的草坡地，煙味濃得化不開，抬頭看見灰濛濛的天穹飛翔著長著翼膜的大蜥蜴，一支肉嘟嘟的長脖子從莽叢伸出來嚼食樹篷的無花果，一隻雙腳大尾巴巨怪低頭啃咬腐肉。風起了，颼颼颼颼的強風颳得紅臉關兩腳哆嗦，白襯衫和黑長褲隨著強風飄蕩草坡地上，衣襬幾乎搧在臉上。這一次紅臉關看得清楚，褲衫主人是個年輕女子，臉蛋像一粒青椰子，眼瞼閉闔，其餘五官闕如，腰上抹五支大小帕朗刀，手裡捧著一個鏽跡斑駁、掀著盒蓋的鐵盒子，鐵盒子盛著一顆巨蛋，蛋殼突然裂開，蹦出一隻尖牙大腦的小怪物。紅臉關詫異地看著女子，伸手觸摸她漶漫的肢體。女子兩眼突然打開，伸出一隻濕漉漉的手，指著紅臉關身後。這一瞬間紅臉關看得更清楚了。女子臉上長著幾顆粉刺，左臉頰有一顆黑痣，嘴唇紅潤豐厚，漶漫的肢體好似浮游水中。「小娥——」紅臉關喊了一聲，女子再度舉手指著他身後。紅臉關轉身，看見一個巨大身影，手裡攥著一支鋒芒逼人的長刀，像猿猴撲向他。紅臉關覺得脖子一冷，一隻雙齒似劍的老虎咔滋一聲咬下他的頭顱。紅臉關的頭顱滾下草坡地時，看見一顆似山巒的燃燒的隕石從天而降，在莽叢掀起一股撲天蓋地的火海，一瞬間讓天地陷入漫漫長夜。

三

亞鳳下巴奇癢，睜開雙眼，看見胸前躺著一桿胡姬花，花瓣上一隻螞蟻咬住下顎一個小傷口的肉芽。亞鳳伸手拍掉螞蟻和胡姬花，打著哈欠，站了起來，頭髮上的兩朵大紅花落到腳掌上。鰭似的陽光悠游在潮濕的莽叢中，高腳屋掩映著棕櫚、椰子樹和筆筒樹的樹影，讓他一時晝夜難分，看了一眼手腕上鬼子的腕錶。六點三十分了。他莫名其妙地瞪著陽台上的大紅花和胡姬花。

獵槍不見了，屋簷橫梁掛著帕朗刀，屋內沒有紅臉關身影。紅臉關來無影去無蹤，亞鳳不覺得訝異。父親足不出戶養傷數日，已經是怪事了，但在這個戰後鬼子餘孽沒有徹底剿滅的日子裡，他還是有點不安。他實際帶了兩把獵槍，另一支藏在隔熱層。他找出了獵槍，揹著帕朗刀走下陽台，準備到豬芭村找紅臉關。陽台外，老井黑土，雞棚殘破，籬笆門頹塌，雜草叢生的菜畦躺著一粒綠西瓜。亞鳳削掉西瓜蒂，剖開西瓜。西瓜瓤太肉了，不夠脆。亞鳳邊啃邊吐，轉眼吃完一粒西瓜，驟然嗅到一股有別於金鼠牌的煙味——三炮台煙味。他對這股煙味太熟悉了。他高舉獵槍，覷著荒蕪的菜園。西南風飄過菜園盡頭十多棵枯萎的玉米株和一大片樹薯，帶來了更濃稠的三炮台煙味。亞鳳蹲下身子，槍管對準了玉米林和樹薯園。一群麻雀飛出樹薯，聚在一棵矮小的椰子樹上。一個長髮披肩、著草黃色軍服、手拿一把長刀的男子像猿猴越過凹陷的鐵籬笆，消遁雜草叢生的樹薯園中，亞鳳扣下了扳機。男子衝出樹薯園，躍過鐵籬笆時，亞鳳又射出一槍。男子躍過鐵籬笆後，消遁茅草叢中。

亞鳳穿過玉米林和樹薯園，越過籬笆，縱入茅草叢。帶刀的長髮男子身手矯健，腳步迅疾，縱橫茅草叢如入無人之域。他在茂密的草叢撲騰跳躍，好像腳不沾地；越過水窪或小溪時，好像腳不沾水；穿透荊棘叢時，好像穿牆鑿壁的油鬼子；遺留野地上的靴印，好像帶領野豬群襲擊豬芭村的深沉的豬王蹄躔；揮刀砍斷礙路的灌木叢時，讓亞鳳想起馬婆婆揮舞大鐮刀追逐戴著妖怪面具的豬芭小孩。虛弱的晨曦照在他的長刀上，射出一縷鋒芒逼人的光芒，間或光芒直接撲向亞鳳雙目，暫時銼盲了視覺，讓他踩在小水窪或炮彈坑中，幾乎摔倒。一頭野獸似的長髮飄蕩茅草叢上，好像傳說中吊掛著內臟的飛天人頭。亞鳳數次停下腳步，舉槍瞄向男子，但他只剩下兩顆霰彈，不想輕易扣下扳機，這一耽誤，男子好像又竄得更渺小了。

雲彩凝滯得像巖石，天和地灰濛濛。夜色依舊沉重，壓得茅草低下了頭。

時間快速流逝，亞鳳看見了從前和愛蜜莉獵豬的圓形草嶺。遠視草嶺像一座野塚，靠近後草嶺卻突然遼廓而充滿福態，可以讓十幾個豬芭人在上面焚墾十天半月、追擊一頭獵物一年半載。這時，帶刀男子消失了。臍帶似的雲彩擠滿天穹，幾個肚臍漩渦露出了青翠的蒼穹。亞鳳覷了覷四周，登上草嶺。草嶺依舊長滿黃色的小野花，亞鳳不經意地踩踏，激起了它們含苞吐萼的慾望。白色的小蝴蝶在他走上草嶺時四面八方散去，零星的燎原野火蠶食著草嶺四周的茅草叢。亞鳳駐立嶺巔，視線很快接觸到草嶺背面長著羊齒植物和藤蔓的豬窟出口，紅臉關的頭顱架在防禦性杈椏上，身首分離，身邊躺著斷成兩截的獵槍。紅臉關失去頭顱的身軀屈跪洞口外，一副正欲探測豬穴的鬼祟模樣，雙目如牛眼，瞪著黑魆魆的洞口，從他的眼中，亞鳳看到了洞窟的黑不可測，好像裡面蟄眠著一尾吞吃了漫漫長夜的巨蟒。一隻鵝掌大的黑蜘蛛從杈枝緩慢地爬竄到紅臉關額頭的深邃橫紋上，凸顯了紅臉關死前的苦思和混沌。紅臉關的脖子猶滴著血，豁口光滑平整，顯示切斷紅臉關脖子的是一種利器。

「山崎——」

亞鳳心裡一怵，抓緊獵槍環視一遍茅草叢。荒野茫茫，林木森然。山崎就在附近。荒野蓁莽，海闊魚躍，就像他當初追丟的那隻小野豬，山崎可能棲伏茂盛的茅草叢、長滿雜草的炮彈坑、灌木叢、長著蘆葦的水潭、烏雲陰影下、耀眼的晨曦中、煙嵐縹緲中、麻雀群的羽爪漩渦後，像一線鐵鏽藏在一把鏽跡斑駁的老刀上。站在居高臨下的草嶺，亞鳳感到既安全又危險。他再度凝視荒野，一手支著獵槍，一手攥著帕朗刀，閉上眼睛，摸索著野草的環肥燕瘦、高矮疏密、老幼生死，回憶父親帶著九歲的自己走向茅草叢，用心靈和腦袋去體會草木的暢茂、禽獸的繁殖。茅草叢在野火肆虐和露苗抽芽中哭號。草嶺附近的炮彈坑有十一個，其中兩個散亂著不知名豬芭人的骨骸。一隻七英尺長的水蜥蜴浮游水潭，泛起令小動物生畏的鱷波蟒紋。烏雲像獅群漫過荒野，晨曦在茅草叢上閃灼，麻雀群被一隻俯衝而下的蒼鷹衝散了。三炮台煙味和腐肉味從草嶺升騰上來，讓他腳底一陣冷峻。他踮起腳尖，以一輩子沒有施展過的輕巧走向豬窟，蹲在窟口上方，難以言喻的傷感讓他放下獵槍，兩手攥緊母親留給自己的帕朗刀。黑蜘蛛好像戀上父親太陽穴上初遇母親時留下的熊爪疤痕，蟄伏疤痕上不動。父親額頭上深邃的皺紋、翕張的鼻子、驚駭厚實的頭髮、孤傲的下巴，陌生得可怕。雙目濘泥，有一種缺乏罌粟鹼和嗎啡的猙獰和飢渴。如果不是那支獵槍和穿著，他要懷疑那是不是父親的頭顱了。他害怕凝視父親的臉，於是將視線集中杈椏、羊齒植物和藤蔓上。

自從上了草嶺後，時間流逝得特別慢。他覷了一眼腕錶，八點了。灰雲盤踞天穹，天地晦暝，老醜的煙嵐偃蓋了蔥蘢的草叢，太陽不知去向，天降一根光柱，罩住遙遠的荊棘叢，燃起一股火焰，久久不熄。亞鳳的刀刃反射著火焰光芒，幾點耀斑鑽入勾襠的褲襠內，平滑的刀面折射著褲襠外一小片似鬥雞肉髯的陰囊，一枝枯槁的芒草稜刺刺痛了生殖器，但是他不動。早起沒有小便，又吃了一粒西瓜，漲滿尿液的膀胱讓他的生殖器簇直得像獨擎高空的猴尾巴，但是他強忍著。他目不轉睛地記憶著洞窟前的枝椏形狀，默默地描繪著蕨類植物各種直立、橫走、斜生、攀緣、纏繞和懸空莖，監視著爬藤植物的匍匐狀、葉腋上的露珠、花瓣上的摺痕和嫩枝上的密被柔毛。一隻墨綠色的蝴蝶從茅草叢飛向豬窟，停在一根腐朽杈椏上，十天半月後飛向帕朗刀，停在刀尖上。另一隻相同顏色的蝴蝶從亞鳳身後飛來，停在骯髒的袖子上。八點半了。刀尖、袖子、杈椏和藤蔓總共停了七隻蝴蝶，亞鳳清楚地看見其中兩隻蝴蝶伸直了口器上的螺旋狀吸管啜食露水。白色和墨綠色蝴蝶匯集草嶺上，偃蓋了草嶺上的黃色花海。

亞鳳默數了一遍杈椏、複習了一遍藤蔓和蕨類植物的形態，看了一眼父親頭顱。黑蜘蛛辭別太陽穴上的爪疤，沿循著斷裂的脖子爬向枯枝，蟄伏洞口一小簇蟛蜞菊下，一隻白色蝴蝶豎在蟛蜞菊的黃花上啜食花蜜。九點了，遙遠的光柱離開了荊棘叢，駐足一小片被野火燒焦的荒地上，天地依舊灰濛濛。黑蜘蛛攫住一隻草綠色的小蜥蜴，尖細的螯牙刺破了蜥蜴肚子，注入消化酶，將獵物吸食得剩下半透明的皮囊。九點半了，飽食一頓的黑蜘蛛消遁羊齒植物中，杈椏抖索，扠著紅臉關頭顱的枝椏斷裂了，頭顱滾下草嶺，落到茅草叢中，兩眼依舊凝視著洞口。枝椏、藤蔓和蕨類植物開始激烈抽搐，好像有一隻隱形的草食獸正在嚼食藤蔓和蕨類的嫩葉。一支鋒芒逼人的長刀伸出了洞口，橫砍豎切，削去了偃蓋洞口的枝椏和藤蕨。當山崎像猿猴從豬窟背對亞鳳露出半截身軀時，亞鳳舉起帕朗刀削向山崎脖子。

山崎回頭覷了亞鳳一眼，武士刀斜拂，在亞鳳腹部劃了一刀。亞鳳憋了許久的一泡尿終於泚了出來。山崎厚實的長髮爆散似孔雀開屏，一陣強烈的西南風將他的頭顱颳向洞口上方，落在亞鳳腳下。

山崎眼皮眨閃，嘴唇抽搐，好像說：你——怎麼——還在——這裡？

天地灰濛濛，遙遠的光柱突然罩向草嶺，照亮了被山崎血液洇濕的小紅花，也照亮了亞鳳被鮮血殷紅的卡其短褲。亞鳳左手摁住傷口，用帕朗刀刀尖戳了戳山崎額頭。山崎的長刀在半空翻了一個小跟斗，和一批枯枝斜插豬窟口，立即有一隻墨綠色蝴蝶駐足纏著鮫魚皮的刀柄上。無頭的龐大身軀堵住了半個豬窟出口。陽光依舊只在草嶺上灑下一道殭氣斑斕的光柱，煙雲繚繞茅草叢，遙遠的荒地簇立著一隻史丹姆黑鸛，用牠像長滿屍斑的脖子和頭顱撥弄著一批骨骸。亞鳳走下草嶺時，半隻左腿已澆滿鮮血。他拄著帕朗刀往豬芭村走去，不知道走了多久，倒臥在一棵欖仁樹下，那道殭氣斑斕的光柱照亮了樹外的茅草叢，一個戴著翻邊藤帽的長髮女子從茅草叢走到樹下，屈身彎腰，揹著亞鳳朝豬芭村走去。亞鳳失去意識前看見了愛蜜莉手臂上的藤環，嗅到了那股令他魂牽夢縈的尿騷味。

野豬渡河

七月，大旱降臨，野果落盡，新蕊不發，泥土熱燥，落葉紛飛。

飢渴暴躁的婆羅洲雜食野豬遙想北部比丘陵地帶早到的河川流域花序果季，從西加里曼丹熱帶雨林跋涉北上穿越婆羅洲千山萬壑，沿途吸納豬群，匯聚成一支聲勢浩大的隊伍，跨過馬、印兩國漫長嶇崎的疆壤，進入富庶莽蕩的砂拉越雨林，橫渡河川流域，無懼人類猛獸，尋找食物遍被的饕餮和交配福地。

一

經過波瀾壯闊的變故後，豬芭人抹去有形無形的創傷，重溫沒有硝煙烽火的日子，此時豬芭村鴉片嚴重斷貨。之前，財大氣粗的華商縉紳經過公開招標後，壟斷鴉片、煙酒和博奕三大行業。一九二四年殖民政府成立衙門「煙酒公賣局」，取消招標制，獨攬經營權，促使鴉片煙酒走私猖獗。一九四一年，鬼子接管經營三年八個月，戰敗後，百廢待舉，邱茂興夫婦成了豬芭村戰後第一個開始走私鴉片的船販。邱老頭一九二一年返回中國娶親，帶著妻子南下過番，夫妻靠著四條腿，肩扛籮筐上山下海收購稻米和樹脂，和華商以物易物，交換煙草、糖、鹽、餅乾、布料和罐頭食品，以微薄利益轉售豬芭華人，十年後買了一艘十噸貨船沿著豬芭河兜攬土洋雜貨。鬼子入村後，夫妻和獨生女避難豬芭河上游，三年八個月後重返豬芭村，開始走私鴉片。邱老頭的鴉片走私生涯只維持了一個多月。一九四五年十月二十三日，邱老頭和妻子駕著棕櫚葉船篷下屯滿鴉片膏的貨船，突然一聲槍響，佇立船艄的邱老頭妻子額頭綻開一朵血花，噗咚落水。一簇子彈咻咻掠過船艉的邱老頭，邱老頭扔下船槳，潛入冰冷黑魆的河水，浮出水面時看見一個蒙面盜匪占據了貨船。

一九四五年十一月，雨季將臨。豬芭孩子把一個鐵皮桶吊掛樹幹上，用彈弓把石彈射到鐵皮桶中，最後戴上妖怪面具射擊養了一隻紅面公番鴨的邱茂興老頭高腳屋。孩子估計了一下東北季候風力道，嫻熟地拉開橡皮條。邱老頭剛抽完私藏的一小塊鴉片膏，蹲在陽台上抽手捲煙，凝視著從天而降的十二顆石彈。根據邱老頭經驗，三天不吸鴉片，石彈可以大得像八月十五的月亮，砸得高腳屋灰飛煙滅，豬芭河巨浪淘天淹汨豬芭村，樹梢掛滿野豬、鱷魚和村人屍體。老頭今天吸食的鴉片雖少，半顆腦袋仍清醒著，十二顆石彈像十二個鍋鑊，砰砰訇訇砸在鋅鐵皮屋頂上。老頭吐了一口唾沫，走下陽台，踢開籬笆門，一隻黃狗竄過正在雞棚撿雞蛋的女兒胯下，停在老頭身邊，朝野地看了看，疑惑地抬起啃過蟲蛹淌著口水的大嘴看著老頭。老頭踢了一下狗屁股，指著流散茅草叢中的小孩。十一月的茅草叢還在初來的東北季候風中酣睡，腐壞的天穹游竄著蟲蠹似的灰雲，天地溢滿夕暮。孩子打完石彈後正要離去，看見老頭驅著大黃狗走出籬笆門，嚇了一跳。一個膽大的孩子拉開橡皮條，射出一顆石彈，打中狗腿，激起了黃狗敵意，咆哮著追向孩子。

大黃狗踩碎了燒蕎的茅草稜刺，越過一個又一個炮彈坑，追上了幾個年紀較小的孩子。

一個精瘦黝黑、鬚髮銀白的大人從茅草叢岔出來，用手上的帕朗刀刀鞘揮向狗頭。黃狗痛哭一聲，弓腰曲尾退到主人身後。

「老邱，今天還沒吃鴉片？」那個大人捏住了嘴裡叼著的手捲煙，把刀鞘扛在肩上。「發這麼大脾氣。」

「死仔包！」老頭瞪了一眼小孩，踢了兩下狗屁股。「死狗！」

精瘦黝黑的大人走到邱老頭身邊，遞了一支手捲煙給他。老頭遲疑了一下，接過手捲煙和對方扔過來的火柴盒，點燃了煙，把火柴盒扔還對方。一隻大鳥低空掠過，屙下一大坨黯灰色的鸝屎，叭噠一聲落在兩人腳下。精瘦黝黑的大人穿著邋遢的獵裝和卡其褲，腰上掛一支入鞘的長刀，手裡拿一支入鞘的帕朗刀，半白的鬚髮遮住了半張臉，一雙炯炯有神的眼睛盯住邱老頭，臉龐漾著一股疲色。邱老頭吐了一口煙，陡然看見對方手臂上的馬來短劍和野豬刺青。「老朱！是你！還以為你死了呢？」

「我才以為你死了呢。」大帝用拳頭擂了一下老頭肩膀，覷著散亂豬芭村果實纍纍或正在醞釀花期的果樹、在東北風酣睡的肥美菜畦，又看了一眼被棲落的野鳥染黑的灌木叢和大喬木、空中獵旋的蒼鷹，嘴唇翕動，喃喃自語。「嗯，快了，快了。」

「老朱，什麼快了？」老頭又踢了一下狗屁股。「我十多天沒有痛快吃鴉片了。你死期快到了嗎？」

「老邱，我趕了一天路，」大帝說。「又飢又渴。」

大帝坐在邱老頭的高腳屋陽台上，享用著邱老頭女兒準備的豬魚菜瓜之膳，聽著高亢悲愴的野鳥鳴聲、邱老頭泣訴失去妻子和貨船之痛、豬芭村的浮雲滄桑，看著陽台上杈椏縱橫的榴槤樹和泥濘落下的鳥糞和羽毛，不發一語，及至看到邱老頭女兒又端上來一盤蝦醬炒空心菜後才含糊吐出一句話：「好了，老邱，別再上菜了——半年不見，怎麼客氣起來了？」

邱老頭看著滿天流霞，兩隻凹陷的小眼漾著淚光。「離開豬芭村不到四年，鍾老怪、扁鼻周、鱉王秦、小金、懶鬼焦、沈瘦子和紅臉關，這一批鴉片鬼都見閻王了，我還以為你也不例外——看到你活著真好！小玲，多捲幾個手捲煙！老朱，不好意思，沒有洋煙招待你，豬芭村的鴉片又缺貨，待慢了。」

邱老頭十六歲女兒邱妍玲甩著兩根垂到骨盤上的長辮子，捧出一碟曬蔫切碎的木瓜葉、香蕉葉和一疊廢紙，點亮了一盞煤油燈，蹲在黑黯的客廳一個矮凳前捲手捲煙。她穿著緊身的白色對襟短衫和寬筒黑褲，膚色猩紅，一雙黑眸在瀏海偃蓋下閃耀著奴愁氛息。她捲煙迅疾果斷，每一根捲煙堅勃得像塞了鐵屑銅渣。她很快捲完二十多根手捲煙，插在竹筒上交給邱老頭，捧著火舌高揭的煤油燈消遁廚房中。大帝點燃剛捲好的手捲煙，嗅到了一股熟識的唾液味。

聽說大帝重返豬芭村，一批又一批豬芭黎庶駐足高腳屋問候朱大帝。夜色漸濃，星宿微露，朱大帝飽餐一頓後，趁著邱老頭出門買啤酒，倚著陽台欄杆打了個盹，腳趾頭一陣瘆癢，看見一隻臉上長滿猩紅肉瘤的紅面番鴨啄咬腳趾上的雞眼。大帝坐直身體，輕輕地踹了一下鴨子的翅膀。邱妍玲從門口走出來，揮著雙手，嘴裡噓噓叫著，露出一排飽滿的瓠齒。鴨子挺直脖子，毫不畏懼地盯著她。邱妍玲隨手抄出門扉後面的掃帚，狠狠地捶了一下鴨頭，鴨子唧唧呱呱叫著，鼓動雙翅，飛向黑闇的水塘。

大帝喝了兩罐邱老頭買回來的黑狗牌啤酒後，向邱老頭透露了一件事情。邱老頭聽後喜出望外，拭著滿臉老淚對大帝道謝。大帝又吸了三條手捲煙，將剩餘的手捲煙塞入口袋，藉著朦朧的月色走向黃萬福高腳屋，看見關亞鳳和幾個小孩盤腿坐在陽台上製作彈弓，周圍散亂著去皮的樹幹、腳踏車內胎和破皮鞋，簷梁掛著一盞煤氣燈，高腳屋外亮如白晝。大帝傍著一棵椰子樹吸手捲煙，凝望著夜色汩汩流入高腳屋、豬芭村幽黯或明亮的門門窗窗、椰子樹梢陰森森的杓上魁下的北斗七星、豬芭河紅眸閃爍的鱷夜、天父齜出的一顆醜陋暴牙月、熱氣奔騰野獸交歡的莽荒婊子。兩個女孩從豬芭河畔走來，胸前各捧著一個籠了數十隻螢火蟲的玻璃瓶子，照亮了她們簞食瓢飲的蒼白五官和瘦骨嶙峋的身體，好像捧著一個即將爆炸和膨脹的太初宇宙，經過大帝身邊時停下腳步，將玻璃瓶子舉到眉宇間，照耀得大帝滿臉鬼祟鼠鬚。大帝泰然覷著她們，手捲煙燃燒得像熾炭，鼻子聞到了家家戶戶廚餘桶中的魚餿臭。

「朱老大！」

亞鳳拉開一個新紮好的彈弓皮帶，正要朝椰子樹梢射出一彈。

二

山崎頭顱吊掛菜市場旁的鹽木燈桿已近一個月。他的無頭屍具在菜市場廣場曝曬一天後，晚上被一群豬芭人用帕朗刀砍得支離破碎，翌日天未亮就被野狗啃吃殆盡，惡臭的枯骴散亂豬芭街頭。他五官俱全、毛髮紛披的頭顱高懸燈桿不到半日，旋即被猛禽和蟲蟻叼光皮肉，剩下一具驚駭逗趣的骷髏頭，寬廣的額骨被孩子的石彈抓撓出鬼斧頭和海盜彎刀的符號。揹著女妖面具的長尾猴喜歡蹲在電線桿梢，居高臨下看著骷髏頭，間或坐在骷髏頭上，伸出兩手撫骨囁嚅。

朱大帝站在波羅蜜樹下黃萬福牛車上，右手拄著入鞘的吉野正宗長刀，左手撚著一根洋煙，看著電線桿的撫骨之猴。豬芭人發覺大帝被母豬啃吃過的頭皮長出了盈尺的銀髮，鬚髯覆胸，仁丹鬍子沒了，兩頰沃紅，眼眸深處亮著隨時引燃的餘燼。昨夜近半數豬芭人會見過在邱老頭家裡用膳的大帝，大帝順便釋出消息，請大家今天中午到菜市場廣場匯合。大帝在廣場上總共召集過豬芭人三次。第一次是二十年前的豬群夜襲豬芭村，第二次是四年多前的飛天人頭事件，第三次是鬼子入村前呼籲大夥將槍械彈藥藏匿豬芭河上游二十英里外的高腳屋內。早上下過一場大雨，近中午露臉的太陽疲憊不堪地癱坐灰雲上，廣場上七零八落的光澤好像不是它的，而是昨天的落日餘暉。參天的杈椏棲泊著蒼鷹，間或發出一聲索命的呼嘯。雨季未到，豬芭河水已貼近棧橋。包括大帝牛油媽咖啡館在內的十排木板鋪戶，半數以上仍未恢復營業，但菜市場的菜販果販魚販肉販已悉數歸位，雖近中午，仍有一批販夫叫賣。一群小孩胸前掛著彈弓或妖怪面具，散亂菜市場四周，在瓦礫殘垣中尋寶。波羅蜜樹椏依舊酣睡著蝙蝠，樹梢佇著一隻以黑喙捫羽掀尾的白鷺鷥。

一個光頭赤足的年輕漁夫將一輛板車拉到波羅蜜樹下，並肩大帝的牛車，從腰上抽出一把尖刀，埋頭切割板車上一隻大龜，一邊吆喝著一邊瞪大帝一眼，好像嫌大帝的牛車妨礙他做活。漁夫手腳俐落，轉眼支開大龜的背甲和腹甲，尖刀揮舞得像一把快炒鏟子，將一坨坨規格重量一致的龜肉纍疊板車上。板車被殷紅了，廣場血流成河。「龜肉！龜肉！延年益壽，補血保健，清熱解毒，利膽明目，一坨一元。」漁夫從龜尾剜下一絡血肉模糊的海綿體，高舉過眉。「烏龜卵交，滋陰助陽，男人的一流補品！」

漁夫切割大龜時，大帝已扯開嗓子，對著廣場上一百多個豬芭黎庶演說。

「老蔡。」大帝看了一眼漁夫手上的海綿體。「這個留給我。」

漁夫用香蕉葉包紮了海綿體，扔到牛車上。「老朱，送你。」

龜肉、龜頭、龜腳、背甲、腹甲和內臟迅疾售完，漁夫滿足地拖著板車離開，留下廣場上一片殷紅血海。大帝的演說和殺龜大戲同步演出，腥風血雨而支離破碎。雨季將臨，往年加里曼丹的野豬渡河都出現在七、八月，今年真是反常，十一月了，仍有數目驚人的豬群橫渡內陸河川，奔向東北，聚集離村子不到兩英里的叢林中，遲早會朝豬芭村撲來。大帝說到這裡，一個瘦老頭用力咳了一聲。他的背心捲至胸口，露出兩丘猙獰的琵琶骨，額凸頰凹，薄唇微啟，牙縫塞滿黑色的鴉片膏跡。「朱老頭，你是說，又有野豬來擾村囉？」

「老朱，你要組隊殺豬？鬼子剛走，肚子都填不飽，那來這個閒功夫啊？」一個只穿一條短褲的中年人屈蹲地上，手裡捧著一杯冒著熱氣的黑咖啡。

穿背心的老頭有意無意地朝牛車啐了一口黯灰色的唾沫。「老朱，你神通廣大，我三天沒吸鴉片了，弄幾塊鴉片膏讓我爽一下吧。」

打赤膊的中年人啜咖啡時燙到了舌頭。「給我幾塊鴉片膏，別說殺豬，老虎鱷魚也照殺——冚家鏟！」穿背心的老頭伸出五指抓撓著褲襠，胯下隨即落下皮皮屑屑。「是啊，沒有鴉片膏，一隻小母豬就要了我的命。」

在兩個老頭的嘟囔和漁夫叫賣聲中，大帝減縮了演說。殺龜大戲演畢，廣場上的豬芭人也少了十分之二、三。大帝不以為忤，繼續抽著洋煙，示好地朝四周的豬芭人扔出幾根洋煙。正宗刀刀鞘在疲憊的日光照射下眨閃著慵懶的光芒。「各位，我當然知道，現在和四年前不一樣了，不要說組隊殺豬，連築一道柵欄攔豬的人力物力也欠缺。」大帝對著一個搶不到洋煙的年輕人丟出一根洋煙。「野豬數量驚人，不會少於四年前，大家白天不要隨意入林，晚上閉緊門戶，可以的話，準備好帕朗刀和獵槍，殺幾隻野豬加菜。」

「老朱，聽說你身上那把長刀，就是吉野鬼子的武士刀？」肩扛鋤頭、脅下挾一隻母雞、魁梧高大的黑漢推開豬芭人走到牛車前。黑漢是戰前林萬青板廠伐木工工頭。鬼子伐樹鑄造六艘攜帶水雷的戰艦時，因不嫻熟婆羅洲樹種，被黑漢擺了一道。黑漢以劣質樹種造龍骨，讓戰艦遇急流後就攔腰折斷。黑漢對自己的「豐功偉業」非常自豪，逢人誇耀。「老朱，這把妖刀砍下多少豬芭人腦袋、奪走多少豬芭人性命！我看到它就像看到吉野那隻豬！」

「宋老弟，你想怎麼樣呢？」大帝卸下武士刀遞給黑漢。「送給你砍柴割草吧。」

「砍你骨頭囉。」黑漢退了一步。「扔到豬芭河去吧！」

「老弟，這不是普通的武士刀。」大帝抽出半截刀身，刀刃在他臉上映出一縷縷像血絲的疤網。「洋鬼子最愛這東西了。我準備找個有錢的洋鬼子狠狠削他一筆。」

「老朱，」一個拄著拐杖、綽號爛屁股的中年人用蒼老勁拔的聲音說。他是前荷蘭石油公司露天電影放映師傅，在菜市場廣場放映鬼子的戰爭宣導片《孫悟空》時，豬芭人看見孫大聖不駕筋斗雲而駕戰機、不用金箍棒而用機槍掃蕩敵人，笑得前滾後翻，其中爛屁股笑得最誇張，憲兵隊員拔出手槍在他屁股上開了一槍，讓他終生跛著一條腿。兩個月後，鬼子放映另一部宣導片《新加坡總攻擊》時，豬芭人屁也不敢放。「你不能獨吞這筆錢。」

「參加殺豬大隊的人可以分到一筆，」大帝說。「爛屁股，看在你這隻跛腿上，先分你一筆。」

「又是殺豬大隊！」穿背心的老頭又響亮地啐了一口灰黑色的唾沫。「那把刀值多少錢？比老蔡那隻大龜值錢嗎？」

「朱老大生平一大志願，就是把四年前領著豬群掃蕩豬芭村的豬王宰了，」一個纖細的小老頭坐在一個破籮筐上喃喃自語，形象有如燈桿上的撫骨之猴。「生吞豬王的豬心豬肝。」

「哪有什麼豬王？」黑漢大笑。「鴉片吃多了，小貓看成老虎，沒吃鴉片嘛，蚯蚓看成大蟒蛇。」

「你們誰看過豬王？」一個年輕三輪車伕傍著波羅蜜樹蔭下的三輪車，手裡拎著一坨剛買到的龜肉。他髮長及肩，脖子後有一道明顯的刀疤。鬼子撤往內陸時，在豬芭橋處決了一批豬芭人。三輪車伕在鬼子軍刀削向自己時及時跳入豬芭河，刀刃砍在豐厚的長髮上，在脖子後留下一道傷口。豬芭村飛天人頭事件中，他曾經和鱉王秦、鍾老怪等人激辯。「趙老大，你看過嗎？」

「看過！看過！要不是我這個鴉片鬼瘦得不像人，血液有毒，早就被飛天人頭看上了。」蹲在地上喝黑咖啡的趙老大趔趄著站起來，走到三輪車伕身前。「小楊，鱉王秦說過，你老婆年輕漂亮，看好她的人頭，小心生出一窩小吸血鬼。」

「屌你老母。」小楊淫笑著輕輕踹了一下老趙胯下。「問你有沒有看過長得像一頭牛的豬呢！鴉片鬼！什麼飛天人頭？」

「哦，像一頭牛的豬，像一頭牛的豬——」趙老大又蹲了下去，把一杯黑咖啡喝得杯底朝天。「看過的，看過的——」

「各位，我有一個好消息。」大帝老神在在地抽著洋煙，瞄了邱老頭一眼。「歹徒搶走的邱老頭鴉片，被我整船買過來了，花了我所有積蓄。這批貨現在還屯在上游，傍晚前就可以送到牛油媽咖啡館，夠你們吃十天半月了！我和邱老頭商量好了，只要加入我和關亞鳳組成的殺豬大隊，一塊鴉片膏只賣你們一元，所得悉數歸邱老頭。」

三

愛蜜莉把不省人事的亞鳳扛回豬芭村後即離去，豬芭人遵照她的指示，在草嶺上找到山崎頭顱和屍具，村正刀不知去向。亞鳳傷癒後巡視過無數遍草嶺、愛蜜莉已成廢墟的高腳屋、愛蜜莉戰爭期間避難莽林的小木屋、扁鼻周遇難的鷹巢湖，甚至駕舟溯流豬芭河回到朱大帝被鬼子鏟成平地的高腳屋、蕭老師和孩子遇難的箭毒樹下。豬芭人不知道愛蜜莉失聯的原因，但亞鳳知道。

昨天晚上孩子離去後，朱大帝在黃萬福高腳屋陽台上向亞鳳提議重組殺豬大隊。

「亞鳳。」在煤氣燈照耀下，亞鳳感覺大帝鬢髮烏黑、臉色紅潤，容貌有如三十歲。「等我殺了那頭豬王就隱居山林，每年七、八月，你可以找我伏擊野豬渡河。」

亞鳳想起十六歲時扛著一隻小死豬到牛油媽咖啡店找大帝，恍如昨日。屋外蛙鳴蟲唧盈耳，暴牙月高掛，豬芭河鱷眼覆河，亞鳳聽見父親枉死、山崎藏匿的草嶺上響起雜沓的豬蹄豨突，父親的頭顱飄蕩在豬窟周圍，凝視著豬窟的黑不可測，好像裡面蟄眠著一尾吞吃了漫漫長夜的巨蟒。

「那天你和老爸怎麼回事？」亞鳳用製作彈弓削下的樹枝摳著左腳大拇趾的雞眼。

「老關懷疑我洩露了籌賑祖國難民委員會名單。」他遞了一根煙給亞鳳。「沒想到，他還是逃不過山崎的武士刀。你也長雞眼了？」

「老爸的遺傳。」亞鳳拿起捲刃的小刀，將刀刃敷貼雞眼上，挾走一小塊即將剝落的皮繭。「老爸在湖潭前被人開了一槍，槍響前，他聞到了一股三炮台煙味。」

「三炮台煙味！除了鬼子，還會有誰？」

大帝點燃一根煙，看著亞鳳雞眼和自己的雞眼都長在左腳大拇趾外側，形狀規模一致，吐出一道鬼祟邪魔的煙霧。那天他從箭毒樹下跳向莽林盲竄一陣後，以為已經擺脫紅臉關，才歇了幾口氣，就看見紅臉關烙著一道熊爪疤的紅色額頭在黝黯的莽叢中閃灼。紅臉關的臉不紅，那道熊爪疤紅得像三條小火舌，像著火的箭矢。紅臉關從不掩飾那道熊爪疤來歷。朱大帝自恃狩獵專家，卻被紅臉關兩次繞道攔下，兩顆子彈咻咻從他頭上飛過，差點成了槍下亡魂。紅臉關的憤怒像江雷向他撲來。追逐了一個早上，朱大帝感覺到紅臉關的步伐疲軟了，速度減緩了，那道著火的箭矢熄滅了，到了下午，已完全失去紅臉關蹤影。在一棵常青喬木下，大帝看見一個鬼子坐在板根上咿咿嗚嗚地吟唱著一首東洋曲子，他頭上的枝幹吊掛著一具鬼子屍體。大帝嗖的抽出正宗刀，朝鬼子撲去。鬼子看見大帝後，吟唱聲忽然加大了，臉上露出一個怪異的笑容。大帝一刀削去鬼子腦袋，腦袋咚隆咚隆滾下板根，滾出了一個很長的距離，消失在一簇雜草中，大帝拿起板根下的九六步槍和鬼子腰上的彈袋後，吟唱才終止了。莽林忽暗忽亮，大帝放緩步伐，有了步槍，膽子大了。一個坐在朽木上抱著一具嬰兒屍體哭泣的東洋女子看見大帝後，像鬼魅尾隨大帝一個多小時，在大帝加快步伐後才失去蹤影。大帝見怪不怪，吐了一口祛霉運的唾沫。追剿山崎和吉野部隊時，大帝看過隨著隊伍撤退的東洋婆娘為了不讓部隊洩露行跡，親手掐死自己哭鬧的孩子，也看過被部隊遺棄、手腳長滿潰瘍的鬼子像蜥蜴在沼澤地爬竄，見到大帝等人即舉槍自盡。天黑後，大帝草率搭了棚架過夜，黑暗中星眸閃爍、百獸爭鳴，耳膜裡轟響著野豬豨突和葉小娥炸裂肝腸的吶喊。晨曦初綻，那個懷抱嬰屍的東洋女子坐在棚架外，兩眼散發著綠熒熒的光澤，哭聲像嬰兒一樣清脆，又像老婦一樣蒼老。大帝用力吐了一口唾沫，走到草叢中撒尿，東洋女子的哭啼讓他撒得不痛快。撒完後，沿豬芭河疾走一個早上，女子始終若即若離，抽啜如厲鬼，中午過後，他忍不住抽出正宗刀，削斷了女子喉嚨。

女子哭啼終止了，大帝看見三道小火舌無聲無息地向自己撲來。大帝有了步槍並不懼怕，他悠閒地離開河畔往西北方向走了一個多小時，蹲在一座長滿蘆葦和野胡姬的湖潭前，意外發現口袋裡還有兩根三炮台香煙和一盒火柴。剛抽完一根煙，看見一臉疲色的紅臉關揹著獵槍和帕朗刀朝湖畔的大樹走去，坐在板根上。大帝早已心浮氣躁，啐了一口唾沫，拿起步槍朝紅臉關大腿開了一槍，紅臉關大叫一聲，朝蘆葦叢開了一槍。大帝繞過湖潭走到大樹後，用槍柄重擊紅臉關後腦勺。紅臉關倒下後，大帝胸口疼痛，鮮血淹汩了半個胸膛。大帝趺趺撞撞離開湖潭，走向豬芭河，看見兩個達雅克青年駕著長舟划向上游。他揮動雙手，大聲呼叫。長舟泊岸前，他已昏死河畔。

大帝在達雅克的長屋休養期間，喝了三個多月米酒，吃了三個多月野豬肉，蓄了茂盛的銀髮和鬚髯，扛著步槍和正宗刀回到豬芭村。他在加拿大山山腳下一座無主高腳屋宿了一夜，聽說邱茂興夫婦走私鴉片，在一個暗黑無月的晚上，以黑巾覆臉，駐守豬芭河畔伏擊邱茂興的十噸貨船，打死邱太太，將邱茂興逐出貨船，趁著漲潮將載滿鴉片膏的貨船泊靠上游。

「三個月了，」大帝突然說。「沒有人看見過愛蜜莉？」

亞鳳低頭不語，繼續用樹枝猛摳雞眼。

四

為了轉手就可以牟取暴利的一元一塊鴉片膏，一百多個有鴉片癮或沒鴉片癮的豬芭男人加入了獵豬大隊，八十多人分配到一支走私的獵槍和一批子彈，隊伍來不及組合，第二天半夜一小群野豬闖入豬芭村，搗毀部分重建的畜舍和農田，在高腳屋鹽木柱子上留下腥膻的尿臊味。第二天大帝將隊伍分成四個小隊，由亞鳳、邱老頭、前林萬青板廠伐木工工頭和自己領軍，入夜後戍守村子四個據點。夜闌時分，兩批豬群先後以錐形陣逡巡完半個村子後揚長而去。豬群消聲匿跡十二天後，更多帶著帕朗刀的豬芭人加入了獵豬大隊，鴉片膏迅疾售罄，但豬芭人已見識到野豬破壞力，入夜後攜帶刀槍駐守臨時搭建的瞭望台或自家陽台上。第十三天子夜，一批難以估計的豬群淹沒了豬芭村，直到破曉時分才被豬芭人擊退。野豬前兩次夜襲中，朱大帝像一頭老獅子凝視豬群在村子裡橫衝直撞，沒有開過一槍。豬群第三次大舉來擊時，他叼著煙，腰掛帕朗刀、正宗刀和彈盒，手拿獵槍，和一批手持獵槍的豬芭人站在瞭望台上，環視咆哮奔突的豬群，抬頭遙望星光參差的夜空，不發一語。

那是一個陰濕寒冷的夜晚，夜色汩汩靜靜地流著，天穹的濃蔭覆蓋著豬芭村，星星的明眸和隱晦赭紅的鱷眼相互輝映，茹素的秀朗的螢火蟲光芒和葷膻的火爆的野豬之眼流竄，高腳屋的鋅鐵皮屋頂不時有梟蛇鏖戰，茅草叢飄泊著磷火。那天晚上，一艘沉沒南中國海的日本超級戰艦從海底浮起，乘風破浪衝上豬芭海灘，直驅豬芭街頭，泊靠豬芭菜市場，船舷撂下數十道繩梯，一批荷槍實彈的水兵下了戰艦，在廣場上列成縱隊，踏著整齊的步伐朝豬芭中華中學前南方派遣軍總司令部前進。他們的戰盔插著水草，機槍槍管長滿蚌殼，背囊伸縮著章魚和水母觸角，下巴纍著珊瑚礁，穿著和服的南洋姐在騎樓下對他們揮手歡呼，軍靴的巨大轟響淹沒了豬嚎和豬蹄聲，抵達豬芭中華中學校門前，一批聲勢浩大的豬群將他們衝散了。破曉時分，隊伍登上繩梯，天穹閃電不斷，海上升起滔天巨浪，將戰艦捲入了南中國海。

瞭望台上居高臨下射擊的獵豬大隊占盡優勢，而瞭望台和高腳屋堅如磐石的鹽木支柱無懼野豬獠牙前仆後繼的衝撞。沒有加入獵豬大隊的豬芭人在陽台階梯上鋪了釘氈或築了一道柵欄，拿著磨亮的帕朗刀、鐮刀、釘耙和削尖的木樁守在陽台上，肉搏少數衝上陽台的野豬。人豬戰役延續三個多小時後，驚慌受困的豬群泅入豬芭河被鱷群圍剿時，獵豬大隊和豬芭人開始歡呼叫囂，宣告豬群潰敗之象。

大帝的獵槍槍管冰涼如豬芭河水，猶未擊出一彈。他向獵豬大隊喊話，為節省子彈，勿再盲目射擊，命令大夥走下瞭望台以帕朗刀擊殺豬群。大帝第一個步下瞭望台，跨過豬屍，切斷哀號的豬脖子。獵豬大隊和豬芭人也走下陽台，手電筒的光芒切割著被豬嚎和豬蹄聲撕裂、廣闊無際的黑夜。一批又一批黯隱天穹的烏雲，被東北風蝸移到豬芭村上空，原來狐媚地眨閃的星星寥落了，雨絲起初悄悄而剋扣地落下，逐漸密集，飄然如風中的馬鬣。一批又一批畜棚崩塌了，雞囈此起彼落。一顆榴槤在大帝身前落下，砸在一隻死豬肚皮上。大帝迅疾走過榴槤樹，在二狗一豬的鏖戰中穿過一排椰子樹，站在一座棄井前。井水不平靜，映照出一個蒼髯皓首的陌生身影，大帝想起二十年前井底埋首哭泣的女子。一個黑影站在一疊柴垛前，舉槍對準他的胸口。

大帝大喝一聲：「你幹什麼？」

黑影全身一顫，槍口朝上，悻悻然說：「老朱，是你！我以為你是一隻豬呢！」

大帝啐了一口唾沫，看見舉槍者一臉鼻涕淚水，頻打冷顫，正是波羅蜜樹下打赤膊喝咖啡的趙老大，破口大罵：「冚家鏟！」

「我斃了十多頭豬！」趙老大慘澹地笑著。「老朱，我兩天沒吃鴉片了！」

大帝用帕朗刀刀鞘輕輕敲了一下對方腦袋。「看見豬王了嗎？」

「豬王——豬王——」趙老大打了一個雄偉的噴嚏。「噢，噢，剛才，我以為你就是豬王……」

一隻墨黑色的大豬衝破了井欄，落入井中。一群男子捻亮手電筒，圍觀落水豬。

天穹亮起一簇無聲的閃電，像一群公羊的獰笑。

「是一隻母豬。」

「笑得像個日本婆娘。」

大帝繞過棄井，走向一座被豬蹄踿踏和豬牙刨掘過的樹薯園。

「老朱，我——我兩天沒——沒吃鴉片了！」趙老大叫得氣若游絲。

大帝繞過一座水塘，停在一堵鐵籬笆前，從籬笆眼看見幾隻野豬正在邱老頭的高腳屋鹽木柱子上磨蹭、噴尿，發出勺刮米缸的磣牙聲，炊柴、畚箕、鋤鐽散亂一地，野豬的巨大衝撞使門窗鉚榫發出吱吱咿咿的嗚咽。籬笆柱子掛著一個長鼻紅臉的天狗塑膠面具，凶狠地凝視著大帝。那是以彈弓擊襲高腳屋的孩子被邱老頭逮住後的扣押物。大帝猶豫了一下，伸手扯下面具戴在臉上，推開籬笆門，對著高腳屋下的豬隻開了兩槍，兩隻野豬應聲仆倒，其餘躥向屋後的菜園。大帝走上階梯，看見那隻紅面番鴨立在陽台欄杆上，歪著脖子瞪著大帝。猩紅色肉疣密布的鴨頭顯得無懼而傲慢。大帝用帕朗刀鞘捶了一下墨綠狎昵的脖子，鴨子撐開強壯的雙翅，像一個蒙著紅巾的黑袍怪客飛向水塘。大帝站在陽台上抽了半根煙後，伸手敲了兩下大門。屋內闃靜無聲。大帝又敲了兩下。

「誰啊？」門後傳來邱姸玲的聲音，充滿奴愁氣息。

大帝嗅到了手捲煙上的唾液味。他不發一語，又用力敲了兩下大門。從牆縫中大帝看見邱姸玲依舊穿著白色對襟短衫和寬筒長褲，屁股後面翹著兩根長辮，手裡捧著一個火舌高揭的煤油燈朝大門徐徐走來。

「誰啊？」她的聲音從門縫中幽幽傳來，哀怨中有一絲恐懼。「爸爸？」

大帝身後颼起一陣冷風，紅面番鴨突然飛回陽台，棲泊欄杆上，發出沙啞的笑聲。

「死鴨子！」邱姸玲小聲地咒罵著。「又是你！」

大門打開了，邱姸玲一手抄著掃帚，一手高舉煤油燈，照亮了一個長鼻子的妖怪面具。

大帝吹熄了邱姸玲手上的煤油燈，用槍托重擊她的胸口。邱姸玲嗯哼了一聲，四仰八叉躺在地上。大帝反手關上大門，扣上門閂，扔了獵槍，鞍在邱姸玲雙腿上，剝下她的長褲。又有一群野豬在鹽木柱子上蹭癢噴尿，發出勺刮米缸的磣牙聲。邱姸玲伸手揭下對方的面具，但黑暗中看不清對方的五官。門外響起兩聲槍響，門閂被攔腰打斷，大門被踹開了，一個長髮披肩的影子和一隻黑狗站在門外。

「朱老頭——」

大帝覺得那個聲音非常熟悉。他迴轉身子，跪踞地上仰望著門外的影子。

「愛蜜莉——」

一聲槍響，大帝腰部一陣疼痛。他迅疾站起來，瞄了一眼牆角的獵槍。又是一聲槍響，他的腿部又是一陣疼痛。大帝轉身衝向廚房，踹開後門，縱入菜園，沿著池畔奔向一座胡椒園，穿過胡椒園後，扶著一棵榴槤樹喘氣。一隻野豬正在樹下用蹄角踩開榴槤殼，準備啃吃開殼後的榴槤果。一聲槍響，野豬倒臥血泊中，厲聲愴呼。又是一聲槍響，擊中大帝胸口。大帝攙扶著榴槤樹幹，慢慢倒下，看見趙老大踉蹌靠近。

「老趙，㐀家鏟，你幹什麼？」大帝背靠著榴槤樹坐下，嘴裡噴出一團血霧。

「老朱——是你——」趙老頭嚇得兩手一攤，冒著硝煙的獵槍掉到地上。「我——我以為是野豬呢——老朱，我兩天沒吃鴉片了——」

趙老頭身後陸續出現幾個手持獵槍或帕朗刀的豬芭人。他們打開手電筒，照亮了樹下奄奄一息的朱大帝，看見愛蜜莉和黑狗從樹後走出來。愛蜜莉抽出腰上的長刀，砍下朱大帝的頭顱，解下大帝腰上的正宗刀。她的動作迅疾突然，豬芭人沒有反應過來，她已經拎著大帝的頭顱和長刀，和黑狗遁入茫茫無垠的黑夜。

五

翌年，一九四六年八月的一個黃昏，一艘長舟泊靠豬芭河畔，船艉的搖槳中年人放下船槳，拿起一支入鞘長刀和一袋帆布包袱。船艄婦人抱著一個襁褓中的嬰兒，在男人攙扶下上了棧橋。嬰兒臉色紅潤，呼呼酣睡。二人沿途問路，走向豬芭村十排店鋪，停在半年前關亞鳳籌款買下的扁鼻周的雜貨鋪前。

關亞鳳坐在雜貨店前的長凳上和幾個小孩紮紙風箏。天氣酷熱，亞鳳和小孩渾身流竄著汗叢，走廊上斜暉慘澹，樹蔭花影零落，一顆紅日浮在南中國海上，天穹蜷伏著穠豔的雲彩，在西南風中小貓小狗地逐耍。一輛破爛的三輪車追日似的掠過街道，驚動路旁的麻雀和斑鳩，牠們倉皇地尖聲鳴叫，像爆破後的彈片消失在遍地升騰的燠熱地氣中。傍著雜貨鋪的露天咖啡座擁擠著一群勞動過後的工人，牛飲啤酒和阿華田，聒噪得像蛤蟆。婦人包裹嬰兒的粉紅色碎花布兜被餘暉烘染得像一團火，綑紮布兜的白色繫帶從婦人胸口垂下，一隻憂鬱的蒼蠅繞著它飛旋。

「你是關亞鳳？」搦著長刀的中年男人停在亞鳳身前。

亞鳳正用小帕朗刀剖開一根竹子。他抬頭看了一眼中年男子，點了點頭。

嬰兒從襁褓中伸出一顆小拳頭，哭聲不迭。從襁褓的扭曲和蠶蠕中，嬰兒好像被一個小妖精欺凌著，企圖鵲巢鳩占。婦人禮貌地微笑著，眼神勞碌地在亞鳳和嬰兒身上迂迴駐足。在嬰兒淒涼的哭聲中，男人像老友邂逅，用非常急切但親昵的口吻對著亞鳳喋喋不休。婦人頻頻點頭，附和和印證男人的一字一句，包括他突然吐出的一口憤怒的黃痰，那股憤怒的情緒迅速感染到婦人臉上，讓她的神情顯得猙獰而不自然。婦人五官變化多端，男人表情僵硬。

夫婦在豬芭河上游十英里外務農捕魚，今天薄曉時分，高腳屋外突然出現一個抱著嬰兒的陌生女子和一隻黑狗。女子以三十元為酬勞，請託他們將一個嬰兒和一把長刀交給豬芭村耕雲雜貨店老闆關亞鳳。神祕女子交代完事情後即和黑狗離去。

男人說完後，從嬰兒身上挾出一張對摺的白紙遞給亞鳳。

「請看。」男人臉上終於露出了笑容。

亞鳳接過那張枯皺的白紙後，已從外表看出那是他受傷後愛蜜莉從他身上拿走的勸降單。他打開勸降單，再一次看見在陽光白雲中扠腰昂首、眉頭輕蹙、被油墨複製的天花亂墜的愛蜜莉。他翻到勸降單背面，出現一行歪歪曲曲的漢字：

亞鳳，這是你的孩子。　　愛蜜莉

男子將入鞘長刀——吉野的正宗刀——雙手捧上，同時將帆布包袱放在亞鳳腳下。亞鳳剛接下長刀，婦人即粗暴地將嬰兒塞到他懷裡，讓他不得不放下長刀，慌張而笨拙地摟住嬰兒。夫婦好像卸下了重擔，頭也不回地迅疾離去。

關亞鳳和愛蜜莉的孩子驚動了豬芭村。耕雲雜貨店隔壁的麵館老闆娘在麵館櫃檯後的臥房簷梁掛了一個搖袋，暫時安置了嬰兒。第二天亞鳳租了一艘裝上馬達的長舟，直奔豬芭河上游，見到了那對托嬰的夫婦，但夫婦對愛蜜莉的去向和住處一無所知。亞鳳連續五天駕著長舟溯迴豬芭河上游，沿途打聽愛蜜莉下落。被鬼子敉成平地的朱大帝祕密基地已經長出蓊鬱的灌木叢，鹿湖依舊徜徉著素食或肉食獸，埋葬了鬼子、達雅克人、豬芭大人和小孩的箭毒樹下幽靜如鬼域，孩子和蕭先生、鍾老怪、鱉王秦等人的墳塋盡是荒煙蔓草，難以辨認。

第五天回程時天色已晚，一顆琥珀色的圓月倒映在水波粼粼的豬芭河上，好似斑斕虎紋。亞鳳的長舟回到豬芭村後，看見何芸的弟弟白孩佇立棧橋上，揹著一根吹箭槍、腰掛一筒吹箭和帕朗刀。白孩嚴肅而憂悒，目光和吹箭槍上的刺刀一樣寒氣逼人，在逐漸昏朦的霞色中，他的皮膚顯得比往常蒼白刺眼。硝煙似的色澤從他削瘦的身軀汩汩溢出。
不等亞鳳的長舟攏岸，白孩已向亞鳳走去。
「你在找愛蜜莉？」白孩拄著吹箭槍，看著亞鳳把纜繩繫在纜樁上，口氣一貫的冷漠淡泊。
亞鳳點點頭，跳上棧橋。「很巧，」白孩說。「我三天前見到了她。」
「她在什麼地方？」
「豬芭河最上游，加里曼丹邊境。」
「我明天去找她！」
「別浪費時間了。」白孩蹙了蹙眉頭。在他像達雅克人缺乏表情的臉蛋上，那是一個很激烈的動作。「她手裡拿著朱大帝煙燻過的頭顱，走遍了婆羅洲的長屋尋找小林二郎的頭顱，想用朱大帝的頭顱交換小林二郎的頭顱。」
亞鳳也蹙了一下眉頭，沉默了。
「我忍不住問，」惜口如金的白孩好像不習慣多說話，眉頭蹙得更深了。「為什麼用朱老頭的頭顱交換一個鬼子頭顱？」
亞鳳將視線從白孩臉上挪開，看著渲染著月色的虎紋斑斕的豬芭河水。
「愛蜜莉說，全豬芭村只有你一個人知道。要我問你呢。」

六

亞鳳走向豬芭村買了兩包炒粿條和一包海南雞飯折回高腳屋時，白孩亦步亦趨地跟著他，好像擔心他會隱沒夜色中。他和白孩坐在陽台的長桌上，攤開海南雞飯，將一包炒粿條放在白孩身前，狼吞虎嚥地吃完一包炒粿條。吃完後，泡了一壺紅茶，斟滿兩個鐵杯子，點燃一根洋煙，慢條斯理地抽著。白孩喝了半杯紅茶，凝望著黑魆魆的豬芭村一陣後，才開始吃炒粿條。他五隻纖細剛硬的手指緊緊地夾住兩根竹筷子，吃得緩慢而仔細，半小時後才吃完炒粿條，開始吃那一包亞鳳沒有動過筷的海南雞飯，這一次他吃得快多了，不到兩分鐘就吃了個精光。喝完半杯紅茶後，又斟了一杯，一氣喝完。亞鳳遞了一根煙給他，他謝絕了，再度凝望著黑魆魆的豬芭夜。月亮和星星被烏雲裹住了，豬芭河畔飛舞著螢火蟲，豬芭河水飄蕩著猩紅的鱷眼，數百棟高腳屋的門窗閃爍著煤油燈和煤氣燈的光芒，豬芭街頭自行車的車頭燈忽強忽弱，南中國海上蟄伏著幾艘巨大幽黑的油輪，洶湧的濤聲和豬芭河的潺潺流水交織，整個豬芭村像漂浮澤國上。沉沒的日本戰艦去年出現豬芭街頭後，一批來不及登艦的鬼子水兵入夜後徘徊豬芭碼頭和街衢，等待戰艦再度泊岸。他們插在戰盔上的水草早已枯槁，背囊散發著章魚和水母屍臭，蚌殼掩埋了槍口，下巴上的珊瑚礁長出了各種顏色的珊瑚藻，有的已經鈣化，有的被雨水沖泡過後還在滋長。在「日本語教師養成所」學習過日語的豬芭鴉片佬，興許沒有食飽鴉片吧，曾經和這批鬼子有過短暫交談，甚至叫得出鬼子的名字。飛天人頭從莽叢飛出，穿梭豬芭街頭，見鬼子即凌空撲下，在豬芭大人和小孩目擊下吸食著鬼子血液，啃嚼著鬼子內臟，撕裂了鬼子生殖器。豬芭人凝視著牠們像夜梟又像人類的五官，既陌生又似曾相識。

亞鳳在陽台上抽了五根洋煙後，看見一個鬼子水兵站在陽台下，用滴漏著鹽沙的五指搔著下巴的珊瑚藻。亞鳳向他扔出一根點燃的洋煙，他接住了，叼在嘴裡用力地吸了一口。

「白孩。」他想叫白孩的名字，但對他的名字毫無印象。「你食鴉片嗎？」

白孩搖搖頭。

亞鳳走到屋內吸了一塊鴉片膏，躺在陽台的竹躺椅上，十分鐘後呼呼睡去。半夜醒來，白孩已離去。第二天一早準備到豬芭村購買食物用品、溯迴豬芭河尋找愛蜜莉，剛要出門，赫然看見雜貨鋪隔壁代他照顧嬰兒的麵攤老闆娘推開了籬笆門。

「孩子不見了！」

老闆娘一早醒來，簷梁下的搖袋空蕩蕩，撬開的門閂留下了入侵的痕跡。嬰兒的失蹤和嬰兒的出現一樣驚擾了豬芭村，豬芭人傾巢而出，翻天覆地搜尋了一天無果。入夜後，白孩擎著吹箭槍出現在亞鳳高腳屋陽台外。他一出現，亞鳳心裡就有數。「白孩。」亞鳳坐在陽台的長桌旁抽著煙，看著白孩無聲無息地上了陽台，坐在對面的木椅上。「你把孩子怎麼了？」

「孩子沒事。」白孩將吹箭槍和腰上的帕朗刀卸下放在陽台上，聲音輕柔而濕寒，他猙獰的肋骨和鎖骨散發著藍色的光芒，像圍籬上一群瑩亮的蕈菇。「告訴我發生了什麼事吧。」

村人白天尋找嬰兒時，兩家養豬戶發生爭吵，他們報復性地搗毀對方的豬圈，讓三百多頭大豬滿街遊竄。豬芭人圈養的豬隻多是捕獲的長鬚豬，野性猶存，一旦出欄，有如縱虎入山。三百多頭野豬對農田和畜棚造成了巨大破壞，豬芭人不得不揣出獵槍和帕朗刀，赴死前的豬嚎引起豬群更癲狂的反抗和瘋性，入夜後人豬仍在鏖戰。那天晚上天穹清澈無雲，裸露的圓盤狀月亮顯得有點羞澀，照亮得豬芭村如同白晝。經過一個白天糾纏，豬芭人失去耐性，見豬即扣扳機，被霰彈射傷的豬芭人比被獠牙戳傷的豬芭人多，豬芭人早已忘記亞鳳兒子失了蹤，對著陽台上的亞鳳和白孩呼嚷：亞鳳，白孩，豬芭村快要被老楊和老張的豬鏟平了！亞鳳回到客廳吸了一膏鴉片，泡了一大壺咖啡放在陽台的長桌上，抽著洋煙，喝著咖啡，間或瞟白孩一眼。孩子的彈弓對著豬隻射出無數石彈，大部分失準，打中了畜棚和高腳屋，有的莫名其妙落在鋅鐵皮屋頂上。一隻懷孕的母豬登上亞鳳高腳屋陽台，對著羊水飽滿似胎盤的月亮嚄嚄叫囂，晃著磨擦到地板的八個縱向排列的奶頭鑽到長桌下，像一隻被主人恩寵的家犬，嗅著亞鳳和白孩的腳趾，像一個尋求庇護的敗將。亞鳳看見昨天向他討煙的鬼子水兵再度出現陽台外，背囊滲出了血水，下巴的珊瑚藻掛著斑爛的小丑魚屍體。亞鳳把一支點燃的洋煙扔向鬼子，鬼子接過了，用力吸了一口，吐出一團骨骼淋漓長滿發光器的深海鮟鱇煙霧。竄逃的豬群和攜槍帶刀的豬芭人掠過陽台外，鬼子像浮游生物飄然離去。一個脖子下懸垂著內臟的飛天人頭朝鬼子飛去，她的五官明豔動人，姿態風華絕代，像惠晴，像牛油媽，又像何芸。

豬群被屠殺和擒拿得差不多了，豬芭人開始圍捕更多失散的雞鴨鵝羊，爭奪和糾紛不斷。長桌下的母豬嗯嗯哼哼地呻吟著，不知道受了什麼重傷。一朵黯紅的雲彩網住了圓盤狀的害羞的月亮，大地暗下來了，豬芭人的手電筒和煤氣燈光譜肥了一圈，西南風狂飆，像古代中國新郎掀開新娘的紅布帕，吹散了黯紅的雲彩，大地又亮了，手電筒和煤氣燈的光譜又瘦了一圈。狗和夜梟的叫聲逐漸取代了豬群和雞鴨鵝羊的叫聲，豬芭村的寧靜和安詳復活了，受傷的和淌血的夜晚也緩慢地康復著。

亞鳳已抽完一包洋煙，他和白孩已喝完一壺咖啡。亞鳳回到廚房又泡了一壺咖啡。

「白孩。」天氣酷熱，亞鳳額頭星布汗水，飽滿地折射著月色的孕吐。「你想知道什麼？」

白孩把視線從豬芭河收回，凝視亞鳳不語。亞鳳覺得自己問了一個愚蠢的問題。

亞鳳努力回憶著八個多月前的清晨，愛蜜莉從欖仁樹下揹著受了重傷的亞鳳走回豬芭村時，途中愛蜜莉的絮絮不休。鮮血從他腹部不停地淌下，殷紅了他的下半身和愛蜜莉的下半身。山崎的快刀造成的傷勢比起野豬和大蜥蜴造成的傷勢有天壤之別，愛蜜莉從亞鳳逐漸冰冷的身軀和痛苦呻吟感覺到這一點，她步伐迅疾，途中只休憩了一次，黑狗自始至終不鳴一聲地跟在後面，全身散發微弱的綠光，好似鬼磷。亞鳳巨大的呼吸聲和呻吟幾乎淹沒了她的話語，也數次打斷她的自白。她一邊說著話，一邊不忘替亞鳳打氣。亞鳳，撐著，豬芭村快到了。亞鳳，你醒著吧？聽見我了嗎？聽見就嗯一聲，掐我一下。亞鳳，別睡著了，你睡著了，就醒不來了，永遠醒不來了。她甚至感受到了亞鳳滴在她肩膀上的淚水，當她把一切告知亞鳳後。即使在一次短暫的休憩中，她仍然馱著亞鳳。亞鳳的血液熨熱了她的背部，它們沿著她的脊溝流下，落入她的股溝，和她的膣孔分泌物攪和成奇異而不太聖潔的愛情流質。亞鳳雖然陷入半昏迷，但仍清晰地呼吸著愛蜜莉的雞屎味和混雜著自己、野豬和愛蜜莉的尿騷味。他的尿液是在山崎劃向腹部時泚出來的，如果不是勾襠的短褲擋著，一定泚到山崎臉上。他的兩腳夾緊了愛蜜莉的腰部，兩手摟緊她的脖子，下巴勾住了她的肩膀，腹部傳來的激烈疼痛讓他咬緊牙根。愛蜜莉數度停下腳步，確認他還清醒著，她回頭呼喚他時，唇齒間瀰漫著「洗髮果」的甜美汁液。他的傷口似乎因為貼在愛蜜莉背上而減緩了血液的溢流速度，想到這一點，他的四肢夾得更緊了。愛蜜莉，妳累了吧？累了放我下來，我撐得住的，離豬芭村還有一段路。愛蜜莉，我醒著，我死不了的，放我下來，妳休息一下。愛蜜莉……他囁嚅了半天，吐出了一批毫無意義的嗯嗯哼哼。漸漸地，他的嗯嗯哼哼也虛弱了，抵達豬芭村之前，他的嗯哼只是回應愛蜜莉的疑惑，讓她知道自己仍清醒著。愛蜜莉吐出的一字一句，像耳語又像夢囈，像山谷的回音又像烈風的呼嘯，像大番鵲的布雛之音又像蒼鷹的索命叫嗥，像大海的驚濤又像小河的涓涓細流，像嬰兒的啜泣，像鬼語啾啾，像一群豨突的野豬，像一隊掠食的小螞蟻嚙斷了又接駁了亞鳳被罌粟鹼和嗎啡淹滂的腦神經。豬芭村「籌賑祖國難民委員會」名單是愛蜜莉洩露給憲兵隊的，孩子匿藏馬婆婆家中、朱大帝在豬芭河上游的祕密基地、白孩一家人的避難地點、扁鼻周和鱉王秦在愛蜜莉家中度過一夜、朱大帝和孩子在箭毒樹下的行跡，也是她向山崎和吉野密告的。那天晚上，她和黑狗潛伏箭毒樹外，聽見了朱大帝殺害小林二郎的過程。她和黑狗帶著山崎、吉野等人伏擊朱大帝等人，剿殺落單的鍾老怪和兩個伐木工後，遇見白孩和伊班人，激戰後，她和山崎逃散。她是小林二郎和南洋姐花畑奈美的女兒。二十二年前，小林二郎花了巨款替花畑奈美贖身，遷居內陸生下愛蜜莉，花畑奈美死於霍亂，小林將愛蜜莉交由內陸傳教的鄒神父扶養，回到豬芭村販賣雜貨。盧溝橋事變後，豬芭人對東瀛人的歧視，讓騎自行車也擔心輾到螻蟻的鄒神父隱瞞著愛蜜莉的身世。鬼子入村後，潛伏豬芭村的針灸專家龜田、牙醫渡邊、攝影家鈴木、攤販大信田和小林二郎相繼離去，愛蜜莉是唯一留下的情資人員，而父親小林二郎的離奇死亡，更激化和深邃了她的意志。

亞鳳說完後才有勇氣看了一眼白孩。白孩腦大下巴小的瓮型臉微微地垂著，像一朵即將凋萎的蘑菇。他張開嘴巴吐了一口氣，舌頭星布著白色舌苔。他黑色的眼眸漫溢著一層淚光，跳躍著光澤斑斕的微細的浮游生物。他一向凌亂油膩的黑髮被推髮剪鏟平了，耳殼顯得很肥大。母豬繼續在長桌下嗯嗯哼哼呻吟，一個肉嘟嘟而潮濕的東西磨擦著亞鳳腳掌。亞鳳低頭看了一眼桌子下。桌子下罩了一片長方形的月蔭，閃爍著像壁虎垂直型眼眸的朦朧光澤，好像一個紮了鐵籬笆的畜籠。母豬屁股朝著他的腳板，正在痛苦而緩慢地臨盆，三隻血肉模糊的小豬散亂桌子下。亞鳳將視線挪回桌上時，看見白孩右手顫動了一下。白孩眼角下淌著兩行淚光，洩露了他的撫淚之舉。

白孩眼瞼瞇闔了三秒鐘，睜開眼睛後，徐徐而平靜地說：「你知道愛蜜莉的身分快一年了……」

白孩慢慢站了起來，將吹箭槍扛在肩上。

「我們全家人在內陸避難時，姊姊一直掛念著你。」

白孩走下陽台，走向豬芭河上游，消遁月色中。

第二天一早，白孩將亞鳳孩子歸還了麵攤老闆娘。

多事的薄暮時分又逼近了。那天是週末，亞鳳提早一小時歇業，探望了在搖袋中熟睡的孩子後，回到老家漱洗用餐又抽完一塊鴉片膏，坐在陽台上吸著洋煙。他已經把食物用品準備妥當，打算明天一早航向上游。一根洋煙抽了一半，突然覺得大腿和背部一陣刺痛。他看見右腿插著一支細箭，反手往背上抓，捻住一支大小相同的細箭。他慢慢地站直了，但很快又曲彎著膝蓋跪下，仆臥陽台上。他眼皮沉重，意識模糊，朦朧看見白孩握著吹箭槍走上陽台階梯。

「看在姊姊分上。」白孩依舊蹙著眉頭，嚴肅而憂愁。「饒你一命。」

亞鳳全身癱軟，四肢無力。

「箭上的毒不會致命，你死不了的。」白孩抽出腰上的帕朗刀，剁去了亞鳳雙臂。亞鳳發出像小貓溺水的哭嚎。「我已經通知了醫院。」

白孩將帕朗刀入鞘，走入屋內拿走掛在牆上的正宗刀。「我去找愛蜜莉了。」

白孩扛著閃爍著刺刀光芒的吹箭槍走下階梯，揑著鐵製蟋蟀，的的噠噠，的的噠噠，像幽靈消遁夜色濃鬱的豬芭河畔。

亞鳳的哭嚎停止了，身體像一塊急流中的浮木抽搐著。他看見馬婆婆揹著大鐮刀走在豬芭河畔，身後跟隨著一群戴著妖怪面具和手拿發條玩具的男男女女的豬芭小孩；小林二郎扛著吊掛十八種雜貨的竹竿，吹奏著複音口琴，孤獨地消遁莽叢中。失去聽力前，他聽見莽叢的喧譁激辯，像一群妖怪的囁嚅咆哮；失去視覺前，他看見常青喬木的樹冠徹底遮掩了惡月之華，像天狗食月。

尋找愛蜜莉

一

愛蜜莉蹲踞床頭，凝睇著窗外的黝黯，等待破曉。一線天光棲泊老邁的莽叢樹梢時，她迅疾下床，卸下門閂，趿住夾腳拖，蹦跳到屋外，好像要告訴全村，那一線純淨如嬰兒血脈的天光是她喚醒的。她哼著一首歌頌天父的聖歌，坐在豬芭河畔一艘舢舨船艄上，看著一潭流霞從天穹傾倒下來。她噘著嘴唇，吹奏出各種鳥類的鳴囀，爾後，四野八方的鳥音逐漸繁湊，好像鳥類聽到她的呼喚後，全都驚醒過來了。鄒神父告訴過她各種鳥禽的名字，然而人類給鳥類取名字是愚笨的，她不屑記住，但她記得每一種鳥類的獨特叫聲。鳥類的鳴音就是牠們的乳名、本名、學名、藝名、別號、綽號、謚號。

kee-kee-kee-kee-kee

yeep-yip-yip-yip-yip

chit-chit-chit-tee

croo-wuck, croo-wuck, croo-wuck

boob-boob-boob-boob-boob

村子升起煙爨了，清奇的鳥囀夾雜著村囂。

愛蜜莉看見鄒神父穿著神父袍走出木板屋，蝸步龜移、揩眼捫鬚，走向三十碼外的天主教堂。教堂是十多年前一個著名英國博物學家的工作室，外貌如一般民宅，屋頂豎了一支大得不成比例的十字架。博物學家僱了二十多名腳伕、苦力和嚮導，白天獵殺紅毛猩猩、長臂猿、蜜熊、吠鹿和雲豹，晚上在屋子裡點燃煤氣燈醃製標本。告解室是博物學家的寢室，長方形的講道台是博物學家解剖禽獸的手術台，前者尿屎味衝鼻，後者瀰漫血腥味。

村人和兩座長屋的達雅克人四野八方走向教堂，像露珠聚焦荷葉的腹地。

鄒神父兩腳踏在教堂大門門檻上，一手扶著門框，扯開嗓子：

「愛——蜜——莉！愛——蜜——莉！」

兩個達雅克少年和烏亞瑪走出教堂，跟著鄒神父喊：

「愛——蜜——莉！愛——蜜——莉！」

愛蜜莉跳下舢舨，沿豬芭河畔走入莽叢。她不喜歡晨禱。她穿過熟悉的夾脊小徑，繞過一簇又一簇矮木叢，停在一棵古老高大的木奶果前。木奶果巖石般的枝幹「老樹開花」，結滿一串串毛毬似的粉紅色小花，纍著紫紅色像葡萄的果實。愛蜜莉撿起枯枝，打下幾顆果實，囫圇吞下，殷紅了嘴唇和十指。她奔馳了百多步，停在一棵婆羅洲樟木下，仰望樹梢，直到一顆種子飛旋著葉片像直升機螺旋槳墜到腳下。

click-hrooo, click-hrooo, click-hrooo

一隻美麗的綠色野鳩尾隨著她，叫聲悠長，深耕在每個叢林角落，宛若充滿母性關懷的牛哞。最後，她有點乏了，躺在一棵箭毒樹板根上，打算躺到烏亞瑪「逮」到她。箭毒樹分杈的樹幹長出兩個雄偉蓊鬱的樹冠，在天光薰染下像兩座綠潭，飄浮著黃花和紫果，倒映著躺在板根上的愛蜜莉。愛蜜莉感覺身上長出一簇簇花果枝葉，被橫亙在高空上。她闔上雙眼，呼吸著充滿花香草息的空氣，聆聽鳥鳴風聲。她看見箭毒樹四周一片荒蕪磽确，堆積如山的人獸骨骸淹沒了板根，一隻大鳥飛過樹篷時抽搐著墜落樹下，墨綠色的樹汁滴在她的手腕上引發一股腐蝕骨肉的火焰。

愛蜜莉喊了一聲，從板根一躍而起，站在兩塊巨大板根的凹槽間。箭毒樹的兩座樹冠孤立空中，但似乎被太陽曬乾了，不再像綠潭，像兩片荒蕪的草原。太陽好像吞吃了地球，脹得無邊無際，光芒消化著高山大澤。愛蜜莉環視四野，上下凝睇著箭毒樹的陌生臉孔。村莊附近有十多棵箭毒樹，殘留達雅克人割樹取汁的刻槽。這棵箭毒樹沒有刻槽，烏亞瑪也沒有「逮」到她，這表示她可能第一次看見這棵箭毒樹，也可能迷路了。

她繞著箭毒樹走了三圈，從西南風、太陽、豬芭河的水聲、季節性的野果飄香，尋找自己叢林中的定位。她從身上抽出烏亞瑪送她的小刀，在箭毒樹上刻了一個小小的十字槽，分辨著魚狗和水鳥的鳴聲，往河流的方向走去。

二

鄒神父用了很多詭計阻撓她冶遊，其中之一就是灌輸她叢林的凶險醜陋。神父不厭其煩描述的蟒蛇、鱷魚、大蜥蜴、馬來熊、雲豹、野豬、螞蟥和毒蟲，並不令她驚悚畏懼，但鮮少對別人提起的箭毒樹和泥潭的傳說，卻對她的冶遊興致形成了不可抑制的燎原效果。

圍繞村子四周的十多棵箭毒樹啊，神父以傳教士囂浮的、潛伏著激流暗潮的語氣說，每隔一段時日，可能一年半載，可能三到五年，可能十到二十年，端看氣候、氛圍和流年運勢，箭毒樹就會溢散出毒霧瘴氣，惡臭嗆鼻，方圓三百碼內草木枯萎，河流乾涸，飛禽走獸暴斃，滴落的樹汁可以讓獠牙暴突的雄豬狂奔數十英里氣竭死亡，根荄下冒出人獸屍骸，一隻頭上長了叉角、叫聲如母雞、綠眼龍鬚的巨蟒盤踞骨塚，吐信如磷火，絞食被驅逐到箭毒樹下、違反戒律或犯了死罪的達雅克人。

在喜濕耐澇、矮小的喬木和灌木叢中，散布著大小不一的泥潭，有的密布苔蘚、苔草、蘆葦、豬籠草，有的寸草不生，覆蓋著厚實的落葉和枯枝，泥潭底層蟄伏著一隻泥怪，等著吞吃陷入泥潭的人獸。如果等無獵物，神父以傳教士囂浮的、潛伏著激流暗潮的語氣說，泥怪就會披著濕臭腥腐的泥壤，像一隻巨大的蛤蟆從泥潭躍出，四處獵食呢。

愛蜜莉六歲聽了箭毒樹和泥潭傳說後，浪跡叢林四年，尋找叫聲如母雞的巨蟒和像蛤蟆的泥怪。她站在箭毒樹板根上頻頻吸氣，舔舐樹身流出的汁液，咀嚼伸手可及的葉子和嫩枝，甚至用隨身攜帶的小刀挖掘根荄。她彳亍叢林，突然感覺前方地表微微顫動時，就會撿幾塊石頭扔出去，或用一根枯枝戳打地表，刺探虛實。她沒有見過溢散毒氣的箭毒樹，也沒有遭遇腐爛的泥怪，直到十歲那年。

雨季初歇的二月早晨，長屋裡一隻放養的長鬚豬咬傷兩個達雅克小孩、用獠牙幾乎戳死一個老婦後，魔怔嚎叫，消遁莽林。愛蜜莉坐在長舟上，看著幾個男子扛著獵槍和帕朗刀搜尋發狂之豬，一群婦女小孩進入教堂晨禱，她在鄒神父呼喚她之前，在烏亞瑪「逮」到她之前下了長舟奔向叢林。鳥囀清靈，巨樹囁嚅，濤聲盈耳，滿潮的豬芭河河水像從天穹瀉下。她傍著一棵野榴槤樹小憩，醒來時日頭高掛，一隻獠牙暴突、鬚毛賁張的長鬚豬佇立五碼外，像一隻戰不旋踵的鬥雞。她馬上認出來了，正是被追殺的著魔之豬。

她立即站起來，兩手各抄著一片榴槤殼扔出去。第一片打中豬蹄，第二片打中額楣上高聳的肉瘤。雄豬嚄嚄叫了兩聲，一個轉身，縱入莽林。她不疾不徐追蹤著雄豬。雄豬有傷，奔跑緩慢，帶著一點慵懶，在慵懶的隙縫裡，又有一點狡黠。雄豬曲蜷的小尾巴在奔跑中像從樹梢墜落的無花果種籽飛旋著直升機螺旋槳似的葉片，屁股淩空撅起，後蹄不著地，頗不真實。雄豬頻頻回眸瞟她，每瞟一眼後煞蹄不動，巨大的身軀橫亙夾脊小徑中，嚄嚄叫囂，測試著愛蜜莉的膽量。愛蜜莉和雄豬保持著十碼距離，但雄豬不斷的煞蹄讓愛蜜莉幾乎可以伸手觸及飛旋的小尾巴。愛蜜莉害怕，猶豫著步伐，回復到十碼距離。雄豬更頻繁地煞蹄回顧，兩人的距離又縮短了，像在玩一種追逐的遊戲。愛蜜莉被雄豬親切狎暱的眼神和嘎嘎呼喚的嚴父之聲迷惑，幾欲伸手拍拍豬屁股，說：乖，回家吧。洇染著鮮血的獠牙讓愛蜜莉一次又一次放鬆了腳勁。

叢林黝黯，陽光在小樹雜草散亂的野地撒下幾萬隻眼睛，貶亮愛蜜莉和雄豬的路徑，一種陌生的鳥囀讓愛蜜莉覺得進入了異域。她抬頭望天，樹篷一成不變，但縱橫的枝椏遙不可及像架在天穹上，而縹緲的煙靄壓得很低，鑽入了被汗水打濕的頭皮，頭髮好像被熱氣蒸發了，步伐十分虛浮。

左側出現一大叢茂密的桃金孃，盤桓著一株豬籠草，吊掛著十多支炭紅色的捕蟲瓶，分杈的枝椏是達雅克小孩製作彈弓的最佳材料。右側滋蔓著一簇低矮陰鬱的山豬枷，竄出一隻墨綠色大蜥蜴。桃金孃和山豬枷環著一大片寸草不生的黑土，散布著落葉、枯枝、草屑和蘚苔。雄豬踏入黑土時，飛旋的尾巴消失了，不著地的後蹄也消失了，下半身突然淹沒黑土中。

愛蜜莉在黑土前煞住腳步。雄豬驚恐持續的尖叫喚醒了幽靜的叢林，天穹一瞬間遊竄著野鳥和蝙蝠，野地貶閃的小眼睛熄滅了。

黑土蕩漾如池水。雄豬的激烈掙扎讓前蹄也迅疾陷入黑土中，撕肝裂膽的嚎聲模糊了五官，巨大的豬腦袋好像揉成了一團毛毬。雄豬消失泥潭的速度忽快忽慢，好像蟒蛇食猴。被鮮血染紅的兩支獠牙矗立黑土上，像兩股跳躍著死亡舞蹈的火焰，最後也悉數熄滅。

愛蜜莉號啕大哭。

目睹泥怪吞吃雄豬後，愛蜜莉生了一場大病。達雅克人找了一個人瑞巫醫和兩個年輕巫師，連續施法祛魔十天，愛蜜莉骷白的臉龐終於恢復了血色。

她夢見自己用雙手攫住雄豬前蹄，用盡全身力氣拯救泥潭中的雄豬。雄豬用火焰似的獠牙勾住她的手腕，將她拖入了泥潭中。

她不敢說出雄豬的遭遇。她覺得自己害死了著魔之豬。

病癒後，好朋友烏亞瑪送了她一份禮物：一隻全身墨黑的兩歲婆羅洲獵犬。鄒神父為這隻土狗取名保羅，希望天主像治癒使徒保羅的盲疾一樣，開啟叢林中迷途的愛蜜莉視野。

三

達雅克美少女烏亞瑪比愛蜜莉大三歲，濃眉會動的，像兩隻曲曲扭扭的小鮎魚。眼眸黑白顯著，唇齒也是紅白分明，髮長齊腰，經年累月戴著翻簷的藤帽，脖子上掛一條琉璃珠項鍊，腰掛入鞘的檜木刀柄帕朗刀，手臂和手腕套著十多只金黃色的藤環。十五歲時，她帶著一群婆羅洲獵犬擊殺一隻大野豬，琉璃珠項鍊加掛了兩顆野豬獠牙，刀柄頭上也豎著一蓬野豬鬃毛。愛蜜莉目睹泥怪吞吃雄豬後在叢林裡失蹤了一天，烏亞瑪帶著兩隻獵犬，在一棵刻著十字槽的箭毒樹板根上找到了昏睡中的愛蜜莉。病癒一個月後，愛蜜莉終於對烏亞瑪說出了泥潭遭遇。

「傻子啊。」烏亞瑪發出爽朗的笑聲，像一群翠鳥的集體歡呼。「泥潭，就是叢林裡的沼澤，像沙漠流沙。哪有什麼泥怪？也沒有長角的蟒蛇。神父嚇唬妳的。」

愛蜜莉用崇敬的眼神看著烏亞瑪。從小她就用這種眼神仰望比她高一個頭的烏亞瑪。

「迷路的小愛蜜莉！」烏亞瑪兩手托著愛蜜莉臉頰。她告誡愛蜜莉時，臉上綻放著真誠和稚氣的花卉。「也許有吧。先祖說，泥怪和長角的蟒蛇只吃壞人。那隻豬弄傷了兩個小孩，差點殺了每天餵食牠的絲尼雅。愛蜜莉，妳還記得泥潭在哪裡嗎？」

愛蜜莉歪著小腦袋，看著烏亞瑪美麗高雅的臉龐。烏亞瑪的臉龐鮮紅燦爛像太陽，嘴唇像木奶果紫紅飽滿的果實，臉頰像豬籠草瓶剔透晶潤，風起時茂密的長髮遮蔽了遼闊的天穹，天籟般的聲音更像鳥囀，她的整體形象，囊括了愛蜜莉對鳥的想像：水鳥的羞澀、杜鵑的美豔、夜鷺的神祕、老鷹的雄姿英發。愛蜜莉撒了一個小謊。「不記得了，烏亞瑪，我不記得了。」

烏亞瑪蹲下身子，親吻了一下愛蜜莉的額頭。「好妹妹，哪一天妳記起來了，再告訴我好了。」

愛蜜莉夢見自己站在泥潭旁，煙霾像展翅大鳥盤紆泥潭上，山豬枷和桃金孃棲息著喧譁的鶴鷺鴨雁，樹蔭下簇擁著蜘蛛、水鼩、鼯鼠、麂和大蛇。散亂著墨綠色挺水植物的泥潭噗噗隆隆冒著水泡，狀如蟾蜍的大泥怪從泥潭躍出，衝散了泥潭上的煙霾，張嘴吐出惡臭的泥巴，捕食四處逃竄的鳥禽，突然撲向愛蜜莉。愛蜜莉拔腿奔逃，經過一棵又一棵像城牆的婆羅洲鐵木、戍守著蟒蛇的箭毒樹，一口氣奔回傍著教堂的小木屋，瑟縮床上聽著屋外的泥怪嗯嗯啌啌嚎叫。許多個有月或無月、落雨或無雨、乾旱或潮濕、寂靜或喧譁的夜晚，泥怪的嚎叫讓她無法入眠。

六個月後，泥潭的嚎叫沉寂了，她再度鼓起勇氣回到泥潭。泥潭四周的山豬枷和桃金孃茂盛蓊鬱，豬籠草捕蟲瓶肥碩，墨黑的土壤依舊寸草不生，布滿了落葉、枯枝、草屑和蘚苔，枯枝上佇立著一隻孤獨的翠鳥，祥和寧靜，像教堂裡的聖壇。

愛蜜莉頻繁造訪泥潭已是三年後。

一個雷雨過後、水鳥喧囂的下午，十三歲的愛蜜莉帶著五歲的保羅漫步河畔，一位達雅克青年從上游駕長舟像箭矢泊靠河岸，吹起一聲漂亮清脆的吆哨。他上身赤裸，肌肉扎實，掛野豬獠牙串成的項鍊，圍一條在屁股後面綰一個大結像雄雞尾羽的棉布腰巾，腰掛入鞘的帕朗刀，長髮飄逸，赤褐色的皮膚像沒有黑斑的虎皮。他兩手扠腰，兩腳踩著船艄，濃眉微蹙，嘴角下有一塊肉凸凸的像花萼的笑靨。他沉穩地站在窄狹的長舟上，使長舟泊靠後水波不興，像一片落葉。

烏亞瑪從長屋走廊飛奔而出，躍上長舟，青年划動長槳，溯流而上。烏亞瑪朝愛蜜莉揮揮手，甜美的笑容刺痛了愛蜜莉。專心划槳的青年看了一眼愛蜜莉，好像她是棲息根荄上的其中一隻蒼鷺。長舟消失了，愛蜜莉心田泛起的浪紋綿綿不息。兩天後青年再度出現，彳亍岸上的烏亞瑪躍上長舟，青年操著長槳航向上游。愛蜜莉站在一棵龍腦香科大樹後，熱烈的鳥囀終止了，她只聽見青年和烏亞瑪的笑聲。她看見青年放下船槳，彎腰摟住烏亞瑪，俊美又剽悍的五官貼在烏亞瑪臉龐上，鳥囀再度尖銳地搔刮著她的耳蝸，她分不清水鳥、隼鷹、翠鳥、啄木鳥和犀鳥了。

第二天長舟突然向龍腦香科樹後的愛蜜莉直奔過來。

「愛蜜莉！」烏亞瑪躍上河畔的巨型根荄，牽住愛蜜莉的手。「跟我們去上游玩吧！」

她和黑狗坐船艄，烏亞瑪和裘德坐船艉，在一片歡欣囂鬧的鳥聲中，長舟緩緩駛向上游。裘德，烏亞瑪伏擊野豬渡河時認識的十八歲達雅克青年，像一個凱旋而歸的勇士坐在烏亞瑪後面，肌腱虬曲的雙手間或划槳，間或搭在烏亞瑪肩膀上；烏黑的長髮像英雄的披風飄揚河面；串著數十顆野豬獠牙的項鍊誇耀著獵人的豐勳；高亢激越的歌聲像小刀剜著愛蜜莉像箭毒樹一樣孤寂鬱傲的胸膛，流溢出可以燒烤成毒液的嫉妒的鮮血。愛蜜莉不欲回顧卻又忍不住頻頻回顧，想從裘德眼神裡尋找一絲對自己的關懷和憐憫，但裘德眼眸裡只有烏亞瑪，愛蜜莉只是礙眼的煙霾。她忘了那天發生了什麼事、去了什麼地方，只記得裘德將烏亞瑪和她送回長屋時，她像被黑狗導遊、被鳥囀牽引的孤魂，漫遊叢林，直至黑夜。

七天後，她划著舢舨尾隨長舟。從長舟傳來的囂浮的歡笑和槳聲、被激流暗礁壯大的潮騷驅散了兩岸的鳥囀猿啼、氾濫了她眼眶裡的淚花。泊岸後，她讓黑狗隱密地牽引著，烏亞瑪和裘德的發情味道讓黑狗很快找到了他們。在幽黯潮濕的濃蔭中，在刺耳歡騰的鳥囀中，在婆羅洲鐵木的庇護下，烏亞瑪纏滿藤環的手臂陷入了裘德的虎色皮膚，兩具赤裸的肉身在巨大的板根凹槽中像兩隻猛虎翻滾咆哮。

她繼續漫步叢林，但已失去冶遊興致，像一隻沒有手足的孤魂，任由黑狗導遊、鳥囀牽引著。她周旋十多棵箭毒樹下，仰望箭毒樹樹梢，妄想兩朵叉散的樹冠滴下蝕肉腐骨的汁液；她坐在板根上，等待長角的蟒蛇吞吃、如山的骸骨掩埋自己；她躺在板根的凹槽裡，讓使人發狂譫妄的毒氣浸襲她的肉身。她痴望著冒著水泡和蒸發著沼氣的泥潭，對著泥潭投下巨大的石塊，等待憤怒飢餓的泥怪出潭覓食。她差點連自己也投下去了。天黑後，她躺在床上聽著屋外泥怪污濁的呼叫和蟒蛇像母雞的尖啼。

一個多月後，她對容光煥發的烏亞瑪說：「烏亞瑪，我想起泥潭在哪裡了。」

「哦，泥潭，那個吞吃了大豬的泥潭？」

「是啊，」愛蜜莉說。「烏亞瑪，我帶妳去。我只帶妳一個人去。」

那是一個吵雜熱鬧的清晨，有一百種野鳥歡唱。晨禱後，愛蜜莉帶著烏亞瑪進入叢林，迂迴漫遊三個多小時後，看見了泥潭上像大鳥展翅的煙霾、掩偃著桃金孃和山豬枷的陰鬱的沼氣。在十多種水鳥和蛙類的叫聲中，夾雜著一隻長臂猿遙傳自千山萬嶺的幽泣。

愛蜜莉閉上眼睛也知道那一片厚葬著落葉、枯枝和苔蘚的寸草不生的黑土的距離。

她停下腳步，蹙著眉頭。

「迷路的小愛蜜莉。」烏亞瑪摸了摸愛蜜莉被汗水打濕的頭髮。「妳又迷路了嗎？」

「沒有，我沒有迷路。」愛蜜莉抬頭仰望烏亞瑪，用她一貫崇敬的眼神。「泥潭不遠了。我有點怕。我怕泥怪會跳出來呢。」

「傻瓜！」烏亞瑪甜美的笑容讓愛蜜莉想起了裘德。愛蜜莉腦海撲跳著一隻被嫉妒的血池滋肥的泥怪。「我走在前面好了。泥潭到了，妳要告訴我哦。」

烏亞瑪踩著落葉枯枝小樹，嚄嚄喳喳，像那頭受傷的雄豬向泥潭走去。陽光透過樹篷灑下的幾萬隻小眼睛，突然都將散漫的目光集中在烏亞瑪身上。叢林黝黯，只有烏亞瑪走過的路徑和即將走去的路徑簇著一道爛漫的光環，好像許多發亮的杈椏一路架著烏亞瑪走向泥潭。泥潭上大鵬展翅的煙靄盤桓烏亞瑪頭上，她的頭髮也像煙靄向泥潭凌空飛去。桃金孃被數千株豬籠草遮蔽著，炭紅色的捕蟲瓶咀嚼著青蛙的腿和蜥蜴的頭。低矮的山豬枷佇立著一隻塚雉，發出像貓的叫聲。寸草不生的黑土沒有水泡也沒有沼氣，只有落葉枯枝苔蘚，但烏亞瑪雙腳陷入泥潭時，沼氣像毒蕈吐孢噗噗冒了出來，枯葉和木屑紛飛，大鵬展翅的煙靄斷了翅。

烏亞瑪的尖叫聲讓愛蜜莉心驚膽裂，她在泥潭前煞步後，退了兩步。

烏亞瑪的雙腿、臀部和腰部迅疾消失了，像一個只有上半身的殘疾之士漂浮黑土上。

「愛蜜莉！」烏亞瑪恐慌地呼叫著。「愛蜜莉！」

愛蜜莉又後退兩步。

烏亞瑪停止掙扎了，但上半身依舊慢慢地陷下去。她努力回頭瞟著愛蜜莉。「愛蜜莉！」

愛蜜莉想起雄豬回頭時親切狎昵的眼神和嚄嚄呼喚的嚴父之聲。她轉過身子，頭也不回地快速奔跑。

「愛蜜莉！——愛蜜莉！——愛蜜莉！——」

紛雜喧譁的鳥囀掩蓋了烏亞瑪的呼叫。

愛蜜莉奔跑著，繞過一棵又一棵箭毒樹、婆羅洲鐵木、木奶果，穿過數不盡的夾脊小徑和矮木叢，被一座又一座水窪和草坑絆倒，被無數的藤蔓和羊齒植物割傷，但她依舊奔跑。

烏亞瑪的呼叫早已消失了，但每一種鳥類都以自己獨特的嗓音和頻率呼叫著愛蜜莉。

chir-rup, chir-rup, chir-rup

chitter-chitter-chitter

kok-kok-oo

tay-tay-tay-tay-tay

chee-e-e-e-e-e-e

pi-li-li-li-li-li-li-li

ho-ho-ho-ho-ho-ho

紐曼華語文學獎得獎感言

（張貴興發表於頒獎典禮，二〇二三年三月三日，奧克拉荷馬大學Fred Jones美術館）

這是我第二次到美國。上一次去波士頓是在四月，波士頓機場飄著細雪，頗冷。想起波士頓，我就想起兩樣東西，一個是查爾斯河（Charles River）上的野雁，一個是鱷魚，因為哈佛大學東亞語言與文明系的王德威先生請我吃了一盤鱷魚肉。

說也奇怪，我在婆羅洲這個鱷魚橫行水域的島嶼上住了二十年，吃過蛇肉、猴子肉、狗肉和蜥蜴肉，就是沒有吃過鱷魚肉，沒有想到美國卻讓我嚐到鱷肉的滋味。

我出生在東南亞一個熱帶島嶼，這個島叫作婆羅洲，它是世界第三大島、世界第二大雨林，全球每年有一半的熱帶木材產自這個島嶼。這個大島有三個國家：印尼、馬來西亞和汶萊，種族非常複雜，有馬來人、印尼人、印度人、原住民、華人和白人。

我居住的地方在北婆羅洲，一個叫作砂拉越的地方，人口大約兩百八十萬。它是馬來西亞十三個州之一。人煙稀少、野生動物氾濫，有時候我一天看到的猴子比人還多。一八四一年之前，它是汶萊帝國屬地，一八四一到一九四一年，它被布洛克王朝（Brooke Dynasty）統治，也可以說是英國保護國。一九四一到一九四五年被日本人占領，二戰後成為英國殖民地。一九六三年和馬來亞、新加坡、沙巴組成馬來西亞。一九六五年新加坡退出馬來西亞獨立後，馬來西亞剩下目前的十三個州。

為什麼會成立馬來西亞這個國家？新加坡為什麼退出馬來西亞？其中原因非常複雜。我簡單講一下新加坡退出馬來西亞的原因。

一九六三年新加坡加入馬來西亞後，新加坡領導人李光耀喊出「馬來西亞人的馬來西亞」（Malaysian Malaysia）的政治主張和口號，這是什麼意思？也就是說，在馬來西亞，不管你是馬來人、華人、印度人、原住民，甚至是白人，只要你是馬來西亞公民，你就有權利成為這個國家的領導人。但人口占優勢，並且主導馬來西亞局勢和政權的馬來人卻喊出了「馬來人的馬來西亞」（Malay Malaysia），意思是說，在馬來西亞，只有馬來人可以領導這個國家。

李光耀是個雄才大略的政治家，在英國讀書時就說過「等我回到新加坡，我要把英國人趕出新加坡」，他也的確做到了。你們的前總統尼克森曾說，「李光耀是困在籠子裡的老虎」，猛虎出柙，勢必翻山倒海。一九六〇年代的馬來西亞，包括新加坡在內的華人人口，並不比馬來人少太多，李光耀喊出這樣的政治主張，在馬來人看來簡直就是造反。

一九六五年，馬來西亞把新加坡逐出馬來西亞，新加坡獨立了。通常一個國家獨立，應該是歡天喜地的，但李光耀是含淚退出馬來西亞的，因為他的大國美夢從此破碎了，他始終被困在一個小籠子裡。這個小籠子也反映了馬來西亞大部分華人的處境和命運。

我說出這一段歷史，主要是要讓大家知道，馬來西亞是一個馬來人的國家，一切以馬來人為優先。在美國，黑人可以成為美國總統，甚至華人、亞裔和拉丁裔也有可能成為總統，但在馬來西亞是天方夜譚。

一九五六年我出生在砂拉越北部一個生產石油的小鎮，當時的砂拉越還是英國殖民地。一九六三年我開始念小學時，砂拉越剛好加入馬來西亞，成為馬來西亞的一個州。當時砂拉越人口大約一百萬，華人三十萬。

華人移居東南亞，最早可以追溯到漢朝。第二次鴉片戰爭後，清朝國門大開，華人開始較大規模遷徙海外。我的祖父輩在一九二〇年代從廣東移民到婆羅洲，從此落地生根，我是在婆羅洲出生的第三代。我開始念小學時，雖然砂拉越已經脫離英國統治，但沿用的依舊是殖民時期的教育制度。因為當地華人的努力和堅持，馬來西亞有一套相當完整的華語基礎教育。

我小學念的是華校，除了一門英文課，其他科目都是以華語授課。到了中學，因為當地的獨立中學（Independent High School）——所謂獨立中學，除了英文課，其他科目都是以華語授課，但不接受政府經費補貼——離家太遠，我不得不進入英校就讀。

所謂英校，除了每週五節華文課，其他科目都是以英語授課。當時砂拉越雖然獨立了，但教育制度依舊不完整，我中學考的是英國的劍橋文憑，考卷是寄回英國給英國人批改的，包括華文考卷。而要考取優秀的成績，英文非常重要，華文可有可無。雖然可有可無，但有心學習還是沒有問題的。雖然我念的是英校，每週五節的華文課，從中國古典詩詞、章回小說到五四時期的新文學，琳瑯滿目，內容豐富。

此外，還有個很特別的地方：當時砂拉越華人人口雖然只有三十萬，但華文報章銷路頗佳，最多的時候曾經有七家華文報章。這些華文報章每天提供副刊版面，讓當地文藝青年發表創作，而且需求量很大。我從初中開始就向這些無稿費的文藝副刊投稿，發表了很多不成熟的幼稚的習作，一直到一九七六年我到台灣升學，始終維持著華文書寫的習慣。

如果不是當地華人的堅持、小學的華語基礎教育、中學時期每週五節的華文課、報章上大量發表習作的空間，我大概不會以華文創作，甚至會成為一個連華語都不太會講的華人。

之所以提起這段過程，只是提醒大家，我雖然生長在異國，因為祖父輩的固執和某種尊嚴，始終在典型的華人社會中成長、接受過不是很正統的華語教育，也一直以華語書寫為榮。

我從一九七六年來到台灣，到一九八三年成為台灣公民，早已是道道地地的台灣人。不過，台灣人始終認為我是馬來西亞人，而馬來西亞人又似乎把我當作台灣人。一九九〇年，我回到婆羅洲探親時，發覺當地的小販把我當作日本人，用日本話和我打招呼。二〇〇二年，在當地等公車時和一個年輕的馬來人聊天，這位馬來人問我：Are you a Korean? 我說：No, I am from Taiwan. 馬來人說：Oh! Made in Taiwan. 二〇一〇年，當我再次回到婆羅洲時，當地人卻把我當作大陸（中國）人。隨著日本、韓國和中國的經濟起飛，我總是被誤認成不同國籍的人。我一直不以為意，甚至覺得這是很好玩的一件事。

剛才提到我從初中開始投稿，也一直以華語創作，但真正讓我初識文學殿堂，開始較認真創作的卻是西方文學。

高中的時候，為了應付劍橋文憑考試，學校透過各種方式加強我們的英文。高一開了一門英國文學課，讓我們在老師帶領下閱讀英國作家的作品，包括：愛德華・莫根・佛斯特（E. M. Forster）《窗外有藍天》（*A Room with a View*）、《印度之旅》（*A Passage to India*）、威廉・戈爾丁（William Golding）《蒼蠅王》（*Lord of the Flies*）、莎士比亞《馬克白》。三本小說和一個劇本。我到現在也不明白，學校為什麼讓我們讀莎士比亞？對英文基礎不是很好的人來說，莎士比亞看多了，恐怕英文只會越來越退步。後來才知道，那是劍橋文憑指定的課外讀物。

同個時候，有一組英國劇團在婆羅洲巡迴表演莎士比亞的舞台劇，在我們那個動物比人多的地方表演《亨利五世》。為了看懂表演，我囫圇吞棗地看了《亨利四世》和《亨利五世》。透過這批作品，我開始接觸外國文學，尤其是莎士比亞的重要作品。我大概看了六到七遍。

接觸到外國文學後，進一步擴展了文學視野，讓我追隨一些前輩到台灣升學，延續了我的創作生涯。

如果我一輩子留在婆羅洲的話，我可能早已放棄文學創作。

我二十歲離開婆羅洲，今年六十六歲，生命中超過三分之二是在台灣度過。雖然我的小說背景大部分在南洋，但是我今天能夠持續地創作，要感謝台灣的環境和支撐。我曾經說過，如果我死了，我願意把心留在台灣，讓濁軀回歸婆羅洲，就像蕭邦一樣心留祖國。這當然只是一個隱喻。

台灣很小，在一些人眼裡，她甚至不是一個國家，這塊土地有許多傑出的人才，因為台灣的小，他們的成就也被縮小了。我希望除了紐曼華語文學獎，能夠有更多國外的文學獎把注意力放在台灣。

我在台灣和海外雖然也得過一些文學獎，但紐曼華語文學獎對我意義非凡，原因就在華語這兩個字。紐曼文學獎的評審委員閱讀的，不是二手翻譯，而是原汁原味的中文。

雖然我的英文沒有各位的功力，今天這個場合我也可以用英文發表感言，但一想到華語書寫對我的意義，我還是說華語好了！在這裡，我要特別感謝我居住了四十六年的台灣、非常專業和令人尊重的紐曼評審委員，當然還有發起紐曼文學獎的紐曼家族。恕我不一一點名。感謝！感謝！

首版序論

失掉的好地獄

王德威

經過十七年醞釀，張貴興終於推出最新長篇小說《野豬渡河》。張貴興是當代華語世界最重要的小說家之一，此前作品《群象》（一九九八）、《猴杯》（二〇〇〇）早已奠定了文學經典地位。這些小說刻畫了他的故鄉——婆羅洲砂拉越——華人墾殖歷史，及與自然環境的錯綜關係。雨林沼澤莽莽蒼蒼，犀鳥、鱷魚、蜥蜴盤踞，絲棉樹、豬籠草蔓延，達雅克、普南等數十族原住民部落神出鬼沒，在在引人入勝。所謂文明與野蠻的分野由此展開，但從來沒有如此曖昧游移。

張貴興的雨林深處包藏無限誘惑與危險：醜陋猥褻的家族祕密，激進慘烈的政治行動，浪漫無端的情色冒險……都以此為淵藪。叢林潮濕深邃，盤根錯節，一切的一切難以捉摸。但「黑暗之心」的盡頭可能一無所有，但見張貴興漫漶的文字。他的風格縟麗詭譎，夾纏如藤蔓、如巨蟒，每每讓陷入其中的讀者透不過氣來——或產生窒息性快感。張貴興的雨林與書寫其實是一體的兩面。

這些特色在《野豬渡河》裡一樣不少，作家深厚的書寫功力自不在話下。但《猴杯》創造高峰多年以後，張貴興新作的變與不變究竟何在？本文著眼於三個面向：「天地不仁」的敘事倫理；野豬、罌粟、面具交織的（反）寓言結構；華夷想像的憂鬱徵候。

*

讀者不難發現，相較於《群象》、《猴杯》對砂拉越華人聚落的描寫，《野豬渡河》更上層樓，將故事背景置於寬廣的歷史脈絡裡。時序來到一九四一到一九四五年，日本侵略東南亞、占領大部分婆羅洲，砂拉越西北小漁港豬芭村無從倖免。在這史稱「三年八個月」時期，日本人大肆屠殺異己，壓迫土著從事軍備生產，豬芭村人組織抗敵，卻遭致最血腥的報復。與此同時，豬芭村周圍野豬肆虐，年年進犯，村人如臨大敵。

在「南向」的時代裡，我們對砂拉越認識多少？砂拉越位在世界第三大島婆羅洲西北部，自古即與中國往來，十六世紀受汶萊帝國（渤泥國）控制；一八四一年，英國冒險家占姆士．布洛克以平定汶萊內亂為由，半強迫汶萊國王割讓土地，自居統領，建立砂拉越王國。太平洋戰爭爆發，砂拉越為日本占領，戰後歸屬英國，成為直轄殖民地，直到一九六三年七月才脫離統治。同年九月，砂拉越與沙巴、新加坡和馬來亞聯合邦（馬來亞半島或西馬）組成今之馬來西亞（一九六五年新加坡退出）。這一體制受到鄰國印尼反對，鼓動砂共和之前的殖民者進行武裝對抗。砂共叛亂始自一九五〇年代，直到九〇年才停息。

張貴興生於砂拉越，十九歲來台定居，卻不曾遺忘家鄉，重要作品幾乎都聯結著砂拉越。《群象》處理砂共遺事、《猴杯》追溯華人墾殖者的罪與罰，時間跨度都延伸到當代。以時序而言，《野豬渡河》描寫的「三年八個月」更像是一部前史，為日後的風風雨雨做鋪陳。日軍侵入砂拉越，不僅占領布洛克王朝屬地，也牽動南洋英國與荷蘭兩大傳統殖民勢力的消長。這段歷史的慘烈與複雜令我們瞠目結舌。華人早自十七世紀以來移民婆羅洲，與土著及各種外來勢力角力不斷，而華人移民間的鬥爭一樣未曾稍息。華人既是被壓迫者，也經常是壓迫者。海外謀生充滿艱險，生存的本能，掠奪的欲望，種族的壓力，還有無所不在的資本政治糾葛形成生活常態。

是在這裡，《野豬渡河》顯現了張貴興不同以往的敘述立場。《群象》描寫最後的獵象殺伐，「中國」之為（意）象的消亡，仍然透露感時憂國的痕跡。《猴杯》則從國族認同移轉到人種與人／性的辯證，藉著進出雨林演義雜種和亂倫的威脅。《野豬渡河》既以日軍蹂躪、屠殺豬芭村華人居民為敘述主軸，似乎大可就海外僑胞愛國犧牲作文章。小說情節也確實始於日軍追殺「籌賑祖國難民委員會」成員。但讀者不難發現「籌賑祖國難民委員會」非但面貌模糊，那個等著被賑的「祖國」更是渺不可及。不僅如此，張貴興擅於描寫的性與家族倫理關係雖然仍占一席之地，但大量的暴力和殺戮顯然更是焦點。非正常死亡成為等閒之事，甚且及於童稚。〈龐蒂雅娜〉一章所述的場景何其殘忍和詭祕，堪稱近年華語小說的極致，哈日族和小清新們必須有心理準備。

張貴興的敘事鋌而走險，以最華麗而冷靜的修辭寫出生命最血腥的即景，寫作的倫理界線在此被逾越了。我們甚至可以說，大開殺戒的不僅是小說中的日本人，也是敘述者張貴興本人。然而，即便張貴興以如此不忍卒讀的文字揭開豬芭村創傷，那無數「淒慘無言的嘴」的冤屈和沉默又哪裡說得盡，寫得清？另一方面，敘述者對肢解、強暴、斬首細密的描寫，幾乎是以暴易暴似的對受害者施予又一次襲擊，也強迫讀者思考他的過與不及的動機。

《野豬渡河》對歷史、對敘述倫理的思考最終落實到小說真正的「角色」，那千千百百的野豬上。如張貴興所述，野豬是南洋特有的長鬚豬，分布於婆羅洲、蘇門答臘、馬來半島和蘇祿群島，貪婪縱慾，鬥性堅強。因為移民大量墾殖，野豬棲居地急速縮小，以致每每成千上萬出動，侵入農地民居，帶來極大災害。野豬桀驁不馴，生殖和覓食為其本能。牠們既不「離散」也不「反離散」；交配繁衍，生生死死，形成另一種生態和生命邏輯。

這幾年華語文學世界吹起動物風，從莫言（《生死疲勞》、《蛙》）到賈平凹（《懷念狼》），從夏曼．藍波安（《天空的眼睛》）到吳明益（《單車失竊記》），作家各顯本事，而姜戎的《狼圖騰》更直逼國家神話。張貴興自己也是象群、猴黨的創造者。但野豬出場，顛覆了這些動物敘事。在一個以伊斯蘭信仰為主的語境裡大談野豬，作者的種族諷刺意圖昭然若揭。但千萬華人移民賣身為豬仔、渡海謀求溫飽的處境，一樣等而下之。小說中的華人為了防禦野豬，年年疲於奔命，豬芭村的獵豬行動從戰前持續到戰後，難捨難分，形成命運共同體。尤有甚者，亂世裡中日英荷各色人等，不論勝者敗者，兀自你爭我奪，相互殘殺獵食，交媾生殖，他們的躁動飢渴也不過就像是過了河的野豬吧。

如果說張貴興藉豬喻人，那也只是敘述的表相。他其實無意經營一個簡單的寓言故事。天地不仁，以萬物為「豬狗」。《野豬渡河》讀來恐怖，因為張貴興寫出了一種流竄你我之間的動物性，一種蠻荒的、眾牲平等的虛無感。蠢蠢欲動，死而不後已。

＊

德勒茲（Gilles Deleuze）、瓜達利（Pierre-Felix Guattari）論動物，曾區分三種層次，伊底帕斯動物（Oedipus animal），以動物為家畜甚至家寵，愛之養之；原型動物（Archetype／state animal），以動物為某種神話、政教的象徵，拜之敬之。而第三種則為異類動物（daemon animal，由古希臘"daimōn"[δαίμων]延伸而來），以動物為人、神、魔之間一種過渡生物，[1]繁衍多變化，難以定位，因此不斷攪擾其間的界線。對德勒茲、瓜達利而言，更重要的是，動物之為「動」物（becoming animal），意義在於其變動衍生的過程。任何人為的馴養、模擬或想當然耳的感情、道德附會，都是自作多情而已。[2]

張的動物敘事可以作如是觀。他對野豬、對人物儘管善惡評價有別，但描寫過程中卻一視同仁，給與相等分量。小說開始，主人公關亞鳳的父親就告訴他「野豬在豬窩裡吸啜地氣，在山嶺採擷日月精華……早已經和荒山大林、綠丘汪澤合為一體……單靠獵槍和帕朗刀是無法和野豬對抗的。人類必須心靈感應草木蟲獸，對著野地釋放每一根筋脈，讓自己的血肉流濬天地，讓自己和野豬合為一體，野豬就無所遁形了。」亞鳳父親的說法正是把野豬視為「原型」動物，賦予象徵定位。但小說的發展恰恰反其道而行。千百野豬飄忽不定，防不勝防，或者過河越界，或者被驅逐殲滅。如果與人「合為一體」，那是夢魘的開始。

1 Gilles Deleuze and Pierre-Felix Guattari, *A Thousand Plateaus: Capitalism and Schizophrenia*, trans. Brian Massumi (Minneapolis: University of Minnesota Press, 1987), p. 237.
2 Gilles Deleuze and Pierre-Felix Guattari, *Kafka: Toward a Minor Literature*, trans. Dana Polan (Minneapolis: University of Minnesota Press, 1986), p. 13.

於是小說有了如下殘酷劇場。豬芭村裡日軍搜尋奸細，砍下二十二個男人頭顱，刀劈三個孕婦的肚子後，一片鬼哭神嚎。就在此時，一隻齜著獠牙的公豬循著母豬的足跡翩然而至，

> 牠……伸出舌頭舔著地板上老頭的血液，一路舔到老頭的屍體上。牠抬起頭，毫不猶豫地將吻嘴插入老頭肚子裡，開始了凶猛囫圇的刨食。已經飽餐一頓的母豬看見雄豬後，嗅著雄豬的肛門和陰莖，拱起屁股磨擦雄豬，發出春情氾濫的低鳴……雄豬將老頭肚子刨食乾淨後，肚子鼓得像皮球。牠從老頭肚皮囊裡抽出半顆血淋淋的頭顱，嗅了嗅母豬的乳頭和陰部，將吻嘴伸到母豬兩腿之間，用力地拱撞著母豬屁股，口吐白沫……發出嗯嗯哼哼的討好聲，突然高舉兩隻前蹄，上半身跨騎母豬身上，將細長的豬鞭插入母豬陰道……

張貴興的描寫幾乎要讓人掩面而逃。但他更要暗示的應是豬就是豬，我們未必能，也不必，對牠們的殘暴或盲動做出更多人道解釋。但與其說張意在自然主義式的冷血描述，更不如說他的筆觸讓文本內外的人與物與文字撞擊出新的關聯，攪亂了看似涇渭分明的知識、感官、倫理界限。

比方說面具。野豬血淋淋的衝撞如此原始直接，恰恰激發出小說另一意象——面具——的潛在意義。面具是豬芭村早年日本雜貨商人小林二郎店中流出，從九尾狐到河童的造型精緻無比，極受老少歡迎。隨著小林身分的曝光，所謂的本尊證明從來也只是張面具。知人知面不知心，比起野豬的齜嘴獠牙，或在地傳說中女吸血鬼龐蒂雅娜飄蕩幻化的頭顱，日本人不動聲色的

面／具豈不更為恐怖。然而小說最終的面具不到最後不會揭開。當生命的真相大白，是人面，還是獸心，殘酷性難分軒輊。

除了野豬和面具，豬芭村最特殊的還有鴉片。張貴興告訴我們，鴉片一八二三年經印度傾銷到南洋，成為華人不可或缺的消費品和感官寄託。即使太平洋戰爭期間，鴉片的供應仍然不絕如縷，平民百姓甚至抗日志士都同好此道。在罌粟的幽香裡，在氤氳的煙霧中，痛徹心肺的國仇家恨也暫時休止，何況鴉片所暗示的慾望瀰散，如醉如痴，一發即不可收拾。

野豬、面具、鴉片原是風馬牛不相及的意象，在張貴興筆下有了詭異的交接，或媾和。經過「三年八個月」，《野豬渡河》裡人類、動物、自然界關係其實已經以始料未及的方式改變。獸性與癮癖，仇恨與迷戀，暴烈與頹靡……共同烘托出一個「大時代」裡最混沌的切面。在野豬與鴉片，野豬與面具，或鴉片與面具間沒有必然的模擬邏輯，卻有一股力量傳染流淌，汩汩生出轉折關係。

暴虐的魅惑、假面的痴迷、慾念的狂熱。這裡沒有什麼「國族寓言」，有的是反寓言。在人與獸的雜遝中，在叢林巨蟲怪鳥的齊聲鳴叫中，在血肉與淫穢物的氾濫中，野豬渡河了：異類動物的能量一旦啟動，摧枯拉朽，天地變色，文字或文明豈能完全承載？張貴興的雨林想像以此為最。

*

當代華語世界有兩位作家以書寫婆羅洲知名，一位是李永平（一九四七—二〇一七），一位就是張貴興。他們都對故鄉風物一往情深，同時極盡文字修辭之能事。李後期的「月河三部曲」——《雨雪霏霏》、《大河盡頭》、《朱鴒書》——寫盡一位砂拉越少年成長、流浪的心路歷程。他對島上華人，尤其是女性，所遭受的侮辱和損害，有不能已於言者的傷痛。《大河盡頭》撻伐日本和歐裔男性的淫行不遺餘力；然而《朱鴒書》裡，李永平卻採取了童話形式，幻想不同族裔的小女生深入婆羅洲雨林深處，大戰曾經蹂躪他們的元凶，報仇雪恨。李永平舉重若輕，寫出南洋版的《愛麗絲夢遊仙境》，作為與歷史暴力抗衡的方式。但他筆下那些女孩匪夷所思的冒險和勝利裡，藏不住憂傷的底線：多半女孩其實早已經是鬼不是人了。

面對歷史創傷，《野豬渡河》的態度截然不同。故事結束時，豬芭村民驅逐了日本人，只迎來了英國人。太陽底下無新事，死人屍骨未寒，活人繼續吃喝拉撒生殖死亡。尤其令人不安的是，《野豬渡河》全書以主人公關亞鳳一九五二年自殺作為開場，再回溯進入正題。亞鳳英武挺拔，是豬芭村的英雄人物。在「三年八個月」占領期間度過無數考驗和苦難，終於等到日軍戰敗，豬芭村恢復平靜。何以六年後，我們的英雄反而一心求死？此時的他已經失去雙臂，成為一個雜貨店的主人。在平淡的生活裡，他還有什麼難言之隱？

相對於此，小說最後一章以倒敘亞鳳的摯愛愛蜜莉早年的經歷作為結束。愛蜜莉是小說的關鍵人物，背景神祕，暫且按下不表。可以一提的是，她所象徵的青春情愫，原初的女性誘惑其實是張貴興不斷處理的主題。早在《賽蓮之歌》（一九九二）裡，他已借用了希臘神話賽蓮（Siren）的典故，描摹青春女性那不可言狀的召喚與牽引，讓男人色授魂與，做鬼也要風流。而在《野豬渡河》裡，他將賽蓮調換成了色喜（Circe）——希臘神話中另一位要命的女性。相傳色喜有魔法，能將任何色慾薰心的男人變成豬。

關亞鳳曾與三位女性有過情愫，他失去雙臂和死亡與此有關。但歷史的後見之明不禁讓我們深思，就算關亞鳳活下去，他日後的遭遇可能更好麼？誠如張貴興所言，華人在婆羅洲近三百年的移民史就是一部痛史。太平洋戰爭結束，布洛克王朝將砂拉越的管轄權交給英國殖民者。宣揚「反英反帝反殖」的砂共活動一九五三年開始。一九六二年，由印尼政府撐腰、馬來人領導的共黨組織在汶萊發起政變，殖民者大肆逮捕左派人士，大量砂華青年被逼上梁山，展開近四十年的對抗。一九六三年砂拉越加入馬來西亞，但馬來半島（西馬）與婆羅洲（東馬）地理和心理上的對峙始終存在。「馬來西亞」獨立了，但砂拉越始終沒有獨立。與此同時，經過一九六九年五一三事件後，不論東馬、西馬，華人地位日益受到打壓。西馬馬共一九八九年走出叢林，東馬砂共一九九〇年棄械投降。砂拉越華人的歷史節節敗退，日後種種學說，不論是「靈根自植」還是「定居殖民」、「反離散」，都顯得隔靴搔癢了。

李永平《朱鴒書》以天馬行空的方式超越現實，向歷史討交代，也為畢生的馬華書寫帶來詩學正義（poetic justice）。《野豬渡河》則走向對立面，發展出殘酷版華夷詩學。歷史的途徑無他，就是且進且退，永劫回歸——就是一次又一次的「野豬渡河」。小說的敘事開始於故事結束之後，結束於故事開始之前。我們彷彿看見關亞鳳、愛蜜莉還有豬芭村人的命運：太平洋戰爭結束，再給他們二十年、三十年時間，恐怕也是介入一次又一次反殖民，反東馬政權，反馬來化……的鬥爭裡，絕難全身而退。

我們想到魯迅的名篇〈失掉的好地獄〉（一九二五）。人到了萬惡的地獄，整飭一切，得到群鬼的歡呼。然而人立刻坐上中央，用盡威嚴，叱吒眾鬼，當鬼魂們又發一聲反獄的絕叫時，即已成為人類的叛徒，得到永劫沉淪的罰，遷入劍樹林的中央。

「人類於是完全掌握了主宰地獄的大威權，那威稜且在魔鬼以上。

……

「曼陀羅花立即焦枯了。油一樣沸；刀一樣銛；火一樣熱；鬼眾一樣呻吟，一樣宛轉，至於都不暇記起失掉的好地獄。

……

朋友，你在猜疑我了。是的，你是人！我且去尋野獸和惡鬼……。」[3]

《野豬渡河》訴說一段不堪回首的砂華史，但比起日後華人每下愈況的遭遇，那段混混沌沌的歷史，竟可能是「失掉的好地獄」。張貴興驀然回首之際，是否會做如是異想？面向砂拉越華族的過去與現在，張貴興是憂鬱的。野豬渡河？野豬不再渡河。

王德威，現任美國哈佛大學東亞系暨比較文學系Edward C. Henderson講座教授。

3 魯迅，〈失掉的好地獄〉，《野草》，《魯迅全集》卷二（北京：人民文學出版社，一九八一），頁二〇〇。

首版導論

被展演的三年八個月
——婆羅洲的大歷史與小敘事

高嘉謙

一九四一年十二月十六日，距離張貴興的砂拉越故鄉羅東（Lutong）小鎮不遠的美里（Miri）在汶萊與砂拉越的英國駐軍無力支援下，正式淪陷入日軍手裡，從此進入慘無人道的三年八個月。一九四六年，日軍戰敗投降的隔年，美里設立了一座「一九四五被難僑民公墓」紀念碑，刻有十九名殉難華人的中文名字，另有九名拼音名字，大抵是洋人、原住民、印度裔的殉難者。這可能是張貴興當年最早接觸的三年八個月的歷史見證物。只有碑銘，沒有事蹟記敘。作為戰爭的見證者，這群美里的受難犧牲者已不能發言，僅有無聲的碑文，刻上背景來歷不甚明朗的名字。這是馬來亞/馬來西亞華人社會普遍的歷史經驗，記錄華人史蹟的重要物證，往往是各類公塚、家塚、宗祠、寺廟、會館、書院的碑銘、匾額等紀念物。甚至包括記載三年八個月的種種慘劇的常見方式，就是馬來西亞各地相繼發掘的戰時亂葬崗、無名的遺骸。這些被集體屠殺的證據，在戰後的數十年，仍時有所聞。而婆羅洲面對這場戰爭，悽慘的侵略殖民歲月，僅有的紀念碑，彷彿是見證悲劇的唯一手段。我們對張貴興過往描寫砂共、原住民與華人的糾葛情仇並不陌生，當《野豬渡河》試圖處理三年八個月的歷史經驗，已有《群象》、《猴杯》等代表作的珠玉在前，這則砂拉越的戰爭經驗該如何敘說，張的寫作動機和抱負值得我們仔細探究。

《野豬渡河》表面處理二戰日本南侵期間，砂拉越淪陷的歷史慘劇。但小說搬演的故事卻有其歷史縱深。早在十九世紀末就聚集洋人、漢人、馬來人、日本人，以及當地各原住民社群的北婆羅洲，其實是各方人種族裔進行貿易，交換政治與社會利益的複雜語境。日本的南洋姐，尤其蠱惑著這片土地交集的性與慾望。爾後日本「大東亞共榮圈」概念下的「南進」，承繼了之前日人南遷尋求機會的脈絡。但戰爭與暴力，替砂拉越烙下無以磨滅的傷痕。在此前提下，暴力的扎根與蔓延，張揚了砂拉越歷史的新序幕。因此《野豬渡河》描寫砂拉越豬芭村華人籌組「籌賑祖國難民委員會」的二十七名關鍵人物，緣於支持中國抗戰的愛國情操，在日寇入侵後遭到報復式的追剿、迫害與屠殺故事。這幾乎是馬來亞華人在三年八個月裡的「原罪」，遭致死亡的宿命。眾多登場的小人物，其實已接近「一九四五被難僑民公墓」的人數和形式，他們皆是逃不過歷史災難的受害者。這份戰爭暴力經驗的刻畫與重寫，恰似碑銘意義的展演，替大時代下渺小單薄的個人受難悲劇，以小說虛擬經歷，寫入婆羅洲的大歷史。這構成《野豬渡河》的基本視域，以及小說敘事的倫理意義。

回顧二〇一三年張貴興重新整理和集結短篇舊作成書《沙龍祖母》，那是他重返文壇的暖身之作。爾後二〇一五年發表的中篇小說〈千愛〉，儘管公開發表僅有一部分，但小說已有處理婆羅洲二戰經驗的端倪。小說的男主角是北婆羅洲在一九四五年三月山打根（Sandakan）的拉瑙（Ranau）的死亡行軍裡的倖存者。這是二戰記憶裡，驚心動魄的一頁。但《野豬渡河》的逼視傷痕，直探暴力反而更上層樓。小說除了演繹戰雲密布，風雨欲來之際，豬芭村女子急著匆匆嫁人，免得戰時落入日寇魔掌，貞節不保。這是父輩傳遞的記憶，張貴興父母在戰時倉促成婚的過程，屬於他的家族經歷戰爭的小歷史。但更多時候，小說對待暴力卻是採取弔詭的展演。如果將三年八個月視為小說設定的時空體（chronotope），頻繁搬演的人事，目不暇給，交織戰爭經驗下的各種回聲。但歷史傷痕往往盤根錯節，所有小人物都是大歷史下的蜉蝣。需要拼湊的人事、史料、事件，是這部小說的敘事斷片，以及故事風格。但小說處處可見的斷腿、斷臂、斷頭，殘肢散落，乳胎早夭，預示著三年八個月是一場前所未見的摧殘，形式之互通。

無論切腹奪胎，拋嬰穿刺，孩童削肢，野豬刨屍，幾個血腥但不動聲色的情境，張貴興寫來從容自在，冷靜異常，彷彿那是說故事者置身事外的餘裕和權力。殺戮場景之殘暴，落實於文字，儘管華麗血腥，似乎要告訴讀者這仍不及真實歷史傷痕一分。然而，不能忽視的是，張貴興生動的筆觸底下，藏有人與自然交融的詩意。張貴興文字的魔幻風格，素來擅長以特有的熱帶自然物產、氣味與生態，大凡水果、野獸、草木、風土，皆可發揮嗅覺、視覺、聽覺的熱帶感官借喻和轉喻，修飾種種潛在的張狂慾望，甚至因此形塑獨特的雨林水土和時序。試讀以下一段：

父親帶著九歲的亞鳳走向茅草叢時，指著一片散亂著水窪、小溪、灌木叢和果樹的野地，噏了噏嘴唇，好像說，聽見鳥的啁啾，就知道那裡有鳥的飛旋，知道了還不夠呢，還要揣摩動態，是在捕食、築巢或求偶。聞到熟果的暴香或強腐，就知道哪一棵果樹的果子熟了，樹上有幾隻撒野的猴子。感覺到大地顫慄，就要細數出有幾隻野豬豨突，還要估計野豬的數量、大小和體重。舔到了空氣中的尿騷味或血腥味，就要知道哪一巢鱷蛋、哪一窩大番鵲孵化了。父親笑得很神祕，說，磨練久了，經驗多了，這種本事只能算是雕蟲小技。

或許我們應該如此理解，被感官化的大自然，賦予他筆下歷史的自然化。殺戮與暴虐，是天地萬物為芻狗的內在展演。人類歷史從未逃離這樣的輪迴。暴力當前，斲喪之禍，恰恰在小說世界繁衍了一則悖論。如同阿多諾所言，「在奧斯維辛之後，寫詩是野蠻的」。換言之，詩與絕對的暴力之間，拉出的鴻溝，不再是及物的寫實，而是不及物的文字詩意，迂迴試探著暴力陰暗的背後，華美又鄙瑣的欲望。三年八個月，是一場魔幻與殺戮的演義，逼近歷史的自然法則。

詩意與不安並存交織，成為閱讀《野豬渡河》，見證暴力展演的另類歷史與情感參與，試圖驗證班雅明對歷史記憶的思辨：「民眾不想被教育，他們需要的是被衝擊」。張貴興對傷痕與暴力展示策略，出神入化，實屬馬華小說之極致，也是近年華文小說的巔峰之作。小說裡的「面具」帶有隱喻的意義。在童稚遊戲裡當「鬼」，要猜出身後同伴的面具。日本鬼子降臨，被蹂躪的土地上人鬼雜處，人鬼不分，人鬼莫測。小說裡迴盪著清醒的聲音：「不要以為戴了面具我就認不得你」，人世的暴力總以不同面目反覆降臨，那是警世之言，還是末世之感？《野豬渡河》鑄造了砂拉越的新「傷痕文學」，但又像幽暗大地的現代啟示錄。

砂拉越簡史

Sarawak，砂羅越、砂勝越、砂撈越、砂勞越、砂拉越。馬來語「犀鳥之鄉」。馬來西亞聯邦在婆羅洲領土兩個行政區域之一（另一個是沙巴州）。全馬面積最大的州（約台灣三．五倍），人口兩百九十萬（達雅克人30%、華人24.4%、馬來人24.6%）。

1841前

汶萊帝國

十六世紀開始被汶萊帝國（渤泥國）統治。十九世紀初，汶萊國勢薄弱，無力管轄砂拉越。砂拉越沿海由半獨立的馬來族領袖，內陸則由伊班族、卡揚族和肯雅族的部落統御，彼等積極擴張領土。古晉發現銻礦後，汶萊開始建設古晉。隨著銻礦產量逐年增加，汶萊不斷增加稅收，動盪、混亂和不滿之下，各族揭竿起義，對抗汶萊，爭取自由。

1857

石隆門華工起義

因稅收爭議，廣東人劉善邦帶領石隆門華工起義，短暫占領古晉，但迅速被弭平。

1841～1946

布洛克王朝統治砂拉越

英國探險家和退伍軍人詹姆斯·布洛克（James Brooke）抵達砂拉越，以堅船利砲協助汶萊弭平叛亂、穩定政局，但要求簽署條約將砂拉越割讓給布洛克。一八四一年九月二十四日，布洛克成為砂拉越唯一統治者，建立布洛克王朝（Brooke Dynasty），並逐年脅迫汶萊國王割讓領土。一九〇五年，砂拉越領土已達124,450平方公里。

布洛克王朝統治下，砂拉越政府採納愛國主義政策，保障土著權益和福利。布洛克成立馬來人為首的最高委員會，籌組伊班人兵團，禁止海盜、奴隸制度和獵首。布洛克鼓勵華商移民砂拉越，協助砂拉越發展經濟，尤其礦業和農業。西方資本家被限制進入砂拉越。一八五六年，婆羅洲有限公司成立，並在砂拉越從事各種業務，包括貿易、銀行、農業、採擴等。

1941～1945

日本統治砂拉越。

1946～1963

砂拉越成為英國殖民地。

戰後，布洛克政權沒有足夠資源重建砂拉越。第三任國王查爾斯・梵納・布洛克（Charles Vyner Brooke）和英國政府祕密協議，將砂拉越割讓給英國成為直轄殖民地，而英國則以一筆龐大資金補償梵納・布洛克家族。

1962 12/6

汶萊左翼人民黨發動政變，聯合砂拉越、沙巴和汶萊籌組北婆羅洲聯邦，對抗馬來西亞聯邦計劃。政變失敗後，汶萊拒絕加入馬來西亞聯邦。

1963 7/22

砂拉越獨立。

一九六一年五月二十七日，馬來亞聯合邦首相東姑・阿布都拉曼提出聯合計劃，希望將新加坡、砂拉越、沙巴和汶萊結合為統一的聯邦國家「馬來西亞」。砂拉越政界擔憂，婆洲州州屬將變相淪為馬來亞殖民地。砂拉越政黨於是組成統一聯盟，維護本土利益。

一九六二年一月十七日，聯合國科博爾德委員會成立，調查砂拉越和沙巴對聯合邦計劃的支持度，委員會所到之處，掀起風起雲湧的抗爭亂潮。調查顯示婆羅洲居民對聯合議題存在分歧，但委員會捏造假數據，表示80%的砂拉越人民支持共組馬來西亞。一九六二年九月二十六日，砂拉越議會通過支持成立馬來西亞聯邦的決議，前提是保障砂拉越人民權益。一九六二年十月二十三日，砂拉越五個政黨結成統一陣線支持共組馬來西亞聯邦。

一九六三年七月二十二日，砂拉越被賦予自治權，成為獨立國。

1963
9/16

砂拉越與馬來亞聯合邦、北婆羅洲（沙巴）和新加坡共同組成馬來西亞。

1965
8/9

新加坡脫馬、獨立。

1963
～
1990

砂拉越左翼分子爭取脫馬和砂拉越獨立，和馬來西亞展開二十七年武裝鬥爭。

馬來西亞的成立引起菲律賓、印尼、汶萊人民黨和砂拉越共產黨反對。菲律賓和印尼宣稱，英國將會通過馬來西亞以新殖民主義的方式統治婆羅洲州屬。同時，汶萊人民黨主席阿查哈里於一九六二年十二月策動汶萊起義。阿查哈里占領砂拉越的林夢和柏戈奴，企圖聯合汶萊、砂拉越和沙巴組成北婆羅洲聯邦，但迅速被來自新加坡的英國軍隊擊敗。印尼總統蘇卡諾聲稱汶萊起義是民眾反對馬來西亞的確鑿證據，決定進攻砂拉越。最初印尼派遣武裝志願軍進入砂拉越，隨後直接派軍干涉。

一九六二至一九六六年，砂拉越成為馬印對抗的最前線。除了砂共產黨，砂拉越人民多數不支持馬印兩國之間的對峙。數以千計砂共成員進入加里曼丹接受印尼共產黨培訓。砂印對抗期間，約一萬至一萬五千人的英國、澳大利亞和紐西蘭軍隊駐紮砂拉越。蘇哈托成為印尼總統後，馬來西亞和印尼重啟談判。一九六六年八月十一日，馬印衝突結束。

一九四九年，中華人民共和國成立，毛澤東思想滲透砂拉越華人學校。砂拉越第一個共產主義組織於一九五一年在古晉中華中學成立。一九五三年，該組織改組為砂拉越解放同盟，亦即砂共，活躍於各學校、工會和農村之中，文銘權和黃紀作是砂共的兩位主要領導者。砂共成功滲透砂拉越人民聯合黨，試圖通過憲法建立社會主義國家。馬印對抗時期，砂共開始和大馬展開武裝鬥爭。砂拉越在古晉建立新村，將華人集中管理，限制行動和自由，防止群眾支援共產黨。一九七〇年，砂共改組為北加里曼丹共產黨（北加共）。一九七三年，黃紀作向砂州首席部長宣布投降，共產黨實力大損。自一九六〇年代在中國領導砂共的文銘權主張持續對抗。一九七四年後，砂共持續在拉讓江進行武裝鬥爭。一九八九年，砂拉越共產黨的老大哥馬來亞共產黨與大馬政府簽署和平協議，隨後小弟北加共也重新與砂政府談判，於一九九〇年十月十七日簽署斯里阿曼和平協議（Peace Declaration of Sri Aman），最後一批約五十人的北加共游擊隊投降後，砂拉越回復和平。

作者簡介

張貴興

祖籍廣東龍川，一九五六年生於婆羅洲砂拉越，一九七六年赴台升學，一九八〇年畢業於師大英語系，一九八三年入籍台灣，一九九一年任中學英語教師。其作品多以故鄉婆羅洲熱帶雨林為場景，書寫南洋華人社群的生存困境、愛欲情仇和斑斑血淚，文字風格強烈，以濃豔華麗的詩性修辭，刻鏤雨林的凶猛、暴烈與精采，是當代華文文學中一大奇景。

二〇一八年《野豬渡河》出版後，先後榮獲Openbook好書獎、花踪文學獎馬華文學大獎、台北國際書展大獎、金鼎獎、臺灣文學金典獎年度大獎、聯合報文學大獎、紅樓夢獎、美國紐曼華語文學獎。已被譯為法文、韓文、阿爾巴尼亞文出版。

二〇二三年作品《鱷眼晨曦》榮獲臺灣文學金典獎、台北國際書展大獎、Openbook好書獎及亞洲週刊二〇二三年十大小說榜首。

其他作品有長篇小說《我思念的長眠中的南國公主》、《猴杯》、《群象》、《頑皮家族》、《薛理陽大夫》、《賽蓮之歌》，以及短篇小說集《沙龍祖母》、《柯珊的兒女》、《伏虎》。曾獲時報文學獎小說優等獎、中篇小說獎、中央日報出版與閱讀好書獎、時報文學推薦獎、開卷好書獎、時報文學百萬小說獎決選讀者票選獎、聯合報讀書人最佳書獎。

現居台北，正在寫作下一部小說。

CM00111

野豬渡河（經典蛻變版・附婆羅洲魔幻寫實地圖）

作者——張貴興
「浮羅人文」書系主編——高嘉謙
主編——何秉修
校對——Vincent Tsai
企劃——林欣梅
封面設計——許晉維
插頁地圖繪者——達姆

總編輯——胡金倫
董事長——趙政岷
出版者——時報文化出版企業股份有限公司
一〇八〇一九台北市和平西路三段二四〇號七樓
發行專線—（〇二）二三〇六六八四二
讀者服務專線—〇八〇〇二三一七〇五
（〇二）二三〇四七一〇三
讀者服務傳真—（〇二）二三〇四六八五八
郵撥—一九三四四七二四時報文化出版公司
信箱—一〇八九九臺北華江橋郵局第九九信箱
時報悅讀網——http://www.readingtimes.com.tw
時報文化臉書——https://www.facebook.com/readingtimes.fans
法律顧問——理律法律事務所 陳長文律師、李念祖律師
印刷——家佑印刷有限公司
初版一刷——二〇二四年十月十八日
定價——新台幣五二〇元

時報文化出版公司成立於一九七五年，
並於一九九九年股票上櫃公開發行，二〇〇八年脫離中時集團非屬旺中，
以「尊重智慧與創意的文化事業」為信念。

野豬渡河 / 張貴興著 ; -- 初版 . -- 臺北市 : 時報文化出版企業股份有限公司, 2024.10
面； 公分
ISBN 978-626-396-837-0(平裝)

863.57 113014288

ISBN 978-626-396-837-0
Printed in Taiwan